JARDIN SECRET

OLY TL

JARDIN SECRET

Luv

Avertissement

Certaines scènes peuvent heurter la sensibilité des lecteurs.

I

ACCÈS VERROUILLÉ…

Certaines choses méritent que l'on prenne son temps.

Comme apprendre à cerner en profondeur quelqu'un ou une situation donnée…

Ou laisser une tierce personne entrer dans une zone défendue, trop privée. Il ne faut pas aller trop vite, pour ne pas se planter, ne pas regretter.

Après tout, les secrets ne restent-ils pas souvent ensevelis sous une candide couche de train-train et d'apparences pour une bonne raison ?

Je préfère condamner les accès. Personne n'y pénètre, personne n'a besoin de savoir…

PROLOGUE

Tiger
Brumes du passé…

– Plus fort.

– Nous avons déjà dépassé le seuil critique, je ne…

– Plus fort, j'ai dit !

– Très bien, monsieur Sexton, abdique lady Candice.

Pour la énième fois, je l'exhorte à augmenter l'intensité des décharges électriques. Récalcitrante, elle contemple les électrodes disséminées sur mes abdos, mon aine, mes cuisses. Puis son regard aux contours charbonneux vient sonder le mien. Elle fronce les yeux, de plus en plus déstabilisée. Je crois que cela ne doit pas lui arriver souvent de perdre contenance dans ce genre de contexte.

– Ce n'est pas assez, lui redis-je.

Voilà le topo. Je suis à moitié dénudé dans le lit ; chemise ouverte, plus de veste de costume ni de cravate, plus de pantalon, de chaussures ni de chaussettes. Juste mon boxer, mon érection et ces foutues électrodes qui n'envoient que dalle. Ma « lady » actionne le boîtier de commande. C'est tout ce qu'elle a dans le bide ?

– Encore.

– Non, me répond-elle.

– Je croyais que vous étiez la plus… dure. Je me trompe ?

Son visage revêt son expression habituelle de séance. Même si elle la perd un peu trop souvent ces temps-ci avec moi. Bon sang, c'est la dernière sur la liste de celles qui m'ont été recommandées ! À cet instant, elle s'avère aussi décevante que les précédentes.

Et pourtant, juchée sur ses stilettos noirs, moulée dans son fourreau en vinyle, Candice me tient tête. Elle passe la langue sur ses lèvres rouge carmin, rajuste ses fausses lunettes de vue sur le nez.

Est-ce que cet accessoire lui confère un air de maîtresse d'école sévère et bandante ? Oui.

Est-ce que cela me suffit ? Non. Je veux plus, putain !

Au fur et à mesure, ma patience diminue et ma frustration grimpe en flèche.

– Me suis-je trompé sur vos compétences, lady Candice ?

– Non. Mais mon rôle, c'est aussi de prendre mes responsabilités lorsque tu mets exprès ta vie en danger durant une session, Tiger, m'assène-t-elle.

– *Tiger* ? Et on se tutoie maintenant ?

– Écoute, je… je crois qu'on devrait arrêter, monsieur Sexton.

Là, je suis à un rien de paniquer intérieurement. Mon ultime recours est en train de lâcher l'affaire, elle aussi. Ça fait deux ans que je…

Merde !

– Pourquoi ? réponds-je, d'un ton calme.

En façade, je le suis. Au fond, le tumulte se déchaîne.

– Tu… Vous le savez très bien, monsieur Sexton.

– Non, éclairez-moi, Candice. Nous avons un accord, vous n'allez pas abandonner au bout de quelques pathétiques séances, soutiens-je.

Nos regards s'accrochent, j'enfonce les doigts dans mes cheveux en bataille.

– Je savais que vos exigences étaient plus corsées… J'ai beau exercer ce métier depuis un bail, je n'en reste pas moins une femme qui sait, comme le reste du pays, qui vous êtes.

– Et qui suis-je ?

– Tiger Sexton.

– OK… Depuis quand c'est un problème, ça ?

– Ça en devient un à partir du moment où « le jeune homme d'à peine 19 ans, à la tête de l'une des plus grosses fortunes mondiales » me pousse à le foutre en l'air ! Cette tendance empire un peu plus chaque soir, vous me demandez d'aller trop loin, toujours trop loin.

Je me redresse, arrache les électrodes et quitte le lit. Saisissant la bouteille de vodka que j'ai entamée, j'ingurgite une goulée. J'essuie ma bouche du dos de la main et dévisage celle qui oublie manifestement qui paie l'autre pour le satisfaire.

– Non, dis-je posément. Tu es censée être une pro et moi le client. Ce n'est qu'une transaction. De la baise sadomaso et des limites. Je connais les miennes ; mon patronyme et ma thune n'ont rien à foutre là-dedans.

Elle tourne en rond, puis finit par m'emprunter la bouteille pour en boire un coup.

– Justement, affirme Candice avec une ferme douceur en me rendant la bouteille. Vous jouez à un jeu dangereux, monsieur Sexton. Même si vous ne tenez pas à dominer physiquement vos partenaires sexuels, je me demande qui de nous deux est soumis à la volonté de l'autre, là.

Avec un sourire narquois, je la saisis par la taille et la plaque contre moi.

– Tu adores faire mal, et je te paie une putain de fortune pour me faire morfler. Tout le monde y gagne, non ?

– Aimer vous faire malmener pour bander est une chose, argumente-t-elle. Et, oui, j'adore comme c'est intense avec vous.

Je préfère cette version… Nos souffles se rapprochent. Mon aine se contracte.

– Donc tout est cool.

– Pas vraiment… Ne pas savoir où et quand s'arrêter est un vrai problème, insiste Candice contre toute attente.

Et malgré ses pupilles dilatées, tous ces signes avant-coureurs qui annoncent en temps normal un corps à corps enfiévré :

– Tiger… se plaint-elle.

– Hum ?

– Tu m'écoutes ?

– Mon pénis, lui, est très à l'écoute. Et si, comme tu dis, on rendait cette soirée plus intense au lieu de blablater ? Toi, tu choisis comment tu as envie de me corriger et moi, je m'occupe du curseur.

Je la mordille dans le cou. Candice soupire, elle semble hésiter, sur le point de flancher. Malheureusement, la seconde d'après, elle secoue la tête et se dégage lentement.

– L'un de nous deux va devoir se montrer plus adulte et responsable, débite-t-elle. Sinon tout cela finira mal. Tu es jeune, trop jeune, alors c'est moi, avec mes quelques petites années de plus… même si je ne les fais pas, qui vais devoir cadrer tout ça, conclut lady Candice avec une moue sexy.

Mon sourire s'élargit.

– On est d'accord sur un point : tu ne les fais pas et de toute façon, l'âge ne compte pas tant qu'on est tous adultes. Et puis, mon niveau d'expérience compense largement. Non ?

– Oui, ça, je m'en suis très vite aperçue.

Ses lèvres esquissent un sourire, le désir se lit dans ses prunelles, mais elle se maîtrise pour de bon.

– Je me suis aussi aperçue d'autre chose… ajoute-t-elle.

Pas besoin de discourir, je comprends ce qu'elle insinue, alors je l'interromps et tente de marchander autrement :

– L'accord reste inchangé, ma lady ; je l'ai dit, je fixe mes propres limites et tu as carte blanche pour l'aspect… technique. C'était le deal.

– C'est vrai, seulement plus ça va, et plus je réalise que nous sommes sur une pente glissante. Je ne vais pas t'électrocuter, Tiger ! Même si toutes ces douleurs insoutenables pour mes soumis et soumises les plus masos te font baiser ensuite comme un dingue, je commence à avoir peur. Et ça me fait moins triper.

Acculé, j'essaie de ne pas m'affoler.

– Putain, ne fais pas ça !

– Il le faut. Regarde ton corps, punaise. Tes poings sont constamment amochés. Tu es couvert de bleus, mais tu en redemandes. Ça devient toxique, dangereux. Pour toi. Et pour moi.

– Je gère, je contrôle parfaitement.

– Bien sûr… Mais moi, je ne sais pas où on va et il m'est impossible de te contrôler. De toute évidence, aucune Domina n'y parvient… Mieux vaut… mieux vaut freiner. Crois-moi, j'aurais préféré continuer, mais dans ces conditions, le risque que les choses tournent mal s'élève à chaque fois.

– Quels risques, bordel ? Ce n'est que du sexe, tu as l'habitude de trucs corsés, non ?

– J'arrête, Tiger.

OK, souffle un coup…

Je maîtrise mes nerfs un long moment, dans le silence qui retombe. Puis ma bouteille voltige et s'écrase contre la porte après que Candice en a franchi le seuil. L'alcool se répand sur les environs avec ses effluves entêtants. Je marche dans les débris et quitte la pièce à mon tour. Inutile de lui courir après, pas mon genre.

Je fais à peine quelques pas que je croise Peter, notre majordome. Cet appart doit être trop exigu, s'il est toujours dans le coin au mauvais moment, celui-là. Il me faut plus d'espace. J'ai l'impression d'étouffer pendant que Peter inspecte mon « état ».

Merde, je ne me suis pas rhabillé !

Son attention se cristallise d'abord sur l'anneau qui brille à mon annulaire. Ensuite, il détaille pensivement mes hématomes et autres traces de jeux… Peter s'efforce d'effacer cette mine désapprobatrice qu'il affiche assez régulièrement, malgré tous ses efforts. Et, droit dans ses souliers, il se racle enfin la gorge, plante son regard dans le mien. Au même moment, la porte d'entrée claque, nous signifiant le départ de lady Candice.

– Il faut qu'on parle, monsieur, me dit Peter.

– Plus tard.

– Sauf votre respect, monsieur, vous avez besoin d'entendre ce que nous avons à vous dire. Maintenant.

Je hausse un sourcil, décontenancé.

– C'est qui, « nous » ?

– Je me suis permis de contacter Anatjari, monsieur. Vu que j'ai eu du mal à canaliser vos... Enfin, j'ai estimé que son opinion conférera peut-être plus de poids à mes propos. Nous ne voulons que votre bien, monsieur.

Anatjari se montre alors. J'inspire, puis expire en fourrageant dans mes cheveux.

C'est moi ou cela ressemble à un putain de guet-apens ?

Les deux vieux sages qui m'ont quasiment vu naître se réunissent soudain pour me... Qu'est-ce qu'il a dit déjà ? Me « canaliser ». C'est une blague ? Je souffle encore avant de déclarer :

– Mon bien ? Peter, croyez-moi, vous n'avez aucune idée de ce qui me fait du bien ou pas. Et je ne discuterai certainement pas de cela avec vous.

– S'il vous plaît, monsieur Sexton. Nous avons une seule requête à vous adresser.

Je me crispe, mais demande :

– Laquelle ?

– Me permettre de reprendre contact avec le médecin qui vous suivait durant votre enfance, monsieur. Afin de...

Il laisse sa phrase en suspens. Peter et Anatjari, après avoir parcouru des yeux mon torse à travers les pans de ma chemise que je reboutonne maladroitement, explorent les marques, mes cuisses... Puis ils paraissent s'intéresser un peu trop à mes pieds nus par la suite. Anticipant leurs sermons à la noix, je secoue la tête pour les stopper.

– Non, c'est inutile.

– Tu as marché sur des tessons de verre, mon grand ? s'inquiète Anatjari dans sa langue aborigène, comme s'il ne voulait pas entendre mon refus.

Je baisse le regard sur mes pieds et remarque les empreintes de sang dans mon sillage. OK, sous le coup de la colère, de la frustration, je n'ai pas fait gaffe. Cependant, cette sollicitude a le don de m'agacer, je suis majeur maintenant, bordel !

– Ce n'est rien, réponds-je. Et tu n'aurais pas dû te déplacer pour si peu, Anat.

Décidé à leur fausser compagnie, je ne m'attends pas à ce qu'ils fassent front en me barrant le chemin. Techniquement, je pourrais passer en force, mais je ne souhaite blesser aucun des deux. Eux me perçoivent peut-être encore comme le petit Tiger qui gambadait partout avec son chien, Saucisse. Ils sont tellement loin du compte à présent...

– Si, il le fallait, mon garçon.

– Il est important pour nous de veiller sur vous, monsieur Sexton, s'obstine Peter. Pour une fois.

– Donne-nous ta parole pour le médecin, ajoute Anat. Engage-toi à reprendre les *check-in* et je reprendrai la route pour Canberra.

– Nous y tenons, monsieur.

Combat stérile, dialogue de sourds. Ils ne changeront pas d'avis et je n'ai pas l'énergie pour ces conneries. J'ai envie d'enfiler un jogging pour aller courir et évacuer les tensions qui me broient la cervelle. Blasé, je capitule.

– OK. Je le ferai.

C'est bien la première promesse que l'on me soutire depuis Sophia. Ce sera la dernière. Je vais tout cadenasser et garder un satané contrôle sur tout désormais.

1

Tiger
New York, de nos jours

Ça suffit !

Je stoppe le visionnage d'une énième vidéo – déjà vue, revue, re-revue – et me redresse. J'ai beau être déterminé, je sature certains jours. J'attrape mon portable et sors sur la terrasse de ma suite, accolée à celle de Sophia. Cette dernière est occupée à débaucher un chef vegan new-yorkais pour le mettre à la tête de son nouvel établissement du coin.

Tant mieux, comme ça, je ne l'ai pas dans mes pattes…

Le coup de fil d'Anaïs, mon assistante principale, écourte mes pensées frénétiques. Je reviens aux affaires courantes en lâchant d'une voix ferme dès que je décroche :

– Sexton.

– Bonjour, monsieur Sexton, me salue mon employée au bout du fil. Je voulais vous rappeler que votre anniversaire de mariage arrive dans trois jours. J'ai validé auprès du fleuriste l'envoi du bouquet de cent roses habituel à votre hôtel à Washington, puisque votre planning indique que vous et votre épouse y serez à cette date. Cela vous convient-il ?

Égaré un bref instant, je me ressaisis. L'anniv, merde ! Sophia s'attend évidemment à une attention particulière… C'est plus pratique de reproduire un schéma familier. L'idée de la centaine de roses rouges est le rituel classique emprunté à mes parents…

Je regarde l'heure avant de répondre :

– Parfait, Anaïs. En effet, j'ai encore quelques réunions aux États-Unis qui se termineront à Washington… Contacte la maison Cartier. Dis-leur de m'envoyer quelqu'un avec le nécessaire à l'aéroport le jour J, disons une heure avant le décollage. Ils connaissent les goûts de Sophia.

– Très bien. Je m'en occupe immédiatement. Je vous souhaite une bonne journée, monsieur Sexton.

Passons à la suite : le déjeuner prévu avec des partenaires d'affaires et leurs conjoints, ce midi, auquel je vais me pointer avec ma femme.

En homme rangé.

***

Océane
Plage de Bondi, Sydney, Australie

La chaleur est suffocante. Je suis synchro avec la météo. Il fait aussi lourd que cette chape de plomb dans ma poitrine, même la fraîcheur de l'océan n'y change rien.

Mais je suis quelqu'un de meilleur, aujourd'hui. Je suis quelqu'un de meilleur, n'est-ce pas ?

Je m'imprègne autant que je peux de ce leitmotiv en sortant des flots bleutés et inondés de soleil.

Chère Océane,

Je n'en reviens pas du toupet que tu as eu d'oser écrire à Romain.

Je me devais de te répondre pour te dire deux choses :

D'un, nous allons changer d'adresse, pour que tu ne puisses plus jamais le joindre…

Stop ! Hélas, à la virgule près, mon cerveau ressasse les mots contenus dans ce courrier. Je reprends de l'eau salée dans mes paumes et en asperge mon visage. J'ajuste mon haut de Bikini en essayant de ravaler tout ça…

Je réponds de mon mieux au sourire béat de Louane, ma nouvelle copine à Sydney. Je n'ai qu'à penser aux gens qui se caillent chez moi en France en ce moment pour mesurer ma veine et apprendre à savourer l'instant. Même si l'un des vestiges de mon passé doit être en train d'écumer Paname pour me retrouver… Je suis peut-être loin physiquement, mais mon esprit semble être resté bloqué là-bas.

– Ça mérite un selfie de première baignade en Australie ! me lance Louane.

Cette étudiante canadienne en langues, aussi à l'aise avec le français qu'avec l'anglais, est devenue instantanément ma pote préférée. La barrière linguistique n'existe pas quand je suis avec elle. Et puis, elle a le don de me tirer de la morosité qui parasite parfois mes pensées depuis mes premiers jours ici. Traîner avec elle m'aide à me sentir… presque *bien*.

– *Cheeeeeeese* ! dis-je à l'unisson avec Louane.

– Je la poste sur mon Insta et mon Snap ? me demande-t-elle.

Oh, non !

– Non, je… je n'aime pas trop m'exposer sur les réseaux sociaux, me défilé-je. Tu peux juste la garder pour toi et me l'envoyer, s'il te plaît ?

– Ça marche, ma louloute ! concède Louane.

Nous nous installons sur nos serviettes de plage. Je m'étale de la crème solaire, remets mon chapeau de paille et des lunettes de soleil. Louane sort du panier de pique-nique des tartines de Vegemite[1]. Ça, je ne m'y suis pas encore faite, le goût est assez particulier. Je picore en laissant mon regard vagabonder pour distraire mon cerveau. Ma copine, croyant que je m'intéresse à la gent masculine, se met à mater et à commenter. Techniquement, elle est en couple et ils semblent très amoureux, son Trevor et elle. Mais « regarder n'est pas tromper », philosophe-t-elle en se marrant.

– C'est une veille passive du marché des mâles à fort potentiel, tu vois ? se justifie-t-elle. Par contre, toi, je te conseille de foncer. Rien de mieux qu'une bonne dose de fun pour effacer cette mine tristounette.

Je lui souris.

– C'est quoi, ton genre de mec ? me demande Louane.

– Très bonne question… J'y réfléchis encore, éludé-je en rigolant.

L'unique relation de couple que j'ai eue à mes 16 ans est aussi devenue l'Erreur de ma vie avec un « E » monumental. Je ne veux plus d'illusions et je renonce volontiers à l'amour. Je dois déjà me convaincre jour après jour qu'il reste peut-être encore une petite miette de bonheur pour moi. Quelque part. Si je le mérite. Et que je réapprendrai à m'éclater sans prise de tête, si l'occasion se présente. Enfin, on verra bien…

– Mince ? Rondouillet ? Baraqué ? Brun ? Roux ? Blond ? Chauve ? insiste Louane, détendue. Bien monté ou petite quéquette ?

– Hey !

– Bah quoi ? Il faut de tout pour faire un monde, non ? se poile-t-elle.

Dans la foulée, elle m'entraîne dans un jeu qui consiste à essayer de deviner « l'équipement » des surfeurs et baigneurs autour de nous. J'apprécie cette légèreté, mais j'espère que personne autour de nous ne comprend le français. Le conseil de Myriam à l'aéroport taquine ma mémoire :

L'avis des gens t'importe trop, ma petite Océane. Surtout le négatif. Il faut te défaire de ça. Libère-toi, lâche-toi ! Va vivre ta vie !

Je veux bien… Bien plus souvent depuis que je suis en Australie. Je n'y arrive juste pas encore, pas comme avant, pas totalement, intensément, librement. Je sais que je peux être délurée, je le pouvais. Seulement le blocage est là, moins fort, mais toujours présent.

– Oh, le pauvre chou, il en a une minuscule, lui ! s'esclaffe Louane qui fait focus sur la combinaison moulante d'un surfeur au niveau de l'entrejambe.

---

1. Une pâte à tartiner typique en Australie, à base de levure, de couleur sombre et au goût salé.

Je stresse tout à coup :

– Il a plus ou moins compris, non ?

Oui, ce genre d'autocensure refait facilement tilt dans ma tête malgré moi.

– Et alors ? me répond Louane en léchant la pâte à tartiner salée sur son index. Les mecs font pareil à propos des nénés des filles. Égalité des droits, chérie ! Tu n'as rien retenu de *Sex and the City* ou quoi ?

– T'as raison, trinquons à Carry, Samantha et toutes ces femmes qui s'assument ! approuvé-je en décapsulant mon soda.

Pourvu qu'un jour, je puisse ressentir la même assurance et savourer mon séjour.

Je suis quelqu'un de meilleur aujourd'hui. Enfin, je crois.

2

Tiger
Washington, deux jours plus tard

La salle de sport est vide, mon staff s'en est assuré avant. Je commence ma séance seul, avec une heure d'avance. Le temps passe, il commence à faire nuit dehors, lui ne va plus tarder à se pointer pile à l'heure convenue. En effet, je note l'arrivée de mon rendez-vous tout en continuant à fouetter le sol avec les lourdes et épaisses cordes de bataille. De plus en plus vite, genoux fléchis, jambes écartées, je pousse chacun de mes muscles à l'endurance en soulevant et agitant les cordes devant moi, en continu.

À la fin de ma série d'exercices, le tee-shirt trempé de sueur, je rejoins le grand black silencieux. A priori, nous ressemblons à deux types qui se croisent dans une salle pour s'entraîner. Il se fond dans le décor en se mettant aux barres de traction, j'en fais de même. Mes doigts s'enroulent autour, je commence à me hisser et redescendre.

– Quelle était l'urgence, Terrence ?

– Il me faut un gars. Il coûte cher.

– Peu importe, engage-le si je peux en tirer quelque chose.

– Bien reçu.

La réponse succincte de Terrence en dit plus long qu'un discours inutile. Son passif d'agent du MI6 en fait quelqu'un d'organisé, d'efficace et d'une précision chirurgicale. Il ne blablate pas pour rien, et ça, j'apprécie. Je poursuis mes tractions, concentré sur la suite durant l'effort physique soutenu. Nos face-à-face sont rarissimes. Pour la discrétion et la réussite de l'opération…

– Ça va faire dix ans, Terrence, dix putains d'années.

– Affirmatif, monsieur. On est proches du but. Je vous enverrai le pedigree du nouveau. Il nous sera très utile en Europe.

– OK, tu recevras la somme nécessaire sur le compte off shore.

– Bien, monsieur.

– Je retourne à mon hôtel, ma femme m'attend.

– Oui. Bonne fin de soirée.

– Il me faut des résultats.

Sur ce dernier coup de pression, je laisse Terrence. J'enfile mon haut de survêt', rabats la capuche sur ma tête et pars en petites foulées. Je cours un long moment sans avoir envie de regagner ma suite. Des choses affluent dans mon crâne…

J'ai quoi, 9 ans ? J'ai volé un briquet dans la cuisine. Et maintenant, ma paume est ouverte au-dessus d'une chandelle allumée. Elle descend, se fait lécher par la chaleur de la flamme. Je compte… Vingt-cinq, vingt-six, vingt-sept…

– Tiger ! Mais qu'est-ce que tu fais ?

Ma mère hurle, se précipite vers moi. Une odeur indescriptible flotte autour de nous. J'aurais pu tenir plus longtemps. J'aurais pu, je le sais. Ma mère saisit mon poignet et regarde le creux de ma main. Pourquoi a-t-elle ce regard affolé ? Ce n'est qu'une petite brûlure.

– Oh, mon Dieu… murmure maman. Tu… tu… Ne refais plus jamais ça, et n'en parle à personne. Tu m'entends, Tiger ?

– C'est juste un jeu, maman.

– Non ! Plus jamais, est-ce que tu as compris ?!

J'arrive à mon hôtel, commence à m'étirer, le souffle régulier. Je m'ancre dans le présent. J'ai des dossiers à gérer, j'ai Sophia et j'ai une traque en cours…

***

Comme prévu avec Anaïs, le joaillier de luxe préféré de Sophia nous attend dans un salon privé de l'aéroport de Washington. Je dépose une carte Amex sur la table et laisse Sophia en shopping personnalisé pour m'isoler dans un coin. Pendant que ma femme essaie des bagues et colliers Cartier, j'entame discrètement une brève réunion en ligne avec Terrence. Il me fournit son rapport journalier :

– Je peux vous le confirmer maintenant, monsieur. Nos investigations ont fait un bond considérable, m'indique-t-il.

– Vous avez une cible distincte ?

– Affirmatif. Je vous fais suivre par voie sécurisée les dernières informations recueillies. Il faut encore creuser, mais la piste est sérieuse.

– Je veux tous les détails.

Je raccroche, pince l'arête de mon nez. Qu'est-ce qui me tenaille ? Le stress ? La peur de me planter et d'être encore frustré et déçu ? Ou autre chose ?

Mon regard croise celui de Sophia. Elle a de toute évidence craqué sur un ou deux bijoux, car ma carte passe de sa main à celle du joaillier. La combler matériellement et financièrement est ce qu'il y a de plus facile…

Focus, Tiger.

J'adresse un signe au pilote de mon jet qui patiente à l'angle du salon.

– Vous êtes prêts à décoller, monsieur Sexton ? me demande celui-ci.

Reportant mon attention sur mon épouse, je lui renvoie la question :

– Sophia ?

– Oui, j'ai fini, Ty.

Elle range ses affaires dans son sac et se lève avec élégance pour venir me coller un baiser et me rendre la CB. Mais je la lui laisse.

– Tu peux la garder, j'en ai d'autres, maugréé-je tandis que ma bouche évite la sienne.

Ses lèvres s'échouent sur mes mâchoires.

– Bon anniversaire de mariage, Ty, minaude-t-elle. J'adore mon cadeau, et l'Amex aussi bien sûr. J'espère que le mien te plaira également.

J'en doute. Que peux-tu m'offrir que je veuille vraiment, que je n'aie pas déjà ou ne puisse pas obtenir par moi-même ?

– Parfait. Allons-y, décrété-je.

Fermé à ses badinages et à tout dialogue, je traverse le Tarmac avec ma femme, le nez dans mon téléphone.

Dans le jet, je fixe l'extérieur sans le voir vraiment. La projection d'images dans ma tête est plus tenace que l'instant présent. Dommage collatéral.

Duvets hérissés… L'excitation monte… Des mains… Encore des mots… Tissus immaculés… Frôlements… Gémissements… Fleurs écrasées… Mon sexe, des langues… Chaleur moite… Lumière verte… Non, rouge… Jaune… Indigo ? Étreintes… Seins… Galbes dénudés… Désir… Fluides… Luxure… Paillettes de sueur sur les peaux… Soupirs au bord des lèvres…

– Ty ?

La voix de Sophia me tire de ma dérive silencieuse. Merde, c'est allé trop loin ce coup-ci ! Je cesse de fixer le néant, remballe ces bribes d'images indicibles en pivotant ma tête vers ma « tendre moitié ». Quelle brillante idée d'effectuer ce voyage ensemble !

« Le couple Sexton a été aperçu à Washington-Dulles aujourd'hui. »
« Il se chuchote qu'ils fêtent leurs onze ans de mariage… »

Rien que pour alimenter ce genre de titres prévisibles dans les journaux et maintenir une surface bien lisse, je me plie à quelques compromis de ce type. Comme n'importe quel couple de notre sphère. Riches, inatteignables, heureux…

– Ty ?

– Hum ?

Je ne peux m'empêcher de noter les places assises vides dans mon taxi volant. Et constater que malgré cela et le WiFi à bord qui devrait nous garder absorbés par nos PC jusqu'à l'atterrissage, Sophia a envahi le siège à mes côtés. Je ne sais pas, moi, elle aurait pu piquer une petite sieste dans la chambre. Au lieu de s'inviter dans mon espace vital au moment où mon crâne est en surchauffe et dans un foutu désordre.

– Alors ? insiste Sophia.

Je n'ai pas écouté un traître mot.

– À propos de ? dis-je, en fourrant les doigts dans ma tignasse.

J'accuse le coup des décalages horaires successifs et du manque de sommeil. J'espère que Sophia ne va pas encore me sortir son couplet « Et si tu calmais un peu le jeu ? Prends au moins une journée de repos… » Ou encore « Laisse-moi m'occuper de toi ».

Mon épouse soupire, tourne son ordinateur dans ma direction. Je me résous à lire un bout pour découvrir son échange virtuel avec une rare « copine ». Rectification, la femme d'un homme avec qui je m'entends plutôt pas mal, car son réseau m'a ouvert des perspectives il y a quelques années… Je relève mes iris interrogatifs sur Sophia pour lui demander :

– Pourquoi tu me montres cette discussion ?

– Ty ! Donc je parle dans le vide depuis plusieurs secondes, ponctue-t-elle d'un air affecté.

À l'aide de son pouce, elle triture son alliance. Mes traits deviennent inexpressifs, la pulpe de mon pouce appuie fort sur mon propre anneau. J'ai l'impression que cela fait une éternité.

– Va droit au but, tu veux ?

Ses prunelles s'émeuvent, les miennes demeurent sans émotion. Sophia déglutit, et continue :

– Je te parlais de mon cadeau pour toi… et te demandais aussi un petit service pour mon amie.

« Son amie », cela sonne biaisé. Mais Murphy approuve ce genre d'initiatives…

Je lui demande :

– De quelle nature ?

– La fondation caritative de Lilas Hood met en place une exposition d'art contemporain pour ses donateurs. Son mari, Steen, lui a parlé de tes Basquiat[1]. Ceux qu'il a admirés dans notre maison de Melbourne.

1. Tableaux de Jean-Michel Basquiat.

– Ahan.

Parler tableaux me renvoie aussi au patrimoine manquant sur ma liste : les Frida Kahlo évaporés dans la nature avec d'autres œuvres d'art… Je regarde Sophia.

– Lilas aimerait beaucoup qu'ils figurent parmi les œuvres qu'elle réunit pour l'occasion, m'affirme-t-elle en prenant un air suppliant.

– Je ne joue pas au philanthrope pour la galerie ou pour des abattements fiscaux intéressants derrière une « bonne action », contrairement à certains de mes congénères.

– Je sais, Ty.

– Alors arrête de me demander de faire des trucs pour être bien vu, parce que ce genre de considérations ne fera jamais partie de mes motivations. Et mes tableaux ne quittent jamais nos propriétés.

– Je sais. Mais tu pourrais faire une petite exception ? Pour moi. Lilas a largement contribué à attirer le gratin de Paris et de Hollywood dans mes restaurants. Et Steen te sera redevable d'avoir comblé sa femme, comme il ne peut rien lui refuser…

Un brin exaspéré par la comparaison que je sens venir, je la contre sèchement :

– Je n'en fais pas assez, Sophia ?

– Si… Je voulais juste souligner que Steen Hood te renverra l'ascenseur un de ces quatre pour ce service. Mais ça, tu t'en doutes.

OK, je lui accorde un point : ce raisonnement définit assez bien ma manière de voir le monde, de gérer mes affaires. Du donnant-donnant. Les doigts de Sophia se posent sur ma main. Je me contracte, soutiens son regard jusqu'à la sentir troublée.

– Je te remercierai de la manière que tu voudras… commence-t-elle. Et pour en revenir à ton cadeau, j'ai repensé à la suggestion de Murphy…

Sophia me caresse, je me raidis davantage et ébauche un rictus. Si je ne la cernais pas si bien, je ne me crisperais pas ainsi. Mais je la connais…

– Je t'écoute.

– Je vais appliquer son conseil, me réplique-t-elle, évasive. Du moins, j'y réfléchis beaucoup.

Je récupère ma main sous la sienne, le contact a assez duré. Exténué, je frictionne mon visage.

– Je suis assez grand, Sophia. Pour ça… je n'ai pas besoin de ton intervention. D'aucune manière.

Ses traits se tordent, un voile de tristesse obscurcit ses yeux. Je rouvre mon ordinateur, pour lui signifier la fin de cette discussion qui dérape. Nous tanguons vers la sempiternelle négociation à laquelle je coupe toujours court.

– Je sais, mais depuis Kelly, je… J'essaie vraiment… S'il te plaît, Ty, bafouille-t-elle.

Je me plonge dans un silence pensif. Kelly a été utile un temps avant de faillir foutre la merde en contactant un torchon à scandale… Je me décide à clore ce débat :

– Demande à Lilas Hood où faire expédier mes Basquiat et pour combien de temps. Tu te chargeras des assureurs et du transfert ?

Moi, je dois maintenir ma concentration au maximum, loin de ces futilités.

– Oh, merci, Ty ! se réjouit Sophia. Je te promets un cadeau sublime.

Sa promesse me laisse merveilleusement indifférent. Je me contente de hocher la tête avant de revenir à mes mails. Sophia retourne à sa conversation en ligne dans son fauteuil, de l'autre côté de l'avion.

Quant à moi… des trucs rempilent dans mes pensées. Entre l'idée que Murphy a fourrée dans le crâne de Sophia et la tournure que peuvent prendre les recherches menées par Terrence et ses gars… Mon corps, ma tête, mes fantasmes cadenassés menacent de céder sous la pression.

Et pourtant, mieux vaut renforcer mes verrous, garder le contrôle. Coûte que coûte.

3

Océane
Sydney, des jours plus tard

Coucou Myriam,
Ici, tout va bien. Pour vous aussi, j'espère. Voici mon nouveau numéro. Je vous enverrai des photos par WhatsApp. À garder pour vous, bien sûr… Et sinon, tout est tellement magnifique à Sydney. L'opéra est encore plus splendide en vrai ! Et tu sais quoi ? Il y a autant de perroquets colorés dans les arbres que de pigeons à Paris. J'ai aussi croisé des koalas, sans même être allée dans un zoo. C'est fou !
Il ne me reste plus qu'à trouver un taf, pour mieux en profiter.
Gros bisous. Embrasse les autres de ma part. Vous me manquez.

J'envoie mon mail. Puis je me motive à prendre quelques clichés avec mon Instax pendu à mon cou, cadeau de départ offert par les éducateurs du foyer qui se sont cotisés pour moi. Une rare marque d'affection qui me fait encore chaud au cœur aujourd'hui.

Jouer les touristes extasiés n'est pas si difficile en fin de compte ; le dépaysement est à la hauteur de mes attentes. Eh oui, je me sens mieux dans ce pays. Je déambule maintenant dans le quartier The Rocks, en agitant mes diapositives et soufflant dessus sur le temps que les images apparaissent.

Tout est en bonne voie, va de l'avant.

Je me le répète une fois, deux fois, trois fois… jusqu'à ce que mon cerveau et mon cœur y adhèrent et positivent aussi. Je range mes photos et mon appareil dans mon sac, chope mon portable pour vérifier l'heure. J'ai toujours de la marge, mais je dois chercher de mémoire le restaurant The Sexton's. J'y suis déjà venue une fois. Je n'en reviens pas que le proprio de cet établissement huppé m'ait rappelée.

Ma chance serait-elle en train de tourner favorablement avec ce nouveau départ ? Pour une fois, maman aurait peut-être été fière de sa fille. Après mon parcours médiocre sur certains plans, l'abandon de mes études de droit alors que j'ai bossé dur pour décrocher mon bac dans ce seul objectif : pour devenir avocate et défendre des mineurs dans le besoin…

Ce rêve est mort et enterré. Un autre, plus vivace, s'est transformé en nécessité quasi vitale par la suite : partir loin.

Malheureusement, cela coûte aussi des sous, quand on trouve enfin la motivation de réaliser ses rêves. Niveau thune, je ne dispose que du strict minimum requis pour l'obtention du *Working Holiday Visa*[2]. Mes maigres économies s'envolent et je ne vais pas bénéficier indéfiniment de l'hospitalité des étudiants qui m'ont accueillie dans leur coloc. L'agence de relocation m'a proposé ce logement provisoire – pile dans mon budget – le temps que le garçon, un Péruvien dont j'occupe la chambre, rentre de vacances. À savoir très bientôt.

Bref, il me faut un job. Ce job ! Et avoir enfin mon chez-moi.

Je lève les yeux sur Harbour Bridge qui surplombe les lieux, si majestueux.

Mon réseau amical se limite pour l'instant aux jeunes de la colocation. Surtout Louane, avec qui le courant passe toujours super bien. Si mon entretien d'aujourd'hui aboutit, j'aurai tout le temps de suivre le conseil de Myriam : réapprendre à m'éclater, m'affranchir enfin de l'avis des autres.

À chaque tournée de distribution de CV, je constate quand même que mon anglais balbutiant pose un peu problème, mais je persévère. Si je veux que ça marche, je dois être la première à y croire, à croire en moi. Les étals joyeux de produits bohèmes du marché, les touristes qui flânent, les résidents qui vaquent à leurs occupations, tout cela me donne envie de profiter de mon séjour. Et d'être cette nouvelle version de moi-même à laquelle j'aspire…

Alors ce restaurant ? The Sexton's ! Le voilà !

Soulagée, je regarde l'heure sur mon téléphone avant de m'arrêter en face de l'enseigne sélecte. C'est le genre d'établissement où un quart de laitue te coûte la peau des fesses. Une sorte d'équivalent du Fouquet's à Paris ou autres merveilles culinaires étoilées hors de prix.

La bâtisse coloniale se dresse devant moi avec sa vue époustouflante sur le port. Sur la terrasse, une clientèle dorée sirote de grands crus. À l'instar du premier jour où j'ai timidement déposé ma candidature, j'hésite à y remettre les pieds, éblouie par le standing. Mes cinq minutes d'avance me paraissent soudain difficiles à gérer. Je flippais de me perdre ou d'arriver en retard, maintenant je stresse de tout foirer.

Est-ce que je présente assez bien ? Je n'aurais pas dû enfiler cette robe patineuse !

Une once de doute se manifeste tardivement en moi. Mais je n'ai plus le

2. *Working Holiday Visa* (ou visa PVT, en français) est un programme pour les jeunes Français de 18 à 30 ans. Il permet de passer des vacances en Australie tout en y travaillant pendant un an.

temps de tergiverser. J'inspire un grand coup, tapote mon chignon lâche d'où s'échappent des mèches folles et m'arme de culot.

Souviens-toi : pas de franglais, Océane. Tu peux le faire !

J'expire, mes sandales plates dorées foulent le sol du restaurant, un sourire poli se plaque sur mon visage. Une délicieuse odeur de mets gastronomiques flotte dans l'air, la musique d'ambiance très légère en fond sonore rythme les coups de fourchettes et discussions aux tables. Je regarde autour, définitivement impressionnée par la décoration raffinée.

– Bonjour, mademoiselle.

Je reconnais celui à qui j'ai remis mon curriculum vitae la dernière fois. Allure soignée, droit comme s'il avait un parapluie coincé dans le…

Déconne pas, Océane, c'est peut-être ton futur boss !

Je me retiens de pouffer nerveusement, et opte pour l'automotivation.

Pas de « Bryan is in ze kitchen ». Décroche-moi ce poste, ma poule !

– Bonjour. Je suis ravie que vous m'ayez rappelée, réponds-je tandis que nous échangeons une poignée de main.

J'ai réussi à le dire d'une traite en anglais ! Une microfierté germe dans mon petit corps à cran. Avoir abandonné la fac un an après mon bac n'a peut-être pas trop altéré mes acquis dans la langue de Shakespeare, au final.

– Content de vous revoir. Vous avez déposé votre candidature en plein rush l'autre jour, nous avons du temps pour discuter plus tranquillement aujourd'hui, m'explique le monsieur.

– Avec plaisir.

– Merci d'avoir accepté de faire au pied levé la petite vidéo de présentation sur mon téléphone. La propriétaire l'a visionnée et elle est prête à vous recevoir. Suivez-moi.

La proprio ? OK, c'est une nana.

Et la vidéo était inédite pour moi. Donc je ne m'en suis pas si mal tirée ? Je trottine derrière le gars tout raide en bloquant les tentatives de dérision de mon cerveau stressé sur son allure guindée. Nous quittons la salle. La nervosité ne m'aide pas à canaliser mes pensées qui vont tous azimuts ; autant parler :

– Excusez-moi, et vous, vous êtes ?

– Je suis Mike Woods, le gérant de ce restaurant-ci. Mme Sexton en possède d'autres à travers le pays, ainsi qu'à l'étranger.

– Oh, je vois.

Mme Sexton, c'est noté.

Il marque une pause aux entrées de la cuisine, pivote pour me regarder.

– Vraiment ? Vous voyez ? répète-t-il d'une drôle de manière.

Le trac zigouille sans doute ma perception. À moins qu'il n'ait remarqué que je n'avais encore aucune idée de qui dirige ces lieux, ou senti mon envie involontaire de glousser. Ou alors, il sait… Non. Je dois me ressaisir, ils ne savent rien de moi, excepté ce qu'il y a sur mon CV et sur la courte vidéo sur le Smartphone du gérant. Cependant, moi, j'aurais dû interroger Internet à propos de The Sexton's avant de m'y pointer. Ça sent la meuf pas préparée du tout. Ma positive attitude s'éteint.

Et si je ne convenais pas et étais éjectée dans trois secondes ?

La propriétaire n'a sûrement pas de temps à perdre avec une jeune expat' qui aligne difficilement une phrase correcte en anglais sans chercher ses mots. Une fille qui ignore l'essentiel sur son potentiel futur employeur.

La défaite !

– J'imagine qu'elle est très occupée, me rattrapé-je, un brin dépitée.

– En effet. Mais après la présélection, elle a voulu vous rencontrer… Allez tout droit, Mme Sexton vous attend au fond, dans le bureau du chef.

Le dénommé Mike Woods rebrousse chemin, j'inspire à nouveau et suis ses directives. Personne ne prête attention à moi. Je suis la nana transparente slalomant entre les membres de la brigade qui circulent sous les ordres d'un homme en panoplie de chef. Lui me jette à peine un coup d'œil avant de s'agacer sur un commis. Je rentre les épaules et accélère le pas.

Je toque à la porte, tourne la poignée avec une boule d'appréhension dans le bide en entendant un « Entrez ! ».

– … Mes bébés se portent à merveille, ils ont bien grandi depuis la dernière fois que vous avez vu le petit dernier, termine une voix douce. Ils font ma fierté.

À l'intérieur, je découvre une superbe métisse assise sur le bord du bureau, en jupe moulante, les jambes croisées. Un spécimen tout droit sorti d'un défilé Dior. De ses cheveux châtains à la pointe de ses sandales aux talons vertigineux, rien n'est à redire. Je déglutis, me sentant encore plus intimidée. Son téléphone collé à l'oreille, elle se redresse. La pierre au creux du décolleté de son chemisier doit valoir à elle seule le prix d'une baraque en banlieue parisienne.

Bon sang, pourquoi mon esprit bloque sur un détail pareil ? Je me laisse bouffer par le trac.

– Pardon, je peux vous rappeler ? s'interrompt la femme. La personne que j'attendais vient d'arriver.

Elle m'adresse un signe en écoutant son interlocuteur.

– … Je n'y manquerai pas. À bientôt, achève-t-elle.

Elle raccroche, me tend sa main.

– Vous êtes ponctuelle, vous avez même une minute d'avance. Nous apprécions cela. Sophia Sexton, enchantée de vous rencontrer, mademoiselle Rousseau.

Nous ?

– Moi de même, madame Sexton.

Ses yeux noisette me jaugent minutieusement. Difficile de savoir si c'est bon ou mauvais signe.

Ma tenue ? Mon physique ? Mon maquillage ? Ma coiffure ? Punaise, un truc cloche ?

Il paraît que la première impression est souvent déterminante, je fais bonne figure en me remotivant intérieurement. J'ai enfin cette occasion inédite de donner une meilleure image de moi, très loin de la France. D'accord, l'apparence compte pour servir dans un endroit de ce calibre, mais cette somptueuse patronne ne s'amuse sûrement pas à s'entretenir avec tous les candidats, vu le volume de ses affaires. Et puis, j'ai été serveuse durant une grande partie de ma vie active… OK, c'étaient des boulots d'étudiant dans des bistros sans prétention et un job d'équipière dans un McDo. Rien à voir avec ceci. Je dois gérer devant Miss Australie.

Je respire un bon coup. Elle se décale, m'indique une chaise.

– Vous êtes aussi mignonne que sur la vidéo de présentation, me surprend-elle.

Mignonne ? OK. On va dire que mon apparence est validée. Et je ne vais pas monter sur de grands chevaux antisexistes, en mode Balance ton porc, vu la personne qui m'adresse ce compliment déroutant.

– Euh… merci, madame Sexton.

– Constat sincère. Prenez place, je vous prie, me dit-elle.

Elle néglige le fauteuil d'en face pour s'installer à nouveau sur le bord de la table. Pas besoin d'obstacle pour en imposer, et cette femme le sait visiblement. Elle saisit un dossier, l'ouvre, je revois mon CV et ma photo.

– Bien. Vous êtes Océane Lilia Rousseau, 20 ans, française avec un *Working Holiday Visa* vous permettant de travailler en Australie. C'est bien cela ? poursuit-elle dans ma langue, à ma grande surprise.

Ouf ! Je bafouillerai moins.

– Tout à fait. Je suis arrivée il y a quelques jours avec mon visa PVT d'un an et je cherche sans relâche un emploi.

– Afin de gagner un peu d'argent de poche pour mieux en profiter ? déduit-elle dans un français impeccable avec un soupçon d'accent anglophone.

– Exactement. J'avais envie d'aventure et de découvrir votre pays.

Et accessoirement de réapprendre à flirter. De baver sur des surfeurs avec Louane, voire plus si affinités pour oublier… On ne s'égare pas !

– Travail, aventures et tourisme, on va dire, reformulé-je.

Un léger sourire se dessine sur ses traits. Purée, elle est encore plus canon, ça me ferait presque grimacer de le reconnaître. C'est comme si Photoshop avait conçu un gosse avec la réalité : une perfection féminine grandeur nature. Les gens la contemplent certainement dès qu'elle entre quelque part. Je refoule mes petits complexes, lisse ma modeste robe Pull&Bear sur mes cuisses en m'efforçant de ressembler à une fille pleine d'assurance sous son examen détaillé.

– Jusque-là vous êtes conquise par l'Australie, mademoiselle Rousseau ?

– Oh, oui ! Mais je… je dois trouver un boulot… et un logement plus durable.

Merde, maintenant tu parais un chouia désespérée, ma grande.

Mme Sexton hoche la tête. Le silence dure quelques secondes, la sensation de ne pas assurer à ses yeux augmente ma pression. Ses ongles manucurés taquinent sans cesse une bague sur son annulaire, puis elle frôle la chemise de documents en m'observant.

– Voyons si je peux y remédier, mademoiselle Rousseau. Dites-m'en un peu plus : pourquoi devrais-je vous choisir, vous, parmi d'autres ?

– Parce que je serais honorée de perfectionner mes expériences et compétences professionnelles au sein d'un établissement prestigieux comme The Sexton's.

Dans ses prunelles, je constate qu'elle a l'habitude qu'on lui cire les pompes, sans en ressentir un effet quelconque d'ailleurs. Je me racle la gorge et réfléchis pour trouver mieux.

– Je suis fiable, bosseuse et déterminée, madame. J'ai économisé pour ce voyage, quitté ma zone de confort, mes petites habitudes pour saisir une opportunité telle que celle-ci dans un pays dont je rêvais. Je ferai de mon mieux pour en être digne.

Elle n'a pas besoin de savoir que l'avis des nouvelles personnes que je rencontre m'aide à reconstruire l'image entachée que j'ai récoltée chez moi. Toutefois, j'espère qu'elle est convaincue de ma sincérité et de ma motivation. En tout cas, elle rouvre le dossier entre ses mains.

– Des attaches ? Ici ou en France ? me prend-elle au dépourvu.

– Pas vraiment… Je suis libre comme l'air et je prends mes marques à Sydney.

– Hum… Dans ce cas, vous pourriez potentiellement convenir.

Ne jubile pas trop vite, Océane. Calme ton petit cœur en émoi.

Elle soulève mon CV. En dessous, j'entrevois d'autres papiers au lieu de la pile de candidatures diverses présélectionnées à laquelle je m'attendais. Si ce dossier est uniquement le mien, toute cette paperasse représente quoi ?

– Toutefois… entame la métisse, j'ai besoin qu'on s'entende sur les formalités de votre possible embauche.

Elle a dit « possible embauche » ?!

J'essaie de garder ma retenue. Elle me tend la paperasse, j'en déchiffre l'en-tête. Mes yeux s'arrondissent en s'orientant vers elle. Il ne s'agit pas du contrat classique de travail espéré…

– Mais c'est… c'est un accord de confidentialité ? m'étonné-je.

– Tout juste ; nous appelons ça couramment un NDA pour *Non-Disclosure Agreement*. Nos avocats ont pris soin de le rédiger en français et en anglais afin que vous sachiez exactement le contenu que vous signerez.

Respire, Océane. Freine ton imagination qui déraille.

4

Océane

Je dévisage la propriétaire du restaurant, le cœur palpitant, et je répète :

– Le contenu ?

– Oui, dans les deux langues, car Mike m'a briefée sur vos difficultés avec notre langue, affirme-t-elle.

Aïe, grillée pour l'anglais !

Néanmoins, Mme Sexton fait preuve soit d'une délicate attention, soit d'une redoutable réactivité de femme d'affaires avec cette traduction prévue juste après un petit rapport de son gérant. Efficacité et zéro perte de temps. Ou juste une routine ; d'autres expatriés sont probablement passés par ses restaurants dans leur recherche d'emploi…

Je tente quand même de minimiser mon point faible. Je suis trop près du but.

– Merci pour cet effort, madame. Je compte m'améliorer au cours de mon séjour linguistique, mon but étant aussi, bien sûr, de pratiquer au quotidien l'anglais.

– Je n'en doute pas. Vous en aurez l'occasion… En revanche, si je dois vous ouvrir nos portes, je tiens à m'assurer que rien ne filtrera. Vous comprenez, la moindre broutille sur nous se vend aux vautours, nous prenons des dispositions pour les maintenir à distance.

Nous ? C'est qui ce « nous » qui revient ? Elle ? Des célébrités qui viennent probablement manger là ?

– Je comprends pour la presse. Ce n'est pas mon genre de colporter et puis il n'y a aucune chance qu'en servant au Sexton's, je m'occupe de la vie des clients et…

– En travaillant ici, peut-être. Mais vous n'êtes pas retenue pour le poste pour lequel vous avez postulé. Vous n'avez pas le profil.

Quoi ?

Qu'est-ce que je fabrique entre ces murs dans ce cas ? Mes expériences professionnelles ne concernent que le service en salle. Je masque difficilement ma déception, un brin vexée de ne pas coller à ce qu'elle recherche. Je ne suis pas assez jolie et classe pour mériter de servir dans son restaurant ?

Ou c'est à cause de mon anglais approximatif ? Pire encore, les deux ? Ça y est, je perds confiance en moi.

– Je ne saisis pas, madame Sexton. Pourquoi ce rendez-vous et cet accord de non-divulgation si ma candidature est rejetée ?

– Je vous propose autre chose, mademoiselle Rousseau.

– Oh.

– Vous avez le choix : vous signez le NDA, et on en discute. Ou nous nous en tenons là si vous préférez, assène-t-elle posément.

Je tente de réfléchir, perturbée. Je veux un boulot, non ? Apparemment j'ai les aptitudes pour cette fameuse proposition, donc autant parcourir les pages de ce machin et voir ce que ça donne. Mon cœur se remplit encore d'espoir, mon optimisme se pointe de nouveau. Je recommence à déchiffrer à la louche le contenu :

« Le présent accord de confidentialité couvre l'intégralité des échanges et interactions entre les parties… Bla-bla-bla… Durant le temps qu'elle passera au sein de la famille Sexton, Mlle Océane Lilia Rousseau, ci-après nommée l'Employée, s'engage à ne pas divulguer d'informations d'une quelconque nature à des tiers concernant M. et Mme Tiger Sexton ci-après nommés les Employeurs… L'Employée sera… »

Mes cellules grises buggent. Je relève mes yeux ahuris sur la femme sophistiquée qui patiente en me scrutant.

– Je… Ce Tiger Sexton est votre époux ?

– Exact.

Mon interlocutrice refait son truc, elle tripote sa bague. Son alliance, en fait…

– Donc, j'aurai deux employeurs, car les restaurants vous appartiennent à tous les deux, je suppose ?

– Comme je vous l'ai expliqué, il ne s'agit pas de mes restaurants. Tiger n'intervient plus dans ma gestion, ni pour le personnel que je recrute. Il a ses propres occupations dans son entreprise de construction navale et activités connexes… Cependant, la confidentialité nous couvre tous les deux, bien évidemment.

OK… Ce que je décèle pour l'instant, c'est qu'ils sont friqués et débordés. Dans leur position, forcément, ils contrôlent leur image. Ça ne me dit pas pour quel job je passe l'entretien.

Tu te prépares à servir des plats au Sexton's et tu te retrouves à signer un accord pour la boucler. C'est quoi, le truc ?

Ma curiosité est piquée. Sans compter que ça urge pour renflouer mon nouveau compte bancaire australien. Alors va pour la confidentialité si ça les rassure. J'hésite, puis signe la feuille en trois exemplaires. Sophia Sexton pousse un soupir discret. Enfin, je crois.

– C'est fait. Je vous écoute, quelle est votre proposition ?

– Très bien. Voici l'offre d'emploi, statue-t-elle en s'emparant des papiers pour me les remettre.

Mes doigts un peu moites les réceptionnent. Mes iris s'animent sur les lignes écrites. Mme Sexton récupère les feuilles signées, m'en laisse. Entre-temps, son portable sonne, elle décroche et me chuchote un « Prenez votre temps ».

Je me concentre. La lumière ne tarde pas à s'allumer dans mon crâne. Mes questions trouvent leurs réponses. Deux autres prénoms – Byrne et Annie – apparaissent. Je devine qu'il s'agit des petits Sexton.

Une jeune fille au pair ! Ils cherchent une jeune fille au pair !

D'où les précautions ; ce job implique de vivre dans leur(s) maison(s), de partager leur quotidien. Je ne m'attendais pas à ça, mais je pense pouvoir m'en sortir avec leurs enfants. Les gosses m'adorent, ça devrait le faire. Contrat de six mois, logée, nourrie, blanchie, le jackpot dans ma situation actuelle. Cool, non ? Je suis au milieu de ma lecture, l'esprit surexcité, lorsque Miss Australie termine sa conversation et m'adresse un sourire incertain.

– Alors ? me demande-t-elle. Vous avez besoin d'un temps de réflexion ? Je suis navrée, je dois écourter, j'ai une urgence.

– Euh… déjà, je suis très honorée. Et je tiens à vous assurer que je gère super bien avec les enfants, vous pouvez me faire confiance. Je suis tentée. Je finis vite et vous donne une réponse immédiate si vous le souhaitez.

Une expression fugace transparaît sur son visage. J'ai merdé ? Elle regarde sa montre. Mince, mais oui, c'est ça ! Pour les gens de sa sphère, le temps, c'est de l'argent à ce qu'il paraît et je lui en fais perdre. De crainte que cela joue en ma défaveur et de voir cette opportunité me filer sous le nez, je me dépêche de survoler les termes. Je n'ai jamais absorbé une telle quantité de jargon juridique en si peu de temps. La famille Sexton m'ouvre ses portes durant six mois… Possibilité de voyages à leurs frais… Purée, ça a l'air génial. Plus de stress de devoir retrouver un taf durant un semestre entier ! Surexcitée, je tourne les pages, arrive à la fin. Sophia Sexton arpente le bureau, semant le bruit de ses talons dans la pièce. Elle n'arrête pas de tourner en rond.

– C'est bon pour moi, dis-je. Il y a juste un hic…

J'ose à peine émettre ma requête, mais tout le monde n'est pas Crésus.

– Je… je suis un peu gênée de vous le demander puisque vous m'offrez déjà le gîte et le couvert… Est-ce pour cela qu'aucun montant de salaire n'est mentionné ?

Elle s'arrête, rive son regard noisette au mien. Je gigote, mordille l'intérieur de ma joue.

Zappe l'effet de pauvre mendiante que tu ressens et souris poliment.

– Oh, ne vous inquiétez pas pour ça ! Hors de question que vous ne soyez pas rémunérée, voyons. Ce champ est laissé vide exprès, à vous de nous indiquer un chiffre à l'emplacement indiqué. Votre montant sera le nôtre.

Hein ? Ça y est, je suis en train de rêver. Une licorne pailletée chevauchée par un cavalier torride va apparaître et je vais me réveiller, avec le seum.

Ma tronche doit être hyper comique à cet instant, car cela soutire un rire cristallin complètement inattendu à Sophia Sexton. Mes lèvres se referment, je réalise seulement à ce moment que ma bouche s'était entrouverte d'incrédulité. Pour ma défense, c'est trop dingue pour être réel, non ? Ou alors leurs garnements sont des terreurs, des têtes à claques pourries gâtées et insupportables qui ont épuisé le stock de nounous du pays. Je ne vois pas d'autres explications logiques.

– Non, sérieusement ? Je fixe mon propre salaire ?

– Absolument, mademoiselle Rousseau, vous avez carte blanche, dans la limite du raisonnable. Ne nous demandez pas de quoi vous payer un jet et un yacht, commente-t-elle en attrapant son sac de créateur.

Son air amusé la rendrait presque accessible et sympa. L'argent n'est clairement pas un souci dans son monde. Dans le mien, je suis trop sonnée et habituée à « la vie normale » pour prendre ça à la légère. Je finis par répondre à son sourire en secouant la tête. Malgré le choc, ma gaieté prend le pas. Sophia Sexton semble si désinvolte maintenant que j'ose lancer une blagounette :

– Vous avez raison, peut-être pas les deux en simultané. Pourquoi ne pas m'offrir d'abord un jet privé ? Ce serait déjà pas mal pour démarrer.

Cela accentue son rire. Elle passe les doigts dans sa crinière et me paraît nettement plus… cool ? Oui, je crois.

– Si vous aimez les déplacements en avion privé, je pense qu'on va bien s'entendre… me répond-elle. Je vous laisse vous décider. Au cas où vous accepteriez, remplissez, paraphez et mettez cela sous pli. Mike se chargera de me transmettre le contrat. Prenez votre temps, ainsi nos avocats feront le nécessaire afin de vous renvoyer le document final avec le salaire de votre choix.

La dinguerie ! J'ai beau me pincer, cet entretien dépasse mes espérances.

– Bien entendu, nous prendrons en charge votre déménagement. Vous avez beaucoup d'affaires ?

– Euh… trois fois rien.

Elle consulte à nouveau sa montre.

– Quelqu'un vous contactera lorsque ce sera finalisé pour organiser tout cela. Je dois vraiment partir maintenant. Au plaisir, Océane.

Sur ce, elle presse mon épaule, me regarde un moment. Puis la créature luxueuse tourne les talons et me laisse abasourdie. Mon Dieu, elle m'embauche ? Avec trois points de suspension en guise de paie hebdomadaire ?

Peu importe l'ampleur de la tâche avec la progéniture de cette femme ; ses enfants peuvent bien être de sales petits monstres, des bébés tigres comme le suggérerait le prénom de leur père, je m'accrocherai ! Pas moyen de lâcher ça ! En sortant du restaurant après la signature et les dernières formalités convenues avec Mike, le gérant, j'ai l'impression de flotter sur un gigantesque nuage. J'ai mieux qu'un job. Trop hâte !

Je bifurque vers la plage, me pose sur le sable et chope mon portable au forfait fraîchement pris à mon arrivée.

Un contrat de ouf pour devenir jeune fille au pair. Trop frais, non ?

Seul détail à régler : je ne sais toujours pas grand-chose sur ceux qui m'embauchent. Les Sexton sont peut-être très connus ici, seulement moi, je ne me suis jamais intéressée aux grosses fortunes. Que ce soit en France ou ailleurs. Ni à ce qu'ils foutent de leur vie. Mais là, vu que je vais traîner six mois dans le sillage de ces gens-là, je dois en savoir plus.

Google, à la rescousse ! Presque tout de suite, une rangée de photos s'affiche dans les résultats. L'une d'entre elles capte mon attention. Je clique et la confusion envahit mes neurones. Un certain choc aussi.

Le mec de Mme Sexton. Il est… Putain, il porte bien son nom.

Je ne sais pas ce que j'avais imaginé. Un vieux milliardaire avec la gueule de Donald Trump ou dans ces eaux-là ? Tout sauf ce grand brun. Jeune. Charisme brut. Ses mâchoires viriles, ses yeux bleus perçants, sa barbe de quelques jours, chaque détail me prend au dépourvu. Y compris cette expression dure, fermée.

Un tantinet à cran, je continue à fouiner. Des images du couple se succèdent, pas une seule ne montre le mari souriant, même quand sa femme se presse contre lui, toute radieuse. Il conserve la même prestance intimidante et cette espèce de froideur. Costume de couturier, Rolex, parfois mains dans les poches quand il se tient seul ou un bras autour de la taille de sa sublime épouse lorsque Miss Australie prend la pose avec lui. Le gars droit dans ses pompes classes, inaccessible et magnétique devant l'objectif semble me fixer.

Respire, Océane et fais coucou à ton futur boss.

Ma bouche s'assèche. Je ferme les images, soudain perturbée. Je vais partager le quotidien de ces deux-là ? Enfin, je veux dire, de lui aussi ? J'étais déjà impressionnée face à Mme Sexton toute seule, lui, ce sera un million de fois pire. Rien qu'à travers l'écran de mon téléphone, il dégage un truc. Alors en vrai…

Stop ! Te dégonfle pas devant des photos. T'as un job de folie, obligée d'assurer !

Mon autopersuasion marche à moitié. Ou pas vraiment. Mon esprit s'embrouille. Je décide de farfouiller dans le reste des résultats Google. Un logo avec un T et un S entremêlés s'affiche dans les résultats. Les initiales de monsieur. L'étendue de sa compagnie et de sa flotte de navires… Un oncle à la tronche austère ; on s'en fout… Le clan Sexton… La liste des restaurants The Sexton's, les inaugurations… Leurs apparitions à des évènements prestigieux… Des articles de revues et journaux spécialisés… Les soirées caritatives…

Putain, une vie plus que remplie, étourdissante ! Tu m'étonnes qu'ils aient moins de temps pour leurs petits. Combien de prénoms figuraient dans le contrat déjà ? Deux ! Mais de quels âges ? Quelle gourde, je n'ai même pas demandé ! Leurs parents doivent les protéger férocement de la presse, il n'y a que dalle pour l'instant. Wikipédia m'en apprendra peut-être plus. Avec leurs bouilles même, qui sait. Je tape le nom de madame plus le mot « enfants ».

« Sophia Sexton, épouse de l'homme d'affaires et armateur australien Tiger Sexton, a ouvert son premier établissement il y a six ans. Elle affirmait à l'époque considérer ce restaurant comme son bébé et ambitionnait d'agrandir la famille, ou plutôt l'empire naval et financier bâti par son mari. Objectif atteint, puisque la fortune et le nombre d'acquisitions de ce duo redoutable ne cessent de croître. Ce couple sans enfants agrandit indéfiniment son patrimoine… »

Minute… Quoi ?! Je cesse de consulter Internet et me statufie, choquée par ma découverte.

Non ?

Je fouille nerveusement dans mon sac, extirpe mon exemplaire du contrat pour vérifier. Putain, je n'avais pas fait gaffe à l'astérisque près des prénoms ! Qui sont Byrne et Annie ? La petite étoile accolée me renvoie à… la mention ambiguë :

« peuvent faire l'objet d'un avenant à déterminer avec Les Employeurs. »

Oh, non ! Je me rends compte qu'à mon arrivée, la moitié de conversation téléphonique où Sophia Sexton évoquait ses « bébés » et mes conclusions hâtives ont biaisé ma lecture. J'ai signé dans la précipitation. Il n'y a aucune mention spécifique de gamins nulle part. Maintenant que j'y repense, quand je l'ai évoqué, Mme Sexton a habilement laissé couler. Elle ne m'a pas détrompée, ni confirmé leur existence.

Parce qu'ils n'ont pas d'enfants ? C'étaient qui ces deux-là ? Et s'ils n'ont pas de gamins, tu t'es engagée à la boucler et à faire quoi chez eux ?

5

Tiger

En nageant sous l'eau tiède et turquoise de la piscine, plus je manque d'air, plus un souvenir se matérialise sous mes paupières :

Le sac est maintenu sur ma tête, le plastique se colle à mes lèvres qui cherchent une bouffée d'oxygène. Je suffoque, mes poings se serrent. La cire chaude se rapproche au plus près de mon torse pendant que je halète bruyamment. Très près, trop près. Je la sens couler, dégouliner, se figer, s'entasser sur ma peau nue. Tout mon buste en est recouvert. Maintenant, la flamme d'un briquet vacille à travers la transparence de la poche en plastique… parce que la bougie ne suffit plus… Je peine à respirer, je m'agite, essayant de bouger.

Je veux de l'air ! De l'air. De l'air. De l'air…

Je sors ma tête des flots pour inhaler de toutes mes forces. Ces saloperies s'évaporent. Comme les autres tapies là-dedans, elles se dissipent pour mieux revenir. Inlassablement…

Je me ressaisis et quitte le bassin, avance vers un transat. Ma main mouillée s'empare de mon téléphone, une goutte tombe sur l'écran à l'instant où je lis le prénom de la personne qui ose me joindre à cette heure-ci. C'est Shanna, mon « homme de confiance » dans les affaires. Techniquement, Shanna est dotée d'une paire d'ovaires, mais elle en a plus dans le froc que beaucoup d'hommes de ma sphère. Ce qui lui vaut le privilège de détenir ce numéro à usage privé. Vu qu'elle n'en abuse jamais, cet appel tardif est sûrement justifié. Je décroche.

– Sexton.

– Bonsoir, Tiger, désolée de te déranger…

– Je suppose que le tuyau informel que je t'ai refilé est avéré ?

– Carrément, ton flair ne t'a pas trompé. Ma source confirme, Harry Carter entre bel et bien dans la danse. Il veut acquérir la boîte que tu cibles.

OK.

J'ai beau être accaparé par d'autres combats, avec mon héritage, je n'ai de cesse de prouver que j'ai repris le flambeau à la perfection. Le prouver aux autres, me le prouver à moi. Alors hors de question de laisser ce bouffon de Carter compromettre mes projets d'expansion et de diversification.

– Comment on se positionne ? enchaîne Shanna.

De l'autre main, j'attrape une serviette sur le dossier du transat et frictionne mes cheveux en réfléchissant au plan d'attaque que j'ai peaufiné il y a une heure. Je lui renvoie la question :

– Que suggères-tu ?

– La jouer féroce, comme lors de ta frappe l'été dernier ? Nous leur coupons l'herbe sous le pied, on lance une OPA[1] hostile avant que Carter n'obtienne un accord amiable pour déclencher la sienne. Il sera pris de vitesse.

Cette riposte agressive avait effectivement été efficace. Cela a permis de dégager le passage entre l'horizon et la TS Naval. Accessoirement, elle a fait couler de l'encre à mon sujet dans la presse financière.

Et pas sur ma vie privée…

Shanna m'a vu broyer du monde pour mettre en œuvre cette tactique. Elle dirige d'une poigne de fer la batterie de traders chevronnés et le fonds d'investissement qui alimente une partie de mes avoirs personnels et ceux de TS Naval. Une certaine complicité professionnelle s'est instaurée entre nous au fil des victoires. De facto, elle n'a pas tort, je pourrais asséner une claque frontale et immédiate.

Mais l'héritier des Carter va naturellement envisager la même chose de ma part. Dès le début, on a trop tendance à nous comparer. Or je n'ai rien à voir avec ce bouffon. Chacun de nous deux est peut-être né avec une cuillère d'argent dans la bouche et se retrouve à gérer la fortune familiale, mais les similitudes s'arrêtent là. Nous n'avons pas les mêmes choses dans le bide et il serait temps de le mettre au pas, de maîtriser tout mon environnement. Ne pas être pris de court, rester au sommet, être à la hauteur des espérances du grand Nick Sexton. Putain !

J'abandonne la serviette pour m'allumer une cigarette. Je veux un effet de surprise. Et de la douleur. Harry Carter doit souffrir dans son orgueil pour cesser de marcher sur mes plates-bandes.

– Tiger ? On prépare l'OPA ? me redemande Shanna.

– Non. Laissons ce fils à papa jubiler et croire qu'il est en train de me la mettre bien profond. Pendant qu'il se décarcasse pour convaincre le conseil d'administration de l'entreprise convoitée, mets nos gars sur un autre coup.

– Lequel ?

– Je veux le contrôle des CA de tous les fournisseurs indispensables au

1. Offre publique d'achat pour une acquisition payable au comptant, à un prix donné, du capital d'une entreprise cible.

fonctionnement de la boîte qu'il va s'approprier. Amassez des parts stratégiques en catimini. Faites une razzia, un carnage silencieux et observons la suite.

Shanna assimile sans broncher, puis soudain elle s'esclaffe :

– Bon sang, c'est toujours plus tordu avec toi. Je marche !

Mes lèvres esquissent l'ombre d'un sourire.

– Il ne faut pas se louper sur le timing, Shanna. Je ne tolère aucun échec.

– Tu peux compter sur moi. On agit en sous-marin et on laisse Carter s'endetter et s'apprêter à investir tout ce qu'il possède pour acquérir en grande fanfare une entreprise dont tu vas bloquer les ravitaillements en coulisses. Ses coûts d'approvisionnement vont flamber et plomber sa production. On l'aide à creuser son propre gouffre financier.

– Plus jouissif, non ? rétorqué-je.

– Tu m'étonnes ! Une fois acculé, son seul choix sera de te supplier pour passer un marché, analyse Shanna. Impossible de te contourner.

– Exact, quoi qu'il fasse, il sera bloqué. Je pourrai alors la lui fourrer bien plus profond quand je lui présenterai les trois perspectives restantes : soit je serai son unique fournisseur à la ronde et l'asphyxierai. Soit sa fierté l'emporte, il résiste et déposera le bilan. Ou… option finale, il me bazarde la boîte.

Boîte qu'il aurait dû me laisser acheter sans se foutre entre mes pattes.

– Retour à la case départ, et tu récupères ta cible. Putain, ce sera humiliant pour lui, s'emballe Shanna.

– Je veux qu'il retienne la leçon une bonne fois pour toutes.

– Qu'on ne convoite pas ce que convoite Sexton ? Et que tu obtiens toujours ce que tu désires ? Je crois que c'est limpide partout, complète-t-elle, pince-sans-rire.

– Manifestement pas assez. Ce n'est pas le premier petit clown sur mon chemin, autant remettre les pendules à l'heure.

Shanna éclate de rire, je tire une bouffée de nicotine, le regard fixé sur l'eau de la piscine à débordement.

– Nickel. Ça va booster à bloc la troupe, conclut-elle.

Je m'assois dans le transat, sans commentaire superflu.

– Bien. Autre chose, Shanna ?

– Non, je vais te laisser. J'ai des actions à rafler en douce, ajoute-t-elle.

– Tiens-moi au courant, mets mon DAF dans la boucle. Il a eu vingt-quatre heures pour le deuil de son paternel, celui-là. Il doit revenir dans l'arène. Et pense à récompenser ta taupe chez Harry Carter.

– Je m'y colle. Bonne soirée, mes amitiés à Sophia.

Je raccroche et écrase mon mégot. En parlant de ma tendre épouse, on dirait qu'elle est passée par ici lorsque je nageais. Si j'en crois le dossier posé sous mon cendrier. Avec un mot griffonné :

Ty, je suis dans le sauna si tu me cherches.
Tu te souviens de ce dont on a parlé
durant le vol d'il y a deux semaines ?
Jettes-y un œil.
Je t'embrasse.

J'ouvre la chemise de documents, persuadé de la refermer dans deux secondes.

Ou pas…

Mon regard s'attarde sur la photo qui accompagne un CV. Océane Rousseau. Blondinette, yeux de biche aux teintes vertes… Fraîche, plutôt mignonne… Une fleur. J'inspire un grand coup en la dévisageant. Comment maintenir une frontière stable entre ma quête, les vidéos, les trucs qui m'obsèdent encore et mon quotidien ? Cette frimousse sur papier glacé est susceptible d'être un problème, selon ce que Sophia pourrait avoir en tête…

Eh merde ! Je dois maintenir mon filtre en place et garder le contrôle de la situation.

6

Océane

Mes colocs rigolent dans le salon. L'apéro dînatoire plutôt sympa avec quelques autres étudiants touche à sa fin. Ils sont en train de s'embringuer pour descendre en bande en ville.

Et moi, je reste spectatrice de cette légèreté ambiante. Il fut un temps où je pouvais être comme eux : une joyeuse insouciante malgré les petits tracas du quotidien. Mais ce soir, je suis moins encline à me taper Sydney *by night*. Mon entretien de cet après-midi tourne en boucle dans ma tête. Ma tendance à m'enthousiasmer ne m'a pas toujours conduite aux meilleurs choix, mais je ne veux pas non plus passer à côté d'un truc génial par excès de prudence. Du coup, je ne peux m'empêcher de tergiverser. Me rétracter ou profiter de l'aubaine ? Punaise, un toit, un job et plus de thune que prévu ! C'est une opportunité comme je n'en aurai certainement plus jamais.

Oui, mais…

– Océane, tu viens ?! s'exclame Louane.

– Nan, pas très emballée ce soir, me défilé-je, pensive.

Je sors sur la terrasse, m'assois en tailleur à même le sol, mon verre de vodka pomme à moitié entamé entre mes mains. Louane me rejoint, je lui pique sa clope. Elle fait la moue en me regardant tirer une latte.

– Hey, j'y pense ! On n'a pas eu l'occasion d'en discuter à ton retour. Et cet entretien ?

– Comment te dire ? réponds-je en lui tendant la cigarette qu'elle pompe à son tour.

– Te bile pas, des petits boulots, on en trouve facilement ici. Tu verras, me réconforte-t-elle.

Elle me refile la clope, je lui adresse un clin d'œil et maugrée un :

– Mouais…

– Allez ! T'es toute calme ce soir, où est passée la Frenchie plus marrante qui se cache là-dedans ?

Pas si loin… J'espère.

– Tant pis si tu n'as rien à fêter aujourd'hui, amuse-toi et retente ailleurs demain, m'encourage-t-elle.

– En fait, j'ai… décroché un contrat.

Les yeux de Louane s'écarquillent, puis elle applaudit, ravie.

– Mais c'est génial ! Pourquoi fais-tu cette tête alors ?

Parce qu'ils sont riches, célèbres et que j'ignore pourquoi on m'a proposé ce job…

Accord de confidentialité, Océane !

– Le job ne te plaît pas ? Des tâches ingrates ?

– Non, ça pourrait même être le contraire… Enfin, j'en sais rien.

Punaise, tais-toi !

J'inhale une bouffée et ajoute précipitamment :

– J'hésite. Je pèse le pour et le contre.

Pas sûre qu'elle soit plus avancée avec ça. Que dire sans trahir mon engagement contractuel ? Je suis un peu paumée, ma surexcitation d'avoir touché le jackpot s'émousse au fil des heures. Les interrogations s'étalent dans mon crâne.

– Loulou ? *Here we go, babe* ! apostrophe le petit ami de ma pote, un étudiant australien qui gesticule de loin, prêt pour la fête.

– Vas-y, file, ton chéri t'attend, dis-je sans bouger.

– Minute, Trevor ! s'écrie Louane avant de reprendre doucement pour moi. Si c'est top, fonce ! Tu te prends trop la tête, vis, chérie ! Et si cette offre n'est pas terrible, dis-toi qu'il y en aura d'autres, bien meilleures.

Je ne crois pas, non. Une opportunité pareille ne court pas les rues. Et, oui, j'ai envie de vivre, de ressentir à fond toutes les bonnes ondes, mais…

Misère, premier jour et je suis déjà tentée de briser l'accord. Ne serait-ce que pour obtenir un avis extérieur afin de ne pas regretter plus tard d'avoir refusé… ou accepté l'offre de Sophia Sexton. Que ferait une autre à ma place ?

OK, j'étais plutôt confiante de nature avant, voire trop. Seulement, mes accidents de parcours sont censés m'avoir appris à faire preuve d'un peu plus de jugeote maintenant.

Genre, si c'est trop beau, il y a un loup ?

J'en sais rien, ce ne serait pas nouveau… Quelque chose m'embête avec cette absence d'enfants et le flou autour des deux noms sur le contrat. Et puis ces gens ont probablement une armée de domestiques à leur service dans leur maison. Qu'attendent-ils de moi ?

La question me brûle les lèvres, mes yeux arrimés à ceux de Louane.

– Merci du conseil, choupette. File, ton mec s'impatiente ! Allez vous trémousser, réponds-je en lui souriant.

– Tu ne veux vraiment pas sortir avec nous ?

– Non, pas ce soir. La prochaine fois, peut-être.

– J'y compte bien ! me promet-elle avant de se lever. Je sais que le retour de notre coloc Ben approche, tu occupes sa chambre et ça te stresse dans tes recherches. Mais on peut te dépanner si jamais… Te prends pas trop le chou, OK ?

– T'es adorable, merci.

– C'est rien. Alors tu ne souhaites toujours pas venir ?

– Je vais mater la série avec laquelle Garrett nous bassine et m'enfiler un pot de glace.

– Trop fort, ce mec ! Il t'a convaincue, toi aussi.

– Ouep !

Garrett est un étudiant en école de commerce, qui partage également ce logement avec la bande. Du peu que j'en sais, il vendrait n'importe quoi à n'importe qui. Cependant, je compte me forger ma propre opinion, notamment pour le job qu'on m'a fait miroiter…

– Peu importe le baratin que Garrett t'a pondu, tu kifferas mieux avec nous, m'appâte encore ma nouvelle copine.

En réalité, l'argument Netflix est une pirouette pour pouvoir réfléchir à tête reposée. Je m'y accroche, ma pote finit par céder.

– Si tu changes d'avis, tu m'appelles ? Je t'indiquerai où nous rejoindre.

– T'inquiète.

On se claque une bise. Elle commence à s'éloigner, soudain je ne parviens plus à me retenir et lance aussi innocemment que possible :

– Au fait, Louane, toi qui vis à Sydney depuis un bail, tu sais des choses sur le couple Sexton ?

Ma question la déroute. Elle se retourne.

– Hum… pas plus que la plupart des gens. Lui est aussi canon dehors que diabolique dedans selon les ragots.

Bah merci, je suis tellement plus rassurée d'un coup.

– N'empêche, il est craint et respecté, doué en affaires. Et elle, à part gérer avec brio ses restaurants, être brillante et superbe à nous rendre vertes, que pourrais-je ajouter ? Ah, si ! La presse people s'est excitée un moment sur un truc, je ne me souviens plus trop…

Merde, c'était quoi ? Elle ne peut pas me laisser ainsi sur ma faim.

– À propos du couple ou de l'un d'eux ? insisté-je, carrément intéressée.

– J'sais plus. Je me rappelle vaguement qu'il y a eu des démentis et excuses publiques de la part des médias concernés, sûrement attaqués par les avocats des Sexton pour diffamation, j'imagine… Ensuite, plus rien. Je demanderai à Trevor. En tout cas, la légende urbaine dit de ne jamais contrarier Tiger Sexton… En fin de compte, peu de choses filtrent de leur vie.

Génial ! Ça m'aide beaucoup.

– Je vois.

– Pourquoi tu me demandes ça, au fait ? m'interroge à son tour Louane.

– Oh, juste comme ça. Pour mieux connaître l'aristocratie et la jet-set australiennes, pour ma culture générale.

Sa mimique m'indique qu'elle tique un peu. C'est la seule francophone de la bande, donc celle avec laquelle je bavarde le plus facilement depuis le début. Ce matin, je lui avais dit avoir un entretien dans un restau aux Rocks, heureusement je ne crois pas avoir cité le nom. J'ignore si elle aurait fait un quelconque rapprochement… Elle est sur le point de m'interroger à nouveau quand son copain déboule derrière elle, l'enlace et lui roule une pelle.

Ouf, sauvée par le gong ! Ou plutôt par la langue affamée de Trevor. Mon mensonge n'était peut-être pas très convaincant.

– Amusez-vous bien ! lancé-je avant de siffler ma vodka pomme.

Lorsque la maison se vide de ses occupants, dans le calme plat qui s'installe, mes hésitations réapparaissent. Je chope mon Smartphone et commence à dresser une liste de pour et de contre.

Arf, mon esprit s'éparpille ! « Jeune fille au pair », cet intitulé me paraît brumeux, en fin de compte.

Je ne dispose d'aucun numéro de téléphone pour recontacter Sophia Sexton, juste des coordonnées du restaurant aux Rocks. Demain, j'appellerai le gérant, ce Mike Woods. Sa patronne me doit deux, trois explications.

Sur cette résolution, je squatte le canapé pour enchaîner les épisodes. Mais mon attention part ailleurs. Les images de Miss Australie avec son ténébreux et intimidant mari se baladent dans ma tête. Je finis par éteindre mon écran pour aller au lit. Mes pensées valdinguent dans tous les sens, j'aurais mieux fait de sortir avec les potes.

***

Tiger

Je veux me mettre minable ! M'abreuver de tout ça.

Lumières stroboscopiques, musique d'ambiance. Mais ce sont les souffles, les soupirs et les respirations saccadées qui envahissent mes oreilles. En même temps que les bouches, les mains, les courbes d'une paire de seins glissent sur ma peau.

– J'ai envie de toi, me miaule Ève.

Mes doigts s'enfoncent dans des cheveux blonds. Je sens la caresse de la bille sur sa langue le long de mon pénis. Je pousse un râle, appuie plus fort sur sa tête. La bouche d'Ève vient quémander la mienne. Notre baiser est aussi sauvage que le grognement primitif dans mes entrailles. Avide, affamé, inextinguible, interminable. Quelqu'un empoigne mes fesses, me mord, me lape, m'embrasse. Une, plus une autre, plus une autre. Des doigts, presque partout sur ma peau. Et cette putain de fellation. Elle s'appelle Chastity ? Ou Ambre, ou peut-être Jemma ? Ça intéresse qui leur pseudo de pro ?

Pas de prénom, pas de nom. Personne ne compte. Les âges non plus. J'ai 17 ans, de la thune et je veux baiser. Qu'elles me baisent toutes ! Et au diable ce connard d'oncle James !

Ma queue s'introduit dans la gorge de… On s'en tape de qui ça peut être. Ne juste pas arrêter, ne pas penser, ne pas toucher terre.

Excitation… Mélange de corps… Toutes ensemble, leurs creux, leurs galbes… Des parfums intimes… Un cocon tiède et mouillé… Mon érection… Lumières… Paupières closes… Désirs primaires… Cette sensation…

Elle s'abandonne, suce mon cou. De toutes ses forces. Ses ongles et ceux des autres m'éraflent, me sillonnent. Combien sont-elles ? Je ne sais plus… On s'en fiche…

Je m'égare dans un nombre incalculable de coïts effrénés. Ne sachant plus dans quels orifices de nudités soumises, offertes, humides, mais tellement assoiffées je me fourre. Je ne différencie plus leurs corps. Elles sont interchangeables…

Elles me refont bander, chacune à sa manière… Combien de temps de récupération ça me prend avant d'aller chercher un autre orgasme au fond de l'une d'elles ? Je ne sais plus vraiment… J'ai trop vite l'impression de redescendre, de ne plus être assez sous endorphines, de…

PUTAIN, NON !

Je chope une nuque, des lèvres viennent se coller aux miennes. C'est reparti !

Ça s'enchaîne. Je perds le fil dans l'odeur de sexe, de fluides. Black-out de sensations… Le temps s'arrête ou défile, je ne veux pas savoir… En sueur, je réalise être encastré dans une nana plaquée contre un mur, sa jambe tenue fermement dans ma main.

– Je suis à toi, ahane-t-elle. Dis-moi ce que tu veux.

Ce que je veux ? Mes yeux fouillent dans les siens… Repères à la dérive… Besoin violent, omniprésent…

– Je veux que tu me griffes ! Griffez-moi, toutes, partout !

J'ordonne cela en m'emboîtant avec fougue en elle. Elle s'exécute. D'autres, idem, derrière moi, pendant que mes va-et-vient abrupts arrachent des cris, des « oh, oui ! » à celle que je prends sans répit, chaque coup de reins devenant plus invasif. Elle gémit, ses dents se referment sur mon oreille, puis elle me le chuchote en soupirant…

Puis je décroche… Ça tourbillonne, bascule. Ses paupières papillonnent.

– Oh, putain ! crie-t-elle.

Je maintiens le rythme, la vigueur. Elle se met à jouir bruyamment dans mes bras. Je refuse de m'arrêter, je continue de la perforer. De bouffer ses soupirs. Un goût de sang se répand sur mon palais, ma lèvre mordue durant son orgasme…

Je sais que je vais m'écrouler de fatigue après, au milieu des capotes usagées. Que j'en voudrai encore à mon réveil. Je n'arrive pas à cadrer ça, à contrôler cet instinct fulgurant. De baiser jusqu'à l'effondrement. Et recommencer dès que possible…

– Ty ? entends-je d'une voix qui surgit d'ailleurs.

Une sorte d'écho. On me touche l'épaule, je rouvre brusquement les yeux, sur le qui-vive. Sophia sursaute légèrement à ma réaction. Merde, je me suis endormi dehors, au bord de la piscine ! Je régule ma respiration pour relâcher mes nerfs qui se sont braqués. Sophia me sourit.

– Tu es tombé K.-O., on dirait, souligne-t-elle. Je me suis réveillée pour boire et je t'ai vu dans le transat. Tu as l'air épuisé.

Et je suis sûr que tu as noté aussi mon érection.

Je presse les doigts sur mes paupières, j'attrape mon téléphone pour regarder l'heure : trois heures du matin.

– Ça va, dis-je, déjà décidé à aller me remettre au boulot à l'étage.

J'ai des unes de presses – étrangères et australiennes – à décortiquer, à la recherche du moindre détail utile. Dormir plus que nécessaire serait une perte de temps monumentale.

– Tu viens te coucher ? me suggère Sophia dont le regard enveloppe mon corps en boxer de bain.

Mon membre n'est plus aussi dur, mais elle le mate encore. Mes autres muscles se crispent.

– Non.

– OK, concède-t-elle avec cette sempiternelle mine triste, faite pour attiser mon malaise…

Ce qu'elle vient d'interrompre suffirait à lui seul pour river la culpabilité et des sentiments enfouis dans mes boyaux… Mais je ne parle pas de ce genre de choses avec elle. Je ne le fais avec personne. Hermétique, j'ébouriffe ma tignasse, me redresse et lâche :

– Je me suis assez reposé, faut que je monte bosser. Tu peux retourner dormir.

Sophia triture son alliance, hésite, jette un regard vers les papiers qu'elle m'a laissés plus tôt dans la soirée.

– Bien sûr, murmure-t-elle. Et tu… tu as jeté un coup d'œil au dossier ?

À propos de la petite touriste française ? Eh merde, est-ce qu'il y a un lien entre la photo de cette blondinette, ce que j'ai pu imaginer sur le coup, et ce fichu rêve qui a remué de vieux souvenirs ?

Putain, non, le filtre ! Je reste impassible et hoche simplement la tête.

– Qu'est-ce que t'en penses ? s'enquiert Sophia.

Nous nous fixons longuement.

– Abandonne cette idée, finis-je par affirmer.

Je ramasse mon portable, la paperasse et m'éloigne sans m'étendre sur le sujet. Il vaut mieux ne jamais ouvrir cette trappe.

Voie sans issue, comme toutes les autres…

***

Océane

Le lendemain, à mon réveil, toute la maison est endormie. Normal pour un samedi matin après une nuit de beuverie. Personne n'émergera avant quinze heures. Le point positif est de pouvoir prendre une longue douche, me pomponner sans être obligée de libérer la salle de bains pour les autres. Je me dirige vers la cuisine pour me trouver du café dans mon petit stock de provisions.

– Oh, salut, Garrett ! dis-je en tombant sur l'un des nôtres en tee-shirt et boxer, la tignasse en vrac.

Il boit au goulot du jus d'orange, manifestement seul à être tombé du lit pour étancher sa soif.

– Salut, la Frenchie. On ne t'a pas vue hier soir.

– J'étais pas en forme. J'ai préféré regarder la série que tu kiffes en ce moment. Plutôt pas mal…

– J'te l'avais dit ! N'empêche, t'as loupé quelque chose avec nous.

– J'imagine, rien qu'à voir ton sourire fatigué.

Il étouffe un bâillement et se marre.

– À quoi serviraient les week-ends sans teufs ? me balance-t-il avec un clin d'œil. Ce soir, tu suis le mouvement, ou on te traîne de force en boîte, pigé ? me taquine Garrett.

– Vous n'aurez pas besoin de me forcer, voyons.

Pendant qu'il se poile puis reboit un coup, je repense à mon offre d'emploi. Et si Garrett pouvait m'aider à glaner un deuxième avis, mine de rien ?

– Dis, mon pote ? Est-ce que toi ou quelqu'un de ton école de commerce avez effectué un stage ou bossé dans une boîte appartenant aux Sexton ?

J'ai débité ma phrase d'une traite sans buter sur un mot ! Faut croire que mon niveau d'anglais décolle un chouia à force de fouiner sur mes potentiels futurs employeurs.

– Le clan Sexton ou l'autre ? me demande Garrett.

– Pourquoi, il y a un distinguo ?

– Ouep. Le clan, c'est la famille Sexton au sens large, une longue lignée des hautes sphères australiennes, ou du moins ce qu'il en reste après la mort de Nick Sexton. L'autre englobe juste Tiger, le mâle alpha qui a repris les rênes, et Sophia Sexton, sa bombasse. Leur puissance et niveau d'influence pèsent bien plus lourd que le reste du clan.

D'accord, dans la lignée au sens large, il y a notamment l'oncle que j'ai vu sur Google… Mais ce n'est pas ce qui m'intéresse dans l'immédiat. J'essaie de rester naturelle en débitant :

– Le couple, alors. T'as des tuyaux ?

– Pourquoi ? Tu veux postuler dans l'une de leurs boîtes ?

– Euh… peut-être, je me renseigne.

– Cool. Ouais, un pote a travaillé un été dans une filiale de TS Naval, me raconte Garrett en remettant comme si de rien n'était la bouteille de jus dans le frigo.

Sauf que – petite parenthèse – le nom écrit là-dessus est celui d'un autre coloc. On habite à sept dans cette maison, avec des règles et tout le pataquès. Garrett semble s'en moquer royalement en se servant ni vu ni connu dans les provisions. Quand il constate que je l'ai grillé, il me sourit, me fait le signe motus et bouche cousue. Je rigole en secouant la tête.

– Bon, alors ? reprends-je.

– Alors quoi ?

Il a déjà déconnecté. Si je continue, il risque de trouver ma curiosité un peu suspecte.

– Bah comment ça s'est passé pour ton pote qui a travaillé avec Tiger Sexton ?

– Oh, non, pas directement avec Sexton lui-même, tu rigoles ou quoi ? Mais en gros, il n'a pas tenu. Pas de concession, beaucoup d'exigences à tous les niveaux, il a vite été éjecté. Le big boss a une réputation de machine de guerre. Un stage ou un job dans sa matrice, ça se mérite, et il ne tape que dans l'excellence.

– OK, je capte…

– Moi, j'y entrerai un jour, j'intégrerai ses équipes de tueurs sur les marchés financiers. Et qui sait, je tafferai même en direct avec lui. T'imagines le tableau ? poursuit Garrett.

Là, tout de suite, avec son boxer à la couleur improbable et sa tronche ravagée par les excès de la veille ?

Il me suffit de comparer mentalement avec les photos aperçues de Tiger Sexton en ligne pour secouer la tête en pouffant. Non, diamétralement opposés ! Le mari de Miss Australie est tellement plus sérieux et si…

Océane, tu divagues ?

Je refous mes pensées éparses à leur place, déstabilisée par la tournure qu'elles empruntaient. Par chance, Garrett s'émerveille toujours tout seul. Il est intarissable quand il kiffe un truc.

– Ouep, je serai un putain de tigre comme lui.

– Pour l'heure, mon grand, tu inspires moyennement la crainte ou le respect ressentis face à un redoutable félin. Tu devrais retourner te coucher, le taquiné-je.

– Rigole bien, toi. Ce mec est un missile. Ses méthodes sont décortiquées dans mon école de commerce… Un exemple pour les futurs leaders du pays.

Mon amusement est en demi-teinte quand Garrett atteint la porte. Il s'arrête pour évoquer au passage le sex-appeal de l'épouse de son idole – comme autre exemple d'excellence dans l'existence parfaite de ce Tiger Sexton – et m'adresse un nouveau clin d'œil.

– Océane ? Chut pour le jus d'orange. Je travaille ma tactique du tigre 2.0 : prendre ce que je veux quand je le veux. Et bientôt, je ferai main basse de la même manière sur des business, des millions et un avion de chasse du style Sophia Sexton.

– Donc tu pilles les provisions de tes camarades pour t'entraîner ? Ton demi-dieu approuverait ce genre de procédés ?

– Comment crois-tu qu'il soit le plus puissant au sommet ? Les sentiments et états d'âme, c'est pas son truc.

Lui se fend la poire, content de lui, en repartant dans sa chambre. Moi je reste pensive. Ça fait quoi de s'approcher si près de ce couple ? Et d'un homme doté d'une réputation pareille ? Il faudrait déjà savoir ce que je vais foutre sous leur toit. Épousseter les meubles ? M'occuper d'êtres invisibles dont les prénoms figurent dans mon contrat ?

Ah, tiens, ce sont peut-être des animaux domestiques ?

Je m'assure que personne d'autre ne vienne dans la cuisine avant de me rabattre sur mon téléphone. Bien décidée à en avoir le cœur net, j'appelle le restaurant. On décroche au bout de deux sonneries.

– The Sexton's, Mike Woods à l'appareil.

– Bonjour, monsieur Woods, c'est Océane… Vous savez, celle qui a passé l'entretien hier.

– Oui. Bonjour, mademoiselle. J'ai transmis le contrat signé à Mme Sexton. Le salaire que vous avez choisi a été validé, un avenant vous parviendra dans la journée. Votre contrat sera effectif aujourd'hui.

Eh merde ! Ça va trop vite ! J'en perds mes mots et commence à baragouiner en anglais :

– Euh… oui, justement… je souhaite discuter des termes.

– Je ne suis pas habilité à parler de ça avec vous, mademoiselle.

– Avec Mme Sexton alors. Co… comment puis-je la joindre ?

Mike garde le silence au bout du fil.

– Je ne communique pas les coordonnées de Mme Sexton. Mais je peux l'informer de votre désir de lui parler, finit-il par éluder.

– OK. Faisons ainsi. Si vous pouviez lui dire que c'est urgent… Merci.

Je coupe la communication. Munie de mon café et de mon ordi, je sors m'installer sur la marche devant la maison.

Pourquoi Sophia Sexton m'a présélectionnée, moi ? En quoi « mon profil » qui ne convenait pas pour ses restaurants peut-il être intéressant pour vivre chez elle ?

7

Océane

Un tour sur les réseaux sociaux – le temps d'épier les faits et gestes de certains fantômes du passé – et deux cafés plus tard, je regarde l'heure. Trente minutes écoulées. Trente longues minutes, le téléphone près de mes fesses à l'affût d'un appel, d'un signe de Sophia Sexton.

Je n'y crois presque plus quand une Bentley noire se gare devant la baraque. Luxueuse, vitres teintées. Mais tout le monde dort. Est-ce que quelqu'un attend de la visite ? Rapidement, un chauffeur en costume en sort, se penche pour…

On dirait que quelqu'un à l'intérieur lui dicte quoi faire.

Je me redresse. Alors qu'un mec ambitieux comme Garrett serait en plein kif s'il se doutait qu'une bagnole digne de ses rêves de grandeur stationne devant notre colocation, moi je m'interroge. Pendant ce temps, le conducteur acquiesce, referme sa portière et se dirige dans ma direction.

Il est peut-être là pour moi ? Il y avait l'adresse sur mon CV et je… Non, on ne panique pas !

Je vérifie encore l'écran de mon portable dans ma paume qui devient moite. Le gérant n'a pas transmis mon message ? Le chauffeur est déjà tout près, il me décline calmement son identité avant de débiter la suite. Étourdie, je cille.

Purée, c'est quoi ce délire ?

– Mademoiselle Rousseau ? redit-il. Veuillez me montrer où récupérer vos bagages, s'il vous plaît.

– Je… Pardon ?

J'espérais un coup de fil, pas une armoire Conforama déterminée à obéir aux ordres et m'amener je ne sais où. Et puis il y a qui là-dedans ?

– Vos affaires personnelles, mademoiselle.

– Mais je… Non.

– Vous êtes une employée des Sexton, me notifie-t-il. Vous prenez votre poste aujourd'hui. Je suis chargé de vous aider dans votre déménagement.

Le regard bloqué sur moi, le type en costard patiente. Je me racle la gorge, réunis tout mon vocabulaire d'anglais dans ma caboche chamboulée pour tenter de m'exprimer de manière aussi compréhensive que possible.

– Écoutez, vous ne le savez peut-être pas, mais j'ai laissé un message à Mme Sexton… à ce sujet. Elle n'a pas dû l'avoir. Pour l'instant, il n'est pas question de… déménagement avant de lui avoir parlé.

L'espèce de meuble sur pattes cligne enfin des yeux, son expression change imperceptiblement. Il se décale du perron et m'indique le véhicule duquel il est descendu.

– Suivez-moi.

– Hein ?

– Vous voulez discuter avant de m'indiquer où sont vos bagages, c'est bien cela ?

– Ou… oui, mais…

– Venez, insiste-t-il.

Je prends mon courage à deux mains et me résous à avancer.

– Qui est dans la voiture ?

Monsieur Muscles devient muet. Il est rationné en mots ou quoi ? Je lui décoche une grimace contrariée. Il continue de marcher jusqu'à la Bentley. Il toque à la vitre, je n'arrive plus à réfléchir lorsqu'il m'ouvre la portière et s'efface pour me laisser la place. Je ne veux pas l'admettre, mais mon cœur bat plus vite et mes jambes flageolent un peu en me penchant.

– Bonjour, Océane.

J'inspire brusquement. C'est elle. Juste elle. Punaise, qu'est-ce que je m'imaginais ? Je me détends plus ou moins pour répliquer :

– Bonjour, madame Sexton.

– Sophia. Montez, on ne va pas rouler.

– D'accord pour Sophia… Mais je… m'attendais à un échange téléphonique, pas à voir débarquer une version jeune de Jean-Claude Van Damme chez moi.

Surnom facile à trouver puisque d'apparence, ce gars est musclé de partout sauf de la cervelle. Seule différence notable, il est taciturne.

Sophia se met à rire, mes nerfs se relâchent. Pas totalement, car le Van Damme pas bavard claque la portière sur nous et se poste à l'extérieur. Nous sommes enfermées dans l'habitacle, la fragrance capiteuse de Sophia s'infiltre dans mes narines. Mon attention se cristallise sur la métisse qui essaie de reprendre son sérieux après ma vanne. Ses yeux pétillent toujours d'amusement quand elle affirme :

– Vous me changez tellement des discussions mondaines ou d'affaires, Océane. Cette fraîcheur… J'espère que mon chauffeur ne vous a pas effrayée. J'ai préféré venir en personne.

Bah, vous aussi, vous me changez pas mal de mes colocs provisoires, croyez-moi.

– Pour être honnête, il n'a pas l'air très commode. Enfin bref, c'est sans doute mieux de pouvoir discuter de vive voix.

– En effet. Alors quel est le souci ?

J'humecte mes lèvres et me lance :

– Qui sont Annie et Byrne mentionnés dans le contrat ?

Le visage de Sophia se fige, elle bat des cils, chasse un je-ne-sais-quoi de ses prunelles.

– Comme te l'indique l'astérisque, nous verrons éventuellement si ton contrat s'étend à ce sujet ou pas… À l'heure actuelle, ce n'est pas d'actualité. Donc, pas de problème à ce niveau.

Alors ma seconde supposition tombe aussi à l'eau. Ce ne sont pas des chihuahuas. Ni de véritables bébés tigres, des koalas, kangourous ou autres animaux exotiques que j'ai imaginés lorsque j'ai découvert l'absence de gosses à garder.

Désarçonnée, je rebondis :

– Conclusion : un point à ne pas évoquer pour l'instant ?

– Disons que ce sujet pourrait être un peu *touchy*. Surtout en présence de Tiger… Sur le coup, il m'a semblé important de les mentionner au cas où cela viendrait à l'ordre du jour avec le temps… Sache juste qu'en l'état actuel, tu n'as aucun engagement contractuel vis-à-vis de Byrne et Annie.

– D'accord… Passons au suivant. Donc, vous n'avez pas d'enfants, n'est-ce pas ?

– Exact, rétorque-t-elle dans un souffle.

– Dans ce cas, pourquoi m'avoir laissée croire le contraire ? Quel sera précisément mon rôle ? Je croyais prendre soin de vos enfants, les aider dans leurs devoirs, leur tenir compagnie quand vous êtes occupés. Enfin, vous voyez ?

Elle ferme ses paupières, puis murmure :

– Cela fait beaucoup d'interrogations d'une traite, Océane.

– Beaucoup de zones floues aussi. Désolée, mais vous avez écourté l'entretien et au final, j'ignorais l'essentiel. J'étais persuadée que vos bébés en étaient des véritables.

– En effet, nous n'avons pas d'enfants. Je n'ai pas dissipé ce malentendu durant notre entretien, j'en suis navrée.

Sans blague ! C'est tout ?

– Bah je pourrais être navrée aussi de renoncer à votre proposition… un peu trop opaque, à présent.

Je m'apprête à ressortir, Sophia Sexton me retient par le bras.

– Non, attendez, Océane. Hormis cette erreur de ma part, notre entrevue s'est bien déroulée, non ? Vous étiez emballée… motivée et cela résoudrait à la fois votre problème de logement et de travail. Je me trompe ?

– C'est vrai. Néanmoins, je ne suis plus si certaine de comprendre pourquoi vous m'offrez ce poste et ce que vous attendez concrètement d'une jeune fille au pair.

– D'accord, je vais clarifier cela. Et si vous voyiez cela sous un angle différent ? Considérez-vous comme « mon invitée », bien entendu avec une rémunération à la clef.

Je fixe ses yeux noisette en me demandant pourquoi elle paierait quelqu'un pour jouer les pseudos convives chez elle. C'est quoi ça, une sorte de charité ou de lubie, une distraction de riches qui s'emmerdent ?

– Sophia, je ne saisis toujours pas.

– Au lieu d'un enfant à qui tenir compagnie, ce sera à moi que vous tiendrez compagnie. Parfois, je… Disons que la solitude peut être un peu pesante certains soirs quand je rentre chez moi.

– Oh…

C'est ça, le truc ? Elle se sent isolée dans sa vie hors norme ?

– J'ai l'habitude d'embaucher des assistants personnels, mais ce n'est pas pareil. Tiger est souvent absent, ce serait bien de pouvoir partager des petits moments du quotidien avec quelqu'un de vrai, de sincère. Et c'est ce que j'ai perçu de vous durant notre discussion d'hier ; vous êtes restée naturelle, vous ne sembliez même pas savoir qui nous étions.

Grillée ! Je n'avais pas préparé mon entretien.

– Théâtres, virées, etc. Ensemble… Une personne avec qui ouvrir tout bêtement une bouteille devant un film à la maison. Cela vous paraît plus limpide, formulé ainsi ?

Une sorte de dame de compagnie ? Autrement dit, elle se paie une pote en CDD, du moins une banale présence à ses côtés ?

Mince ! Soudain, elle paraît gênée de se montrer sous ce jour. Une personnalité adulée qui semble tout posséder, et pourtant en proie à la solitude au sommet. C'est fou. Touchée, j'humidifie mes lèvres et me surprends à hocher lentement la tête.

– Oui, c'est plus clair. Mais puis-je vous poser une question ?

– Bien sûr, Océane, me répond-elle, un doux sourire sur ses lèvres rouges.

– Pourquoi n'invitez-vous pas juste des amies ?

– Les amitiés sont rarement désintéressées dans mon entourage. J'en entretiens quelques-unes, mais cela reste superficiel. Et puis, Ty… Tiger a sa manière de fonctionner, moi aussi…

Où est le lien ? Il a son mot à dire sur les fréquentations de sa femme ?

– Bref. La seule avec laquelle j'aime passer du temps habite en Afrique du Sud. Elle voyage beaucoup, elle aussi, nous nous voyons de temps à autre… poursuit Sophia. Je n'ai plus d'assistants personnels, une jeune fille au pair m'a semblé être une occasion plus sympa d'avoir quelqu'un de plus à la maison. Néanmoins, si vous souhaitez reculer, je n'insisterai pas, Océane. Mais la confidentialité reste valable.

Il ne faut surtout pas qu'on ébruite que la femme du grand Sexton s'ennuie au point de s'offrir les services d'une figurante dans sa propriété, hein ? Je n'ai de toute façon pas l'intention d'aller raconter cela. J'en suis plutôt triste pour elle.

– Et votre mari, dans ce deal ? Je veux dire, par rapport à moi déboulant chez vous et tout ?

– Tiger apprécie les choses bien cadrées. Voilà pourquoi j'ai formalisé tout ceci. Rassurez-vous sur ce plan. De plus, il n'est pas souvent chez nous.

En gros, un control freak, absent la plupart du temps ? Non, évitons de tirer des conclusions hâtives.

Dire que des tas de femmes dans ce pays doivent envier celle qui a passé la bague au doigt de l'un des meilleurs partis d'Australie, sans se douter du genre d'existence qu'elle mène en réalité. Ça a l'air compliqué… Mon côté émotif me perdra car je compatis, bien que j'en sache peu sur leur couple, leur vie. J'inspire et souris à Sophia.

– Dites oui, Océane. Ça a plutôt bien collé entre nous, non ?

– Je… OK, je vais griffonner un mot d'au revoir à mes colocataires et je prends mes affaires. Je veux bien essayer, réponds-je sur une impulsion. Moi aussi, j'ai besoin de me changer les idées.

Une fois n'est pas coutume, comme disent les anciens. Pour la première fois depuis longtemps, j'aimerais suivre mon feeling et prendre les choses comme elles viennent. Nouveau départ avec un peu d'audace !

– Merveilleux ! Merci beaucoup, Océane. Je vous attends sagement ici.

***

Entre-temps, le coursier arrive avec mon avenant. À peine une vingtaine de minutes plus tard, la Bentley roule avec nous deux assises à l'arrière. Je tripote mon Instax autour de mon cou.

Je n'arrive plus à cloisonner Sophia Sexton dans la case « femme raffinée sur un piédestal de beauté et de réussite ». Bien sûr, elle reflète tout cela d'une manière générale. En revanche, à cet instant précis, j'entrevois une facette plus humaine…

Évidemment, mon amitié n'est pas à vendre, mais maintenant que je comprends le pourquoi, je suis disposée à séjourner chez elle et profiter de l'instant. Même si mon trac de croiser son mari s'intensifie.

On avisera. Il n'est peut-être pas aussi intimidant en vrai ?

– Shopping ? me suggère Mme Sexton en me tirant de mes pensées.

– Avouez tout de suite que je suis mal fringuée, rétorqué-je d'un ton espiègle pour détendre l'atmosphère.

Ses traits s'illuminent.

– Non, j'aime beaucoup votre style, mais une femme n'a jamais trop de chiffons, s'amuse-t-elle. On est samedi et je n'ai aucun rendez-vous aujourd'hui, profitons-en.

– Euh… si vous voulez, mais je ne pourrai pas me payer un morceau de tissu dans le genre de boutiques que vous devez fréquenter.

– Dites tout de suite que je suis snob, me réplique-t-elle du tac au tac.

Son œil pétille, comme si elle retrouvait le plaisir simple de discuter, de se faire taquiner. Je prends un air faussement sérieux pour répliquer :

– Oh, non, madame Sexton. Je n'oserai jamais vous traiter de snob, je tiens trop à ne pas me faire virer dès le premier jour.

Elle se met à rigoler et cela devient communicatif.

– Tu vois, c'est ce qui m'a plu quand je t'ai rencontrée. Tu es naturelle et franche. On peut passer au tutoiement maintenant ? Et s'il te plaît, appelle-moi Sophia.

– Ça me va… Sophia.

Dans une ambiance de plus en plus bon enfant, nous terminons dans un salon privé du CBD. Le Central Business District de Sydney, autrement dit le cœur névralgique de la ville pour les grosses fortunes. Forcément. J'en ai souvent entendu parler. Nous pénétrons dans un showroom avec boudoirs en velours, coupes de je-ne-sais-quoi, macarons et vendeuses entièrement dévouées qu'à nous. Enfin, qu'à Sophia.

– Madame Sexton ! Quel plaisir de vous revoir. Toujours aussi resplendissante. Comment allez-vous ? nous accueille une dame d'un certain âge au look bobo chic.

Je parais transparente à côté.

– Je vais très bien, Solange, je vous remercie. Je vous présente Océane. Océane, Solange est mon acheteuse personnelle. Elle a l'œil pour débusquer les pièces fortes, uniques, où qu'elles se trouvent, m'explique Sophia.

Je n'en doute pas, surtout s'il n'y a aucune restriction de prix. La cireuse de pompes professionnelle s'intéresse maintenant à moi. Dommage pour elle, comme l'indique ma dégaine décontractée, je n'ai ni l'habitude ni les moyens.

– Ravie de vous rencontrer, mademoiselle. Dites-moi quels styles et couturiers vous affectionnez et nous nous chargeons du reste, promet la *personal shopper*.

Tous les yeux se tournent vers moi. Mal à l'aise, je me dandine et opte pour la dérision.

– Je suis très fan de Monsieur Soldes et Miss Promo, dis-je sans me démonter. Ne vous en faites pas pour moi, je crois que c'est Sophia qui voudrait voir des pièces.

Celle-ci se marre. La dame, déroutée, finit par sourire à son tour.

– Nous choisirons ensemble, Solange. Il faudrait des tenues de soirée, des accessoires, des maillots de bain, et pourquoi pas deux, trois tenues de jour en phase avec le style branché d'Océane, statue Sophia.

L'autre refait des courbettes et obéit avec joie. Elle disparaît très vite pour partir à la recherche des éléments demandés par sa riche cliente. Moi, je me tourne vers Sophia.

– Vous… Tu n'as pas à m'acheter des fringues. Avec mon salaire, je pourrai me…

– Ne me dis pas déjà non, Océane. Tu as été très raisonnable – trop raisonnable – sur le montant de ta paie. Vu le peu de bagages que tu as emporté, tu auras besoin d'une garde-robe adaptée et plus fournie pour les occasions à venir.

– Oui, mais…

– Tututut ! Ce sont des avantages en nature inclus dans ton job, me murmure-t-elle dans l'oreille. Et ça me fait réellement plaisir, décide-t-elle en saisissant deux coupes sur un plateau pour m'en offrir une.

– OK, présenté ainsi… Je n'ai plus qu'à trinquer avec ce jus d'orange servi dans une coupe de champagne pour faire plus classe, charrié-je en capitulant.

– En fait, c'est un mimosa. Je pensais que tu connaîtrais, ce cocktail a été inventé en France. Vas-y, goûte !

– Oups, je passe pour une petite inculte maintenant ? me moqué-je de moi-même avant d'y tremper mes lèvres.

– Pas du tout. Je suis certaine que tu as des tas de trucs à m'apprendre aussi, affirme Sophia.

– Possible…

Ça pourrait être marrant de la sortir un peu de son environnement chicos. La faire rire efface aussi la morosité qui squatte souvent mes pensées. Chacune distrait l'autre. Cette idée me soutire un sourire complice. Puis j'avale une gorgée du mélange. La saveur d'oranges fraîchement pressées est en effet rehaussée de celle des bulles pétillantes alcoolisées.

– Alors ? me demande Sophia.

– Hum… pas mauvais. Mais il n'est pas trop tôt pour picoler ?

– Top tôt pour du champagne ? Jamais ! Autant fêter dignement ton embauche, non ?

– Carrément ! Ça fait bizarre, j'ai l'impression d'être une Pretty Woman 2.0.

Cette sensation se renforce lorsque les vendeuses acheminent dans le salon privé des portants chargés de chefs-d'œuvre vestimentaires.

– Alors, *enjoy*, ma jolie ! On va faire fumer l'Amex ! déclare Sophia qui craque déjà sur une superbe robe rouge qu'on emporte pour elle derrière un grand paravent à l'angle du salon.

C'est de la folie ! Il n'y a même pas de prix affiché sur les étiquettes, comme si tout le monde se fichait de combien ça coûte. Je me résous à suivre son exemple quand on me propose des fringues à essayer derrière le second paravent. Je passe définitivement en mode Julia Roberts du jour. Le plus euphorisant est qu'il n'y a pas de Richard Gere ni aucun mâle attendant d'être récompensé d'avoir claqué sa thune pour moi. Je ne me pose donc plus de questions. Ma tête tourne un peu au bout de la troisième coupe de mimosa. Mes prunelles brillent et mes joues sont toutes roses. Je dévisage ma silhouette en robe couleur émeraude très échancrée dans le dos et sandales nude vertigineuses face au miroir.

– Une bombe ! Elle flatte votre morphologie, votre carnation, vos cheveux. Juste parfait, commente la vendeuse.

– Je suis d'accord, approuve Sophia qui me fixe maintenant. Je sais exactement quand tu pourras arborer cette merveille…

– Vraiment ?

– Oh, oui ! On embarque tout ça.

Je ne suis pas sûre de me sentir à l'aise dans un truc aussi sexy, une fois sortie de ce cadre. On verra bien… Enjoy, comme dit Sophia !

Elle m'adresse un clin d'œil. Grisée, je lâche prise, je prends des photos. Les diapositives s'enchaînent et je commence à chantonner la célèbre chanson du film avec Julia Roberts en défilant à mon tour :

– *« Tan tan tan tan, tan tan… Pretty woman, walking down the street. Pretty woman… »*

Bientôt, Sophia s'y met également ; je prends la pose pour elle. Nous rigolons comme des ados éméchées en shopping avec une carte bancaire illimitée.

C'est donc ça, son monde ?

8

Tiger

« Friction » des Imagine Dragons résonne fort. En bas de jogging, pieds nus, je retire mon tee-shirt trempé pour terminer mes étirements. Les traces, les quelques-unes qui ne sont pas ensevelies sous certains de mes tatouages, s'affichent, à peine discrètes. Ceux et celles qui bossent pour moi n'ont jamais le cran de poser de questions là-dessus. Mes deux coaches de sport et de combat rapproché n'échappent pas à la règle. Je les congédie en épongeant mon front qui perle de sueur après des heures d'effort physique intensif.

– Bon week-end, monsieur Sexton. À la prochaine, me salue l'un d'eux sur le pas de la porte de ma salle.

Je coupe la musique avant de lancer :

– À plus, les gars !

Saisissant une bouteille d'eau, je sors de la pièce, la serviette autour de mon cou. Je dois d'abord vérifier mes mails, m'assurer que rien ne viendra perturber le reste de ma journée. J'ai consacré la majeure partie de la nuit dernière au traitement d'une urgence dans l'une de mes filiales. Pas eu le temps de discuter avec Sophia à propos du CV… La connaissant, elle risque d'insister. Si elle compte s'entêter malgré mon refus et exhiber cette petite Française sous mon nez durant six mois, on va devoir mettre les choses au clair.

La demoiselle ne tiendra pas le coup aussi longtemps… Sophia non plus…

Généralement, les samedis, ma femme passe la matinée dans l'un de ses restaurants, à faire du shopping ou à bruncher avec une pimbêche de la haute. Je vais attendre son retour et laisser notre mise au point en stand-by pour l'instant. Je quitte mon aile privée pour descendre à la recherche du journal que j'ai laissé traîner après mon café matinal. Je demande un autre café au majordome en le croisant en bas des escaliers.

– Je vous apporte cela sur la terrasse nord ou sud, monsieur ? questionne celui-ci.

Par les fenêtres ouvertes, des rires ponctuent cette interrogation. Je vérifie l'heure à mon poignet et fronce les yeux ; ma tête se tourne vers l'employé de maison.

– Sophia est là ?

– Oui, monsieur. Madame est rentrée. Avec… une nouvelle amie. Une jeune femme blonde, monsieur.

Je frotte ma barbe naissante. Peter poursuit :

– Elles sont sur la terrasse sud.

Sophia est donc allée au bout et l'a vraiment embauchée ? Cette phase-là instaurée par Murphy me laisse encore perplexe. Mais cela aurait été trop simple, si ma *chère et tendre* s'en était tenue à mon « non » d'hier soir. Seulement, rien n'est jamais si simple ici…

Et une demoiselle va désormais vivre sous mon toit. À moins de l'éjecter moi-même illico et freiner tout ça. Cela mérite une analyse efficace et rapide. Le visage impassible, je jette un regard au domestique en chef et corrige machinalement :

– Notre *jeune fille au pair*, Peter. Si elle reste… Ce n'est pas une amie.

Cadré, clair, net.

Pour l'instant.

– Très bien, monsieur. Et pour votre expresso ?

– Dans la bibliothèque, décidé-je. Merci.

J'investis donc la pièce du bas dont la baie vitrée donne directement sur le côté extérieur que ma femme a pris d'assaut avec « sa convive ». Téléphone en main, je m'y dirige.

11 h 10. Observons d'abord avant de déterminer la suite…

***

Océane

Rien que l'extérieur de cette gigantesque propriété m'impressionne, tout est d'une telle perfection. Les vastes étendues de verdure entretenues au millimètre près, les dimensions, le chic et la beauté des lieux. L'ensemble est nimbé de soleil. Je tourne sur moi-même en m'exclamant :

– La vache !

Le seul hic, c'est qu'on est en pleine journée et les mimosas que l'on s'est enfilés au showroom me montent à la tête. Ça rayonne trop fort, j'aurais dû mettre des lunettes. Je crois qu'on en a acheté, non ? J'sais plus… Nous n'avons pas arrêté de nous marrer. Et coupe après coupe, entendre Sophia dire sans cesse aux vendeuses « Ça aussi, on le prend » me semblait presque irréel. On ne m'a jamais offert autant de trucs en si peu d'heures.

Je me sens comme dans un manège. Dans une bulle. Les bras écartés, je continue de tourner en m'esclaffant :

– C'est dingue ! Je vais peut-être me réveiller.

Hébétée, je tombe sur le gazon et éclate de rire. Je crois que je suis pompette. Sophia aussi. Elle se déhanche, tout sérieux envolé, toute pression relâchée. Elle a mis « The Fade Out Line » de Phoebe Killdeer sur son portable, poussé le volume au max et se trémousse avec un énième verre à la main. Une femme discrète en uniforme apporte des bouteilles et s'efface. Mme Sexton n'a visiblement pas fini de se défouler, et je dois admettre que ça fait un bien fou ! Ne plus penser, ne plus se soucier de rien.

– Allez, viens, Océane ! m'invite-t-elle à la rejoindre.

Je suis un peu trop enivrée par tout ce qui se passe depuis ce matin. Les emplettes, la quantité astronomique de sacs de shopping que les domestiques ont montés dans « le dressing de madame », ce changement de vie radical et déstabilisant me filent le tournis. À moins que ce ne soit tout l'alcool ingurgité ces dernières heures ? Je me relève, rigole sans pouvoir m'arrêter et commence à me tortiller aussi en rythme.

Tout paraît tellement facile dans son monde…

– Waouh ! Tu bouges bien, Océane. Tu m'apprends ? me complimente Sophia.

Elle s'approche, cale ses pas de danse sur les miens. Elle m'enlace, ou c'est moi. J'sais plus trop. Je la guide.

– Il suffit de laisser ton corps… s'imprégner de la musique. Comme ça…

Elle me refile la bouteille de vin entamée pour mieux m'imiter. Plus de verre. Miss Australie si classe est passée au goulot. Elle est marrante. Autant d'alcool, c'est sur le point de me faire perdre les pédales. Me désinhiber. Faut pas faire de conneries comme avec des potes habituels, on se connaît à peine. Et c'est ma boss.

Non, ma… patronne-copine ?

Je ris bêtement, mon cerveau ne fonctionne plus. Purée, je crois que ma raison se noie dans les brumes, mes hanches se balancent, le goulot se rapproche de mes lèvres. Je penche la tête en arrière, ferme les yeux et savoure en ondulant du bassin.

Notes de musique… Pas le genre que j'écoute d'habitude, mais je kiffe… L'air tiède dans ma crinière libérée sur mes épaules… La bouteille fraîche sur ma cuisse… Le vin redescend dans ma gorge… Des paroles en anglais… Je chante en yaourt. Sophia agite sa belle chevelure châtain, je fais pareil… Je tangue… Je ne pensais pas m'éclater ainsi dans mon taf, si vite, si naturellement, si bien…

– Faudrait que… je te… fasse visiter la maison… Ta chambre, débite-t-elle.

– C'est… immense ici.

– Tu trouves ? On en possède des plus imposantes, tu verras… Purée, j'ai chaud, pas toi ? On… on pique une tête d'abord ?

Je mate la splendide piscine à débordement à côté de nous et secoue la tête en pouffant telle une gourde.

– On va couler.

– Tu… ne sais pas nager ?

– Si… mais trop bourrée.

On explose de rire comme si c'était la chose la plus drôle du monde.

– Non, on est toutes légères, on va flotter, insiste Sophia.

Purée, elle commence à déboutonner son chemisier, balance ses escarpins hors de prix. Ils disparaissent dans la flotte.

– Allez, Océane ! Je ne me suis pas sentie aussi joyeuse depuis… si longtemps.

– Moi aussi.

– Alors viens !

Elle chancelle en essayant de se débarrasser de son pantalon. Ses contorsions m'amusent, je suis le mouvement et éjecte mon tee-shirt. En soutif, je bataille avec la braguette de mon short en jean. J'ai définitivement dépassé le seuil du verre de trop, je deviens hilare pour un rien. Je n'arrive plus à piloter mes gestes.

– Yes ! Tu vas te baigner avec moi ! s'enthousiasme Sophia… Elle est bonne, tu verras.

La belle métisse distinguée est une nana aussi pintée que moi maintenant. Plus rien à carrer de rien. Elle se marre et galère à ôter son pantalon de tailleur.

– Attention… Tu vas faire plouf, toi aussi… Comme tes Louboutin.

Elle se poile à ma remarque. Puis tente de retirer une jambe. Ouh là, elle perd l'équilibre… Un mec déboule soudain de nulle part. Il sort d'où, lui ? Il la rattrape avant sa chute dans l'eau turquoise et nous gueule dessus.

– Qu'est-ce que vous foutez, bordel ? grogne ce canon, torse nu, en bas de jogging.

Mes iris bloquent sur lui tandis que mon cerveau fait un arrêt sur image : de grands dessins aborigènes barrent son flanc dans un assemblage de motifs complexes et disparaissent dans son dos qui doit en être tatoué aussi. Je ne sais pas ce qui est le plus hot : ses abdos, sa peau hâlée ou le graphisme brut de ses tatouages ? Je tente de revenir sur son visage.

Euh, je le connais, non ? Brun, sexy et… oups, c'est le mec de Google ! Je veux dire… de Sophia.

Ses yeux bleus braqués sur moi vident tout l'oxygène de mes poumons. Mes joues prennent feu. Mon cerveau se délite pour de bon. Putain, ils devraient ajouter des photos de lui torse nu sur Internet. En bas de jogging et la tignasse coiffée-décoiffée comme maintenant. Un putain de détonateur dans son regard braqué sur moi.

***

Tiger

Sophia a atterri dans mes bras, in extremis. Elle n'est même pas en état de me répondre. Je détaille le nombre de bouteilles vides de côte de Nuits sur une table et termine en stoppant sur celle que Blondinette tient dans sa main, en appui sur sa cuisse pâle.

Putain, les ennuis commencent déjà !

Les yeux de biche de la petite Française me dévisagent. Ses pommettes aussi roses que ses lèvres humides entrouvertes. Je serre les mâchoires, mes iris dévalent sur ses courbes, remontent se planter dans les siens. Elle déglutit, moi aussi.

– Ty, mon amour… tu te joins à nous ? couine ma femme contre moi.

J'inspire brusquement et me crispe.

– Il n'est même pas midi, Sophia ; vous avez sifflé combien de verres ?

Les deux rigolent, complètement saoules. Mon épouse essaie de se redresser.

– On en a bu combien, Océane ? hésite Sophia.

Une moue apparaît sur la bouille de la nana, le genre d'expression mi-innocente, mi-canaille à inspirer une réaction classée X.

Et je… Non. On stoppe, Tiger !

Elle n'en a pas conscience, elle essaie manifestement de compter dans sa tête. Elle déplie ses doigts pour énumérer puis renonce au bout de trois secondes.

– Euh ? Un paquet ? réplique-t-elle, puis elle se tord de rire.

– Voilà ! Un paquet de verres, Ty, confirme Sophia. Et là… on va jouer aux sirènes. Tu sais quand on se baignait dans le lac, toi et moi… C'était si bon. Viens, mon amour.

– Certainement pas ! Tu vas monter et dégriser.

L'évocation de ce souvenir me dérange, le fou rire inexplicable des deux, idem. Sophia se doutait que je pouvais les apercevoir par la vitre, mais bordel, elle est réellement pétée aussi et commence à ne plus avoir de filtre…

– Ou alors, tu me montes et tu m'enivres les sens, comme tu sais si bien le faire, mon étalon.

– Ça suffit, Sophia !

– Ouh là là, il lui arrive de se détendre, lui ? intervient la blonde en soutien-gorge que je m'efforce d'éviter de mater encore.

– Nan… Je te présente… M. Rabat-joie Sexton, mon mari, ricane Sophia, totalement instable sur ses deux pieds.

– Salut, Monsieur Sex… Je veux dire…

La jeune fille au pair implose une fois de plus en se tenant le ventre. Plus mes traits se durcissent, plus son hilarité semble incontrôlable. Pendant que ma femme se ramollit contre moi, en mode hors service.

– Désolée… Vous êtes tellement sérieux… C'est perturbant avec la… la gueule que vous avez et ces… ces abdos de dingue, vos tatouages, et… vos blessures de chef de guerre… Je peux toucher ?

Inconsciente d'être en train de dépasser les bornes, elle tend les doigts vers moi, je lui assène une tape immédiate sur le dos de sa main qui la fait sursauter.

– Ouuuuh ! Monsieur Sex donne des claques, Sophia ?! commente-t-elle d'un ton moqueur.

Ma chère et tendre ne pipe plus un mot, celle-ci s'effondre presque au même moment. Mes lèvres se scellent, mes yeux foudroient Blondinette. Je hisse ma conjointe sur mon épaule tout en perforant du regard la demoiselle alcoolisée qui vacille.

– Il n'est pas content le big boss, plaisante-t-elle… Vous voulez poser pour moi ? Ça vous détendra, tiens ! Il est où, mon Instax, d'ailleurs ?

Je fais signe à Mary, une employée, de confisquer l'appareil photo turquoise flashy qui gît dans l'herbe avant que cette catastrophe ambulante ne parvienne à le trouver et s'en servir.

– Arf, je l'ai peut-être perdu au showroom… Dommage, beau tigre balafré… Euh… Vous parlez français, au fait ?

J'avance lentement vers elle, mon chargement sur l'épaule. Elle s'empourpre mais ne peut s'empêcher de glousser encore.

– Je vais m'occuper de Sophia, lui réponds-je dans ma langue, que j'utilise depuis le début de cette conversation désastreuse.

– Oh, il ne parle qu'anglais, conclut-elle dans la sienne… Tant mieux… Vous ne saurez pas ce que je raconte… Faudrait enfiler quelque chose sur ce torse… Monsieur Pas Rigolo. Parce que, là, tout de suite, si j'avais votre 06, je vous aurais envoyé une bonne grosse aubergine, énonce-t-elle avant de pouffer de rire. Vous ne connaissez pas, hein ? Je suis sûre que Louane aurait validé ce que je vois, à travers votre jogging aussi. Petite veinarde de Sophia ! félicite-t-elle ma femme.

Bon sang, il ne manquait plus que ça ! Je me rapproche, me penche sur son oreille et lui murmure :

– Je t'interdis de te baigner dans cet état. Quelqu'un va te montrer ta chambre, tu y resteras le temps de dessoûler.

– Vous… vous n'êtes pas mon… patron d'abord.

– Selon toute évidence, mon épouse t'a engagée. À moins que je mette mon veto, tu vas vivre sous mon toit. Alors exécution ! Je voudrais que tu aies les idées claires quand on reparlera de ton comportement, de qui est cette Louane, de tout ce que *tu ne lui diras pas*, et d'émojis à caractère sexuel.

Elle frémit, tandis que je recule. Ses yeux verts s'écarquillent, puisque je viens de lui intimer tout cela dans sa langue.

– Merde, vous… ? Français ?

Elle est déchirée et ses lèvres roses se rouvrent dangereusement. Je préfère respirer un coup et tourner les talons sans commentaire.

– Hummm, votre verso en encore plus… hache-t-elle dans mon dos. Ces dessins sinueux, ça donne trop envie de les toucher… Jusqu'où vont-ils ?

Je m'éloigne en portant Sophia et ordonne au majordome de veiller à ce qu'elle obéisse. Nom d'un chien, elle s'extasie toujours sur mon fessier alors que je m'éloigne !

– Oh, oui, miam ! Ça vaut une putain d'aubergine.

9

Tiger

Quatrième café, l'esprit en ébullition. Je grille l'ultime cigarette de mon paquet, en ouvre un second en décortiquant la presse financière. Cette diversion mentale fonctionne un certain temps. Je me concentre sur les marchés, les chiffres et les stratégies pour gommer de ma tête tout ce à quoi j'ai assisté ces dernières heures.

Sophia, chemisier ouvert. La dentelle sur ses seins… Blondinette, crinière lâchée… Microshort, soutien-gorge de gamine… Putain, cette peau nacrée sous le tissu en coton… Ivres l'une et l'autre… Leurs ondulations… Cette cadence langoureuse… La petite en train de me faire inconsciemment des avances… Son bouton défait sur le bas-ventre… UN satané bouton, et un torrent de promesses de débauche essaient de s'introduire dans mon crâne.

Mon mécanisme ne doit pas s'enrayer. Pas maintenant, ni jamais.

La sonnerie de mon téléphone refout mes idées en place. Irascible, je décroche en grognant :

– Sexton.

– Bonjour, monsieur Sexton, c'est John.

Je souffle ma bouffée de nicotine et enfonce les doigts dans mes cheveux en écoutant mon DAF. Shanna a dû lui transmettre mon message pour reprendre le boulot. Le deuil, ça va pour un laps de temps, mais pleurnicher sur le cadavre de son paternel plus de vingt-quatre heures me convient moyennement. Je n'ai pas eu besoin de le faire quand j'ai perdu le mien, même en étant un gamin…

Je vais droit au but :

– Shanna t'a mis au parfum ?

– Elle m'a briefé, oui… Je vous appelle aussi pour vous remercier de votre geste, ma mère en a été très touchée.

Il faudrait que je demande à mon assistante « quel geste j'ai fait » pour présenter mes condoléances à la famille de mon employé. C'est elle qui s'occupe de ce genre de détails et qui détermine qui mérite quel degré d'attention…

– Content que ça lui ait plu, réponds-je néanmoins.

– Et sinon, je pensais rester encore un peu à Londres pour aider ma mère, si possible. Elle n'arrive pas à gérer. Je travaillerai à distance et serai à Melbourne pour la réception annuelle des Sexton… Sans faute.

En gros, il ne tient pas à revenir sur le front avant le week-end prochain ? Pour voir Sexton senior en train de parader, de mépriser mes méthodes et me jeter sa condescendance à la figure malgré les dividendes qu'il touche grâce à moi ? J'écrase ma clope et inspire calmement.

– Dis-moi, John, à quel moment tu t'es dit qu'il était plus important pour moi de te compter parmi les invités de ce vieux schnock de James Sexton au lieu d'assumer pleinement tes responsabilités de directeur administratif et financier de ma boîte ?

Je sens sa respiration se dérégler dans le combiné.

– Désolé, monsieur Sexton, je croyais que…

– Oui, que croyais-tu ? Pourquoi ai-je demandé à Shanna de t'informer de ce que nous préparions, à ton avis, John ?

Je l'entends inspirer, je peux presque deviner sa mine déconfite au bout du fil. Il percute enfin ?

– Parce que dans la liste des fournisseurs ciblés, il y a l'entreprise familiale de mon ex-copine de fac. Je serai plus efficace que Shanna pour la convaincre de nous céder les parts majoritaires à temps afin de contrer Carter, résume-t-il.

– Tu vois quand tu veux. Ceci étant, tu es libre, John. Tu peux traîner aussi longtemps que tu le juges nécessaire à Londres. Tu en assumeras les conséquences. Fais le choix qui te convient.

Je raccroche sans lui laisser le temps d'argumenter. Perte de temps. Je fourrage à nouveau dans ma tignasse et pousse un râle. Il est quinze heures, ma femme et « son invitée » cuvent toujours et j'ai l'impression de tourner en rond dans une cage en barbelé.

Je me lève brusquement de mon fauteuil et quitte le bureau pour me diriger vers l'aile opposée à la mienne. J'ai laissé suffisamment de temps à Sophia, il nous faut une mise au point immédiate ! Je frappe à sa porte, tourne la poignée et la retrouve dans le même état que lorsque je l'ai mise au lit.

– …

Lorsque je tente de l'extirper de ses brumes éthyliques, elle me marmonne un truc quasi inintelligible. Des mots que je ne supporte pas d'entendre sortent de sa bouche dans une litanie pâteuse. En réaction, je hausse le ton :

– SOPHIA !

– J'ai… besoin… de dormir, grommelle-t-elle.

– Sans blague ? Hors de question. Ouvre les yeux et redresse-toi. Tu n'en as fait qu'à ta tête. Tu voulais mon attention ? À ton tour de m'écouter consciencieusement.

Dans la pénombre de ses rideaux tirés, j'allume la lumière et tire la couette. Ce qui la fait réagir dans la fraction de seconde. Elle tient sa tête, étouffe un râle en s'asseyant.

– Ty, ça ne peut pas attendre ? J'ai trop mal à la…

– À qui la faute ? Je ne serai pas long. Contente-toi d'écouter. Tu as fait venir « cette invitée » en dépit de ma mise en garde. Rien à foutre de ce qu'en pense Murphy, *je* vais fixer les règles pour la suite vu que ma marge de manœuvre vient de se réduire…

– On… on peut en parler plus tard ? S'il te plaît, Ty, me supplie Sophia, complètement éteinte.

Manifestement affolée aussi.

– Non, maintenant ! Ce que j'ai à te dire est à prendre ou à laisser, alors tu vas m'écouter attentivement…

Lorsque je termine d'asséner les termes du nouvel « arrangement », Sophia accuse le coup. Je ne suis pas persuadé que dans son état, elle ait tout assimilé. Cependant, je n'ai pas le temps d'attendre son dégrisement, et mes nerfs ne tiendront pas une seconde de plus, alors j'ajoute :

– Dernier point, Sophia : j'ai avancé mon voyage au Qatar. Mon jet part ce soir.

– Mais tu… tu reviens quand ? Tu comptes nous éviter ? Me punir ?

Je vais juste prendre le recul nécessaire avant la réception de James Sexton. Et je refuse d'être déstabilisé, de laisser cette brèche dans mon filtre s'élargir. J'ai mis du temps à l'instaurer, putain ! Il n'y a peut-être pas que Sophia qui est bousculée ce coup-ci, Murphy s'en doute et ça ne me plaît pas…

– Ty, s'il te plaît… Ces nouvelles règles… Tu ne peux pas tout chambouler comme ça, ce n'est pas ce qui était convenu.

– Que crains-tu maintenant, Sophia ? Que je finisse par bander pour une autre femme sous notre toit, une femme que *tu* as choisie ? Parce que c'est bien de cela qu'il s'agit, n'est-ce pas ?

– Je veux juste que tu reconsidères notre…

– Le débat est clos. Tu connais ma position. Mais elle, l'as-tu prévenue ? Y as-tu bien réfléchi toi-même avant de foncer ainsi ?

– Je…

– Prends rendez-vous avec Murphy.

Malgré sa pâleur et les conséquences du verre de trop, une lueur familière brûle au fond de ses prunelles. Celle que j'ai vue briller des centaines de fois au milieu de ses soupirs. Nos fluides mélangés, nos corps en sueur… Bordel, ça déraille, je dois vraiment m'éloigner !

– Si je convaincs Océane, tu pourrais nous avoir elle et moi, insiste-t-elle.

– Tu t'entends marchander ? Eh, redescends, nom de Dieu ! Tu penses pouvoir convaincre une innocente demoiselle d'entrer dans l'intimité de notre couple ?

– Qui sait ? Il se pourrait que je… Ça me manque, Ty. Tu me manques.

Tout va de travers, bordel ! Mes mâchoires se crispent encore, mes doigts s'enfoncent dans mes cheveux.

– Reprends des forces et appelle Murphy, lui redis-je… Je serai de retour pour ce satané gala. Que la blondinette nous y accompagne ou pas, ce sera ta décision. Tu peux encore la faire déguerpir…

***

Océane

Argh, punaise, ma tête !

Je tapote ma tignasse ébouriffée, un étau me broie les tempes dès que j'ouvre les paupières. Il est quelle heure ? Qu'est-ce que j'ai branlé ? Trop fait la teuf avec mes colocs ? Je referme les yeux, la douleur pulse dans mon crâne. Je les rouvre en râlant. Chambre raffinée, impeccable, déco de bourge. C'est quoi, ce délire ?

Où suis-je ?

Merde, merde, merde ! Je ne reconnais pas du tout les lieux ! La panique décolle mon dos du lit. Un gémissement de douleur s'échappe de ma bouche pâteuse. Je tiens mon front, referme encore les yeux. Je m'efforce de me connecter à quelque chose, trouver une explication potable, des fragments de mémoire…

Le contrat. Oui, j'ai signé un contrat ! Et un accord de confidentialité aussi.

Le sosie de Van Damme ! Le fameux chauffeur devant la coloc. Non, plutôt mon ancien chez-moi. Putain, oui ! J'ai accepté la proposition de Sophia Sexton. On a fait du shopping, on a… Blanc… On a quoi ? Et ici, c'est chez elle ?

J'utilise mes réserves bancales d'énergie pour me lever. Mon short en jean est ouvert et je ne porte plus de haut, juste un soutif. Comment ai-je… Blanc… Misère ! J'inspecte autour de moi. Une bassine et un verre d'eau trônent sur la table de chevet. Ainsi qu'une boîte de comprimés contre la migraine et un gant de toilette. Qui me les a déposés ? Sophia ? Elle était aussi imbibée que moi dans mon souvenir en vrac. Note à moi-même : ne plus jamais abuser de ce machin qu'on n'a pas cessé de boire au showroom. Premier jour de mon séjour au pair et je me sens déjà en mode épave.

Mon tee-shirt, où est mon tee-shirt ? Et mon téléphone ? Mon Dieu, et si j'avais fait des conneries ? Envoyer des messages en France ou en ligne ?

Je grimace en bougeant. Ne paniquons pas, reconstituons d'abord les faits.

Et puis zut, ça sent quoi, là... Je ne sais pas ce qui est le plus craignos. Les trous de mémoire à combler ou le fait de m'être laissée aller à ce point, avec une quasi-inconnue et si loin de chez moi ? Je mate la chambre, les paupières plissées. Des roses, des lys et des tulipes blancs, voilà d'où provient la délicate odeur qui dissiperait presque celle d'alcool dont je suis imprégnée. Un grand vase raffiné en cristal est rempli de ces fleurs fraîches, sur une commode vintage chic. Mon Instax et mon téléphone se trouvent à côté. Yes ! Au moins deux trucs de trouvés !

Je m'empare du portable. Pas de photos ni de vidéos compromettantes. Ouf !

Des messages ? Non, pas trop en état tout de suite, mon bide se retourne. Et je dois d'abord me localiser. Rien d'autre ne m'appartient ici. Pas de fringue. Mais je ne vais pas me balader en soutien-gorge, quand même ?

Si ça se trouve, je l'ai déjà fait ? Flou total...

Je continue ma quête, déniche la salle de bains accolée. Facile, il n'y a qu'une façade vitrée entre elle et la chambre. Un haut-le-cœur me pousse à m'y engouffrer. Je tombe à genoux face aux W.-C. et gerbe un excédent de liquide. Misère !

Je tire la chasse d'eau. Au-dessus du plan vasque, un miroir sophistiqué affiche la date, l'heure et la météo dans un coin. Samedi, dix-neuf heures vingt-six. Encore ensoleillé, vingt-sept degrés à l'extérieur. J'ai sombré pendant si longtemps ?

Super, Océane. Tu commences bien ton taf ! Plantage magistral !

Je découvre mes effets de toilette rangés... C'est déjà ça. Autant me brosser les dents et agoniser sous la douche jusqu'à me sentir moins naze. Sous les jets tièdes sur mon corps, mon esprit ressemble à un écran de fumée. De onze heures à dix-neuf heures vingt-six, qu'ai-je bien pu foutre ? D'où provient ce bleu sur mon genou ? Aucune explication ne me vient...

Tu t'es créé un remake de Very Bad Trip, *et t'as tout foutu en l'air ?*

Cette éventualité est juste flippante, parce qu'elle est trop vraisemblable. J'enfile un peignoir et pars gober un cachet de paracétamol. Je m'étale à nouveau dans le lit, les paupières closes... De la musique. Il y avait de la musique ? Mon téléphone comblera peut-être mes trous de mémoire si j'ai utilisé des playlists ou autres ? Je retourne le choper près du vase, soudain j'aperçois une chose que j'avais loupée… Une carte est glissée au milieu de la composition florale.

Incertaine, je l'extrais pour déchiffrer les mots griffonnés dessus :

Bien cuvé, jolie Lily ?
Si tu es en état d'avaler du solide, j'ai demandé en cuisine
qu'ils se conforment à tes goûts.
Aubergines et tout autre légume de forme analogue
que tu voudras engloutir…
Tu ne diras rien à cette Louane, bien entendu.
Nous aurons une discussion à mon retour.
TS

Mes yeux s'ouvrent en soucoupe. TS comme Tiger Sexton ? Des légumes ? Des aubergines ? Il m'a prise pour une végétarienne ou un truc du genre ? Pourquoi m'appelle-t-il « jolie Lily » d'abord ? Et de quoi veut-il débattre avec moi ? Pourquoi Louane ? Qu'aurais-je voulu lui confier ?

Oh là là, je perds pied !

Les méninges inefficaces, je ne trouve aucune réponse à mes questions. Reprenons le téléphone… Pas d'appel. Je n'ai rien envoyé à personne, ni ruiné davantage ma vie sociale sur les réseaux et n'ai manifestement pas téléphoné. Dans la confusion la plus totale, je fourre la carte signée TS dans ma poche de peignoir et dévisage les pétales blancs. J'essaie d'y voir plus clair.

Sophia ! Oui, elle, elle m'aidera peut-être à me rappeler. Je m'aventure hors de la pièce, une boule d'appréhension dans le ventre. J'ignore comment interpréter tout ceci. Et si jamais, avec un coup dans le nez, j'avais déconné ? Pour quel motif le mari de ma boss m'a laissé ce putain de message ? Je ne l'ai même pas encore rencontré. Du moins, je crois…

Galère, je l'ai rencontré ? Je lui ai parlé ?

Je longe le couloir en essayant de sonder mes neurones épuisés. Des portes se succèdent. Mon estomac gargouille, ça martèle dans mon crâne. J'avance jusqu'à l'escalier qui dessert deux ailes différentes de la maison. Le côté d'où je viens est-il réservé aux domestiques, aux invités ? Et l'autre en face abrite sans doute les quartiers privés de Mme et Monsieur Sex… Flash foudroyant.

Mince, ce nom ! Des abdos virils, des tatouages aborigènes australiens… C'était sur lui. Il était là et je l'ai appelé Monsieur Sex !

Sous le choc, je presse mes paupières et serre la rampe en haut des marches. Je ne suis plus certaine de vouloir descendre. Il était en colère, je crois… C'est flou, mais mon esprit exhume cette bribe : lui en train de me fusiller du regard.

Oh, non, qu'est-ce que t'as foutu Océane ?

10

Tiger

– Vous êtes prêt, monsieur Sexton ? Le pilote vous informe que l'on peut décoller.

Je jette un dernier coup d'œil sur la piste, boucle ma ceinture et confirme :

– Allons-y.

– Bien, monsieur, obéit l'hôtesse avec un sourire poli.

J'enfile mes lunettes de soleil pour me replonger dans mes pensées. Pas celles incluant le soutien-gorge de fillette sur les courbes de la blondinette, je dois refouler ça. Malheureusement, je crains de moins bien réussir à cadenasser de vieilles habitudes. Surtout avec ceci en prime : les diapositives récupérées par Peter. « La jeune fille au pair » les a fait tomber au bord de la piscine. Mon majordome a jugé bon de les confisquer. Ce brave Peter était certainement embêté de devoir me les donner – il a ses raisons… – mais il valait mieux qu'elles ne tombent pas malencontreusement entre de mauvaises mains non plus. Seulement, je ne sais pas quoi faire de ça maintenant que je les ai. Les détruire ? Sans doute. Et ne surtout pas les mater ainsi. Cette pile de photos est comme un détonateur entre mes doigts. Pourtant, je ne peux m'empêcher de les contempler.

Sur l'une, Sophia et Océane jouent aux pin-up dans ce qui ressemble à un showroom. Une vendeuse a probablement capturé l'instant à leur demande. Puis petit à petit, les photos deviennent plus aguicheuses… Peut-être involontairement… Parce que mon épouse et sa nouvelle copine paraissent progressivement plus pompettes. Sur certaines poses, il n'y a que Sophia. Je devine que c'est Océane qui a dû prendre les photos. Elle change de tenues, s'amuse, joue avec l'objectif.

Sur d'autres, il y a la Frenchie. Seule. Dans des robes à rendre dingue. Une femme enfant se métamorphosant en femme fatale, image après image. L'œuvre de Sophia. Et cette lueur dans les yeux d'Océane se révèle… La ressemblance est subtile, mais parfois, elle a un faux air de…

Putain, non ! Ne compare pas ! Nom d'un chien, qu'est-ce que tu as amorcé, Sophia ? Comment je gère ça ?

Une voix évapore le tumulte dans ma tête, me ramène au présent :

– Ici, votre pilote. Nous sommes parés pour le décollage, monsieur Sexton. Je vous souhaite un agréable vol.

Je range tout dans l'enveloppe kraft et la fourre dans la sacoche. Puis je regarde l'heure et ouvre mon ordinateur. Au moins, la fichue réception du vieux schnock me bouffera moins l'esprit avec cette intrusion chez moi. Mais la Frenchie n'est pas une professionnelle du sexe que je pourrais éventuellement payer pour… Et puis, j'ai tourné la page des Dominas. Mais problème de taille : j'ai aussi visionné trop de bandes-vidéo indécentes ces dernières années et je suis resté abstinent un peu trop longtemps.

Beaucoup trop longtemps.

Alors comment m'efforcer de dompter ces choses qui me troublent malgré moi avec une tentation toute neuve sous le nez ?

***

Océane

Pourvu que je tombe sur Sophia en premier, avant d'affronter son mari. J'atteins le rez-de-chaussée. Un monsieur d'un certain âge en uniforme et à l'allure stricte m'accueille avec déférence. Son visage m'évoque vaguement quelque chose. Encore quelqu'un que j'ai dû voir sans m'en souvenir nettement.

– Bonsoir, mademoiselle Rousseau, me dit-il.

– Bonsoir, monsieur…

Il connaît mon nom de famille. S'est-il présenté au préalable ? Je crois qu'il s'est chargé de nos sacs de shopping à notre arrivée. Mais c'est tout ce qui me revient. Vide intersidéral. La défaite !

– Je suis Peter, mademoiselle. Juste Peter. Le majordome de M. et Mme Sexton.

– D'accord. Enchantée, Peter…

– Moi de même. Avez-vous faim, mademoiselle ? M. Sexton a donné des directives en cuisine.

Laissez-moi deviner : une moussaka entièrement faite d'aubergines ? Un gratin de courgettes ? Des concombres à la vinaigrette ?

– Euh… non, réponds-je en sentant la gêne et la nausée monter de concert dans mes tréfonds. Pas tout de suite, merci.

J'ignore encore comment le grand maître de cette demeure est parvenu à cette déduction sur mes goûts en matière de bouffe… Il ne sait rien de moi.

– Très bien, abdique Peter, toujours très respectueux. Sinon, que puis-je faire pour vous, mademoiselle ?

– En fait… je ne sais pas trop où aller. Vous pourriez m'aider à localiser Sophia ?

– Mme Sexton est dans la bibliothèque. Je vous y conduis, mademoiselle Rousseau ?

– Je veux bien. Mais s'il vous plaît, arrêtez de me donner du « mademoiselle » à chaque phrase.

– Navré, mademoiselle, M. Sexton y tient. Chacun sa place.

Quel psychorigide, ce « M. Sexton » ! Après avoir décidé de ce que je mange, de ce que je dis ou pas à ma pote, il a aussi décidé de comment on doit m'appeler ?

Je me dandine en resserrant les pans de mon peignoir. Être nue en dessous ne m'aide pas à récupérer un minimum d'assurance, et le brouillard dans mon crâne ne se dissipe toujours pas.

– Je vois… Et… M. Sexton est-il dans les parages ? Dans la même pièce que Sophia ? Je préfère ne pas les déranger.

Océane, l'alcoolo amnésique dégonflée, aurait-elle peur de revoir le tigre ?

– M. Sexton est reparti il y a quelques heures, mademoiselle. Il est en déplacement, réplique Peter sans perdre patience.

– Ouf ! Enfin, je voulais dire… merde ! Laissez tomber, bafouillé-je en notant le haussement de sourcil de l'employé modèle.

Il ne commente pas et efface l'expression qui a brièvement traversé son visage. Je me désole moi-même, mais difficile de cacher mon soulagement. « TS » a signé la carte et s'est volatilisé ? Cela me fait un souci immédiat en moins…

J'essaie de me ressaisir. Hélas, la honte et le doute recommencent à germer en moi. Pourvu que je ne me sois pas ridiculisée à un moment ou un autre. Pire encore, que je n'aie pas torpillé mes chances de garder mon job dès les premières heures.

– Je veux bien que vous m'indiquiez la bibliothèque, s'il vous plaît, Peter.

– Bien entendu, mademoiselle. Si vous voulez bien me suivre ?

J'emboîte le pas au majordome jusqu'à une pièce majestueuse. Les étagères en ébène de formes graphiques garnissent élégamment les murs. Elles longent presque tous les pans et foisonnent de livres. Des plantes luxuriantes dans de grands pots ornent les angles. Et une immense baie vitrée donne sur… la piscine…

Second flash !

Je la reconnais. Je me revois picolant avec Sophia au bord de cette splendeur à débordement… Puis trou noir… Mon regard se fige sur la vue imprenable à partir d'ici et mon bide se tord. Ça me tue de ne pas savoir comment les choses se sont déroulées. Par exemple, Tiger Sexton aurait-il pu nous voir de cet endroit ?

On ne panique pas, on ne panique pas.

Rien n'indique qu'il était dans le coin et je n'ai peut-être pas déconné tant que ça. N'est-ce pas ?

Sinon, tu parles d'une première impression foireuse !

Je déglutis en tentant de gérer ma respiration. Peter reste en retrait, j'avance et découvre Sophia dans l'une des méridiennes.

– Tiens, tu es réveillée, me dit-elle immédiatement en me voyant.

Son sourire est fané. Je remarque ses yeux bouffis et rouges. Juste dus à la gueule de bois ?

– Est-ce que tu as pleuré, Sophia ?

– Mais non… t'inquiète. J'ai un peu trop abusé du vin et du champagne, je ne tiens plus aussi bien l'alcool, se justifie-t-elle en endossant maladroitement son habituelle assurance.

Je ne suis pas dupe. Je me rapproche, m'assois près d'elle en réfléchissant à ce que je pourrais dire ou faire.

– Tu as l'air triste, Sophia. Et je t'avoue, je ne me souviens pas de grand-chose. Je flippe de t'avoir mise dans l'embarras ou blessée ou…

– Pas du tout, ma jolie… Ce n'est rien. Tu n'as rien fait de mal. Je suis juste… un peu émotive par moments, et l'ivresse ne m'a pas réussi, persiste-t-elle en tripotant son alliance.

Elle se met debout, part se poster devant la vitre, gracieuse malgré tout. Perdue, je fixe son dos. Est-ce le moment de faire mes preuves ? Une véritable amie aurait su comment agir. Une simple pote aurait tenté de minimiser en la distrayant.

Une jeune fille au pair, payée pour lui tenir compagnie, est supposée s'y prendre comment ?

Et si j'écoutais simplement mon cœur ? Seulement voilà, je reste une employée et comme vient de me le signifier le majordome, chacun doit rester à la place qui lui a été attribuée dans cette maison, si j'ai bien compris…

Arf, j'ai trop mal aux cheveux en plus. Sophia passe les doigts dans les siens et pivote vers moi, un peu plus gaie.

– N'en parlons plus. Nous avons toutes les deux trop bu, c'est entièrement de ma faute.

– Tututut, tu ne m'as pas forcée. Et dans l'ensemble, on a passé un bon moment… Du peu que je m'en souvienne, plaidé-je avec dérision.

– C'est vrai…

Un instant de silence s'ensuit. Elle revient s'asseoir et me tient les mains.

– Aucune de nous ne se souvient de l'intégralité de cette matinée, du coup je ne sais plus si je t'ai souhaité la bienvenue. Alors sache que je suis ravie de t'accueillir, Océane.

– Je te remercie.

– J'espère que tu n'as pas changé d'avis. Tu vas rester, hein ? Je veux que tu restes avec moi.

– Mais oui, je ne te lâche pas.

Pourquoi s'en inquiète-t-elle autant ?

Elle presse mes doigts, son visage devient plus chaleureux. Je retrouve un peu ce début de complicité que nous avons partagé. Nos doigts s'entrecroisent, je lui souris à mon tour.

– Au fait, je peux te poser une petite question, Sophia ?

– Bien sûr.

– Ai-je rencontré ton mari ? Est-ce… qu'on a discuté ?

Un étonnement quasi amusé émerge sur ses traits.

– Je n'en sais rien. Enfin… pas clairement. Il va falloir procéder à des présentations plus formelles à son retour, je pense.

– Dis-moi qu'il ne revient pas avant six mois, la supplié-je, mi-sérieuse, mi-désespérée.

Contre toute attente, ses lèvres s'étirent, puis elle se mordille la lippe en se massant la tempe.

– Ty revient en fin de semaine. Ne sois pas si intimidée.

– Je ne suis pas intimidée, mens-je. Je craignais juste qu'il m'ait vue bourrée… Est-ce le cas ? Était-il en colère ? Il t'a dit quelque chose ?

– Je ne crois pas… Tout va bien, ma jolie. Te tracasse pas pour ça… Et tu sais quoi, je t'invite à nous accompagner à la réception organisée par son oncle samedi prochain.

Genre, tous les trois en soirée mondaine ? Punaise, non.

Avant de me défiler, la sonnerie de son téléphone – pourtant pas si forte – me vrille le cerveau et nous interrompt. Sophia le ramasse précipitamment. Un numéro inconnu et une espèce de malaise incompréhensible la rendent un brin fébrile. Enfin, je crois. Il faut reconnaître que je ne suis pas au top de ma forme.

– Désolée, Océane, tu veux bien me laisser, s'il te plaît ? J'ai un rendez-vous téléphonique, me dit-elle. On se retrouve tout à l'heure ?

– Oui, bien sûr.

Je me lève. Elle murmure quelque chose dans une langue que je n'identifie pas, décroche, puis éloigne le mobile de sa bouche pour ajouter en me regardant :

– Peter te fera faire le tour du propriétaire en attendant. Tes affaires ont été rangées dans le dressing de ta chambre. Sauf si tu préfères te balader à moitié dénudée ?

– Oh, non, je serai contente d'enfiler de vraies fringues. À plus tard !

– À plus, ma belle, nous parlerons après de cette soirée à Melbourne.

Je quitte la bibliothèque après un clin d'œil de Sophia. Déroutée, je m'adosse au mur, resserre ma ceinture et fourre les mains dans mes poches de peignoir. J'avais pratiquement oublié la carte ; je soupire en la frôlant d'un côté et mon portable de l'autre. J'extirpe les deux et les dévisage. Dans ma main gauche, ma nouvelle vie embrumée et des mots énigmatiques. Et dans ma main droite, des SMS de Louane qui envahissent tardivement mon écran.

[Sérieux, tu te barres comme ça, choupette ?
T'habites où maintenant ? Et le job
dont on a parlé… Fais-moi signe.]

[C'est encore moi, chérie. Tu vas bien ?
Rappelle-moi ou je te boude,
genre, pendant cent ans.
Bisous.]

Mon job confidentiel risque d'être compromis si Louane creuse un peu trop. Je ne sais pas trop quoi lui pondre pour l'instant. Apparemment, Tiger Sexton tient à contrôler cet aspect-là de ma vie sociale. Je devrais retourner sous la couette, dans cette chambre qui sent les fleurs et…

Et quoi ? Attendre d'y voir clair ?

– Tout va bien, mademoiselle ? me demande le majordome, sagement posté près des marches.

J'humecte mes lèvres et hoche la tête.

– Souhaitez-vous effectuer la visite maintenant ou plus tard ?

– Pas dans l'immédiat, Peter. Cette propriété est gigantesque et j'ai vraiment très mal au crâne. Je me promènerai pour découvrir seule les lieux quand je serai en meilleure forme. Si cela ne vous dérange pas.

– Pas de problème, mademoiselle. Mais dans ce cas, je dois vous spécifier vos accès.

– Mes accès ?

– Oui, mademoiselle. Tout le rez-de-chaussée, les extérieurs et l'aile gauche à l'étage vous sont grandement ouverts.

– Je vois… Et l'aile droite ?

– Ce sont les quartiers de M. Sexton. Strictement privés. Votre chambre se situe dans la zone de Mme Sexton, à gauche, comme vous avez dû vous en apercevoir.

Merde, ils font chambre à part ?

Donc, même quand Tiger Sexton n'est pas en déplacement professionnel, il reste distant et ne partage pas la chambre de sa femme. Je cache tant bien que mal ma stupeur et murmure :

– Très bien, c'est noté. Je vous remercie, Peter.

– Mais je vous en prie, mademoiselle Rousseau. Si vous avez le moindre besoin, l'ensemble du personnel et moi-même sommes à votre disposition, déclare-t-il avant de s'éclipser.

Trop d'infos à intégrer, ma migraine semble s'aggraver. J'appuie sur mes tempes et soupire encore.

Bon, bah, bienvenue chez les Sexton, ma grande. Mais manifestement pas dans l'aile droite. Argh, les interdits ont le don d'exciter l'imagination…

La mienne s'emballe malgré moi : Monsieur Sex si canon, si inatteignable, si intimidant, il y fait quoi tout seul ?

11

Tiger
Aéroport Kingsford-Smith, Sydney, six jours plus tard

– J'espère que vous avez fait bon voyage, monsieur. Où dois-je vous conduire ? s'enquiert le chauffeur en m'ouvrant la portière.

« À la maison » ? Excepté pour le haras, cette notion est futile et inexistante quand on possède plusieurs chez-soi disséminés à différents endroits, tout en n'éprouvant de l'attachement pour aucun d'entre eux. Ce sont juste des pierres, des murs, des espaces qui m'appartiennent. Et des contenus divers, des œuvres d'art, du personnel, ma conjointe. Bref. Pas nécessairement dans cet ordre, mais le résultat demeure le même. Je ne me sens chez moi nulle part. Avec lassitude, j'ordonne mécaniquement :

– La propriété de Sydney.

– Bien, monsieur.

On est vendredi, il est dix-huit heures. Sophia et son « invitée » ont eu la semaine pour se remettre de leurs émotions, s'apprivoiser… Je sais qu'Océane est toujours chez nous. J'imagine que Sophia a fait un choix, avec ou sans l'opinion de Murphy. Que se passera-t-il lorsque « sa nouvelle copine » comprendra que toutes les attentes inhérentes à son séjour dans notre propriété ne sont pas écrites noir sur blanc dans son contrat ? Nous n'avons jamais eu à gérer ce cas de figure. Je ne prévoyais pas de sauter une petite novice dans le domicile conjugal. Bon sang, je ne devrais même pas commencer à l'envisager ! Au début, avec des pros comme lady Candice, puis une flopée de call-girls, chacun de nous a toujours su à quoi s'attendre. Et chacun jouissait de cette situation jusqu'à ce que certaines choses dérapent…

Sophia a déraillé, j'ai perdu la maîtrise de la situation…

Elle a tendance à trop s'impliquer au niveau émotionnel. Cela s'avère rarement bénéfique pour l'ensemble des parties concernées. Conclusion, quelqu'un risque de se faire baiser, et pas dans le sens orgasmique du terme, si je ne reprends pas un contrôle absolu.

Après Kelly, j'ai encore dû ramasser Sophia à la petite cuillère. La presse a failli s'engouffrer trop loin dans la brèche… Cela nous a servi de leçon.

Connaissant mon épouse, je présume qu'à mon retour, tout dépendra de ce qu'elle veut réellement… Non, je sais ce qu'elle veut réellement et c'est inextricable, putain !

Je réfléchis en regardant la ville défiler à travers la vitre. Puis me rabats sur mon téléphone afin de penser à autre chose.

[Rien à signaler, monsieur. Aujourd'hui,
esthéticiennes à domicile. Elles sont
dans l'aile réservée à Mme Sexton.]

[Merci, Peter. Je suis en route.
Prévenez ma femme dans
une trentaine de minutes.]

[Très bien, monsieur.]

L'irremplaçable Peter. Toujours fidèle, il m'a transmis un rapport quotidien de chaque journée en mon absence. L'emploi du temps de chacune des deux.

Sophia n'a pas vu Murphy, ça m'embête… Même si elle semble lui avoir parlé au téléphone… J'ai aussi eu vent du petit rendez-vous d'Océane avec une copine, la dénommée Louane, pour boire un café. Mon service de sécurité a de facto collecté les renseignements nécessaires sur cette amie. On ne sait jamais. Autant préparer toujours en amont tous les paramètres d'une transaction, en espérant que miss Rousseau soit assez futée pour avoir respecté notre accord de confidentialité.

Le trajet se déroule en silence. Je repense à l'avancée de la quête sur le terrain. Mes gars ont réussi à mettre la main sur une copie des dossiers de la police française… Un ouroboros[1] et d'autres détails ressortent du lot.

Certaines similitudes sont trop frappantes…

Je serre les poings, le bide contracté de rage contenue.

Après les arrêts dans les bouchons, nous arrivons enfin. Sophia est la première à apparaître à l'entrée pour m'accueillir, sa silhouette drapée dans un

1. Motif représentant un serpent ou un dragon qui se mord la queue.

long kimono soyeux.

– Bienvenue à la maison, Ty. Je ne t'attendais pas avant demain matin.

Faut croire que l'envie de rentrer m'a taraudé un peu plus que je ne le voudrais…

En tout cas, tout ceci m'ébranle intérieurement. L'incertitude et l'impression qu'un étau m'enserre reviennent au galop. Alors quand elle m'enlace, je la laisse faire.

– Je vois ça, Sophia… Comment vas-tu ? Reposée ? lui réponds-je. J'interromps quelque chose ?

– Oh, juste mes esthéticiennes ; nous nous faisons chouchouter pour demain soir. Et je me porte comme un charme.

Ce « nous » me soutire un rictus. Blondinette se fait pomponner aussi. Traduction : elle compte la garder. Je l'étreins à mon tour et l'embrasse dans les cheveux.

– Bien.

– Par contre, toi, tu as l'air fatigué, Ty.

– Heures interminables de vol et pas mal de détails à régler à Doha. Avec une douche et un whisky, tout rentrera dans l'ordre.

– Si jamais tu veux un petit massage…

– Ce n'est pas la peine, Sophia, la coupé-je plus sèchement que je le devrais.

Du moins, selon Murphy, adepte de tournures pleines de tact. Conneries ! Sophia bat des cils.

– OK… capitule-t-elle. J'y retourne, les filles s'occupent d'Océane, ensuite nous nous préparerons pour le dîner. Tu ne ressors pas, j'espère ?

– Pas si j'ai une raison de rester. J'attends que tu me la présentes maintenant que vous êtes sobres et qu'elle reste manifestement.

Elle hésite quelques secondes puis elle acquiesce.

– D'accord. À tout à l'heure, Ty.

Je poursuis mon chemin, salue Peter avant de monter. J'aurais pu bifurquer vers l'une de mes « garçonnières » en ville, faire venir quelqu'un, avec des compétences spécifiques, et laisser libre cours à tout ce que je verrouille depuis quelques années. Ne plus avoir besoin de filtrer quoi que ce soit, juste baiser de la seule façon qui m'euphorise réellement. Mais non, je suis rentré « à la maison ».

Je me déshabille, lance la musique et laisse les jets tièdes couler sur ma peau. « Running Up That Hill » de Placebo à fond, mes paupières se ferment sous l'eau. J'suis crevé et sexuellement frustré depuis un peu trop longtemps. Et l'abstinence n'a jamais été mon truc. C'est sans doute ce qui génère ces saletés de fantasmes tenaces qui s'infiltrent dans mes pores avec la buée.

L'eau chaude. Les clapotis… Pétales frais… Lèvres roses gémissantes… La soie blanche mouillée plaquée sur les aréoles… Délicieux tétons dressés… Corps immergés… Mes doigts au creux de cette moiteur… Ce bassin qui ondoie… Yeux de biche enfiévrés, cheveux blonds flottant autour et…

Merde ! Le visage et le corps de la nouvelle s'incrustent au milieu des images. Foirade magistrale du filtre… Douche froide, putain !

***

Océane

Les nanas remballent leur matériel. Je reste encore un brin perplexe devant le résultat. En contemplant l'ensemble, j'ai l'impression de découvrir une autre version de moi-même. Mais Sophia était si emballée et heureuse de partager ses petits secrets de beauté que je ne le regrette pas vraiment. Nous nous sommes amusées. Et j'ai testé des soins différents de mes habitudes.

Sophia revient dans la pièce, toute pimpante.

– Vous avez fini, les filles ?

– Oui, ça y est.

– Parfait ! Océane ? Tiger est rentré, nous dînerons ensemble, balance-t-elle.

Zut alors !

Je resserre nerveusement les pans du kimono en soie autour de mon corps. Elle est ravie du retour de son mari, normal. Mais perso, j'aurais préféré ne pas le croiser de sitôt. OK, c'est carrément égoïste de ma part. Je devrais me réjouir pour elle et sourire. Seulement, l'absence de « monsieur » m'arrangeait bien, car je n'ai pas pu combler les innombrables blancs de ma première matinée ici, de mes probables échanges avec lui. Cela me perturbe.

– Contente pour toi, ma belle. Mais tu sais quoi ? Je vais m'éclipser et passer la soirée avec Louane pour vous laisser vous retrouver, tenté-je de me défiler.

Sophia me dévisage avec une petite moue.

– N'y pense même pas ! Allez, on se retrouve pour l'apéritif sur la terrasse sud dans une demi-heure, décrète-t-elle avant de franchir à nouveau le seuil et de disparaître.

J'ai déjà dit « zut » ?

Je regarde les esthéticiennes s'en aller, en essayant de paraître toujours aussi zen qu'il y a cinq minutes.

Mais il est rentré ! Je me comporte comment, moi ?

La question tourne en boucle dans ma caboche durant les vingt-sept minutes suivantes. Aucune fringue ne me paraît assez adéquate pour me fondre dans le décor, me faire toute minuscule. Une tenue spéciale « Oublions la première rencontre pourrie et repartons de zéro ». Hélas, je ne la dégote pas, celle-là. Vingt-neuf minutes. Punaise, je vais être à la bourre en plus ! Ce type est sûrement du genre archiponctuel.

Sois naturelle.

Mais justement… La part de moi qui ne se révélait plus au grand jour depuis quatre ans devrait se mettre complètement en veilleuse ce coup-ci. Je réapprendrai à être moi-même plus tard, loin du grand manitou. Ici, je vais juste faire mon job, tenir compagnie à Sophia, être une super jeune fille au pair.

Alors que vais-je me mettre pour faire profil bas ?

Les chiffons essayés et enlevés jonchent le lit et je suis toujours en sous-vêtements. Trente-deux minutes écoulées, merde ! Prise par le temps, je finis par enfiler une petite robe fleurie. Simple, ordinaire. Ensuite, je m'arme de courage pour quitter la chambre.

La deuxième sera la bonne. Ça va bien se passer, quoi que tu aies fait ce jour-là.

Si ça se trouve, il a tout zappé et sa tête n'est remplie que de chiffres et de stratégies financières.

Je me motive en marchant vers l'extérieur. Oui. Lui est un robot voué au business et à la toute-puissance de TS Naval. Moi, je ne suis qu'une employée de maison insignifiante de plus. Donc, je ne suis personne et M. Sexton a mieux à…

Zut, je n'étais pas prête !

Son regard se fige sur moi dès que j'apparais dans son champ de vision. Qu'est-ce que je disais déjà ? Que je n'ai pas merdé et qu'au pire, il aura tout effacé ? Je déglutis et j'avance en y croyant de moins en moins.

Je ne décèle pas la moindre expression sur son visage fermé. Juste un canon impassible en jean et tee-shirt blanc, tignasse coiffée-décoiffée manifestement post-douche. Sa pilosité faciale, ses lèvres scellées et ses yeux bleus insondables lui donnent un air intimidant en dépit de sa tenue décontractée. Le plus lamentable est que contrairement au reste, je me rappelle un peu trop de ses putains de prunelles. Elles sont plus saisissantes que sur les photos.

Bon sang, je n'arrive plus à réfléchir. Lui regarde brièvement sa montre, il parvient à me notifier mon retard sans prononcer un mot. J'avale ma salive et continue de marcher.

– Ah, enfin ! Ty, voici notre invitée. Approche, Océane, m'intime Sophia en anglais en se levant avec panache du canapé en rotin.

Au moins une personne ici est chaleureuse. Dans sa robe rose poudré qui épouse sa silhouette à la perfection et avec un superbe sourire, Sophia est accueillante. Tout le contraire de l'autre. Le trac enfle dans mon bide alors que je me dirige vers elle en me déridant autant que possible. Le mari descend son verre, le pose sans dévier un instant ses iris fixés sur moi.

Respire, ma grande. Le tigre ne va pas te déchiqueter.

– Océane, je te présente Tiger, poursuit Sophia.

Je tends maladroitement la main, la bouche sèche et débite dans leur langue :

– Bonsoir, monsieur Sexton. Je… je suis enchantée de vous rencontrer.

Léger haussement de sourcil de sa part ; ses yeux bleus bifurquent sur ma main tendue, puis remontent lentement s'enraciner dans les miens. Il va me mettre un vent ? Il serre finalement ma main, sa poigne m'enveloppe. Ferme, grande, douce, virile et… Putain, il serre un peu trop fort mes doigts.

– Océane Lilia Rousseau, originaire de Paris, c'est bien cela ? demande-t-il sans me libérer.

– Oui.

– Bienvenue.

– Merci, monsieur.

Il me scrute longuement, je me sens gauche.

– Drôlement polie aujourd'hui… note-t-il en me lâchant enfin.

J'ai l'impression insensée d'avoir la paume qui brûle de ce contact somme toute anodin. Pathétique ! Sophia me frotte gentiment le dos.

– Elle est adorable, commente-t-elle, sans doute pour me décrisper. Je suis contente que vous puissiez enfin discuter.

Son mec n'émet aucun commentaire. Il reprend son verre qui a été miraculeusement rempli d'un liquide ambré et boit une gorgée. Moi, j'ai peut-être perdu ma langue. Ça craint.

– Avec Ty, nous parlions de Doha. Ça fait un moment que je n'y suis pas retournée, me raconte Sophia.

– Moi non plus… Je veux dire, je n'y suis jamais allée, tenté-je de me ressaisir.

– Ah bon ? Bah, qui sait ? Tiger se rendra encore au Qatar dans les semaines à venir. Si nos agendas le permettent, nous pourrions y faire un tour, projette-t-elle le plus naturellement du monde.

Qu'elle ne commence pas à m'inclure dans un voyage avec lui. Je veux bien jouer les bouche-trous et l'aider à s'amuser quand « son Ty » n'est pas là, mais à quoi bon, lorsqu'ils peuvent être tous les deux ? Et surtout, moi, très loin de lui.

– On verra, tranche M. Sexton, toujours debout, distant et indéchiffrable.

– Ce serait merveilleux, merci d'y penser, Ty… Et sinon, que veux-tu boire, ma petite Océane ? s'enquiert Sophia.

– Euh… peu importe, tant que ce n'est pas alcoolisé.

À peine ai-je prononcé ces mots que les billes azur de Tiger Sexton bloquent à nouveau sur moi. L'ombre d'un demi-sourire passe furtivement sur ses traits. Merde, je psychote ou l'épisode d'une Océane en état d'ébriété avancée est ancré dans sa tête et ruine toutes mes tentatives ? Dans l'incertitude, j'humecte mes lèvres. Sophia s'adresse à une domestique. Dès qu'elle tourne les talons pour regagner le canapé de jardin, Tiger réduit l'espace entre nous, se penche ostensiblement. Son odeur et sa chaleur corporelle envahissent mon périmètre de sécurité. Sans le vouloir, il m'évoque un infini d'interdits imaginables et fait hérisser chaque duvet sur ma peau quand son souffle effleure mon oreille.

– Donc, tu vas jouer à la pucelle effarouchée et bien sage, maintenant ? me susurre-t-il en français. Trop tard. La petite discussion en aparté, j'y tiens…

Mon cerveau, ma respiration et mon palpitant cessent brutalement de fonctionner. Mes yeux s'écarquillent. Il a déjà rétabli la distance entre nous. Il part s'asseoir près de sa femme – enfin pas si près – et s'allume une cigarette.

Misère, ça veut dire quoi ?

Satisfait, il tire sa latte et souffle sa fumée avec une fausse nonchalance en me fixant toujours.

Plus de doute, tu as dû salement déraper et ce mec a mémorisé le moindre détail.

Pour en faire quoi ? Dans cette situation gênante, je me mets affreusement, honteusement, inévitablement, stupidement à rougir. Je sais qu'il perçoit mon malaise, son observation devient plus intense et déconcertante. Purée, pourquoi je n'ai pas abordé le sujet du bouquet de fleurs et de la carte avec sa femme ? Elle était si triste dans la bibliothèque et moi tellement vaseuse que j'ai zappé. Et si c'était un test de la part de Tiger Sexton pour m'évaluer ? Ou alors, je divague.

– Viens, Océane. On va t'apporter ton verre, m'invite Sophia.

Elle ne prête peut-être pas attention à la tension suffocante.

– Oui, viens t'asseoir, jeune fille. Et pense à respirer, m'ordonne M. Sexton.

J'hallucine, il savoure ?

Mon esprit s'embrouille dans les suppositions, être sobre n'y change rien. Ça s'annonce mal.

12

Tiger

Pupilles en alerte, miss Océane Lilia Rousseau semble tout autant déstabilisée que moi. Au moins, c'est inédit pour nous tous… Ses pommettes et la base de son cou se colorent et cela rend ma bouffée de nicotine tout à coup plus exquise.

Culpabilité ou prise de conscience, joli petit bourgeon ? Ce que j'ai lu sur toi m'a plutôt aiguillé dans ma prise de décision… Cette pureté sur ta bouille n'est qu'une façade, n'est-ce pas ?

L'air tiède de ce début de soirée remue sa petite robe. Choix intéressant, comme si avec ceci je ne devinerais pas les contours de son corps, ne me souviendrais pas de ce qu'il y a en dessous. C'est si facile de la déshabiller mentalement. Le sait-elle ? Peut-être qu'elle l'a choisie sciemment. Pour m'exhorter à m'aventurer sur cette peau nacrée qui rougit à vue d'œil sous mon insistance.

En tout cas, outre les critères physiques, je note ce qui a dû séduire Sophia : on a faussement l'impression de lire en cette demoiselle comme dans un livre ouvert. Comme si elle était incapable de cacher la moindre émotion… Et pourtant, tout me laisse supposer qu'elle pourrait avoir sa place dans l'impasse où nous nous trouvons…

J'expire et avale une gorgée de whisky. Est-ce qu'une fois les brumes d'alcool envolées, cette demoiselle a pensé à la manière de gérer « notre présentation officielle » ?

Ma femme papote avec elle, progressivement la langue de notre convive se délie. La discussion tourne autour de banalités, de l'opinion d'Océane sur notre pays, ce qu'elle aimerait découvrir ou a déjà visité et autres futilités. Je continue de la sonder, et participe machinalement de temps à autre. Sophia promet de lui montrer les endroits incontournables d'Australie.

Pour l'instant, Blondinette sirote son virgin cocktail aux cranberries en évitant soigneusement tout contact visuel avec moi. Elle sait que je ne la quitte pas des yeux. Sophia s'en rend compte aussi, d'où son attention sur moi…

– Ça te dirait, Ty ? me questionne-t-elle au bout d'un moment.

– Quoi donc ? rétorqué-je.

Soupir, puis son sourire revient.

– Je racontais à Océane combien c'est fabuleux de contempler d'un hélico les troupeaux de Brumbies au galop dans la nature, m'explique-t-elle.

– Ah. Un beau spectacle naturel, en effet. Tu aimes les chevaux, Océane ?

Celle-ci ne s'attendait visiblement pas à ma question. Elle avale de travers, tousse, obligée de soutenir mon regard.

– Oui… j'aime les animaux en général. Mais je n'ai jamais eu… l'occasion de voir autant de chevaux… à l'état sauvage, en plus. Ni de monter dans un hélicoptère. Ça… ça doit valoir le détour, bégaie-t-elle en anglais.

– Dans ce cas, organise une excursion pour vous deux, Sophia, décidé-je, vissé à nouveau aux billes vertes de notre invitée. Vois ça avec Anaïs pour l'hélicoptère et le pilote.

– Tu pourrais nous accompagner, Ty. Choisis une date qui te convient et on se calera là-dessus.

– Sans façon.

Sophia se rembrunit à mon refus. Pourquoi s'investit-elle autant, tout d'un coup ? Ou plutôt, *malgré tout* ?

D'autre part, l'expression de Blondinette change. Ça y est, elle me juge, en mode « si compatissante » envers ma femme. Sont-elles de mèche d'une manière ou d'une autre ? Sophia est-elle au courant pour le mot laissé dans la chambre d'Océane ? La Française chercherait-elle déjà d'instinct à la protéger ? Ou est-elle capable de tisser des liens avec celle qui l'a embauchée tout en lui faisant des cachotteries ?

N'importe laquelle de ces options serait vicieuse. Et je préférerais pencher pour la seconde…

Il y a eu ce déhanchement, ce début d'effeuillage avec mon épouse au bord de la piscine. Sans omettre les propos d'Océane en petite provocatrice éméchée. Alors, non. Impossible de laisser cette bouille gênée et empourprée me la rendre plus innocente aujourd'hui.

Vu le chaos dans mes pensées sous la douche tout à l'heure, la question n'est plus de savoir si j'ai envie de me la faire. Mais pour combien de temps avant de nous en débarrasser et de revenir à notre putain de routine indissoluble ? Comme avec Kelly et d'autres, les pièces rapportées vont et viennent. À la fin, c'est toujours Sophia et moi.

J'interviens calmement.

– Voilà ce que je propose : vous partez toutes les deux pour une virée en hélico et si les chevaux plaisent toujours autant à notre… invitée, je l'amènerai plus près un autre jour. Ainsi, je passerai à mon tour un peu de temps, seul avec elle.

Ma femme, déroutée, saisit la tournure. Océane, pas du tout.

– Euh… c'est-à-dire ? demande celle-ci en dissimulant mal son début de panique.

– Au haras ? complète Sophia face à mon silence volontaire.

– Oui.

– Je… je ne m'attendais pas à ça, Ty, s'étonne mon épouse.

– Je ne crois pas que ce soit nécessaire… tente de se rebiffer l'autre.

Au même moment, Peter se dirige vers nous, mon téléphone professionnel dans la main. Je coupe notre jeune fille au pair en me redressant.

– Si, ça l'est. Tu habites chez moi, ma femme semble t'apprécier. Il est important de faire plus ample connaissance afin de rendre cette cohabitation possible. N'est-ce pas, Sophia ?

– Eh bien… je… OK, procédons ainsi, capitule celle-ci.

– Non. Enfin, je veux dire, je ne comprends pas, on ira tous les trois ? demande la demoiselle d'une voix troublée.

– Excusez-moi. Monsieur Sexton ? Le dîner est prêt à être servi, mais votre directeur financier, John Parker, cherche à vous joindre aussi, explique Peter.

De toute manière, je n'avais pas l'intention de répondre à la question d'Océane. C'est plus amusant de la sentir s'alarmer à l'idée d'être en tête à tête avec moi. Et de laisser Sophia se démerder avec la décision que je viens de prendre sans l'avoir concertée.

– Je le prends. Merci, Peter. Je vous rejoindrai à table dans dix minutes, mesdames.

Je m'éloigne pour rappeler mon DAF. À propos de cette demoiselle, j'ai fixé mes propres règles. Personne ne définit mes limites à ma place. J'espère qu'après avoir cuvé, Sophia a retenu l'essentiel…

***

Océane

Je m'efforce de ne pas mater son postérieur et ses longues jambes dans son jean pendant qu'il se barre, son téléphone collé à l'oreille.

Monsieur veut être seul avec moi pour une « discussion » inévitable ? Non mais c'est quoi cette façon unilatérale de décider pour tout le monde ?

Je me tourne vers sa femme. Elle m'a semblé aussi surprise et embêtée que moi par la fameuse excursion que son mec veut mettre en place. Et ses ressentis à elle, voilà ce qui m'importe en premier.

– Sophia, dis-je avec douceur. Tu viendras avec nous dans ce haras, n'est-ce pas ?

– Il t'invite toi, Océane. Seule. Ty accorde rarement sa confiance… Je crois qu'il pense pouvoir mieux te jauger sans ma présence à tes côtés. Ce lieu est spécial pour lui. Ce sera une sorte de période d'essai d'à peine quelques heures, se justifie Sophia.

– Mais je… Non. Je suis là pour toi. Je n'irai que si tu y vas aussi. Point !

Elle ouvre la bouche, puis se tait et glisse les doigts dans sa chevelure. Je ne sais pas si elle est tiraillée, contrariée, mais son truc avec son alliance recommence. Comme un geste forgé par l'habitude, sans même s'en rendre compte. Sophia paraît beaucoup moins enjouée en tripotant son anneau.

– Personne ne te force à quoi que ce soit, bien évidemment, statue-t-elle.

– OK.

– Concentrons-nous sur le gala de demain. Je suis heureuse que tu viennes… Tiger devient plus sombre à chaque passage annuel dans l'antre du vieux James Sexton, dévie-t-elle la conversation. Il est déjà à cran, alors laissons couler pour l'instant…

Je m'en fous, de l'humeur de son homme ! Malheureusement, tout porte à croire que celle-ci affecte la sienne. Passe-t-elle souvent du sourire à la tristesse, de la joie à la frustration sur un mot ou un acte de ton mari ? Sophia triture toujours sa bague en regardant Tiger arpenter l'autre côté du jardin, en pleine conversation téléphonique.

– Je serai avec toi, t'inquiète. On trouvera bien le moyen de rendre cela moins pesant et s'éclater toutes les deux, lui affirmé-je impulsivement.

Elle me sourit, acquiesce et contemple à nouveau son époux.

C'est avec lui qu'elle veut s'éclater. Elle en est dingue, cela saute aux yeux. Mais l'inverse est difficile à déceler…

Sophia vient d'établir un gentil programme de sortie ensemble et il l'a éjectée. Pourquoi fait-il cela ?

Sophia essaie de donner le change. Elle prétexte devoir faire un petit tour aux toilettes. Dès qu'elle s'éclipse, je me lève aussi. Je ne suis pas très sûre de ce que je fous. Je marche, contourne la piscine à débordement et commence à avancer dans la direction du grand boss.

Tu veux te faire virer ou quoi ? Rebrousse chemin, tout de suite ! me secoue ma conscience.

– … Gagner est l'unique option. Toujours. Abats ses réticences, je me fiche de la méthode tant que cela produit le résultat escompté…

Ne t'approche pas, Océane, fais demi-tour. Il est en ligne et…

Misère, il se retourne. Il s'arrête au milieu de sa phrase en me découvrant.

– On se rappelle, John.

Tiger coupe la communication et fronce les yeux. Une part de moi cherche à se ratatiner, il doit tout le temps produire cet effet sur les gens… sur les hommes, sur les femmes. Ce côté super mâle sûr de lui au sommet de la chaîne alimentaire est juste terrible et menace déjà d'entamer ma confiance en moi.

– Tiens, tiens. Que veux-tu, Lily ?

– Je ne m'appelle pas Lily. Restons sur Océane.

Mon toupet inattendu me surprend moi-même. Pas que je sois incapable de m'affirmer, mais parce que là, face à cet homme en particulier, ça ressemble carrément à un exploit.

Non mais *Lily* ? Sérieusement ? Ce surnom sorti de nulle part découle probablement de mon deuxième prénom, Lilia. S'il n'aime pas le premier, c'est son problème, mais il m'appellera Océane, comme tout le monde !

Durant une fraction de seconde, le tigre montre une once d'étonnement vite remplacée par un demi-sourire. Mal à l'aise, je continue quand même de le braver.

– Dois-je l'ajouter à mes notes ? « Elle adore les émojis d'aubergine et déteste les surnoms », débite-t-il à mi-chemin entre le sarcasme et un sérieux désarçonnant.

Des émojis ? Chaos dans mon crâne et sensation de chaud sur mes joues. Mon Dieu, c'était ça ? Je ne sais plus où me mettre, pourtant, je dresse fièrement la tête.

– Comment ça ?

– Je parle de toi en train de me faire des avances presque à poil devant ma piscine. Et tu as tout oublié comme par magie, ironise-t-il. Bon, je vais abréger. C'est Sophia qui t'envoie ou tu es une grande fille qui décide toute seule ? contre-attaque-t-il.

– Merde, j'ai ? Je…

Il se rapproche, je déglutis. Il réduit encore la distance, je prends sur moi pour lui tenir tête et ne pas battre en retraite. Pourtant, mon cœur bat la chamade et mes deux neurones encore actifs me conseillent de déguerpir.

– Tu quoi ? souffle-t-il trop près.

Son odeur teintée d'une pointe de scotch envahit mes narines. La proximité de son corps perturbe le mien. Ses iris bifurquent sur ma bouche sèche, qu'il cible longuement avant de remonter se planter dans les miens.

– Je t'écoute, *my Lily*.

Putain, il en rajoute !

J'arrive de moins en moins à me brimer, à m'autocensurer.

– Je ne m'appelle pas Lily ! Qu'avez-vous contre mon prénom, à la fin ?

– Rien.

– Alors, dites-le !

– Je n'en ai pas envie.

– Punaise ! Je veux que... Notez bien que je suis là pour Sophia.

– Je sais.

– Pas pour... recevoir des bouquets de son mari, partir faire du cheval avec lui. Ou qu'il me donne des sobriquets, réussis-je à débiter. Et si j'ai dit des trucs déplacés quand j'étais un chouia alcoolisée, ce n'était pas vraiment mon opinion...

– Je vois.

Il ne s'étend pas sur le dernier point. Il me scrute sans ciller.

– Tu as fini ? me demande-t-il, inflexible.

Je le fixe sans répondre, intérieurement trop troublée et extérieurement trop têtue pour l'admettre. Ce paradoxe s'accentue avec le silence qui perdure. Puis Tiger commence à déplier son index devant mes yeux.

– Remettons les choses au clair, miss. Je ne me répéterai pas, alors enregistre à ton tour ce que je vais te dire : ce que tu as fait ou dit le premier jour, je suis assez grand pour en tirer les conclusions que je veux.

Zut !

– Je ne reçois d'ordres de personne, même pas pour la manière dont je t'appellerai. D'ailleurs, à partir d'aujourd'hui, tu seras Lily pour moi. Parce que je l'ai décidé.

Non mais c'est naturel chez lui d'être aussi con, arrogant et obstiné ou il a passé un doctorat pour ça ?

Il continue. Son majeur rejoint l'autre doigt devant moi.

– Deuxièmement, tu ne m'interromps plus jamais pour de telles futilités !

Je cille, tandis que son annulaire se dresse sous mon nez, formant trois. Ma respiration part en vrille, mon sang s'échauffe. Il se goure de nana, employée ou pas !

– Et pour ta gouverne, Sophia a engagé au fil des ans un certain nombre d'assistants personnels. Des jeunes hommes, essentiellement. J'ai toujours tenu à m'isoler une journée avec chacun d'eux au haras. Tu devrais me remercier de mon hospitalité, je n'y amène que des mâles d'habitude. Même mon épouse ne m'y accompagne pas.

Assistants personnels ? Des hommes ? Donc, primo, ils n'ont jamais eu de femmes à leur service ? Et secundo, monsieur me « convoque » dans son repaire car il l'a fait avec tous ceux qui ont bossé pour sa conjointe ?

Mon cerveau s'embrume, bute là-dessus, alors que Tiger m'assène la suite en dépliant son quatrième doigt.

– Pour finir, j'ai besoin de connaître ceux qui s'approchent de nous, de Sophia. Veiller sur mon épouse, la protéger si nécessaire est un devoir que je prends très au sérieux. Puisqu'elle t'a choisie pour vivre quelque temps ici, tu ne dérogeras pas à cette règle. De ce fait, mieux te connaître est un impératif tant qu'un contrat vous lie. C'est clair ?

Limpide. Aussi clair que lui est un control freak dans toute sa splendeur !

– Si tu croyais avoir eu droit à une sorte de rencard, si tu t'imaginais être spéciale, ressaisis-toi tout de suite, termine-t-il. Tu es un contrat, et je te traiterai comme tel, Lily.

La claque ! Certes, verbale, mais cuisante. Je cille. Il recule, le regard assombri. Piquée dans mon amour-propre, ma facette que je tenais en laisse, bien muselée, s'éveille sans crier gare. L'envie me dévore de gifler cette enflure friquée !

Malheureusement, ma fougue me coûterait illico mon job. Ce mec vient de m'infantiliser en quelques phrases au point de me faire sentir ridicule, et blessée. Il ne me fait pas mal comme Christine et son acharnement, c'est différent. Car contre mon passé, je n'avais pas, je n'ai pas et ne mérite pas d'arme. Mais contre cette arrogance, le besoin de me rebeller est plus fort que tout !

Mon pouls part en sucette, j'essaie de respirer un grand coup. Ce n'est pas le moment de briser les carcans que je me suis posés moi-même, pour entrer dans le moule, faire amende honorable... Ici, c'est le présent, face à un milliardaire qui m'insupporte et se croit tout permis ! Tiger Sexton est peut-être puissant, richissime, craint, respecté, marié à ma boss et intimidant à mort, mais là, tout de suite, mon petit orgueil trop souvent malmené s'en bat les reins !

J'inspire, expire. Le naturel resurgit soudain en moi au grand galop. L'ado de 15 ans libre et insolente que j'ai été se pointe, les mots franchissent mes lèvres :

– La soirée de demain, OK. Pour Sophia, pas pour vous. Pour l'aparté dans votre haras... OK, si c'est un cap obligatoire à passer. Mais rivez ceci dans votre crâne : vous n'avez rien de spécial non plus ! Une misérable journée seule avec vous n'aura aucun impact à mes yeux, ça me bouffe juste le temps que je préfère consacrer à votre femme ! Elle, je l'apprécie vraiment. Et pendant qu'on y est, gardez vos cartes et vos fleurs à l'avenir ou offrez-les à Sophia ! Je vous emmerde, monsieur Sexton !

Sur ce, je tourne les talons et prends la tangente avant sa riposte. Je sens ses prunelles me suivre. Il ne s'attendait pas à une réplique cinglante ? Possible… Et il a le pouvoir de me faire virer. J'ai conscience d'être allée trop loin au risque de le regretter dans quelques secondes. Mais là, tout de suite, une chaleur irradie mon corps et un sourire de fierté *girl power* fleurit sur mes lèvres.

Maintenant, il sait que je mords. Même face à un tigre qui pourrait me broyer.

Putain, ça y est ! J'ai mon déclic, je ne veux plus être cette fille en quarantaine, en marge de sa propre vie. Celle qui se refusait à vivre, qui ne rendait plus les coups, pensant qu'elle ne devait plus que les encaisser. Je viens de récupérer ma fierté et ma combativité perdues en France. Au bout de quatre ans, au bout du monde. J'arrête enfin de baisser la tête et de raser les murs. Surtout avec un type pareil. Et c'est grisant de ouf !

Oui, je vous emmerde, M. Sexton !

13

Océane

Victor inhale une grosse bouffée et affiche un sourire de mec heureux d'être défoncé.

– Elle est trop bonne, cette beuh, s'extasie-t-il.

– Vas-y, fais pas ton crevard, fais tourner, le charrie l'un de ses potes.

Celui-ci chope le bang, après une longue aspiration, il feinte la main tendue d'un autre et me regarde.

– À toi, Océane, m'incite-t-il.

J'hésite, puis secoue la tête.

– Non, ça va aller.

– Alleeez, princesse, t'es pas si coincée. Tire un coup, insiste Victor.

– Ouais, tu vas grave kiffer.

Les cinq garçons me matent. Je suis la seule fille de la bande. Un privilège que j'adore ; je me sens intégrée, entourée. À la base, c'est avec Victor que je passe du temps, on habite au même endroit et il se montre plutôt cool avec moi. Ces gars, c'est « comme une putain de famille, tu vois ? On est pareils, eux, moi, toi… » C'est ce qu'il m'a dit quand il me les a présentés à mon arrivée dans ce foyer. L'autre fille de notre tranche d'âge s'est barrée. Il paraît qu'elle a fugué avec son petit ami en apprenant qu'elle était en cloque. Cela a peut-être joué sur le fait qu'ils m'aient accordé une petite place parmi eux.

Victor vient s'asseoir sur le tapis à côté de moi et approche le bang de mes lèvres.

– Une bouffée, me chuchote-t-il. Fais-moi plaisir.

Je fixe longuement ses yeux sombres. Quelque part, je crois que c'est flatteur aussi, qu'il me regarde ainsi. Comme s'il me prenait pour une nana de son âge. Lui en aura bientôt 18, il va quitter le foyer. Moi, j'en ai tout juste 15. L'un d'eux est majeur, il a eu un logement social. C'est chez lui que nous nous regroupons.

J'ai l'impression d'être plus grande, plus importante. Et Victor, lui, zyeute ma bouche en y collant l'embout.

– Je sais que t'en as envie, affirme-t-il, mi-charmeur, mi-sûr de lui.

Punaise, oui, j'en ai envie. Je finis pas céder.

– Je… OK, je veux bien essayer.

Je tire un coup et l'entends me murmurer :

– Encore… Encore, princesse. Plus long, plus fort.

La vapeur me shoote, mes membres s'alourdissent. Le sourire de Victor se rapproche.

– Alors ? T'aimes ça ? me demande-t-il.

Attends, il se passe quoi là, il va m'embrasser ? Sa langue se fait canaille, j'en vois la pointe prête à lécher les commissures de mes lèvres. Je plane, je crois. Romain, Victor, les visages s'emmêlent.

– Même pas en rêve, p'tit con. Recule ! le somme une voix plus virile.

Subitement. Je suis désorientée, mes paupières peinent à rester ouvertes.

D'où il sort, lui ? Comment est-il arrivé là ?

– C'est qui, ce fils de pute ? s'énerve Victor. Mec, cette fille est à nous, à moi.

– Je ne crois pas, non, proteste Monsieur Sex.

Attends, c'est vraiment Tiger Sexton ?

Ses mains m'empoignent, me soulèvent. Je m'écrase contre son corps de roc. Avant de pouvoir comprendre ce qu'il se passe, il tient ma nuque et… Et c'est finalement lui qui m'embrasse. Un baiser dévastateur. Je m'engourdis…

… Et me réveille en sursaut. Putain de merde, c'était quoi ça ?!

Un rêve ? Non, un cauchemar qui partait carrément en sucette. Désarçonnée, je me redresse. Faut croire que l'altercation d'hier soir avec M. Sexton a marqué mon esprit. Après mon coup de sang devant Tiger, je me suis préparée à une explosion immédiate de sa part.

Mais rien.

Il m'a ignorée et a repris l'appel que j'ai interrompu. En nous rejoignant à table, il est resté froid, calme, égal à lui-même. Sophia a œuvré pour rendre le temps du repas moins pénible. Cependant, l'attitude de son homme m'a plongée dans une atmosphère étrange. Et son regard à lui revenait souvent sur moi durant le dîner. Comme s'il m'analysait…

Bon sang, j'en ai perdu mes moyens jusque dans mon sommeil troublé.

Une grenade est désormais dégoupillée entre lui et moi. Par ma fenêtre, je le vois partir pour son jogging matinal. Les hectares de verdure, d'arbres feuillus engloutissent ses foulées.

J'en profite pour me préparer vite fait et sortir de la chambre. Ce sera impossible de l'éviter systématiquement aujourd'hui ; je m'aventure vers la cuisine.

– Oh, bonjour, mademoiselle Rousseau, m'accueille la cuisinière.

– Bonjour, Mary.

– Bien dormi ?

Comment vous dire ? Votre patron s'est infiltré dans mes rêves et c'était assez… bizarre.

– Oui, très bien, merci, mens-je. Pourrais-je avoir un café, s'il vous plaît ?

– Mais bien sûr, mademoiselle. Vous voulez autre chose pour votre petit déjeuner ?

– Non, juste un café noir.

– Très bien. Je vous l'apporte sur la terrasse ou ailleurs ?

Non, surtout pas. Le risque de croiser Tiger serait maximisé. C'est trop tôt et je n'ai pas de plan de bataille établi pour l'instant. Et puis, où est Sophia ? Toujours au lit ?

– Je ne sais pas trop. Sophia est réveillée ?

– Non. Mme Sexton dort encore, me répond l'employée.

– OK… Dans ce cas, ça ne vous dérange pas si je reste ici avec vous ?

– Oh… pas du tout, s'empresse de répondre la dame en me tirant une chaise. Installez-vous, mademoiselle.

Nous échangeons un sourire, je propose de l'aider. Elle décline mon offre, mais semble se détendre et commence à papoter, à parler de tout et de rien.

Je vérifie l'heure. Quelle est la probabilité que le big boss vienne d'un moment à l'autre dans la cuisine ? Quasi nulle, je présume.

Sophia n'a pas besoin que j'aille au clash avec son mec. Et je suis là pour Sophia.

Si elle traîne encore au lit, c'est que ses retrouvailles avec son globe-trotteur ont sans doute été à la hauteur de ses attentes. Tant mieux pour elle. Moi, je suis encore sous le choc de la version revisitée de mon passé entremêlé à l'effet Tiger, dans mon sommeil. N'importe quoi ! Discuter avec Mary ne m'apprend rien, aucune info ne fuite sur ses employeurs…

Un long moment plus tard, Tiger réapparaît. Deux types baraqués déboulent au même moment, comme synchronisés sur son temps de course. J'étais sur le point de remonter, mais je rebrousse aussitôt chemin vers la cuisine, sous l'œil amusé de Mary.

Qu'elle tire les conclusions qu'elle veut, je ne suis pas encore sûre du genre de riposte qui risque de tomber, et de comment y faire face efficacement.

– Ce sont les coaches de sport de M. Sexton, m'explique Mary. Ne vous en faites pas, monsieur va s'enfermer avec eux dans sa salle située dans l'aile droite. Leur séance dure deux heures minimum.

Un brin embarrassée, je nie.

– Je ne m'en fais pas. Merci pour le café et notre petite discussion, Mary. Je… j'y vais, cette fois-ci.

De retour dans ma chambre, la journée me paraît s'étirer, livrée à moi-même dans cette vaste propriété. À jouer à cache-cache avec le félin des lieux. Je me rabats sur une série sur mon ordi…

***

En milieu d'après-midi, j'ai enfin le plaisir de retrouver Sophia, fraîche de sa longue grasse mat'. Sa coiffeuse et son maquilleur personnels se pointent. Les préparatifs pour le gala commencent dans l'effervescence au cœur de l'aile gauche. On grignote, on bavarde, on rigole et on sirote des verres en nous faisant pomponner. J'évite toute trace d'alcool, je veux avoir les idées claires pour batailler si besoin. Vers dix-huit heures trente, nous devenons des femmes fatales. Je mesure la qualité de ma transformation physique face au miroir de mon dressing. Yeux charbonneux, bouche effet mordu, teint frais, cheveux artistiquement domptés dans un chignon flou…

Punaise, je n'ai jamais été aussi sophistiquée.

Je me reconnais à peine quand la tête de Sophia réapparaît dans l'entrebâillement de la porte.

– Océane, tu as choisi ce que tu vas mettre ? me demande-t-elle en avançant.

Elle arbore une sublime robe de soirée noire.

– Tu es magnifique, lui dis-je, doutant d'égaler un tel niveau.

Elle est tout le temps somptueuse.

– Merci beaucoup, à ton tour, maintenant ! Tu ne comptes pas y aller en peignoir, n'est-ce pas ? me taquine-t-elle.

– Je n'arrive pas à choisir parmi toutes ces merveilles de créateurs. Ça fait drôle.

J'ai un peu le trac aussi. Ton mari va me voir dans l'une de ces splendeurs hors de prix et impossible de prévoir sa réaction par rapport à ma témérité d'hier…

Et maintenant que j'y pense, est-ce son argent à lui qui a payé tout ça ? Cela m'embête encore plus.

– Euh… Sophia, je vais encore insister sur une chose, dis-je en la regardant droit dans les yeux.

– Quoi donc ?

– Pour toutes ces affaires, il ne s'agit que d'un… « prêt », de « vêtements de fonction ». Je les rendrai à la fin du contrat.

Elle hésite, paraît même contrariée, puis hoche la tête.

– Si tu veux…

– J'y tiens.

– D'accord. Bon, je peux quand même te proposer mon aide pour t'habiller ?

– Avec plaisir, tu maîtrises mieux le *dress code* dans ce genre d'occasion.

– Oui, et je sais exactement ce qu'il te faut ce soir…

– Vraiment ?

Sophia me sourit, alors je me détends, m'imagine en train d'égayer sa soirée, de m'amuser avec elle sans me prendre la tête.

Et d'ignorer royalement son mari…

***

Tiger

Monsieur,

Nous avons des noms. Certains sont probablement des pseudonymes ou de fausses identités. Nos gars font tout pour effectuer une identification formelle et une comparaison minutieuse avec nos captures d'écran des visages que vous m'avez transmis.

Selon nos données, ces individus se rencontrent régulièrement dans un château à la lisière de la ville de Paris. Pour chacun des noms qui suivent, nous établissons un dossier et essayons de nous procurer des visuels récents et clairs. Voici les noms :

Sir Alistair Sinclair

Morgan Sinclair (lien de parenté possible, à voir…)

Aaron Denis

Cécilia Fournier[1]

Les alias : l'Ombre, la Déesse sombre, Snail, Air, Typhon, Échidna et enfin un qui vous intéressera certainement vu le choix de son pseudonyme, le Borgne.

Putain, ça pourrait être celui que je recherche…

Je referme ma boîte mail, nerveux et pensif. Ça se précise enfin. Qui sont les personnes dissimulées derrière ces nouvelles données ? Y a-t-il une chance que cela aboutisse, cette fois-ci ? La possibilité d'être sur une fausse piste comme nous en avons eu dans le passé me fout à cran. Des impasses, des

1. Personnages de la duologie *Plonge avec moi* d'Oly TL.

échecs, on en a trop essuyé dans cette traque. C'est mentalement éprouvant, même si je ne lâcherai rien jusqu'au bout.

Je grille ma énième cigarette pour dompter mes nerfs.

Dans moins de deux heures, je vais devoir faire bonne figure. Mettre le travail d'investigation de mes mercenaires entre parenthèses et faire face à ce qu'il se passe ici et maintenant. Tout contrôler, tout maîtriser à Paris et à Melbourne. Surtout lorsque nous nous retrouverons dans le fief de mon oncle pour sa parade mondaine. Ce n'est jamais un plaisir d'endurer ce genre de mascarade de la haute, en prime la passer à supporter cet enfoiré de James Sexton n'améliore rien.

Dans ces conditions de tension, miss Lily pourrait devenir une distraction plus intéressante depuis son mini coup de sang. Le besoin de me changer les idées, de me défouler un instant se renforce d'heure en heure pour mieux mener de front mes divers combats.

Un sas de décompression entre deux luttes… De plus, les défis m'excitent, et celui que représente désormais la petite Française va peut-être s'avérer plus amusant que je ne l'envisageais.

Tant mieux si elle n'a rien capté encore…

Il est temps de quitter ma terrasse et mon aile de la propriété. Je regarde à nouveau ma montre, presque dix-neuf heures. Le jet décollera pour Melbourne – là où se situe la plus ancienne résidence familiale des Sexton habitée par oncle James – dans une heure. Je ne transige pas sur la ponctualité, cette vieille peau de James non plus.

Plus je tourne en rond à l'extérieur, plus ma patience s'effrite. Une espèce d'onde négative me bouffe doucement, celle qui précède les rendez-vous avec le frère de mon père. Trop de choses en suspens… Le raclement de gorge de mon majordome m'arrête dans mes cent pas.

Ce brave homme m'a vu naître, il m'a quasiment élevé à une certaine époque. Lui et les employés du haras. Il sait tout de la lignée Sexton et c'est à moi qu'il a décidé d'accorder sa loyauté lorsque j'ai pris les rênes… Quand, à l'époque, entre mes 17 et 19 ans, je suis devenu « incontrôlable » à ses yeux, il n'a pas hésité à mettre son job en péril en appelant Anatjari et le toubib de mon enfance pour me pousser à mieux gérer la situation.

J'en ai d'autant plus de considération pour lui aujourd'hui. Il n'y a pas plus fidèle, dévoué à feu Nick Sexton.

– Oui, Peter ?

– Puis-je me permettre un conseil, monsieur ?

Je le scrute, surpris, avant de lâcher :

– Je vous écoute.

– Je sais que M. James Sexton a la rancune tenace et qu'il n'aura de cesse de vous faire payer sa destitution…

– Entre autres.

La liste des choses que le plus vieux Sexton vivant me reproche est plutôt longue en réalité. Peter le sait, il a juste la décence de ne pas y faire référence…

– Oui, monsieur, poursuit-il. Donc, je crois que… sauf votre respect, il ne serait pas judicieux d'amener… notre invitée à cette réception, débite le majordome.

Je le fixe, conscient de ce qu'il insinue. J'avais juste mis les points au clair après avoir cédé à son ultimatum lorsque j'étais plus jeune, plus impulsif : il ne devait plus jamais me faire la morale, ni me dicter ma conduite. Ça, ce n'est plus son rôle. Je suis majeur, vacciné et seul maître à bord. Néanmoins, j'essaie de tourner ma langue sept fois dans ma bouche pour ne pas lui asséner une réplique cinglante. Par respect pour sa personne, son âge et pour toutes ses années au service de mes parents, puis au mien. Je pense que dans mes yeux, il s'en rend compte et réalise avoir dépassé les limites.

– Veuillez m'excuser, monsieur. Je ne voulais pas me mêler de ce qui ne me regarde pas, reprend-il.

– En effet, cela ne vous concerne pas. Mais j'apprécie votre sincérité, Peter, et votre avis aura toujours de la valeur.

Il hoche la tête ; je lui presse l'épaule sans m'étaler sur le sujet. Je remarque du mouvement à l'intérieur de la maison, cela coupe court à la discussion et à mon temps d'attente.

Ce n'est pas trop tôt !

Je lance un coup d'œil sur le cadran. Neuf minutes de retard, génial ! Le son des talons retentit sur le marbre, puis dans les escaliers. J'entre et me poste au pied des marches. Une fente vertigineuse s'ouvre sur la cuisse hâlée de Sophia qui arrive, tout en noir. Après tout, elle a été élevée avec le sens de la mise en scène, alors faire une apparition remarquée et me voir aux premières loges ne peut que l'enchanter. Elle parade telle une reine de bal. C'est ridicule ! Néanmoins, je la laisse savourer son moment, puis elle est suivie de près par…

Coup de canicule non anticipée.

Cette fois-ci, ce n'est pas calculé. Tout est différent. J'inspire un grand coup. Malgré les apparences, mes mains dans les poches de mon smoking et l'assurance que j'affiche, je me tends imperceptiblement en découvrant notre *jeune fille au pair*. Cette robe émeraude sur ce corps a tout pour foutre le feu aux poudres. Surtout ce soir. Elle est plus somptueuse en vrai que sur l'une des diapositives planquées dans un tiroir de mon bureau. Cette tenue est faite pour Océane. Nos regards s'accrochent au fur et à mesure de sa descente. Le noir autour de ses yeux de biche donne une profondeur beaucoup trop sexy à ses iris. Et l'ensemble est…

… époustouflant, terriblement dangereux pour mon self-control durant les prochaines heures.

Je fournis un effort pour reporter mon attention sur Sophia et lui murmure :

– Tu es resplendissante.

– Merci, Ty. T'es pas mal non plus, me réplique-t-elle, ravie. Et que penses-tu d'Océane ? poursuit-elle en frôlant mon nœud papillon.

L'air neutre, je pivote vers la Frenchie. Je sens son trac, ses incertitudes, et par-dessus tout ses iris fixés sur moi. Sa petite bravade de la veille est déjà bien loin maintenant. Mais avec les armes qu'elle braque sur moi et tout ce qu'elle dégage, difficile de continuer à feindre une indifférence intimidante devant elle.

– Elle est en retard, réponds-je sans relever. Vous êtes prêtes ?

– Oui, affirme mon épouse après un léger instant de silence face à mon désintérêt. Nous ne voulions pas te faire attendre.

Je lui propose mon bras, l'embrasse sur la joue et donne l'illusion d'ignorer notre accompagnatrice.

– Ne perdons plus de temps, dans ce cas. Le pilote patiente à l'aéroport.

– D'accord. On y va, Océane ? demande Sophia, radoucie.

– Oui… bien sûr, bredouille la blondinette.

Ça te déroute d'être redevenue transparente ? Parfait…

Nous nous dirigeons vers la Bentley. Le chauffeur part ouvrir une portière côté passager, j'ouvre la seconde pour laisser passer Sophia. Elle m'adresse un sourire et monte. J'ai la mauvaise idée de regarder Océane en train de contourner le véhicule pour entrer de l'autre côté.

Putain, ça, je n'y étais pas préparé !

Le dos de sa tenue prend mes prunelles en otage et chauffe instantanément mes veines. Qu'est-ce qu'elle fiche avec ce décolleté plongeant jusqu'à la lisière de sa chute de reins ? Mon esprit s'enflamme. Que peut-il y avoir comme sous-vêtements en dessous d'un truc pareil ? Rien ?

Merde, Tiger, tu as du mal à détacher tes yeux d'elle.

Je finis par les détourner. Je monte et m'assois. Sophia au milieu, Océane et moi à chaque extrémité de la banquette arrière, je déclare d'un ton flegmatique au chauffeur :

– Allons-y.

– Bien, monsieur.

Revoir Sexton senior dans ces conditions risque de mettre mes nerfs à rude épreuve.

Tu as intérêt à bien te tenir, Miss Tentation...

***

Océane

Tiger n'a pas daigné émettre un misérable commentaire sur ma tenue. Mais je m'en fous de son avis, n'est-ce pas ? Carrément ! Je suis juste trop crispée. Je n'ose plus tourner ma tête du côté du couple Sexton. Je remarque néanmoins la main manucurée de Sophia se poser sur la grande main virile de son mari. En à peine un millième de seconde, il dégage la sienne. Pour ne pas renforcer la gêne et la peine de Sophia, je dévie très vite mon attention sur l'extérieur.

Même pas de contact affectueux entre eux ?

Je me focalise sur la fenêtre en tripotant ma pochette. Des supputations plein la caboche, je vois la ville de Sydney défiler, parée de lumières. La végétation, les gratte-ciel, et... le reflet de deux prunelles intenses qui me fixent par vitres interposées. Merde, Tiger Sexton m'observe de son côté ! Nos yeux se retrouvent, ne se lâchent plus. La tension resurgit en moi. Un trouble indicible s'installe dans mon ventre. Je ne sais pas si c'est sa manière de me dévisager ainsi, discrètement, avec une telle insistance, ou si c'est la présence de sa femme au milieu de nous deux ou alors son comportement à mon égard impossible à décrypter, mais cela occasionne des sensations inconnues. Mes joues commencent à s'enfiévrer, ma bouche à s'assécher et mon pouls à s'accélérer. C'est absurde !

Secoue-toi, Océane !

Il ne faut pas que Sophia nous surprenne et s'imagine que... que quoi ? Qu'il y a peut-être un truc inhabituel entre son homme et moi ?

Tu divagues, meuf ! Arrête ça tout de suite ! Tu ne peux pas encadrer ce mec, point.

Je m'arrache à ses yeux bleus et j'inspire. Les doigts de Sophia cherchent les miens, telle une substitution à la tendresse refusée par son mari. Un brin paumée, j'y entrecroise les miens en lui souriant.

J'espère qu'elle n'a rien vu, j'espère qu'elle n'a rien vu.

Je compte lui remonter le moral, ne pas la laisser seule. Au lieu de m'émouvoir quand son Tiger me...

Stop !

– Ça va être mon baptême de l'air en jet privé, dis-je à Sophia pour désamorcer la pression.

– Je suis ravie que ta première fois soit avec nous, se réjouit-elle en me rendant mon sourire. Les premières fois ne s'oublient pas, n'est-ce pas, Ty ?

Celui-ci se tourne vers nous, capture à nouveau mon regard.

– Certaines d'entre elles méritent d'être gravées dans nos mémoires, soutient-il en m'observant.

Non, n'y vois aucun sous-entendu. Il n'y en a pas, alors arrête de te sentir bizarre !

Ce n'est qu'une soirée en leur compagnie, on se tiendra tous à carreau et ça se passera bien. Il n'y a pas de bombe à retardement susceptible de me péter à la figure à un moment ou un autre.

N'est-ce pas ?

14

Tiger

À l'atterrissage, je suis nettement plus à cran. Nous quittons le Tarmac, notre voiture se dirige vers la propriété de notre hôte. Je regarde l'heure. Bon sang ! Vingt et une heures trente ! James va adorer. J'essaie de me convaincre que rien ne m'atteindra ce soir.

Avec la presse, les personnalités et autres grosses fortunes présentes, il ne faut pas donner de quoi spéculer encore sur nous. Que la presse financière me consacre régulièrement leur une est une chose, défrayer la chronique dans les tabloïds en est une autre. C'est entre autres pour cette raison que je me suis penché en toute discrétion sur la traque. Moi seul décide ce que je veux étaler au grand jour, même pour les combats que je mène.

– Je ne tolérerai aucun dérapage, c'est clair ? dis-je en me tournant vers mes deux accompagnatrices.

Sophia fronce les sourcils. Je soutiens son regard avant de m'intéresser à Blondinette. Celle-ci ne sait plus comment adapter ses réactions. Je me doute désormais d'une chose : si ma femme n'était pas assise entre nous dans ce véhicule, Océane aurait à nouveau sorti les griffes. Voir une pointe d'ironie au fond de ses yeux me titille. Surtout lorsqu'elle se retient de me défier et hoche la tête.

– Bien entendu, monsieur Sexton.

– Détends-toi, Ty, tout le monde se tiendra bien, m'enjoint Sophia en ramenant ses doigts sur moi. Cela vaut pour toi aussi.

Elle me rappelle à l'ordre ? Sans blague.

Je libère encore ma main et serre les dents. Et Sophia me demande de me détendre. Même si je sais qu'à un moment James trouvera le moyen de m'irriter, comme toujours. Ma *douce moitié* est bien placée pour le savoir, puisque les fichus galas précédents se sont tous terminés de la même manière pour nous deux. Elle, rentrant seule ou avec un assistant très personnel. Et moi, enfermé dans l'un de mes repaires défouloirs avec de la compagnie…

T'imagines-tu que la présence de la jeune fille au pair changera quelque chose au scénario ce soir, Sophia ? Ou que ce sera pire ?

– J'y compte bien, décrété-je.

Durant le reste du trajet, les deux femmes bavardent. Je me plonge dans mes réflexions. Je reste imperméable à l'animation extérieure, South Yarra commence à se profiler. Les boutiques de luxe, les restaurants gastronomiques – y compris un de Sophia – se succèdent à travers ma vitre. Nous empruntons la rue où se dressent fièrement quelques manoirs d'époque. Bientôt, nous apercevons celui des Sexton. Le chauffeur pénètre dans la cour, manœuvre et se gare. Des grooms et voituriers attendent sagement, impeccables dans leur uniforme. L'un d'eux se hâte d'ouvrir ma portière.

– Bonsoir, monsieur Sexton, madame, nous accueille l'employé.

Je lui adresse un signe de tête, sors du véhicule en sachant que mon oncle vient sûrement d'être averti de notre arrivée tardive. Un second groom contourne la voiture pour ouvrir à Océane. Ma paume se pose machinalement dans le bas du dos de Sophia. Je patiente jusqu'à ce que notre demoiselle au pair soit à notre niveau. De mon autre main, je la retiens un instant et me penche à son oreille.

– Tu n'as pas droit à l'erreur, Lily. Ni toi ni moi ne voulons que tu sois dans la presse à scandale demain matin… ou en ligne dès ce soir, n'est-ce pas ?

Sans tenir compte d'une possible réponse de sa part, je commence à traverser l'espace vert en direction du vestibule avec ma femme. Sophia appelle Océane et lui offre son bras libre. Je ne m'en préoccupe plus. Bientôt un couple apparaît et se poste à l'entrée : James avec son parapluie coincé dans le postérieur et son épouse avec un sourire de circonstance plaqué sur ses lèvres.

– Tiger ! Enfin ! Merci de nous honorer de ta présence, éructe-t-il. Je commençais à douter de ta venue.

Je réquisitionne mon flegme pour ne pas répondre à son sarcasme.

– James… tante Carole, désolé pour le retard. Nous avons eu un léger contretemps.

– Ne t'en fais pas, voyons. Cela se produit si rarement. Tu es tout excusé, m'assure Carole.

Mes yeux s'arriment à ceux de mon oncle, il ravale ses griefs. Ce n'est que partie remise. Sophia se décale pour une accolade guindée.

– Heureuse de vous revoir, James, Carole. Nous arrivons à peine et j'ai déjà l'impression que vous vous êtes surpassés, une fois de plus, débite-t-elle.

En mondaine avertie, sa flatterie génère l'effet escompté. Notamment sur Sexton senior. Ses lèvres amorcent un ersatz de mouvement tandis que sa conjointe récolte avec joie les lauriers.

– Vous êtes adorable, Sophia, j'ai hâte de vous montrer l'étendue de ce beau travail, dit fièrement celle-ci.

De mon côté, je devine l'intérêt suscité par notre blondinette silencieuse. Même si personne ne l'évoque pour l'instant. Je lui lance un coup d'œil – elle est bien sage et un peu trop sublime – avant de poursuivre :

– Sophia a dû vous prévenir. Nous sommes avec une invitée supplémentaire ce soir.

– Oui, en effet, acquiesce Carole. Il n'y a pas de souci, ta femme nous a passé un coup de fil.

Ils ne se gênent plus pour afficher leur curiosité. Sophia et moi nous regardons ; elle ajoute, toute souriante, en tenant la main d'Océane entre les siennes :

– Laissez-moi vous présenter Océane Rousseau, une amie.

– Ravie de vous rencontrer… monsieur et madame Sexton, complète cette dernière, un brin intimidée.

– Oh, mais qu'entends-je ? Cet accent, ce nom de famille, il y a comme un parfum de France, non ? s'emballe Carole.

L'attention de James bifurque sur Océane. Les amabilités de routine continuent quelques secondes. Paris, la culture, les compliments mutuels sur les tenues de chacune et autres bla-bla. Nous pénétrons enfin à l'intérieur. Immersion immédiate dans le type d'ambiance qu'affectionne James Sexton. La musique d'un orchestre guindé berce les conversations, des plateaux circulent, garnis de verres, de petits fours. Des serveuses et serveurs triés sur le volet slaloment parmi les nombreux convives. Trop de smokings, trop de robes de soirée, de bijoux sortis des coffres-forts rien que pour l'occasion. Trop de rires et de faux-semblants. Trop de légèreté feinte, de sourires de façade. Une fête de plus, exactement le même cirque que les années précédentes…

Les salutations se prolongent. James utilise toujours cette réception comme une jauge de sa pseudo-influence. Il se donne un mal fou pour réunir un maximum de personnalités importantes. Dans le but de savourer le moment où il se pavane avec moi pour tenter de m'impressionner.

J'en rirais presque. Je me plie aux salamalecs, m'arrête pour discuter. Carole embarque les femmes pour un rituel similaire. Me laissant seul avec la maire de la ville, son mari et mon cher oncle. Vu combien il frétille, peut-être me réserve-t-il une surprise ? Je scanne l'assistance pour en connaître la raison.

Alors, James a qui comme VIP aujourd'hui ?

Erreur ! Mon regard tombe sur Océane encore de dos. La vue de son décolleté brouille momentanément le fil de mes pensées.

– Veuillez nous excuser, madame Capp, j'ai quelqu'un à présenter à Tiger, s'infiltre la voix de James dans ma tête.

Le « pas de faux pas » vaut pour toi aussi, Tiger ! Cesse de bloquer sur elle et réactive ton satané filtre !

De plus, des appareils photo crépitent de temps en temps. L'un des reporters dépêchés sur place pourrait capturer une image embarrassante, voire compromettante. Je me ressaisis, ne laisse plus rien transparaître de ma distraction en dirigeant de nouveau mon regard sur mon oncle. Il semble fier de lui.

– Vraiment ? Qui donc ? lui dis-je, le ton posé.

– Je ne crois pas que tu aies eu le privilège de le croiser, me balance-t-il mielleusement.

J'esquisse un demi-sourire, échange une poignée de main avec madame la maire, qui nous libère.

– Faites donc ! Ce fut un plaisir de vous revoir Tiger.

– Moi de même, Sally. Excellente soirée, Andrew, poursuis-je à l'attention de son époux.

Ils partent vers un autre petit groupe. Un type grisonnant vient à notre rencontre.

– Mon cher neveu, permets-moi de te présenter Roman Prokhorov. Un très bon ami ! fanfaronne James. Roman, voici Tiger Sexton.

Intrigué, je salue le nouvel arrivant. Malgré son patronyme, cet homme est un sombre inconnu pour moi. Sa tête et son prénom ne me disent rien.

– Bonsoir, monsieur Sexton, débite le type avec un fort accent. Heureux de vous rencontrer.

Mes lèvres s'incurvent, je viens de comprendre. Dommage pour l'orgueil de James, il ne joue plus dans la cour des grands…

– Roman Prokhorov, c'est cela ? Seriez-vous de la famille de Mikhaïl Prokhorov ? m'informé-je en serrant la main de sa trouvaille du jour.

Le sourire de James se fige avant même que je ne lui assène la suite. S'il voulait m'en mettre plein la vue en jouant la carte des oligarques russes, autant en choisir un au sommet de la hiérarchie et qui ne figurerait pas déjà dans mes carnets d'adresses. Cependant, James ignore que j'ai noué des contacts avec l'oligarchie russe et d'autres hommes de pouvoir durant mes vastes recherches à travers le monde… Histoire de m'assurer de ne rien laisser au hasard lorsque mes équipes traquaient minutieusement sur chaque territoire ceux et ce que je poursuis en cachette et sans relâche.

Mais passons, cet accès-là aussi restera verrouillé, sous contrôle…

Je souris en comprenant que celui que l'on me présente est juste un cousin très éloigné, et sans réel poids dans le milieu.

– Je vois, réponds-je. Comment va-t-il, au fait ? J'espère qu'il se remet de ma dernière victoire au golf contre lui. Dites-lui que la revanche, c'est quand il veut.

– Oh… euh… bien sûr, me pond le russe.

– Parfait. Bonne soirée.

Je saisis un verre sur le plateau d'un serveur et prends congé. J'effectue à peine deux pas que James m'empoigne.

– Sous tes airs d'homme accompli, tu n'as pas changé, dans le fond, Tiger ! Tu es toujours ce petit arrogant de 17 ans qui croyait avoir tous les droits, m'accuse-t-il entre ses dents.

Self-control, self-control, respire.

– Tu es chez moi, et tu me jettes déjà ton insolence à la figure ?

– Non, ton pathétique concours de qui de nous deux en a le plus dans le froc commence juste à me lasser, cher oncle.

Je dégage calmement mon bras. En le laissant lire dans mes yeux mon avertissement : qu'il ne me cherche pas ce soir. James commence à devenir rouge. Il rumine ses vieilles rancœurs, sa colère et sûrement ce qu'il considère comme une énième humiliation. Impavide, je bois une gorgée, puis vide la flûte de champagne. Il va me falloir plus costaud que ça.

– Nick serait déçu de voir ce résultat, l'homme que tu es devenu, commence-t-il au moment où je tourne les talons. Et quand je pense que Courtney…

En entendant les prénoms de mes parents, je me contracte de partout. Brutalement. Inexorablement. Mon souffle se dérègle, mon regard se durcit. Je me rapproche et encercle à mon tour le bras de mon oncle, au risque de créer une source de commérages dans la jet-set.

– Ne termine même pas cette phrase, James. Ne prononce plus son prénom, à elle !

– Tu es sous mon toit, sale gosse ! Ta mère était aussi et avant tout la femme de mon frère, me notifie-t-il comme s'il était possible de l'oublier. Alors je parle de Courtney quand je…

J'enserre son bras. Durement. Ce sujet-là, nous ne l'aborderons plus. Plus jamais.

– Ferme-la, maintenant, James, si tu ne veux pas de souci devant tes invités. C'est un putain de conseil !

Ma peau s'échauffe, mes poings me démangent. Si ce vieux croûton choisit délibérément d'appuyer là où il ne faut pas, je vais m'assurer de m'être bien fait comprendre. Ma résolution de garder mon sang-froid menace de s'émietter dans la seconde.

Je ne dois pas lui octroyer le plaisir de quitter sa réception dans l'immédiat. Car je tiens de moins en moins longtemps et cela alimente les ragots chaque année. J'inspire longuement. Sous son silence, je le relâche. Je recule en fouillant la salle du regard. En quête d'un dérivatif. Ce que je découvre désagrège le peu de flegme qu'il me reste. Harry Carter, l'héritier à la noix que je vais bientôt torpiller en affaires, est en train de papoter avec ma femme. Et il bouffe Océane du regard. Il n'arrête pas de la frôler en discutant.

Génial, cette soirée prend une tournure exécrable ! Désolé pour ta mémoire, père, mes nerfs commencent gentiment à lâcher…

***

Océane

– J'adore la France. Les vignobles, la gastronomie, les belles femmes… énumère le mec avec qui je discute depuis plusieurs minutes.

Carole Sexton, la maîtresse de maison, nous a présentées, Sophia et moi, à ce petit groupe avant de se volatiliser vers d'autres invités. Ce gars est l'archétype du fils à papa à la vie dorée qui se croit irrésistible. Même si Monsieur Control Freak insupportable et ses ordres dans la voiture m'ont gonflée, j'ai promis de faire profil bas. Ne serait-ce que pour Sophia et pour honorer mon contrat autant que possible. Alors je souris aux blagues pourries de l'héritier, je m'accommode de son manque d'originalité, l'écoute distraitement m'étaler son pedigree comme si la fortune de sa famille m'éblouissait.

Non, je n'ai jamais eu l'âme d'une Cendrillon 2.0 dont l'unique rêve et espoir dans la vie sont de taper dans l'œil du prince charmant. Je n'attends pas piteusement un noble guerrier, bardé de richesses, pour qu'il embellisse par magie mon existence. Et je ne vais pas me pâmer, sûrement pas !

Le plus relou, c'est que ce Harry Carter, en plus d'être convaincu d'avoir un sex-appeal décuplé par sa thune, s'arrange pour me toucher quand il parle.

Il ignore que mon esprit vagabonde, loin du yacht qu'il dit posséder à Nice. C'est la mise en garde de Tiger qui me bouffe encore la cervelle. Je ne veux pas m'engouffrer dans des raccourcis bourrés de clichés, mais dans leur monde d'héritiers imbus de leur personne, s'imaginent-ils vraiment que tout leur est dû ? Et qu'une fille comme moi est facilement asservie ? Surtout Tiger qui a le culot de me traiter comme un jouet que sa femme vient d'acquérir. D'ailleurs, il est où, ce psychorigide de donneur d'ordres ?

Mauvaise idée, Océane. Ne le cherche pas dans la foule. Ne le cherche pas. Ne le cherche pas.

C'est mort ! J'ai l'impression persistante et insensée de sentir son regard pénétrant pendant que l'autre me saoule avec son flot de paroles creuses. Sophia, elle, affiche sa classe et son assurance habituelles. Mais elle semble ne pas perdre de vue son mari. Lorsqu'elle se crispe, je comprends immédiatement que seul Tiger produit ce genre d'effet sur elle.

– Océane, ça va dégénérer plus tôt que d'habitude, me confie-t-elle soudain au creux de l'oreille.

– Quoi donc ?

Elle étouffe un juron en fixant un endroit derrière moi. Je pivote. Eh merde ! Plus possible d'éviter le contact visuel avec lui. Pire ! Il vient à notre rencontre. Je demande tout bas :

– Il s'est passé quelque chose ?

– De vieilles frictions entre son oncle et lui… James a du mal à digérer certaines choses. Tout comme Tiger…

– Ah.

Je ne sais pas quoi dire ; le fameux tonton aussi m'a déplu à la première seconde. J'ignore pourquoi, peut-être à cause de son air hautain. Cependant, Tiger est également doué à ce petit jeu. Un gène transmis dans la famille, on dirait. En quelques enjambées, il esquive des mains tendues pour le saluer, ne prête aucune attention aux sourires engageants qui lui sont adressés et atteint rapidement notre niveau.

– Tiens, Sexton ! lance mon interlocuteur avec surprise. Je fais connaissance avec l'amie de ta femme. Elle est…

– Ôte tes pattes de là, Carter, intime-t-il dans un calme qui contraste avec l'étincelle dans ses prunelles.

Œil de tigre.

Cette expression guerrière prend subitement tout son sens avec cette lueur sombre dont je me souviens malheureusement trop bien.

– Pardon ? demande mon relou désarçonné.

Déclic dans ma tête, ce n'est pas Sophia que ce Harry Carter touche, mais moi. Une fois de plus, sa main est restée posée sur mon épaule. Je ne suis pas fan des rapprochements tactiles intempestifs du gars, d'accord.

Mais pour qui se prend Tiger, d'abord ?! Il est un milliard de fois plus prétentieux avec moi, lui aussi.

– Tu mets notre amie mal à l'aise, vire-moi tes pattes de là, répète Tiger.

« Notre amie » ? Cela ne sonne pas du tout amicalement dans sa bouche. Non, il y a une note de… possessivité. De colère contenue. Je rêve ! Soit c'est l'altercation avec le vieux Sexton qui le met dans cet état, soit monsieur trouve que je ne joue pas assez bien mon rôle de « toutou sage » après sa petite menace à notre arrivée.

Calme-toi, Océane. Le pire pour toi serait de faire une entrée fracassante dans la presse à scandale de l'hémisphère sud. Tu ne crois pas ?

Pas faux. Je deviendrai en quelques lignes « la traînée » la plus célèbre de France, d'Australie et même du Zimbabwe et de Bab El Oued, tellement ça circulerait partout dans le monde. Christine, la peau de vache, en frétillerait au fin fond de son HLM à Paname, toute haine décuplée. Je n'ai pas besoin de ça, je devrais même éviter cela à tout prix, me faire toute petite. Mais je commence à fulminer malgré moi. Sophia, de son côté, se love contre son Ty et glisse sa main sous son bras. Peine perdue, il continue de perforer Carter du regard.

Je parie que lui se fiche royalement des tabloïds à l'instant T. Étriper Harry Carter s'est hissé en tête de ses priorités et déclasse brutalement tout le reste.

– Je ne suis pas mal à l'aise, ne puis-je m'empêcher de le remettre à sa place. Merci de vous en inquiéter, *monsieur Sexton*, et je suis assez grande pour rabrouer cette personne ou n'importe qui d'autre si besoin.

Ses traits se durcissent davantage. L'autre rigole, satisfait de ma réplique. Pourtant, à la seconde où mon impulsivité a pris le pas, je comprends mon erreur.

– Bien. Sophia, tu permets que j'amène Océane danser un peu ?

Il m'empoigne sans attendre la moindre réponse. Il m'entraîne du côté opposé de l'immense salle où se trouve un orchestre de musique. Les yeux de Sophia me supplient de ne pas faire d'esclandre. Avec aplomb, elle sourit à Harry Carter dont les mâchoires ne se desserrent plus en nous voyant nous éloigner. Je crois qu'elle lui propose d'aller danser aussi. J'essaie de marcher normalement sans me défiler. Histoire de faire croire à l'assistance que tout va bien. Nous rejoignons les couples qui se trémoussent sur la piste en un battement de cils.

– Qu'est-ce que vous foutez ? me révolté-je enfin à voix basse.

– Et toi ? Qu'est-ce que tu n'avais pas compris dans « pas de dérapage » ? me rétorque-t-il.

J'hallucine ! Il a quoi comme problème, ce mec ?

– Je n'ai pas dérapé. C'est vous qui venez de m'entraîner contre mon gré pour danser avec vous !

Ses larges mains se posent derrière, sur ma peau nue. Ses iris s'enracinent dans les miens, son souffle caresse dangereusement mon visage. Il m'enlace avec fermeté, une nouvelle flopée d'émotions contradictoires m'envahit. Le trouble, la fureur et les neurones qui clignotent. Son corps contre le mien, sa paume me consume doucement le dos.

– Harry Carter se sert de toi pour aller à la pêche aux infos. Et ça, c'est hors de question ! Alors tu vas danser ce satané tango jusqu'au bout et après tu l'enverras balader durant toute la soirée.

– Ne me donnez pas ce genre d'ordre ! me rebellé-je en dépit de ma voix vacillante. Et puis, il se pourrait qu'il me trouve juste séduisante et que j'aie envie de flirter avec lui. Après tout, je vous semble être ce genre de nana, non ? Si j'en crois votre attitude à mon égard.

– Arrête ça, Océane ! me prévient-il entre ses dents.

– Sinon quoi, *Tiger* ? Vous me mettrez au coin et me priverez de dessert ? J'ai 20 ans, bordel ! Employée ou pas, j'en ai marre que vous me traitiez comme une gamine.

Il fronce les sourcils. Plus un mot de sa part. La danse se poursuit et il m'observe avec une espèce de magnétisme qui, petit à petit, me fait perdre mes moyens. Mes synapses et mes hormones font n'importe quoi, et lui, il m'étreint davantage. Il me dirige avec habileté, saisit ma cuisse, me cambre brusquement, poussant mon corps vers une zone inexplorée de langueur. Il me redresse, me plaque avec une masculinité sensuelle contre lui. Il m'étourdit, tout en pouvoir et en rythme. J'ignorais être capable d'onduler, de pulser et de me mouvoir ainsi sur du tango. Comme si mon corps devinait et abdiquait chacun des pas et gestes exigeants de mon cavalier. Il sait ce qu'il fait ; torride, maître du tempo qu'il instaure, il prend son pied à me faire fléchir, à me modeler et à me coller contre lui. Ses billes bleues m'enveloppent dans un cocon. Elles me dévorent, me mettent en garde durant cette osmose involontaire et volcanique. Ça en devient perturbant. Mon cerveau se ramollit de seconde en seconde. Ma température se dérègle. La manière dont il me…

Ne déconne pas, Océane.

Chamboulée par l'anarchie subite dans mon corps, ma tête et dans mes sensations, je tente de réagir, de me libérer de cette emprise grandissante de Tiger sur moi. Je recule d'un pas, de deux, de trois. Immobile, il enfonce les mains dans les poches de son pantalon de smoking. Il me dévisage en train de m'échapper. Mon dos heurte quelqu'un. C'est Sophia en train de danser avec Carter. Est-ce qu'elle a vu ? Était-ce perceptible ou suis-je seule à en être si chamboulée ?

Je bafouille une excuse. Dans une espèce d'urgence, je ne pense plus qu'à instaurer de la distance entre lui et moi. Beaucoup de distance. Je termine devant les toilettes pour dames. Mon cœur tambourine comme si je venais de commettre une bêtise. Tout devient excessif avec cet homme. Mes émotions en vrac et la manière dont il me fout en rogne. Il suffit qu'il me regarde, me parle ou me touche pour que j'oublie d'avoir mal, honte ou peur de me lâcher. Soudain, tout est soufflé et il ne me reste plus que le besoin dévorant de le défier. De m'affirmer comme jamais auparavant.

C'est terrifiant de réagir ainsi, sans comprendre comment il réussit ce tour de force.

Je dois retourner la vapeur. Le freiner. Ne pas perdre pied. Et si je… et si je me tapais l'autre héritier de ce soir, rien que pour emmerder celui qui crée le chaos en moi en un claquement de doigts ?

Sortir avec Harry Carter pour remettre Tiger à sa place et reprendre mon destin en main ?

15

Océane

La réception bat son plein comme si de rien n'était. Je crois… J'entre dans les toilettes et m'agrippe au plan vasque. Mon reflet me renvoie l'image de mes prunelles brillantes et mes joues rosies. J'ai enfin échappé au tango trop torride et au tigre trop directif, hypnotique et…

Stop, n'importe quoi ! C'est juste qu'il te fait démarrer au quart de tour !

J'en ai conscience, mais je n'y peux rien. Mon problème ne se résume pas qu'à son caractère autoritaire ; son physique, son regard et ce putain de charisme qu'il dégage aussi me font vriller quand il ne faut pas. Comme si mon fichu corps cessait d'obéir à mon cerveau et me faisait perdre la maîtrise de mes réactions.

Je souffle lentement pour retrouver mes esprits. Tiger ignore encore un détail : Harry Carter m'a filé sa carte avec son numéro de téléphone. Je n'avais pas l'intention d'appeler cet autre spécimen dragueur et vantard, mais qui sait ?

Au moment où j'envisage les conséquences de cette option, la porte s'ouvre. Je m'attends à voir Sophia débouler. Je découvre une jeune femme en robe de soirée rouge. Je suis sur le point de détourner mon regard lorsqu'elle s'adresse à moi.

– Vous êtes venue avec Sophia et Tiger Sexton, n'est-ce pas ? Vous dansiez avec lui tout à l'heure.

Prudence…

– Moui… Vous êtes ?

Elle me toise sans répondre, vient se camper à la vasque voisine, continuant de me dévisager à travers la glace devant nous. Qui est-elle ? Une journaliste ? Une proche de la famille ? On n'a pas été présentées… Mon accord de confidentialité et les craintes de Sophia à propos de l'intérêt des gens me mettent en alerte. « La moindre broutille sur nous se vend aux vautours. » Je n'ai pas oublié.

– Vous remplacez Kelly ? reprend la nana.

Euh, qui est cette Kelly ?

– Excusez-moi, je n'ai pas retenu votre nom, esquivé-je en lui faisant face.

– Ça n'a pas d'importance. La bonne question à poser, c'est que se passera-t-il quand ils en auront fini avec vous ? Ils sont toxiques, ces deux-là. Sophia Sexton est la pire. Elle vous utilise, vous use, démolit votre couple… Et vous terminez comme Kelly, me débite-t-elle, une sorte d'aigreur dans le regard.

Je déglutis en essayant de gérer le trop-plein de renseignements. Il y avait déjà des prénoms restés gravés dans ma mémoire : Byrne et Annie mentionnés dans mon contrat et auréolés de mystère. Mais d'où sort ce troisième prénom ? Est-ce que ce sont tous d'anciennes employées des Sexton ? Il n'y a donc pas eu que des mecs, comme le soutenait Tiger…

J'insiste, de plus en plus mal à l'aise :

– Je ne vois pas de quoi vous parlez. Qui êtes-vous ?

– Je suis la petite amie de Kelly… Enfin, son ex depuis son emploi chez les Sexton. Et vous allez finir comme…

La porte s'ouvre à nouveau. Sophia entre et devient nerveuse à la seconde où elle remarque avec qui je parle.

– Que faites-vous ici ? demande-t-elle sèchement à mon interlocutrice.

– Ah, tiens ! Vous voyez ? Elle ne vous lâche pas la bride, ça va être de pire en pire, nous crache l'inconnue avec plus d'animosité.

– Sortez d'ici ! Nos avocats ont pourtant été très clairs avec l'injonction d'éloignement. Je vais appeler la sécurité, la menace Sophia. Je ne sais pas comment vous avez fait pour vous incruster à une réception privée, mais c'est terminé !

Sous le choc, je note la dureté avec laquelle elles se défient, puis l'autre bat en retraite. Avant de marquer une pause et de nous balancer :

– La vérité finira par éclater sur ce que vous avez fait !

– Kelly vous a quittée de son plein gré, arrêtez avec vos diffamations, allez-vous-en !

– Diffamations ! Pfffff ! Vous avez juste le système et les meilleurs juristes du pays à vos bottes. Mais je n'abandonnerai pas. Vous m'entendez, espèce de salope de luxe ? Je ne lâcherai rien !

La respiration de Sophia part en sucette. Elle glisse ses doigts tremblants dans sa chevelure, vérifie qu'il n'y ait pas de témoins de cette scène embarrassante. Une fois seules toutes les deux, je m'en remets à elle pour obtenir des éclaircissements.

– Qui est cette femme ?

– Une haineuse.

– Mais que vous veut-elle ? Qui est la Kelly dont elle parlait ? Qui était-elle pour toi ?

– Océane, pas ici… Et ne crois pas… un mot de ce qu'elle a pu te dire, murmure Sophia, bien pâle.

Elle compte s'en tirer avec une pirouette pareille ? À l'instant, cette belle métisse bourrée d'assurance, propriétaire de restaurants huppés à travers le monde, s'est muée en fillette apeurée sous mes yeux. Finalement, elle se drape dans ses cachotteries, mais je suis trop intriguée pour lâcher l'affaire moi aussi.

– Qu'est-ce qu'on fait ? Nous sortons et je me fais recadrer par votre mari si Harry Carter me propose une danse ? Comme si tout cela était normal ?

– Non. Il faut s'en aller. Rien ne va ce soir, limitons les dégâts, statue-t-elle en tentant de se ressaisir.

– Sophia…

– Non, pas ici, Océane, répète-t-elle. Par chance, il n'y avait personne d'autre dans ces toilettes. Quelqu'un aurait pu assister à… ça, affirme-t-elle. Souviens-toi de l'accord, tu auras tes explications à la maison. Juré.

J'hésite, la scrute sans bouger. Après le trouble causé par son mari, la tension dans cette pièce joue sur mes émotions. Au bout de plusieurs secondes, je pousse un soupir.

– Bien. Mais de vraies réponses, Sophia, avec tous les détails. On est d'accord ?

– D'accord. Rentrons d'abord à la maison, s'il te plaît. Je ne veux pas que la situation s'envenime et j'ai besoin de toi, Océane.

Sophia me paraît si fragilisée d'un coup que je capitule malgré mes doutes.

– OK. J'ai promis de rester à tes côtés jusqu'au bout et je tiens mes promesses.

Son mec m'a gonflée, mais le flirt avec Harry Carter pour lui donner une leçon est reporté à une prochaine fois. Tiger Sexton ne perd rien pour attendre s'il croit se servir de mon contrat pour régenter ma vie privée ! Ce volet-là ne les concerne ni l'un ni l'autre. Manifestement, ils ont beaucoup de merdes à gérer dans la leur…

***

Tiger

D'un regard froid, je maintiens Carter à distance. Il saura très bientôt qu'il est fini, celui-là. Financièrement et de réputation. Pas besoin de perdre mon temps avec lui. Sophia s'est éclipsée vers les toilettes pour y retrouver

Blondinette. J'avale mon scotch d'une traite en les attendant. Aucune des deux ne revient et aucune tête, aucune discussion ne me captive. J'ai assez pris sur moi, je ne supporte plus ce lieu ! Cette salle remplie d'hommes et de femmes issus du gratin de la société. Ces lustres scintillants, ces alcools onéreux qui coulent à flots, les mets raffinés qui garnissent les plateaux des serveuses et serveurs. Des souvenirs d'enfance s'y entremêlent, d'autres réceptions dont les hôtes étaient mes parents…

Les conversations continuent de s'animer, les gens de se trémousser. Tout m'oppresse, surtout la gueule de mon oncle. Oui, tout me gave ! Je ne veux pas atteindre le point critique devant cette foule. Le « presque dérapage » avec Blondinette était déjà limite. Il est temps de se barrer, j'en ai ma claque !

Je vide mon nouveau verre, refuse le troisième quand je vois enfin Sophia et Océane marcher dans ma direction.

– Ty, on s'en va ? me supplie quasiment mon épouse.

Elle me tire les mots de la bouche. Blême, Sophia tente de donner le change pour la galerie, par contre, moi, je la connais trop pour ne pas m'en apercevoir. Elle ne va pas me faire une crise pour avoir dansé avec sa demoiselle au pair, si ? OK, cette petite effrontée a failli me faire perdre les pédales en public, ce tango avec elle m'a plus qu'émoustillé. À divers niveaux…

Néanmoins, je ne donnerai pas à James ou à n'importe qui d'autre la satisfaction de flancher encore.

– On s'en va, oui, dis-je posément.

Les au revoir durent à peine. Tante Carole essaie évidemment de nous retenir plus longtemps, Sophia justifie notre départ par un « je suis navrée, je ne me sens pas très bien ». Ce n'est pas une première ; après notre mariage, il lui a fallu du temps pour qu'elle s'adapte à mon monde, donc cette excuse a pas mal servi…

Le chauffeur nous récupère à la sortie. Une atmosphère pesante s'installe dans la voiture.

– Où désirez-vous aller, monsieur Sexton ? me demande le conducteur.

Bonne question. J'ai un duplex à Melbourne. Une garçonnière, comme dirait Sophia. En temps ordinaire, après une soirée fiasco de ce genre, j'aurais ordonné qu'on m'y dépose et ma femme serait rentrée « à la maison », rejointe par Kelly ou quelqu'un d'autre… Quant à moi, j'aurais utilisé mes exutoires habituels, de mon côté. Au lieu de cela, je grogne :

– À l'aéroport, nous retournons à Sydney.

– Bien, monsieur.

Le trajet commence en silence. J'ai envie de fumer.

– On peut en parler ici, Sophia ? questionne soudain Océane.

Je me tourne et regarde cette dernière droit dans les yeux. Ma chère et tendre gigote légèrement. Je la sens gênée ; ses prunelles se rivent aux miennes.

– Océane a été accostée aux toilettes par l'ex de Kelly, m'informe-t-elle.

– J'ai besoin de comprendre, soutient Blondinette.

Argh ! C'est la pleine lune ou quoi ? Tout va de travers.

J'inspire et intime au chauffeur :

– Arrêtez la voiture.

Il n'est pas nécessaire de me répéter. Le véhicule pile instantanément sur le bas-côté. Je pince l'arête de mon nez, ouvre ma portière et descends.

– Laisse-nous seuls, Sophia.

– Ty…

– Quoi ? C'était ton initiative, cette nouvelle embauche ; maintenant qu'on entre en zone de turbulences, à moi de gérer, comme d'habitude. N'est-ce pas, Sophia ?

Elle me fixe, penaude, attristée ou… paumée ? Peut-être regrette-t-elle, mais c'est trop tard.

– Sors !

– D'accord.

Elle se retourne vers la Française pour lui murmurer quelque chose. Je ne capte que la fin de sa phrase :

– … je suis désolée.

Évidemment, l'autre s'extirpe de l'auto à sa suite en ouvrant la portière de son côté.

– Non, ce n'est pas avec lui que je veux en discuter, Sophia ! se rebelle Océane.

Bon sang, il ne manquerait plus que l'on se donne en spectacle en pleine rue. Plus vif, je m'élance pour rattraper Blondinette.

– Toi, tu retournes dans la voiture !

– Sûrement pas ! Arrêtez avec ça ! Je ne vais pas vous obéir au doigt et à l'œil, Tiger !

Elle essaie de se rebiffer, je la bloque avec fermeté et la plaque contre la façade d'une boutique fermée. Mon corps fait barrière entre elle et ce qui nous entoure. Son parfum délicat excite instantanément mes narines, son frémissement de révolte s'infiltre en moi et éveille mon bas-ventre. Les effets du tango renaissent dans mes veines. Elle essaie de se tortiller, de me repousser, en vain.

– Tu aggraves la situation, Lily. Continue ainsi et tu vas sentir mon érection.

Ma franchise lui cloue le bec. Ses beaux yeux s'écarquillent ; elle est outrée.

– Quoi ?!

– Tu as vraiment besoin que je le redise ?

– Vous savez que votre femme nous voit ?

– Et alors ?

– Et alors ?! Putain, ça vous éclate de la blesser ? À quoi vous jouez ? Cette Kelly, vous l'avez sautée, c'est ça ?

Ça y est, elle ressort ses minuscules griffes. Je la maintiens toujours coincée. Puis l'amusement étire mes lèvres. Je lance un regard vers Sophia qui nous observe à quelques mètres.

– La blesser ? Tu es tellement loin du compte… Kelly n'est pas mon type. C'était le dernier assistant personnel de Sophia.

– Le ? Comment ça ?

– Ce prénom est mixte, tu ne le savais pas ? Bref, si quelqu'un se l'est tapé chez nous, il ne s'agissait certainement pas de moi. Son ex-copine t'a pondu quoi, au juste ?

Sidérée, Océane cille. Elle ne parvient plus à trouver ses mots.

– Mais je… je n'y comprends plus rien, chuchote-t-elle.

Mon visage réduit la distance avec le sien, mes yeux plongés dans le vert envoûtant de ses iris. Tout près, je contemple avec convoitise sa bouche. Elle l'humecte, mal à l'aise, les pommettes colorées.

– Où… où est-il maintenant, ce mec ?

– Il devenait un peu encombrant, on lui a fait une offre qu'il ne pouvait pas refuser, résumé-je en gardant les détails sous silence.

Avocats, fric, confidentialité et obligation de quitter le territoire et ne plus jamais nous recontacter ni faire de vagues…

– Il… couchait avec Sophia ? Vous le saviez ? Est-ce que vous êtes en train de le lui faire payer à travers moi ?

Je tourne encore la tête pour mater ma femme. Avec un demi-sourire, je reviens sur Océane. Et j'émets un petit claquement de langue réprobateur en secouant la tête.

Elle bat des cils, tente de chercher une réponse dans le regard de Sophia, au loin.

– Je ne… saisis toujours pas, souffle-t-elle.

– Pour te l'expliquer crûment : ma femme baise avec qui elle veut, j'en fais autant. En onze ans de mariage, nous en avons eu des partenaires… Les seules règles sont que l'autre soit au courant, qu'il approuve, que la liaison reste discrète et ne s'éternise pas. Je peux écourter celles de Sophia, elle peut écourter les miennes.

– Oh, bordel !

Sa réaction me soutire un rire franc, libérateur. Ça faisait longtemps que quelqu'un ne m'avait pas amusé à ce point. Je profite de sa stupeur pour lui affirmer au creux de l'oreille :

– Maintenant, Sophia voit cette attirance entre nous. Je ne vais pas te laisser nous quitter, sexy Lily. Pas tout de suite. Par contre, je t'accorde un temps de réflexion, tu me diras tes conditions et tout ce que tu veux en échange.

Je recule en la fixant. Sa respiration s'emballe. Son choc se mue en déferlement de fougue. Avant que je n'anticipe, sa main s'abat sur mes mâchoires.

– Vous… vous n'êtes pas sérieux ?! Vous vous attendiez à quoi, Tiger ? Que je sois enthousiaste et honorée ?

– Non, réponds-je en m'effleurant la joue sans éprouver la moindre colère.

Son tempérament volcanique la rend plus excitante. Émoustillé, je persiste. Puisqu'on en est au lever de voile sur le programme éventuel des six prochains mois, autant passer la seconde.

– Tu l'as dit toi-même, tu n'es plus une gamine… Désormais, tu sais ce que tu m'inspires. Tu me trouveras peut-être prétentieux, mais je note que je ne te laisse pas indifférente non plus.

Nouvelle gifle. Hors d'elle, Blondinette masse ses doigts et sa paume en surchauffe. Moi, je ne ressens que les manifestations du désir qui rugit en moi.

– Waouh ! En gros, j'ai une « promotion » ? s'enflamme-t-elle en mimant les guillemets. Bravo Océane, tu passes de « jeune fille au pair » à « jouet sexuel pour divertir Tiger Sexton » ? Allez vous faire cuire un œuf !

Fébrile, elle extirpe son téléphone portable. Mon demi-sourire s'efface lorsque je la vois sortir une carte de visite pour composer le numéro inscrit dessus.

– Qu'est-ce que tu fabriques ?

– Je prends ma soirée. Rentrez avec votre femme ! Allô, Harry ? C'est Océane…

Harry ? Putain, elle est en train d'appeler Carter sous mon nez ?

16

Tiger

Des mots du paternel réapparaissent dans mon crâne, ultime pense-bête aux allures délicieusement archaïques et chevaleresques qui ont bercé mon enfance. Je tente de me calmer en utilisant ses conseils avisés auxquels il tenait tant. Durant nos apartés entre père et fils au haras.

« Mon fils, un gentleman respecte un code d'honneur :

1. Il perpétue les traditions familiales et honore le nom qu'il porte.

2. Il protège toujours les personnes et le patrimoine qui comptent pour lui.

3. Il agit avec noblesse, héroïsme et justesse pour gagner et conserver le respect de son prochain.

4. Il ne frappe jamais un homme à terre. Mais sait être impitoyable avec l'ennemi qui le mérite.

5. Il ne lève jamais la main sur une femme. Sauf… Non, ça, je te l'expliquerai peut-être plus tard, quand tu seras plus grand… »

Qu'on le peut dans des circonstances particulières, pour le plaisir de la dame et avec le consentement de celle-ci ?

Mouais, déduction personnelle. Ça, je l'ai appris tout seul…

Là, tout de suite, je ne suis pas certain de vouloir jouer au parfait gentleman pour épargner la moindre tache au patronyme des Sexton.

– Oui, la Frenchie, confirme Océane à Carter.

Puis elle minaude et rigole à une connerie que l'autre lui sort sans doute. Je fulmine intérieurement.

D'ordinaire, je ne me soucie pas du boulot de mon service de sécurité ni de celui d'un tas d'autres professionnels payés pour gérer à la perfection leurs tâches. Je sais qu'ils sont présents, compétents et toujours prêts à parer à diverses éventualités pour assurer mes arrières. Discrets et proactifs, ils sont comme inexistants, à bonne distance jusqu'à ce que j'aie besoin de leur intervention. Je les rémunère à prix d'or pour cette efficacité. À ce moment précis, cet atout va me servir.

Quelques misérables secondes de bouillonnement silencieux s'ensuivent. Je regarde Océane me défier avec Carter en ligne.

– … Finalement, ta proposition de finir la soirée ailleurs me tente bien, continue celle-ci, fière de sa riposte. On pourrait se re…

Juste ces quelques misérables secondes et je lui arrache son portable, l'éteins dans la foulée. Je contre ses mouvements de protestation.

Non, sulfureuse Lily. Plus de gifles, plus de bravades, je reviens aux commandes.

– Hey ! Mais pour qui vous prenez-vous ? Rendez-moi ça ! se révolte-t-elle.

Je profite de son agitation pour l'attraper, la hisser dans mes bras. Elle se débat, je resserre mon étreinte et avance prestement vers la voiture.

– Tiger, lâchez-moi ! Lâchez-moi tout de suite !

– Gérez ce cafouillage. Pas de fuite, ordonné-je au chauffeur qui m'aide lorsque je mets de force Blondinette sur la banquette arrière.

Je me place côté conducteur, la clef est toujours sur le contact, Océane essaie de s'échapper. Mon sbire la bloque, me permettant ainsi de verrouiller les portes sur nous deux et démarrer en trombe.

– Que faites-vous ?! Je veux descendre ! crie-t-elle en s'acharnant sur les loquets.

J'appuie sur le champignon et vois mon staff apparaître miraculeusement dans le rétroviseur. Bagnoles aux vitres teintées. Des hommes de terrain aguerris. La silhouette de Sophia – parmi eux – se réduit petit à petit dans mon champ de vision. Je sais que mes gars la mettront dans un autre véhicule, la conduiront où elle le désirera.

Nous aurons une discussion plus tard, elle et moi… Peut-être en trio avec Murphy…

Dans l'immédiat, l'équipe fera le ménage derrière nous. Ils s'assureront de récupérer d'éventuels Smartphone ayant assisté à ce merdier, achèteront le silence de possibles témoins, imposeront des accords de confidentialité en béton armé et tout ce qu'il faudra pour étouffer cet incident dans l'heure qui suit.

– Putain, mais vous faites quoi ?! Arrêtez-vous, Tiger ! s'emballe Océane à l'arrière.

Elle bouge tellement, secouant le dossier de mon siège, qu'on pourrait s'encastrer lors d'un impact. Et pourtant, j'accélère, hors de moi, et lui souffle dans un calme trompeur :

– Tu ferais mieux de poser ce petit cul et d'attacher ta ceinture.

– NON ! Où m'emmenez-vous ? Et Sophia, on ne peut pas la laisser sur le trottoir comme ça !

Je fonce, mes phalanges cramponnées au volant.

– Attache-toi, bordel ! Et pour la dernière fois, ne me dicte plus jamais ma conduite, Océane !

Pied au plancher, je fends la nuit sur le bitume. Je grille des feux, slalome, roulant avec un seul but. Être ralenti par des flics n'est pas une option et pour les flashs, ce sera réglé. Je vais d'abord faire comprendre à ma passagère à quel point elle a dépassé les limites.

– En plus, il se la joue *Fast and Furious*, maintenant ! Je veux descendre ! s'entête-t-elle, les joues en feu, ses beaux yeux brillant d'adrénaline.

Très drôle !

J'augmente la vitesse.

– Tu descendras quand je l'aurai décidé, rétorqué-je.

Nouvelles secousses dans mon siège. Elle va causer un accident si elle continue. Le peu de flegme qu'il me reste se focalise sur la route.

– Non mais vous croyez quoi ?! Genre, vous avez un pouvoir absolu sur tout et tout le monde ? Je démissionne ! Vous m'entendez ? Je ne veux plus rien avoir à faire avec vous !

N'en sois pas si sûre, Blondinette…

Son laïus s'étire sur le trajet pendant que ma vitesse croissante m'enivre autant que ma réaction impulsive. Irrévérencieuse, fougueuse, miss Rousseau a réussi à me faire oublier mes principes de base. « Pas d'émotions vives en public, surtout pas de conneries pouvant mener à un scandale dans la presse, sur la Toile. »

Bon sang, en une soirée, elle vient de refourguer un boulot monstre à mes services de sécurité, de communication et juridiques ! Il va falloir du monde pour rectifier le tir.

Mais entre-temps… mes iris s'accrochent aux siens, mon pouls est en surrégime. Sa coiffure s'est défaite. Ses lèvres roses me jettent des noms d'oiseaux à la gueule. Et ses yeux de biche accentuent la fièvre dans mes veines.

– Appeler Carter, malgré ma mise en garde, était une erreur, lui dis-je posément.

Une maîtrise de moi en surface, qui a le don de l'énerver de plus belle.

– Et votre révélation juste avant, on en parle ? Kelly… La proposition indécente sous le nez de votre femme et tout. C'est surréaliste ! On dirait que vous êtes si habitué à toujours obtenir ce que vous voulez, à ne jamais essuyer de refus, que vous ne réalisez même pas quand c'est trop !

– Trop ? Arrête de jouer à la vierge outragée, il s'agit de sexe entre adultes consentants. Voire d'une transaction comme une autre. On sera tous gagnants.

– Tous ou vous seul ? Vous nous avez demandé notre avis, à Sophia et à moi ? Vous savez quel siècle on est, au moins ?

Avec un brin de sarcasme, je lui lance par-dessus mon épaule :

– Je connais par cœur les goûts et attentes de ma femme, merci de t'en soucier. Tu ne serais pas là si tu ne lui avais pas plu, si elle ne t'avait pas validée. C'est ainsi que fonctionnent certains couples au XXIe siècle et même bien avant…

Magnifique ! Maintenant, elle bugge, puis secoue la tête avec incrédulité.

– Ça signifie quoi, ça ?

– Trois adultes. De multiples possibilités… Tu veux un dessin ?

– J'hallucine ! Sophia en tire quoi ? À moins qu'elle soit… Merde, elle est bi ? Vous aviez prévu ça dès le départ ?

– À toi de lui poser la question. Je m'occupe de la part du deal qui me concerne. Tu…

– Non ! Je vous le répète, je ne suis pas à vendre ! Je suis libre et vous dis haut et fort : non, monsieur Sexton !

– OK.

– OK ? reprend-elle avec suspicion.

– Je n'ai jamais eu à forcer une femme pour l'avoir, cela ne risque pas de changer. Mais toi, serais-tu allée jusqu'à te taper Carter pour me prouver qu'on ne couchera pas ensemble ?

Elle souffle, fourrage dans sa crinière blonde. Perturbée par la tournure des évènements, elle me dévisage à travers le rétroviseur. Je prends un virage trop serré, le coup de volant la ballotte contre les parois. Cette tête de mule dédaigne toujours la ceinture.

– Attache-toi, je t'ai dit !

– Vous êtes dingue ! me crache-t-elle à la figure en abdiquant malgré elle. C'est quoi, le plan, maintenant ?

– T'empêcher de te fourrer dans les draps de ce p'tit con de Carter, pour commencer, lui réponds-je en m'engouffrant dans le parking souterrain.

– Vous ne trouvez pas ce rapt disproportionné par rapport à un banal petit coup de fil à Harry Carter ?

– Tout de suite les grands mots, ironisé-je. Je suis le méchant milliardaire qui enlève son innocente jeune fille au pair pour s'envoyer en l'air avec elle… même si elle prétend ne pas en avoir envie ?

– C'est la vérité ! Et. Je. N'en. Ai. Pas. Envie ! soutient-elle.

– Vraiment ? répliqué-je.

Je me tourne vers elle, mon regard se scotche au sien. Pupilles dilatées, souffle court, peau enfiévrée… On dirait que nous avons les mêmes symptômes. Non ?

– Je ne vous désire pas, Tiger Sexton.

– Ton corps me hurle le contraire, *sweetness*.

– Vous… Mais quelle enflure !

– Je ne te toucherai pas contre ta volonté. Je ne commettrai jamais une telle aberration, mais tu sais quoi ? Nous finirons à poil, en sueur toi et moi, encastrés l'un dans l'autre, lui promets-je avec nonchalance.

– N'importe quoi !

– Nous baiserons ensemble, *sweet Lily*. Non, *je te baiserai*. Parce qu'il y a cette étincelle… Tu la sens toi aussi. La seule différence entre nous réside dans le fait que moi, je suis direct. Je suis assez pragmatique pour l'admettre et tant qu'on n'aura pas assouvi ce désir, il ne cessera pas de gonfler. Toi, tu perds ton temps à nier l'évidence.

– Foutaises !

Je déverrouille la voiture, coupe le moteur. Ses doigts s'agrippent au cuir, elle entrouvre la portière.

– Ça y est ? Je peux me barrer ? se méfie-t-elle.

– Tu es libre. Tout comme… le genre de couple que je forme avec Sophia. Une sexualité libre, clairement assumée dans notre union.

– Mouais. Eh bien, faites ce qui vous chante, je ne suis pas une prostituée vouée à pimenter votre vie sexuelle.

Tremblante, elle pousse la porte et sort. Je quitte à mon tour le véhicule. Océane tourne sur elle-même, essayant de se repérer dans le parking quasi vide.

– Vous allez me rendre mon téléphone ?

– Non.

– Pourquoi ?

– Parce que tu as tendance à agir sur un coup de tête, rien que pour m'irriter. J'ai un empire, une réputation, de vrais combats, mon couple et notre style de vie à préserver.

Abasourdie, elle humecte ses lèvres. Celles-ci peinent à prononcer quoi que ce soit. Nous nous fixons longuement sous l'éclairage artificiel de ce huis clos.

– Vous faites ce que vous voulez. Moi, je ne suis pas à votre disposition. Je veux juste retrouver mon train-train d'avant, conclut-elle au bout d'un temps indéfini.

Je tâte ma poche de smoking, extrais une clé magnétique en avançant dans sa direction. Elle recule à chacun de mes pas. J'ébauche un rictus.

– Détends-toi, je ne vais pas te bouffer. Pas maintenant…

– Qu'est-ce que… Que comptez-vous faire alors ? Votre bouledogue m'a piqué ma pochette. Je n'ai pas un rond, pas de papiers sur moi et aucune idée de là où je suis, résume-t-elle, une pointe de peur dans la voix.

Je stoppe ma progression, brandis l'objet.

– Cette tour appartient à TS Naval. Je te laisse les clés, ma carte débloque l'ascenseur privé qui te mènera directement au penthouse. Tu y accéderas à ce dont tu as besoin pour cette nuit : réfléchir, manger, dormir, te changer… Une employée t'apportera ce que tu souhaites. Il suffit de demander.

Elle semble chercher d'autres options dans son joli petit crâne. Comment m'échapper, par exemple, ou comment se débrouiller seule dans une ville où elle ne connaît personne et sans rien sur elle hormis cette délicieuse robe ? Je patiente. La logique finit par l'emporter sur son tempérament indépendant, je crois. Ses sourcils se froncent et un je-ne-sais-quoi vacille dans ses prunelles. En tout cas, sa colère et ses appréhensions se muent en trouble.

– Océane, accorde-moi au moins ça. Quelques heures durant lesquelles on fera profil bas pour m'assurer de gérer nos débordements de ce soir et leurs probables conséquences demain.

– Sur votre image publique, vous voulez dire ! affirme-t-elle. Et moi ? Tout cela me tombe dessus, transforme mon séjour en une sorte de… Je ne trouve même pas de qualificatif ! Ce n'est pas pour ça que je suis venue en Australie. Vous comprenez, Tiger ?

Tiger. Mon prénom dans sa bouche ressemble à un aphrodisiaque. Pourquoi ça m'excite autant ? Parce qu'elle est la première femme de la vie courante à me tenir tête, à me résister ? Parce qu'elle possède tout ce qu'une Domina, une call-girl ou Sophia n'ont pas : un mélange de candeur qui résiste encore à mes suppositions, à mes solides a priori ; et de sensualité dont elle ne semble pourtant pas se rendre compte ? Ou parce que j'aime les défis, tout simplement ? Cette passion pour la victoire me motive dans les affaires, dans les rapports de force. Ce défi-là, plus intime, me tente à fond ! Les obstacles me feront encore moins freiner.

D'autant plus que toi, tu n'es pas aussi lisse que tu veux le faire croire, futur bourgeon…

– Je comprends mieux que tu ne l'imagines… me décidé-je enfin à ouvrir la trappe. En réalité, Océane, je sais ce qui t'a fait fuir la France. Ce n'est pas uniquement le goût de l'aventure, je me trompe ?

Son attitude se modifie instantanément. Ses yeux s'écarquillent. Elle déglutit, se replie sur elle-même, commence à pâlir.

– De quoi parlez-vous ?

– Je suis au courant, affirmé-je.

– Au courant de quoi exactement ? Que… savez-vous de…

De Victor, tu veux dire ? Tu n'arrives pas à prononcer son prénom ?

Règle d'or dans le monde du business, Blondinette : garder un coup d'avance, détenir un élément important sur l'adversaire avant de l'affronter pour pouvoir le déstabiliser au moment idéal. J'évite de m'engager un peu plus sur ce terrain pour l'instant et lui balance succinctement :

– Je rassemble les renseignements nécessaires sur mes employés. Obtenir ton visa à cette période précise tombait à pic, n'est-ce pas ? Avec ce Victor dans les parages… Sophia ignorait une partie cruciale de ton existence en t'embauchant. Heureusement, j'ai l'habitude de creuser de mon côté pour avoir toutes les cartes en main avant de jouer.

– Mon… passé n'est pas un jeu. Ça non plus, d'ailleurs, se braque-t-elle en nous désignant, elle et moi.

– Possible… Écoute, jeu ou pas, je ne t'imposerai rien. Je te laisse simplement examiner ma proposition, et ce que cela t'apporterait en retour. Ton véritable… ex – je suppose – est en liberté conditionnelle, selon mes sources… Voudra-t-il te contacter ou est-ce déjà fait ?

Elle se crispe. Sujet sensible ?

– Je… Non, on n'est plus en contact et ce n'est pas mon ex.

Je fronce les sourcils, attendant qu'elle m'en livre plus. Ce qu'elle ne semble pas disposée à faire.

– Bien, dis-je sans insister. Mais il se pourrait que tu aies besoin d'un allié puissant, vu ses antécédents. Je mettrais mes moyens et mes relations à ta disposition, y compris chez toi en France.

– C'est juste… Putain, je n'arrive pas à croire qu'on parle de ça, marmonne-t-elle, figée.

– Passons. Ces lieux sont à toi. Le choix t'appartient, Océane… Que ce soit concernant ton passé ou le présent. Et pour ma part, les choses sont très claires.

Sa respiration se détraque. Je tourne les talons, satisfait d'avoir avancé un pion auquel elle ne s'attendait pas. Transaction en cours, jolie distraction. Prêt à mettre les moyens pour atteindre mon but quand je convoite quelque chose.

Et là, je veux tes fesses dans mes paumes, mon sexe niché dans ta moiteur et ta bouche me scandant des « oui » à l'infini.

Je sens son observation en m'éloignant vers la voiture. Immobile, paumée, délicieuse.

– Tiger ? m'appelle-t-elle, d'une intonation différente.

Je m'arrête, pivote lentement. Elle paraît… confuse ? Acculée ? À un doigt de lâcher prise ?

– Oui ?

– À propos de… la France… Vous avez vraiment tout découvert ?

– Mon staff est efficace.

Elle se dandine, mal à l'aise.

– Victor ne m'avait pas… Non, rien, laissez tomber.

Je bute sur ce qu'elle a voulu dire. Seulement, à cet instant, difficile de me fier à mon détecteur de mensonges instinctif. Trop de phéromones dans l'air pour avoir une vision nette.

– Qu'allez-vous faire, alors ? s'empresse Océane. Sophia le sait aussi, maintenant ?

– Non. T'inquiète, ton secret est bien gardé. Sophia a le sien, n'en rajoutons pas. En plus, tu es un peu devenu le nôtre, maintenant.

Notre secret, enfin, l'un d'entre eux… Mon clin d'œil l'embarrasse davantage.

– Je ne t'importunerai pas de la nuit, assuré-je. Tu ne seras pas non plus livrée à toi-même à Melbourne. Quoi que tu décides, le jet te reconduira à Sydney demain. Je repasserai vers neuf heures trente, ça te va ?

Elle ne répond pas ; elle reste sonnée, je crois. Je marche jusqu'au véhicule, monte et démarre. Nos prunelles se soudent une ultime fois. Profondes, emplies de toutes nos dissimulations auxquelles s'additionneront peut-être des tas d'autres plus brûlantes… si elle cède.

Maintenant, je désire trop t'avoir comme mon dérivatif. Et mon corps pourrait être le tien si tu es telle que je l'ai présumé…

II

ET SI LE PREMIER VERROU SAUTAIT...

Un secret dévoilé peut fragiliser quand il met trop à découvert. Faut-il s'aventurer plus loin ou pas ? Aucune garantie sur ce qui arrivera… Juste cette avalanche de sensations teintées de crainte, de questionnements, d'excitation.

Putain, oui, une telle excitation !

17

Océane

D'interminables minutes plus tard, je suis toujours enracinée dans le sol bétonné du parking, sous les néons. Tiger est parti. Juste parti, après cette intervention musclée et imprévisible à la James Bond. Punaise, il m'a littéralement enlevée en pleine rue devant témoins, devant Sophia ! Smoking classe, assurance inébranlable. Il m'a entraînée à travers la ville pour me larguer ici !

Chez lui.

Pour enfoncer le clou, il a réussi à dénicher des infos sur mon passé peu glorieux. Celles que je pensais impossibles à déterrer.

Il aurait pu profiter davantage de la situation, mais il ne l'a pas fait. Je vois une unique explication à cela : ce qui intéresse un homme comme Tiger Sexton, c'est de reprendre le dessus. Il s'est rendu compte que c'était le cas ; Victor est la plus grosse bêtise de ma vie…

Et réaliser que mon employeur est au courant de ce qu'il s'est passé m'a désarmée. Mon cœur palpite, mes mains sont moites et mon esprit bat la campagne. Vers Paris, le passé. Puis l'Australie, et ce présent trouble.

Donc, désormais, Tiger me désire, le clame et l'assume. Sa femme est au courant. Et il sait tout sur mon autre vie. C'est la cata !

Mon insouciance affichée jusqu'à présent, ma fierté devant lui et ma joie de vivre se sont lamentablement crashées dans ses pupilles dilatées.

Venons-nous de prendre un tournant chelou dans notre pseudo-relation professionnelle ? Que se passera-t-il à partir de maintenant ?

Je suis nerveuse. Mes doigts tripotent la carte magnétique. Ai-je d'autres choix ce soir ? Mes pas me guident avec lenteur vers l'ascenseur. Très vite, le bouton PH s'illumine, l'appareil rouvre ses portes sur l'entrée luxueuse d'un appartement sur deux niveaux. Tableaux de peintres renommés accrochés aux murs, couleurs sobres et masculines. Du cuir, du bleu nuit, du noir, du chic épuré. Pas de fioritures. J'avance et découvre les dimensions vertigineuses des pièces, avec leurs gigantesques façades vitrées donnant sur Melbourne *by night*. Un chef-d'œuvre puant le fric, le pouvoir, la perfection.

Je suis dans l'un des antres de M. Sexton !

Est-ce que je veux voir ce piège de milliardaire se refermer sur moi ? Non. Peu importent les enjeux, demain, à neuf heures trente, il faudra que je me sauve de cette cage dorée. Il me ramène à Sydney et je mets un terme à mes engagements auprès de Sophia.

Voilà, résolution prise ! On va s'y tenir. Ou alors...

Non ! Tu t'y tiens, Océane !

***

Tiger

Je filtre, esquivant les appels privés et ne gérant que les urgences professionnelles. Je m'applique à ignorer les coups de fil plus insistants que les autres, presque autant que ceux de Sophia. Ceux de Murphy...

Pour l'heure, je n'ai aucune envie de palabrer. Trop de choses grouillent dans mon crâne ; j'augmente la musique et entame mon jogging matinal.

« Sweet Thing » de Mick Jagger dans mes conduits auditifs, mes foulées m'éloignent du Langham. Mes gars remplissent leurs fonctions à bonne distance. J'ai besoin de réfléchir, seul aux commandes.

Les vidéos visionnées des centaines de fois, la traque, la dernière piste suivie à Paris par mon équipe de mercenaires. Impossible de déloger tout ceci de mon crâne. Ça revient au centre de mes préoccupations...

Vers sept heures, je rentre en sueur et l'esprit plus clair pour gérer le quotidien. Les appels en absence se sont accumulés. J'abandonne les Stones pour contacter la conciergerie de la tour TS Naval, afin de donner quelques directives. Océane dort probablement. Sous *mes* draps, dans *mon* lit, ses cheveux soyeux éparpillés sur *mes* oreillers. À moins qu'elle ne soit en train de se prélasser sous *ma* douche, dans *ma* baignoire, nue, seule.

Je n'ai pas arrêté d'imaginer différents tableaux d'elle dans mon repaire. Là où je reçois habituellement d'autres types « d'invitées »... Pas pour somnoler, encore moins pour y laisser une femme sans compagnie. J'ai eu la nuit entière pour regretter ma décision spontanée, enfermé dans une suite d'hôtel impersonnelle. Avec vue sur mon fief, le gratte-ciel d'en face portant mes initiales. J'en ai grillé des clopes en scrutant les lumières allumées dans mon penthouse...

Entre l'enquête officieuse qui m'obnubile et Océane qui excite mes neurones pour d'autres raisons, impossible de dormir.

A-t-elle pensé à mon offre ? A-t-elle évalué l'option « plan cul contre ce qu'elle voudra » ? Ma petite allusion à son passé aura-t-elle suffi à la convaincre ? Je n'ai pas de certitude, juste ma détermination à l'étaler dans mon lit – cette fois-ci avec moi – et pour un certain laps de temps.

En faire une ou deux bouchées et passer à la prochaine récréation… Comme Sophia avec ses partenaires.

– Bonjour, monsieur Sexton, m'accueille le directeur de l'établissement lorsque je récupère ma carte à la réception. Notre gouvernante vous a-t-elle fourni tout ce dont vous aviez besoin ?

Mouais, ils ont respecté à la lettre ma liste. J'avais zéro bagage, il me fallait une tenue de sport complète, une de rechange, quelques effets de toilette spécifiques. Leur conciergerie a été à la hauteur, quelqu'un s'est démené pour effectuer mon shopping tardif en un temps record…

– Parfait, je vous remercie, réponds-je.

– Avec plaisir, monsieur Sexton. Et votre jogging a-t-il été agréable ? s'attarde-t-il.

Il faut qu'il me lâche, celui-là. Je comprends qu'il ait frétillé de me voir débarquer à l'improviste hier. Ayant mon point de chute personnel à Melbourne, les palaces de la ville n'ont pas l'habitude de me compter parmi leurs clients. Du coup, ce brave gars se plie en quatre dans l'espoir de me fidéliser. Peine perdue, c'était un cas de force majeure après avoir prêté mon antre à *une demoiselle pas vraiment en détresse*, le temps de la laisser digérer certaines choses.

J'expédie vite fait les courbettes du directeur. Je poursuis mon chemin, l'esprit accaparé par divers éléments. Le boulot. Sophia. Océane, le passé et le présent de chacun de nous… Le liftier m'ouvre et appuie sur le bouton de mon étage, silencieux, respectueux. Durant la montée, mes pensées bifurquent soudain sur un point précis. Mon bide se contracte. En improvisant hier soir, j'ai laissé Océane seule dans ma tanière. J'espère qu'elle ne fouinera pas trop et ne tiquera pas sur la chambre forte. De toute manière, elle n'y aura pas accès et ne restera pas longtemps dans nos pattes…

***

Océane

Il est huit heures du matin, je tourne en rond. Je n'ai pas pu dormir. Ce lieu est imprégné de Tiger, j'ai l'impression perturbante de sentir sa présence, même seule. Trop d'espace, manifestement l'appartement occupe l'intégralité du dernier étage de la tour. Plus un toit-terrasse à en avoir le vertige. Je retourne dans la chambre où j'ai traîné cette nuit. Sans doute celle de Tiger, car ses affaires y sont rangées. Avec sa salle de bains et son dressing attenants. D'autres pièces dans le même style chic viril se partagent les mètres carrés interminables. Toutes ont une porte coulissante, des vitres ou pas de cloison sauf celle à proximité de la chambre principale. Pourquoi son accès est verrouillé par une espèce de système de haute technologie ? Le genre de dinguerie avec scanner d'empreinte et tout.

C'est son bureau ? Avec des dossiers sensibles, un coffre-fort ? Ou une salle privée de riche tordu à la Christian Grey ?

Tu as lu trop de romances, ma pauvre ! Ce serait un peu cliché. Et ça craindrait pour tes fesses aussi !

Pour la dixième fois, je me plante devant cette forteresse impossible à ouvrir. Des trucs de valeur foisonnent partout : montres de prestige, chaussures et costards de créateurs. Les tableaux. Le mobilier. Tout doit coûter une véritable fortune et pourtant rien n'est fermé à clef. Excepté cette pièce. Pourquoi ? Pourrais-je moi aussi y débusquer des secrets sur lui et…

Et quoi ? Me sentir moins emmerdée qu'il ait si facilement découvert les miens ? Le faire chanter pour qu'il me fiche la paix ?

Arf, le manque de sommeil n'a rien arrangé ! J'ai la tête lourde et les idées embrouillées. Je repars dans la salle de bains. Une ribambelle de brosses à dents neuves aux couleurs pastel est rangée dans l'un des tiroirs. À qui sont-elles destinées ? Aux nanas qu'il se tape librement quand il n'est pas à la maison avec Sophia ? Je ne veux pas devenir l'une de ses poules de luxe qu'il méprise ou rejette ensuite. Comme Sophia. Même si elle porte une alliance et son patronyme en supplément… Pourquoi s'est-elle enfoncée dans une vie pareille ?

Ce genre de plans les rapproche ? Est-ce qu'il est allé la rejoindre après, avec cette… érection que j'ai du mal à oublier ? Pour la combler, elle ? Bon sang, je ne sais plus quoi penser !

Ils ont peut-être parlé de moi cette nuit. La seule clarté à présent, c'est que l'un des deux, voire les deux, veut « baiser » avec moi. Tiger a été direct.

« Nous baiserons ensemble. Non, je te baiserai… »

À qui pourrais-je raconter un truc aussi démentiel ? Je suis à la masse. Son regard intense et ses paroles crues n'ont pas quitté mes pensées.

Une transaction comme une autre… Tu me diras tes conditions et tout ce que tu veux en échange… Besoin d'un allié puissant…

Cette possibilité me trotte dans le crâne aussi. Quand j'ai témoigné contre lui, Victor a juré de me le faire payer un jour. Alors oui, j'ai paniqué lorsqu'on m'a dit qu'il allait bientôt être libéré. J'ai tout fait pour accélérer mes démarches pour mon visa. Quitter la France avant une inévitable confrontation.

J'aimerais pouvoir me convaincre que je suis une nouvelle version de moi-même, juste heureuse et libre de vivre mes rêves. Réussir ce matin encore à enfouir le passé si loin que même dans mes pensées, je n'y retourne plus. Mais Tiger vient d'en déterrer les racines. Mes craintes et mes regrets déferlent à nouveau…

Et puis il y a cette attraction sournoise qui naît entre nous. Malgré sa prétention et les mille et une raisons de l'éviter, il n'a pas tort : ce mec met mes sens en ébullition avec une odieuse facilité. Comment en viens-je à avoir autant envie de filer des baffes à quelqu'un, de l'envoyer valser alors que mon corps me trahit en sa présence, prêt à se liquéfier quand il s'approche un peu trop de moi ?

Pathétique, non ?

Il vaut mieux stopper ce saccage, le fonctionnement libertin du couple Sexton ne fera qu'empirer les choses.

Une sonnerie retentit, coupant court à mes réflexions. Affolée, je regarde l'heure.

Tiger avait dit neuf heures trente, il me semble. Il est trop tôt ! Et je ne ressemble à rien !

Pas besoin de miroir pour visualiser ma dégaine : robe de soirée froissée, maquillage brouillé en amas de taches moches, cheveux en bataille et pour l'haleine, n'en parlons même pas… La défaite ! Ça sonne à nouveau. Je ne suis pas mentalement opérationnelle pour affronter la gueule insolente de Monsieur Sex après une nuit agitée par sa faute. Ni pour lui aboyer sans défaillir qu'il ne m'aura pas.

Troisième sonnerie, panique à bord ! Je suis prise au dépourvu. Quatrième sonnerie. Je finis par percuter, cela provient de l'espèce de machin design ? Nom de Dieu, c'est le téléphone fixe !

Pourquoi tu te mets dans un tel état pour rien ?

Dépitée, je pars décrocher en inspirant. OK, je vais me ressaisir et me sortir de ce contrat alambiqué. Je souffle avec un léger regain de combativité :

– Allô ?

– Mademoiselle Rousseau ?

– Oui.

– Bonjour, je suis la responsable de la conciergerie. Je vous réveille ?

– N… non.

– Excusez-moi de vous déranger, mais M. Sexton tenait à ce que nous vous apportions le nécessaire à temps, m'explique la dame en ligne.

– Pardon ?

– Des affaires de rechange, du cosmétique et le petit déjeuner, mademoiselle.

Bien sûr. Le roi du contrôle veille à gérer chaque détail…

– Je vois. Eh bien… oui, très bonne idée, dis-je, reconnaissante malgré tout qu'il y ait pensé.

– Nous permettez-vous de monter maintenant ? demande l'employée.

– Bien sûr. Je vous remercie.

– Je vous en prie, mademoiselle Rousseau.

– À tout' alors.

Sur le point de raccrocher, je suis arrêtée par la voix de la nana :

– Attendez ! Vous voulez bien… actionner le bouton de déverrouillage, s'il vous plaît ?

– Quel bouton ?

– Celui qui autorise l'accès à l'ascenseur privé et aux deux derniers étages, mademoiselle. Il est situé à l'entrée. Aucun autre ascenseur de la tour ne peut monter au penthouse sinon.

J'avais raison, une vraie forteresse !

– D'accord… Voilà, bredouillé-je.

Cinq minutes plus tard, l'appartement est envahi par deux grooms et la femme avec laquelle j'ai échangé au téléphone. Le premier pousse un chariot compartimenté garni de nourritures sous cloche et boissons chaudes, jus de fruits divers pour un régiment. Ça sent divinement bon.

– La vache, je ne pourrai pas avaler le dixième de tout ceci !

Ils me sourient poliment. Tiger ne compte pas se joindre à moi, j'espère. Peut-être avec Sophia ? Nouvelle anxiété dans mon bide. S'ils se pointent à deux, il me faudra des munitions.

– Ce n'est que pour moi ? m'assuré-je avec appréhension.

– Oui. Ne vous en faites pas pour la quantité, m'enjoint la nana. M. Sexton ignorait vos préférences, alors il a prévu large et commandé un assortiment le plus étoffé possible. Si jamais il manque quoi que ce soit, je suis à votre service.

Un aperçu des matinées qu'il pourrait t'offrir si tu acceptais sa « transaction » spéciale ? Une vie de princesse pourrie gâtée. Et il prendrait quoi en échange, lui ?

J'opine sans commenter et me tourne vers le second type en livrée. Il tient un bouquet luxuriant de fleurs blanches, les mêmes que la dernière fois, dans un vase délicat. C'est une manie chez lui, ça aussi ? Des frémissements me parcourent quand mes yeux tombent sur la carte glissée dans la composition florale.

– Je vais déposer les produits, les chaussures et vêtements dans la chambre, ensuite nous vous laisserons tranquille, mademoiselle Rousseau, affirme l'employée de Tiger.

« Tranquille » ? Son patron vient de remettre mon esprit en effervescence en un claquement de doigts. Et il n'est même pas encore là. J'ai la bouche sèche et les observe s'exécuter en bons petits soldats. Il ordonne, tout le monde obéit. Et il en sait désormais plus sur moi que n'importe qui d'autre dans ce pays pour…

– Nous avons choisi L'Oréal pour les types de démaquillants et autres effets de toilette pour femme. Auriez-vous préféré une autre marque ? me questionne la concierge.

– Non, ça ira très bien. Merci.

Satisfaite, elle me sourit.

– Je vous en prie. Nous vous souhaitons une belle journée, mademoiselle Rousseau.

– De même, merci à vous, dis-je, pressée de retrouver un peu d'intimité pour m'occuper de mes émotions enchevêtrées.

Ils s'éclipsent. Les portes de l'ascenseur se verrouillent, je crois que mes jambes tiennent moins bien. J'ouvre la carte, l'écriture racée de Tiger annonce la couleur :

Hi, sweet Lily,
Tu as faim, j'espère. Engloutis tout ce qui te fait envie…
À tout à l'heure.
TS
P.-S. Au fait, mon lit t'a plu ?

Involontairement, un sourire germe aux coins de mes lèvres en l'imaginant en train de griffonner ces mots. Présomptueux à souhait. Une provocation de plus ; il cherche des claques ou quoi ? Il ne s'excuse pas, ne rétropédale pas, il fonce. Rien n'a changé, Tiger Sexton sait ce qu'il veut. Mon amusement s'évapore très vite. Mon estomac se noue. Je balance la carte. Ma faim a disparu. Je préfère me diriger vers la douche. Et y traînasser dans l'espoir d'éclaircir mes idées.

Ce n'est pas une vie pour toi, Océane. Le job de rêve n'est finalement qu'un subterfuge pour te dévergonder. Pas que je sois une sainte ou une petite naïve, mais bon…

À ma sortie, je m'enveloppe dans l'un des grands peignoirs doux. Ou est-ce plutôt son odeur qui m'enveloppe ? Dans ce décor viril raffiné, je ne peux m'empêcher de repenser encore à l'homme qui tente de m'alpaguer avec la complicité de sa femme. Me suis-je trompée à ce point sur Sophia ? Je découvre les paquets déposés dans la chambre. La taille, la pointure, le style, tout me correspond. Est-ce Sophia qui a donné mes mensurations à son mec ?

Putain, je ne sais plus comment les cerner ! J'enfile les sous-vêtements en dentelle, un combishort et des derbies. J'ai à ma disposition deux grandes trousses de maquillage flambant neuves, remplies des meilleurs accessoires et produits de beauté. Mais non, il ne faut pas alimenter davantage les fantasmes de luxure de Monsieur Control Freak. Je décide de dompter ma crinière et de rester naturelle.

J'ingurgite ma seconde tasse de cappuccino. Même le café dans l'univers du grand Sexton a un goût particulier. Cette ironie se bloque dans ma tête lorsque le léger tintement de l'ascenseur privé résonne. 9 h 29.

Il est là. Réglé comme une horloge suisse.

J'inspire longuement, ferme un instant les yeux et me retourne.

– Je crois que Bethany mérite une augmentation, déclare-t-il en me bouffant du regard.

Qui ?

Je plisse les yeux, déjà désarçonnée par cette entrée en matière. Il sourit en avançant. Tignasse coiffée-décoiffée, prunelles hypnotiques, barbe naissante, tee-shirt gris, veste de sport, jean brut, sneakers et l'air de sortir d'une pub Hugo Boss.

Nom de Dieu ! On devrait interdire aux riches imbus de leur propre petite personne comme lui d'être aussi torrides. Cela constitue trop d'armes entre leurs mains.

J'humecte mes lèvres, il les fixe. Je me concentre tant bien que mal et répète :

– Bethany ? Une augmentation ?

– La concierge. Pour avoir orchestré le délice que j'ai devant les yeux.

Son regard brûlant englobe ma silhouette, descendant jusqu'à mes pieds pour remonter se planter dans les miens.

Les fringues. Il parle de tes fringues, idiote !

– Oh… pas mal, ouais, dis-je dans un semblant de désinvolture. C'est joli et confortable.

– J'aurais utilisé d'autres qualificatifs, s'amuse-t-il.

Il avance. Je m'interdis de flancher. Moi qui croyais que ne pas me maquiller m'aiderait à ne pas avoir l'impression d'être un mets succulent sous son regard affamé. C'est râpé !

– Alors, délicieuse Lily, tu as bien dormi ? Bien mangé ?

Ni l'un ni l'autre. Ta vie est trop spéciale, trop intense, trop perturbante.

– Ça va, je te remercie. On… on y va ? me précipité-je en déposant ma tasse.

Il hausse un sourcil, s'arrête.

– Tu es si pressée de retourner à Sydney ? me questionne-t-il.

Surtout pressée de m'échapper de ta cage de fauve expérimenté.

– Oui… Pour retrouver mes potes, dis-je. Mes petites habitudes.

Ses mâchoires se crispent tandis qu'il enfonce les mains dans ses poches.

– Ta nouvelle routine d'avant ce job ou celle d'avant ton arrivée en Australie avec tes… *anciens potes* ?

La France, le passé reviennent flotter entre les lignes. Merde. Le moment est-il venu de m'étendre sur le sujet ? Je préférerais l'éviter. Sa voix rauque ne trahit aucune émotion, il réduit l'espace entre nous. Mes synapses galèrent. J'expire, il dévore encore mes lèvres du regard.

Non, je n'ai pas chaud. Il essaie de me déstabiliser, il n'y arrivera pas.

– Les habitudes que je prenais ici avant de vous rencontrer, chuchoté-je.

Il est calme, indéchiffrable, et effectue quelques pas supplémentaires.

– Noté, me répond-il. Alors je vais faire une chose que je ne fais pas d'habitude.

– Quoi ? Renoncer ?

– Te présenter des excuses, sweet Lily.

Hein ? Est-ce une énième stratégie pour m'embobiner ?

– Des excuses à propos de quoi, Tiger ?

– De… ça, déclare-t-il.

Il m'enlace et… Oh, purée ! La Terre sort brusquement de son axe. Son parfum grisant corrompt mon petit lopin vital, sa bouche avide s'empare de mon cri de stupeur. Il s'engouffre dans ma bouche, trouve ma langue dans un baiser indescriptible. Mon monde s'embrume, mes repères s'évanouissent, des sensations étrangères me remuent de l'intérieur.

Il m'embrasse comme si le monde entier était à ses pieds. Non, comme si moi – malgré les panneaux Stop et mon orgueil –, je pouvais kiffer de l'être aussi. Un baiser torride, impérieux, époustouflant. Le genre de fusion que je n'ai jamais connue jusqu'à cet instant. Mon cœur s'emballe, mon souffle meurt ; Tiger finit par dévier vers ma joue.

– Tu vois, my sweet flower, notre putain d'étincelle est toujours là. Tu te voiles encore la face ? susurre-t-il contre ma peau frémissante.

Comment nier ? Mon Dieu, oui, je la ressens ! La « putain d'étincelle », comme il dit. Je voudrais l'éteindre ou la fuir. Ça crépite entre nous. L'évidence me rive à lui. Son sex-appeal sur moi, ce désir incandescent dans ses iris, moi pas si expérimentée, à deux doigts de défaillir pour qu'il dévore encore mes lèvres, boive mon soupir et enivre ma langue. Ses mains glissent sur ma taille, ma tête me chuchote de reculer. Mais mes jambes, mon corps ne coopèrent pas.

– Si on ne se voit plus, elle disparaîtra, argué-je, désemparée.

– Tu crois ? Je pense plutôt qu'il faut reconsidérer l'alternative que je t'ai proposée… Tu obtiendras ce que tu me demanderas. Je suis ouvert à la négociation, Océane. Je suis ouvert à plein de possibilités.

Mes paumes touchent ses pectoraux. Punaise, il a une imperfection physique quelque part, ce gars ? Je m'efforce de le repousser et d'ôter mes mains de ses muscles avant d'agir bêtement.

– Je… je n'essaie pas de faire monter les enchères, Tiger. Ce n'est juste pas pour moi, même si ce qui s'est passé en France pourrait t'induire en erreur.

– Non, je ne fais pas d'amalgame… On en parlera en détail plus tard. Mais tu avais 16 ans, tu as eu le temps de grandir… Et ce n'est pas à cette Océane que je m'adresse. Je voulais simplement te notifier que j'avais ces données, me soutient-il.

De quoi me faire comprendre que tu me vois telle que j'ai été aussi. Une fille qui était sur une très mauvaise pente…

La manœuvre fonctionne, je me sens nulle. Son index se pose sur ma bouche au moment où je l'entrouvre pour émettre le seul mot que le bon sens m'ordonne, malgré ma honte. Un non.

– Nous ne serons pas seuls sur le vol du retour, me dit Tiger, rompant ce silence embarrassant. Je promets d'être aussi gentleman que possible. Réfléchis encore, jusqu'à Sydney. Et si tu me confirmes un non définitif, je respecterai ton choix. On est d'accord ?

Je fouille dans ses yeux bleus en quête de sincérité ou d'ancrage, j'en sais rien. La petite lueur indécente s'y loge toujours, tapie dans ses pupilles dilatées. Par contre, pour la première fois, son arrogance innée qui embrase mes nerfs a disparu. Comme si Tiger Sexton tombait l'une de ses multiples barrières dans ce penthouse, devant moi. Comme s'il ne me jugeait pas…

Ou alors son baiser et ses mots commencent à semer des illusions dans ton esprit. Et ça craint !

– OK ? réitère-t-il.

Au lieu de lui répondre, je demande avec hésitation :

– Qui d'autre sera dans le jet ? Sophia ?

– Non, elle est rentrée hier soir. Le pilote revient nous chercher. J'ai convié mon DAF ; je ne sais pas si tu l'as rencontré à la réception d'hier soir.

– Euh… non, je ne crois pas.

– Nous avons des éléments à étudier avant une réunion importante. Il va nous rejoindre. Donc toi et moi, nous nous retiendrons de faire un truc impulsif, me taquine-t-il avec un clin d'œil. N'est-ce pas, sweetness ?

– Comment pourrais-je ? rebondis-je. Je n'ai pas mon précieux téléphone pour appeler le beau Carter.

Au lieu de la réaction que je prévoyais, un sourire s'affiche sur son visage.

Il revient vers moi en extirpant quelque chose de sa poche. Mon portable ? Eh oui, c'est mon portable. Et il me le tend sans se démonter.

– Fais-toi plaisir, m'encourage-t-il d'une voix rocailleuse. Si tu préfères jouer dans la cour des petits, je ne t'en empêcherai plus. Je suis conscient de ce que je suis capable de t'offrir, comparé à Carter ou un autre. Sur n'importe quel plan, ma douce Lily.

Bouffée de chaleur impromptue…

Tiger tourne les talons. Sa tuerie de fessier me nargue sous son jean, et sa confiance en lui me scie. Ça y est, mon stupide corps émet des signaux de détresse sous la vague de canicule. Ça fait combien de temps que je ne me suis pas envoyée en l'air ?

18

Tiger

Ce baiser était supposé être un argument pour convaincre Océane de céder à la tentation. Une preuve déloyale de notre tension sexuelle, plus percutante que des mots. J'en subis les conséquences, maintenant ; sa saveur a excité mes papilles. J'en veux davantage, je la veux, elle.

Elle en a envie, j'en ai envie et nous sommes libres tous les deux d'explorer cette alchimie.

Depuis le décollage, mon regard cherche sans cesse le sien et s'égare sur ses lèvres roses. Elle s'est installée à l'opposé des fauteuils occupés par mon directeur financier et moi. En temps normal, j'aime qu'on me laisse mon espace. Pourtant, dans l'immédiat, l'idée d'un rapprochement avec la jolie Française me taraude. Parler acquisitions en étant constamment happé par cette délicieuse passagère est assez embêtant. Difficile de rester concentré ; nos prunelles s'accrochent, les siennes sont emplies de questions, de doutes. Je crois y apercevoir durant un instant fugace le reflet d'un désir similaire au mien. Puis elle détourne son regard sur son mobile.

Elle a honte de son passé et de certains de ses choix et actions ? Elle n'est pas la seule… C'est même mieux ainsi. Au moins, je sais qu'elle n'est pas toute clean, ce n'est pas une innocente demoiselle qu'on souillerait. Enfin, elle est moins candide que Sophia se l'imaginait en la voyant. Aucune des deux n'ayant toutes les cartes en main concernant l'autre, je reste maître du jeu. Car quelques verrous doivent rester fermés et sous protection : mes aspérités et celles de ma femme, qui dépassent de loin les dérapages d'adolescence d'Océane…

– Je finalise ça, poursuit John. Il ne manque plus que les parts de…

Je décroche… Que pense Blondinette ? L'ai-je brusquée ? Effrayée ? Que me dira-t-elle à l'arrivée ?

Je saisis mon téléphone en écoutant d'une oreille les avancées de mon DAF sur la mission que je lui ai confiée. Je n'arrive pas à détacher longtemps mes yeux de la nuque d'Océane qui m'a maintenant tourné le dos, pour ne plus me regarder. Ce fichu baiser m'obsède un petit peu trop. Il a attisé ma faim.

– Shanna m'a transféré des données confidentielles… m'explique toujours John.

Mon pouce vagabonde sur mon clavier.

– Je suis au courant. Tout doit être fin prêt au moment de l'annonce de l'OPA de Carter, affirmé-je.

– Absolument, je suis sur le coup. Vous pouvez compter sur moi. On a déjà…

Mon attention repart des chiffres sur la tablette de John à mon écran de téléphone, puis aux cheveux blonds de l'autre côté de mon avion. Et vice versa. Que peut-elle bien faire ? Surfer sur le Net ? Vérifier ses e-mails et réseaux sociaux pour prendre le pouls de ce qu'il se passe à Sydney ou en France ? Voir si certaines choses la rattrapent ? Ou joindre ce petit crétin de Harry Carter ?

En plein milieu de l'angle d'attaque que me pond mon employé, je commence à rédiger un SMS.

[Faveur n°1 : maintenant, tu as l'autorisation
de m'envoyer des aubergines.]

Je presse sur la touche d'envoi. Le signal de réception de mon message retentit dans la main d'Océane. Trois secondes après, son minois tout rose pivote dans ma direction. Je perds le fil de la stratégie étayée par John. J'attends la réponse.

[Remballez votre « faveur » et concentrez-vous
sur votre réunion, monsieur Sexton. En plus,
je ne vois pas du tout de quoi vous parlez.]

Je prends un verre d'eau et masque mon amusement derrière. Elle a de la repartie, la délicieuse tentation.

– Tout va s'accélérer cette semaine, se réjouit John en se méprenant sur ma réaction.

Ce n'est pas la perspective de défoncer l'héritier des Carter qui hérisse mes duvets lorsque mes yeux s'accrochent à nouveau à ceux de l'objet de ma distraction.

Je ponctue machinalement les propos de mon directeur financier avec des « hum, je vois… ». Mon doigt flirte avec l'écran digital. Océane gigote, je sais qu'elle sent cette fournaise qui dérègle la température dans le jet. Ma convoitise se ravive. J'écris :

[Vraiment ? Tu ne saurais pas non plus quel
est l'équivalent féminin d'une aubergine ?]

Elle étouffe un petit rire. C'est foutu pour la discrétion car John cesse son speech et tourne la tête vers Blondinette. Grillés ! Et je m'en contrebalance tant que j'arrive à la faire entrer dans mon jeu. Mais Océane évite scrupuleusement de croiser mon regard. Alors je persiste en sélectionnant les émojis appropriés, suivis de points d'interrogation.

Un avocat ? Une noix de coco ? Un pot de miel ? Une pêche ? Ça donne terriblement faim, tout ça.

Sa réponse tarde à venir. J'essaie de me remettre dans le bain des finances et expose brièvement mon point de vue à John. Jusqu'aux nouvelles vibrations dans mon mobile.

[Très gentleman ! En quoi cette question cruciale
serait-elle utile pour votre réunion ?]

Je souris sous l'œil déconcerté de mon pro des chiffres assis en face de moi et réponds :

[Je deviens plus productif quand je suis
sexuellement satisfait. Tu devrais essayer…
Je te montre ?]

– Mademoiselle, messieurs, le vol touche à sa fin, nous interrompt la voix de mon pilote. Nous atterrirons dans quelques minutes à l'aéroport Kingsford-Smith de Sydney. Le ciel est dégagé, la température extérieure est de vingt-trois degrés Celsius.

Océane range son Smartphone. Le dossier de son fauteuil et sa crinière dorée masquent son visage. Merde, risque-t-elle de prendre la fuite maintenant ?

***

Océane

En une heure et vingt-cinq minutes, nous sommes à Sydney. Ma décision est prise. Enfin, je crois…

Évidemment, Tiger m'a dézingué les neurones et la libido durant tout le vol. Et monsieur a un putain d'humour, en plus ! Qui aurait pu deviner ça ? Je suis ballottée entre mes principes, mon besoin de redorer mon image dans ma propre opinion et cette alchimie sexuelle qui dévaste mes repères. J'ai sorti à Tiger un « non » pour le moins convaincant tout à l'heure à Melbourne. Je le sais et je me demande maintenant ce qui pèse autant dans la balance et me fait osciller.

Sa thune ? Je ne suis pas une nana vénale, mais on ne peut pas faire comme s'il ne puait pas le fric !

Son physique ? Je ne suis pas si superficielle d'habitude, mais quand on le mate, qui resterait parfaitement insensible à ça ?

Son sex-appeal ? Son regard brûlant sur moi ? Son assurance inébranlable ?

Merde, non, je sais ce qu'il me reste à faire ! J'inspire longuement en traversant le Tarmac. Tiger parle encore boulot avec son collaborateur ou je ne sais plus quoi. Mais il ne cesse de me chercher des yeux avec un air énigmatique. Son échange avec le dénommé John Parker s'achève par une poignée de main très pro. Ce dernier prend congé pour aller récupérer sa voiture au parking de l'aéroport. Tandis qu'une des Bentley bien reconnaissables de l'écurie Sexton nous attend à la sortie. Nous sommes à nouveau seuls. Ce serait une mauvaise idée de monter avec lui, mais mes affaires et mes papiers sont chez les Sexton.

Par ailleurs, je veux avoir une discussion avec Sophia avant de lui présenter ma démission. Oui, il vaut mieux refuser l'offre de ce tentateur et m'en éloigner aussi vite que possible. Je me tourne vers lui en me répétant cette décision mûrement réfléchie. Nos regards s'accrochent, le sien se plisse pour me scruter.

Dis-lui. Te dégonfle pas.

– Tiger, je… Ce que tu me proposes me fait peur. Je préfère… Non, je *dois*, je… *choisis* de refuser.

Il se rapproche, les yeux rivés aux miens. Je ne nie plus l'attirance entre nous, néanmoins je ne veux pas y succomber. Pour mon propre bien. On est à la vue de tous, n'importe qui pourrait le reconnaître et saisir l'occasion pour voler un cliché ou deux. Il le sait. Je ne souhaite pas me retrouver placardée dans les tabloïds. Lui non plus, je crois. Il ne me touche pas, mais son souffle et ses prunelles le font.

– J'arrête, je renonce au contrat. Je vais en informer Sophia.

– Je vois… J'ai un rendez-vous crucial, je ne peux pas le décaler. Tu veux bien attendre mon retour avant de t'en aller de chez nous ? marchande-t-il.

Muette, j'essaie de cacher mon trouble. Je suis tiraillée entre ces sensations inouïes et ma raison. Il vérifie l'heure sur sa montre, puis fourrage dans ses cheveux.

– Dînons ensemble, un repas d'au revoir pour rendre ton départ moins abrupt.

Pour qui ? Pour Sophia ? Je ne comprends pas vraiment, captivée malgré moi par la longue pénétration visuelle.

– Dis-moi oui, Océane. Au moins pour ça.

– OK… Pourquoi pas, me surprends-je à lui concéder.

– Bien. À ce soir. Le chauffeur va te ramener, décide-t-il en reculant légèrement.

Je suis un peu dans un état second lorsque je monte dans la Bentley. On referme la portière sur moi. Tiger reste debout, les mains dans les poches, et m'observe à travers la vitre. Le véhicule démarre et s'éloigne sous son regard indéchiffrable.

Tu as fait ce qu'il fallait, Océane. Partir est une décision raisonnable. Parce que la nouvelle version de toi ne veut pas s'embourber encore pour ou à cause d'un mec…

Alors pourquoi je ne me sens pas juste heureuse de retrouver bientôt mes points d'ancrage habituels ? Pourquoi ressens-je une espèce de frustration inavouable au fond de moi ? Seule sur la banquette arrière, je ne réussis pas à admirer le paysage avec sérénité. Je tripote mon portable, hésitant à effacer les SMS échangés avec Tiger. Pour tourner cette courte page et faire comme si sa proposition indécente, notre baiser, tout cela n'avait jamais existé. Pourtant, durant tout le trajet, d'autres scénarios parasitent ma tête remplie de « et si… ».

Non ! Je ne regrette pas d'avoir refusé. Je dois m'en persuader.

Le majordome m'accueille à l'entrée de la demeure majestueuse des Sexton.

– Bonjour, mademoiselle Rousseau. Ravi de vous revoir. Votre séjour à Melbourne s'est-il bien déroulé ?

– À peu près, oui, je vous remercie, dis-je en regardant autour de moi. En fait, je suis venue récupérer mes affaires. Je m'en vais.

– Oh… navré de l'entendre, mademoiselle.

C'est bien la première fois que cet homme si droit dans ses pompes me semble désarçonné. Est-ce de la surprise ou autre chose ? A-t-il la moindre idée de ce qui se tramait avec mon arrivée sous ce toit ?

Non, laisse tomber, focus sur ton départ.

– Mais il faut d'abord… Où puis-je trouver Sophia ? me ressaisis-je.

– Mme Sexton est… Elle s'est absentée.

C'est moi ou il a hésité ?

Non, elle peut aussi être en plein shopping ou dans l'un de ses restaurants, en train de gérer son business comme si de rien n'était, à l'instar de Tiger. Un couple qui amasse de la thune, qui paraît intimidant et inaccessible à l'extérieur, et qui se lâche en privé en engageant des jouets sexuels humains…

Mais pourquoi Peter me semble… mal à l'aise ? Il se doute de quelque chose, je suppose. Ou alors Sophia m'évite et fait mentir ce brave homme ? Non, ça n'a pas de sens puisque c'est elle qui m'a « choisie ». Donc a priori son sex-symbol de mec et elle assument tous les deux leur intimité débridée et atypique. Son mari a dû la briefer sur ses dernières heures sans elle à Melbourne, et elle sait que je connais désormais leurs intentions à propos de mon embauche.

Ouais. Donc, j'irai vérifier dans l'aile de Sophia si elle s'y planque, juste au cas où. Sinon je l'appellerai. De toute manière, on doit avoir une mise au point finale, elle et moi, avant que je ne quitte cette maison.

– En attendant le retour de Mme Sexton, si je peux faire quoi que ce soit pour vous, n'hésitez pas, mademoiselle Rousseau, me propose le majordome.

– Merci, ça ira, Peter. Je vais… rassembler mes effets personnels. De toute façon, Sophia sera là pour le dîner, non ? Je patienterai.

Peter hoche poliment la tête. Je monte directement dans la chambre qui m'a été attribuée. Par quoi commencer ? Déjà, je dois me dégoter un nouvel endroit où habiter et me remettre à chercher du taf. Louane m'avait promis de m'héberger à nouveau dans leur colocation en cas de besoin. Je lui envoie un texto pour l'informer que je vais avoir provisoirement besoin de son aide. Je reçois aussitôt sa réponse :

[Bien sûr, bichette, on s'arrangera.
Il s'est passé quoi avec
ta super famille d'accueil ?]

Si seulement tu savais de quelle « famille d'accueil » il s'agit. Et ce qu'ils veulent de moi…

Je réfléchis à la réponse à donner à Louane quand j'entends soudain du bruit dans le couloir. Je tends l'oreille, pose mon téléphone et entrebâille la porte. Cette voix ? Punaise, c'est Sophia ! Elle était bel et bien là ou vient-elle de rentrer ? J'ouvre un peu plus, prête à l'affronter.

Mais à qui s'adresse-t-elle ? Tiger ? Non, je ne perçois que sa voix à elle. Et… un truc cloche. Son intonation est bizarre, on dirait qu'elle récite un poème ou un truc du genre, en anglais. Je l'entends prononcer :

– « … Car je suis spécial(e). Je suis pur(e) dans ma foi.

Je sers avec bonheur et dévouement les Élus de notre temple.

J'attends passionnément le jour de l'Ascension, celui de notre Envol final.

Je ne vis que pour cela.

Je fleuris, je m'investis, je me donne pour ce Privilège ultime.

Pour les miens, ma véritable Famille, pour Alpha et Oméga.

À chaque instant. À l'écart des graines impures… »

Paumée, je ne suis pas sûre de ma traduction. Sophia passe soudainement de l'anglais à une langue qui m'est inconnue. La même que celle qu'elle avait employée au téléphone une fois. Intriguée, je sors et l'aperçois. Elle est… Punaise, elle est en lingerie, seins et pieds nus, cheveux lâchés. Mes yeux parcourent son anatomie exposée, se figent un instant sur le tatouage dévoilé par son string. D'habitude, c'est un peu plus caché sous ses autres sous-vêtements. Un serpent entourant une pomme rouge sur une fesse, et un lys avec un chiffre romain sur l'autre… Comme une espèce de… de marquage ? Non, j'ai trop d'imagination, c'est probablement un tatouage à l'encre blanche ? Pourtant, l'aspect est spécial, différent… Boursouflé comme une brûlure ? Sophia continue de débiter je ne sais quoi à je ne sais qui, d'une voix monocorde. Encore une poésie ? La même ? Autre chose ?

Face à ces énigmes inattendues, je dévisage le motif gravé sur sa peau en déglutissant.

Que signifie ce truc ? Que raconte-t-elle ? Et à qui ?

– Bonjour, Sophia, je voulais justement te…

Elle se retourne ; la suite de mes mots meurt dans ma bouche. Elle n'a pas l'air dans son assiette. Ses paupières tiennent à peine ouvertes. Elle a un air fatigué, absent. Déconcertée, j'avance.

– Sophia ?

– Ma sœur, te voilà ! Où est Ty ?

– Il… il avait un rendez-vous. Écoute, je voulais t'annoncer que…

Elle sourit sans raison apparente en s'approchant et me coupe au milieu de ma phrase.

– Ça y est, tu es de ma famille ? Il accepte que tu sois ma sœur ?

– Co… comment ça ?

Elle soupire, marmonne des trucs dans l'espèce de charabia qui revient. Putain, elle plane ? Et moi, je bloque.

– Est-ce que vous avez déjà… s'enquiert Sophia. Lui et toi, toute la nuit…

Est-elle assez lucide pour ce genre de discussion ?

– Non. Non, je n'ai pas couché avec ton époux, réponds-je. J'ai refu…

– Le sexe prendra une autre dimension, m'interrompt-elle en fermant les yeux. Et puis, mon Ty baise comme un… Mais je dois t'initier… murmure Sophia comme si elle s'adressait plus à elle-même qu'à moi.

Ses propos sont décousus, je ne suis pas certaine de comprendre. Elle n'est définitivement pas dans son état normal. Ou c'est un signal d'alarme pour que je me barre d'ici.

Je bats des cils, m'efforce de revenir à mon ressenti initial, ma démission prévue et la manière dont je me sens dupée par leur « hospitalité ». Sophia m'a appâtée pour me mettre ensuite dans leur lit, voilà la seule vérité. Cette pensée ravive une nouvelle colère en moi, dirigée cette fois-ci contre elle.

– Non, Sophia. Je veux…

– …

C'est reparti pour son monologue incompréhensible dans cette espèce de langue étrange. Je m'emmêle mentalement les pinceaux lorsqu'elle s'approche davantage. Elle est suffisamment près maintenant pour noter à quel point ses paupières ne tiennent plus ; celles-ci papillonnent sur son regard embrumé. Elle sent le vin. Et je ne détecte ni téléphone ni kit mains libres. Parlait-elle toute seule ? Elle lève vers moi ses doigts à la manucure impeccable, je me crispe, elle me caresse la joue.

– Sophia… Est-ce que tu as bu ? Ou pris quelque chose ?

Elle sourit, son visage rejoint le mien.

– Peut-être, me susurre-t-elle. Ou pas… Tu as envie de lui, toi aussi, n'est-ce pas ? Tu as son goût sur la langue ?

Ses lèvres se rapprochent. Je recule, secoue la tête.

– Non. C'est ce que j'essaie de te dire, je refuse votre…

– Non ? répète-t-elle d'un ton à mi-chemin entre l'incrédulité et une gaieté déroutante. Tu ne le désires pas ? Tu ne veux pas être ma sœur ?

Punaise, elle délire ! Elle fait forcément un bad trip !

– Sophia, je crois que tu es bourrée ou peut-être… droguée ?

– Je vais te confier un petit secret, ma chérie… reprend-elle faiblement, complètement à l'ouest. Ty a envie de te baiser, il va nous…

– Oh, seigneur ! Madame ? s'exclame soudain quelqu'un dans l'escalier.

Une domestique apparaît, coupant court à cette conversation hallucinante. Elle appelle le majordome et s'empresse de détacher son tablier pour couvrir avec maladresse sa patronne. Cette dernière rigole en refusant son aide.

– Tu as vu, ma sœurette ? Notre homme n'a rien d'un saint, mais il s'est entouré d'une bande de prudes, se marre Sophia.

– Madame Sexton, venez avec moi, je vous conduis dans la…

– Lâchez-moi ! Retournez donc aux fourneaux… Oh, voici ce bon vieux Peter à la rescousse. Détends-toi, mon cher, tu es tout rouge.

Sophia pouffe. Je vis la scène comme si tout cela était irréel, insensé, incompréhensible. Qu'est-ce qui lui arrive, bon sang ? On nage en plein délire, je ne reconnais plus la femme sophistiquée qui m'avait au préalable fait complexer. On dirait une Sophia différente de celle de tous les jours. Elle ne m'écoute pas vraiment lorsque je lui demande ce qu'elle a.

Le majordome est plus rigide que jamais. Mâchoires serrées, il disparaît très vite dans une pièce et se pointe avec un peignoir. Après plusieurs tentatives et les bla-bla inintelligibles de la maîtresse de maison, Peter l'enveloppe enfin dans le vêtement et ordonne à Mary, l'autre employée embarrassée :

– Appelle M. Sexton ! Immédiatement !

Sous mes yeux ébahis, il embarque une Sophia récalcitrante en direction de la chambre. Ils me laissent sonnée, clouée sur place. De multiples questions fusent dans ma caboche.

Bordel, c'était quoi, ça ? Il se passe quoi dans cette baraque ? À quoi est dû ce changement brutal ?

Vivre avec Tiger aurait-il « abîmé » sa femme, à force ? Ou est-ce qu'elle est alcoolo ou junky et c'est lui qui fait tout pour s'en accommoder ?

19

Tiger

– Monsieur Sexton, c'est Mary. Madame a… Mon Dieu… Madame est… C'est Peter qui m'a demandé de vous appeler… Je ne voulais pas vous… Mais…

Mes phalanges se raidissent sur le téléphone, je lève l'autre index pour indiquer que je prends une pause. Je me redresse en tentant de garder mon calme et ordonne doucement :

– Mary, respire. Et explique-moi plus clairement ce qu'il y a.

– Oui. Oui, monsieur, se reprend plus ou moins mon interlocutrice.

Son souffle se régule dans mon oreille. J'insiste :

– Il y a un souci avec ma femme ?

– Oui, monsieur. Je crois qu'elle… ne va pas bien. Elle a…

Mary commence à me raconter en masquant mal sa gêne. L'inquiétude germe lentement dans mes entrailles.

– Où est-elle ?

– À l'étage avec Peter et Mlle Rousseau.

Merde, Océane !

– Notre invitée a assisté à la scène ?

– Il me semble, monsieur.

– OK. Tu vas raccrocher, te ressaisir et t'assurer de ne pas laisser Océane seule avec Sophia. J'arrive.

– Très bien, monsieur Sexton.

Tendu, je pars récupérer mon jean, l'enfile rapidement.

– Vous partez ? On n'a pas fini de…

– On va devoir écourter, doc, statué-je en attrapant mon tee-shirt.

– Mais cela fait plusieurs semaines que je ne vous ai pas…

– Je sais, le coupé-je, quasi prêt, je n'ai plus que mes chaussettes et mes sneakers à remettre. Je vous recontacterai. C'est terminé pour aujourd'hui.

Je n'attends pas de bla-bla superflus, je suis déjà en train de demander au téléphone à mon chauffeur de se préparer. Je chope ma veste et me dirige vers la porte. J'ai échangé un dernier texto avec Sophia en me rendant à ce rendez-vous. Je n'ai rien senti d'inhabituel dans notre bref échange. Une pointe de culpabilité me tenaille en y repensant : j'aurais pu le découvrir en l'ayant de vive voix. J'aurais dû l'appeler avant de commencer !

Et, bordel, il y a Océane !

Comment influer sur son choix, l'encourager à rester après ça ? Les nerfs en pelote et l'esprit en surchauffe, je grimpe dans la bagnole. Nous roulons vite, mais pas assez selon moi. Malgré la fluidité de la circulation, ma patience s'effrite. J'ai confiance en Peter pour maîtriser du mieux possible cette urgence, en attendant.

Seulement, c'est à moi de… Argh !

Je comprime mon téléphone. Il ne m'est d'aucune utilité si mon majordome est occupé et Sophia pas en état de me parler. Je déteste cette inactivité, cette sensation d'impuissance sur ce fichu trajet ! Comme ce jour-là…

Mes poings se serrent, mes mâchoires, idem. Sophia, qu'est-ce que tu as encore fichu ? Compter les secondes et envisager des hypothèses ne fait qu'augmenter mon anxiété.

Nous atteignons ma propriété sur les chapeaux de roue. À peine la voiture garée, je bondis et cours les quelques mètres interminables, grimpe les marches d'escalier, maudis la succession de pièces conduisant à la chambre de Sophia. Dans le couloir, je tombe nez à nez avec… la gouvernante.

Et Blondinette. Manifestement perturbée. Il y a de quoi…

Mes poings se ferment, mes pensées se bousculent. Nos regards s'arriment, elle devine ma question avant que je ne la pose.

– Elle… elle est dans l'autre aile. Dans ta chambre, je crois. Peter ne voulait pas que je les accompagne.

– Merci, dis-je simplement en rebroussant chemin.

Je prends la direction opposée sans perdre une minute. Nous discuterons plus tard, Sophia est la priorité dans l'immédiat. Je m'active, pousse ma porte et découvre celle-ci par-dessus la couette. Elle est emmitouflée dans un peignoir, pressant un de mes oreillers contre elle tel un doudou. Mes yeux s'arrêtent sur Peter qui me chuchote :

– Elle a vomi et elle commence à somnoler, j'ai appelé les docteurs Murphy et McDouglas. Ils ne vont pas tarder.

OK. Bon réflexe de la part de Peter.

– Elle a bu ?

– Oui, je crois. Mary lui avait monté une bouteille ou deux de chardonnay.

– Et quelqu'un a vérifié son armoire à pharmacie ?

– Non, monsieur. Je suis navré, j'ai dû m'occuper d'abord de…

– Ce n'est pas un reproche, Peter. Je vous remercie. Laissez-nous seuls, maintenant, et allez inspecter sa chambre, le stock de cachets, le dernier sac à main qu'elle a utilisé, si elle a laissé un mot, etc. Comme d'hab. Je veux savoir quoi et combien elle en a gobé.

– Bien, monsieur.

Je m'assois dans le lit et touche Sophia.

– Hey, c'est moi, Tiger. Je suis là.

– Oh, mon amour, marmonne-t-elle, les paupières lourdes. T'es là ?

– Oui. Regarde-moi, Sophia, lui dis-je en lui caressant les cheveux.

– Je suis fatiguée… J'ai été un bon Lys, j'ai été bonne, hein ?

– Sophia, est-ce que tu as repris du Xanax ?

Je crois qu'elle hoche la tête. Je note mentalement : pilules + alcool. Mais qu'est-ce que tu as foutu, putain ? Pourquoi ? À cause de la prise de bec avec l'ex de Kelly ? De la tournure qu'a prise l'introduction d'une troisième personne dans notre couple ? Non, Océane, c'était son idée, bordel ! Je ne lui aurais jamais proposé ce genre de plan moi-même. Me taper des extras quand je ne pouvais plus m'abstenir de craquer m'allait très bien.

– Tu avais remonté la pente, Sophia… Pourquoi tu as fait ça ?

Vaseuse, elle parvient à ouvrir brièvement les yeux. Je la secoue, elle grommelle :

– Toi. Je… je veux ma couronne de fleurs, et je te veux toi, Ty… Toi et moi…

Elle ne termine pas, n'a plus aucune énergie.

– Non, non, non, regarde-moi ! Sophia ?! Sophia !

Son Morphée artificiel l'attire dans les brumes. J'extirpe mon téléphone pour aboyer à tour de rôle à chacun des deux médecins combien ça urge. Mon toubib attitré n'a pratiquement aucun contact avec mon épouse, ce sont deux volets très différents. Et l'ordonnance ne peut pas venir de l'un des spécialistes qui suivent Sophia, j'aurais été mis au courant s'il avait fallu lui prescrire encore quoi que ce soit de cette nature. Elle n'est plus sous antidépresseur depuis un moment. Quelqu'un d'autre lui en a-t-il fourni ? Ça me…

Arf, je dois réfléchir !

Je ronge mon frein en surveillant l'état de Sophia. Les minutes s'accumulent. L'heure tourne. Finalement, ses docteurs se pointent l'un à la suite de l'autre. Le médecin de confiance privé de Sophia pour effectuer un lavage d'estomac et s'assurer qu'elle est hors de danger, et le psy qui montera la garde ici durant vingt-quatre heures. Par précaution.

Groggy, je sors de la chambre. Avec le besoin de m'enivrer aussi, pour ensevelir cette remontée brutale d'anciens démons sous des flots et des flots de whisky. À 18 ans, quand on s'est mariés, je pensais la réparer, pouvoir tout gérer tel un preux chevalier à la noix !

Me voilà, onze ans plus tard, à suffoquer et à me demander si tout cela en valait le coup…

J'investis ma salle de projection privée, l'une de mes meilleures bouteilles en main, et je m'enferme, seul avec moi-même. Pas de film sur l'écran de cinéma ou de vidéos que je n'ai cessé d'examiner sous toutes les coutures durant ces dernières années. Pas de son. Uniquement l'obscurité, le calme plat et des sièges vides autour de moi.

Ma putain de réalité : tout posséder et contempler mes choix et ma solitude au sommet.

Je penche la tête en arrière pour avaler une rasade au goulot. Malheureusement, je tiens plutôt bien l'alcool et je n'ai pas réellement envie de me saouler. Ce serait une autre forme de perte de contrôle, indigne d'un Sexton. Mon esprit s'égare vers les responsabilités que requiert cet héritage, la maturité qu'il a fallu chercher en moi pour prendre la relève de mon paternel. Puis je repense à ce que réclame mon épouse. Un chaos fait d'ambiguïtés et de devoirs, de luttes acharnées et de réputation, de traques en cachette et d'objectifs à atteindre lamine ma cervelle.

Je descends une seconde gorgée. Je peux presque les sentir encore… les doigts d'Ève s'agrippant désespérément aux miens. Même si je suis encore à ce jour incapable de mesurer son niveau de souffrance et de déception à ce moment-là. Le séisme émotionnel qui la bouleversait me fait à nouveau rager intérieurement.

Putain, si seulement !

J'avale une autre longue rasade d'alcool, percuté de plein fouet par une déferlante d'images. Elles défoncent mes boucliers, envahissent la salle de projection.

Ça devient rude, trop rude…

20

Océane

Les cent pas, je ne fais que ça depuis la scène avec Sophia. La cuisinière m'a collée aux basques toute la matinée. Avec un excès de gentillesse et sa foutue dévotion aux Sexton, comme les autres ! On ne répond pas ou très vaguement à mes questions.

Qu'est-ce qui me retient encore ici, bordel ?

Je devrais me barrer, mais la vérité, c'est que je m'inquiète quand même pour Sophia. Et je ne comprends pas ce qui lui arrive. Au bout d'un moment, j'en ai ras le bol d'être maintenue dans le flou. Devant un ridicule smoothie maison dans la cuisine, loin du sulfureux duo.

Je ne veux pas être dorlotée, je ne veux pas de leurs sourires embarrassés pour éviter de parler de la maîtresse des lieux. Tiger n'est pas revenu me parler ; est-ce parce que c'est grave ?

Si c'était le cas, ils l'auraient conduite aux urgences, non ? Et surtout, qu'est-ce qu'elle a, au juste ? On ne disjoncte pas comme ça du jour au lendemain ; alors ce n'est pas nouveau ? Ils savent tous dans cette baraque ? Je pose le verre de smoothie sans y avoir goûté.

– Oh, vous n'aimez pas ? Vous avez besoin d'autre chose, mademoiselle ? s'empresse Mary.

– Non, merci. Je n'ai ni soif ni faim.

Le majordome devient moins imperturbable un instant, je le fixe droit dans les yeux. Nous trois dans cette grande cuisine, cette espèce d'omerta, c'est du n'importe quoi ! Personne n'est dupe.

– Je monte, Peter.

– Bien entendu, mademoiselle, abdique ce brave homme muet comme une tombe sur les secrets de ses maîtres. L'aile de Mme Sexton est aussi la vôtre, affirme-t-il.

Une manière polie et subtile de me rappeler l'interdiction d'accéder à l'autre partie du royaume réservée à Tiger. Là où lui, elle et leurs « blouses blanches personnelles » se planquent depuis une éternité ? Bah voyons !

– Mouais, confirmé-je sans en rajouter.

À quoi bon ? Mes pas me guident à l'étage. À gauche, les appartements désertés de Sophia. Je me dirige à droite, dans « la cité interdite ». Plus rien à battre des règles ! J'estime que Tiger a perdu ce pouvoir à la seconde où son érection s'est collée contre moi et que sa langue s'est introduite dans ma bouche ! Où qu'il se terre, je vais le débusquer puisque sa complice n'est pas en état de m'écouter !

Je pousse les portes l'une après l'autre. Mon cœur commence à battre la chamade à chaque découverte. Pièces vides. Salle de sport high-tech vide. Salles de bains vides. Chambres impeccables et vides, nimbées dans la lumière du jour.

Où est celle du tigre ? Là où Sophia doit divaguer en ce moment avec les médecins invisibles et le big boss.

Je poursuis et tombe sur une porte close. Ah, tiens ! Elle est identique à la zone verrouillée dans le penthouse à Melbourne. Sont-ils là-dedans ? Aucun moyen de l'ouvrir. Je finis par renoncer et avancer vers la suivante, aux battants capitonnés de cuir noir. C'est quoi, ça ? Une énième chambre ? J'y pénètre, curieuse et pétrie d'appréhension. Dans la pénombre, je constate l'absence de fenêtres, contrairement aux pièces d'avant. Je tâtonne le mur, pas d'interrupteur sous mes doigts. Je suis sur le point de sortir bredouille quand j'entends un bruit sourd.

Je me retourne, tente de sonder l'obscurité.

– Il y a quelqu'un ?

– Bon sang ! grogne une voix.

Tiger ? Je l'ai débusqué !

J'avance à l'aveuglette. Le noir accentue l'impression d'espace infini jusqu'à ce que je me cogne contre un truc. Je stoppe ma progression en marmonnant un nom d'oiseau.

– C'est toi, Tiger ? Où est la lumière ?

– Pas maintenant ! râle-t-il.

Il se fout de moi ? J'inspire un grand coup. Des effluves d'alcool me titillent les narines. J'ouvre grand les yeux comme si cela allait m'aider à mieux le discerner dans cet amas d'ombres.

– Tu as bu, toi aussi ? Vous êtes tous des ivrognes ou quoi ?

– Je t'ai dit : Pas. Maintenant. Océane !

Ses mots résonnent ; il bouge à pas feutrés sur le sol manifestement tapissé. Je ne peux m'empêcher d'ironiser.

– Tu m'évites pour pouvoir t'envoyer des bouteilles hors de prix dans ton bar privé ?

– Quelle tête de mule ! OK, qu'est-ce que tu veux ?
– Ce que je veux ? À ton avis ?
On a largement dépassé le cap des politesses.
– Tu choisis mal ton moment, Océane, me rembarre-t-il.
– Ce n'est jamais le moment, Tiger ! En fait, je n'obtiendrai jamais assez de réponses. Il y aura toujours plus de questions que d'explications avec vous deux. Le deal était inégal : moi, j'accepte de baiser et je la boucle sur le reste ?
Un brusque bruit de verre brisé me répond, me fait tressaillir. Une odeur de whisky se répand.
– Tu sais quoi ? C'est bon. Je vais m'en aller et vous laisser avec vos putains de secrets ! éructé-je en gesticulant dans le vide.
Tiger lâche un juron en anglais, qui déchire l'obscurité. Puis il lance un « Lumière ! ». Instantanément, des spots s'allument. Encastrés dans le plafond, ils diffusent une pluie de lumière bleue. Je cligne des yeux, scrute les alentours. De grands fauteuils en velours tournés vers un écran XXL… Nom d'un chien, c'est une salle de cinéma ?
Passé l'effet de surprise, je pivote et prends de plein fouet le regard énigmatique de Tiger braqué sur moi.
– Tu resteras ce soir, soutient-il, l'air sombre mais plus lucide que je ne le supposais. Pour le dîner, comme convenu.
– Bah ce n'est plus d'actualité.
Je pars à reculons, nos prunelles rivées, mon souffle chamboulé.
– Je jette l'éponge, Tiger.
– Non, attends ! S'il te plaît. Il est quelle heure ? dit-il en vérifiant sur sa montre.
Au lieu de lui envoyer une réplique cinglante à la figure, je bloque sur sa main. Je ne l'avais pas encore remarquée…
– Merde, tu saignes ?
Avant de réaliser ce que je fous, je m'approche de lui pour saisir son poignet. Des débris de verre sont toujours plantés dans sa chair ; il ne s'en était même pas rendu compte ?
– J'ai légèrement passé mes nerfs sur la vitre du bar. Ce n'est rien, se défile-t-il en arrachant sans ménagement les débris.
Sa paume est dans un sale état.
– Ça a l'air douloureux. Il faut désinfecter et peut-être faire des points de suture… Votre toubib est encore là, je crois.
Je recule en direction de la porte. Pour aller le chercher ou juste rétablir une certaine distance physique entre nous ?
– Non, je m'en occuperai après. Ce n'est rien. Je suis à toi, je t'écoute, décide-t-il en effectuant quelques pas de plus vers moi.

En alerte, je me crispe sous ses iris. Je tente de me rebiffer.

– Vraiment ? Tu ne me demandes plus de dégager comme un petit toutou et de revenir la queue entre les pattes quand t'auras envie de me revoir ?

– Anatomiquement, c'est moi qui possède une queue, me rappelle-t-il. Pas toi.

Très drôle ! Je ne suis pas près de l'oublier. Surtout avec cette intensité qui émane de lui en clamant cela.

– Vas-y, Océane. Pose-moi la question la plus importante à tes yeux à cet instant précis, m'incite-t-il.

J'inspire longuement, essaie de réguler mes émotions, d'effectuer le tri dans ma tête. La première interrogation sort d'elle-même.

– Qu'est-ce qui arrive à ta femme ? J'exige une réponse détaillée et véridique !

Il hausse les sourcils.

– Tu exiges ?

– Oui. Si tu es tellement « ouvert à la négociation », cela implique de communiquer avec moi. Je ne me résume pas à un vulgaire stimulant sexuel dans votre couple. J'ai aussi un cerveau et besoin de comprendre dans quoi vous cherchiez à m'embarquer !

Il me fixe, ne rétorque rien durant des secondes. Personne ne lui a peut-être jamais imposé d'ultimatum, de surcroît une femme. Bah avec moi, il va devoir apprendre !

– Et que négocions-nous exactement, délicieuse Lily ? Ton changement d'avis ?

Génie des affaires jusqu'au bout, même amoché et préoccupé.

– Je n'ai pas dit ça, me défends-je. Tu n'es juste pas en position de force, là, tout de suite. Tu me veux et tu m'as demandé d'émettre mes conditions, tu t'en souviens ?

Il mord sa lèvre inférieure, acquiesce.

– Tu gagnes sur ce coup. Tu as quelque chose qui m'intéresse, à moi de te donner une contrepartie.

Putain, c'est ainsi que ça fonctionnerait entre nous si je m'engageais ? En envisageant tout sous forme de transaction ?

– Voilà, conclus-je en croisant les bras.

– Bien, je vais synthétiser. Sophia a… eu une enfance et une adolescence particulières, entame-t-il. Et… disons que du début de notre mariage à maintenant, nous sommes passés par quelques tentatives de suicide, différentes phases de thérapie dont une période sous traitement chimique. Ensuite, elle est devenue celle que tu as rencontrée. Plus forte, ambitieuse, sereine…

Suicide ? Oh, purée !

– J'imagine que c'est toi qui lui as appris à « s'affranchir » de tout cela ? Tu l'as modelée, tirée vers le haut ?

– J'ai fait de mon mieux… J'étais à peine majeur, en fait.

OK, donc il s'est engagé très jeune. Soit il était fou d'elle, soit il est du genre à kiffer sauver les jeunes filles fragilisées ?

Je murmure :

– Tu as l'air de t'être beaucoup investi… J'ai lu quelque part que tu lui as aussi offert son premier restaurant et que tu l'as sans doute aidée à lancer son business.

Il n'exprime pas une once d'arrogance, ne s'en vante pas, ne commente pas, il se contente de hocher la tête.

– Et pour ce traitement ? Elle le suit encore ? De quelle nature est-il ?

– Du Xanax. Et peut-être autre chose… Pour gérer des crises d'angoisse, entre autres… Ça a été un passage, une nécessité provisoire. Nous avons toujours voulu éviter qu'un problème de sevrage, de dépendance s'installe.

– Elle a réussi à arrêter ?

– Depuis un bail. Enfin… aujourd'hui, elle a craqué et repris des cachets. Ce que tu as vu est dû à l'interaction des médocs avec l'alcool ; les effets secondaires sont amplifiés, elle va être dans le coaltar un moment. Tout devrait rentrer dans l'ordre d'ici demain… C'est à elle de décider si elle souhaite se confier là-dessus, t'en révéler davantage, tu comprends ?

– Oui, je peux comprendre ça, réponds-je. Je… te remercie pour l'effort.

Je reconnais que nous ne sommes pas toujours fiers des différentes étapes parcourues dans notre vie ou pas forcément prêts à en parler. Je suis bien placée pour le savoir…

Tiger marque une pause ; je tente d'assimiler les données, de les emboîter : il a tiré Sophia d'un passé… compliqué. Peut-être me racontera-t-elle plus tard ?

Dans l'immédiat, ses révélations commencent à modifier l'idée que je me faisais de lui. Et de leur couple. Avec sa lignée, sa fortune et sa belle gueule, il aurait pu opter pour la facilité. Choisir n'importe quelle belle et riche jeune femme, bien éduquée, avec un pedigree inégalable. Mais il s'est engagé avec une nana qui a eu manifestement un départ difficile dans la vie…

Un conte de fées des temps modernes ? Lui, le véritable prince 2.0. Et elle, qui a été sa damoiselle en détresse ?

Une sensation étrange m'envahit, car je saisis une chose qui m'échappait jusque-là : Sophia compte suffisamment pour lui pour avoir encaissé ces « complications » durant tout ce temps. Ça me touche d'obtenir enfin une preuve du lien qui les unit. Mais pourquoi cela m'ébranle-t-il autant ?

Non. Revenons à Sophia. Tu n'es pas concernée, toi...

– Tu tiens à elle, affirmé-je.

– Tu croyais le contraire ? Je ne veux pas la voir sombrer ou la rendre malheureuse, Océane. Mais...

– Oui ?

– J'ai aussi des guerres à mener de front.

Des guerres ? Est-ce une façon de parler ? Bien sûr ! Il gère un empire financier, il a le poids d'un nom, d'un héritage sur ses épaules. Avec la réputation, les obligations et responsabilités qui vont avec et qu'il doit concilier avec sa vie privée chaotique. Et il n'a même pas 30 ans !

Oui, je commence à percevoir Tiger d'une manière différente tout d'un coup. Et c'est ce qui me heurte intérieurement.

– Ta présence comble un vide, murmure-t-il. J'étais sceptique quant à l'initiative de Sophia, mais tu lui as fait du bien...

Il effleure mon visage. Je suis incapable de le repousser quand il passe derrière moi.

– Tu me fais du bien aussi... ajoute-t-il d'un ton cajoleur.

Mes signaux de détresse se rallument, ma température corporelle monte d'un cran. Est-ce mon dos qui va vers lui ou son torse qui me rejoint ? Je n'en sais rien, mais, plaquée contre lui, je me ramollis. Il plonge le nez dans ma crinière, ne bouge plus durant quelques secondes.

Seigneur. Je ne sais plus ce que je veux, ce que je fais.

Une onde de chaleur s'infiltre dans mes veines, mes neurones s'éteignent. Tiger en profite pour me pousser doucement dans un fauteuil. Mes paupières se ferment d'elles-mêmes quand il me contourne à nouveau. Ses mains viennent sur mes épaules, je me fous qu'il macule mes fringues de gouttes de sang tombées de sa blessure. Ma poitrine s'emplit de son parfum, de son odeur. Il pousse avec délicatesse mes cheveux sur le côté, s'incline sur moi par-derrière, butine mon oreille. Je me sens succomber, des pensées frénétiques trébuchent dans mon crâne... Ses doigts me frôlent la tempe, la joue, la bouche avant de glisser sous mon menton. Sa respiration change de tempo, le bas de mon visage est tenu dans sa paume. Avec lenteur, le pouce de Tiger incite mes lèvres humides à s'entrouvrir et se cale entre elles.

– Arrête de parler de départ. Ne t'en va pas, Océane. Reste, s'il te plaît.

Dans ce chuchotement qui m'implore, je frissonne. Et sans crier gare, je perds pied. Je ne veux plus que ça : cette voix virile, vibrante de désir. Le corps qui va avec. Les possibles emmerdes qui vont aussi avec ne m'effraient plus autant. Je pousse un soupir contre la pulpe de son doigt.

– Reste, me supplie-t-il.

– Tiger…

– S'il te plaît, ma douce. Dis oui.

– Je… OK, j'ai... peut-être envie d'essayer.

Il soupire longuement, m'incite à me relever. Nous sommes face à face, il me couve du regard. Sa bouche commence sérieusement à créer une faim obsédante dans ma tête. Je vrille lorsque cette bouche sexy réduit l'espace entre nous. Puis s'ouvre pour me préciser :

– Pour les six prochains mois, tu m'offres tout de toi ?

– Peut-être…

Merde, qu'est-ce que j'ai fait ?

21

Tiger

Ce « peut-être » résonne comme un oui et dissipe les noirceurs indélébiles qui se déployaient dans ma mémoire. Les nuages compacts s'allègent un peu…

Je serre Océane contre moi, me servant de ses courbes douces pour chasser les ombres terrées dans mon crâne. Et je contemple ses pupilles qui s'élargissent.

– *T'offrir tout de moi ?* se moque-t-elle en se collant davantage. Ça signifie quoi, exactement ?

Ses mains deviennent baladeuses, les miennes descendent plus bas, empoignent ses fesses pour les presser. Nos souffles s'entremêlent, nos lèvres se frôlent. Mon bas-ventre durcit.

– Que, sexuellement, toi et moi sommes entre adultes consentants. Et que tu seras à moi durant ces six mois.

– Ça me paraît quand même un brin possessif, sachant que tu es marié. Je ne me laisserai pas faire à moins de pouvoir me montrer aussi possessive que toi.

– Hum… tu crois ça ?

– Ahan… me chuchote-t-elle, de plus en plus entreprenante.

Mes doigts glissent sur sa hanche, quittent sa délicate croupe pour parcourir l'étoffe sur sa peau, à la recherche d'une ouverture. Cette minuscule combinaison lui va divinement, mais comment on s'en débarrasse, nom d'un chien ? Océane ondoie contre moi, sent mon sexe qui se gonfle. Ma respiration saturée, je trouve enfin une fermeture à glissière. Les yeux dans les yeux, je la défais, vois flancher cette magnifique blonde. Elle frémit. Même si elle essaie toujours de me défier verbalement.

– C'est vachement long, six mois… L'un de nous risque de se lasser avant, non ? me demande-t-elle dans le creux de mon cou.

C'est le moment que je choisis pour ouvrir sa combi et la lui enlever. Elle ne lutte pas, sensuelle et malicieuse. Parce qu'elle constate son effet sur moi.

Plus je découvre son corps, plus j'ai chaud. Je me baisse pour faire coulisser le vêtement sur ses jambes, puis le balance plus loin en me relevant. Mon attention se cristallise sur son ensemble en dentelle noire, sa peau hâlée, et…

Nom de Dieu ! Ses seins m'envoûtent sous la transparence du tissu.

J'enlace Océane, la plaque contre moi avec plus de fougue et lui grogne :

– Six mois, ça peut passer très vite… Quand on est très affamé.

– Tu l'es, toi ? Je croyais que c'était ton super portable que je sentais contre mon ventre, me taquine-t-elle « innocemment » en palpant mon entrejambe.

Elle comprime mon membre raidi, mes veines s'échauffent. Cela ne m'empêche pas de lui chuchoter :

– J'en sais rien. Demande-moi l'autorisation de vérifier si c'est mon téléphone que tu tripotes à travers mon jean.

Amusé, je n'attends pas sa réponse. J'attrape l'une de ses cuisses, la hisse sur moi et dévore sa bouche. Je la tiens en équilibre sur un pied, comme durant ce foutu tango chez James. Sauf qu'on n'a plus de photographes, de commères et de témoins à la ronde. À ma merci, Océane s'accroche à moi, elle geint. Nos langues se retrouvent pour ne plus se lâcher. En l'embrassant, ma main non blessée dévale sur elle, pour ne pas la salir si l'autre saigne encore. Celle-ci se dévoue tout de même pour maintenir mon étreinte.

Au lieu de la mettre en garde, mes doigts flattent le galbe de sa poitrine et j'approfondis le baiser. Ses gémissements se réverbèrent en moi, son odeur m'étourdit, m'exalte au-delà de la raison. Des frissons pleuvent sur mon échine lorsqu'elle soulève mon tee-shirt. Ses ongles se promènent sur mon épiderme. Mes doigts migrent en douceur vers le sud de son anatomie. Ils traînent à la lisière de sa petite culotte, sur la surface délicate à l'intérieur de sa cuisse. Ils finissent par s'immiscer sous la dentelle. Elle se cambre.

– Une autorisation ? Et puis quoi encore ? ahane-t-elle.

Putain, j'adore ce que je touche…

Les esthéticiennes ont opéré une merveille… Une infime toison soyeuse forme un triangle sur le pubis d'Océane et tout le reste est lisse autour. Il faudrait que je mate ça de près… Plus tard… Pour l'instant, nos regards rivés, mon index s'invite lentement dans sa moiteur. Douce, humide et tellement tentante. J'effleure son bourgeon, elle s'arc-boute en poussant un long soupir.

– Oui, délicieuse ingénue. Tu croyais que tu aurais si facilement mon pénis ? lui dis-je en cheminant entre ses lèvres intimes.

Elle prononce de vagues protestations qui me soutirent un sourire. Elle s'abandonne, les yeux aussi enfiévrés que les miens doivent l'être. Son visage face au mien, sa bouche s'entrouvre en même temps que mes phalanges s'infiltrent dans ses confins, en quête de points sensibles. Je fouille subtilement dans sa féminité, j'absorbe ses soupirs dans un baiser avide puis me perds dans ses pupilles dilatées. Je la contemple en train de s'éclore sous mes mouvements ciblés. Mes doigts s'enfoncent, ressortent, la titillent et petit à petit je commence à deviner mes zones de pouvoir sur son corps. Les sensations s'exposent avec indécence sur ses traits, ses paupières papillonnent, son souffle se raccourcit. Sa jambe au sol n'est plus très stable. Et elle continue de mouiller. Je l'embrasse encore, subjugué par son plaisir naissant.

Mes gestes deviennent plus sûrs, plus experts, et ses frémissements m'indiquent son niveau d'excitation. Tout d'elle en témoigne. Je l'observe, en pleine capitulation lascive sous mes assauts. Ses pétales tièdes, son bouton rose et ses confins trempés me rendent dingue. Et dire que c'est uniquement ma main qui est en contact avec cette merveille ! Mon aine se contracte d'anticipation. Océane ondule du bassin, me griffe le dos, tente de tenir debout.

– Tiger, je vais… Je… Oh, la vache, tu vas me faire jouir, exhale-t-elle sur mon palais avant que je ne dévore sa bouche.

Oui, je la sens palpiter. La tension monte, je l'entretiens, puis je décide de ralentir. Je prends mon temps pour qu'elle stagne à ce palier de plaisir. Elle se liquéfie, commence à en quémander plus. J'évite les endroits où elle me ressent plus intensément en elle, et je soude nos regards. Nous respirons en désordre. Fort. Nous sommes électrisés. Je recommence à la déguster, à en manquer d'air. Je flirte avec le creux de son cou, ses seins, ses oreilles.

Et sans crier gare, je m'emploie à nouveau à l'entraîner à l'extrême limite de l'implosion. Son excitation regrimpe en flèche, insoutenable. Quand je lis dans ses iris qu'elle oscille au bord du précipice, prête à lâcher prise, une satisfaction vicieuse m'envahit. J'arrête de l'explorer, me retire sans hâte en la scrutant toujours. Ma main s'extirpe de son sous-vêtement, je libère sa cuisse que je tenais en hauteur. Elle vacille un peu, peine à reprendre ses esprits durant quelques fractions de seconde.

– Qu'est-ce que tu fais ? On n'a pas fini, Tiger, se plaint-elle, tout alanguie.

– Je sais.

Mon pouce encore imprégné de sa fragrance glisse sur sa bouche boursouflée, j'enduis ses lèvres pour mieux les manger ensuite. Je mets toute ma faim, toute ma soif d'elle dans ce baiser en lui triturant un téton. Pour ramener encore son désir à son point culminant avant de m'interrompre. Je recule avec un demi-sourire et lui décrète :

– Tu n'en obtiendras pas plus dans l'immédiat, sweet Lily.

– Quoi ?

– Cet orgasme, tu n'as pas idée à quel point je le veux. Mais il ne viendra que quand je l'aurai décidé, lui lancé-je en m'éloignant.

Elle cille, les joues roses, l'air incrédule. Paumée, ravissante, euphorisée et affriolante à mourir.

– Attends, t'es sérieux, là ?

Je savoure d'abord la vue sur son corps dénudé, et coupé dans son élan pile au moment où il allait entrer en transe.

– Tu ferais mieux de te rhabiller. Voir Sophia presque à poil suffit pour mes employés aujourd'hui. N'en rajoutons pas avec cet adorable petit cul.

Sonnée, elle passe fébrilement les doigts dans ses cheveux. J'en saisis pleinement la raison. Je viens d'apprendre à mieux la connaître en profondeur, tout en utilisant sa reddition contre elle. Et maintenant je stoppe cette délicieuse exploration dans le seul but d'empêcher Océane d'accéder dès maintenant à la jouissance. Certaines choses méritent d'être savourées plus longtemps, très longtemps avant l'apothéose.

Ce qui m'éclate le plus, c'est de mesurer sa surprise et sa frustration.

– Mais c'est quoi ton délire exactement ? me boude-t-elle.

Une petite torture sensorielle, et ça ne fait que commencer.

– Je vais te faire goûter au *edging*.

– Un truc de sadique ? J'aurais dû m'en douter…

– Sadique ? Je compte bien te faire jouir, tu sais… Mais pas tout de suite et ce sera à ma manière.

– Punaise, je n'en reviens pas ! Même pour ça, t'es control freak, râle-t-elle.

Je me marre, satisfait du résultat sur ses nerfs.

– Le control freak te remercie pour cette sublime… mise en bouche. On se dit à la prochaine ? Je crois que mon… « portable » a besoin d'une douche froide maintenant.

Sur ce, je la plante là. En sortant, j'entends son « Quel enfoiré ! », je masque mon sourire à l'aide de ma main qui vient de jouer en elle. Son goût et son parfum y sont. Mon membre est toujours déployé et raide dans mon boxer.

Cette douce corolle va désormais peupler mes fantasmes… Durant sa longue et lente éclosion.

***

Océane

– C'est pas vrai !

Encore incrédule, je constate qu'il s'est vraiment barré. Non mais, ce mec a tout fait pour que j'accepte leur machin de couple libre – malgré l'état de

Sophia, ou peut-être en grande partie à cause de cela – pour ensuite me laisser en plan juste quand il réussit à abattre mes défenses ?

Je suis submergée par la confusion, la contrariété, la honte, une petite dose de colère. Mais c'est la frustration qui caracole en tête. Je remets mon combishort, récupère mon téléphone tombé de ma poche en essayant de comprendre ce qui vient d'avoir lieu.

C'était quoi déjà, le mot ? Ce kif subtilement sadique a donc un nom ? End ou ed… quelque chose, je crois…

Non, d'abord, il faut quitter cette salle de cinéma ; impossible de réfléchir dans cet endroit où j'étais à un rien de coucher avec le maître des lieux. S'il n'avait pas mis un terme à ces préliminaires qui m'ont fait vriller, je serais en train de…

Punaise, la défaite !

Cette vérité-là m'emmerde par-dessus tout. Tiger a réussi à me rendre amnésique, folle de désir. Folle tout court. Plus rien ne comptait, j'avais juste terriblement envie, de plus, de lui. Et je me retrouve comme… comme une petite idiote en manque d'un truc qu'elle n'a jamais vraiment connu…

Ce désir-là. Trop fulgurant, qui m'a consumée, dépassée, enivrée et a anéanti mes résolutions…

Je rejoins l'aile gauche sans croiser âme qui vive, ni réussir à maîtriser ce flot en moi. Dans la chambre qui m'a été attribuée, je me débarrasse de mes fringues et file sous la douche. Je n'arrête pas d'y penser. À lui, sa bouche, ses caresses, son parfum, ses muscles sous mes doigts, les siens dansant au creux de moi. Et ce fichu ed-machin-chose.

La sonnerie de mon portable me tire de ma rétrospective. Je ferme les robinets, m'enveloppe dans une serviette. Impossible de gamberger. Sur l'écran, le prénom et la bouille de Louane s'affichent. Je me souviens tout à coup lui avoir demandé de m'héberger. J'ai failli partir d'ici. Puis Sophia m'a prise de court. Et maintenant ce rapprochement torride et brutalement interrompu avec Tiger qui fout mes hormones en vrac. Pas que mes hormones, d'ailleurs.

Je m'assois sur le lit. L'appel de Louane s'échoue sur le répondeur. Autre chose revient taquiner mon esprit.

Edging ! C'était ça !

Je l'écris dans mon moteur de recherche sans en être sûre. Les résultats défilent sur mon téléphone et confirment mes déductions. C'est le contrôle de l'orgasme.

Putain, oui. Il veut vraiment garder le pouvoir sur tout.

Je m'étale sur la couette en poussant un long soupir. Je fais quoi maintenant ? J'utilise ma frustration et mes sensations déroutantes pour revenir sur ma parole et m'en aller pour de vrai ? Ou je… je trouve le moyen de faire craquer Tiger à ce jeu érotique ? La deuxième alternative fait naître un sourire sur mes lèvres. De toute façon, c'est allé trop loin…

Il veut jouer ? On va jouer.

22

Océane

Une idée alléchante germe dans ma tête lorsque mon bâillement me rappelle ma nuit blanche. Par la faute de Tiger, aussi.

Combien de temps me reste-t-il déjà avant ce fichu dîner ? Je pourrais toujours faire un petit somme, reprendre des forces pour mieux m'occuper du cas de « mon potentiel futur amant sous CDD ». Si doué avec son…

Zut, je me sens encore toute chose.

Sa main sur moi, en moi, avec son regard de braise a failli me pulvériser de plaisir. Il m'a vue comme une petite joueuse dans la cour des grands. Je veux représenter plus que cela, lui donner du fil à retordre, titiller son besoin de contrôle. Je reprends mon portable sur une impulsion.

Edging, hein ? Montrons à M. Sexton qui décide de quand je jouis, comment je jouis et où je jouis.

Je détache la serviette, me redresse pour choper des oreillers et m'installer confortablement. J'enclenche l'enregistrement d'un message vocal sur mon téléphone, le pose sur mon ventre. Mes yeux se referment. Je sillonne lentement ma peau avec mes doigts. Ce n'est même pas difficile de laisser resurgir la langueur que Tiger a semée en moi, elle n'a pas disparu, elle corrompt chaque coin et recoin en moi. Mes tétons se remettent à durcir, ma chair à s'enfiévrer et frémir, mes soupirs renaissent. Mes sensations me ramènent à lui, ses yeux magnétiques, sa barbe de trois jours, ses grandes mains douces, ses muscles taillés pour rendre maboul.

Et cette érection obsédante dans son jean… Je dérive…

Je presse mes seins, serre mes paupières et mes cuisses. Et si c'était cela le but de Tiger ? Me foutre à fleur de peau, en manque jusqu'à ce que je craque et le supplie de me prendre ? C'est ainsi que ça fonctionne ? Je ne me laisserai pas téléguider. Déterminée et excitée, je mets en pratique mon idée. Une somptueuse masturbation pour clamer mon émancipation pure et simple. Il me suffit de me remémorer ce que Tiger m'a fait, ce qu'il m'a dit, pour m'embraser. Un début de bien-être chemine dans mon écrin, libre de croître et se propager cette fois-ci. Je m'approprie de nouveau mon plaisir. Ça monte crescendo.

– Oui… Oh, oui ! Ouiiii… Ouiiii…

Je m'applique sur mes zones érogènes, grisée par ces souvenirs sensoriels. Lui, moi et cette euphorie qui monte, monte, monte… Punaise, oui ! L'orgasme jaillit enfin de mes tréfonds. Fulgurant, déroutant. J'en frissonne un moment, secouée de spasmes. Mon mobile a glissé près de moi. Je le chope pour vérifier que l'enregistreur tourne toujours. Nickel, c'est le cas ! Je le rapproche de mes lèvres et susurre de ma voix post-baise la plus langoureuse possible :

– Vous êtes un couple libre, OK. Et moi, je suis une nana indépendante, libérée et seule maîtresse de ses choix. Je ne suis pas une poupée gonflable, Tiger… Ni ton petit jouet docile… Des orgasmes, je m'en procure quand je veux.

Je coupe, un sourire coquin aux lèvres.

Je suis prête pour le second round, M. Sexton. À nous deux !

***

Tiger

On est en début de soirée. Je fixe des yeux le bandage posé par le docteur McDouglas sur ma main après s'être occupé de Sophia. Trois fois rien ; il a retiré les minuscules débris de verre restants, nettoyé les entailles et fait le nécessaire. Il devait par-dessus tout assurer l'urgence auprès de Sophia, tout checker avant de s'en aller. Murphy, lui, est toujours ici.

Et mon esprit erre, l'espèce de félicité qui m'a dopé durant mon tête-à-tête avec Océane s'est évaporée. Remplacée par des choses que je n'arrive plus à refouler. Même au fond de mon verre de vodka.

Le filtre ne fonctionne plus…

– Mme Sexton semblait aller bien lors de sa dernière visite, affirme Murphy. Comment est-ce qu'elle… Commençait-elle à montrer des signes de récidive ? Des excès ? Des TOC ? S'est-il passé quelque chose de particulier ?

Les questions de l'homme assis sur la terrasse en face de moi me tirent de mes pensées.

Vous voulez la vérité, doc ? Je ne la regardais plus assez pour m'en rendre compte.

J'étais trop occupé à chercher les monstres qui lui ont volé son enfance, sa vie, et durant un temps fou son équilibre mental. Et je bandais pour d'autres femmes qu'elle…

– Pas que je sache, reconnais-je laconiquement avec un regain de culpabilité. Maintenant que j'y pense, oui, quelque chose a recommencé à clocher. J'attribuais ça à votre… idée à laquelle je n'adhère toujours pas vraiment, même si Sophia s'est montrée enthousiaste à ce propos… Il y a peut-être un autre déclencheur qui m'a échappé.

Le premier déclic, c'était quand Sophia a changé de langue en me parlant le jour de l'arrivée d'Océane. Il y avait des années qu'elle n'utilisait plus ce langage. Mais comme avec Océane, elles avaient pris une cuite, j'ai cru qu'il s'agissait seulement de ça. Pourtant, on a eu un second déclic aujourd'hui. Ses vieux démons semblent avoir véritablement resurgi. Comment et pourquoi ? Il faut que je creuse. Que je comprenne d'où vient le problème. Il est possible que ce ne soit pas uniquement dû à la présence de notre jeune fille au pair.

Murphy me scrute.

– Ah. Donc ma suggestion n'est pas forcément en cause ? Vous sentez qu'il y a une raison de récidive dont elle ne nous a pas parlé ? me demande-t-il, intrigué.

– Sophia ? intervient une voix féminine sortie de nulle part avant que je ne puisse objecter ou confirmer. Vous parlez de Sophia ? Elle va mieux ?

Argh ! Voilà mon autre problème.

Je me retourne pour découvrir Océane. Fraîche, reposée, encore plus attirante que la dernière image d'elle dans mon crâne. J'ai intérêt à contrer les prochains imprévus. Sinon, je risque de perdre la maîtrise de tout ce bordel.

L'attention de Murphy se focalise maintenant sur la nouvelle venue. Il se met debout, lui tend la main avec déférence. Je peux pratiquement visualiser la curiosité qui illumine ses neurones de praticien. En clair, l'une des personnes que je paie grassement pour gérer nos secrets et la fermer rencontre la femme dans laquelle j'ai envie de m'emboîter pour oublier momentanément ces mêmes putains de soucis. Et pendant ce temps, ma chère et tendre, patiente VIP de Murphy, est blottie dans les bras de Morphée.

– Bonsoir. Je suis le docteur Murphy, se présente-t-il.

– Oh… bonsoir, moi, c'est Océane. On n'a pas eu l'occasion de se parler à votre arrivée précipitée, répond-elle.

– En effet. Enchanté, Océane.

Elle lui sourit, puis pivote vers moi. Nos yeux s'aimantent. En façade, je suis redevenu impénétrable, même si je ne peux m'empêcher de bouffer ses lèvres du regard. Je ne parviens pas à distinguer les émotions qui l'animent, elle. Toujours frustrée ? Est-ce qu'elle compte me bouder ? M'allumer ? Ou juste attendre de voir la suite ?

– Salut, lui dis-je avant de descendre ma dernière gorgée. T'inquiète pour Sophia, ça va.

Une mimique traverse son visage.

– C'est tout ? Rien de plus ?

Eh merde ! Elle ne peut pas juste attendre que le toubib sorte du tableau pour se rebeller à nouveau ? Notre intimité à elle et moi ne concerne que nous. Je ne veux pas de Murphy là-dedans. Surtout pas au moment où je viens de redire au doc combien je suis sceptique face à cette méthode peu orthodoxe. Même si, comme ce dernier le soutient, Sophia ne craque peut-être pas à cause de ça. Et même si cette alternative que je conteste m'excite bien plus que je ne l'aurais voulu. Putain, ça complique la donne, au contraire !

Voilà le souci : je ne suis pas d'accord, mais cette nana exacerbe des envies obscènes en moi.

Je me ressers un verre, Océane s'en empare sous mon nez. Elle s'assoit avec ma vodka, y trempe les lèvres en me fixant, en attente d'une réplique de ma part. Le doc garde le silence, sans doute intéressé par cette blondinette que je dévisage.

Il n'est pas con, il établit certainement une corrélation avec Sophia…

– Rien de plus, maintiens-je en observant Océane en train d'ingurgiter cul sec mon verre. Elle se repose. L'autre médecin a fait le nécessaire, tout va bien.

– Si tu le dis…

Sa mimique me désarçonne.

– Tu me sembles plutôt bien reposée, toi aussi, dévié-je la conversation.

– Ahan. J'ai fait une petite sieste… avec mon téléphone. Merci de t'en soucier, Tiger, me rétorque-t-elle en tripotant un peu trop ledit mobile dans sa main.

Je tique davantage sur son choix de mots. Océane mordille sa lippe en pianotant sur son clavier.

– Pour en revenir à Sophia, pouvez-vous m'en dire plus, docteur Murphy ? interroge-t-elle avec une désinvolture feinte.

Murphy, perplexe, cherche mon approbation. Il ne l'obtient pas totalement et va devoir s'en tenir au secret professionnel. Qu'il donne des nouvelles succinctes, sans dévier.

– Eh bien, elle s'en remettra rapidement. Ne vous en faites pas… Océane.

Sans rire ?

– Je vois, réplique ma Frenchie… En vous rejoignant, je vous ai entendus parler de TOC… Je voudrais juste signaler qu'elle triture de plus en plus son alliance, au cas où cette info serait pertinente. Et elle récitait des trucs, en anglais et dans une langue que je ne connais pas.

Nouvel échange de regards avec le thérapeute. Arf, Océane intercepte le mien, cela l'intrigue.

– Oh… merci de me le notifier, bafouille l'autre, mal à l'aise.

Blondinette espère probablement plus d'éclaircissements. Elle attend, nous détaille à tour de rôle. Aucune info supplémentaire n'est émise. Le mutisme de Murphy et mon calme finissent par l'exaspérer, je crois.

– Génial. Je vais m'éclipser, ainsi vous pourrez continuer à débattre « du dossier top secret de Sophia », tranche-t-elle en poussant sa chaise.

J'inspire un grand coup et encercle son poignet pour la retenir.

– Tu peux rester, lui dis-je. On dîne toujours ensemble ?

– Plus intéressée. Continuez sans moi. Je vais faire un coucou à Sophia et opter pour un plateau-repas devant mon ordi.

Troublé, je bats des cils. Est-ce qu'elle me fait payer le p'tit jeu dans la salle de projection privée ? Ou le fait que Murphy respecte la confidentialité et ne lui en ait pas appris davantage ?

– Au fait, Tiger, garde ton portable à portée de main. Tu recevras un message dans quelques secondes… m'affirme-t-elle en se libérant. Sur ce, bonne soirée, messieurs !

Je la regarde partir dans sa petite robe noire en essayant de rester de marbre. Sans commentaire, je chope mon verre à moitié sifflé par Océane et gobe le reste. J'attends que mon mobile sonne pour découvrir son texto. Je ne sais pas précisément à quoi m'attendre.

Tiens… Un message audio ?

23

Tiger

Respiration... Silence... Soupir... Crispation dans mes muscles. Nouveau silence... Plutôt suggestif? Non? Si?

Déferlement de questions dans mon crâne...

Un souffle profond au creux de mon conduit auditif...

C'est quoi, ce machin?

Je me redresse, mon téléphone collé à l'oreille, et m'éloigne de Murphy. Les secondes passent, se chargent de tension, les choses se précisent dans le bruitage.

Gémissements... Merde, oui, ce sont des gémissements. Elle exhale... Elle... Bordel, est-ce que...

Je crois comprendre, mais cette déduction me prend au dépourvu.

Bordel, Océane s'est enregistrée en train de se...

Mon regard croise celui un peu trop curieux du psy de Sophia. Les sons se transforment en images sur mes rétines, et cette voix sensuelle devient le fil conducteur d'une histoire sans paroles. Un air teinté de volupté flotte autour de moi. Et Océane me... Putain! Je ne la vois pas, mais je la sens ahaner, s'effleurer, s'introduire dans mon crâne et enflammer mon imagination. C'est pire qu'une vidéo, plus insidieux. Parce qu'elle m'oblige à combler les blancs moi-même, sans limite. À deviner, supposer, jusqu'à l'ébullition de mes sens. Son souffle commence à prendre le tempo auquel j'ai pris goût tout à l'heure avec elle avant de tout arrêter. Il s'accélère, augmente. Putain, je l'entends prendre son pied en live! Enfin, en différé, puisqu'elle vient de m'envoyer cette bombe. Mon cerveau débloque, mon activité cérébrale afflue plus bas. Dans mon froc. Océane égraine des « oui, oh, oui! ». Mes phalanges se crispent sur le portable. Les paupières closes, je n'arrive pas à mettre un terme à cette écoute à la limite du voyeurisme. Elle « m'exhibe » son plaisir et je l'absorbe sans pouvoir en perdre une miette. Jusqu'à son apothéose.

« Vous êtes un couple libre, OK. Et moi, je suis une nana indépendante, libérée et seule maîtresse de ses choix. Je ne suis pas une poupée gonflable, Tiger… Ni ton petit jouet docile… Des orgasmes, je m'en procure quand je veux », me murmure sa voix essoufflée, comblée.

Durant les secondes suivantes, je demeure cloué dans la même position. Estomaqué, contrarié, étourdi… le sexe dur à en être incommodé.

– Tout va bien, monsieur Sexton ? s'enquiert Murphy.

Je me racle la gorge, serrant toujours mon Smartphone. Est-ce que tout va bien ? Bon sang, non ! J'ai envie de foncer dans la maison, trouver cette petite provocatrice et… la démonter ! Lui faire tout ce qu'un gentleman ne ferait pas, sauf avec le consentement de la dame. Néanmoins, j'essaie de me maîtriser. J'inspire, expire, inspire, expire, me raccroche aux relations auxquelles je suis habitué. La tournure que celles-ci prennent ne dépend que de moi. Je suis maître de mes choix. Sur le plan social et professionnel, je choisis, je décide, j'analyse, je déploie les moyens estimés nécessaires, je prends si je veux, quand je veux.

Ce n'est pas à toi de contrôler mes appétits, douce Lily. Je préfère l'inverse.

Si Océane riposte à chaque fois, je réajusterai mes réactions en fonction. J'inhale un nouveau bol d'oxygène et commence à me ressaisir.

– Monsieur Sexton ? Est-ce que ça va ? redemande Murphy.

– Très bien. Où est-ce qu'on en était, déjà ?

Je me rassois en changeant de sujet et m'efforce de ne surtout pas octroyer à la demoiselle en rébellion ce qu'elle espère : me faire réagir dans l'immédiat. Oui, je veux la posséder. Oui, elle vient de marquer mon esprit. Si je n'obéissais qu'à mes bas instincts, je serais déjà en train de grimper les marches pour débouler dans sa chambre et lui arracher ses fringues. C'est ce qu'elle espère. Je le sais maintenant. Mais elle ne mènera pas la danse.

Je ne vais pas improviser, je vais planifier cette fusion-acquisition. Procéder à ma manière.

Murphy repart dans ses bla-bla. Je me repasse mentalement le message audio d'Océane maintenant gravé dans ma tête. Impossible de l'effacer. Je l'imagine trempée, à fleur de peau, affamée et de plus en plus désinhibée… Prête à se rebeller, à franchir les bornes pour m'atteindre. Cette petite douceur n'a pas encore compris. Nos préliminaires au compte-gouttes ont justement ce but : la pousser à bout. Je ne m'arrêterai pas en si bon chemin…

L'excitation doit devenir insupportable, ton éclosion plus lente. Tu crois avoir comblé le manque, toute seule comme une grande, mais ce manque-là nécessite plus d'attention…

– Dites-moi, mon cher Murphy, jouez-vous au poker ? reprends-je pour étirer le temps d'attente de miss Rousseau.

Je ne vais pas accourir comme un toutou en rut. Même avec le pénis raide, mon cerveau aime trop les défis et le contrôle pour laisser gagner qui que ce soit. J'aime les victoires, seulement ce n'est jouissif pour moi qu'avec des obstacles dressés sur la route. Et de la résistance…

– Un peu oui, me répond le doc, dérouté.

– Bien. On se fait une partie après le dîner ? Autant égayer votre soirée de garde à veiller sur Sophia.

– Avec plaisir.

– Parfait. Nous irons dans le petit salon.

– Ça nous permettra de… discuter aussi. Peut-être revoir la marche à suivre pour votre épouse ?

Mes mâchoires se crispent.

– Nous en discuterons.

***

Océane

Les dix premières minutes, plutôt fière de mon coup, je guette. Espérant voir arriver Tiger. Je jubile. Je suis surexcitée par ma désobéissance. Il va me rejoindre, pour imposer son pouvoir, avec son corps, son sex-appeal et ce volcan dans ses yeux. Je veux qu'il riposte ! Sauvagement. Intensément. Jusqu'au bout de la nuit.

Et c'est moi qui le repousserai après l'avoir rendu fou. Super plan, non ?

Vingt minutes s'écoulent. Je passe voir Sophia, si paisible dans la pénombre, nichée dans le lit *king size* de son mari. Il va dormir avec elle ce soir ? Putain, mais qu'est-ce que je m'imaginais ? Les limites floues de ce couple sont insondables.

Une demi-heure. Toujours rien.

Je retourne dans ma chambre, de moins en moins grisée. Tiger n'en a peut-être rien à foutre de ma petite incitation ? Sa sublime épouse est dans une mauvaise passe, blottie dans ses draps. Il pourrait très bien être allé se coucher avec elle. Ou sortir se taper qui il veut pendant qu'un médecin qu'il doit payer une fortune monte la garde.

Quarante-cinq minutes. Merde !

Et si je n'avais plus d'intérêt à ses yeux maintenant que je me suis liquéfiée dans ses bras ? Ma capitulation a flatté son ego. Bon sang, je suis ridicule ! Il a plus d'impact sur moi que moi sur lui.

Une heure d'attente. Il ne réagit pas, ne m'envoie même pas un texto pour commenter mon petit enregistrement. Je fixe mon téléphone, dépitée, puis décide d'appeler Louane. Je ponds des baratins à mon ex-coloc pour justifier mon changement d'avis concernant l'hébergement.

Refroidie, je picore mon dîner cinq étoiles sur un plateau-repas dans la chambre. J'essaie de faire le vide dans ma tête, de reconsidérer cette « relation » inqualifiable avec légèreté, de prendre les choses comme elles viennent. J'ai beau clamer ne pas être un jouet à la disposition de Tiger Sexton, mes désirs et mon comportement risquent de me desservir…

Et puis, comme si ce micmac ne suffisait pas, je commence à éprouver un certain attachement pour Sophia. Et à m'en faire pour elle dans cette situation ambiguë. L'alchimie sexuelle entre son mari et moi affecte mes méninges. Je joue avec le feu, sans être préparée au retour de flamme. Chauffer Tiger pour lui filer une leçon est une chose, finir par me perdre dans l'incendie en est une autre.

L'arrivée d'un SMS stoppe mon introspection. Pratiquement deux heures et demie se sont écoulées. Il est de Tiger.

[Ma première partie de soirée avec Murphy
était barbante. Tu préfères continuer
ta mini exploration en solitaire
ou tu me rejoins ?]

Il me fait quoi, là ?

J'essaie de deviner l'effet de mon petit envoi spécial sur lui, en vain. Au mieux, ça l'a diverti trois secondes et je passe maintenant pour une gamine pas à la hauteur de son niveau d'expérience. Au pire, cela ne l'a même pas atteint, parce qu'il a vécu des situations plus stimulantes avec des bombasses. Zut ! Mon assurance s'envole, je ne sais plus trop comment réagir. Je commence à me sentir nulle et renonce à lui répondre. Qu'il tire des conclusions, me suppose occupée à chercher avec mes propres mains le plaisir que les siennes ont distillé en moi. Qu'il imagine ce qu'il veut. Je reste clouée là à tergiverser jusqu'à la réception d'un second texto.

[Je ne suis pas très dessert.
Mais j'ai envie de sucre et
d'une baignade nocturne. Partante ?]

Il revient jouer au pyromane et mon intérêt s'éveille à mon corps défendant. J'hésite, sans pouvoir m'empêcher de m'émouvoir. Je voulais le troubler, c'est lui qui réussit encore une fois à me dézinguer, sans effort.

Pfff! OK, mais il n'est pas obligé de le savoir, ça. À toi d'apprendre à affûter ton jeu.

Je réfléchis et finis par lui écrire :

[Je m'amuse peut-être un peu trop
pour aller traîner en Bikini
avec Dr Murphy et toi.]

Sa réponse tarde à venir. Serais-je parvenue à retourner la situation à mon avantage ? Il se manifeste enfin.

[J'ai suggéré au doc d'aller s'installer
dans une chambre d'amis préparée pour lui.
Il n'y a plus que toi, ton petit corps
fiévreux + moi, une spécialité pâtissière
de Mary et la piscine.]

Sexton presque à poil, une gourmandise riche en glucides et la piscine à débordement au clair de lune ? Mes pulsations s'emballent lâchement, mon libre arbitre entre en conflit avec mes hormones. Je regarde mon repas à peine entamé en poussant un soupir de défaite. Je devrais le faire poireauter à mon tour, lui sortir un « Non merci, je n'ai plus faim » symbolique, rien que pour ma fierté personnelle et le kif de l'emmerder. Ni faim de lui, ni faim de nourriture. Oui, je le devrais, hélas mon appétit tue ma volonté et m'incite à renvoyer autre chose :

[La piscine et le gâteau sont
tes seuls arguments
convaincants.
Je viens les voir de plus près…]

***

Tiger

Je souris à la réception du dernier message d'Océane. Entière et pétillante. L'inconvénient de ce petit caractère affirmé est qu'elle dévoile facilement ses points forts et faibles. Je préparerai mieux mon offensive. J'entame quelques longueurs, pour vider mon esprit des propos de Murphy, et impatient de revoir la jolie bouille de Mlle Rousseau.

Elle apparaît un bon moment plus tard. Elle est la première chose que je vois lorsque ma tête émerge des flots : debout loin du bassin, la bouche pleine de gâteau, une petite cuillère dans sa main. Ses yeux de biche sont remplis de malice. Sous l'éclairage de la terrasse, je remarque une tache blanche à la commissure de ses lèvres. J'humecte les miennes.

– Au fait, ça va, ta main ? s'inquiète Océane. T'aurais peut-être dû éviter de la mouiller, non ?

Merde, j'avais oublié la blessure ! Au pire, il faudra refaire le pansement… plus tard. À l'instant T, je m'en tape.

– Ne t'en fais pas, lui dis-je. Alors, ce gâteau ?

Océane déguste une bouchée.

– J'avais raison, cette tuerie méritait que je descende, baragouine-t-elle sans avoir fini d'avaler. Ce cœur fondant au chocolat, hummm…

Elle engloutit un autre morceau. Mary, notre chef perso, est plutôt douée pour les créations culinaires. Mon regard essaie de s'arracher à la bouche de cette agitatrice de libido pour caresser sa silhouette. Il s'attarde sur sa robe. Qu'y a-t-il en dessous ? Compte-t-elle se baigner ou juste s'empiffrer en délicieuse petite gourmande sous mes yeux ?

Vérifions ça…

Je plaque mes paumes sur le rebord de la piscine, prends appui et me hisse hors de l'eau. Océane se met subitement à tousser. Tiens, tiens, on dirait qu'elle s'étouffe avec sa bouchée. Elle essaie de calmer sa quinte. J'avance, ses prunelles s'animent sur mon corps ruisselant, s'arrêtent au sud. Sur mon pénis dans mon maillot qui peine à se faire discret. Son reluquage remonte le long de mes cuisses, mon torse, le tatouage barrant tout mon flanc droit. Les traces… Son attention atteint mon cou, mon sourire moqueur, mon nez. Elle déglutit en rivant son regard à mes pupilles certainement dilatées.

– Fais gaffe, gloutonne. Tu vas avaler de travers.

Ses pommettes rosissent, elle tente de réguler sa respiration. Mais elle ne peut pas simuler, ça, c'est le plus divertissant.

– Tu ne me fais pas goûter ? reprends-je en m'approchant d'elle sans me préoccuper de chercher une serviette.

– Non… Et puis tu es trempé.

– Remarque très pertinente, répliqué-je, amusé de la sentir soudain moins sûre d'elle.

Elle redevient aussi intimidée qu'au tout début, avant sa découverte sur nos attentes… Avoir dévoilé mon désir pour elle et l'avoir frustrée ensuite donne une nouvelle dimension à son trouble. J'en profite pour la taquiner, d'encore plus près.

– Je suis multitâche, tu sais ? Je peux très bien être trempé et lécher ça…

– Lécher ? répète-t-elle.

Trop tard, je l'enlace, la colle contre ma peau mouillée. L'espace se réduit entre son souffle et le mien. Je sors ma langue pour laper la crème sur elle. Une note de fruit de la passion ? Je la sens frémir, je dévie et suce doucement sa lippe. Je confirme, il y a du fruit de la passion.

– Te lécher toi. Comme ça, tu vois ? lui susurré-je en récidivant.

Le goût de crème et le sien se mélangent sur mes papilles. Même son souffle tiède a la saveur d'un délice fruité. Mais elle tente de se ressaisir.

– Arrête… Je ne serai pas ton… dessert ce soir, Tiger.

– Qui a parlé de te manger ce soir ?

Elle redresse fièrement son beau visage ; un éclair de défi se loge à nouveau dans ses iris.

– On est d'accord alors. Je n'ai pas besoin de touche-pipi, me lance-t-elle.

– De quoi ?

Elle hausse un sourcil. Ses traits s'illuminent. Elle retrouve son sens de la provocation.

– C'est une expression française. Tu n'as pas appris ça dans le genre de pensionnat et d'université d'élite que tu as dû fréquenter ? me raille-t-elle.

Elle essaie de défaire mon étreinte, je la resserre. Ses mains se placent sur mon torse. Inutile de lui raconter mon parcours scolaire ou de partager ce genre de détails personnels avec elle.

Je ne suis pas le genre de « client » qui paie pour bavasser comme le savent les poules de luxe que je commande à des agences prestigieuses. Problème : cette fille n'est pas « du métier » et elle m'excite différemment, bien plus fort et pour plus d'une soirée.

Son petit sourire effronté m'aiguille sur la traduction la plus probable de ce qu'elle vient de me lancer. Au sens littéral, cela donnerait… Non, je crois que j'ai saisi. Mon sourire s'élargit.

– Touche-pipi est votre équivalent de *« play doctors and nurses »* ? déduis-je.

– Bravo, Monsieur Sex ! Donc nous ne jouerons pas au docteur, le gâteau me comble beaucoup plus. Le chocolat est plus jouissif.

– Vraiment ?

– Ahan. Lâche-moi, maintenant.

Je la libère d'une main pour attraper ses doigts. Avant qu'elle ne me repousse complètement, je les place sur mon bas-ventre et glisse lentement plus bas.

– Tu sens ça, Océane ? Ce n'est pas un jeu de gamins, j'ai envie d'une jouissance plus forte avec toi. Si tu regardais au-delà de la frustration immédiate, tu verrais que je… courtise ton plaisir, je l'apprivoise, l'attise. Je le nourrirai, le désirerai jusqu'à notre extrême limite à tous les deux. Et là, quand nous ne tiendrons plus, qu'il nous consumera trop pour être contenu, il ne pourra qu'exploser et tu comprendras pourquoi ça valait le coup d'attendre.

Elle intègre mes mots, les billes assombries. Fini les bravades, elle oscille. Je presse sa paume contre mon érection en la fixant.

– Pas de touche-pipi, ce sont des préliminaires prolongés, sweet Lily. Pourquoi baiser dans la précipitation, quand je peux me délecter de ce manque, bander pour toi à en avoir mal et ne pas t'avoir tout de suite pour mieux te savourer, imploser quand le final viendra ?

– Purée… C'est ce que tu veux ?

Son timbre s'érode, je crois qu'elle commence à envisager les choses sous un angle différent.

– Oui, c'est ce que je veux.

– Tu tiendras comme ça longtemps ? Sans… chercher à éjaculer après ? Zéro orgasme ?

– Tu croyais que je n'aimais contrôler que les autres ? Peut-être t'ai-je surestimée et surévalué aussi ta capacité à suivre mon rythme ?

Ma pique ciblée fonctionne. Elle cille, surprise, intriguée mais surtout prête à se rebiffer encore pour le plaisir de me braver.

– Si tu y arrives, je le peux aussi, se rebelle-t-elle comme prévu.

Qu'est-ce que je disais… Masquant à peine mon amusement, je contre-attaque :

– J'en doute, sweet Lily.

– Pourquoi ?

– Tu t'es masturbée à la première occasion.

– Eh bien, parce que je… Chacun de nous est libre de faire ce qu'il veut de son corps, n'est-ce pas ?

– Pas faux…

Mes yeux deviennent rieurs en la voyant sur la défensive. Océane recule, je ne bouge plus. Elle revêt son air insolent, repart vers la table. Elle abandonne déjà la partie ? Elle reprend une cuillerée de gâteau, l'introduit dans sa bouche et je détecte le changement au fond de ses prunelles. Cette lueur…

Elle entame ensuite un langoureux effeuillage. Lorsqu'elle commence à déboutonner sa robe, j'entre en apnée en apercevant progressivement ce qu'il y a en dessous. Je me contracte, salive à l'idée de la toucher encore, de l'embrasser, l'entraîner dans la piscine, sur un transat, sur le sol ou cette table et de la…

– Prouve-moi à quel point tu peux maîtriser ton érection, Tiger. Convoite-moi. Montre-moi comment tu étires à l'infini les préliminaires…

Putain de merde !

24

Tiger

Ma splendide tentatrice se croit aux commandes face à mon érection sans équivoque. C'est mignon et foutrement stimulant de la sentir si contente d'elle…

Je ne me démonte pas ; je lui murmure :

– Partant si tu me prouves que tu es à la hauteur.

Un certain nombre de partenaires sont passées avant toi, ma douce.

Y compris ma femme. De belles plantes à butiner, à faire éclore, à saccager avec ardeur, à flétrir… Certaines avaient leurs méthodes. Océane est en train d'en adopter une spécifique à elle, cela confère une délicate nouveauté à la chose…

– C'est le cas, tu le sais, me rappelle-t-elle. Sinon tu ne rôderais pas tel un prédateur autour de votre jeune fille au pair.

– Je suis peut-être seulement curieux de voir si tu mérites que j'aille plus loin. C'est ce que tu désires ?

– Possible…

– Bien. Je te l'ai déjà dit, m'avoir en toi se mérite, Beauté. Toutes les étapes supérieures, idem.

Mon affirmation indécente plane quelques secondes dans l'air tiède de cette soirée. Océane affiche une fausse pudeur excitante. Elle s'abstient de répliquer. À la place, elle me dévoile sensuellement son épiderme velouté.

– Ahan… note-t-elle en me montrant l'absence de maillot de bain sous sa robe.

Punaise, ce bout de tissu a un effet terrible sur mon bas-ventre. Le galbe des seins d'Océane sous la transparence de son soutien-gorge, le triangle satiné sous celle de sa petite culotte et tout le reste me subjuguent.

– Approche, lui intimé-je, la voix rauque et enfiévrée.

Elle traîne exprès, met mes nerfs à rude épreuve. Sa robe tombe à ses pieds nus sans le moindre bruit. Elle avance, me défie.

– Tu vas me montrer, Tiger ?

– Ferme cette jolie bouche et viens par ici si tu veux le savoir.

Sourires de connivence, mon désir va crescendo. Son air malicieux et cette semi-nudité exposée me consument.

– Je n'aime pas trop recevoir des ordres, murmure Océane.

Je l'attrape. Nos souffles se rejoignent. J'encercle sa taille, la presse contre moi.

– C'est bête, obéir pourrait être si fun… Laisse-moi les commandes, pour ton plaisir et le mien.

Nos lèvres jouent à cache-cache, se cherchent, se fuient, s'entrouvrent, s'effleurent. Elle lutte. Ma langue la cajole, l'incitant à entrouvrir davantage sa bouche. Nos respirations se mélangent. L'une de mes mains glisse sur sa nuque, se faufile sous ses cheveux pour basculer et maintenir sa tête. Un léger soupir lui échappe, m'enivre.

– Hum… essaie de me convaincre alors, Monsieur Sex.

– J'y compte bien, mademoiselle Rousseau.

Je la soulève, buste contre buste.

– Tu es toujours mouillé, se plaint-elle pour la forme.

– Toi aussi, affirmé-je avec assurance.

Je ne parle évidemment plus de gouttes d'eau de la piscine. La rougeur de ses pommettes témoigne qu'elle a saisi. Pourtant, elle me murmure :

– Pas du tout.

– Fais gaffe. Je sévis pour les gros mensonges de ce genre… lui promets-je.

– Tu sévis ? Ouh, j'ai peur…

Joueuse ! J'humecte mes lèvres, la bouffe du regard. Je l'emmène sur la table, balaie à l'extrémité ce qui s'y trouve pour installer son fessier à croquer. Ses cuisses s'écartent, me laissent de l'espace, debout devant elle. Ses bras sur mes épaules, Océane s'efforce de paraître sûre d'elle. Même si je commence à détecter les signaux émis par son corps. Mes doigts passent derrière elle, dégrafent sa lingerie sans lui cacher ma convoitise. Mes iris parlent pour moi tandis que je fais coulisser ses bretelles et révèle peu à peu sa poitrine, en réprimant en partie mon appétit. La perspective de l'embrasser sans céder à cette envie est diaboliquement motivante. Une délicieuse torture, pour elle, pour moi. Longtemps, nous restons dans cette contemplation sans mots, sans gestes.

Son trouble s'accroît, son grain de peau se hérisse, le rose de ses joues vire au rouge. Et ses pupilles, putain, elles sont fascinantes. Je l'observe à la loupe, mémorise tout d'elle. Sans précipitation. La tension monte, suffocante, magnétique. Je frôle le lobe de son oreille. Elle frissonne, dans l'expectative. Je pousse ses cheveux et caresse le discret tatouage que j'avais aperçu dans cette zone. Des chiffres. Elle se crispe, je ne pose aucune question. J'ai déjà les réponses dans son dossier constitué par mon staff de sécurité. Elle le sait maintenant… Et je préfère éviter ses questions sur les miens…

Je reviens sur sa jolie bouille, m'immerge dans ses billes vertes. Je parcours le contour de son visage, mes doigts frôlent ses lèvres. Les siens brûlent l'épiderme de mon dos.

– Tu as encore faim, petite gourmande ?

– Ça dépend… badine-t-elle.

Je me décale à peine, le temps d'attraper le dessert passion-chocolat qu'elle a entamé sans moi. Et j'affirme :

– J'ai affreusement faim. Tu ne m'as pas proposé la moindre bouchée tout à l'heure. On recommence ?

Son haussement de sourcils et la lueur au fond de ses yeux décuplent la fougue tapie dans mon entrejambe. Je chope son poignet, dirige sa main vers le gâteau et lui intime :

– Fais-moi goûter, Océane. Maintenant.

– T'ai-je déjà dit que je n'aimais pas les ordres ?

– Fais-le, reprends-je, plus ferme, plus convaincant.

La surprise se lit sur ses traits, son émoi également. Je ne crie pas, je ne la force pas. Elle découvre simplement ses options limitées. Lady Candice et toute la panoplie de dominatrices que j'ai usées à mes 18 ans la trouveraient presque aussi indocile que je l'ai été. Et c'est d'autant plus émoustillant de repousser les limites…

– Et si je refuse ? me souffle Océane.

– Alors, tu seras libre de partir. De cette table, de chez moi. Dès ce soir. Transaction terminée. Pas de bonus. Plus de négociations. Plus aucun contact avec Sophia ou moi.

Je reste ferme et je la sonde. Elle avale sa salive, inspire un grand coup. Sa poitrine se soulève, attire mon regard. Océane tente de savoir s'il s'agit d'un coup de bluff, de pression. Hormis mon désir, elle ne capte plus rien de mes émotions. Ça, je sais verrouiller. Accès interdit à n'importe qui, partenaire d'affaires, de baise ou quiconque. Je vais juste renverser la vapeur, faire aller les choses dans mon sens à l'avenir.

– Je peux très bien partir quand je veux, Tiger. En fait, je joue tant que ça m'amuse autant que toi, que j'en ai autant envie que toi. C'est noté ?

Sa mine défiante décuple mon plaisir. OK, pas de bras de fer, le rapport de force, elle le sentira quand je serai en elle… Je trouverai le moyen de garder le plein pouvoir sur l'essentiel.

– C'est noté, Lily. Ça me va.

Satisfaite de sa mise au point, Océane dédaigne les petites cuillères. Ses doigts s'enfoncent dans le gâteau, reviennent avec un morceau crémeux devant ma bouche. J'enveloppe son poignet, l'approche de moi en la dévorant du regard.

– Je le veux… là, lui dis-je en reconduisant doucement sa main vers elle.

Le lamington revisité et plus crémeux s'écrase sur ses lèvres. Je continue. Une traînée de mousse onctueuse marque lentement le passage que je crée sur son corps. Son cou, ses aréoles, l'espace tendre entre ses seins. Le dessert s'émiette sur elle, colle à sa peau jusqu'à son ventre, la fait frémir.

– Voilà qui est mieux. Et beaucoup plus appétissant, commenté-je avant de récupérer enfin ses doigts maculés et de les fourrer dans ma bouche.

Je commence à déguster, mes iris plantés dans les siens. Ma langue s'enroule autour de chaque doigt et lèche délicatement tout le long, puis s'immisce entre eux. Mes lèvres s'arrêtent au creux de sa paume ; Océane étouffe un gémissement.

– J'en ai presque partout, m'indique-t-elle, l'intonation enrouée.

Mes yeux glissent un instant sur ses tétons, j'ébauche un sourire en remontant vers sa bouche qu'elle lèche à son tour.

– Ça peut s'arranger. Ce qui est là-dessus est à moi. Toi, tu as déjà mangé, gloutonne, l'avertis-je.

– Punaise, Tiger… Tu…

Je la capture. La suite se perd sur mes papilles dans un baiser vorace. Chacun redécouvre le goût du gâteau sur la langue de l'autre. Je l'embrasse à en perdre haleine. Une éternité plus tard, sans être rassasié, je bifurque sur le chemin sucré qui jalonne ses courbes et ses creux. Pour savourer sa peau, la sucer, la mordiller. Quand j'atteins ses dômes nappés de mousse fruitée, Océane s'agrippe à mes cheveux. Elle ahane, se cambre, ses bouts de seins durcissent sous ma langue. J'engloutis tout ce que j'ai semé sur elle, patiemment, longuement. Elle perd son latin, elle perd pied. Je l'incite à s'allonger, en profite pour la délester de sa culotte. Je me redresse avec la lingerie, la caresse avec en rebroussant chemin vers son cou. Son dernier soupir meurt sur l'étoffe rouge lorsque je l'enfonce en douceur dans sa bouche comme un bâillon et lui chuchote :

– Tu en auras peut-être besoin pour ne pas crier…

Elle m'interroge de ses beaux yeux enivrés. Je la maintiens couchée, m'empare de ses mollets et les tire pour avoir son bassin plus près de moi. L'une de mes paumes se plaque sur son bas-ventre, ma faim se déploie plus au sud. Ses « hummm » de plaisir sont assourdis durant un laps de temps. Va-t-elle tenir et garder la lingerie en place ? Ce n'est qu'un premier test…

– La vache, Tiger… râle-t-elle quand elle sent la fraîcheur de la crème que j'étale sur son pubis.

Exit, le bâillon. J'ai la réponse à mon test : ce n'est pas une docile, j'aime ça. J'ébauche un sourire d'anticipation. J'effleure ses grandes lèvres, enduis son bourgeon pour mieux me régaler de ses gémissements et de ses contorsions. Mon index, ma langue s'aventurent dans son doux fourreau parfumé. Océane émet des propos incohérents, s'arc-boute, étire mon prénom. Assoiffé, je m'infiltre entre ses plis. Son essence intime sublime les délices qui imprègnent mon palais. Plus je la pénètre, la sillonne, plus les fragrances s'entremêlent et me rendent insatiable. Ses cuisses contre mes tempes, ses petites mains dans mes cheveux, elle est envahie de secousses. Cela s'amplifie, suivant le rythme de ma dégustation. Elle se raidit, me supplie de ne pas m'arrêter, enchaîne des :

– Oh, oui…

Je m'attarde sur un point sensible, l'entraîne au bord de la folie sensorielle. Son plaisir menace d'atteindre les sommets. C'est le moment… Je remonte, embrasse son aine, sa toison, son nombril. Je l'aide à se redresser sur la table, la lèche à nouveau en repartant vers sa poitrine, dont je mordille les extrémités érigées. Je malaxe sa chair, l'érafle, la butine de bas en haut. Elle suffoque, me griffe, me suce dans le cou lorsque je rejoins sa bouche pour absorber ses plaintes. Nos peaux moites et collantes s'échauffent, se frottent.

Océane essaie d'introduire une main baladeuse sous mon maillot de bain. Mes muscles se contractent, gorgés de désir. Elle réussit son coup, nos langues s'affolent tandis qu'elle masse mon sexe. Je perds mon souffle dans sa gorge, mes paupières tombent, mon cinquième membre se raidit à l'extrême.

– Putain, ça donne envie de prendre plus souvent des desserts, lui confié-je en m'efforçant de mettre le holà.

– On est d'accord, ronronne-t-elle, envoûtante et coquine.

– Tu sais qu'on va devoir freiner maintenant ?

– Non… T'es pénible, se rebiffe-t-elle avec un sourire délicieux sur ses lèvres enflées.

Mon front vient contre le sien, histoire de récupérer un peu de flegme. Je saisis son poignet pour l'empêcher de palper davantage mon érection. Je me plonge enfin dans ses billes, la mine taquine.

– Tu me promets de ne pas poursuivre toute seule ?

– Je ne sais pas si je peux promettre une bêtise pareille, me répond Océane, les pommettes écarlates, les pupilles dilatées.

– Moi, je t'en sens capable, lui assuré-je d'une voix basse.

Elle me sourit, ses ongles se promènent sur moi.

– Et toi, qu'est-ce qui me dit que tu ne vas pas enfreindre tes propres règles ? me demande-t-elle.

– Je m'y tiendrai. Tu as ma parole. D'ailleurs, je ne sais plus quelle heure il est, mais…

Je vérifie sur ma montre. Merde ! Il me reste à peine dix minutes maintenant.

– Argh ! J'ai une visioconférence. J'aurai à peine le temps de faire un brin de toilette et d'enfiler quelque chose avant de me mettre au boulot.

D'abord incrédule, Océane écarquille les yeux puis finit par pousser un soupir.

– Tu vas travailler maintenant ? Une réunion au milieu de la nuit ?

– Je suis parfois obligé de me plier à d'autres fuseaux horaires.

Elle ne bouge pas. Moi non plus. Nous nous observons, les caresses refleurissent. Mes doigts ne parviennent pas à quitter ses courbes. Mes iris fouillent en elle, l'incitent à m'accorder peu à peu sa confiance. Le genre de confiance qu'on ne contractualise pas, qui se crée entre deux personnes… patiemment, habilement.

– OK, capitule-t-elle finalement… Qu'est-ce que je vais bien pouvoir faire, moi ?

Je réfléchis pour lui suggérer de quoi l'occuper.

– Nager, par exemple. Ou regarder un film ? Ce que tu veux. Tu as libre accès à ma salle de cinéma désormais. Le personnel t'apportera de quoi boire ou grignoter…

Elle me fait la moue, je bloque un instant sur sa bouche en tentant de canaliser ce besoin encore brûlant de fondre sur elle.

– Mouais… Donc tu me proposes de noyer ma frustration, se plaint Océane en m'encerclant avec ses jambes, ses bras sur mes épaules.

Amusé, j'enfouis mes doigts dans sa chevelure ébouriffée. L'heure tourne, mais je savoure de la sentir un brin plus conciliante.

– Tu auras une récompense si tu tiens cette fois-ci.

Elle fronce son joli petit nez, perplexe.

– Tu veux acheter ma coopération, c'est ça ? s'enquiert-elle.

– Non, je veux la gagner. Je vais la gagner, dis-je avec calme. Et toi tu obéiras, pour le fun, souviens-toi.

– Mouais…

Puis elle rigole et secoue la tête pour me contredire. Je lui vole un baiser, je réussis ensuite à me libérer. Je jette un coup d'œil au cadran à mon poignet. Ça commence à urger.

– Désolé, mademoiselle Rousseau. Je dois vraiment filer. Nous reprendrons les négociations demain.

– Espèce de tortionnaire, me reproche-t-elle avec un sourire espiègle. Je comprends mieux d'où vient ta réputation d'homme d'affaires dur et inflexible.

J'éclate de rire en me penchant pour récupérer mon téléphone près d'un transat. Elle me balance sa culotte qui n'atteint pas sa cible.

– Marre-toi bien, je n'ai pas dit mon dernier mot, me défie-t-elle.

– J'espère bien. Je déteste les parties gagnées d'avance. Les défis m'excitent bien plus.

Je ramasse sa lingerie et me dirige vers la porte-fenêtre avec.

– Tiger, rends-moi ça ! m'interpelle-t-elle.

– Non, ce bout de tissu m'appartient. Il va trôner sur mon bureau ce soir, tel un premier trophée, lui déclamé-je en m'éloignant.

J'entends un infime bruit. En me retournant, je constate qu'elle vient de m'envoyer son soutien-gorge comme second projectile. Loupé encore une fois ! Elle me tire la langue, inconsciente de l'image qu'elle renvoie. Sous l'insistance de mon regard, ses bras tentent de couvrir son pubis et ses seins. Échevelée, magnifique sous le clair de lune. Puis elle hoche les épaules et repart toute nue vers la piscine. Putain, elle ne perd rien pour attendre. Toujours avide d'elle, je galère à décrocher mon regard de son corps lorsqu'elle saute dans l'eau. Sa tête réapparaît trois secondes après.

– Qui sait, tu auras peut-être du mal à te concentrer en me sachant là, prophétise Océane dans le clapotis de son bain de minuit.

Elle ne s'avoue pas vaincue. J'humecte mes lèvres et nie à mon tour. Ce tableau va se graver sur mes rétines pour le reste de la nuit, je n'ai aucun doute là-dessus.

Mais l'excitation ne m'empêchera pas de travailler, Blondinette. Tu n'y changeras rien.

Avant de m'engouffrer à l'intérieur, une idée germe dans mon esprit. Je m'arrête, me retourne. Elle me regarde toujours.

– Au fait, j'ai une autre option si tu veux bien me rendre ce service.

– Comme quoi ? se méfie Océane en plaquant ses cheveux mouillés en arrière.

– Je vais bosser tard… Quand tu auras sommeil, tu peux te glisser dans mon lit et tenir compagnie à Sophia cette nuit ? Cela la rassure lorsqu'elle est dans cet état.

Même à distance, je perçois une certaine sidération sur le visage d'Océane. Fini les jeux charnels et autres taquineries. Une réalité différente transperce la bulle : ma femme.

– Euh… oui. D'accord, j'irai dormir avec elle.

Je lui adresse un clin d'œil en guise de merci et disparais de sa vue.

***

Océane

La requête de Tiger me cloue un instant sur place. Je réalise avec trouble la situation paradoxale dans laquelle je me suis fourrée. Malgré la complicité que nous venons de partager, sa femme reste au centre de ses préoccupations. Ce qui tombe sous le sens. Mais une sorte de douche froide mentale du nom de Sophia me freine aussi.

Je suis en train de me paumer en eux… L'un après l'autre…

Je replonge dans l'eau turquoise, m'épuise à faire quelques longueurs pour ne pas me remettre à cogiter et m'esquinter les neurones. Sur leur couple, sur moi et où tout cela me conduit. Comment cela va finir ? Même si je devrais réactiver mon cerveau shooté aux phéromones et écouter ma raison…

Au foyer, Myriam m'a conseillé de vivre librement ma vie et de me lâcher. Mais peut-être pas autant ? J'ai l'impression de ne pas réussir à trouver le juste milieu…

Plusieurs brasses plus tard, je sors et m'enroule dans une serviette. Je récupère mon soutif, ma robe pour pénétrer dans la forteresse Sexton. Sous la douche, les paupières closes, je revis les caresses, les baisers et le cunni torride prodigués par Tiger. J'ai encore frôlé les cimes, senti la jouissance à fleur de moi. Étrangement, avoir flirté avec l'orgasme sans l'atteindre ne se résume plus uniquement à une frustration sensorielle. Mais je n'arrive pas à identifier le sentiment ou les sensations que cela réveille en moi. Pourquoi je continue de frissonner rien qu'en pensant à Tiger, en imaginant jusqu'où il ira la prochaine fois ?

Punaise, j'ai bien l'impression d'y prendre goût !

Je m'essuie, sèche ma tignasse et la dompte devant la glace. Je reconnais à peine mon reflet, cette lueur dans mes prunelles. Comme si une facette de moi, titillée par le vice, grandissait au contact de ce couple. Tout est si singulier, anticonformiste et différent de ce que je suis et crois connaître depuis toujours. Je me sens… différente, excitée et pas que physiquement. Pour la première fois, je sens naître une curiosité tenace en moi. Celle d'explorer d'autres facettes de ma sexualité. L'admettre me scie. Je me fige et contemple mon visage, mon cou encore marqués par les assauts de la bouche passionnée de Tiger. Ses dents sur mes lèvres, sa langue… Un soupir me trahit.

J'étale une noisette de crème hydratante sur ma peau, enfile une petite culotte et l'une des nuisettes achetées lors du shopping avec Sophia. En pleine introspection, je longe l'aile de Mme Sexton pour la rejoindre dans celle de son mari. C'est de la folie. Je me sens bizarre de me faufiler dans un lit auprès d'une femme endormie, après avoir palpité dans les bras de son époux.

Il n'y a plus rien de conventionnel entre nous trois… Ils sont en train de brouiller les repères et les bornes auxquels je suis habituée. Mes maigres certitudes s'effritent lentement sous mes pieds…

Je prends du plaisir à ce dépaysement des sens et des émotions. Alors carpe diem, même si une petite part de moi se demande s'il y aura un envers du décor un jour…

25

Océane

Le lit est immense, confortable, néanmoins je n'arrive pas à me détendre. Je joue sur mon portable et surveille de temps à autre Sophia à la lueur de l'écran. Elle semble si apaisée, vulnérable. Elle ne se doute même pas de ma présence ni de ce que j'ai fait avec son homme. Bon sang ! J'ai beau être au courant des libertés dans leur couple, de leurs extras hors des clous, il m'est difficile de gérer les faits avec le même naturel qu'eux.

Et puis, des zones d'ombre subsistent toujours…

Lorsque Tiger m'a affirmé qu'avoir quelqu'un avec elle ce soir l'apaiserait, il semblait savoir de quoi il parlait. Comme si la situation était récurrente… Sophia est-elle souvent dans cet état ? Saurai-je un jour la véritable cause ? Que fait habituellement son époux dans ces cas-là ? Il l'accepte exceptionnellement entre ses draps et entre ses bras ? Un instant, je l'imagine en train de la toucher, faisant fleurir sur la peau dorée de sa femme les attentions brûlantes auxquelles j'ai eu droit…

Tu déraillles, Océane.

Mince, même mes pensées deviennent obscènes, s'éloignent des limites et me picotent le cœur malgré moi. J'ai du mal à minimiser ce petit pincement inexplicable quand je me rappelle qu'ils sont mariés. Je ne suis qu'une pièce rapportée distrayante, provisoire, moi. J'y ai consenti. N'empêche, plus mes employeurs m'intègrent dans leur couple, leur quotidien, leur intimité, plus je peine à m'y retrouver. Le rapprochement physique entre Tiger et moi menace d'empirer ce bordel dans mes synapses et mes émotions. Je dois absolument conserver cela dans la case « expérience sexuelle particulière », « parenthèse d'amusement entre adultes » où personne ne s'attachera durablement à personne. Je vais m'en persuader… Et ne jamais laisser cette partie à trois ébranler certaines de mes barrières psychologiques, chambouler mon monde.

On est trois… Même quand je suis seule avec Tiger… Lui et Sophia forment une paire indissociable. Ne pas l'oublier.

À force de me le ressasser, la fatigue commence à me ramollir le corps et le cerveau. J'abandonne mon portable sur une table de chevet et m'enfonce sous la couette. Je me tourne et me retourne sans cesse, incapable de me mettre réellement à l'aise. L'odeur de Tiger sans Tiger dans les parages et Sophia juste à côté constituent un amalgame déroutant. Je ferme les paupières, retrouve ses yeux à lui. Emplis de désir.

Purée, Océane, pourquoi es-tu encore là ?

Mon nez hume l'oreiller, mes suppositions valdinguent dans mon crâne éreinté. Petit à petit, Morphée gagne du terrain dans ce chaos. Sophia marmonne, bouge. Je cesse de respirer quand elle roule vers moi et se blottit contre mon dos. Oh, merde, elle n'a pas de fringue ! Je fais quoi ? Elle émet un charabia haché, puis quelque chose qui s'apparente à un :

– Merci…

À qui cela s'adresse-t-il ? À sa « nouvelle amie sous contrat » ? Ou à l'homme qu'elle aime éperdument ? Je présume qu'elle rêve de son Ty et croit l'étreindre, lui, en se lovant contre moi. Le corps viril de son homme est très différent du mien, mais après tout, je ne suis pas supposée me trouver ici, à la place de Tiger. Dans sa chambre, son sanctuaire jusque-là infranchissable. Sophia est à des années-lumière de mon conflit intérieur. Elle se presse contre moi, enroule sa jambe autour de moi. Mes tentatives pour me dégager en délicatesse échouent. Elle me serre en marmottant des mots ressemblant à « Ne m'abandonne pas, ma sœur… ». Sa voix vaseuse, suppliante, me remue ; je cesse d'insister pour tenter de me libérer.

Il n'y a plus qu'à espérer pouvoir la repousser un peu plus tard. Ou compter les moutons pour m'endormir aussi. C'est possible ?

***

Tiger

Dans mon bureau, j'ai attaqué ma visioconférence. Bien qu'un autre écran capte aussi mon intérêt. Celui à vision nocturne de l'une des caméras de vidéosurveillance de la propriété. Au début, je l'ai allumé pour avoir un œil sur le sommeil de Sophia même si Murphy assure la garde dans une chambre de mon aile. Je n'étais pas sûr qu'Océane accède à ma demande, cela l'a d'ailleurs déroutée. Pourtant, la voici. Dans mon lit. Elle ignore l'existence des caméras, en temps normal je ne consulte pas non plus les images. Celles de l'intérieur sont généralement désactivées lorsque je suis là pour préserver notre intimité. Sauf en cas de nécessité, comme ce soir. Cela reste une simple précaution de sécurité la plupart du temps.

Pour éviter que Sophia ne…

Putain ! Je fourrage dans mes cheveux pour apprivoiser mes pensées. Elles reviennent se fixer sur l'envoûtante source de distraction dans mon repaire. Océane.

Je l'ai vue s'y introduire sur la pointe des pieds, se servant de la lumière de son téléphone pour se repérer et avancer. Sa silhouette féminine dans une nuisette satinée parasite encore ma concentration. Un… plan cul dans mes quartiers personnels, c'est inédit et déstabilisant. Pour ma tête, et pour une autre partie de mon anatomie…

Mes interlocuteurs débattent d'un potentiel investissement en Europe. D'un côté ceux qui bossent pour moi, de l'autre les deux dirigeants de l'entreprise touristique qui essaient de m'appâter. Chacun s'acharne à exposer ses arguments. J'inspire, les interromps.

– Je pourrais envisager une contre-proposition… Ma décision finale dépendra de l'opinion que je me forgerai lors de ma visite.

– Nous serons honorés d'organiser cela, s'empresse de répondre le P.-D.G. de la boîte de tourisme. Votre date sera la nôtre, monsieur Sexton.

Mon équipe attend ma réponse, afin de préparer un futur déplacement pour jauger l'ensemble. Je prends le temps de réfléchir quelques secondes, échange un regard par écrans interposés avec John, mon DAF. Malgré ma concentration, mes yeux dévient encore sur l'ordinateur d'à côté, plus silencieux et plongé dans le noir. Océane s'est-elle endormie ? Ma femme s'est blottie contre elle, ce tableau infrarouge devient obsédant…

– Bien, dis-je sans quitter cette image du regard. John va bloquer un créneau qui puisse convenir à mon équipe pour envisager ce voyage. Mon assistante vous contactera prochainement.

– Parfait, monsieur Sexton. Merci de nous avoir accordé du temps, nous attendons donc des nouvelles de votre assistante.

Ce sujet étant clos pour l'instant, les représentants du tour-opérateur disent au revoir et se déconnectent. Me laissant en concertation avec les têtes pensantes de TS Naval pour poursuivre l'entretien sur nos possibilités d'expansion sur le continent européen.

J'étudie les alternatives. Mes gars creusent pour exploiter le meilleur angle. Offrir à TS Naval l'occasion de diversifier nos activités et nous implanter sur d'autres territoires est un projet qui aurait plu à mon paternel. Je crois… Mes ambitions et notre puissance d'aujourd'hui vont au-delà de ses prévisions. Lui a rendu plus forte l'entreprise de construction navale dont il a hérité. Hélas, il n'a pas eu le temps de la faire grandir davantage, hors de nos frontières, et de notre premier secteur d'activité.

Maintenant c'est le cas, pourtant cette soif de plus me tenaille encore. Je ne me sens toujours pas pleinement à la hauteur de la lignée…

Cela me gonfle à bloc, pour me focaliser sur l'essentiel, me surpasser, et ne laisser aucun détail au hasard. L'entrevue s'étire. Je passe au peigne fin les analyses effectuées par mes experts, exige des réponses affûtées à mes questions.

Dans ma paume gauche, je froisse un bout de tissu rouge. Mon cerveau rationnel se met en veilleuse lorsque mon pouce caresse la petite culotte d'Océane. Je contemple à nouveau ses cheveux blonds éparpillés sur mon oreiller. Sent-elle Sophia tout près ou ne s'en rend-elle pas compte ? Seraitelle encline à… Et si je les rejoignais après ?

Non, le filtre, Tiger !

– … Je vous enverrai un mail récapitulatif, monsieur Sexton.

– Impeccable, dis-je, imperturbable en apparence.

Voir ainsi Sophia et Océane exhume dans mon crâne les remarques plus ou moins subtiles de Murphy sur la direction que semble prendre notre vie sexuelle. Durant la partie de poker en début de soirée, le psy de Sophia a fini par se montrer curieux vis-à-vis d'Océane. Sa patiente, ma chère épouse, ne lui avait manifestement pas confié cela durant leurs séances… Au fond, nous savons tous qu'un manque de maîtrise de la situation ferait voler en éclats certaines choses.

Ce warning ne se déloge pas de mon esprit pendant la suite de la réunion avec John.

***

Océane

Combien de temps ai-je somnolé ? Parce que quand je reprends conscience de ce qui m'environne, je sens un corps lové contre le mien. Puis un deuxième.

Oh, merde, il y a les deux ? Sophia et…

– Tu m'attendais, sweet Lily ? me confirme le son rauque de la voix de Tiger au creux de l'oreille tandis que ses grandes mains effleurent ma peau.

Je les reconnais au contact, je les ressens, épousant mes formes. C'est si soudain, et pourtant pas étonnant. Peut-être parce qu'une part de moi espérait ce genre de débordement ? Voulais-je secrètement que Tiger vienne ? Qu'il nous rejoigne ? Qu'il *me* rejoigne ? Mon Dieu, je crois que oui et j'en frémis. Son pansement m'érafle légèrement et me rappelle que je suis sur le point de m'aventurer plus loin dans l'intimité de deux personnes à la fois. Me rapprocher de lui me rapproche inexorablement d'elle. Et vice versa. Mes hormones, mes limites, mes pensées s'embrument. Je suis littéralement au cœur de leur couple, prise en sandwich dans leur duo, prise de part et d'autre par des sensations, des émotions, des sentiments différents.

Qu'est-ce que je fais ? Purée, quelles portes suis-je en train d'ouvrir ? Où mets-je les pieds ?

Dans la semi-pénombre, dans un lit nimbé de la clarté de la lune dehors, les mains avides de Tiger me quittent pour s'égarer sur d'autres courbes féminines. Je devine qu'il touche Sophia. Celle-ci, enfin reposée, remue lascivement, elle se frotte contre moi. Ou contre lui, me prenant dans l'étau de leur étreinte. D'un côté, je suis soulagée qu'elle aille bien, mais aussi très déroutée d'être en train de faire avec elle ce que je fais…

Ça va trop loin, non ? Où est le point de non-retour ? Pourquoi ne dis-je pas stop ?

Je sais que ça chavire, Tiger me fait perdre le nord. Tout cela bascule vers autre chose, vers un monde qui m'est inconnu. Parce qu'il est là, lui, qu'il m'excite au plus haut point. Cet enchevêtrement de corps a un goût de drogue, une saveur ensorcelante de fruit défendu. Les deux ensemble diffusent en moi un je-ne-sais-quoi d'euphorisant.

Je me sens faible, tentée, curieuse…

– Content que tu ailles mieux, murmure Tiger à Sophia.

– Pour un accueil pareil, je devrais craquer plus souvent, susurre la métisse.

Ses seins se pressent contre mon dos. Féline, douce. Au même moment, les doigts de son mari s'enfoncent dans mes cheveux et ramènent ma bouche contre la sienne, experte, passionnée. Il m'ébranle, m'emmène dans une volupté frissonnante, ouvre plus grand cette porte intime qu'il a déverrouillée. Il efface les bornes établies, tout ce à quoi je m'accrochais jusque-là. Un plaisir dévoyant et un trouble enivrant germent en moi. Mes sensations ambivalentes se décuplent quand je sens les lèvres de Sophia semer à leur tour de délicats baisers sur mes épaules, sur ma nuque. La situation est inédite, inattendue, perturbante, mais je me surprends à savourer cette connexion naissante à trois. Ils forment une paire de sensualités et de convoitises autour de moi. Ils me font vaciller, de plus en plus grisée et perdue…

Purée, qu'est-ce que je fais ?

Les deux me touchent avec un tel naturel. Sophia dégage suavement ma chevelure, ses gestes contrastent avec le désir brut de son mari. Lui me dévore avec fougue, comme s'il n'avait pensé qu'à ça durant des heures. Elle, elle me caresse à travers la soie de ma nuisette, embrasse ma peau et me chuchote :

– Je suis heureuse que tu sois là…

Cela s'adresse-t-il à moi ou à son homme ?

Mon cerveau se transforme en coton, et mes sens cèdent à la tentation. Tiger me bascule sur le dos et se redresse pour embrasser sa femme au-dessus de moi. Le souffle saccadé, je les regarde sans savoir quoi faire ni oser bouger. Intimidée par la tournure des choses, apeurée d'en vouloir encore plus…

Tiger me revient, affamé, excité et il me le fait sentir en me relevant pour me plaquer contre lui. Agenouillés, nous sommes rejoints par Sophia qui colle à nouveau son buste contre mon dos. Leurs mains me frôlent, me massent, et sillonnent mon corps. Je réalise que je suis la seule à être encore habillée au milieu d'eux. L'érection de Tiger s'appuie contre mon aine, tandis que son épouse enveloppe mes seins dans ses paumes et en titille les bouts à travers le tissu satiné. Son chéri me malaxe les fesses et me presse plus durement.

– Que vais-je bien pouvoir faire de deux femmes dans mon lit ? grogne-t-il au creux de mon oreille.

– J'ai une petite idée sur la question, le taquine Sophia… Et si tu enlevais tout ça d'abord, ma chérie ? me chuchote-t-elle ensuite.

Joignant le geste à la parole, elle retrousse lentement ma petite robe. Sidérée par ma propre audace, je me laisse faire. Mes bras se soulèvent afin de l'aider. Un soupir m'échappe lorsque Tiger saisit l'occasion pour attraper mes tétons, l'un entre ses dents, l'autre entre ses doigts.

Oh merde alors…

– On a envie de toi, me dit tout bas Tiger.

– Très envie de toi, me confirme Sophia.

Il pétrit ma poitrine, aspire, souffle, tète. Sa virilité avide et la subtilité liquéfiante de son épouse se déploient ensemble sur moi. Deux bouches, quatre mains, des muscles bandés et des courbes souples… La thèse et l'antithèse d'une euphorie insidieuse dans mes veines, dans mes neurones. Je devrais dire stop, ça va définitivement trop loin. Je n'ai jamais fait ça ni même fantasmé sur un truc pareil. C'est fou, affolant. Oui, je devrais dire stop, mais je geins :

– Oh, oui…

Et c'est là que je perds le peu de contrôle qu'il me restait. Tiger, leste et habile, me fait tomber sur le matelas. Sur le ventre. Son sexe rigide palpite contre la fente de mon fessier, son souffle s'invite sur mes cheveux. Il cherche mon oreille et me grogne :

– Tu crois que je vais te faire jouir ce coup-ci ou te punir en ne baisant que Sophia pendant que tu nous regardes ?

– Punis-la, mon Ty, intime sa moitié, complètement émoustillée. Non, viens par ici et punis-moi d'abord, j'ai été très vilaine…

Il me délaisse, la chope pour la coucher dans la même position que moi.

Puis, son bras passe sous elle, entre les draps et le corps de Sophia. Tiger fait remonter son bassin vers lui et la pénètre sans ménagement.

– Tu as raison, ma chère épouse. Tu as été une très vilaine fille, statue-t-il en lui assénant un coup rude de boutoir.

Sophia creuse les reins, me fixe en gémissant, l'air fiévreuse et comblée.

– Arf, oui ! Baise-moi, Ty. Laisse-la se languir, soupire-t-elle.

Il empoigne la croupe de sa belle métisse et s'enfonce une nouvelle fois en elle.

– Comme ça ?

– Oh, oui ! J'aime te retrouver.

– Moi aussi. Elle a joué son rôle à la perfection, ta trouvaille a rallumé la flamme.

Qu'est-ce qu'il…

Cette phrase s'immisce en moi, sournoise, pénible à entendre. Le plaisir sulfureux qu'il a fait naître en moi dans leurs bras se mue progressivement en une impression désagréable. Eux sont toujours aussi exaltés. Tiger pénètre à nouveau Sophia qui se cambre. Leurs gémissements se réverbèrent dans ma tête. La bouche sèche, je prends conscience qu'ils me relèguent au second plan. J'essaie de me dégager, plus si sûre de ce qui se déroule.

– Oui, j'ai… j'ai bien fait de l'engager, ahane Sophia, secouée par les va-et-vient puissants de son mari.

Leurs têtes se tournent dans ma direction. Je ne peux pas louper l'intensité des pupilles éclatées d'excitation de Tiger, parce que c'est lui que je fixe. En état de choc, j'attends, j'espère une réponse de sa part qui ne me blesserait pas autant. Peut-être que Sophia divague encore un peu, mais lui, il sait qu'il m'a suppliée de rester. Il m'a dit combien il me désirait et avait besoin de moi.

Dis-le, Tiger. Redis-le-moi…

– Je ne sais pas trop… dit-il.

Je cligne des yeux, subitement refroidie. Qu'est-ce qu'il fait ?

– Elle ne m'a pas encore convaincu, conclut-il. On devrait prolonger sa période d'essai.

– Quoi ? couiné-je.

– Tu vas devoir nous donner plus, ma chérie, me susurre la voix gémissante de Sophia.

Une vague de chaleur suffocante m'envahit, je me sens oppressée maintenant. Tiger répète encore, il y a comme des échos dans mon cerveau embrumé. Je ferme les yeux, secoue la tête. Mon cœur s'emballe. Mon souffle, idem. Je m'agite. Soudain, mes paupières s'ouvrent.

La chaleur est toujours perceptible. Elle provient du corps de Sophia, avachi sur le mien. Je ne peux m'empêcher de tapoter derrière moi, à la recherche du troisième membre de notre trio.

Il n'est pas là. Bien sûr que non. Putain de cauchemar érotique ! Ce n'était qu'un rêve et j'y ai cru… ou l'ai espéré jusqu'au bout. Qu'est-ce qui me prend ?

Bordel, c'est officiel : je m'égare sévère ! Et Sophia est trop près, cela amplifie mon malaise. J'ai presque peur de me rendormir.

Peur des digues qui lâchent en moi. C'est le souk dans ma tête.

26

Océane

Est-ce une musique d'ambiance que j'entends ? Je m'étire. Une voix langoureuse et des notes d'instruments épurées s'infiltrent dans mes oreilles. Je garde les yeux fermés, pour me réveiller en douceur. Loin du rêve déroutant que j'ai fait cette nuit et qui m'a paru beaucoup trop réel sur le coup. J'ai eu un mal fou à retrouver le sommeil…

Maintenant, je suis remplie de doutes et d'interrogations. Pas que vis-à-vis des Sexton. Mais aussi de mes propres… attentes ?

Ai-je de possibles envies inavouées ? Du triolisme, une autre femme…

Putain, je n'arrive plus à savoir, à me fier à mes repères complètement dézingués maintenant. Égarée, je tente de chasser ces pensées inouïes en essayant d'identifier le titre que j'entends. On dirait la voix de Sia. Cette curiosité me pousse à ouvrir les paupières pour attraper mon téléphone, afin d'utiliser l'appli Shazam pour m'en assurer.

Je me fige au premier regard dans la lumière tamisée du jour à travers les stores. Car je croise les yeux de Sophia. Troublants, en train de me contempler.

– Bonjour, toi, me chuchote-t-elle sans une once de surprise de me découvrir auprès d'elle.

En même temps, elle semble être réveillée depuis plusieurs minutes. Bras plié, soutenant sa tête, elle est allongée à mes côtés et m'a peut-être observée un bout de temps. Je m'assois, un chouia embarrassée.

– Oh… salut, réponds-je. Bien dormie ? Comment tu te sens ?

– Mal au crâne, un peu confuse… Toi, moi, dans le lit de Tiger… Tu me racontes ?

– Euh…

– Est-ce qu'on a…

Merde, je rougis. Son front se plisse, sa phrase en suspens. Je patauge puis remarque que l'idée de *nous trois ensemble* ne semble pas la désarçonner, elle. Nouveau trouble…

– Oh, non ! me reprends-je. Je t'ai juste… tenu compagnie. Ton mari a travaillé tard, je crois.

– Je vois.

J'humidifie mes lèvres, gênée de laisser transparaître des signes attestant de mon petit jeu crapuleux avec Tiger quand Sophia était HS. Ou de la scène érotique déstabilisante qu'ils ont générée tous deux dans mon sommeil.

Ma boîte à fantasmes ne tourne plus rond, vous l'avez pulvérisée.

– Détends-toi, Océane, affirme Sophia avant de s'allonger complètement et de refermer ses yeux. Un *threesome* n'aurait pas été une première pour Ty, ni pour moi.

Punaise !

OK, je pouvais m'en douter, leur sexualité débridée n'est plus une surprise. Mais le naturel avec lequel ils prennent ce type de combinaisons multiples est trop nouveau pour moi. Les interférences au plus profond de moi, dans mes habitudes et mes certitudes d'avant s'en ressentent. Je ne trouve plus l'attitude à adopter dans ma « normalité » bousculée.

À la base, je serais partie de cette résidence hier si Sophia n'avait pas eu ce « souci de médocs et d'alcool ». Et je ne serais pas là à me poser des questions que je ne me suis jamais posées sur eux, sur moi. Est-ce juste mon inquiétude pour Sophia Sexton qui m'a amenée à rester ? Ou plutôt la tentation tout en muscle, charisme et sex-appeal qu'est son époux ?

Notre putain d'alchimie.

Tu as peur que ce soit tout ceci à la fois ? Ou quelque chose de plus licencieux et confus ? Les deux Sexton te feraient-ils éprouver des trucs… différents, chacun ?

– Euh… tu as besoin de quelque chose, Sophia ? demandé-je, prise au dépourvu par cette remise en question.

Je crois que j'ai du mal à assumer et décrypter mon rêve. Ma présence dans leur intimité conjugale s'apparente à pénétrer dans une bulle secrète et trop privée, prévue pour deux.

Sophia ne bouge pas. La musique meuble le silence. Et le silence ne m'aide pas.

– Le docteur Murphy ne doit pas être loin, je crois, ajouté-je. Je peux aussi aller te chercher un café, un petit déj ?

Je suis peut-être paumée ce matin, mais une chose reste claire : je m'en fais pour Sophia. Sa crise d'hier m'a marquée. Elle m'a demandé un peu de joie, a eu besoin d'avoir une amie à ses côtés. J'ai vraiment envie de l'être, là, maintenant. J'aimerais savoir ce qu'elle ressent. Je n'ose pourtant pas la pousser à se confier, de crainte d'être trop envahissante ou de commettre un impair. Paupières closes, elle me paraît… absente. Fait-elle une mauvaise descente ? J'ignore si cela arrive avec le mélange qu'elle a pris. Elle s'attelle peut-être à agencer ses pensées, ses souvenirs d'hier tout simplement.

Il est quelle heure d'ailleurs ? Et où est Tiger ?

Zut ! Penser au tigre ranime mes propres souvenirs. Ça se complique… Démotivée, je m'allonge à mon tour. Ou plutôt, je tombe à la renverse comme une masse. Dans le *king size* de M. Sexton, auprès de sa femme dénudée. Tout va pour le mieux dans le meilleur des mondes, hein ? J'espérais briser mes carcans, me lâcher et vivre enfin pleinement en dépit du poids sur ma conscience. Là, je ne pouvais pas faire plus fort. Je suis carrément au sommet d'un Everest émotionnel, dans un brouillard dense de questions sans réponses.

Je fixe le plafond. La douceur de la musique fait la conversation pour nous. J'en suis incapable. Je finis par reconnaître « Breathe Me » de Sia. Je ferme les yeux, me laisse étourdir. Le son est mélancolique, entêtant, un plaisir doux-amer qui résonne dans l'antre du maître des lieux.

Où es-tu, Tiger ? C'est quoi, la suite de tout ça ?

Je suis désormais empêtrée entre eux deux, je crois que c'est ce qui ressortait de mon rêve. J'aime être là pour Sophia. En même temps, je déteste cette envie irrépressible de revoir son mari. Envie qu'il me sourie encore, qu'il me bouffe du regard. Ce machin incontrôlable me taraude, me donne l'impression d'être une pauvre fille en manque d'une dope trop unique, atypique et éphémère pour prendre le risque de se shooter avec. Malheureusement, j'y ai à peine goûté et j'en veux encore.

Je voudrais des moments particuliers et diamétralement opposés avec l'un et l'autre. M. Sexton pour le sexe et Mme Sexton pour l'amitié. Est-ce réellement compatible ?

Le soupir de Sophia retentit telle une sorte d'écho à ma dérive intérieure. Elle se met à fredonner sur Sia. Cela m'incite à écouter plus attentivement les paroles. Je me tourne vers elle, emportée par la vague de tristesse qui découle du morceau.

– Sophia ? Parle-moi, s'il te plaît.

Je l'implore si bas qu'elle ne m'a peut-être pas entendue. J'en doute jusqu'à ce qu'elle rouvre délicatement ses yeux.

– Je suis bien avec toi, Océane.

– Moi aussi. Et je suis là pour toi. Dis-moi ce que tu ressens, là, tout de suite.

Silence. Elle effleure mes sourcils, ma joue, puis laisse tomber sa main et soupire encore.

– Cette chanson… chuchote-t-elle. Parfois, on tombe sur des paroles qui semblent écrites pour nous. Ça t'est déjà arrivé ?

Les mots qu'on entend sont emplis de tant de souffrance que mon cœur se serre. Car si elle s'y reconnaît, c'est qu'elle a des bleus ancrés en elle. Des bleus au cœur, à l'âme. Tiger me l'a révélé entre les lignes. Je me rappelle ses mots à propos de Sophia. « Enfance et adolescence difficiles… » Il n'a pas réussi à recoller tous les morceaux pour la réparer, visiblement. Est-ce cela qui les a entraînés dans cette spirale singulière, une sexualité libre dans leur union ? De quelle manière Tiger est-il affecté par la situation, de son côté ?

Je le découvrirai. Je veux savoir tout d'eux, pas par curiosité malsaine mais parce qu'ils me captivent réellement. Chacun à sa façon. Je prends une longue bouffée d'air et murmure :

– Non, je n'ai pas encore trouvé ma chanson. Mais celle-ci me plaît énormément.

Un sourire fané aux lèvres, Sophia ramène ses iris sur moi.

– Je te la prête alors, me dit-elle, presque sur le ton de la plaisanterie si elle en avait eu la force. Je pourrais rester en boucle là-dessus toute la journée. On va dire que c'est la nôtre.

– Je te remercie… Ça me va. J'adore Sia. Petit déj au lit avec elle, ça te tente ?

Sophia hoche la tête, déplie son bras vers moi. Je saisis sa main, nos doigts s'entrecroisent. Je mets mes interrogations et mon cerveau sur pause, je me contente de m'ancrer dans l'instant présent avec elle. D'être présente pour elle. Et cela a l'air de lui suffire pour émerger peu à peu. J'effleure le creux de sa paume, elle me tire légèrement. Je me laisse retomber près d'elle. Allongées, silencieuses, chacune serrant fort les doigts de l'autre.

Tant pis. On mangera plus tard. Le temps n'a plus d'importance. J'entre avec elle sous une espèce de tente invisible, vaporeuse et nostalgique. Cela me transforme en hypersensible égarée, envahie de compassion pour Sophia qui me tient presque avec désespoir. À l'instant T, nous ressemblons plus à deux copines qu'à deux étrangères qui se découvrent. Elle a besoin d'une amie, je le perçois avec une telle intensité. Elle a besoin d'une amie, de lui et de tellement de choses que j'ignore encore… Elle est touchante, fragile.

– Je suis un peu au ralenti aujourd'hui. Demain on fera plein de choses, d'accord ? me promet-elle.

– T'inquiète. Restons au calme.

Nos phalanges s'emprisonnent, nos bras se frôlent. Respirations régulières. Nos voix se jumellent lorsque je commence à chantonner avec elle.

Normalement, c'est ma journée off. J'aurais pu faire une virée en combi Volkswagen comme j'en rêvais à Paris. Traîner sur les routes et les plages australiennes en bonne petite touriste au gré du guide Michelin au fond de mon sac. Mais je reste couchée dans la tanière de Tiger… avec Sophia, et je m'y fais. Avec un naturel difficile à expliquer.

Bientôt l'attirance sexuelle entre le tigre et moi s'éteindra, Sophia redeviendra forte et ils m'éjecteront de leur vie.

Pourquoi cette perspective m'effraie tellement ce matin ?

L'ouverture de la porte nous surprend. J'aperçois Tiger. Torse nu, une serviette nouée autour de son bas-ventre et muni d'une seconde avec laquelle il se frictionne les cheveux. Un faisceau de lumière du jour entre avec lui par la porte entrebâillée. Ses yeux bleus se posent sur nous, un léger sourire orne ses lèvres.

– Bonjour, mesdames. Désolé, j'ai besoin de mon dressing, nous dit-il.

Sophia se rassoit en couvrant sa poitrine avec la couette. Le regard indéchiffrable de Tiger va de sa femme à moi, puis vice versa.

– Bien dormi ? nous demande-t-il.

– Si on veut… Et toi, Ty ? répond Sophia.

– Pas vraiment, j'ai… bossé, termine-t-il en me fixant. Tu n'es pas de repos en début de semaine, Océane ?

Je gigote, gênée, affreusement rougissante, comme s'il pouvait deviner rien qu'en me sondant ce dont j'ai rêvé cette nuit. Et tout ce qui me passe par la tête depuis…

– Euh… si. Mais ça ne m'embête pas de rester avec Sophia.

– Non, proteste Tiger. Profite de tes deux journées. J'ai pris de l'avance exprès pour pouvoir te consacrer du temps aujourd'hui, annonce-t-il en s'adressant à son épouse. Tu sais ce qu'on fait quand tu dérapes comme ça, n'est-ce pas ?

Elle se crispe, il n'ajoute plus un mot. Son autorité naturelle modifie l'atmosphère qui régnait dans la chambre. Leur attitude aussi… Lui m'enveloppe du regard, me rappelant soudain toutes les sensations qu'il fait jaillir en moi. Puis il pivote et repart en direction de son dressing attenant comme si cela ne comptait plus.

Ils assassinent mes méninges.

Sophia me caresse maladroitement les cheveux.

– Tu peux y aller, Océane, me souffle-t-elle.

– Tu… tu es sûre ?

– Oui, vas-y. Laisse-nous seuls. Tu rentres demain soir comme convenu, c'est ça ?

À vrai dire, je préférerais me transformer en petite souris et me terrer dans un coin au lieu de m'en aller. L'envie de les épier est tellement plus tentante que celle de m'éloigner.

– Oui, demain soir, confirmé-je presque à contrecœur.

– Au fait, Lily, tu as une voiture et un chauffeur à ta disposition, me déclare

Tiger, de retour dans la chambre vêtu d'un boxer noir et d'une chemise blanche encore ouverte.

Je m'efforce de ne pas le reluquer et murmure un « merci ». Même si je ne sais plus ce que je vais foutre de ces quarante-huit heures sans eux. Tiger retourne dans l'autre pièce. J'échange un dernier regard avec Sophia. Somptueuse, vulnérable, nue, assise en tailleur au milieu du lit de son mari. Elle me colle un bisou sur la joue. Je me sens de trop. En proie à des émotions qui s'entrechoquent, je me lève et quitte la chambre.

III

PORTE ENTREBÂILLÉE

La refermer ou l'ouvrir plus grand ? Il n'y a rien de plus bandant qu'un sens interdit émotionnel… Quand on sait qu'il ne faut pas s'aventurer là, et que l'on crève d'envie d'explorer malgré tout.

Renoncer ou pénétrer dans ce jardin avec elle ?

Putain, non, je ne suis pas prêt… mais elle m'aspire de plus en plus.

27

Océane

Louane et les autres potes de sa colocation sont au taf ou en cours. Normal pour un lundi. Alors je me retrouve avec quarante-huit heures à tuer, une somme indécente virée sur mon compte bancaire, une Bentley avec chauffeur à ma dispo et aucune idée géniale pour utiliser tout ça. Que faire en pleine semaine, seule, dans un pays étranger ? Certes, je suis capable de me débrouiller seule et il y a plein de choses à voir à Sydney, mais c'est tellement… insipide de flâner en solitaire.

Je passe la journée à jouer à la touriste, à tester des adresses au hasard de mes balades. Visiter, grignoter, prendre des photos, recharger mon Instax. Je fais tout cela à pied, mais le bouledogue de Tiger n'est jamais très loin. Il a reçu pour ordre de ne pas me perdre de vue, on dirait.

En début de soirée, j'hésite à appeler Louane pour squatter chez eux. Et traîner avec des jeunes de mon âge qui ont des préoccupations similaires aux miennes. Enfin, à celles que j'avais avant cette double rencontre. Parler de leurs stages, leurs histoires de cœur, leurs petits boulots, bons plans et sorties en bande. Cependant, je balise un chouia qu'on me pose trop de questions auxquelles je n'ai pas de réponses claires à apporter.

« Quoi de neuf, Océane ? Qu'est-ce que tu deviens ? Où habites-tu maintenant ? Parle-nous de ton job… »

Et puis, Louane tique un peu sur « mes activités ». Et Garrett, l'autre colocataire, étudiant en école de commerce, idolâtre carrément les Sexton. Il risque de flairer un truc… J'ignore comment continuer à les côtoyer tout en respectant mon accord de confidentialité vis-à-vis de mes employeurs particuliers. En fin de compte, je termine dans un hôtel. Un peu esseulée et pensive.

Sophia, Tiger. Tiger, Sophia. Sors-les de ta tête !

À peine une journée hors de la bulle des Sexton et me voilà déboussolée, coupée du monde. Je ne veux pas de ça. Il faut que je recontacte Louane et que je m'éclate avec des personnes ordinaires, des gens comme moi. Sinon, il me servirait à quoi, mon fichu temps libre ?

Presque vingt-quatre heures écoulées, mon lundi soir se résume en quelques mots : room service, *binge-watching* de séries et réseaux sociaux. Fureter dans la vie virtuelle de certaines personnes de mon passé en France pour me rassurer peut-être un peu… En me couchant, je n'ai pas pu m'empêcher d'imaginer quelles occupations Tiger et Sophia pouvaient bien avoir de leur côté. Ils corrompent mes pensées, me rendent incapable de prendre du recul même durant mes premières journées « de repos ».

***

Mardi matin, la sonnerie de mon téléphone me tire d'un sommeil agité. Sur l'écran, le nom de celui auquel je ne m'attendais pas. Mon cœur s'émeut, mon pouce hésite à presser sur la touche verte. Est-ce qu'il est au travail ? Ou toujours avec sa femme ? Pourquoi m'appelle-t-il ?

Je tergiverse trop longtemps, le coup de fil s'arrête. Soupir. Il reprend deux secondes après. Insistant, impatient. Je cède à l'envie de décrocher, de toute façon je ne vais plus me rendormir.

– Allô ?

– Hello, sweet Lily.

Je suis morte. Même sa voix reflète ce je-ne-sais-quoi d'érotique et m'inocule cette dose dangereuse d'alchimie…

– Salut, fais-je mine d'être désinvolte. Euh… comment va Sophia ? Tu me téléphones parce qu'elle me réclame ?

– Non. Sophia va mieux, elle a du boulot aussi. Je lui ai consacré mon lundi et bien plus… On gère. Aujourd'hui, je veux oublier les cadres formels. J'ai besoin de lâcher prise et… te revoir.

J'ai du mal à l'admettre mais ses mots me font quelque chose. Mon cœur se remet à palpiter stupidement.

– Océane ? me presse doucement Tiger. Tu veux bien m'accorder cette journée ?

Mon silence s'étire. Son timbre caressant s'insinue au creux de mon oreille.

– Juste toi, moi, j'en ai besoin… me murmure-t-il. *Please*.

Ma volonté se fait la malle. Je pousse un énième soupir et lui souffle :

– D'accord.

– Super. Je suis en bas, je t'attends.

Nos respirations se mêlent.

– Merci, Lily, me susurre-t-il.

Il raccroche. Fébrile, je bondis du lit pour me préparer. Dix minutes plus tard, je suis fraîche et dispose. Je range mes affaires dans mon sac à dos, descends, le cœur tambourinant. J'ai à la fois hâte et le trac de le retrouver. Loin de sa femme, loin du reste…

Oui, je vais m'amuser. Parce que j'en ai le droit. Ils sont libres et je suis une fille libérée, dans l'air du temps. Je ne fais de mal à personne. N'est-ce pas ?

Je rends les clefs de la chambre d'hôtel, quasi motivée, puis je sors, l'esprit en ébullition.

Il est là. Juste devant l'établissement, sur le trottoir, adossé à la Bentley que je refusais d'utiliser jusque-là. Sauf pour le trajet allant de leur propriété au centre-ville de Sydney.

Il arbore une casquette et des lunettes de soleil. Si c'est pour se fondre dans la masse, c'est raté. Une gueule pareille et cette carrure, même dans un jean décontracté et des artifices de camouflage, ne peuvent pas passer inaperçues. En tout cas, moi, je le reconnais immédiatement. J'avance sous son attention rivée sur moi.

– Salut, m'accueille-t-il, en mode trop mâle pour mon bien.

– Salut.

Nous nous dévisageons, aucun de nous n'amorce de geste vers l'autre. Nous sommes dehors, dans un lieu public et c'est un homme marié. Lui ne l'omet pas, c'est moi qui ai tendance à l'oublier quand il me bouffe ainsi du regard. Même derrière des verres teintés, cela se ressent.

– Ton chauffeur effectue un rapport détaillé sur mes faits et gestes ?

Ses lèvres s'incurvent légèrement. Insolentes, attirantes.

– Content de te revoir aussi. Tu as l'air très en forme, élude-t-il.

Ne fais pas la meuf troublée, Océane ! Tu vas lui faciliter la tâche.

Je croise les bras sur ma poitrine pour me donner une contenance. Durant une interminable pénétration visuelle, il diffuse une sensation lancinante en moi. Son charisme, son aura sexuelle se déploient dangereusement.

– Donc, tu as décidé de sécher le taf un jour de plus, pour me suivre à la trace ?

– Ne t'inquiète pas de mon agenda, sweet Lily. Quant à ton chauffeur, il veille simplement sur toi.

– Et accessoirement, cela te permet d'avoir un œil sur moi ?

J'entrevois ses iris à travers ses lunettes. Ils n'en sont que plus hypnotiques, ténébreux. Ils me dévorent avec indécence. Gros souci : je crois que j'adore ça. Il est si près. Son souffle tiède, sa fragrance virile détraquent mes systèmes de défense.

Je confirme, tu te fais lobotomiser grave, ma pauvre.

– Je rectifie : cela me permet de… te retrouver quand je suis en manque de toi.

Bordel, s'il continue de me regarder et me parler ainsi, j'aurai une difficulté monstrueuse à faire fonctionner ma raison plutôt que mes hormones. Je me tais pour ne pas trop trahir les émotions qui m'affaiblissent.

– Viens à Canberra avec moi, ajoute-t-il pour abattre mes remparts déjà vacillants. Cela ne fait pas partie de ton contrat, c'est une invitation.

– Je ne sais pas si…

– Tu veux une contrepartie ? Demande et tu l'auras, marchande-t-il.

Putain, il se méprend ! Nous ne fonctionnons pas de la même manière. Lui réduit tout aux notions de désir et de prix à payer pour obtenir ce qu'il veut. Comment lui faire intégrer que mon attirance pour lui n'est pas monnayable ? Si j'ai accepté son deal, ce n'est pas pour devenir une poule de luxe qu'il entretient, mais parce que j'en ai tout bêtement envie. Envie de lui et c'est tout. Aucun homme ne m'a jamais troublée à ce point, c'en est flippant.

J'humecte mes lèvres et cille quelques fractions de seconde en cherchant mes mots. J'ai peur de me mettre trop à découvert au niveau émotionnel.

– Ce n'est pas une foutue transaction, Tiger. Surtout si tu te pointes sur mes jours de repos. Ne t'imagine pas pouvoir acheter mon temps ou…

Mon corps ?

Ai-je besoin de le souligner ? Les sens en émoi, je soutiens son regard.

– … Ou quoi que ce soit de moi. Je ne suis pas à vendre, lui dis-je. Je ne suis pas un bien à acquérir, ni une… prostituée.

Même si mes désirs, ma raison et mon amour-propre ne sont pas au diapason, je m'efforce de lui montrer le contraire. Plus mon corps réagit à cette proximité, plus j'ai peur d'y laisser des plumes. Quitte à jouer avec le feu, autant m'assurer de ce qui compte le plus pour moi. Fixer des limites, l'obliger à s'y tenir.

– Je sais, acquiesce-t-il, les pupilles intenses.

– La situation est déjà assez… étrange. Il y a Sophia, toi, moi, votre boîte de Pandore, mon passé… Alors cette alchimie et notre contrat mis à part, voilà ce que j'exige en retour : ton respect. Je ne sais pas comment nommer ce qui se passe entre nous, mais je veux que tu me traites toujours avec respect.

Il me fixe un long moment, insondable, sexy à se damner. Mais je tiens bon.

– On est d'accord, Tiger ?

Ce sourire rare et ravageur qu'on ne voit jamais sur aucune photo de presse fleurit. Il finit par hocher la tête.

– Marché conclu, douce Lily, abdique-t-il.

Sa main se pose sur le bas de mon dos et me file des frissons dans tout le corps. Tiger exerce ensuite une légère pression pour me guider vers une autre voiture garée derrière la Bentley. Un 4x4 sombre aux vitres teintées. Il déverrouille, m'ouvre la portière côté passager et adresse un signe au chauffeur.

– Prends ta journée. Je ramènerai moi-même Mlle Rousseau à la maison ce soir. Et préviens mon pilote, j'aurai peut-être besoin de lui pour le retour.

– C'est noté, monsieur Sexton.

– Bien entendu, ma femme n'a pas à savoir.

– Naturellement, monsieur, répond l'employé avec un salut respectueux.

Il s'éclipse sans demander son reste. J'échange un regard avec Tiger. Le mien est surpris, lui est redevenu en apparence sérieux et inatteignable. Une fois que nous sommes enfermés dans l'habitacle, je me sens gauche, intriguée.

Si je suis de repos, si son épouse ignore cette escapade sans elle, cette journée ensemble représente quoi alors ?

Non, je dois garder les pieds sur terre. Ce n'est probablement pas la première fois, ils ont leurs habitudes.

– Ceinture, me dit Tiger.

– Hein ?

– Attache-toi… s'il te plaît, complète-t-il avec une petite mimique complice.

Comme si ordonner était naturel chez lui et que museler avec moi ce trait de caractère était une faveur. Je presse mes lèvres pour ne pas le provoquer et je m'exécute. Il démarre. La musique sur laquelle était calé l'autoradio se déclenche. Enveloppante, langoureuse, elle se déverse dans la voiture. Il me regarde.

– « Soldier », un titre de Fleurie. Si tu n'aimes pas, on change, me propose-t-il.

Non, elle est splendide et cette bagnole a une sonorisation qui sublime le son des instruments et la voix douce de l'artiste. Je ne connaissais pas, mais cette Fleurie risque de devenir la bande sonore d'un moment particulier dans mes souvenirs… Plus tard, qui sait ?

– Laisse… Ça me plaît, réponds-je.

– Mets-toi à l'aise, nous avons environ trois heures de route jusqu'à Canberra. Et n'hésite pas si mes play-lists ne te plaisent pas.

***

Tiger

Océane s'adosse, allonge un peu son siège et ferme les yeux. Pour savourer la musique, le trajet. Ou pour se demander si me suivre est une si bonne décision. Je la contemple un instant, l'esprit titillé par un millier de pour et de contre. Elle écoute en silence, radieuse et si… différente des femmes auxquelles je suis habitué.

Je glisse dans une vitesse croissante. Au son de « Breathe », de « Hurricane », et d'autres morceaux de Fleurie. Un cocon intime s'installe, nous filons sur le bitume. Rouler me détend. De temps en temps, je sens les yeux d'Océane sur mon profil. Nos regards s'accrochent, mes duvets se hérissent. Je n'ai pas envie de briser ce calme empli de tentations. Elle non plus manifestement. Alors elle admire le paysage et je me laisse griser par les chevaux sous mon capot. Et par… cette sensation de manque instaurée par nos préliminaires inachevés…

Elle finit par somnoler. J'engloutis plus rapidement les kilomètres. Presque trois heures plus tard, nous circulons dans l'arrière-pays. Le haras se matérialise à l'horizon. Je m'arrête devant le vieux portail noir en fer forgé, descends pour l'ouvrir manuellement. Petit, c'est moi qui l'ai choisi. Cet endroit était supposé être « notre coin à nous, notre repaire entre hommes ». Un lieu où un père transmet sa passion des chevaux et sa philosophie de vie à son fils. Maintenant, il n'y a que moi, avec plus de Brumbies recueillis que de pur-sang. Cependant, j'ai refusé de remplacer cette vieillerie grinçante et rouillée au fil des ans…

– Maintenant, ce sera notre virée entre mecs, mon fils. Tu as 6 ans, mon grand. Alors bienvenue au Haras du Tigre, jeune cow-boy !

Il me place un chapeau de Lucky Luke sur la tête, ma BD préférée du moment.

– Trop cool, je vais monter à cheval ? Je peux choisir ? Je veux le plus grand, le plus fort, le plus rapide !

Je l'entends encore rigoler. Et moi qui cours loin devant, fou de joie…

Nostalgie ridicule. De retour dans l'habitacle, je découvre Océane, réveillée. Elle observe les alentours, puis mon visage.

– On est arrivés ?

– Oui, belle demoiselle. Bienvenue au Haras du Tigre.

Elle sourit, reporte son attention sur le nom gravé en français dans les pierres épaisses d'un mur.

– Rien que ça !

– Je ne suis pas prétentieux à ce point, la détrompé-je spontanément en réponse à l'amusement dans ses prunelles. Mon père a choisi ce nom… certes en partie pour moi et en hommage à son paternel qui se prénommait également Tiger. Mais aussi parce qu'il aimait la France.

Elle hoche la tête, son sourire moqueur devient tendre. Je crois.

– C'est majestueux, commente-t-elle en dirigeant de nouveau ses yeux émerveillés sur les environs. Tu… tu n'évoques jamais tes parents. Je suis contente de dénicher un petit quelque chose sur ton père.

Mais que suis-je en train de faire au juste ? Je vais lui sortir les vieux albums de famille aussi ?

En proie à des sentiments contradictoires, je redémarre et avance sans ajouter de mots superflus. Océane scrute les arbres, plantes et chaque élément de ce décor sauvage. Je ressors pour fermer à clef le portail et reviens. Tandis que le 4x4 longe le chemin boisé menant à la maison du palefrenier, ma passagère continue de contempler les vastes étendues autour de nous.

– Ce drapeau est une sorte de blason familial ? me demande-t-elle quand je me gare près du mât.

Je me tourne vers elle pour lui expliquer.

– C'est le drapeau aborigène, il signifie : « Nous, hommes noirs sur la terre rouge, sous le soleil. » Anatjari, celui qui gère le haras, y tient, tout comme à l'ensemble de sa culture. Je respecte ça.

Pas près d'ajouter qu'Anatjari et Peter ont été ce qui se rapprochait le plus d'une figure paternelle pour moi à une certaine époque…

Océane sort en même temps que moi, ses iris brillent. Je la sens fascinée, avide d'en apprendre davantage. Il ne s'agit plus de l'Australie des guides touristiques, mais de l'écrin de verdure où sont enterrés une foule de souvenirs d'un autre temps. Là où s'épanouissent maintenant une harde de chevaux et deux fabuleuses personnes dévouées à leur bien-être. Un bout de mes racines…

Justement, le duo familier de mon enfance vient à notre rencontre, alerté par le bruit.

– Tiger ! s'écrie Anatjari, suivi de sa femme et de notre fidèle doberman.

Ce dernier me bondit dessus, en remuant joyeusement la queue et en tentant de me laper.

– Hey ! Je t'ai manqué, Saucisse 2 ? m'écrié-je en le gratifiant de grattegratte sous le museau.

– Pourquoi Saucisse 2 ? s'amuse Océane.

– Parce que, petit, j'avais baptisé Saucisse celui qu'ils m'ont offert, ce chien était dingue de ça. Alors, ils ont pris l'initiative de perpétuer cette tradition…

Un peu comme mon prénom. Oncle James n'a pas eu d'enfant, c'est son frère qui a eu, une fois de plus, ce que lui n'avait pas : l'occasion d'honorer la tradition chez les Sexton à travers un petit Tiger…

Putain, ne perds pas le fil ! Ça ne la regarde pas, ça.

Le haras redevient trop spécial pour mes émotions aujourd'hui. Elles affluent n'importe comment. J'admets trop tard que je n'aurais peut-être pas dû inviter Océane ici. Le contexte des tête-à-tête avec un employé

« momentanément trop proche de nous » ne colle pas vraiment avec elle.

– Nous sommes tous les trois heureux de te revoir, Tiger. Enfin, toi et…

La stupéfaction de nos hôtes face à Océane serait presque comique si je ne stressais pas tout d'un coup d'être en train de faire une connerie. D'habitude, je viens avec un futur assistant personnel de Sophia pour le jauger, le garder en laisse. Pas de femme. D'où l'étonnement d'Anat et de son épouse Bindi qui découvrent cette blondinette en train de craquer pour le chien.

J'hésite à rétropédaler ; les remontées de souvenirs parasitent mon flegme…

– P'tit chou, nous ignorions que ton accompagnateur était en fait une jeune fille, complète finalement Bindi. Dans mes bras, toi !

Elle se reprend et me serre contre son opulente poitrine. Océane cesse de jouer avec Saucisse 2 et pouffe de rire.

– P'tit chou ? répète-t-elle, incrédule. Décidément, je kiffe la légèreté des noms ici. Ça ne te ressemble tellement pas.

Très vite, son hilarité devient contagieuse. Bindi me relâche, la regarde et se met à rigoler à son tour.

– Pas faux, confirme-t-elle. Ça lui allait mieux lorsque je concoctais le goûter de ce chenapan. Tu nous présentes ton… amie, Tiger ?

– Bindi, Anat, voici Océane. Océane, tu as l'honneur de rencontrer les seules personnes sur Terre qui ne me prennent jamais au sérieux.

– Ravie de faire votre connaissance. P'tit chou aurait dû me parler de vous sur le chemin, dit-elle alors qu'ils lui réservent une chaleureuse accolade.

– Je crois qu'elle non plus ne te prend pas très au sérieux, se réjouit la reine du haras. Elle me plaît, celle-là. Bienvenue, ma jolie !

Je me penche vers Océane trop pétillante d'entrevoir de possibles failles dans mon armure et lui murmure en français :

– Efface-moi cet air moqueur ou je te promets de te…

– De me quoi, p'tit chou ? me défie-t-elle. Tu me dévoreras pour ton quatre heures ?

– Putain, tu vas me le payer, ça !

Elle se marre, j'ai du mal à retrouver un fichu équilibre, à rétablir un filtre efficace entre l'effet de cette demoiselle et ce qui résonne dans mes tréfonds depuis notre arrivée au haras. Je la fixe, elle est rose et absolument pas impressionnée par mon avertissement. Ce qui finit par m'arracher un sourire malgré moi. Je suis déstabilisé, je ne suis pas sûr d'aimer ça.

– Mon garçon, quand j'ai reçu ton coup de fil, j'ai préparé les chevaux habituels, s'insinue Anat dans sa langue natale. Je pensais que tu voudrais faire le tour du propriétaire pour vérifier les mesures prises pour contrer les incendies estivaux. Mais ton programme semble… différent, cette fois-ci, non ?

– Ça reste à voir. Cette gamine a besoin de leçons dans certains domaines, je pense, statué-je.

Anatjari fronce les sourcils, scrute Océane. Ni lui ni son épouse ne posent de questions pour l'instant, analysant la situation.

– Bien, me dit-il. Quel est son niveau ?

Je sonde Océane et décide de répondre en anglais pour qu'elle comprenne à moitié ce dont on parle :

– Elle est totalement novice. Mais pas pour longtemps…

– Quoi ? s'enquiert-elle.

Plus je l'observe, plus son esprit – ou peut-être le mien – semble emprunter une tournure plus vicieuse.

– Tiger, je suis novice en quoi ?

– Tu le sauras très bientôt. J'ai… un tas de choses à t'apprendre, je crois.

Je profite de sa surprise et son trouble pour l'enlacer.

– On va d'abord galoper le plus loin possible de ce charmant couple, s'enfoncer dans la nature. Ensuite, je te pomperai toute ton énergie jusqu'à ce que tu ne puisses plus te marrer quand nous reviendrons. Parce que… et je te l'avoue très respectueusement : je vais te baiser aujourd'hui, sweet Lily.

– Oh, merde !

Mes lèvres s'étirent. Ses mots sont dérisoires, l'impact des miens sur sa bouille en surchauffe me suffit. Je la relâche et m'éloigne en direction des écuries, Saucisse 2 jappant à mes côtés. Mentalement, je m'adresse à un fantôme qui me hante bien plus aujourd'hui.

Qu'aurais-tu pensé d'elle ? De cette demoiselle avec laquelle je fantasme de faire plein de choses pas très dignes d'un noble jeune homme ? Je ne sais plus trop pourquoi je l'ai amenée dans notre repaire de mecs. La seule femme invitée à fouler ce sol, notre sol…

28

Océane

Tiger a à nouveau ce truc indéfinissable au fond de ses prunelles.

Nous flirtons, mon esprit s'enflamme. Il me veut, c'est indéniable et carrément réciproque. Mais même en le matant en train de s'éloigner, avec ce cul sexy, ses longues cuisses et ses jambes musclées dans son jean, je ne suis pas sûre de ce qu'on fait.

Anatjari suit Tiger. Son épouse, visiblement divertie par toute cette scène, m'observe avec un sourire en coin.

– Tout va bien, ma jolie ? me demande-t-elle.

Je n'en sais rien. Les techniques de pyromane de Tiger me prennent au dépourvu. Il fait crépiter des étincelles entre nous puis me laisse me cramer la plupart du temps. Mais là, souhaite-t-il aller jusqu'au bout ? Et moi ?

– C'est l'équitation qui te stresse ? Ne t'en fais pas, Tiger est un cavalier hors pair. Il chevauche les montures les plus têtues depuis tout petit, il saura t'apprendre les bases.

Oh, si ce n'était que ça… Cette femme n'a pas idée du programme de son « p'tit chou » qui n'a plus rien d'un chérubin innocent et inoffensif.

Merde, peut-être que si ? Sait-elle des choses ?

Je pivote, croise son regard. Je ne peux m'empêcher de rougir telle une gamine prise en faute. Au fond, je suis une néophyte pour pas mal de choses en comparaison à Tiger. Pas uniquement pour les chevaux.

– Par contre, il déteste perdre son temps, badine Bindi en me poussant gentiment. Allez, zou ! Je vais m'occuper du pique-nique. Tu as des préférences ou des allergies ?

– Je ne me suis juste pas encore adaptée au goût de la Vegemite, sinon je ne suis pas si exigeante pour la nourriture, lui réponds-je.

– J'en prends note. File, ma jolie !

Je ne suis même pas habillée pour ce délire. Tiger non plus, d'ailleurs. On monte à cheval en jean et sneakers ? Non, en fait, je balise surtout pour « l'après ». Je m'efforce de ne pas le montrer et de la jouer cool en me dirigeant vers les écuries. Une odeur caractéristique me titille les narines lorsque je franchis le seuil. Le foin, le cuir, les boxes spacieux, des équidés partout. Tiger parle tout bas à l'un de ses superbes spécimens. Tenant une brosse, il caresse sa robe d'un noir brillant. Il a l'air dans son élément, en quasi-communion avec cet animal tout en muscles et hauteur.

– Te voilà, m'accueille-t-il. Approche.

Fais semblant de ne pas être tiraillée. Tu peux le faire.

Il me fixe, l'ombre d'un sourire sur ses lèvres. Joueur. Sûr de lui.

– Qu'est-ce qui se passe ? Tu te dégonfles, ma petite *warrior* ?

– Pas du tout, dis-je en évitant de m'attarder sur son sous-entendu. C'est juste une grande première pour moi et il est impressionnant, celui-là.

– T'inquiète, tu auras une monture adaptée à ton niveau. Et je te guiderai, me répond-il.

– Mouais…

– Je vais te présenter Minuit. Lui est plutôt sauvage et imprévisible avec la plupart des gens.

– Avec tout le monde, rectifie Anatjari. Il n'y a qu'avec Tiger qu'il se laisse dompter.

– Très rassurant… Il est super grand ! Et sublime aussi, soufflé-je.

– C'est le mien. Anat, s'il te plaît, tu nous amènes la jument qu'Océane montera ?

– Bien sûr. J'y vais de ce pas.

Lorsque le palefrenier s'engage dans un box, Tiger me tend son autre main.

– Je te croyais plus aventureuse, me taquine-t-il. Allez, approche, il ne va pas te manger.

Je saisis ses doigts, il m'attire contre lui et pose nos deux mains sur la bête. La sienne enveloppant la mienne, il fait glisser ma paume sur le flanc du cheval.

– Par contre, moi, je crève d'envie de te dévorer, m'affirme-t-il à voix basse.

Son souffle vient se loger contre mon oreille, son corps contre moi, sa chaleur dans mon dos. Tiger continue d'effleurer l'animal avec moi, lentement, nos phalanges entremêlées.

– Tu es prête pour ça, Océane ? s'enquiert-il. Le veux-tu ?

Question à double sens, nous le savons tous les deux. On parle de balade équestre. Mais aussi et surtout de « l'étape supérieure », celle qui succède aux longs et enivrants préliminaires. Celle qu'il repoussait quand je me languissais dans ses bras. Ma tête bascule en arrière sur son torse, mes yeux cherchent les siens. Peut-être pour y lire un truc.

Comme quoi ? Que ce n'est pas une erreur ? Nous sommes juste deux adultes consentants, désirant céder complètement à leur attirance l'un pour l'autre ? Tiger me fait pivoter et m'étreint. La bosse au niveau de son entrejambe se presse contre moi. Ses pupilles se dilatent au fur et à mesure que nous nous observons. Ses doigts s'invitent dans mes cheveux. Ma température corporelle se dérègle lascivement, nos respirations se rapprochent.

– Peut-être, dis-je, telle une demi-confession.

– Si on ouvre cette trappe, je risque de t'entraîner sur un terrain empli de… vices, me chuchote-t-il dans ma langue. Es-tu prête à aller aussi loin avec moi ?

L'oxygène se bloque dans mes bronches. Mon horizon s'effrite tout autour, happé par le bleu profond des yeux de Tiger.

– Oui, soutiens-je dans un murmure.

Il cueille cette reddition sur ma bouche, s'y engouffre. Avec un baiser impérieux, avide, qui affaiblit mon corps tout entier et embrume mon cerveau. Le raclement de gorge insistant d'Anatjari et les aboiements du chien nous surprennent, éclatent notre bulle incandescente, nous laissent haletants, assoiffés, fiévreux. Tiger me libère, recule légèrement.

– Perle est prête, annonce l'employé.

– Merci, Anat. Tu verras, celle-ci est douce et obéissante, Océane. Je t'aiderai, me promet Tiger, la voix rocailleuse.

Il attrape une bombe, la met sur ma tête et l'attache. À fleur de peau, je suis ses conseils. Il me présente à ma monture, la cajole avec moi, comme nous l'avons fait avec la sienne. Caresses à quatre mains, lui contre mes fesses, penché sur mon épaule. Nos doigts se perdent ensemble dans la crinière de la jument. Il susurre :

– On y va ?

J'opine du chef. Tiger encercle ma taille, me plaque contre lui pour me sonder longuement. Puis il m'aide à me hisser sur la selle, m'explique quoi faire et m'exhorte à me détendre afin de ne pas transmettre de stress à Perle. Mes pieds dans les étriers, je suis grisée par cette hauteur et par une myriade de sensations. Je me redresse lorsque mon irrésistible prof d'équitation m'enjoint de le faire. Et je tiens les rênes, serrant les lanières en cuir pour tenter d'évacuer la tension en moi.

– Souviens-toi des bases. Tu ne vas pas tomber. Je suis là, OK ?

J'acquiesce. En un mouvement souple, Tiger grimpe sur son étalon. À cru, parce que Minuit ne supporte pas les équipements ni les contraintes, à ce qu'il paraît. Libre et fougueux, comme son maître.

– Ça va aller ?

– Oui… je crois.

– Respire, Lily.

Il m'adresse un dernier regard, comme une fournaise qui serait logée dans ses billes bleues aux pupilles dilatées.

– Tu es délicieuse, tu le sais ça ?

Mes pommettes prennent feu. Avant que je n'émette quoi que ce soit, Tiger décrète avec un clin d'œil :

– Sauvons-nous d'ici, belle cavalière !

***

Tiger

Bindi nous attend dehors, munie d'un sac à dos. Presque comme avant, quand on partait en randonnée équestre père-fils. Je serre les mâchoires avec amertume, transpercé par ce déferlement incontrôlé de souvenirs. Je récupère le paquet et la remercie d'un sourire. Au trot, nous quittons les lieux. Je fais tout pour détendre Océane. Petit à petit, elle devient moins raide. Je me cale sur son rythme. Tant pis, pas de galop ni d'obstacles pour moi aujourd'hui. Elle doit profiter du panorama du haut de sa monture, vaincre ses appréhensions, être en osmose avec son cheval et savourer.

Le paysage défile en douceur. En bonne petite élève, Océane se concentre sur sa posture. Elle a toujours un peu peur de la chute, je pense, même si Perle n'est pas du genre à se rebeller.

– C'est si beau, si pur et… incroyable par ici, s'émerveille-t-elle. Tu arrives encore à t'en rendre compte ?

Je la fixe, elle.

– Oui, j'en ai pleinement conscience, lui dis-je.

Nos yeux se croisent lorsqu'elle tourne sa tête. Elle bat des cils, humidifie ses lèvres. Mon désir remonte en flèche. OK. Nous ne sommes pas assez loin mais tant pis. Je décide de cheminer en direction de la rivière pour nous arrêter.

– Pause, sexy cow-girl. J'ai atteint ma limite.

– Déjà fatigué ? fait-elle mine de s'étonner.

La teinte de ses joues ne me trompe pas une seconde.

Nan, je vois clair dans ton jeu, Blondinette.

J'ébauche un sourire en descendant de mon cheval que j'attache à un tronc. Ensuite, je prête main-forte à Océane.

– Qui t'a parlé de fatigue ? répliqué-je enfin.

– Bah, moi j'ai le postérieur et les cuisses en compote, et le dos un peu endolori pour tout te dire, argumente-t-elle lorsque j'empoigne sa taille pour l'amener contre moi. Je sais que ce n'est pas très glamour mais ça m'a…

J'étouffe ses fausses protestations dans un baiser. Doux au début. Puis un appétit vorace prend le pas, faisant imploser les réticences dans ma tête tels des verrous qui s'ouvrent. Les plaintes d'Océane meurent au fond de mon palais, son corps frémissant se fond contre moi. Je m'interromps une seconde pour la délester du casque de protection. Lorsque je la reprends, j'approfondis notre fusion, bloque sa tête entre mes paumes pour mieux la déguster. Progressivement, je déboutonne son jean, commence à soulever son haut pour y faufiler mes doigts. Pendant que je l'embrasse à en étirer à l'extrême mon boxer, je dégrafe son soutien-gorge et m'empare de ses dômes ronds et tendres.

– Punaise, Tiger…

Je cesse temporairement pour la débarrasser de tout ce qui me gêne. Ses vêtements éjectés, elle prend l'initiative de m'ôter les miens. Ma bouche et mes caresses reviennent à l'assaut par intermittence. Bientôt, mon érection est libérée, exposée au grand jour, sous les pupilles éclatées de celle qui est responsable de cet état. Je la plaque à nouveau contre moi, malaxe son joli cul. Tout en la bouffant du regard.

– C'est là que t'as mal ? lui dis-je, le timbre à peine reconnaissable.

Elle ahane, s'agrippe à moi.

– Oui, un peu… me souffle-t-elle.

– Je vais m'en occuper.

Je reprends sa lippe, la hisse sur moi. Ses jambes s'enroulent autour de mes hanches, sa langue me rend dingue. La mienne s'abreuve d'elle. Mes pulsations se dirigent vers mon cinquième membre. Nous atterrissons sur un tapis d'herbe, Océane sur le dos. Moi au-dessus d'elle, toujours captif de ses membres autour de moi. Mon attention bifurque vers son oreille. Je la sens sensible à ce niveau, ce qui décuple l'intensité de ses réactions et des miennes. Ma bouche s'y attarde avant d'entamer un chemin sinueux jusqu'au creux de son cou. L'entendre prononcer mon prénom en se tortillant m'euphorise. J'atteins sa poitrine, m'arrête un instant pour la contempler.

Putain, qu'elle est belle ! Et réceptive… Ça, ça ne va pas m'aider à garder le cap.

– Reviens, Tiger, miaule-t-elle en m'attirant par la nuque.

Nous nous embrassons indéfiniment avant que je ne puisse me détacher pour l'explorer ailleurs. Sur ses aréoles, ses tétons durcis. Ils pointent et me rappellent combien je suis en manque. Je pétris ses seins, affamé, je les presse l'un contre l'autre pour accéder aux deux. J'y enfouis mon visage, hume son odeur. Ma langue revient à la charge. Mes dents la mordillent entre les succions. Elle pousse de petits cris, se contorsionne, s'accroche à mes cheveux. Je poursuis ; sa chair délicate, sa peau veloutée m'enivrent. Des jurons entrecoupés et des gémissements s'enchaînent quand je sillonne son ventre, allant plus au sud. Je joue avec le contour de son nombril. Je ne sais pas si ça la chatouille, l'émoustille ou les deux à la fois. Mais putain, elle est en train de me faire péter les plombs ! Cela empire lorsque je découvre ses pétales humides, d'une douceur assassine. Ma bouche s'y perd, une grande partie de ma raison aussi. Océane se cambre, m'appelle, bouge son bassin à ma rencontre. Sensuelle, couverte de rosée. Son parfum intime m'obsède, je ne contrôle plus l'ardeur de mes va-et-vient aux confins de sa féminité. Son bourgeon rose sous ma langue, mon souffle chaud dans sa moiteur, ses cuisses qui m'enserrent. Mes doigts l'emprisonnent pour avoir son aine tout à moi. À en suffoquer. Je perçois un début de transe germer aux tréfonds de ses délicieuses corolles. Ses propos deviennent incohérents, ses tremblements ingérables. Son plaisir est sur le point d'atteindre son apothéose, je rétropédale pour calmer le jeu.

– Je t'en prie… Non… me supplie Océane, la respiration saccadée.

Je rebrousse chemin pour choper sa bouche, le goût de toutes ses lèvres se mélange et consume mes miettes de self-control. Je repars à la conquête de ses seins, en triture les bouts, les tète sans modération, les lèche, les masse. Puis je redescends m'occuper de la perle tendre nichée au creux de sa féminité. Deuxième round. Plus méthodique. Les prémices de sa jouissance remontent à la surface, elle reperd les pédales. J'accélère, l'amène au bord du gouffre puis je ralentis encore.

Le temps se suspend dans l'éternité. Un filet de transpiration recouvre la peau d'Océane et son excitation emprunte une voie insoupçonnée. Elle monte, presque jusqu'au point culminant, avant que je ne la bloque à ce stade, l'apprivoise pour la maintenir. Longtemps, aussi longtemps que mes nerfs parviennent à tenir, je flirte avec son orgasme à portée de main.

– C'est… criminel… ce que… tu me fais, m'accuse-t-elle, le souffle anarchique.

Elle palpite de désir, cerveau disjoncté, corps ramolli. Je lui réserve un sourire, écope d'une insulte. Et je recommence à la malmener. Quand j'en viens au même degré de folie sensorielle, je me redresse. Elle me reluque intégralement.

– Tiger, je te tue si tu ne reviens pas ici ! me somme Océane, à bout de force.

Sa rougeur, sa chevelure en bataille, ses courbes ornées de mes marques d'attention, tout d'elle est d'un érotisme dévastateur. Allongée dans la verdure, moite, affaiblie, magique. Je me baisse pour ramasser mon pantalon et en extirper le lot de préservatifs. J'en détache un et la rejoins.

– Tu croyais que j'en avais fini avec toi, mademoiselle Rousseau ?

– Tant mieux pour toi, P'tit Chou. Nan, ce sobriquet ne te va définitivement pas, en fait.

Un sourire coquin illumine son visage, auquel je réponds. Ses yeux se promènent sur mon torse, mes abdos, stoppent leur exploration au niveau de mon sexe tendu. Ce simple regard me fait l'effet du supplice de trop.

Je déchire le paquet, enfile la capote. La seconde suivante, je suis à genoux, entre ses cuisses, en train de soulever son bassin. Mon pénis glisse sur son clitoris dans une suave torture. Océane soupire, frissonne. Je m'incline, elle me retient, griffe mon fessier. Je coulisse entre ses pétales, viens à l'orée de son intimité. Nos prunelles se retrouvent.

Avec lenteur, je la pénètre en la regardant. Plus j'avance en elle, plus les manifestations de son plaisir se confondent avec les miennes.

– Bordel, j'ai tellement envie de toi, lui dis-je dans un dernier mouvement.

Et j'entre entièrement en elle. Pris au piège d'un besoin dévorant, je reste immobile.

– Tu me tues, Tiger, me murmure Océane, sans se douter du pied monstrueux que je suis en train de prendre.

Elle peine à respirer, moi aussi. Je me penche, l'embrasse pour la millième fois. Mais cette fois-ci, la fusion est totale. Mon sexe se raidit en elle. Je prends appui sur un bras replié, mon bassin bouge sans précipitation pour me retirer, revenir, me retirer. Au ralenti. J'en tremble, mes muscles se bandent. Mes va-et-vient conservent ce tempo, tandis que j'admire la femme en dessous de moi. Elle m'étreint dans son fourreau, me comprime, m'abrutit de phéromones.

Sentir à nouveau l'orgasme se pointer et le refréner me demande un effort surhumain. Mon sexe quitte le sien, toujours gorgé du désir à son summum. Océane râle, me traite de sadique, s'arc-boute pour me faire lâcher prise. Alors je capitule, je m'emboîte en elle en une poussée. Mes coups de boutoir s'accélèrent, me rivent profondément en elle à chaque retour dans cette étroite moiteur. Plus forts, quasi impitoyables. Mes neurones se déconnectent, les sensations primitives prennent les commandes et me fracassent inlassablement au creux d'Océane.

Je sais qu'elle veut jouir, qu'elle va imploser. Je le vois, je le sens et j'attise le feu. Plus question de contrôle, mais plutôt de chaos des sens. Qu'elle lâche tout ! Je m'active. Elle décolle, crie, et de violents spasmes la raflent sous mes yeux. Mon bas-ventre se contracte au moment où ma verge perçoit l'orgasme de ma partenaire. Un torrent m'emporte avec elle… Nous tanguons durant un temps fou avant de reprendre pied.

– Oh, *God* ! dis-je, complètement soufflé par elle

Putain, quelle délicieuse cachottière ! Je ne m'en serais pas douté… Je m'allonge sur le dos à côté d'elle, toujours en transe.

– La vache ! s'écrie-t-elle.

Je cherche son regard. Elle est sublime et… affolée ? Désarçonnée ? Redevenue timide ? Mes lèvres s'étirent.

– Je crois que… Eh merde ! redit-elle, maintenant rouge pivoine. Non, punaise, non !

Non ? Serait-il possible que cette découverte qui vient de m'atomiser en soit aussi une pour elle ?

Je commence à en avoir l'impression. Océane se rassoit, plaque la main sur sa bouche et rebaisse les yeux sur son propre corps. Je me redresse, littéralement imbibé d'elle, shooté aux endorphines.

– Pourquoi tu ne m'en as pas parlé ? Parce que là, on va arrêter les capotes.

À sa manière de me dévisager avec embarras, mes yeux se froncent.

– Je ne suis pas sûre de… de comprendre, hésite-t-elle.

– Tu veux que je t'explique quelle partie, petite merveille ?

– Je sais que tu as… senti ce truc quand on a…

– Oh oui, je l'ai senti. Voilà pourquoi nous allons prendre des dispositions pour ne plus utiliser de préservatif. Maintenant que j'ai vu comment tu jouis, je te veux sans barrière en latex la prochaine fois. Je veux sentir tout de toi.

– Mais c'était… Je n'ai pas… Je ne suis pas…

Merde, elle a vraiment honte ?

– Attends, c'était la première fois que cela se produit ?

– Tu parles de…

Oui, elle est désarçonnée comme si elle venait de l'apprendre elle aussi. Scié, je constate sa gêne injustifiée. Le choc, nous sommes deux à nous le prendre.

– Je ne sais pas ce qui m'a prise, s'excuse-t-elle.

Je me demande si je dois en rire ou l'embrasser.

– Donc tu es une reine du *squirting* et tu l'ignorais ?

– *Squirting* ?

Nom de Dieu, je n'arrive pas à le croire. Plus de doute, elle le découvre ! Je hoche la tête, essayant de lui faire prendre conscience que ce n'est pas un problème. Bien au contraire. Purée, ça me donne envie de lui sauter dessus à nouveau. Je tente de verbaliser en douceur :

– Comment appelez-vous ça en français ?

– Aucune idée, m'avoue Océane.

Ses pommettes s'empourprent de plus belle. Elle me semble soudain si inexpérimentée, perturbée par cette réponse fulgurante et inattendue de son corps à la stimulation prolongée.

Je l'attrape et l'attire vers moi. Si j'avais su dès le départ qu'elle serait réceptive à ce point au *edging*, je n'aurais peut-être pas tenu longtemps. Le final est plus époustouflant que celui auquel je suis habitué dans le retardement des orgasmes.

Délicieusement abasourdie, la raison de ce cataclysme dans mes fantasmes essaie de s'y retrouver. Une fleur innocente vient d'éclore, perlée de plaisir.

– C'est un peu gênant, Tiger, marmonne-t-elle dans sa confusion, en cherchant son tee-shirt pour s'essuyer.

Sa maladresse et son émoi sont adorables à regarder… Touchants aussi. Elle a peur de s'être ridiculisée ? Avec un atout pareil ?

– Je n'ai jamais… Heureusement qu'il n'y a pas de draps, ç'aurait été une cata.

– Hey. Lâche-moi ça. Et arrête de fuir mon regard. C'était… grandiose ! Tu viens de m'offrir une éjac féminine, tu devrais relever la tête et crâner.

Cette fois-ci, son innocence entachée se mue en étonnement. Puis petit à petit en amusement. Je la couve du regard, jusqu'à ce qu'elle commence à assumer. Une lueur s'allume au fond de ses beaux yeux verts. Telle une prise de conscience de son arme secrète, insoupçonnée jusqu'ici.

– C'est toi ou c'est moi qui ai été grandiose ? me taquine-t-elle maintenant.

– À ton avis, petite frimeuse ?

– Je dirais que mon corps vient d'atteindre l'apothéose. Et, oui, c'était grandiose ; pour une fois que je ne te contredis pas, savoure, P'tit Chou.

– Canaille ! Ton corps a juste trouvé enfin *le* partenaire capable de le foutre en transe et ça, je compte te le prouver encore sous une pluie de rosée.

Te refaire jouir, déclencher cela à nouveau, déguster ce geyser de plaisir en toi, en être aspergé. Eh merde, je ne vais plus arrêter de bander !

29

Océane

« Pluie de rosée. »

Tiger décrit de manière classe et poétique un bouleversement de taré dans mon être tout entier. Je n'en reviens toujours pas qu'une implosion sensorielle pareille m'arrive, à 20 ans ! Comme si je découvrais le sexe et mon corps pour la toute première fois.

Il est doué, il m'envoûte, me déboussole jusque dans mes tréfonds.

– Je te veux encore plus.

– Tu veux dire, tout de suite ? soufflé-je.

En ai-je la force dans l'immédiat ? Je suis trop ébahie, éreintée et… épanouie, pour recommencer. Pas après cet orgasme très humide.

Maintenant, sous le regard indécent de Tiger, et parce qu'il a comparé cela à une pluie de rosée, je me sens comme une fleur rare qu'il a révélée et dont il compte se délecter. Avidement. Il me décoche un sourire carnassier, colle ses lèvres au creux de ma paume puis se lève.

– Ne panique pas, petite joueuse, me raille-t-il d'une voix rauque. On va récupérer d'abord, comme tout être humain normal. Ensuite… nous vérifierons si ce qu'il s'est passé se reproduit ou pas.

« Normal » ? Une éjaculation féminine déclenchée dans ses bras ?

L'herbe rêche sous mes fesses, mes cuisses encore humides, mon corps encore euphorique m'indiquent que « époustouflant » collerait mieux comme qualificatif.

Mon organisme gorgé d'un flot d'ocytocine réalise combien tout m'échappe. Pendant que ma caboche s'affole à cette déduction, Tiger saisit le sac à dos dont je ne me souvenais même plus. Il l'ouvre, en extirpe deux bouteilles d'eau et m'en offre une. Ses yeux traînent sur ma nudité, m'en font prendre encore plus conscience. Cette convoitise me fait me sentir belle, désirable, unique. Pourtant, je ne suis pas seule pour lui. Je ne le serai jamais…

Merde, c'est l'intensité de la baise qui déclenche cette sensibilité accrue ?

Il y a un déferlement de cette hormone débile « de l'attachement » dans chaque parcelle de mon corps. C'est chimique, juste chimique et ça s'évaporera. Tiger a peut-être l'habitude de causer des trucs aussi forts chez d'autres femmes. Seulement moi, aucun homme ne m'a jamais… baisée ainsi. Je me redresse sur les genoux, m'époussette avec mon tee-shirt mouillé. Il ne commente pas, ses pupilles dilatées suffisent à renforcer mon embrouillamini émotionnel.

Tu dois prendre ça à la légère, te détendre et t'amuser… Vis, Océane, vis l'instant présent !

J'essaie. Mais cette jouissance hors norme me prouve que Tiger Sexton peut me faire perdre le nord, rien qu'en me touchant. Une sensation à la fois dopante, affolante et terrifiante.

Sans imaginer le tsunami d'émotions qu'il a créé dans mon être, Tiger avale une gorgée. J'ôte le bouchon de ma bouteille pour me donner une contenance. Je bois un coup sous son attention de plus en plus insistante.

Il me fixe, sans un mot ; la connivence taquine dans ses iris se mue en énigme. L'intensité de son regard vrille vers autre chose lorsqu'il s'allume une clope.

– Tu regrettes, douce Lily ?

– Non.

Cette réponse fuse toute seule, puis sa véracité augmente ma trouille, mon trouble.

– Et toi ? demandé-je à mon tour.

Un sourire. C'est tout ce que j'obtiens. Je m'abreuve de cette image. Avec sa tignasse hirsute, son charisme, ses cicatrices disséminées, ses tatouages qui serpentent sur son flanc et son dos, son intrigant symbole de chevalier tatoué sur l'aine. Je ne sais pas pourquoi celui-ci m'évoque les blasons du Moyen Âge. Emblème à l'ancienne, gravé dans une zone intime à l'encre noire, avec des lettres enchevêtrées dans sa toison pubienne.

En temps ordinaire, un mec comme lui ne s'intéresserait pas une seconde à une fille comme moi. C'est évident. Punaise, je suis en train de me torturer l'esprit et de perdre mes moyens.

– Tu en es où avec ta contraception ?

Cette question me prend au dépourvu, transperce mes pensées. Tiger exhale sa volute de fumée, attentif.

– Je… Ça va, bredouillé-je, à court de reparties plus élaborées.

Il ébouriffe ses cheveux, l'ombre d'un sourire sur ses lèvres.

– OK, je vais reformuler, délicieuse petite Frenchie : toi et moi, on va refaire des tas de fois ce que nous venons de faire et je veux… abandonner toute barrière physique entre nous. Selon cette logique, j'ai besoin d'une réponse plus concise sur chaque élément important de ta santé. En particulier sur le plan gynécologique. Donc « ça va » ne me suffira pas, ajoute-t-il en revenant à mes côtés.

Face à son air moqueur, cette pointe d'assurance et son anatomie dénudée sans complexe dans la nature sauvage en plein jour, je parviens enfin à ravaler mes complexes et hésitations. Il a raison, je n'ai plus à rougir, c'était unique.

Je lui pique sa cigarette, en tire une latte pour gérer la bousculade de « si » dans ma tête avant de rétorquer :

– Vu le nombre de cunnis auxquels j'ai eu droit, tu ne t'inquiétais pas spécialement pour ma santé. Donc, pour faire court : je vais très bien et je prends la pilule, monsieur Sexton.

Je vois ses lèvres s'incurver à travers la fumée que j'exhale.

– En effet, on a été un peu imprudents, admet-il. Nous réglerons tout cela à notre retour à Sydney.

Il m'enlève la cigarette de la bouche pour l'écraser. La sienne se rapproche, me frôle. Ses pupilles s'agrandissent encore, animées d'une fougue qui s'infiltre lentement dans mes veines.

– La pause clope est terminée. Où en étions-nous déjà, ma douce ?

Ses mains glissent sur ma peau, sur ma chute de reins. Elles diffusent un frémissement le long de mon échine, dévalent vers mes fesses qu'il empoigne avec une ferme douceur pour me plaquer contre son érection naissante.

– Nous voulions vérifier quelque chose, je crois, lui réponds-je en griffant délicatement son torse.

Il me pétrit plus fort, butine mes lèvres sans chercher à m'embrasser. Du moins pas pour le moment, tel un félin qui joue avec sa proie pour s'ouvrir l'appétit. Dans ce jeu sensuel de nos langues, avec son souffle tiède, je recommence à craquer.

Putain, je suis foutue.

Sans crier gare, le baiser devient brutal, possessif. Les sensations refleurissent en moi, m'envahissent. Mes ongles s'emballent sur les muscles de Tiger, mes doigts s'accrochent à ses cheveux. Lorsqu'il m'entraîne vers le sol, je me fiche que les herbes éraflent à nouveau mon épiderme, parce que ce mec a l'air de savoir exactement comment me liquéfier. Comme s'il connaissait mon corps par cœur maintenant et que celui-ci lui obéissait au doigt et à l'œil. Ses mains, sa bouche me parcourent, trouvent mes points sensibles.

Étendue sous lui, je me tortille, me charge de le rendre aussi fiévreux que moi. Je parviens à nous faire changer de position, moi au-dessus de lui. Mes seins dans ses paumes, ma chevelure coulant sur lui, il m'embrasse.

– Tu es infernale, me grommelle-t-il.

Il me dévore, me bascule sur le dos. Cela se mue en une sorte de duel charnel dans lequel il veut gagner. Mais je mets toute ma fougue dans mon baiser, sens Tiger grogner de désir dans ma bouche. Son sexe perle, pointe durement contre moi. Ses caresses perdent leur tendresse, il malaxe ma poitrine, triture mes tétons. J'ondule du bassin, geint en revenant cueillir plus près son soupir.

– *I want you so bad*, me révèle-t-il dans sa langue natale.

Jamais l'anglais ne m'a paru aussi sexy qu'à cet instant.

– Moi aussi, Tiger, lui confié-je bouche contre bouche, à califourchon sur lui. *I want you, mister Sexton.*

En entendant cela, il capture mes lèvres, m'étourdit. Avant que je ne le réalise pleinement, il chope un préservatif. Sur mon petit nuage de luxure, je regarde mon étalon déchirer l'emballage et se l'enfiler sans me quitter des yeux plus de deux secondes. Son sexe s'élargit, se raidit une fois de plus… pour moi. J'en suis toute chose, plus gourmande, plus désemparée. Il me ramène à lui. Nous fusionnons, nos peaux se frottent, nos langues se défient, se charment, nos souffles se confondent.

Je défaille, Tiger en profite pour me retourner. À quatre pattes, désinhibée, excitée. Je n'ai pas le temps d'anticiper, de me préparer à l'ardeur avec laquelle il souhaite assouvir ce désir torride qui exsude de lui. Sa colonne rigide entre brusquement en moi, une pénétration profonde et subite me propulse sur les coudes. Mon buste s'écrase par terre, mes hanches maintenues à hauteur du bassin de Tiger. Nos genoux s'enfoncent dans l'herbe, et lui au creux de moi. Ce n'est plus la maîtrise calculée de nos débuts, le plaisir ne traîne plus, il rugit dans mon bas-ventre, gonfle et m'électrise immédiatement !

Ses coups de reins sont violents, rapprochés, frénétiques, insatiables. Je me surprends à crier.

– Ouiiii ! Ouiiii !

Il me perfore de frissons extrêmes, me secoue, m'emplit de lui. Mes neurones partent en live. Mes cris se répètent. Mes sens s'exacerbent. Ma respiration se hache. Mon être tout entier est accaparé par une espèce de transe qui germe, s'accroît, se propage partout en moi. Tiger redouble de vigueur, ses va-et-vient me conduisent de plus en plus loin. Je perds pied et hurle son prénom. Et la jouissance explose en un plaisir liquide s'écoulant entre mes jambes tremblantes.

La vache, il l'a refait !

L'orgasme de Tiger suit de près le mien. Il enserre ma taille à m'en faire mal en lâchant un long soupir. Lorsqu'il se retire, je m'écroule sur le ventre. Des spasmes interminables m'assaillent encore, des répliques à l'infini d'un séisme charnel.

– Bordel ! grogne Tiger. On a la confirmation.

Languide, je peine à refoutre mes méninges en état de marche. On peut graver ça dans le marbre : je viens de perdre une autre forme de virginité entre les bras de Tiger Sexton.

Et punaise, c'est éblouissant ! Et flippant d'intensité !

***

Tiger

Je reste en flottaison dans un océan orgasmique un bon moment, l'esprit éparpillé, la respiration anarchique et crevant de chaud. Comment garder la tête froide après ça ? Je ne voudrais pas passer les prochains jours à envisager de m'enfermer dans une suite avec Océane et tenter de me rassasier d'elle. Parce qu'à chaque fois que je la touche, je la veux encore plus après.

Je vais devoir maintenir cette alchimie sexuelle sous contrôle ou ça va tourner au fiasco. Pour elle, et pour nous… Cette dernière pensée réussit à me refroidir légèrement. Je m'assois, passe les doigts dans mes cheveux. Océane ne bouge pas, toujours couchée, merveilleusement sexy, fragile, égarée… humide.

Je me referme tout à coup. Par nécessité. Crispé, je me remets debout, me débarrasse du préservatif. Je l'entends enfin réagir derrière quand je rallume une cigarette.

– Je crois que mon corps a besoin d'accalmie, m'annonce-t-elle. Je vais me baigner.

Je pivote, elle part vers la rivière en contrebas.

Argh ! Arrête de mater cette croupe rougie ! Tu n'as même pas encore complètement débandé.

Peine perdue. J'inspire, expire et écrase ma clope pour la suivre. Elle sent ma présence, se retourne, nos regards s'accrochent. Je perçois une once de différence dans le sien, mais elle bat des cils et poursuit son chemin. Ses courbes s'immergent, je la rejoins à la nage.

– Femme fontaine, chuchote-t-elle.

Dans l'incompréhension, je viens plus près.

– Pardon ? dis-je.

– Ce que je… Ce qui m'est… bafouille-t-elle. Ce truc de dingue que tu me fais, finit-elle par résumer, le visage rose.

Sait-elle que cette particularité risque de m'obséder désormais ? Je ne m'étends pas là-dessus. Autant s'en tenir aux parties de jambes en l'air et réduire les discussions. Avec une call-girl, cette question ne se poserait même pas, là il va falloir réajuster mes barricades… M'arranger pour la mettre à l'aise tout en restant sur l'essentiel: il ne s'agit que de sexe. Aussi exquis, sensas' soit-il avec elle, c'est une passade, un exutoire. Il me suffit de me rappeler mon alliance pour changer d'humeur. La tête d'Océane resurgit dans un clapotis. Elle dégouline, inconsciente du fantasme ambulant qu'elle représente.

« Femme fontaine »… Les Français auraient pu trouver mieux que cet assemblage de mots pour un phénomène aussi sexy, torride, surprenant et… inoubliable ?

La bouche légèrement boursouflée de l'objet de mes désirs m'attire encore. Ce que je retiens, c'est qu'aucun autre homme n'a connu cette facette d'elle. Même pas l'autre, ou ce Victor, l'ex-taulard dont on n'a pas vraiment discuté pour l'instant. Mais je ne veux pas de discussion rationnelle dans l'immédiat. J'essaie de canaliser mon envie d'embrasser Océane. De la baiser très prochainement.

Je sors de l'eau pour étouffer cette faim d'elle qui rempile déjà et sème l'anarchie dans mon train-train. Cela se calmera, je vais commencer à m'éloigner, du moins mentalement. Il le faut.

Elle, elle barbote, traîne dans la rivière, perdue dans ses pensées. Je remets mon boxer et mon jean, attrape le sac. Lorsque je déballe les affaires préparées par Bindi, Océane regagne la berge.

– Je peux te l'emprunter ? me demande-t-elle en ramassant mon tee-shirt. Il fait chaud, il séchera le temps qu'on mange et puis j'ai… mouillé le mien.

– Pas de souci, lui dis-je. Garde-le.

Le tissu en coton épouse ses courbes, colle à ses seins. Je me rabats sur la Thermos de café frappé pour faire moins focus là-dessus. A priori, après avoir couché avec une femme deux fois de suite, je suis moins… attentif à ses charmes. Ce schéma ne doit pas se modifier. Même si cette blondinette n'est pas une pro, même si certaines choses en elle brouillent le cap que je poursuis. Même si mon pénis et mon corps s'extasient un peu trop pour permettre à mon cerveau de fonctionner pleinement.

Le schéma ne doit pas se modifier. Le filtre ne doit pas se disloquer.

– Merci, susurre Océane.

Je remarque un soupçon de timidité. Je me suis refermé, elle ne sait plus comment se comporter. Ce changement m'aide à ériger une distance de sécurité sur tous les autres plans. Elle s'installe sur la nappe, accepte le verre que je lui tends. Ses cils perlent d'eau et elle m'observe. Pendant un temps indéterminé, nous demeurons ainsi, les yeux dans les yeux. Une foule de questions dans la tête de chacun, je suppute. Et deux, trois secrets dans les entrailles de chacun aussi.

Enfin, non. Les siens, je les connais déjà. Minutieusement consignés dans un dossier.

Vu le programme de ma femme, l'ancienne vie de Mlle Rousseau est un sujet qu'il va falloir reconsidérer bientôt. Océane prend une bouchée de sandwich. Elle pousse un « hummm » de gourmandise. Ce simple son, ses paupières qui papillonnent et la vue de ses lèvres roses affectent mes terminaisons nerveuses.

Eh merde !

– Trop bon ! commente-t-elle sans se douter de la tournure libidineuse et chaotique qu'empruntent mes pensées.

– Tu aimes ?

– J'adore, et je mourais de faim.

– Bindi sera heureuse de l'apprendre.

Je me résous à goûter à mon tour. La regarder manger m'ouvre bien plus d'appétits.

Pour être honnête, ce n'est pas mon style de ménager un ou une… partenaire occasionnel(le) convié(e) dans mon couple, d'amener avec finesse sur le tapis ce que je veux obtenir ou exprimer. Ni dans les modalités, ni pour écouter un contrat, etc. Pourtant, ce minois-là et ce qu'on vient de partager font capoter le procédé. Nos regards ne cessent de se croiser. Océane semble perdue entre la complicité sexuelle qu'on a eue et le recul que je m'efforce de prendre maintenant. L'attirance est toujours perceptible entre nous, mais l'un des points évoqués avec Sophia durant notre aparté hier concerne Océane. Pas qu'un seul d'ailleurs…

Je dois aller droit au but.

– Il y a un souci ? me demande-t-elle.

Mes mâchoires se scellent.

– Vas-y, je suis une grande fille, conclut-elle. Toute cette mascarade ne te divertit plus, c'est ça ? Tu as eu ce que tu désirais et tu réfléchis à comment me virer ?

– Tu n'y es pas, Lily. Je suis en train de me demander comment gérer la suite, au-delà du *check-in* médical… On a un peu moins de six mois devant nous. Je suis marié. Et comme nous sommes discrets sur le fait qu'on est dans une union libre, Sophia et moi, à l'extérieur personne n'a à savoir que j'ai une envie monstrueuse de te baiser encore. Ce qui m'amène à repenser la logistique.

Les yeux d'Océane s'écarquillent puis elle ébauche un sourire incrédule.

– Waouh ! Je ne sais même pas comment prendre ça. En gros, ta vie se planifie dans les moindres détails, même ce qui est privé ?

– Dans ma position, et avec notre style de vie, il y a toujours des enjeux à maîtriser. Je préfère avoir quelques coups d'avance, reconnais-je. Tu t'y habitueras.

Elle reprend son sandwich, hausse les épaules avec désinvolture. Vraie ou simulée ?

– Alors c'est quoi, le programme ? Ton assistante m'ajoutera dans ton emploi du temps des mois à venir ? plaisante-t-elle d'un ton un brin amer.

Le programme ? Dans le mien, il y a une équipe de mercenaires chevronnés qui verrouille des cibles en France en ce moment pour moi. La traque touche peut-être à sa fin et cela est d'une importance capitale à mes yeux. Depuis trop d'années déjà. Je trie soigneusement les mots dans ma tête, car son programme à elle est différent. Moi, je chasse. Elle, elle fuit, son pays, ses erreurs…

– En fait, je t'emmène en France prochainement, dis-je. Nous t'emmenons, pour être plus précis.

Ce n'était pas prévu, mais je ne vois que ça pour prolonger un peu plus notre intimité. Océane cesse de mâcher et me dévisage.

– Quoi ?

– Un séjour à trois à Paris.

Elle gigote. Le tee-shirt remonte, me rappelle sa nudité en dessous. Heureusement, évoquer Sophia et la France remet certaines préoccupations en perspective. Je redresse la barre.

– Je… je vous accompagne en France ? Je ne pensais pas y retourner de sitôt, avoue-t-elle d'une voix moins sûre.

– Voyager avec nous était convenu dans tes… attributions, n'est-ce pas ? Sophia a besoin de changer d'air et elle veut rencontrer un chef étoilé. J'ai aussi calé des rendez-vous professionnels en Europe.

– Quand ? s'inquiète Océane.

– Je vais m'organiser, tu auras les dates.

Elle blêmit, ses prunelles s'évadent vers l'horizon sous mon regard. L'atmosphère n'est plus la même. Ça commence à me démanger d'en savoir plus sur les sources de sa crispation. Quel poids son passé garde sur elle ?

– Ta réticence, c'est dû à… ce Victor ?

Elle se mure dans le silence, mon intérêt en est plus titillé. J'insiste :

– Raconte-moi, Océane.

– Tu… tu connais déjà l'histoire, se défile-t-elle tout bas.

– Non, ce qui m'intéresse vraiment n'est pas dans le dossier fourni par mon équipe de sécurité. Ton vécu, ton point de vue à toi.

Définitivement mal à l'aise, elle enfonce les doigts dans ses cheveux. J'attends, elle hésite. Je m'interroge sur cette gêne, la regarde longuement, patiemment pour qu'elle cesse de camoufler cette part d'elle.

– Océane, en temps normal, j'aurais laissé ton passé où il est. J'ai ce qu'il me faut comme informations, mais fournies par des tiers. Or, c'est avec toi que je couche, et on a tous les deux envie de remettre cela, je me trompe ?

– Non, concède-t-elle. Enfin, je crois…

Merde, sommes-nous en train de tout remettre en question ?

– J'aimerais juste mieux analyser la situation, lui dis-je, un peu à cran. Afin de parer aux éventualités pour nous protéger tous les trois en cas de nécessité. Sophia, toi, moi… Tu comprends ?

Elle secoue la tête, s'éloigne, croise ses bras.

– C'était une connerie, me murmure-t-elle de dos.

De quoi parle-t-elle ? Du fait de coucher ensemble ou de son passé ?

– Victor a été la connerie de ma vie.

À l'écoute, je ravale la sensation désagréable que la première éventualité a fait germer en moi. Je me décrispe à peine, mais n'interviens pas, ne la brusque pas. Je la laisse s'ouvrir.

– Dis-m'en plus sur ce type, finis-je par l'aiguiller.

– Par où commencer ?

– Votre rencontre.

– OK… abdique-t-elle en tripotant sa chevelure.

Je note les signes de nervosité en elle. Cet état de malaise nous secoue de concert, mais pas pour les mêmes raisons… Je dois savoir, avoir la confirmation, l'entendre de sa bouche.

– Ma mère m'a élevée seule, commence Océane d'une voix attristée. À sa mort, je… j'ai grandi dans des foyers, entre deux, trois passages fugaces dans des familles d'accueil, débite-t-elle doucement. Jamais assez longtemps pour me sentir vraiment chez moi. J'étais mal dans ma peau, j'ai rencontré Victor dans mon dernier foyer. J'avais 14 ans, lui 16. Il…

Mes paupières se froncent, mon regard concentré sur elle.

– Il était du genre leader, à la tête d'une bande d'ados du coin. On a sympathisé, et pour la première fois depuis le décès de ma mère, je me suis sentie véritablement entourée. Intégrée dans un clan.

– Je vois, lui dis-je pour l'encourager à se livrer davantage. Tu en es tombée amoureuse ?

– Non. En fait, c'était surtout ce sentiment d'appartenance à un groupe qui me plaisait au départ. Nous sommes devenus amis. Sans trop le réaliser, cette amitié a pris une certaine tournure au fur et à mesure.

Il l'a séduite ? Je me raidis à l'idée que ce petit con ait peut-être profité de ses failles…

– Quelle tournure, Océane ? Sexuelle ?

– Non. Victor était dragueur, avec plein de filles. On a parfois flirté, mais rien de plus. Je n'étais pas prête pour ça. Ou alors mon côté fleur bleue à l'époque faisait que j'attendais l'occasion parfaite avec le garçon parfait.

Elle sourit tristement. L'autre gars mentionné dans le dossier, le dénommé Romain, était-il ce « garçon parfait » ?

– Au lycée, il y avait ce mec, Romain, ajoute-t-elle d'elle-même. J'ai compris que lui, je l'attirais vraiment. Ce n'était pas du jeu comme avec Victor. Pour moi, ce n'était pas le coup de foudre non plus, mais on s'entendait bien, j'étais bien avec lui. Victor l'a su, je ne sais comment, puisqu'il était en décrochage scolaire et ne fréquentait même pas notre bahut. Pour la faire courte, Victor a fait le frangin cool, m'a encouragée à donner une chance à Romain. Je…

La respiration d'Océane s'emballe. Elle se retourne, soutient brièvement mon regard avant de l'esquiver pour de bon.

– Et ensuite ?

– J'ai commencé à sortir avec Romain. Nous nous voyions de plus en plus et je traînais de moins en moins avec la bande…

– L'autre n'a pas apprécié de ne plus être le nombril du monde, le petit caïd adulé du foyer ? tenté-je de déduire.

– En quelque sorte, oui. J'étais naïve, en manque d'attention. Romain et sa mère sont devenus un substitut de… famille à mes yeux, enfin, j'en sais rien… Puis j'ai compris trop tard qu'il y avait un truc débile de rivalité entre les jeunes du quartier où habitaient Romain et le groupe de Victor. Une histoire de territoire à la con. Que ce mec de la cité voisine devienne mon petit ami sur le long terme est passé pour une provocation à leurs yeux, un manque de respect de sa part. Je crois que si Victor m'a poussée à accepter l'invitation de Romain, c'était peut-être parce qu'il me croyait trop sous sa coupe et s'imaginait que j'allais vite le plaquer et revenir traîner avec eux. Ils se seraient foutus de lui et basta.

– Ça n'a pas été le cas, tu t'attachais à ce garçon. À cette espèce de stabilité : lui, sa mère, une vraie famille ?

– Oui, se désole Océane. Alors, Victor a décidé de m'utiliser à mon insu.

Sa voix tremble, s'affaiblit. Je la rejoins, passe l'index sous son menton pour soulever son visage vers moi. Elle paraît affectée comme si quatre longues années ne s'étaient pas écoulées depuis les faits.

J'angoisse de poser la question qui me brûle les lèvres maintenant, en réalisant que les données dont je dispose ne révèlent pas le plus important. Néanmoins, je finis par le demander :

– À ton insu ? Donc tu ne savais rien de ses projets ?

Qu'est-ce que je souhaite au juste ? Dissiper le doute ou continuer à m'en servir ? Car me persuader qu'elle n'est pas blanche comme neige m'a fait franchir le pas. Et cela m'aide – m'aidait égoïstement – à ne pas avoir de scrupules envers elle. Puisque si elle était capable d'un truc pareil, alors cela équilibrait un tant soit peu la balance de ma conscience au sujet de mes propres zones d'ombre…

– Non, dit-elle.

Eh merde ! C'est la réponse que je craignais.

L'aveu d'innocence d'Océane fausse brutalement tous les calculs que j'ai faits devant son dossier. Mes déductions ne tiennent plus la route, en tout cas elles oscillent…

Océane, loin de deviner combien cela me perturbe, poursuit :

– Même s'il y a encore des gens – notamment la mère de Romain et les copines influencées par celle-ci – qui sont prêts à parier le contraire, je n'étais pas complice, développe-t-elle. J'ignorais que je servais d'appât et que j'entraînais mon petit ami droit dans un guet-apens. Et ça a été moche…

Elle a les yeux humides, rien à voir avec ceux du sublime monstre que j'ai presque souhaité qu'elle soit. Cette vérité-là, je l'encaisse mal.

Mentalement, je recoupe ses propos avec les résultats des recherches de mon équipe : les blessures irréversibles de ce Romain – la victime –, puis le témoignage d'Océane au procès contre l'autre petit con. Les promesses de représailles proférées par celui-ci et ses acolytes. Tout s'emboîte et fout en l'air mes conclusions. Mes hommes et moi-même avions pensé qu'Océane avait probablement échappé à la justice parce qu'elle avait accepté de balancer les autres. Ainsi, de coupable, elle était devenue témoin assisté pour aider à les coffrer. Mais il se peut qu'elle ait simplement été bernée et piégée. J'ai fait comme la mère de ce Romain, je l'ai condamnée parce que ça m'arrangeait… Et maintenant… merde !

Je reste silencieux, elle continue :

– Je n'ai pas été inculpée, il n'y avait pas de preuves contre moi. Mais vu comment cela s'est déroulé, même si j'ignorais ce que prévoyait Victor et n'y ai pas sciemment participé, je ne serai jamais en paix avec ça. Et Christine, la mère de Romain, était en permanence sur les réseaux pour me le rappeler. Elle jouait sur ce flou autour de ma possible culpabilité… Ça a été l'enfer, mais je ne m'en plains pas. Je n'ai pas le droit. C'est Romain qui a payé le prix fort. Je… Ma douleur à moi paraît si illégitime à côté de ce qu'il a subi. Christine a martelé tant de fois que j'étais abominable que je n'ai plus été que ça durant les mois, puis les années qui ont suivi… Je suis fautive malgré tout… Bref, j'ai bossé dur, économisé, et je suis partie pour essayer d'avancer, se précipite-t-elle de conclure. Voilà, tu sais tout.

J'emmagasine ses mots. Donc, prise au piège, Océane s'est retrouvée muselée dans sa propre souffrance, et en parallèle, elle a été victime de cyberharcèlement ? Elle est une victime collatérale.

Je la regarde, sonné par cette découverte. Ses lèvres frémissent, une lueur de force fragile vacille dans ses prunelles. Elle tente de masquer ses émotions. Dans la poussière de culpabilité que cela soulève sur ma propre conscience, un élément parvient également à me secouer intérieurement. Mes questions sur les sentiments qu'elle a pu éprouver ou éprouve encore pour ce Romain. L'a-t-elle aimé ? L'aime-t-elle toujours ? Cette douleur dont elle parle et qui m'est si floue, ça reflète quoi exactement ?

Mes traits se durcissent. Je me suis magistralement planté à propos de cette fille. Subitement pressé de clore notre discussion, je déclame en tentant d'être juste pragmatique :

– OK. En amont, j'avais fait en sorte que personne ne déterre cette affaire ici, que la presse ne puisse pas s'engouffrer dans la brèche et remonter à toi. Ce Victor ne t'atteindra plus.

Abattue, Océane recule et s'enferme dans tout ce qu'elle peut rassembler de dignité.

– Parce que ça vous atteindrait vous et votre image publique ? déduit-elle à son tour.

– Oui.

Je ne la détrompe pas, elle vient de foutre le bazar dans mon crâne. J'ai du mal à gérer ça…

– T'inquiète, se braque-t-elle. On couche ensemble, mais pour le reste, je suis une grande fille, Tiger. Tu voulais ma version, tu l'as. Je n'ai pas besoin d'être couvée.

Je serre les poings et n'ajoute rien. Je n'y arrive pas.

Nom de Dieu, elle était innocente ?! Elle ne l'a pas fait, malheureusement nous sommes déjà allés trop loin parce que je croyais le contraire.

30

Océane

Quand je ferme les yeux pour ne pas discuter sur le trajet du retour, c'est ça qui revient, qui tourbillonne :

Le visage tuméfié de Romain, son corps quasi désarticulé sur le sol. Le sang. L'odeur de sueur. Cette haine… Et moi, hystérique, tremblante.

– On s'arrache !

– Putain, bouge, Océane ! On se taille de là !

– Oh mon Dieu !

J'écarte violemment Victor, pousse les autres qui tentent de me ramener avec eux. Mon visage est baigné de larmes, mon cœur cogne trop fort dans ma poitrine. Je crie à l'aide, hurlant à m'en défoncer les cordes vocales.

– Nooooooooon !

– Ferme ta gueule, bordel ! VIENS ! me bouscule Victor.

Je tombe à genoux devant Romain. Ils me secouent, je refuse de m'enfuir avec eux. J'ai peur de le toucher, il est tellement… Mon Dieu, il est dans un état ! Je crois qu'il respire encore, cela ressemble plutôt à des grognements d'animal agonisant. Je me mets à pleurer.

– Accroche-toi, Romain. Je t'en supplie, ne meurs pas…

Mon téléphone, je cherche mon téléphone. Je n'arrive plus à réfléchir. Appeler les secours. Oui, je dois appeler les secours…

Romain essaie de me parler. Il crache du sang. Terrifiée, je ne sais plus ce qui se passe. Le temps s'est figé. Je crois que mon cœur a explosé dans ma poitrine face à l'horreur.

L'arrivée du SAMU, puis des flics… Je tiens des propos décousus. Il est mort ? Je crois qu'il est mort. Il est mort…

– Elle est en état de choc, entends-je.

Pourquoi m'empêche-t-on de monter dans l'ambulance avec lui ? Pourquoi, me fait-on monter à l'arrière d'une voiture de police ?

– Qu'est-ce que j'ai fait ? Mon Dieu, qu'est-ce que j'ai fait ?

Je me raccroche tant bien que mal au présent. « Soldier » de Fleurie résonne encore dans la voiture de Tiger. En un après-midi, mon foutu mantra a été balayé. Non, je ne me sens pas meilleure qu'il y a quatre ans. Ce putain d'état d'esprit que j'ai essayé de cultiver pour avancer a disparu. Cédant la place à une mélancolie aussi forte que l'euphorie qui l'a précédée. Plus les minutes s'écoulent, plus je me sens exactement comme avant. Lorsque je me suis retrouvée isolée, exclue du cercle que j'avais longtemps considéré comme une seconde famille car les autres soutenaient tous Victor, leur leader. Et j'ai été diabolisée par ceux qui me croient de mèche avec lui.

Je reste cette « cassoc' ».

Si seulement Tiger ne m'avait pas mise à nu, pour finalement devenir distant et hermétique, je me sentirais un peu moins… monstrueuse. Est-ce ainsi qu'il me voit ?

Coupable et accro aux mauvaises décisions. Un aimant à problèmes qui fricote maintenant avec un milliardaire marié.

Voilà de quoi j'aurais l'air en me pointant à Paris avec les Sexton. Oui, en théorie, les choses sont plus complexes que cela, cette « relation » est supposée être discrète et consentie par le couple. Et il y a peu de chance de tomber sur une personne de mon passé dans les endroits prestigieux que Sophia et son époux fréquentent certainement en France. Mais dans la pratique, la seule perspective de les accompagner me fait remettre tout en question.

Je referme les yeux, complètement perdue. Tiger ne me dit plus rien, et ça me tue. Cela me donne une idée de l'image qu'il doit avoir de moi désormais. Comme si je n'étais plus là, il passe des coups de fil brefs et directifs, et finit avec une certaine Shanna.

Est-ce une autre « partenaire » ? Même son épouse n'a pas d'emprise sur lui. Comment ai-je pu penser une seule seconde compter d'une quelconque manière, moi la « cassoc' » ? Avec mes casseroles. J'en regrette presque entièrement cette journée…

– Dès que j'arrive à Sydney, je te fais signe, promet Tiger à cette Shanna au téléphone.

Je ne maîtrise pas le pincement au cœur que cela me cause. De plus en plus lamentable, en fait je me sens fragilisée. Mais je me cache derrière mon amour-propre blessé. Aucun de nous ne fournit plus l'effort de discuter, même lorsqu'il n'a plus d'appel à passer. La musique emplit l'habitacle, mes états d'âme oscillent. Le temps s'écoule, le trajet s'éternise…

Notre arrivée interrompt la sieste brumeuse dans laquelle je me suis enfoncée par dépit. Tiger se gare, il ne coupe pas le moteur. Le majordome m'ouvre la portière, droit comme un I.

– Bonsoir, monsieur Sexton, mademoiselle Océane, nous accueille celui-ci.

Son boss lui adresse un signe de tête, parfaitement distant. On dirait qu'en roulant, il a gommé tout ce qui n'a plus d'importance à ses yeux. Notre escapade, le fait de m'avoir montré ses liens moins formels avec les employés du haras, et surtout les moments qu'il m'a offerts, tout cela cesse d'exister en pénétrant dans sa propriété.

– Bonsoir, Peter, réponds-je en essayant de ne pas laisser mes émotions transparaître.

Ce dernier ne semble ni surpris ni perturbé de voir revenir « l'amie de madame » dans la voiture de M. Sexton.

Ce n'était que du sexe. Tu n'attends rien de lui. Et il n'attend plus rien de toi non plus.

Je m'apprête à déguerpir en m'efforçant de garder un minimum de dignité, autant dire des miettes vu les circonstances…

– Je ressors, Peter, décrète posément Tiger. Qu'on ne prévoie rien pour moi pour le dîner, et qu'on ne me dérange pas.

Super, accès verrouillé à tous ! Il sera avec la fameuse Shanna et tu t'en fiches, souviens-toi.

– J'en prends note, monsieur.

– À plus tard, Lily ? me dit Tiger, contre toute attente.

Nos regards s'accrochent. Je repense à ma descente après avoir touché les cimes avec lui. De mauvaises ondes non canalisées me sillonnent de part en part.

– Je n'en sais rien, Tiger. Suis-je supposée rester à ta disposition et me morfondre comme Sophia ? Sans façon.

Ses mâchoires se contractent, il ne commente pas. Le gouffre s'élargit. Je récupère mon sac et sors.

– J'espère que vous avez bien profité de vos jours de repos, mademoiselle, poursuit le domestique, impassible.

– Je suis assez mitigée, Peter…

Je sais que *monsieur* a entendu ma réplique avant que le majordome ne referme la portière derrière moi.

– Tout va bien ici, sinon ? me reprends-je tandis que Tiger nous quitte dans un vrombissement brusque.

Son départ et la tête que j'affiche mettent momentanément le vieil homme mal à l'aise. Mais il se ressaisit vite, plaque un sourire respectueux sur ses lèvres pour me répondre.

– Oui, tout va bien ici, je vous remercie, mademoiselle.

Bien sûr ! Tout est toujours sous contrôle en surface sur la planète Sexton.

– Où est Sophia ? dis-je en le suivant à l'intérieur. Comment va-t-elle ?

– Bien, mademoiselle Rousseau. Mme Sexton prend son bain, je crois. Je l'informerai de votre retour dès qu'elle sera disponible.

– Non, ne vous embêtez pas, Peter. Je passerai lui faire un coucou.

– Comme vous voudrez, mademoiselle.

Je remercie ce brave homme et monte poser mes affaires. Pas si pressée d'être confrontée à Sophia, je fais un détour par la salle de bains accolée à ma chambre.

Je viens de me taper son mari. J'ai passé la majeure partie de cette journée avec lui, sur lui, sous lui… En osmose, jusqu'à ce que tout cela tourne au vinaigre en un battement de cils. Je ne sais plus quoi en déduire, encore moins comment me comporter maintenant avec Sophia. Débouler avec un grand sourire et agir normalement ? Pour l'heure, j'en suis incapable.

Je suis trop mal, trop paumée. Le revirement de Tiger, sa froideur après la canicule me tuent.

31

Océane

Face au miroir, je fixe mon reflet. Mes lèvres sont toujours marquées par des baisers sans concession, fiévreux à tout désintégrer sur leur passage. Sophia verra-t-elle un changement ? Après tout, je ne suis pas la première à être passée dans cet entre-deux. Une parmi le défilé ininterrompu des partenaires du couple Sexton…

Un truc fait alors tilt dans ma tête : Tiger a demandé ce matin au chauffeur de ne pas parler de notre programme à son épouse. Cela induit que je vais devoir faire des cachotteries à Sophia ? Est-ce à cause de cette histoire de Xanax ?

J'ai des doutes sur la suite ; maintenant que je me retrouve à nouveau avec Sophia dans cette immense maison, ma raison est en conflit avec mes émotions. Comme moi, cette femme est seule elle aussi, à sa manière. Elle commençait à s'ouvrir, à s'attacher à moi. Et inversement. Sophia m'émeut plus que je ne l'aurais envisagé au départ. Très sincèrement. Ça aurait probablement été plus simple si je n'éprouvais pas de tendresse ni de compassion pour elle.

Les traces de mon enfance solitaire et mon besoin d'être entourée modifient sans doute mon jugement vis-à-vis d'elle. La question du jour est : quelle sorte d'amitié pourrait se construire dans cette relation alambiquée à trois ?

– Océane ? m'interpelle soudain une voix féminine.

Mon reflet se fige. Mes interrogations se dissipent, interrompues par l'arrivée de l'objet de mon introspection. Je l'entends dans la chambre, se dirigeant dans ma direction. Je n'ai pas le temps de me préparer mentalement avant qu'elle ne toque à la porte, puis la fasse coulisser. Ça me déstabilise de la revoir. Elle est radieuse, elle semble avoir retrouvé la forme pendant que moi…

Je me sens gauche. C'est elle qui désamorce ma gêne en me prenant dans ses bras.

– Coucou, ma belle ! Bon retour à la maison ! s'enthousiasme-t-elle.

– Merci, Sophia. Comment tu vas ?

– Beaucoup mieux, oublions ça ! élude-t-elle.

Oui, elle pétille… Comme si l'épisode de la nana shootée, errant à poil dans le couloir, n'avait jamais eu lieu. Ni cette vague de tristesse dans laquelle je l'ai laissée en quittant leur propriété hier. Seule avec son Ty. Quoi que ce dernier ait fait, ça a été manifestement efficace.

Ce constat remue un je-ne-sais-quoi en moi et décuple ma confusion intérieure.

– Et toi, Océane ? Dis-moi tout, tu t'es reposée ? Tu t'es amusée ? Tu as fait quoi de beau ? enchaîne Sophia sans remarquer combien j'ai la nuque et le dos raides.

Reposée ? Non, j'ai couché avec ton homme et il est tout sauf reposant.

Je repense à la discussion post-ébats qui m'a laissé un goût amer, puis refoule tout. Pourquoi est-ce à moi de sortir les rames ou d'informer Sophia de ce qu'on a fait pendant que le mâle de la maison s'en tape peut-être une autre en ce moment ? Après tout, ce sont leurs codes, leurs habitudes à eux. Moi, je suis devenue la fille entre eux, déboussolée, et qui culpabilise. Je passe la main dans mes cheveux en cherchant une pirouette.

– J'ai fait quelques activités… J'ai pas mal flâné, dis-je en me détournant. C'était… sympa.

Non. « Sympa » n'est clairement pas le qualificatif à coller sur une journée avec Tiger.

Sophia se rapproche, m'effleure la joue, je me crispe imperceptiblement. Rien en elle n'indique une quelconque animosité, des soupçons ou un truc du genre. C'est avec ma propre conscience que je me dépatouille. Face à cette femme redevenue classe et parfaite, je me souviens qu'elle m'intimidait durant mon entretien d'embauche. Et aussi à quel point le courant passait bien entre nous ensuite, jusqu'à ce que l'équilibre bascule.

– Juste sympa ? On va faire mieux que ça ! déclame-t-elle. Moi aussi, entre deux points avec mes gérants, je me suis ennuyée ces dernières heures. Et si on sortait dîner dehors ?

Dis quelque chose, Océane. Aie l'air emballée au moins.

– Pourquoi pas ? T'aimerais manger où ? parviens-je à émettre avec un peu d'entrain.

– Top ! On improvisera. Une soirée entre filles, ça nous fera du bien, non ?

– Bien sûr, mais ton… mari sait-il que… Enfin, est-ce que…

Bon sang, tu t'emmêles les pinceaux, elle va se douter de quelque chose.

Sophia s'amuse de mon embarras. Je pense qu'elle ne sait pas… Et si elle l'apprenait, est-ce que ça la dérangerait ? Après tout, elle m'a « choisie », non ? Mais qu'est-ce que je fous ?

– Ty t'impressionne toujours ? se méprend-elle. Relax, ma puce. Il m'a accordé vingt-quatre heures de son temps, ce lundi. Tu n'imagines pas le genre de trou à combler que cela représente pour ce bourreau du travail.

En fait, il a perdu presque quarante-huit heures avec nous deux… Putain, ne t'égare pas, Océane !

– Oui, j'imagine, réponds-je.

– Je l'ai eu au téléphone. Il est avec Shanna, je ne risque pas de le revoir de sitôt, me raconte l'épouse.

OK, donc il la tient informée de ce qu'il juge nécessaire de lui communiquer ? Moi, j'ai été larguée devant la propriété avant qu'il ne disparaisse sans aucune explication. Je ravale la foule de commentaires que cela soulève dans ma caboche et tente de continuer naturellement :

– Je vois. C'est une… amie ? Tu la connais ?

Je hais cette curiosité déplacée qui me taraude. Ou peut-être suis-je simplement vexée par la façon dont mes moments avec Tiger se sont terminés aujourd'hui. Je suis à fleur de peau, et mon cerveau est en vrac. Je déteste toutes ces pensées mesquines que je ne maîtrise plus.

– Shanna ? C'est une sorte de version féminine de Ty, me confie Sophia sans une once d'inquiétude… ni de jalousie. Elle travaille pour lui.

Sophia ressort déjà en parlant chiffons. Alors pourquoi je bugge encore là-dessus ? Et puis, cela signifie quoi, « une version féminine de Ty » ? Qu'elle est canon ? Charismatique et bourrée d'assurance ?

Toute cette situation est insensée, je ne me reconnais plus dans cette espèce de polygamie à la con où chaque nouveau prénom féminin éveille un truc involontaire en moi. D'un côté, je ne me suis pas encore remise de cette journée. De l'autre, il y a toujours des interrogations en suspens à propos des Sexton…

Je m'efforce de lâcher l'affaire. En mode « Ça ne t'atteint pas tant que cela ». Je me douche puis rejoins Sophia dans le dressing pour nous pomponner. Tout compte fait, c'est peut-être une super idée d'aller prendre l'air toutes les deux.

***

Deux heures plus tard, on nous fait entrer dans le carré VIP du Velvet & Diamonds, un bar lounge en bord de mer dont je n'avais jamais entendu parler. Vu le standing, ce n'est pas étonnant. Voituriers, pas de file d'attente, escorte et immersion en quelques secondes dans une ambiance intimiste, chic et feutrée. Nous nous installons dans un confortable canapé drapé de velours. Sophia me sourit en jouant avec la bretelle de sa robe noire. J'ai enfilé une tenue tout aussi sexy que la sienne, je croyais me sentir mieux en me faisant belle. Foutaises ! Mes méninges tournent toujours à plein régime.

– Ça te plaît ? me demande Sophia.

– Cet endroit est sublime, lui réponds-je, conquise tout de même par son choix.

– Ils font des apéros dînatoires à tomber, attends d'y goûter, me promet-elle.

Nous passons commande. Les cocktails et petites bouchées raffinées ne tardent pas à apparaître comme par magie. Je réalise que j'avais vraiment faim. On discute de tout et de rien, je me détends presque totalement.

– L'autre particularité du Velvet & Diamonds, c'est qu'ils ont un night-club au sous-sol, m'indique Sophia en sirotant son luxe margarita.

– Donc, je m'empiffre et on brûle les calories ensuite ?

Elle acquiesce en rigolant. Mes appréhensions s'envolent pour de bon. C'est bien plus facile quand aucune de nous n'évoque Tiger et que j'essaie d'éviter de penser à lui. Les minutes s'écoulent, ma complicité naissante avec Sophia reprend le dessus. Après le repas, elle m'entraîne dans l'ascenseur pour le niveau inférieur. Comme elle, j'ai envie de me trémousser et de me vider la tête. Alors, je ne me fais pas prier quand elle me tire sur la piste de danse. « Blood in the Cut » de K.Flay résonne, Sophia entrelace nos doigts. Les yeux dans les yeux, elle commence à se déhancher. Lente, sensuelle, un sourire sur ses lèvres carmin. Légèrement éméchée et de meilleure humeur, je me cale progressivement sur le rythme. Je ferme les paupières et bouge avec elle.

Petit à petit, je m'abreuve de notes de musique saccadées. Mon corps ondoie, mes mains s'enfoncent dans ma crinière. Je ne regarde plus personne, je veux relâcher la pression, balayer mes suppositions, mes hontes et mes doutes.

***

Tiger

Shanna nous ressert un verre de bourbon, je lève à peine les yeux des chiffres sur l'écran de son ordi. Elle continue de m'exposer comment la prochaine opération financière préparée avec ses traders va gonfler le capital de TS Naval à l'ouverture de la Bourse de Sydney demain matin. Le bip de mon téléphone attire momentanément mon regard. Un SMS parmi d'autres à lire plus tard. Non, celui-ci provient de mon service com. Mes paupières se froncent, je saisis mon mobile. Ils ne me font signe que si nécessaire donc il y a probablement un souci…

Je souffle lentement en découvrant d'abord le message laissé par mon majordome plus tôt dans la soirée. Je n'y avais pas prêté attention.

[Mme Sexton et Mlle Océane préfèrent dîner
en ville, monsieur. Elles sortent
sans chauffeur. Madame conduit.]

Merde, Peter m'avait prévenu ! Second message émis par la responsable de mon service de communication. Mes doigts se crispent sur le portable en lisant :

[Désolée de vous déranger, monsieur Sexton.
Votre épouse et Mlle Rousseau viennent
d'être taguées sur Internet. Ci-joint le lien.]

Je clique dessus et commence à bouillonner. Shanna s'interrompt.

– Aïe, je connais ce regard, me lance-t-elle. Qui vient de s'attirer tes foudres ?

Sous mes yeux, une story sur le compte Instagram de Harry Carter. Ce petit con s'amuse encore à marcher sur mes plates-bandes. Je le vois en direct se coller contre une blonde qui danse. L'oxygène se bloque dans ma poitrine. Le blaireau qui filme pour lui commente en off : « Le Velvet & Diamonds n'a jamais été aussi hot ! »

Mes mâchoires se serrent. Je me doute que si mon staff m'alerte, c'est qu'il y a une raison valable. Celle-ci se matérialise sur l'image : mon épouse en train de se tortiller. J'entends de la musique, je vois Sophia s'exposant dans la discothèque. Scandant les paroles de « Blood in the Cut ». D'emblée, j'envisage de défoncer ce bouffon de Carter d'être à nouveau dans les parages au mauvais moment. En théorie, un soir de semaine et dans ce club sélect, il y a peu de monde. Mais il a fallu que lui y soit. Mon poing se ferme, ma vue se trouble.

Putain, respire !

Une autre story. Carter est en train de se presser contre un corps. Celui de…

… *Océane.*

Je le sais, j'en ai la certitude avant même qu'elle ne se retourne. Ce corps, je le connais maintenant par cœur… J'en ai encore un souvenir brûlant. Il y a quelques heures, je n'arrivais plus à réfléchir, à passer à autre chose. Notre retour du haras, ce qu'on y a partagé et sa réaction à l'annonce du déplacement prévu pour nous trois, tout ce bordel accaparait un peu trop mes neurones. J'avais besoin de recul, d'y voir plus clair. Et bosser était la meilleure méthode pour y parvenir.

Enfin, c'était le cas…

La caméra change d'angle, me donnant la confirmation. Paupières closes, vêtue d'une minuscule robe, Océane fredonne le refrain de la chanson. Bon sang, à quoi joue-t-elle ? Elle ne le repousse pas quand il l'enlace, au contraire, elle…

– Tiger ? me relance Shanna.

Je me lève, ramasse ma clé. Mon pouls part en vrille.

– Il y a un problème ? insiste ma collaboratrice.

– Tu me referas une mise au point plus tard, j'ai une urgence.

– C'est Sophia ?

Avant que Shanna ne s'étende davantage, je me dirige vers la sortie de son appart en contactant la responsable de la com pour connaître son plan d'attaque. J'appelle l'ascenseur, m'engouffre finalement dans la cage d'escalier pour gagner du temps. L'esprit en ébullition, je dévale les marches. J'ignore laquelle des deux échauffe le plus mes nerfs. Sophia, qui se défoule en public avec des vidéos à l'appui. Pouvant déraper à tout moment, sans escorte, sans filet… Ou Océane qui…

Putain, oui, qu'est-ce qu'elle fout, elle ?

32

Tiger

Je me fais flasher avec un dépassement de vitesse largement au-dessus de la limite. On réglera cela plus tard, dans l'immédiat je m'en tape. Je pile devant le Velvet & Diamonds, balance les clefs au voiturier qui les attrape au vol. Je me précipite à l'intérieur de l'établissement en fulminant.

Elles sont peut-être toutes les deux en état d'ébriété et potentiellement ingérables. Bon sang, est-ce que Sophia comptait reprendre le volant ensuite ? Deux de mes gars me rejoignent dans l'ascenseur.

– Quelle est la consigne, monsieur Sexton ? Une exfiltration rapide et sans esclandre ? se rencarde l'un des gardes du corps.

– Pour ma femme et Mlle Rousseau, oui. Vous nettoyez le secteur et vous me laissez en tête-à-tête avec Carter, réponds-je.

– Bien reçu, monsieur !

L'appareil atteint le sous-sol, les portes s'ouvrent. Mes deux accompagnateurs coordonnent leurs actions, à peine trois secondes et nous pénétrons dans le club. La musique et la joie ambiante m'incommodent instantanément. Je les repère, elles dansent encore. Ce bouffon de Harry rôde toujours autour de Sophia et Océane. Surtout d'Océane. Harry Carter a beau être provocateur, il sait qu'un seul doigt sur ma femme – de plus, en public – et son dentiste aura du mal à refoutre ses dents en place. Il faudra déjà qu'il les retrouve. Cela dit, il ignore une nouvelle donne : désormais, je ne tolérerai pas non plus qu'il touche cette blondinette-là.

Pas tant qu'elle me…

Justement, Océane tourne sur elle-même en riant ; ses beaux yeux verts s'écarquillent de surprise en m'apercevant.

– Tiger ?! s'exclame-t-elle.

Ce qui alerte Sophia qui pivote à son tour. Ma femme rougit comme une môme prise en flag.

– Qu'est-ce que tu fais là ? me lance Océane. Ne me dis pas que…

– On ne discutera pas ici, lui asséné-je.

Quelqu'un de mon staff localise le pote de Carter. Il lui arrache son portable pour éviter la fuite d'une autre vidéo. Dans la foulée, mes gardes du corps attrapent Sophia et Océane pour les inciter fermement à quitter les lieux. Mon épouse obtempère, elle sait que j'ai horreur d'attirer l'attention pour de mauvaises raisons et elle ne va pas aggraver la situation. Non, celle qui pourrait déclencher un scandale, c'est ma Frenchie. Elle se débat, interdit au garde du corps de la toucher. Immanquablement, la probabilité que d'autres portables commencent à filmer la scène s'accroît.

Pourquoi n'a-t-elle pas fait pareil avec Harry Carter, nom d'un chien ? Elle aurait dû le repousser avec cette même véhémence au lieu de se coller contre lui !

– Lâchez-moi ! Je ne veux pas rentrer ! Je suis libre, Tiger ! s'offusque-t-elle.

– Bordel, arrête ça, Océane ! On ne se donnera pas en spectacle. Suis mes employés et ferme-la ! éructé-je en français sous le regard narquois de Carter.

Celui-là, je ne veux pas le choper devant elle. Pas d'accès de violence en sa présence ; mais prendre sur moi pendant qu'Océane résiste entame ma patience.

– On dirait qu'elle préfère rester avec moi, Sexton. Votre amie et moi finirons la soirée ensemble. Rentre donc avec ta femme, déblatère Carter, fier de lui.

C'est la goutte de trop qui noie pour de bon mon flegme. Je lui fonce dedans. Océane pousse un cri qui s'éloigne car on l'emmène de force par la sortie de service. Mon équipe l'exfiltre, avec ou sans sa coopération. Et mon poing se fracasse enfin sur les mâchoires du fils à papa. Je l'empêche de s'écrouler, je n'en ai pas fini avec lui. Il douille trop pour parler. Nickel, je préfère l'entendre gémir au lieu de me pondre encore une idiotie.

– Dernier avertissement, p'tit clown, lui dis-je en approchant mon visage du sien en sang. Reste en dehors de mon chemin.

Pour conclure, mon front cogne violemment le sien. Au même moment, je sens vaguement quelque chose sur ma nuque. Je relâche Carter qui s'effondre, j'entends son acolyte s'écrier :

– Vous aurez des nouvelles de nos avocats, Sexton ! Vous savez qui je suis ?

– Non. Et je tremble déjà de peur, lancé-je en partant vers l'issue de secours.

Dehors, je prends une bouffée d'air, souffle pour retrouver mon calme. Mon portable vibre, je décroche.

– Monsieur Sexton, je vous confirme qu'on a les deux avec nous. Nous sommes en route pour votre résidence.

– Bien. J'arrive.

***

Océane

Non, mais j'hallucine !

Je suis furax contre Tiger. Il se prend pour qui, nom de Dieu ? L'arrivée dans sa propriété de Sydney se déroule sur les chapeaux de roue. Ses bouledogues sont muets, fidèles et d'une loyauté qui frise la connerie ! Ils n'ont rien lâché et n'ont pas hésité à me traiter sans ménagement pour me faire céder.

Sophia a capitulé trop vite ; je ne comprends pas, punaise ! Elle est peut-être docile de nature. Ou trop accro à lui pour oser le contrarier. Il peut sans doute faire ce qu'il veut d'elle quand il veut, mais moi je ne suis pas sa chose ! Hors de question d'obéir sagement à un homme qui se croit au-dessus de tout. Et de tous ! Je ne décolère pas, ce n'est visiblement pas le cas de Sophia qui se déchausse sur la terrasse et s'adresse à l'une des employées.

– Apportez-nous deux glaces au mojito, réclame-t-elle avant de me regarder. Ça te dit, Océane, ou tu veux autre chose ?

Elle est sérieuse, là ? C'est sa routine d'être obligée de quitter des fêtes escortée par une espèce de commando militaire ?

– Non merci, je ne vais pas m'enfiler une glace, j'ai plutôt envie d'étriper le sale macho qui te sert de mari ! Pourquoi tu n'es pas en colère ? Pourquoi tu le laisses agir comme ça ?

Une lueur s'allume dans ses prunelles.

– C'est excitant de le voir réagir de manière excessive, affirme-t-elle. Cela fait tellement longtemps que je ne l'ai pas vu si possessif.

OK, donc ça l'a émoustillée que Tiger déboule et fasse comme si nous lui appartenions. Tandis que je piaffe d'impatience de sauter à la gorge de cet enfoiré.

Celui-ci apparaît bientôt, la mine sombre, des débris de verre sur les épaules et puant le champagne. Il a tout d'un gars sortant d'une baston durant laquelle une bouteille a servi d'arme. Sophia se précipite pour s'assurer qu'il va bien.

Je rêve !

Je croise les bras, le fusille du regard sans bouger. Il expédie son épouse en maugréant :

– Ça va, arrête !

– Non, Ty, tient tête Sophia. Il est temps d'aller faire un tour dans ta pièce privée. Moi, vous m'y avez amenée après mes petits excès de la dernière fois. Je vais téléphoner à ton…

– Je t'ai dit stop, Sophia !

Il bouillonne, mais elle le brave :

– Pourquoi ? Parce qu'Océane ignore encore ce détail ? Elle ne sait pas pourquoi tu possèdes une zone secrète dans toutes tes propriétés ? Ou que tu fais tout pour ne pas y mettre les pieds ?

– De quoi on parle ? rebondis-je.

– Ce n'est pas le propos, Sophia ! On a un autre sujet en plan : vous foutiez quoi ce soir ? s'énerve Tiger.

– Une soirée entre filles, soutient sa femme sans se démonter. On s'éclatait jusqu'à ton irruption brutale, n'est-ce pas, Océane ?

Je ne sais plus où donner de la tête, entre ma colère et ce truc que Sophia a failli dévoiler. Tiger se décale, s'avance vers moi.

– N'est-ce pas, ma chérie ? insiste Sophia.

– C'est vrai, soutiens-je. Et j'avais besoin de cette bouffée d'oxygène.

– Intéressant… Avec Carter ? me demande Tiger, d'une voix rauque et basse.

– Avec qui je veux, lui réponds-je. Dois-je te rappeler que c'est Sophia ton épouse ? Vivez selon vos règles si ça vous chante, mais je ne te demanderai pas de permission si j'ai envie de m'amuser !

Il s'arrête tout près, trop près, dégoulinant d'autorité, d'arrogance et… de sex-appeal.

Non, tu ne flancheras pas, Océane, sûrement pas ! Baiser avec lui ne fera pas de toi une possession parmi d'autres, qu'il l'imprime bien.

– Je t'ai mise en garde, Lily…

– Arrête avec ce « Lily » ! Et je t'ai dit que je voulais ton respect, Tiger.

– Le respect, ça marche dans les deux sens. Laisser un moins que rien te tripoter dans une boîte de nuit, ce n'est pas un manque de respect envers moi, ça ?

Non, mais il est phénoménal de mauvaise foi, ce mec !

Il me fixe, le regard assombri et trop magnétique pour mon armure devenue trop perméable depuis notre après-midi… Je déglutis. Son souffle tiède et l'odeur entêtante de champagne mêlée à la sienne me chamboulent. Même si je me décarcasse pour le cacher.

– Non, me braqué-je. Je te le répète : officiellement, je suis célibataire et libre de mes actes ! Je suis là parce que je le veux. En dehors de chez vous, je peux fréquenter Carter ou un paquet d'autres mecs et tu n'interviendras pas.

Il plisse les paupières.

– Je vais remettre les pendules à l'heure… susurre-t-il.

La seconde d'après, il me plaque contre lui. J'essaie d'abord de le repousser, de persister à jouer la fière, mais sa langue s'engouffre entre mes lèvres, ses mains pressent ma hanche. Je sens la protubérance qui durcit contre mon ventre. Il a envie de moi ou juste d'asseoir sa domination virile ? Son baiser est violent, furieux, il me coupe la respiration.

– Personne d'autre ne posera ses pattes sur toi pendant la durée de ton contrat. Mes avocats ajouteront un avenant, parce que ton comportement de ce soir ne se reproduira plus, martèle-t-il contre ma bouche boursouflée. Plus jamais, tu saisis ?

Hors de moi, les jambes flageolantes, je parviens à reculer. Mon corps et mon esprit se livrent bataille, l'un se ramollit dangereusement, l'autre tente de se rebiffer. À reculons, je continue de le défier du regard. Je passe près de Sophia, mon bras frôle le sien.

– Personne d'autre ? redis-je, les nerfs en effervescence. C'est ce qu'on va voir, Tiger ! On est d'égal à égal, tu n'as rien à exiger de moi !

Décidée à lui donner une leçon, une impulsion me traverse l'esprit. Rien à battre de son statut social par rapport au mien, la servitude, c'est clairement niet ! Avant qu'il n'anticipe ma riposte, j'enlace sa femme. Mes mains remontent vers le visage de Sophia, elle et moi nous regardons, une étincelle de complicité au fond de nos prunelles. Solidarité féminine, envie de rébellion. On est au vingt et unième siècle, bordel !

– Mon corps m'appartient, j'en fais ce que je veux. Et toi, Sophia ? Es-tu aussi libre que lui ? demandé-je, prête à pousser son homme à bout. Après tout, je suis ici principalement pour toi, non ?

Attention, Océane, tu vas encore faire n'importe quoi…

Rectifions : je fais déjà n'importe quoi depuis un moment. Autant continuer sur ma lancée et imposer le tempo. Et quand Tiger me mate ainsi, cela me grise, m'encourage à m'affirmer maintenant. Mon initiative désarçonne Sophia un laps de temps. Puis je la sens prête à jouer le jeu, je le vois dans son demi-sourire. Consciente de commettre une bêtise, de réagir à chaud par orgueil, je savoure le plaisir de prouver à Tiger qu'il ne sera pas le centre de notre univers. En tout cas, pas du mien. Quitte à pousser le bouchon et sortir de ma propre zone de confort. Mon audace emprunte un chemin sinueux, hors de contrôle…

– Absolument, ma chérie, me chuchote Sophia, commençant à effleurer mes cheveux.

– Ne joue pas avec le feu, Lily, me prévient Tiger.

Ce surnom et cette mise en garde accroissent ma connivence avec Sophia. Mes lèvres touchent les siennes avec délicatesse. J'étouffe les hésitations qui enflent dans mon crâne, les warnings qui s'allument. La belle métisse me caresse le visage, nos bouches se retrouvent encore… Lentement, elles s'entrouvrent pour un baiser inattendu, déroutant, mais consensuel. Une éclatante revendication de ma liberté.

À la fin de cette petite démonstration, son épouse et moi sommes prises d'un fou rire en nous dévisageant avec incrédulité. On vient de s'embrasser ! Un véritable baiser !

– J'avais oublié cette douceur-là, dit Sophia, l'intonation délicate. Finalement, merci, Ty, on va trouver un autre moyen de s'amuser.

Et j'ajoute :

– Sans toi, bien entendu.

Sophia lui adresse un clin d'œil en prenant ma main pour m'attirer à l'intérieur. Au même moment, j'ose un regard dans la direction du tigre. Indéchiffrable, il nous observe sans un mot. Le regard qu'il me réserve me file le frisson. Il ne m'a jamais dévisagée ainsi…

Ébranlée, je ne capitule pas pour autant. Une fois là-haut, Sophia ferme sa porte à clef sur nous deux et rigole comme une ado fière d'être enfin allée à contresens.

– Tu es très surprenante, toi, me lance-t-elle. J'adore ! Tu as envie d'aller au bout ?

L'un des warnings dans mon cerveau se matérialise subitement : elle est bisexuelle !

Créer l'illusion a eu l'air d'atteindre son mec, c'était mon unique dessein. Je secoue la tête, les joues en feu. Mon corps tout entier frémit. Pas pour Sophia, pas à cause de notre baiser, enfin, je crois… Mais à cause de ce qu'il y avait dans les yeux bleus de Tiger quand j'ai transgressé ses interdits. Ai-je réussi à le bousculer ? À le mettre autant en rogne que je l'ai été quand ses gorilles m'ont embarquée manu militari ?

– Je… Désolée.

– T'inquiète, me conforte tout bas Sophia. J'ai une idée, on va se montrer convaincantes…

– Comment ?

– Dans le coin salon de ma suite, il y a des caméras de vidéosurveillance. Les autres pièces n'en ont pas pour préserver mon intimité, me chuchote-t-elle.

– Oh.

Elle m'étreint et m'encourage dans le creux de l'oreille :

– Relax… Nous allons simplement lui faire sentir que quelque chose de torride se déroule sous son toit, sur lequel il a zéro pouvoir. Juste du son, pas d'images.

– Qu'il se sente exclu des réjouissances ? Ça me plaît grave, affirmé-je, tentée.

Sophia me relâche, recule et défait délicatement la fermeture Éclair de sa robe. Elle l'envoie valser côté salon, attend quelques secondes, les pommettes roses et se met à gémir :

– Oh, oui, Océane ! Ouiiii…

Je plaque ma paume sur ma bouche pour étouffer mon amusement. Sophia continue son effeuillage, ses sous-vêtements rejoignent la robe et elle fait tomber sciemment des objets par terre pour simuler une effusion brûlante entre nous. Je finis par l'imiter en me mordant la lèvre pour ne pas rire. Histoire de pimenter cette comédie, je jette mes escarpins, puis mes fringues. On nous entend certainement geindre à l'étage.

Une splendide simulation d'orgasmes plus tard, nous nous étalons dans le lit. Hilares. Je tire la couette pour me couvrir.

– C'était complètement puéril, mais tellement jubilatoire ! m'esclaffé-je.

Des secondes s'écoulent. La respiration de Mme Sexton revient à la normale, elle se retourne pour me faire face en soutenant sa tête.

– Depuis quand vous couchez ensemble ? me prend-elle de court.

Les effets de notre blague commune meurent brusquement, mon ventre se contracte. Les billes intenses de Sophia ne me quittent plus, j'ai du mal à la regarder.

– Je…

– Pas la peine de nier, Océane. Je connais profondément Ty.

Merde !

– Ta réaction… et son coup de sang m'indiquent qu'il t'a baisée, qu'il a aimé et a l'intention de recommencer.

Une sensation de malaise explose dans mon cerveau, et un tourbillon d'interrogations m'assaille.

– Ce n'est pas… Sophia, je…

– Pas de discours inutile, Océane. Techniquement, chacun de nous a carte blanche avec toi sans cachotteries, si toi tu en as envie aussi. Et je vois que Ty et toi… Enfin bref, j'ai besoin de savoir si on est tous sur la même longueur d'onde, persiste-t-elle. Le sommes-nous, chérie ?

– Co… comment ça ?

– Je ne veux pas que tu oublies que c'est provisoire. Tu es comme une fleur qui se fanera, et que d'autres remplaceront… Ne t'attache pas à lui.

Mise en garde aussi soudaine, inattendue que déstabilisante. J'essaie de réguler ma respiration, de paraître calme, mais mon palpitant s'emballe un peu. Je cherche mes mots et je commence :

– Comme on en est enfin au moment de clarifier cet embrouillamini, moi aussi j'ai un truc sur le cœur.

Sophia cille, tout ouïe et désarçonnée elle aussi.

– Ah oui ? dit-elle sur le ton de l'inquiétude. À propos de Ty et toi ?

– Non. À propos de toi et moi. Je trouve que dès le départ, tu n'as pas été très honnête avec moi. Votre vie, ce « job », c'est comme une boîte de Pandore qui en renfermerait d'autres. Rien n'est aussi anodin qu'il le paraît…

– Je… je vois ce que tu veux dire, admet-elle sans pour autant développer.

Marche-t-elle sur des œufs ? Craint-elle que je m'engouffre dans son passé, dans ses secrets que même son mari n'a pas dévoilés, pour obtenir des réponses ? Quelle enfance et quelle adolescence a-t-elle pu avoir ? Pourquoi cela pèse-t-il encore aussi fort sur le fonctionnement de son couple ?

– Je te dois des excuses pour cela, ajoute Sophia. Mais sincèrement, si j'avais mis cartes sur table dès le premier jour, aurais-tu accepté ?

– Je pense que non, dis-je du tac au tac. Et en fait, si tu n'avais pas eu de… malaise l'autre jour, je serais partie.

Ça, je n'en suis plus si sûre maintenant… Avec le recul, l'alchimie avec Tiger et ma compassion pour Sophia ont biaisé mon opinion et influé sur mon comportement.

Je note l'étonnement dans son regard.

– Tu… tu es restée pour moi ?

Sophia me sonde. Au fond, je ne sais plus ce qui me retient. Je sais juste que je me suis rapprochée trop près des flammes au lieu de m'en éloigner. Je déglutis et hoche la tête.

Sophia me sonde longuement. Elle opine du chef et pousse un soupir.

– Alors, je n'ai pas à m'en faire pour ce qui se passe entre mon mari et toi, déduit-elle. Tant que tu es une amie, une sœur, ce ne sera pas un problème. Je serai disposée à faire preuve de compersion.

– Tu peux m'expliquer ?

– C'est, dans notre cas, une sorte de plaisir qu'on éprouve à partager son partenaire sans ressentir de jalousie, un pilier dans les couples libres. La compersion et la confiance. Tant que les limites sont respectées, tout va bien.

– Oh, je vois.

Non, je ne vois pas. C'est encore une nouvelle boîte de Pandore qui se déverrouille, sans que je sache vraiment ce qu'elle contient…

– Bien entendu, cette discussion reste entre toi et moi, me précise-t-elle.

Prise au dépourvu et un peu mal à l'aise, je souffle un :

– Oui, bien sûr.

– Et peux-tu me faire une promesse, Océane ? poursuit Sophia.

Hésitante, je murmure :

– Je t'écoute ?

– Tu me promets de t'éclipser de la vie de Ty quand je te le demanderai ?

Cette requête glisse dans mon cerveau, pernicieuse et incompréhensible vu que c'est elle qui m'a attirée dans ce guêpier. À moins que…

– Je… Bien sûr, Sophia. Mais j'ai une question : est-ce bien toi qui as pris l'initiative de m'embaucher, tout en sachant quelle suite cela pouvait avoir, ou Tiger t'y a forcée ?

– Non, c'était mon idée… Nous y consentons tous les deux, mais c'est la première fois que j'interviens dans le choix d'une partenaire temporaire de Ty.

Intéressant… Il s'y prend comment d'habitude, lui ?

C'est à lui que je veux demander cela, alors je scrute Sophia.

– D'accord, lui dis-je. Donc Tiger fait lui aussi ce genre de mise au point avec tes amants quand il les convie au haras ?

Elle triture son alliance, amorce un demi-sourire.

– Oui. Nous nous sommes toujours assurés de préserver notre mariage, quoi qu'il arrive, me soutient-elle… On est OK ?

De manière inexplicable, je sens une boule dans mon ventre. J'inspire, expire et hoche la tête. Il s'agit de son époux, elle fixe des bornes, normal. S'il y a au moins une chose que je puisse comprendre dans cet accord, c'est bien celle-ci.

– On est OK, dis-je d'une voix méconnaissable… Et toi, me promets-tu qu'il n'y aura plus d'incident d'alcool et d'antidépresseurs ?

Avec autant de tact que possible, je lui donne l'occasion de me raconter enfin son histoire si elle le souhaite. Mais le sujet est peut-être trop douloureux, trop lourd. Imperceptiblement, Sophia se referme. Elle est embarrassée par l'évocation de cet épisode encore flou pour moi, et préfère me sourire.

Je n'insiste pas, elle vient à moi et me prend dans ses bras pour me susurrer à l'oreille :

– Je ferai de mon mieux… C'est bien que tu sois restée. C'est bon d'avoir une amie.

Une sensation indéfinissable se loge au creux de mon bide. Cette fragilité, cette solitude, ce besoin d'affection, elle en suinte de partout…

Je suis embarquée dans une histoire singulière d'amitié et de sexe entre trois adultes consentants. Il n'y aura pas d'autres imprévus, chacun sait à quoi s'attendre maintenant. Je m'en convaincs intérieurement. Au bout de cette exploration atypique, je partirai de mon côté. Et Sophia vivra ses secrets avec son mari possessif, arrogant et maniaque du contrôle. Car cette attirance incandescente entre Tiger et moi s'émoussera.

Demain, après-demain, ou très bientôt… Oui, ça ne peut pas marcher autrement.

Le silence retombe, chargé d'émotions contenues. Que dire ? Tout à coup, en repensant à Tiger, une interrogation m'effleure l'esprit : Sophia a failli m'apprendre une nouvelle chose sur lui tout à l'heure.

– Au fait, il y a quoi dans ces pièces privées ?

Sophia bat des cils. Cela a-t-il un lien avec ses soucis, ce passé dont elle ne souhaite manifestement pas me parler ?

– Il s'agit de zones médicalisées avec tout l'équipement high-tech nécessaire pour un contrôle régulier, me confie-t-elle.

Merde ! Je me raidis, l'enveloppe du regard.

– Pour toi ? Tu es malade, Sophia ?

– Non, pas moi, soutient-elle. Ces pièces sont pour Tiger.

Une vague d'angoisse m'envahit. C'est lui ?

– Qu'est-ce qu'il a ? Est-ce grave ?

– Ty souffre d'analgésie congénitale. En fait, il est totalement insensible à la douleur. Même la plus intense, la plus insupportable. N'importe laquelle, physique, voire émotionnelle…

J'encaisse en silence, en état de choc.

– C'est vrai que moi, j'ai sans conteste quelques problèmes, reconnaît évasivement Sophia face à ma stupéfaction. Mais être amoureuse d'un homme insensible à certaines choses – pourtant basiques et naturelles – peut parfois pousser à boire ou abuser de cachets, m'explique-t-elle comme pour se justifier… Enfin voilà, maintenant que tu le sais, je compte sur toi pour conserver ce secret-là aussi et m'épauler en cas de besoin s'il faut obliger Ty à voir son médecin de confiance. Il le suit depuis l'enfance…

– C'est dingue ! Je… Oui, mais concrètement, s'il n'a jamais mal, comment cette maladie transparaît dans le quotidien ?

– Pour les émotions, c'est compliqué. En général, il est stoïque et froid à toute épreuve. C'est à ses proches d'être plus attentifs aux éventuelles blessures physiques qu'il peut avoir à son insu… Que Ty perde un être cher, se fracture un os ou se brûle, il continue d'avancer comme si de rien n'était. La souffrance ne l'atteint pas, il ne sait pas ce que c'est. Pas comme nous, en tout cas.

Sonnée, ma bouche s'ouvre et se referme dans le vide. C'était ça, le secret du tigre…

33

Tiger

Les soupirs, leur baiser… Durant mes étirements de fin de jogging, ma tête se repeuple de gémissements. Pas ceux poussés par Sophia et Océane hier soir. Mais ceux encore plus privés de la belle Frenchie, couchée dans l'herbe et humide à m'en faire disjoncter. Ça s'incruste et arrive à détrôner les endorphines procurées par le sport. Je retire mon casque audio.

Il est tôt, elles dorment encore quand j'atteins l'étage. Qu'ont-elles bien pu faire ensemble ? Où en sommes-nous, où allons-nous ?

Putain, je n'ai pensé qu'à ça ! Comme si je n'avais pas de dossiers plus brûlants sur le feu.

Mes détectives en France ont formellement identifié nos cibles. Terrées dans une nébuleuse nommée La Confrérie, un vaste club fermé : du sexe, des perversions. Et un surnom m'obnubile plus que les autres dans le dossier : le Borgne…

Impossible de dormir, ça me dévore la cervelle. Il va falloir planifier la suite des opérations. À un moment ou un autre, je vais devoir trouver un moyen d'en informer Sophia…

Je repousse cette prise de conscience. Océane revient exciter mes neurones. Parce qu'elle reste malgré tout… En colère, en pleine rébellion, mais elle reste. Punaise, sa colère et sa rébellion étaient même d'un sexy ! Sous ma douche, des images affluent. Mes paupières se ferment, et bientôt les fantasmes et désirs s'amalgament dans ma tête. La mousse du shampooing dégouline, mon envie de baise avec Blondinette enfle, jusqu'à envisager certains dérapages… Ma queue s'éveille, j'imagine Océane en train de… de…

– Argh, qu'est-ce que je fous !

Je calme mon érection sous les jets froids, les dents serrées. Et je quitte la salle de bains devenue un terrain miné pour ma libido exacerbée et mon esprit qui s'éparpille.

J'ingurgite ma première dose de caféine sur le balcon, en serviette. Pour mieux refouler mes désirs inassouvis, je me plonge dans la lecture de la presse financière, de mes courriels importants avant de passer dans mon dressing. Je quitte mes quartiers en nouant ma cravate et croise mon domestique en chef.

– Je vous souhaite une bonne journée, monsieur Sexton, me lance-t-il.

J'interromps mon coup de fil pour lui répondre :

– Merci, Peter. Bonne journée également… Au fait, il y aura une livraison dans la matinée. Mon assistante appellera pour voir cela avec vous.

– Bien, monsieur Sexton.

Dehors, près de la voiture, une intuition me pousse à lever la tête vers les fenêtres de l'aile de Sophia. En robe de chambre sur son balcon, ma femme m'observe. Elle m'envoie un baiser volant. Je la sonde un instant, pendant que le chauffeur m'ouvre la portière arrière.

Mes pensées fourmillent. Océane est-elle toujours dans le lit de Sophia ? Nue ? Comblée ? Mouillée ? Et si je la…

Putain, verrouille ça !

– Bonjour, monsieur. Vos bureaux ?

– Oui, confirmé-je à mon conducteur.

Focus, je dois reprendre les commandes de mon corps et de mon esprit. Rigoureusement. Je joins Anaïs, mon assistante personnelle, en m'installant dans la Bentley. Galère pour mon self-control. Océane choisit ce moment pour apparaître. Une cigarette entre ses délicieuses lèvres, sa douce silhouette drapée dans un kimono soyeux de Sophia. C'est foutu, elle m'excite trop ; refréner, ça devient compliqué.

– Attends quelques secondes avant de démarrer, dis-je.

– Bien, monsieur Sexton.

La teinte sombre de la vitre du véhicule empêche Océane de voir mon visage. Un plaisir coupable : cela me laisse le loisir de la déshabiller du regard durant un temps qui se suspend. Les yeux de Blondinette s'égarent sur ma voiture qui s'éloigne enfin.

Mon téléphone est toujours dans ma paume, mon index cherche dans mon répertoire la lettre S. Sweet Lily. Ça me démange de l'appeler. A-t-elle son portable sur elle ? Je craque. Les deux premières sonneries m'en font douter ; après la troisième, sa voix me détrompe.

– Allô ?

La mienne lui murmure :

– Bonjour, toi.

La délicate respiration d'Océane s'infiltre au creux de mon oreille. Après leur… petite scène de la veille, je comprends son hésitation. Au grand jour, je suppose qu'elle mesure peut-être être allée loin. Il me tarde de savoir ce qu'elle va me sortir maintenant.

– Bien dormi ?

– Oui… Et toi ? me répond-elle, prudente.

Moi ? Je n'ai pas fermé l'œil.

Dans mes supputations, je me suis demandé si elles allaient parler en aparté, s'étendre sur ma particularité. Sophia y a en quelque sorte fait allusion au lieu de la boucler, Océane a sûrement tiqué. Ce détail à mon sujet était strictement personnel. Elles ont franchi un cap – sur un peu trop de plans – et cela aura un impact. Bien différent de celui escompté par mon épouse lorsqu'elle a adhéré à la provocation de notre invitée. Je ne suis pas du genre à accepter une défaite, ou la perte de maîtrise d'une situation.

Sophia l'a toujours su. À toi de l'apprendre.

J'élude et vais droit au but :

– Peux-tu dire à Sophia que mon médecin est passé dans la nuit ? Blessures superficielles et sujet clos.

– Euh… OK.

Océane se tait. Je perçois l'accélération de son souffle. Je redoute des interrogations qui tardent à sortir de sa bouche.

– Pourquoi tu ne le dis pas toi-même à Sophia ? me demande-t-elle finalement.

Ma respiration repart. Elle contourne le sujet.

– Vous êtes devenues apparemment très intimes, soutiens-je en veillant à rester neutre. Je présume donc que mon épouse t'a fait une ou deux confidences sur l'oreiller.

Océane ne nie pas, je continue :

– Maintenant que tu es au courant de cette particularité, je trouve que tu en sais suffisamment. Nous pouvons passer aux choses sérieuses tous les deux.

Le nouveau silence d'Océane me semble durer au point de jeter un coup d'œil à mon écran pour vérifier que l'appel n'a pas été coupé. Mes commissures se retroussent, elle est en ligne, mais déstabilisée.

– Quelles choses sérieuses ? se ressaisit-elle.

– Laisse errer ton imagination, petite douceur.

Avec satisfaction, je raccroche sans attendre. Durant les minutes suivantes, je réfléchis puis rédige un texto à l'avocat qui a établi le contrat de jeune fille au pair.

[Je veux ajouter un avenant avec
une espèce de pari passu[1] au contrat
d'Océane Lilia Rousseau.
Étudiez la question pour me faire une
proposition dans mon bureau dans…]

---

1. En droit des affaires, c'est une clause qui prévoit un traitement égal des parties au contrat.

Je regarde la circulation, estime l'heure à mon poignet et poursuis :

[… quinze minutes.]

Hier soir, elle a revendiqué le droit d'être traitée d'égal à égal, non ? Ça ne me coûte rien de lui offrir cette frêle illusion. Lui octroyer des choses écrites noir sur blanc me permettra de faire astucieusement un petit forcing dans les négociations. Elle baisse sa garde et descend de ses grands chevaux, et j'obtiens ce que je désire.

Je la veux elle, sans restriction, sans partage, sans barrière, sans répit.

***

Océane

Je tire sur ma cigarette, l'esprit tourmenté.

Donc, Tiger Sexton est insensible… du moins à la douleur. J'en suis encore sonnée. Qu'est-ce que cela implique pour l'homme qu'il est, pour l'adulte qu'il est devenu ? Toute la nuit, j'ai imaginé la réaction qu'il adopterait ce matin avec moi. En fin de compte, il se montre plus énigmatique, ce qui refout mes méninges et mes sensations sens dessus dessous dès le réveil. Que mijote-t-il ? Il a dit : « Passer aux choses sérieuses. » À quoi dois-je m'attendre quand un mec pareil me sort ce genre de programme au saut du lit ?

À la lumière de tout ce que je sais de lui maintenant, je suis certaine qu'il n'aime pas perdre le contrôle absolu sur ce qui l'entoure. Putain, d'une certaine manière, il l'a sur son propre corps puisqu'il peut tout endurer sans avoir mal… C'est fou, ce truc ! Et comme à travers ma bravade avec Sophia, je lui ai rappelé que moi, il ne me contrôlera pas, que je restais libre de mes choix, je me dis qu'il va riposter.

N'est-ce pas ? Mais de quelle manière ? Est-ce qu'il va…

– Tu m'en files une ? me surprend Sophia en me rejoignant dehors.

Mes suppositions se dispersent dans ma volute. J'extirpe le paquet de la poche du kimono que Sophia m'a prêté pour qu'elle se serve. Elle enfonce la cigarette entre ses lèvres. Ses doigts glissent sur ma nuque, attirent ma tête vers elle. Le bout embrasé de ma clope se colle au sien, elle aspire pour l'allumer. Ses billes restent plongées dans les miennes. Les secondes et mes pensées s'envolent lorsque nous commençons à fumer côte à côte. Aucune de nous ne rompt le silence durant un moment.

– Il me faut un café *latte*, déclame enfin Sophia. Je vais prendre le petit déjeuner au bord de la piscine. Tu viens ?

– Oui, je veux bien.

En lui emboîtant le pas, j'hésite à lui transmettre le message de son mari. Je n'ai pas envie de servir d'intermédiaire entre eux. En parfait control freak, c'est peut-être précisément pour cela que Tiger l'a joué ainsi. Ce serait une espèce de stratégie tordue pour punir sa femme de son écart avec moi… Ou pour torturer par la même occasion mes méninges ? Il me met dans une situation délicate car, forcément, après avoir partagé autant de complicité avec Sophia, je crains de la vexer. Son époux ne lui a pas adressé un mot depuis hier soir, je crois. Mais Tiger s'assure de faire savoir une chose à sa femme : il a préféré parler à « la passade » que je suis supposée être.

Il est trop futé. Et machiavélique. Mais grave sexy aussi, et… Putain, je m'égare sévère !

Au bout de ma quatrième gorgée de café à tout tourner et retourner dans mon crâne, je me lance :

– Sophia, tu as eu des nouvelles de Tiger ? Je veux dire, il semblait s'être pris un magnum de champagne durant une bagarre hier, non ?

– C'est fort probable, sa main saignait à nouveau aussi. Mais non, je n'en sais pas plus. Ni sur ses éventuelles blessures, ni sur les éventuelles conséquences juridiques d'une altercation avec Harry Carter, soupire Sophia.

Je déglutis et débite avec autant de candeur que possible :

– Euh… de ce que j'en sais, il a consulté son docteur. Il n'y a rien de grave, selon Tiger lui-même.

Sophia plante sa fourchette dans un morceau d'ananas, prend son temps avant de me répondre en dirigeant le fruit vers sa bouche.

– Ah… et il t'en a parlé quand ?

– Ce matin, au téléphone. Vite fait.

Je lui souris en espérant dissiper tout malentendu.

– Je vois… dit-elle.

Je la sens bizarre, ou peut-être le suis-je moi-même ? Elle semble m'étudier. Je picore mon croissant en lui adressant un autre sourire, un chouia embarrassée. Auquel elle finit par répondre.

– Tant mieux, se réjouit-elle en se remettant à manger.

Je plonge mon nez dans mon café, persuadée qu'il l'a fait exprès. Tiger connaît sa femme et leurs « limites »…

– Tu fais quoi de beau aujourd'hui ? lui demandé-je au bout d'un moment pour raviver la conversation et me décrisper.

– Je dois honorer quelques obligations professionnelles, et un petit truc privé… Tu as prévu des choses, toi ?

– Non. Je te signale que je suis à ta disposition, tenté-je de plaisanter. Tu as besoin de m'avoir à tes côtés quand tu travailles ? Comment fait-on ?

Techniquement, je ne suis pas son assistante. Et à part le service en salle, je ne connais pas grand-chose aux métiers de la restauration. De plus, là, il n'est pas question de shopping, de virée entre filles ou de fête en pleine semaine de boulot, alors je ne vois pas trop en quoi consisterait mon taf du jour.

– Eh bien, à l'extérieur, comme tu le sais, tu m'es très utile pour les mondanités et invitations auxquelles je dois me rendre. Et souvent sans Tiger. Avec mon emploi du temps d'aujourd'hui, je saurai très bien me débrouiller, m'indique-t-elle avec un brin de raillerie. Je t'appelle si j'ai un trou dans mon planning pour manger un morceau ou boire un verre ?

– Ça me va ! Tu as des coins sympas à me conseiller si jamais je sors me balader un peu ?

Manifestement ravie, Sophia me dresse un listing enthousiaste des spots incontournables de Sydney. Et moi, je range dans un coin de mon esprit les mots prononcés par son Ty au téléphone.

J'ignore ce qu'il planifie. Peut-être devrais-je partir en vadrouille et m'arranger pour que les bouledogues de M. Sexton ne me localisent pas de la journée. Ainsi, je rentrerai le soir en même temps que son épouse.

***

Une heure plus tard, Sophia a quitté la propriété pour le boulot et je suis là, désœuvrée, toujours pas habillée après ma douche. Dans l'expectative de je ne sais quoi. La promesse de Tiger continue de brouiller mes pensées. Ça me taraude jusqu'à ce que deux coups secs frappés à la porte me ramènent à la réalité.

– Qui est-ce ? m'écrié-je, un tantinet fébrile malgré moi.

– C'est Peter, mademoiselle Océane. Excusez-moi de vous déranger. Vous avez de la visite et une livraison, m'informe celui-ci.

Je pars ouvrir, ne m'attendant pas à découvrir trois autres paires d'yeux inconnus en plus de ceux du majordome.

– Euh… bonjour. C'est pour ? bredouillé-je.

– Bonjour, mademoiselle Rousseau. Je suis Anaïs, l'assistante principale de M. Sexton, c'est lui qui nous envoie, m'annonce une nana BCBG tirée à quatre épingles.

Je serre la main qu'elle me tend poliment.

– Oh… enchantée, Anaïs.

– Permettez-moi de vous présenter Saïf, le styliste et *personal shopper* de M. Sexton. Il va s'occuper de vos besoins vestimentaires et autres bijoux, chaussures, soins de beauté…

– Tout ce que vous désirerez, mademoiselle Rousseau, termine le type qui me jauge en touchant sans gêne ma tignasse mouillée. Je vais vous bichonner, ma chère !

Ahurie, je bats des cils, puis me décale avec un sourire hésitant.

– Je ne comprends pas. Sophia m'a déjà mise en relation avec son staff pour ce genre de détails, dis-je. J'ai tout ce qu'il me faut, je crains que vous ne vous soyez déplacés pour rien.

L'assistante et le styliste échangent un regard de connivence. Comme s'ils savaient un truc que j'ignorais. Peter se met en retrait. La troisième inconnue à ses côtés n'a toujours pas été présentée.

– Je sais, mademoiselle Rousseau, mais… vous voulez bien nous accorder juste cinq minutes en privé ? Nous ne vous importunerons pas longtemps, je dois de toute manière retourner au bureau, insiste ladite Anaïs.

La curiosité est un très vilain défaut, Océane…

Argh, je cède pourtant, je suis trop intriguée depuis le fameux « Nous pouvons passer aux choses sérieuses tous les deux ». La porte se referme sur Peter et l'autre femme, restés dans le couloir. L'acheteur personnel de Tiger dépose une housse et des boîtes sur mon lit, ensuite les deux me scrutent. J'ai l'impression d'être une tâche spéciale qui leur a été confiée. Justement, quel ordre ont-ils reçu ? Je resserre la cordelette de mon peignoir et essaie de retrouver un peu d'assurance. Je les convie à m'en révéler plus :

– Je vous écoute. Tiger vous a demandé quoi exactement ?

– De vous procurer tout ce qu'il vous faudra pour ce soir, affirme son assistante.

– Mais encore ?

– Chérie, nous suivons les instructions de M. Sexton en toute discrétion, point final. Alors je vous ai déniché une Alex Perry... J'ai longtemps hésité entre elle et une Lagerfeld, mais mon choix final est juste parfait ! Une pure merveille, s'excite le gars en commençant à ouvrir la housse. Il vous fallait absolument une pièce de mon créateur australien fétiche.

Il extirpe un vêtement en tenant le cintre devant moi, fier de lui. Je bugge. Il a dit Lagerfeld, genre, Karl Lagerfeld ? Et cet Alex Perry est son équivalent sur la planète mode en Australie, j'imagine ?

Non mais pourquoi vais-je me retrouver avec un nouveau truc hors de prix avec la garde-robe remplie de splendeurs haute couture précédemment choisies avec Sophia ? Et pourquoi parlent-ils de discrétion, d'abord ?

Mon regard s'arrête sur la robe en question et ma bouche s'assèche. Cuir noir, échancrée, des lacets longeant intégralement l'arrière il me semble. Bref, une tenue tout sauf innocente.

Oh, merde ! C'est cela la vitesse supérieure ? « Les choses sérieuses » ?

– Quelles… quelles sont les directives que vous avez reçues, au juste ? demandé-je d'une voix moins sûre.

Le styliste sourit, mais ne répond pas. La nana non plus.

– Vous avez également un choix de chaussures assorties. Je connais des femmes de la jet-set qui tueraient pour porter ces Jimmy Choo. Modèle unique, chérie ! s'enflamme le *personal shopper*, comme si la qualité exceptionnelle des produits qu'il me présente suffirait à me faire ravaler mes interrogations.

C'est mal me connaître, « chéri ».

Je croise les bras sans amorcer un pas vers les articles de mode exposés et dévisage l'assistante.

– Je peux vous parler en tête-à-tête, Anaïs ?

– Bien sûr. Tu nous laisses un instant, Saïf ? lance-t-elle à son accompagnateur dont les prunelles ne cessent de briller d'admiration pour ses achats du jour.

– Pas de souci, mes belles, capitule celui-ci. De toute manière, j'ai terminé ma mission, j'ai tout ce qu'il me fallait, continue-t-il en me regardant. J'avais vos mensurations, mais je devais absolument vous rencontrer, chérie. Pour mieux déterminer la coiffure et le maquillage à recommander à mon équipe quand mes gars viendront vous aider à vous préparer en fin de journée.

Hein ?!

– J'ai une idée fabuleuse, vous allez être sensas' !

– Quoi ? Parce que ce n'est pas fini ? reprends-je.

– Bien sûr que non, chérie. M. Sexton apprécie mon côté perfectionniste, on ne va pas le décevoir, n'est-ce pas ? déclare le styliste.

Sur ce, il sort et referme la porte, manifestement aux anges. J'inspire longuement, expire, de plus en plus égarée.

– Pourquoi devrais-je mettre ces… commencé-je avant de soupirer. Non, en fait, récupérez ces affaires et dites à votre patron que je refuse ses cadeaux.

Si c'est une manière de s'excuser de m'avoir traitée comme sa chose hier, il se goure magistralement ! Ou pire, il ne s'excuse pas, il riposte en y mettant les moyens pour…

Oui, pour quoi ? Gagner cette manche ? Me donner une leçon à sa manière ?

L'employée ne bouge pas. Elle ouvre son sac à main, y prend une enveloppe luxueuse, couleur blanc cassé, ornée d'arabesques dorées, et me la tend.

– Ceci est pour vous, murmure-t-elle. Cela vous aidera à comprendre.

Perplexe, je saisis l'enveloppe et cède à la curiosité. Un élégant carton d'invitation dans les mêmes tons y est glissé.

Mademoiselle Rousseau,
La Péniche est honorée de vous accueillir, M. Sexton et vous,
ce soir à dix-neuf heures.
Veuillez accepter nos salutations respectueuses.

Une signature illisible est accolée en bas au stylo à plume.

C'est quoi ce délire ?

Je dirige mes iris suspicieux vers Anaïs.

– La Péniche ? Vous allez m'expliquer ou je vais devoir fouiller sur Google ?

– Vous ne trouverez rien à ce sujet sur Google, mademoiselle, m'affirme-t-elle. L'établissement est trop élitiste et confidentiel pour y figurer. M. Sexton préfère vous fournir lui-même les explications que vous souhaitez.

Tiens donc…

– Une voiture passera vous chercher à dix-huit heures vingt précises. L'équipe de Saïf viendra à seize heures pour vous coiffer, vous maquiller, vous aider à vous préparer, me débite-t-elle en pianotant sur son téléphone. M. Sexton va vous appeler dans quelques secondes. Si vous voulez bien m'excuser, je dois retourner à TS Naval.

Génial ! Encore un soldat efficace de l'armée Sexton. Elle obéit aux ordres et s'éclipse pour aller remplir d'autres missions. Les yeux scotchés sur son écran, Anaïs écrit en s'éloignant. Je n'ai pas le temps de la retenir car la promesse d'appel de Tiger se concrétise dans la minute. Synchro. Tout s'embraie avec une précision chirurgicale.

– Allô ? dis-je en décrochant. C'est quoi ce cirque, Tiger ?

– Tu le sauras ce soir. J'ai hâte d'être à dix-neuf heures.

– Et tu crois que je vais gentiment trépigner d'impatience également, c'est ça ? Qu'est-ce qui t'indique que je viendrai ?

– Rien. Mais je sais que tu es curieuse… En fait, je le suis aussi. On est tous les deux joueurs, pas vrai ?

J'ai l'impression de percevoir une pointe d'amusement dans sa voix.

Putain, qu'est-ce qu'il a prévu ?

– Tu… Y a-t-il un lien avec ma nuit avec Sophia ? tenté-je de décrypter, méfiante.

– Ça devrait ?

– À toi de me dire, Tiger.

– Nous n'allons pas disserter là-dessus. Je te laisse. Je serai injoignable dans les prochaines heures. Cependant, Anaïs me transmettra tes messages, enchaîne-t-il. À tout à l'heure, je vais y penser toute la journée… Sois prête, Lily.

Sur ce, il raccroche, me laissant encore plus titillée. C'est officiel, il joue avec mes nerfs.

34

Océane

Le styliste et l'assistante de Tiger retournent à leurs occupations. Cependant, le second round du plan d'attaque de leur boss arrive très vite : ma dernière visiteuse, la dame qui attendait avec Peter. Celle-ci se présente comme étant ma nouvelle gynécologue.

– Je suis le docteur Viviane Collins. Pouvons-nous faire plus ample connaissance, mademoiselle Rousseau ?

Punaise, il était sérieux…

Et ces fameuses dispositions dont Tiger a parlé au haras ne pouvaient visiblement pas être différées. Je devrais me rebiffer à cause de cette sensation d'être une sorte de femme-objet ou de fantasme-de-milliardaire-sur-pattes.

– Je ne suis pas sûre d'en avoir besoin, lui réponds-je.

Elle ne se démonte pas ; non, elle me sourit gentiment comme si elle s'était préparée à mon refus.

– Avez-vous déjà un gynécologue à Sydney ? me demande-t-elle.

– Cela ne vous concerne pas. Si ?

Juste après m'être braquée, j'essaie de rectifier le tir.

– Désolée, ce n'est pas contre vous. Mais de femme à femme, vous pouvez comprendre que ce n'est pas au mec avec qui je couche de choisir ma gynéco, n'est-ce pas ?

À ma grande surprise, le docteur Collins éclate de rire.

– Je suis d'accord avec vous, affirme-t-elle. Mais de femme à femme, je n'avais jamais vu non plus un homme aussi… désireux de faire tout ce qu'il faut pour… avoir plus d'intimité avec sa partenaire.

Je bats des cils, troublée. OK, je l'admets, j'en tire une certaine fierté. C'est enivrant de savoir qu'il me veut à ce point…

– Vous voyez ce que je veux dire, mademoiselle Rousseau ? poursuit la toubib.

Je crois que je pique un fard. La situation est assez particulière. Elle sait comme le reste du monde que Tiger Sexton est aussi un homme marié. Sauf si… Putain, est-ce que…

– Et vous avez ausculté combien de ses partenaires au juste ? me reprends-je. Vous suivez Sophia également ?

– Non, Mme Sexton ne fait pas partie de mes patientes et vous êtes la première, la seule que M. Sexton me confie, déclare-t-elle du tac au tac.

– Il vous a payée pour dire ça ?

Le sourire du docteur Collins s'élargit tandis qu'elle secoue la tête.

– Non, je vous l'assure. Il n'y a pas eu de précédent. Je ne vous cache pas ma surprise lorsque j'ai été contactée par l'assistante de M. Sexton qui me l'a passé au téléphone. C'était suffisamment important pour lui pour s'adresser directement à moi. Il voulait la meilleure pour vous, et sans fausse modestie, il ne s'est pas trompé.

Elle m'adresse un clin d'œil. Je me détends un peu, elle me plaît, et ma curiosité s'en trouve plus titillée.

– Donc, Tiger vous a directement parlé de moi ?

– C'était rapide, mais oui. Il tient à la discrétion ; évidemment, à mes yeux, le secret médical est sacré, soutient-elle. Je sais ce qu'il veut, mais c'est vous ma patiente – enfin, si vous êtes d'accord – et je me mets entièrement à votre disposition. Dites-moi ce que vous voulez, vous.

Pro et avenante, la médecin me fixe avec franchise. Je ne sens pas de jugement. Et au fond, mes choix ne regardent que moi. Ce truc entre Tiger et moi, la folie douce que son sex-appeal diffuse en moi, et le genre d'orgasme phénoménal que j'ai eu dans ses bras, tout cela commence sérieusement à me faire perdre la tête. Mon petit cœur s'emballe sans raison. Le docteur Collins n'a pas besoin de me donner des détails sur sa conversation avec Tiger. Ce qu'il veut, c'est moi.

« Maintenant que j'ai vu comment tu jouis, je te veux sans barrière en latex la prochaine fois. Je veux sentir tout de toi. »

Il me l'a dit cash et ses actes le prouvent, ce n'étaient pas des paroles en l'air, malgré la froideur et la distance qu'il a instaurées ensuite. Il me revient, plus déterminé. Comment demeurer raisonnable face à de tels arguments brûlants ? Le simple fait qu'il prenne les choses en main, qu'il s'investisse autant me donne la mesure de son désir pour moi, en dépit du reste… Et j'en veux tout autant de lui, sans jouer faussement aux prudes. Plus d'attentions, plus de lui, encore plus d'entorses coquines à la bienséance dans ses bras musclés !

– Eh bien, j'aspire avant tout à rester une fille indépendante, libérée. Tout en préservant ma santé et en évitant une grossesse accidentelle. Alors, OK.

On va devoir aborder aussi le chamboulement récent qui s'est déclenché dans mon corps durant mes orgasmes. Les joues en surchauffe, compte tenu des circonstances loin d'être banales, je commence la consultation…

***

Plus tard, je me sens aussi avide et impatiente que mon amant. Va-t-on se revoir en privé ? Ou peut-être pas ? J'ignore encore ce qu'est cette « Péniche ».

Oh, merde ! Il ne va pas se montrer en public avec moi, habillée ainsi, hein ? Non, hors de question ! Anaïs a précisé qu'il s'agit d'un lieu confidentiel et de toute façon je mettrai mon veto quand ça me chante.

« Indépendante et libérée » est mon nouveau mantra de meuf qui assume sa sexualité et cette parenthèse de légèreté.

Tiger Sexton est autant mon homme-objet que je pourrais l'être dans son esprit. Son corps et ce qu'il en fait avec moi, tout cela me grise de ouf. Et arborer maintenant cette robe subtilement indécente enflamme mon esprit. Apprêtée et dans l'expectative, j'ai du mal à reconnaître mon reflet. La coupe flatteuse de la robe met ma silhouette en valeur. La longueur midi la rend chic devant et le laçage à l'arrière ajoute une touche incendiaire. Pour un rendu rehaussé par des sandales féminines hyper canon. L'équipe de Saïf a opéré une transformation intégrale avec ma coiffure, mon maquillage et le reste.

Résultat : le miroir me renvoie l'image d'une femme fatale au regard charbonneux qui n'a aucune idée de ce qu'elle fout, mais dont les sens sont émoustillés par tout ceci. Raison en veilleuse et pleins phares sur mes ressentis. Je crois avoir deviné la tournure probable de cette soirée. Des fantasmes déferlent dans ma tête.

J'ai besoin de ressentir partout en moi qu'Océane, la petite touriste de passage, parvient à susciter une attirance irrépressible chez un homme aussi puissant et inaccessible en temps ordinaire. Et ne penser à rien d'autre. Même pas à ce que pourrait impliquer le texto qu'il m'envoie en fin d'après-midi.

[Ne t'inquiète pas pour Sophia.
Je lui ai demandé de s'amuser
sans toi ce soir. Hâte de te voir,
de te toucher…]

C'est peut-être pour cela que Sophia n'est pas rentrée. Chacun jouira de sa soirée à sa manière…

***

Tiger

Pas de réponse d'Océane à mon SMS. J'espère qu'elle ne va pas freiner avant le saut. J'ai vraiment besoin de ces quelques heures avec elle. Et tout est OK du côté du staff et du docteur Collins.

On m'informe lorsque le chauffeur prend la route avec mon invitée. Un nœud se desserre dans mon bide, elle va venir… Je vérifie l'heure. Un verre à la main, je regarde les flots s'agiter doucement à travers un hublot. Cette cadence paisible me ferait presque oublier les incendies qui commencent à calciner certaines parties du pays et les prévisions météo catastrophiques.

Non. On met tout sur off, même ça…

Le seul élément qui se visse dans ma tête en faisant le vide, c'est l'enveloppe placée en évidence sur le lit avec un unique lys blanc posé par-dessus. Je m'efforce de ne plus penser au boulot, à l'opération Arès qui se met en place, aux rapports des mercenaires en France, prêts à frapper bientôt avec mon autorisation… Je ne veux plus penser à cette rage en moi. Ni aux feux faisant des ravages en Australie, et aux coûts imprévus liés aux aléas actuels. TS Naval a fait un don pour venir en aide à mes compatriotes qui ont vu leurs maisons partir en fumée. Ça, c'était urgent.

Et parfait pour l'image des Sexton… Tu vois, papa ? Le capitaine de navire qui te succède est sur tous les fronts…

Putain, non, je ne veux pas penser à lui ! Exit les responsabilités accablantes, tout ce qu'il a fallu faire pour en arriver là ; mon état d'esprit, les chiffres, les réunions, les communiqués de presse. Exit mes préoccupations habituelles et autres devoirs professionnels ou personnels.

Je veux un break ! Débrancher la machinerie, savourer le calme environnant en attendant l'arrivée d'Océane. C'est déjà un petit plaisir en soi qu'elle réponde à cette invitation.

Je me sers un second scotch et mets les téléphones en sourdine. Je ne suis plus là pour personne dans les prochaines heures. Les minutes s'étirent, j'enclenche la musique. « Love and War » de Fleurie, en boucle…

Mes paupières se ferment, la mélodie emplit la cabine spacieuse. La Péniche a parfaitement appliqué mes directives et privatisé les lieux. Tout est prêt, il ne manque plus qu'elle. Je sais que le tapis épais mis pour l'occasion protège le parquet et masquera le son de ses pas. Je ne l'entendrai pas arriver. Cela fait partie des prestations que j'ai demandées – que ma convive ne se déchausse pas en montant à bord – pour pouvoir la contempler de la tête aux pieds avant de la déshabiller. Cette anticipation me stimule plus qu'un puissant aphrodisiaque.

Viens à moi, sublime bourgeon. Je deviens accro à ta rosée...

J'avale une gorgée, m'installe dans le canapé club placé à l'angle, avec une vue imprenable sur l'entrée. Le temps n'a plus aucune importance. Juste cette attente excitante. Jusqu'à ce qu'on toque discrètement à la porte. Celle-ci s'ouvre, mes fantasmes prennent vie sous mes yeux.

Ça en valait le coup...

Océane se tient dans l'embrasure, au son de Fleurie, éblouissante dans un fourreau de cuir noir. Mon regard s'arrête sur ses jolis pieds juchés sur plusieurs centimètres de talons, ses chevilles ornées de nœuds. Je remonte lentement le long de ses jambes hâlées, en partie dissimulées par la robe qui épouse son corps et souligne ses formes. Mon attention se focalise sur sa poitrine. Pas de décolleté aguicheur, au contraire, c'est tout en suggestion... Épuré, classe et d'une sensualité à me filer un coup de chaud.

Putain, ils ont assuré.

– Bonsoir, Tiger, me salue la savoureuse apparition d'une voix de velours.

Je me lève, avance vers elle, mes iris scotchés aux siens. Je ne sais pas si c'est dû à la queue-de-cheval haute dégageant son beau visage, au maquillage sombre autour de ses yeux ou à ses pupilles hypnotiques, mais elle dégage un truc. Je ne peux plus m'empêcher de la fixer.

– Bonsoir, sexy demoiselle.

Ma voix grave résonne différemment, trahissant la faim bestiale et instantanée qui germe dans mes tréfonds.

– Tu es splendide.

Mon compliment cause une légère coloration sur les joues d'Océane. Elle me sourit, mon intérêt bascule sur sa bouche, rose, naturelle, trop tentante pour son bien.

– T'es pas mal non plus, badine-t-elle en m'examinant à son tour.

Chemise blanche, différente de celle de ce matin. Plus de veste ni de cravate.

– C'est plutôt pratique de pouvoir prendre une douche et me changer au bureau.

– Je vois ça...

À quelques centimètres l'un de l'autre, je respire son odeur, la caresse du regard. Elle jette un coup d'œil autour de nous, tique sur un élément – le pilori de BDSM en ébène – puis un autre – les poutres dotées de cordages et de systèmes de poulie. Elle rougit davantage avant de replanter ses magnifiques billes vertes dans les miennes.

– Et maintenant, tu vas me révéler pourquoi je suis habillée comme une...

Elle bute sur le mot, cille et s'empourpre toujours. Je fais mine de ne pas saisir.

– Une quoi, mon joli bourgeon ?

– Tu… tu le sais bien. Tu as une idée derrière la tête, n'est-ce pas ?

Non, pas une, j'en ai un paquet…

Sa question flotte dans l'air, mon désir aussi. Océane se décale. J'ébauche un sourire, devinant les hypothèses qui ont dû fleurir dans sa belle caboche. La musique passe à « No Hesitation » de Marian Hill. Ma convive marche, approfondit son exploration des lieux. Je la laisse faire et me dirige vers le bar. Ses doigts traînent sur une corde.

– Si tu comptes m'attacher, même pas en rêve, P'tit Chou, énonce-t-elle.

Je me marre, puis la fixe en humectant mes lèvres.

– On verra bien… Mais avant, tu as peut-être soif ? lui proposé-je.

Je prends un second verre, pivote pour lui demander ce qu'elle veut boire. Un « putain » m'échappe quand je découvre l'arrière de sa robe. Elle me tourne le dos pour s'intéresser au pilori. Mes neurones disjonctent, ma matière grise migre définitivement plus bas.

À noter : Saïf mérite un gros bonus pour ses choix. Cette robe sur elle est une tuerie.

Un entrelacement de lanières longe le dos et la croupe d'Océane. Cette arabesque descend sur une ligne droite et dévoile sa peau délicate. Une longue bande de tentations cernée par le cuir noir. Pas de soutien-gorge ni de petite culotte visible, rien que sa peau à travers les lacets. Elle continue, part ramasser l'enveloppe qui l'attendait. Le laçage suggestif m'assassine, son effet sur ma braguette s'accroît. Océane fait volte-face et murmure :

– Encore un contrat ?

– Un avenant, comme promis.

– Ahan… La visite médicale avec une gynéco juste avant, ma tenue, cette invit', cet endroit, ces objets particuliers dont je ne connais même pas l'usage… énumère-t-elle en revenant. Envisages-tu de me transformer en jouet sexuel, Tiger ?

– Supposition intéressante…

– Est-ce que je me trompe ? tente-t-elle de me cuisiner, éblouissante, sexy.

Au lieu d'entamer la lecture de l'avenant, elle cherche ses réponses en moi. Je la rejoins, sans confirmer ou nier ses dires. Nos regards s'accrochent à nouveau. Plus intenses. « Breathe Into Me », avec la voix langoureuse de Marian Hill, reprend toute sa place dans le silence vibrant qui se diffuse.

– Tiger, que veux-tu ? Il y a quoi là-dedans ?

– Et si tu le lisais, petit bourgeon ?

Le mot « bourgeon », loin de l'irriter comme elle le prétend quand je lui donne un petit nom, semble s'insinuer en elle. Non seulement elle ne s'en offusque pas, mais cela sème même un doux frémissement en elle. Mon excitation en arrive à un point critique.

Certes, elle a probablement essayé de décrypter mes intentions aujourd'hui… Elle avait le choix, soit elle flippait et freinait net, soit elle cédait à l'envie d'en savoir plus. Cependant, je décèle aussi une once de stress et d'hésitation dans ses iris. Elle est là, mais rien n'est gagné. Pour le moment…

Comme on dit : il faut se méfier de ce que l'on souhaite, car cela pourrait se réaliser…

Nous y sommes, l'un de nous deux va effectivement obtenir ce qu'il ou elle souhaite. Je suis prêt à prendre le risque pour voir ça…

Et toi, l'es-tu, attirante petite joueuse ?

Océane tente de se ressaisir. Elle s'empare de mon verre, le termine d'une traite et me le rend. J'ai été trop distrait pour lui en offrir. Son petit air de défi renaît, plus sexy que jamais.

– Très bien, statue-t-elle.

Elle regagne le canapé pour s'asseoir. La hauteur de ses talons et le cuir moulant rendent sa démarche plus chaloupée. Elle m'offre un nouvel aperçu sur l'arrière affriolant avec les lacets.

Putain, j'ai presque autant envie de lui demander de garder cette robe sur elle que de la lui enlever moi-même sur-le-champ !

Mais je dois me maîtriser. Me rappeler que ce n'est pas lady Candice, ou une énième Domina dont les performances m'ont vite blasé… Ce n'est pas non plus une call-girl capable d'entrer dans la peau d'une soumise docile avec qui je peux oublier de refréner certaines choses. Puisque ces partenaires-là, tant qu'elles sont payées et tenues à la confidentialité, cela ne m'a jamais posé de problème.

C'est elle. Une demoiselle en partie si candide – surtout sur le plan sexuel – qu'elle en ignorait qu'elle peut avoir des orgasmes plus violents, plus humides, plus intenses et inoubliables… Alors, putain, ça me coûte, mais je m'efforce de me canaliser. Je ne bouge pas d'un iota, bien que je ne la quitte pas des yeux. Attentif à ses réactions. Celles-ci se manifestent sur ses traits au fil de sa lecture. J'ai besoin de connaître son avis là-dessus et d'entamer notre deal sur des bases plus avantageuses… Va-t-elle coopérer ou se dégonfler ? Je n'ai aucune certitude, si ce n'est la contraction de mon bas-ventre affamé.

Ses yeux se lèvent enfin, troublés, interrogatifs.

– Où est le piège ? lâche-t-elle.

Je souris, me débarrasse de mon verre et enfonce les mains dans mes poches.

– Quel piège ? Je rééquilibre simplement les choses de manière formelle… pour éviter de futurs dérapages inutiles. C'est ce que tu voulais aussi, non ?

Elle me scrute longuement. Puis elle lit à haute voix :

« Le respect sera mutuel entre les deux parties. M. Sexton accède à la demande d'égalité de traitement exigée par Mlle Rousseau, à la condition que celle-ci s'engage à partager pleinement l'intimité de M. Sexton, et à lui accorder l'exclusivité la plus totale. »

Elle attend mes commentaires, je me résous à récapituler :

– Tant que ce contrat sera valable entre nous, je n'aurai plus recours à l'intervention de mes gars pour t'exfiltrer d'un endroit où tu ne devrais pas être. Tu auras le respect que tu mérites, les gratifications que tu voudras si, en échange, tu honores ta part du marché. Fini les soirées qui partent en vrille, les sales pattes de qui que ce soit sur toi et tes gémissements sous mon toit ou ailleurs si ce n'est pas moi qui suis en train de te baiser.

Elle se redresse d'un bond. Je comprends soudain être peut-être en train de tout faire foirer…

– J'en reviens pas, soupire-t-elle. Et dire qu'une part de moi espérait des excuses. Mais bien sûr, ton truc à toi, c'est de prendre le dessus.

Sa déception et sa colère me touchent bien plus que prévu. Pour être franc, je ne les avais pas suffisamment anticipées.

– Je vois, dis-je avec calme. Redemande-moi, Océane.

Je lui intime cela avec un demi-sourire qui a le mérite de la désarçonner. Elle bat des cils.

– Quoi ? C'est quoi, ce changement de sujet ? Tu éludes ?

– Non, j'y viens, ma douce. Redemande-moi pourquoi je souhaitais t'offrir ce que tu portes ce soir.

– Ce n'est pas nécessaire, cela saute aux yeux.

J'insiste en me rapprochant :

– T'en es sûre ?

Nos souffles se confondent, son parfum subtil ravive mes appétits quoi que fasse mon cerveau. Je la contourne en reformulant :

– Cette tenue sur toi… Qu'est-ce qu'elle t'évoque, Lily ?

– Que tu veux faire de moi un fantasme prêt à répondre à tes attentes, à t'obéir sans broncher. Je n'accepte pas d'être réduite à ça, Tiger.

– J'en ai conscience.

Je recule en déboutonnant mes manchettes. Elle me sonde, perdue, suspicieuse.

– Dans ce cas, redressons la barre.

Ma déclaration lui fait écarquiller les yeux.

– Je ne te suis pas, dit-elle.

Indéchiffrable, j'ouvre ma chemise, un bouton après l'autre, avant de poursuivre :

– Tu as en partie raison. Je m'excuse rarement, surtout quand j'estime être dans mes droits. Donc, hors de question de te présenter de foutues excuses pour… l'incident d'hier soir. C'est toi qui m'en dois, mais passons.

À ces mots, je vois Océane osciller entre deux instincts : la rébellion contre ce que j'affirme et le désir pour ce que j'expose méthodiquement.

– Je ne te demanderai pas pardon non plus. Tu as dépassé les limites, proteste-t-elle.

Elle est piquée dans son orgueil. Ses yeux s'égarent tout de même sur mon torse qui se dénude. Un dilemme amusant qui me pousse à continuer en débouclant ma ceinture.

– OK. Penchons-nous sur le point suivant alors. À propos de mes fantasmes sexuels te concernant. Sache que peu importe la manière dont je te baiserai, je sais que je prendrai mon pied et que je te ferai jouir. On n'a plus aucun doute là-dessus, n'est-ce pas ?

– Prétentieux ! me balance-t-elle sans pouvoir contester ni cacher son sourire naissant.

– Néanmoins, je te propose un compromis. Tu es toujours en colère, mon petit bourgeon ?

J'écarte les pans de ma chemise, mon pantalon glisse légèrement sur mon aine. L'attention d'Océane s'y perd, j'en profite pour ajouter :

– Tu aimerais me donner une leçon plus efficace que de traîner dans le lit de ma femme ? Tu as envie de prendre véritablement le contrôle ?

Je tire ma ceinture des passants face à ma partenaire déconcertée. Je l'espère aussi tentée que moi.

– Peut-être… Convaincs-moi, bredouille-t-elle.

– Primo, une petite rectification. Tu es habillée en Domina, pas en soumise. Secundo, comme tu le sais, j'ai suffisamment confiance en ma virilité, je sais ce que je vaux. Pas besoin d'attacher une partenaire pour le prouver. Tertio, la douleur est une chose très abstraite pour moi, donc par précaution je n'en inflige jamais physiquement à une femme. Conclusion, je t'offre une occasion unique de te venger, de me montrer à quel point je t'ai énervée.

– C'est du délire, conteste-t-elle, incertaine.

J'ôte mes vêtements, mon pénis déforme l'avant de mon boxer, et ça, c'est bien réel. Nos regards assoiffés et nos duvets hérissés, idem. Cette putain d'alchimie pulse en moi de partout.

Je soutiens :

– Non, ce truc entre nous est réel. Et tu as ma parole. Je te laisse ta seule chance de prendre le pouvoir, Océane. Pour sceller notre contrat d'égal à égal. Ici et maintenant. Parce que, ensuite…

– Ensuite ? susurre-t-elle, à fleur de peau.

– Ensuite, je vais te démonter pour tout ce que tu as foutu hier. Et je te montrerai à mon tour combien tu m'as mis en rogne.

– Oh, merde !

Mon sourire s'élargit, je vire mon sous-vêtement, regarde ma Rolex avant de la retirer.

– Tu as une heure, fais ce que tu veux. Défoule-toi sur moi, mon petit bourgeon !

***

Océane

Mes pulsations déraillent ! Ai-je bien entendu ? Il me cède le contrôle sur lui ? Pendant une heure ?

Ma bouche s'assèche. Paradoxalement, en se « soumettant », Tiger n'a jamais été aussi sexy, intimidant et sûr de lui qu'à cet instant précis. Mes prunelles s'affolent sur son anatomie virile et cette érection défiant la gravité. Bordel, je ne m'attendais pas à ça !

L'espace de plusieurs secondes, je suis comme paralysée, tétanisée par le fantasme vivant qu'il me projette en pleine face sans perdre son arrogance habituelle. Mes ressentis se brouillent, entre une toute-puissance éphémère, une libido déchaînée et un trouble immense.

Tiger me zyeute, il me fout dans tous mes états. C'est lui qui est à poil, muscles, anciennes et récentes blessures, tatouages et atouts exposés sans complexe. Sûr de lui. Et c'est moi, tout habillée et libre de lui imposer ce que je veux, qui perds mes moyens.

– Putain, tu es incroyable, soufflé-je.

Ses yeux bleus deviennent de plus en plus chauds. Des « yeux revolver » comme dans la chanson de Marc Lavoine. Fabuleux, intenses, braqués sur moi pour me désarmer, et je suis touchée, c'est foutu.

– Je sais, me lance-t-il, trop canon et pétri d'assurance.

À la mimique mi-amusée, mi-excitée qui doit se peindre sur mes traits, il mesure son impact et me met au défi. Je cède à ce besoin soudain vital, celui de le toucher. Mes doigts se posent sur ses tablettes de chocolat.

– En résumé, je peux faire tout ce que je veux de toi ? dis-je pour m'en convaincre moi-même.

– C'est ça.

Il saisit l'une de mes mains, la coulisse lentement vers son sexe dressé en collant ses lèvres aux miennes.

– Souviens-toi juste que je riposte toujours coup pour coup et que tu auras la monnaie de ta pièce. Mais pour le moment, tu as le champ libre, le pouvoir et zéro *safe-word* de ma part pour te stopper.

Pas de mot d'alerte, tu m'étonnes que le BDSM serait outrageusement risqué avec lui… En « Maître » ou « Esclave », il a des capacités qui m'échappent. Ses pupilles dilatées me ramollissent complètement.

– Ça t'inspire, mon bourgeon ? Parce que moi, je sais exactement comment je vais te baiser après, me prévient-il.

Sur cet avertissement, il chope ma bouche dans un baiser violent, avide, dévastateur. Mes jambes flageolent déjà sur mes échasses hors de prix, mon corps se liquéfie, mon esprit s'embrume. La vache ! Tiger Sexton est en train de bouleverser toutes les perceptions que j'avais jusqu'à présent sur le sexe. Il propulse mes désirs et mes sensations vers des contrées inconnues, sulfureuses, assassines…

– Tu m'en veux ? Tu me veux ? me provoque-t-il, bouche contre bouche.

Il enserre mes doigts autour de son érection, les prunelles incendiaires.

– Cette érection, mon corps tout entier sont à toi, ici et maintenant. Lâche-toi, avant que je ne te saccage, petit bourgeon !

Oui, je craque sévèrement pour lui…

35

Océane

Je sens la tiédeur et la rigidité du sexe de Tiger dans ma main, tandis que ses doigts se raffermissent autour des miens. Je suis clouée sur place, immergée dans son regard. Ma température monte d'un cran. Mon cerveau qui mouline tente de me rappeler que c'est sûrement un piège. Un piège habile, tordu, torride, dur… tellement dur, viril et…

Punaise, je me rends !

Néanmoins, je m'efforce de rallumer quelques neurones. C'est compliqué avec cette colonne de chair tendue que je tiens. Et manifestement, Tiger compte s'en servir pour m'enfumer davantage l'esprit. Ma main libre s'aventure sur ses fesses musclées. Nos lèvres s'entrouvrent ensemble.

La part la plus vicieuse dans mes tréfonds se languit un peu trop du super pouvoir de Tiger Sexton : celui de me liquéfier littéralement quand il me fait jouir.

– Je vais te prendre au mot, le mets-je en garde en empoignant son fessier.

– Je te mets au défi, ma délicieuse Lily. Lâche-toi, me redit-il.

Une lueur dangereuse danse au fond de ses prunelles, celle qui abolit les limites. Les siennes ou les miennes… Odieusement tentant, il lâche ma main, lève les deux siennes en l'air en signe de coopération. Enfin, je crois. Mais il est juste impossible de croire ne serait-ce qu'une minuscule seconde que ce mâle bourré de charisme est capable de me laisser les rênes. Tiger Sexton est un homme de pouvoir, absolument tout en lui l'atteste. Même ici et maintenant.

Surtout ici et maintenant.

Il pivote, m'offre une vue indécente sur l'autre face de son anatomie couverte d'inscriptions et motifs à l'encre noire, en partant se resservir à boire. Il sait qu'il a toute mon attention. Je suis rivée au sol et un chouia paniquée intérieurement, en plus du désir qui brûle en moi.

Puis-je entrer dans son jeu troublant et… profiter d'une heure de pouvoir sur lui ? Enfin, s'il le cède vraiment.

Quand il fait volte-face, j'ai de sérieux doutes sur ses intentions. Mais c'est une raison de plus pour utiliser à mon tour mes propres atouts. Même si je n'ai aucune idée de comment m'y prendre pour… dompter un mec pareil. Et je sais qu'il ne s'agit que d'un moyen pour Tiger de récupérer son sacro-saint contrôle et de me faire payer mon audace d'hier. Je ne me leurre pas à ce propos. En vérité, cela m'éclate de lui compliquer la tâche…

L'exciter plus qu'il ne m'excite. Mais penser à me protéger si son goût du jeu et de la luxure commence à me dépasser, à me faire dériver beaucoup trop loin.

Mais aurai-je envie de freiner ? Pour l'instant, non. Je veux profiter de ce pouvoir charnel que je détiens.

– Très bien, dis-je d'une voix un peu voilée. Je te veux sur le lit, Tiger.

Heureuse de noter la pointe d'étonnement sur ses traits, je viens vers lui pour choper à nouveau son verre. Sous son regard envoûtant, j'y trempe mes lèvres. Afin d'y puiser plus de témérité pour relever le défi qu'il me lance. Durant une longue pénétration visuelle, j'avale deux gorgées, puis lui rends son breuvage. Sa bouche se pose sur l'empreinte de la mienne et il siffle le reste.

– Sur le lit ? OK, obtempère-t-il.

Il pose le verre et s'exécute avec ce petit air effronté qui me dit qu'il ne me prend pas au sérieux.

– Et maintenant ? s'enquiert-il.

On passe à l'attaque. Fous le feu, Océane !

Tiger s'assoit. Je le rejoins, m'arrête entre ses cuisses et lui présente mon dos. Je l'entends jurer tout bas et je réprime un sourire satisfait. Cette robe est une tuerie, je l'ai bien vu dans les yeux de Tiger dès qu'il les a posés sur moi.

Ses mains viennent sur mes hanches, son souffle sur ma peau à travers le laçage. Je savais que suivre les conseils du styliste et ne rien mettre en dessous était osé, très osé. J'ai hésité. À présent, ce détail sur lequel je butais – parce que je croyais qu'il me chosifiait, me transformait en poule de luxe soumise – me donne confiance en moi. Surtout quand je pivote un peu la tête et aperçois le désir brut dans les yeux bleus de mon partenaire.

– Bas les pattes, Tiger ! C'est moi qui décide quand et où tu me touches, dis-je avec une pointe d'autorité.

Il hausse un sourcil, amusé, mais il retire ses mains.

– Bien, fais-je mine de le féliciter en lui refaisant face. Maintenant, débarrasse-moi de cette robe.

– Avec plaisir.

En me dévorant du regard, il déniche la fermeture Éclair sous mon bras et l'ouvre. Je recule un petit peu, je commence à triper de le voir en attente et toujours excité. Ses doigts s'aventurent à nouveau sur moi, effleurant le cuir sur mes cuisses, jusqu'en bas. Dans une lenteur insupportable, il retrousse ma robe, dévoile mes jambes, puis… mon pubis.

– *My God*, grogne-t-il.

Sa respiration se désordonne, son souffle caresse ma peau nue tandis qu'il remonte le fourreau noir sur mon ventre. Puis plus haut. Sans un mot, les pupilles explosées, il se redresse en poursuivant mon déshabillage. Il humecte ses lèvres en découvrant mes seins tout aussi nus. Je lève mes bras, de plus en plus électrisée, et laisse Tiger m'ôter complètement le vêtement. Cela recouvre mon visage durant un instant, comme s'il traînait exprès pour mieux me reluquer. Ou me faire sentir qu'il a toujours plus de contrôle… Ce jeu de pouvoir avec un tel homme de pouvoir est d'un aphrodisiaque…

Tiger me retire enfin la robe et l'envoie valser. Il n'est plus taquin, il est volcanique, affamé. Un redoutable fauve qui s'efforce de jouer à l'agneau. J'en frémis. Il me bouffe des yeux sans me toucher.

Ma féminité est-elle l'arme fatale qui peut te mettre à terre ?

Je prends la mesure de l'ascendant que je veux et pourrai prendre sur lui pour les prochaines soixante minutes.

– Dis-moi ce que tu veux, sweet Lily.

Ce que je veux ? Un sourire coquin fleurit au coin de ma bouche et je bats des cils en tentant d'y réfléchir. Mes mains se plaquent sur ses pectoraux pour le pousser sur le lit. Sa colonne dressée me nargue, indomptable, fière de ne pas se coucher, elle.

– Allonge-toi ! déclamé-je en lui grimpant dessus. À mon tour de contrôler ton orgasme.

Œil pour œil, M. Sexton. Tu m'as rendue folle avec tes procédés, je vais retourner ton expertise contre toi. Le bout de sa langue apparaît pour humidifier ses lèvres, une lueur concupiscente au fond de ses prunelles.

– J'attends de voir ça, me brave-t-il d'une voix rocailleuse.

Je me mets à califourchon sur lui, me penche et assène tout doucement :

– Garde tes mains loin de mon corps. C'est mon heure et… je vais te baiser, Tiger.

Il émet un rire sexy, toujours trop sûr de lui. Je m'incline davantage, déterminée à le provoquer. Mes tétons le frôlent, ça nous fout tous les deux des shoots sous l'épiderme. Il en profite pour me capturer et m'embrasser férocement. Un baiser étourdissant, un duel que je fais tout pour ne pas perdre. Meneur dans l'âme, jusque dans le pieu, Tiger Sexton n'entend pas me suivre sans passer à l'offensive. Je me consume à son contact, me désinhibe, me tortille au-dessus de lui. Il influe dangereusement sur mon corps euphorisé, je suis sur le point de flancher avec lui. Mais une délicieuse fierté l'emporte sur le plaisir charnel. Je parviens à me libérer de son emprise au moment où il englobe mes seins dans ses paumes.

– Je t'ai dit : pas touche, lui intimé-je en saisissant ses mains pour les placer sur le lit, de part et d'autre de sa tête.

Je tiens ses poignets, le surplombe. C'est grisant de me prendre pour une amazone sur son étalon et sentir le niveau de phéromones grimper en flèche entre nous. Tiger pousse un râle.

– Je crois que je commence à regretter, m'avoue-t-il en zyeutant mes seins tout près de sa bouche.

– Soixante minutes, Tiger… Tu l'as promis, dis-je en collant mon buste contre le sien. Prouve-moi que t'es un homme de parole.

Seul son sourire en coin me répond. Cette fois-ci, c'est moi qui fonds sur lui. Je le titille, lui fais espérer un autre baiser avant de l'esquiver. Il mordille sa lèvre, une étincelle tapie dans ses iris. Je sais qu'il se retient, je veux voir jusqu'à quel point il peut maîtriser ses instincts et me laisser croire qu'il est du genre à céder les commandes à quelqu'un. Je ne suis pas dupe, je savoure. Mes courbes le caressent, mes ongles sillonnent ses muscles et je me dirige de plus en plus bas. Les abdos de mon amant se contractent sur mon passage, il respire fort.

Et j'atteins le point culminant de sa virilité. Rien qu'en le contemplant, j'en ai des bouffées de chaleur.

Je me contrains à cacher que je suis à la fois conquise et intimidée. Mes doigts s'enroulent autour de son membre, je rive mon regard à celui de Tiger. Brûlant, conquérant, mais il reste silencieux. Ma main coulisse jusqu'à la base de son sexe, il serre ses mâchoires.

– Je vais te faire la misère, Monsieur l'Arrogant, lui promets-je en le pressant doucement.

De l'autre main, mon index se promène sur son gland, il perle de désir. Déployé, endurci, parfait.

– Mais je t'en prie… Torture-moi, joli bourgeon, me défie Tiger, l'intonation plus obscène. Si tu en as le cran.

Ah oui ?

Ma poigne se raffermit, mes effleurements se propagent le long de son pénis, sur ses bourses. Tantôt féline et toutes griffes dehors, tantôt atrocement délicate et allumeuse. Mes ongles et mes doigts partent, reviennent sur sa peau.

Il y a différentes méthodes de torture, non ? Tu es peut-être insensible à la douleur, mais moi je veux que tu me ressentes de toutes les manières possibles…

Je m'applique à chercher ses points faibles, je les traque, les frôle, les trouve. Tiger me regarde en train de manipuler, cajoler, malaxer son sexe. Il est avare de mots, tout se passe dans ses billes intenses dardées sur moi. Et dans ses muscles qui se bandent, réagissent, et son attribut de mâle qui pulse. Je m'incline, lèche mes propres lèvres en le fixant.

Quand ma langue le goûte, lui, il pousse un long râle. Je souris, recommence. Je le lape délicatement, juste l'extrémité. Je joue avec, souffle dessus, y pose ma bouche, toute fermée. Pour un lent supplice, qu'il me sente, qu'il veuille de toutes ses forces cette fellation. Sans savoir s'il l'aura.

La musique m'enivre, à moins que ce soit surtout d'avoir Tiger à ma merci. J'en suis toute chose. Mes baisers se démultiplient, taquinent son aine, ses testicules. Je le respire, sillonne toute cette zone d'attraction massive pour mes hormones en ébullition. Lorsque je me décide enfin à le lécher, il lâche un « argh… *fuck* ! » entre ses dents. À cette seconde précise, je me sens subitement puissante, hissée au sommet de ma féminité. Je soude mon regard au sien, sensuelle et railleuse.

C'est qui la plus forte, Monsieur Sex ?

– Je t'interdis d'éjaculer, lui ordonné-je avant d'ouvrir grand ma bouche et le happer dans la chaleur moite.

– Tu vas me le payer !

Mes papilles gustatives s'emballent, je le déguste minutieusement, lascivement, retrouvant à chaque remontée ses pupilles dilatées. Les poings de Tiger s'agrippent aux draps, il perd son souffle. J'attise la flamme de toutes les manières possibles, pour marquer son esprit, brouiller ses repères comme il le fait avec moi dès qu'il pose ses mains sur mon corps.

J'y vais en douceur, je le butine, ne laissant de répit à aucun endroit stratégique. Puis j'alterne, je deviens plus ferme. Il égrène un chapelet de jurons en anglais, sa tête se redresse puis retombe sur l'oreiller. Me sentant encouragée, mes mouvements s'accélèrent.

– Argh… *fuck* ! se plaint à nouveau Tiger.

Je l'engloutis, mes doigts le maintiennent à la garde, ma langue s'active. Durant un temps indéfini, je donne tout, je le sens se contracter.

Mesquine, contente de moi, je rétrograde, paresse, m'arrête et me relève.

– Finalement, j'ai un peu soif, lui annoncé-je avec nonchalance.

Tiger me dévore du regard, bouillonnant d'une fougue contenue. Sa belle gueule frustrée, sa respiration hachurée boostent mon *girl power*. Je quitte le lit, je chaloupe sciemment des reins en allant chercher sa bouteille de scotch. L'atmosphère est chargée d'électricité. Je sais qu'il me mate et cet examen silencieux pendant qu'il se délecte de ma nudité m'insuffle plus d'assurance. Je bois une lampée au goulot.

– Satisfaite ? me demande-t-il d'une voix indécemment hot.

– Et toi ?

Il me sourit, mais ça ressemble plutôt à une mise en garde obscène.

Même pas peur, mon tigre…

Il se décale, prêt à sortir du lit. Je le stoppe d'un claquement de langue, faussement sévère.

– Tu ne bouges pas, je n'en ai pas fini avec toi, le préviens-je.

– Tu savoures, hein ?

– T'as pas idée, lui répliqué-je du tac au tac.

Ses lèvres s'incurvent, il reste assis, vérifie l'heure sur l'horloge.

– Ça va être les soixante minutes les plus longues de ta vie, décrété-je, pétillante de fierté, en matant sa verge.

– J'aurais dû m'en douter, affirme-t-il en fourrageant dans sa tignasse.

Je rebois un coup, passe une main dans mes cheveux pour défaire ma queue-de-cheval. Je secoue ma crinière, y passe mes doigts en mode « Continue de bander en me regardant, j'adore ». Et c'est exactement ce qu'il fait. Puis son attention bifurque sur l'alcool.

– Tu comptes t'enfiler la bouteille ou tu la partages ? me demande-t-il.

– Hum… je ne sais pas si tu mérites que je sois gentille.

– Techniquement, tout ce qui est dans cette cabine m'appartient, petit bourgeon.

– Nan. Techniquement, tu m'appartiens encore, P'tit Chou, et je décide.

Il éclate de rire. Je m'approche et fais tanguer le liquide ambré dans la bouteille.

– Alors, mérites-tu ma gentillesse, Tiger ?

***

Tiger

Têtue, bandante et insolente à souhait.

Je pourrais bondir, la neutraliser en un rien de temps, arracher à Océane ce scotch de dix-sept ans d'âge et rapatrier ses jolies fesses dans ce lit. Mais elle s'éclate. Je le constate, et son petit manège m'embrase de seconde en seconde.

Je veux sentir encore sa bouche sur ma verge, ou une autre partie d'elle. Je veux m'enfoncer en elle et… Bon sang, il faut qu'elle signe l'avenant ! Elle n'a plus aucune chance de me filer entre les doigts, je veux me gaver d'elle. Elle s'avance, ravie de m'allumer, en tenue d'Ève juchée sur des talons.

Beaucoup trop séduisante pour son bien.

– Ton arrogance, ta manie de tout contrôler, ton refus de t'excuser... énumère-t-elle tout près de moi. Valent-ils une récompense, Tiger ?

Je détaille son anatomie en gardant le silence. Ma rigidité qu'elle a abandonnée quand j'étais en plein trip recommence à palpiter d'envie, de manque. Je ne la louperai pas quand elle aura fini de jouer, je vais...

Merde ! Qu'est-ce qu'elle fait ?

Sous mon nez, Océane presse ses seins l'un contre l'autre, oriente le goulot vers le bas au creux de sa poitrine. Mon érection décuple en la voyant faire couler une petite quantité sur elle. Stupéfait, je suis la trajectoire d'une goutte qui s'échappe jusqu'à son nombril.

– Pas de réponse ? me nargue-t-elle. Tu n'as plus soif ?

Elle en badigeonne son ventre, ses seins. Lorsque je replante mes yeux dans les siens, mon souffle se dérègle. Qu'est-ce qui m'a pris, nom d'un chien ? Cette fille est en train de me faire disjoncter.

– Ce sera sur moi ou rien du tout, murmure-t-elle, aguicheuse.

Mes cellules grises s'éteignent. J'abdique :

– Sur toi.

J'ai à peine prononcé ces mots que ma bouche part à l'assaut de ses dômes. Je la bois, la bouffe, la lèche, la mordille, la pétris. Fébrile et assoiffé d'elle, je finis par la basculer sur le lit. Dans sa chute, elle pousse un petit cri de surprise et la bouteille tombe par terre. On s'en tape des dégâts ! J'ignore combien de temps s'est écoulé, mais ma patience a des limites. Limites que cette blondinette a largement dépassées. Mes dents et ma langue rencontrent ses tétons érigés. Le goût de mon whisky écossais s'allie à la saveur d'Océane, et l'ivresse du désir me rend vorace. Elle se tortille, gémit. Je la bloque en dessous, me rue sur son ventre, ses dômes. Je remonte, l'embrasse dans le cou et aspire ses faibles protestations dans un baiser ravageur.

Et elle me le rend. Féline et ensorcelante, elle s'arc-boute, me griffe. Ses jambes s'enroulent autour de moi. Mon plaisir enfle, commence à passer hors contrôle. Océane remue du bassin, se contorsionne pour essayer de me domestiquer. Mon sexe frôle le sien, je sens comme elle est humide, tiède, succulente... Ça me rend fou. Je chope ses poignets, les plaque de part et d'autre de son corps et je fouille dans son regard.

– Et si tu me laissais les commandes, maintenant ? négocié-je.

– Non, résiste-t-elle, essoufflée. J'irai au bout du temps imparti. Pour l'instant, c'est toujours moi qui décide, Tiger.

– Tu veux que je te relâche ? Que j'arrête ?

Nous nous fixons longuement, happés l'un par l'autre.

– Je… commence Océane.

Je suis suspendu à ses délicieuses lèvres, avec une trique intense.

– Non, soupire-t-elle. Prends-moi, maintenant. Fais-moi jouir comme aucun ne l'a fait avant toi… Mais toi, tu te retiens. Tu n'as pas le droit d'éjaculer tant que c'est moi qui ai le contrôle.

Elle n'est pas en train de me…

– Oui, c'est un ordre : baise-moi, Tiger !

36

Océane

L'œil du tigre se ravive. Sans un mot, Tiger se met debout hors du lit. Il attrape mes cuisses, me tire vers lui et soulève mon bassin vers le sien. D'une poussée fulgurante, il envahit mon intimité. Saturée d'endorphines, je tente de protester :

– Le préser…

– La gynéco m'a briefé. On va tous les deux très bien, mes résultats d'analyse sont dans l'enveloppe de l'avenant. Plus de barrière, petit bourgeon, statue-t-il.

Tout sentir de toi…

Ma raison se désagrège, l'euphorie irradie dans mon corps. Tiger est désormais bien emboîté en moi. Ses mains me pétrissent les hanches, nos yeux s'accrochent. Je pourrais jouir à cet instant tellement je suis émoustillée. Il coulisse hors de mon cocon et y revient brusquement, me soutirant une plainte lascive. Le regard hypnotique, il recommence, enchaînant les pénétrations. Profondes, puissantes jusqu'à l'ivresse. Sa cadence mesurée me tue, car je vois qu'il a beau être raide d'excitation, il cherche à se maîtriser et s'en sert pour me rendre dingue. Progressivement, c'est moi qui perds les pédales. Les doigts de Tiger me pressent, ses coups de boutoir me dévastent de plaisir. Comme si nous entrions en collision à chaque poussée brusque.

J'entends vaguement la musique… « Falling Down » de Muse, je crois. La pureté de la mélodie dans la cabine et le magnétisme de mon amant commencent à me faire planer. Il me fait sombrer dans une folie des sens. Nos respirations saccadées, la connexion visuelle et charnelle entre nous et les secousses qu'il engendre déclenchent une vague de plus en plus forte dans mon bas-ventre. J'ondoie de délice. C'est à ce moment qu'il se retire.

– Reviens, râlé-je. Je ne t'ai pas dit d'arrêter.

– Le pouvoir te monte à la tête, petit bourgeon, me charrie-t-il, l'intonation éraillée. Et tu n'as aucune idée de ton…

– De mon ?

La réponse se fait désirer, sa tête disparaît entre mes jambes. Il murmure sur mon clitoris.

– … De ton effet sur mon érection, poursuit-il.

Frissons.

Il va m'achever.

Sa langue glisse dans mes confins, ce qu'il chuchote devient inaudible. Ses doigts et ses lèvres m'explorent, m'affolent, me shootent. J'ondule, mon aine se colle à lui pour mieux sentir ses baisers au creux de moi. Il me maintient et diffuse une myriade de frémissements partout en moi.

– Tiger… Je vais… Je…

Impossible de formuler une phrase complète, il me fait un truc de malade qui échappe à mon entendement. Je me mets à trembler, à gémir, à scander son prénom. Mes mains se faufilent dans sa tignasse, s'y accrochent. Mes mollets sur ses épaules, mes orteils se crispent. Mes ressentis transcendent tout ce à quoi je m'attendais. Les frissons s'intensifient jusqu'à l'intenable.

– Punaise, Tiger…

– Je sais, Lily, tu vas jouir… Ensuite, je reprends les rênes, entends-je dans mon début de transe.

Je m'en fiche. Ma matière grise est hors service, elle n'analyse plus rien quand Tiger me refait le truc qui est en train de me rendre barge. Ses lèvres s'éloignent de mon écrin, il cherche mon regard.

– On est d'accord ? me susurre-t-il.

– De quoi ? T'arrête pas, s'il te plaît…

Il humecte sa lèvre supérieure, ébauche un p'tit sourire.

– Je n'en ai pas l'intention, tu es beaucoup trop délicieuse. Mais tu me rends les commandes après.

– J'y crois pas. Tu négocies, là ? Quand je…

– Quand tu es en position de faiblesse ? me taquine-t-il. Je plaide coupable.

Incendiaire et sûr de lui, il utilise ses armes. Ses doigts s'immiscent encore en moi, trouvent sans hésitation le point qui me rend fébrile. Et sa langue cajole à nouveau mon bourgeon. Je vais me disloquer de plaisir. Il le sait, il sait exactement ce qu'il fait. J'en perds le souffle et mes mots. Tiger remonte, me surplombe pour m'embrasser.

– Capitule, sweet Lily, me chuchote-t-il. Tu avais raison : une heure d'obéissance, c'est trop long pour moi.

Sa main retourne dans mes plis secrets, alors qu'il marchande, sa bouche contre la mienne. Ma fragrance intime s'ajoute à son goût à lui.

Les caresses intimes fleurissent de plus belle, pendant qu'il m'offre en simultané un baiser qui me lobotomise. J'ai trop chaud, je meurs.

– À toi d'être docile, maintenant, insiste-t-il. Marché conclu ?

– Tu… Punaise, tu es diabolique.

– Je devine juste à quel moment retourner une situation à mon avantage, réplique-t-il en bougeant légèrement au-dessus de mon corps.

Suffisamment pour frotter son pénis contre ma moiteur.

– Tu auras ma verge, ma bouche… tout ce que tu veux, mais tu me laisses gérer, s'obstine-t-il.

– Non…

Il me pénètre petit à petit pour parfaire la torture.

– Mauvaise réponse, sweet Lily.

– Négociations déloyales, Tiger, me plains-je.

– Je sais… reconnaît ce bourreau sexuel en avançant dans ma féminité. Tout comme c'est déloyal d'être aussi ensorcelante et de me demander de me retenir.

J'exhale une contestation qu'il aspire dans un baiser, nos bassins se soudent. Mes jambes se croisent sur lui, mes ongles le balafrent, mon désir atteint son paroxysme.

Je le veux de toutes mes forces. Lui, son leadership, son sex-appeal et son sourire arrogant.

– Deux, réussis-je à contre-attaquer dans un murmure.

– Deux ? répète-t-il.

– Je veux deux orgasmes à la suite, Monsieur Control Freak. Ensuite, tu seras libre.

La lueur qui se rallume dans ses yeux m'enflamme. J'ai l'impression d'influer sur son érection nichée en moi. Ensuite, Tiger se délecte longuement de ma reddition et de ma bouche.

– Parfait, me concède-t-il, l'air satisfait.

J'appuie sur son fessier, il me sourit en effectuant des mouvements contrôlés avec son bassin. Le premier va-et-vient me fait geindre. Il réitère en me fixant. D'abord en douceur, puis le tempo augmente d'un cran, de deux, de trois… Je perds le fil. Sa virilité rigide m'emplit, m'enfonce de plus en plus dans le matelas. Il me creuse, me possède, me provoque des spasmes et des soupirs interminables.

Je ne sais plus ce que je dis, je divague, je décolle. Un horizon de volupté m'aspire. Mon plaisir suprême gicle, incontrôlable, intense !

***

L'orgasme d'Océane m'imprègne. Ses paupières papillonnent, se ferment. Ses pétales tremblent autour de mon sexe. Ses ongles me marquent le dos, s'y plantent. Je n'ai pas mal, je savoure. Je savoure ses contractions de plaisir. Ses lèvres s'entrouvrent. La rosée se déverse sur moi.

La regarder et la sentir jouir reste une pure merveille pour mes sens. Mes muscles se bandent dans un effort titanesque pour ne pas sombrer avec elle. C'est long, épuisant, dur à supporter. J'en transpire. Lorsqu'elle se vide enfin de son énergie, je me retire et m'écroule près d'elle. Frustré, affamé.

Penser à un truc rebutant. Penser à un truc rebutant. Maîtriser la pression.

– La vache ! commente-t-elle, en proie aux répliques de ses secousses.

Les draps sont trempés et je… je ne pense plus qu'à la démonter ! Pas à autre chose. Je me nettoie sommairement et me carapate, histoire d'apprivoiser mes instincts. Heureusement, elle n'a pas la force d'objecter. Je pars choper une bouteille d'eau, pour étancher au moins cette soif. Durant quelques secondes, nos respirations chaotiques couvrent presque la musique. Ensuite, Océane remue paresseusement.

– Faut que j'aille faire un brin de toilette, m'annonce-t-elle.

Je lui indique la porte concernée, sans louper le spectacle de son petit cul qui s'en va. Et qui attise le brasier qui couve en moi. Je détourne mon regard sur la vitre du hublot, mais j'échoue à effacer l'image lubrique dans ma tête…

Le soleil décline dehors, les flots s'assombrissent. Je me tape de l'heure qu'il est sur ma Rolex trônant à côté de l'avenant. Je fixe le lys solitaire abandonné à côté… puis je pivote au retour d'Océane.

Sa crinière blonde coule sur ses épaules. Une serviette nouée sur elle, elle dépose ses chaussures. Le tissu-éponge cache à peine tout ce que je connais par cœur maintenant. Ça va virer au priapisme, ce délire. En regagnant le lit, elle surprend mon air salace et amusé.

– Qu'est-ce qu'il y a de drôle ? Le fait de m'avoir mise K.-O. ? me demande-t-elle.

– Non. Je pensais à la tête de mon docteur… Il a déjà vu tellement de marques et de blessures suspectes sur mon corps au fil du temps. Mais je n'ai encore jamais eu besoin de lui parce qu'à cause d'une nana, je ne parviens plus à débander.

Le rire d'Océane jaillit. Elle est encore plus mignonne quand elle se lâche, irrésistible.

– Le pauvre, il ne s'en remettrait pas, se moque-t-elle. On ne va pas le réveiller pour une consult' nocturne.

Ses iris pétillent, ses pommettes et la base de son cou sont quasi aussi roses que sa bouche boursouflée par mes ardeurs.

– Je suis d'accord, tu vas devoir te dévouer pour épargner ça au doc, conclus-je en revenant vers elle.

– Me dévouer ?

– Ouep. Je sais exactement où fourrer cette érection quand tu auras obtenu ton deuxième orgasme.

Ses yeux s'écarquillent. Mon regard s'attarde sur ses joues rougissantes, puis glisse sur elle. Le défi sera de continuer à dompter mon entrejambe quand je m'occuperai encore du sien.

– Et on peut savoir à quel endroit tu penses ? m'interroge-t-elle.

Serait-ce une pointe d'inquiétude que je perçois sur son minois ? Intéressant…

– Tu le sauras… quand moi je le déciderai, lui dis-je pour le fun de la déstabiliser à mon tour.

Bientôt, tu verras…

– Tu crois que je…

Je ne la laisse pas poursuivre. Je la bâillonne d'un baiser tout en détachant sa serviette. Et je la recouche, remonte sur elle, avant de m'égarer plus bas. Ses seins ont toujours un infime goût de scotch, ses tétons désormais ultrasensibles durcissent contre ma langue. Je les suce, les mordille, les sniffe. Ma faim se décuple. Je chemine plus au sud, sillonne son ventre. Son écrin intime s'ouvre. Certaines zones sont encore à fleur de peau, cela m'incite à y aller en finesse. À jouer autrement avec son plaisir. L'envie se manifeste, s'enracine délicatement en elle, et furieusement en moi. Cependant, je prends le temps de courtiser la sienne. Même si la voir à nouveau mouillée et offerte grignote le peu de flegme que j'essaie de conserver.

Ses gémissements rythment cette nouvelle éclosion de ma fleur. Sa saveur se répand sur mes papilles, son odeur me grise et me pousse dans mes retranchements. Elle remue en prononçant mon nom et fout ma patience à rude épreuve.

– Punaise… Je vais encore… Je…

Elle geint, se tortille contre ma bouche qui la déguste. La rosée perle sur ses pétales, prend de l'envergure. Et l'instant magique se produit, sa jouissance m'asperge.

Damn, je ne m'en lasse pas !

Je lui accorde un laps de temps de répit. J'ai tenu au-delà du raisonnable. Et ce désir trop longtemps contenu flingue définitivement ma raison. Mes dernières barricades tombent. Dès qu'Océane reprend son souffle, je sors du lit.

– Viens par là, lui dis-je.

Elle s'essuie, abandonne la serviette pour me rejoindre.

Océane commence à réaliser le deal conclu. Elle redevient la blondinette sans artifices, moins expérimentée et moins téméraire. Cela la rend attirante d'une manière différente. Trop bandante pour que je garde les idées claires. Je la saisis par la taille, la plaque contre moi. Plus petite sans ses talons, plus naturelle, elle me regarde, un brin craintive.

– Alors ? s'enquiert-elle tout bas.

– J'ai affreusement envie de toi, de ta…

– De ma ?

Elle pense à la sodomie ? On y viendra peut-être, je l'initierai si besoin… Pour l'heure, je taquine ses lèvres, les butine. Ses doigts se baladent sur ma peau, presque timides. Ça me tue.

– Ta bouche, lui réponds-je.

Joignant le geste à la parole, je l'incite suavement à se diriger vers la preuve de mon excitation. Elle se laisse guider sans me quitter des yeux. Ce qu'elle ne sait pas encore, c'est que je ne veux pas reprendre la fellation là où elle s'est interrompue. Elle m'a torturé, maintenant je réclame ma revanche.

Quand Océane commence, je sais déjà comment cela va se terminer. Je tente d'être gentleman au départ, la laissant frôler, embrasser, lécher ma bête comme elle le sent.

Puis je ripe totalement. Sa délicatesse est le supplice de trop. Mes phalanges se cramponnent à ses cheveux, mon sexe écartèle ses lèvres, s'encastre loin dans sa bouche. Je la maintiens ainsi, elle en perd son souffle, ses cils se bordent de larmes. Mes paupières tombent pour mieux ressentir cette chaleur moite. Ses petits doigts empoignent mes fesses. Ses ongles s'incrustent dans ma chair. Mon pénis palpite, se gorge. Le kif. Les limites se brouillent. Je crois qu'elle me lacère, me tape. Je rouvre les yeux, croise les siens. Je la sens… Merde, je la sens défaillir, manquer d'air, me supplier. Malgré moi, mon esprit n'a plus de filtre, mes désirs ne sont plus tenus en laisse et sous muselière…

Les escorts dans ma suite princière, peu avant mon mariage. Quatre bouches voraces, quatre gorges profondes, quatre paires de mains agiles…

Puis, je divague plus salement dans ma tête.

Tissus immaculés… Douceur de soie… Odeur de baise, de pétales écrasés… Corps enfiévrés, à ma merci… Elle, nue à mes pieds…

Océane tremble, me griffe tout son saoul. Mais c'est ce bruit étouffé d'une personne en train de s'asphyxier et de se battre contre quelque chose qui obstrue sa gorge et écartèle sa bouche qui me secoue. Ça me sort de mon état second, tel un électrochoc.

Bordel, le dérapage !

Je me retire, Océane inspire brutalement, suffoque, tousse. Je me frictionne le visage, sonné. Ça y est, je l'ai fait flipper. La panique jaillit dans mes entrailles.

Je lui demande, anxieux, en me penchant pour l'aider à se relever :

– Ça va ?

– Non, putain ! Je... m'étouffais... dit-elle d'une voix hachée. Et tu me bloquais !

Elle me repousse pour se relever seule. Elle tente de retrouver une respiration normale, de gérer le réflexe de régurgitation qui peut survenir quand une femme n'est pas habituée à une fellation si profonde et sans concession.

Je l'ai oublié, putain j'ai oublié qu'elle n'est pas familière avec ce genre de sortie de route !

– Je... ne sais pas comment tu... t'envoies en l'air d'habitude, mais je... punaise ! s'offusque-t-elle en reculant.

J'enfonce les doigts dans mes cheveux et souffle lentement. J'ai merdé ! L'explosion de phéromones, la dopamine, tout s'évapore subitement. Mâchoires scellées, j'essaie d'adopter la bonne réaction pour décanter cette situation qui m'a échappé en une fraction de seconde.

– Je t'ai fait mal ?

– Bordel, Tiger !

– Ça ne se reproduira pas.

Elle s'enroule dans un drap pris à l'arrache et me regarde.

– Non, en effet, me répond-elle.

J'observe ses cils humides, serre les poings.

Arrange ça, et vite !

– OK, on arrête. Je... je t'emmène dîner, lui proposé-je.

Océane cille, déroutée. Elle m'examine un moment. Je ne bande plus. Bien que la notion de douleur me soit inconnue, ce n'est pas si difficile de noter que je viens de lui en infliger, d'une certaine manière. En tout cas, ça l'a effrayée.

– Je ne sais pas trop, doute-t-elle en touchant son cou.

– S'il te plaît, Océane. Je n'aurais pas dû, j'aimerais qu'on oublie cet incident. Quittons cet endroit.

Elle hésite, puis hoche la tête.

– C'est mieux, oui.

Je n'ose plus l'approcher, j'ai l'impression d'avoir perdu ma carapace et de ne plus ressembler qu'à un monstre. Elle se rhabille. Je pars me débarbouiller et en faire de même. Muse meuble mélodieusement le silence gêné. Je m'en veux, et je commence à en vouloir à Sophia. Elle connaît mes travers, elle devait se douter que les choses pouvaient mal tourner si je me laissais trop aller avec… une novice qui m'attire trop. Océane m'a fait disjoncter au point de zapper qu'elle n'est pas comparable à mes partenaires de baise habituelles. Et… elle n'est pas comme Sophia…

Je me chausse, récupère mon portable. Des appels en absence et un texto, tous de ma femme, m'accueillent.

[Ty, t'es où, exactement ?
Je n'arrive pas à joindre Océane.
Je veux que tu rentres.
Et elle aussi.]

Je serre les dents, m'efforçant de canaliser les émotions qui se bousculent en moi. Puis je rédige ma réponse.

[Comme je te l'ai dit,
je ne rentrerai pas ce soir.
Océane non plus.]

Je l'envoie et passe ensuite un bref coup de fil en ignorant l'appel entrant de ma femme. Mon interlocuteur décroche.

– Monsieur Sexton ? dit-il, surpris d'être contacté si tard.

– Oui. Vous ouvrez pour moi ce soir. Je passerai dans une demi-heure environ.

– Naturellement, à tout de suite, monsieur Sexton.

Je raccroche, me retourne. Océane, mal à l'aise, lisse sa robe sur ses cuisses en me scrutant.

– Tu es prête ?

– Ahan.

Je prends ma montre, la paperasse et lui tends la main.

– Viens.

Elle tergiverse un court instant, ne la saisit pas. Ça me démolit le moral, mais j'encaisse.

– C'était un restaurant, cet appel ? me questionne-t-elle.

– Non.

– On va où ?

– On ira où tu veux.

Une moue indécise apparaît sur son visage.

– Vu comme je suis fringuée, je ne souhaite pas me pointer ainsi dans un endroit bondé, affirme-t-elle. Et puis, tu… tu ne t'afficherais pas en public, seul avec moi.

Je n'aurais pas honte de le faire, loin de là. Mais c'est… compliqué. Trop compliqué…

Ce dont j'ai honte, c'est que cette trappe se soit ouverte avec elle. Je soutiens son regard, mordille ma lèvre. Aucun de ces mots ne franchit ma bouche.

– Si, mais je n'admets pas qu'un autre regard profite de cette splendeur, la contredis-je. On ira prendre à manger où tu voudras. Sans restriction.

Décontenancée, elle me dévisage. En simultané dans mon crâne, une voix ensevelie me nargue.

« Quoi que tu fasses, partout où tu iras, aux yeux de tes congénères, tu resteras du mauvais côté, bébé tigre…

– La ferme !

Ce rire… froid… moqueur, impossible à faire taire. Cette insistance. Ce malaise en moi.

– Ne jamais avoir mal crée un rapport tordu entre toi et la douleur. Tu es « anormal », bébé tigre. C'est excitant, non ? D'être dans une zone ténébreuse fermée à jamais au reste des humains, de ne pas tout ressentir comme eux. Moi, ça me fait triper ! »

La violence de ce souvenir me foudroie. Avoir effrayé Océane ravive cette faille que j'ai mis des années à combler. Pour l'enfermer, la foutre dans une boîte. Maintenant, des choses, trop de choses brisent les digues et envahissent mon esprit…

Jusqu'à ce que, mes iris plantés dans les siens, Océane finisse par acquiescer.

– Ça marche. Je ne suis pas sûre de pouvoir avaler de nourriture pour l'instant, mais… je préfère qu'on sorte d'ici.

– OK. Je suis à votre service, mademoiselle Rousseau.

Elle parvient à peine à me sourire, quelque chose s'est fissuré entre nous…

***

Océane

Que vient-il de se passer, bordel ?

Tendue, confuse, le cœur battant trop fort, je n'ai qu'une hâte : m'échapper de cet endroit. Cette soirée a pris une tournure que ni Tiger ni moi n'avions prévue. En tout cas, moi, je n'avais pas prévu ça. Était-ce cela la partie : s'engager à partager pleinement l'intimité de M. Sexton ?

Sa sexualité est une nouvelle forteresse qui vient de s'ouvrir véritablement devant moi. Et cet aperçu-là me lamine de questions… de peur aussi. Je ne sais plus quoi penser. Au fond, je ne connais pas cet homme. Jusqu'à il y a quelques minutes, il était juste le meilleur coup de ma vie et la relation improbable que je voulais savourer le temps que ça durera.

Mais maintenant je… je me sens bizarre. Paumée, trop sensible.

Il s'est passé quoi, putain ?

Après que nous sommes descendus de l'embarcation, il me guide vers un bolide noir. Je ne l'avais jamais vu auparavant, mais la plaque personnalisée m'indique qu'elle lui appartient. Et il n'y a aucun chauffeur à l'horizon, ni la Bentley qui m'a conduite ici. Tiger m'ouvre la portière côté passager. Je m'installe. Ça pue le fric. Pendant qu'il contourne le véhicule, je découvre l'intérieur en cuir camel et l'espèce de B incrusté au cœur du volant. Quelle autre marque de luxe commence par cette lettre ?

Tiger s'assoit, met le contact et me demande :

– Alors, ça va mieux ? Tu as un peu faim ? Que veux-tu manger ?

Je perçois sa tension dans ce florilège de questions. Il ne sait plus trop comment s'y prendre avec moi. Pour être franche, la nourriture est le cadet de mes soucis, il m'a trop tourneboulée.

– Euh… j'ai envie de frites, dis-je machinalement.

Un sourire en coin se dessine sur ses traits. Il me regarde, essayant de rétablir le contact et la complicité court-circuités entre nous.

– C'est tout ? tente-t-il de me taquiner. Tu n'es pas très exigeante, mademoiselle Rousseau. Mais tes désirs seront satisfaits, conclut-il avec un clin d'œil. Attache-toi.

Je m'exécute, un brin amusée malgré tout. Tiger démarre, rallume son téléphone et ordonne à la commande vocale de sa voiture d'appeler quelqu'un. Durant les sonneries qui s'ensuivent, nous nous engageons dans la circulation. Mes pensées s'embourbent dans le dernier quart d'heure qui vient de filer.

– Bonsoir. Restaurant Hubert, Sophie à l'appareil, retentit une voix féminine dans l'habitacle.

Avec un accent français reconnaissable entre mille.

– Bonsoir, c'est Sexton. Pourriez-vous préparer un repas pour deux à emporter ? Quelque chose de rapide, dit-il dans ma langue en tournant la tête vers moi. Avec des frites, ajoute-t-il.

– Oui, bien sûr, monsieur Sexton. Le chef s'en occupe tout de suite. Voulez-vous inclure d'autres plats en particulier ?

Tiger m'interroge du regard. Je fais non de la tête, puis lui souffle :

– Un dessert au chocolat !

Nouveau sourire.

– Surprenez-moi. Et ajoutez un dessert pour deux, avec du chocolat !

– Très bien, monsieur Sexton. Je transmets la commande.

– Je serai sur votre parking dans une quinzaine de minutes.

– C'est noté. Nous vous l'apporterons.

Il raccroche et me lance, un peu moins sérieux :

– Tu promets de ne pas jouer avec le dessert, petite gourmande ?

– Moi, jouer avec la nourriture ? Jamais ! Vous me connaissez mal, monsieur Sexton.

Il éclate de rire. Une sorte de soulagement nous emporte tous les deux, je pense ; la glace est à nouveau brisée. Tiger déconnecte son mobile, je crois qu'il l'éteint. Parce qu'il veut être tranquille avec moi ? Peut-être même qu'une espèce de complicité autre que sexuelle est en train de poindre. À moins que je ne me fasse un film ? Merde, me fais-je des idées ? Cette incertitude rallume mon warning intérieur. Je me tais et dévie mon attention vers l'extérieur.

Qu'est-ce que je fabrique, au juste ?

Le chaos prend place dans ma caboche et étire mon silence. Entre le rendez-vous coquin, le dérapage de la fellation et… tout ceci, je n'ai plus de repère. Ma raison me dicte de prendre mes jambes à mon cou, seulement une part de moi est comme… fascinée.

Misère ! C'est foutu, je pars en vrille et cette ivresse me fiche la trouille.

37

Océane

Pourquoi suis-je encore là ? Non, pourquoi parviens-je à me sentir bien avec lui encore une fois, alors que je ne suis pas à ma place ?

– Mon royaume pour tes pensées, murmure Tiger.

Mes yeux reviennent sur lui. Il m'étudie, l'air sérieux. Indéchiffrable. Je fronce les sourcils, hésitante.

– Tu cites du Shakespeare, là ? tenté-je de me défiler en le taquinant.

– Dans cette pièce de Shakespeare, Richard III est prêt à offrir son royaume pour un cheval. Tes pensées valent beaucoup plus, mademoiselle Rousseau. Surtout si elles me concernent, argue-t-il.

– Eh bien, je…

Il s'arrête à un feu – toujours vert – pour me sonder. Je triture le bord de ma robe, embarrassée.

– À propos de… entamé-je. Tu sais, dans la cabine, quand tu m'as… On… on peut en parler ?

– J'ai… fait une sortie de route, plaide-t-il. Je n'aurais pas dû te traiter de cette manière-là. C'était une erreur que je regrette de toutes mes forces. Comme je te l'ai dit, ça ne se reproduira pas. On peut juste clore ce sujet ?

J'expire lentement, plongée dans ses billes bleues. Un truc me dit de ne pas insister. Pas tout de suite. Trop *touchy* pour y aller en bulldozer…

– On n'en parle plus, OK ? insiste Tiger.

J'opine, car pour l'instant j'ai besoin de démêler mes propres ressentis. Mais il faudra qu'il m'explique… Certes, il a su s'arrêter. Mais cette facette sombre, je ne pourrai plus jamais faire comme si elle n'existait pas. Tiger redémarre, je fixe son profil.

Je m'efforce de mettre ça entre parenthèses tandis que nous arrivons devant un restaurant. Tiger se gare, vérifie l'heure. Réglé tel du papier à musique, un groom se pointe avec des paquets. Tiger sort de la voiture, paie et récupère sa commande. Une odeur de nourriture se répand immédiatement dans l'habitacle lorsqu'il revient. Finalement, j'ai faim. Même si ma bouche et ma gorge restent marquées par un jeu sexuel tortueux, ce besoin plus élémentaire se fait enfin remarquer. Et je commence à me décrisper presque complètement.

– Je peux grignoter une frite ou deux ou on va s'arrêter pour pique-niquer quelque part ? lui demandé-je, fourrant le nez dans les plats emballés.

– Je t'en prie, petite gourmande. Engloutis tes frites.

– Et si je tachais tes sièges ?

– La Bugatti y survivra, me répond-il avec désinvolture. J'aime te voir manger…

Double sens ? Détends-toi, Océane.

J'inspire, expire et essaie de me laisser aller. Je déguste une bouchée.

– Hummm… délicieux, commenté-je, la bouche pleine.

J'en propose à Tiger. Il en profite pour saisir et lécher mes doigts.

– En effet, c'est succulent, confirme-t-il en me regardant.

Je ne suis pas sûre qu'il parle des frites…

Le désir est toujours tapi au fond de ses prunelles. Me rappelant que je suis la seule à avoir joui. Deux fois. Et pas lui. Même s'il continue de manger dans ma main en conduisant, je sais que cet appétit-là se revivifie aussi. Il ne le cache pas. J'en deviens maladroite, peut-être un chouia craintive de cette fougue insatiable et de ce vers quoi ça a failli m'entraîner.

D'ailleurs, où allons-nous, maintenant ? Pas à La Péniche, je n'en ai plus envie. Chez lui ?

Merde, Sophia !

Je ne sais plus où est mon portable. L'affolement commence à m'envahir quand Tiger pile soudain. Nous sommes dans une rue huppée si j'en juge l'architecture et les enseignes lumineuses de grandes marques accolées sur les devantures.

– On y est, m'annonce-t-il.

– Où ça ?

– Descends, tu verras, m'intime-t-il en faisant de même.

J'essuie mes mains et me redresse. Il m'ouvre la portière tandis qu'un type d'un certain âge se précipite à notre rencontre.

– Bonsoir, monsieur Sexton. Ravi de vous revoir, l'accueille le bonhomme grisonnant en costume.

Puisque Tiger m'enlace, l'attention de l'autre s'arrête sur moi.

– Bonsoir mada… mademoiselle, se reprend celui-ci.

Il vient de réaliser que je ne suis pas Sophia Sexton. J'ébauche un sourire gêné sans comprendre la raison de ma présence, ni de la sienne.

– On vous suit, déclare simplement Tiger.

– Bien, monsieur Sexton, obéit le gars.

– Le suivre où ça ? chuchoté-je à Tiger. C'est qui lui ?

– Le représentant australien de quelques grands concessionnaires de luxe.

Il pose sa paume dans le bas de mon dos pour lui emboîter le pas, mais je me fige.

– Hein ? soufflé-je.

– Automobile. Au fait, quelle est ta couleur préférée ? me demande-t-il au lieu de m'expliquer.

– Attends, je ne saisis pas bien, là. Il vend des voitures, c'est ça ?

– Oui, et il a exceptionnellement ouvert la boutique pour nous ce soir, me confirme-t-il. Alors, tu as une préférence de marque, de coloris ?

Hallucinée, je n'arrive plus à bouger. Ma salive se bloque dans ma gorge, je croise les bras.

– Tu… tu veux m'acheter une voiture ? Là, comme ça, sur un coup de tête ?

– Très perspicace, se moque Tiger, manifestement sans mesurer l'étendue de ma stupeur.

– Non mais tu réalises ? C'est quoi, au juste ? Une rémunération excessive pour une pute ou pour acheter mon silence pour le… truc à La Péniche ?

– Bon sang, Océane ! s'agace-t-il en montant la voix. Que vas-tu chercher là ? Je croyais qu'on avait clarifié ces deux points : je ne te prends pas pour une prostituée. Si ça avait été le cas, j'aurais poursuivi ce que j'ai commencé à La Péniche.

– Alors pourquoi as-tu subitement décidé de claquer une somme monstrueuse pour moi ?

– Parce que je le *peux*. Et je le *veux*.

– Bah moi, je… je ne peux pas accepter ça !

Il prend mon visage en coupe, me fixe longuement.

– On ne refuse pas un cadeau d'excuse, soutient-il. Je t'ai blessée, je tiens à me faire pardonner.

Avec un bolide à je ne sais combien de centaines de milliers de dollars ? Putain, il est sérieux, là ?

Scandalisée, j'en perds mon latin. Le vendeur nous observe, ce qui accentue mon impression de gouffre sous les pieds, celui qui sépare mon monde de celui de Tiger. Nos deux personnalités aussi.

– Donc, c'est plus facile pour toi de me payer un truc hors de prix que de me présenter des excuses ?

Sa bouche s'approche de la mienne. Mon corps, ce traître, se ramollit, essayant de réduire aussi mes neurones en compote.

– Si je dis pardon, tu accepteras mon cadeau ? marchande Tiger contre mes lèvres.

– Non. Tu ne vas pas me… Je n'ai ni envie ni besoin que tu m'offres une bagnole. Je prends les transports en commun, et puis je n'habite même pas dans ce pays. J'en fais quoi au moment de retourner en France ?

Ses paupières se plissent un instant. Il réfléchit ?

– On s'en fout, objecte-t-il finalement. Tu en feras ce que tu voudras. Ce n'est que de la ferraille et quatre roues.

– Oh, non ! C'est insensé ! Je ne veux même pas négo…

Ça finit en baiser indécent, expert. La preuve de son désir inassouvi se presse contre moi. Misère, il est grave excité…

– Allez, sweet Lily… Si on ne traîne pas trop ici, je pourrai t'amener ailleurs.

– À La Péniche ?

Perçoit-il le retour de cette légère crispation en moi ?

– Non. Je regrette d'y avoir dérapé… Je te propose de finir la soirée à un autre endroit. J'aimerais te garder avec moi jusqu'à demain matin.

– On ferait peut-être mieux de rentrer, me ressaisis-je.

Je n'ai donné aucune nouvelle à Sophia depuis ce matin, elle a probablement essayé de me joindre. Et je ne me rappelle toujours pas où j'ai laissé mon téléphone. Dans la Bentley qui m'a conduite à La Péniche, peut-être ?

– Mais on va rentrer, sweetness. Enfin, on va quelque part où je me sens presque chez moi, m'affirme Tiger, la mine mystérieuse.

– Où ça ?

– Ce sera la seconde étape du programme improvisé. On boucle d'abord celle-ci ? Il faut que tu acceptes mon cadeau pour commencer.

– Niet ! C'est moche de me faire chanter comme ça, Tiger, répliqué-je en feignant d'être très outrée.

Il se marre, bien que son regard devienne plus ténébreux.

– Pour ma défense, me répond-il, cette envie de toi me taraude toujours, et je voudrais effacer ce qu'il s'est passé tout à l'heure. Dis oui, Océane. Il ne s'agit que de quelques chevaux sous un capot…

Il minimise, mais putain on parle de bagnole à je ne sais combien ! Hors de question de prendre un « cadeau » aussi faramineux. Excuse ou pas, dans mon monde à moi, cela reste disproportionné, carrément hallucinant même ! Alors, je persiste :

– Non.

Étourdie, je me demande si mon refus concerne le bolide, le fait de recoucher avec lui ou les deux ? Peut-être se le demande-t-il aussi ? Cependant, Tiger est un adversaire qui ne s'arrête que quand il a gagné. Je commence à le réaliser pleinement.

– Tête de mule, me gronde-t-il tout bas. Tu sais que dans certaines cultures, c'est une grave offense de dire non quand on t'offre un présent ?

Je fais tout pour tenir bon et me défiler.

– Bien essayé, mais c'est toujours non, déclamé-je en riant. Et j'ai un délicieux dessert au chocolat qui m'attend. Je préfère ce genre de cadeau… Si tu veux en avoir, je te conseille vivement de ranger ta carte bancaire et de ramener ton beau cul dans la voiture.

Il hausse les sourcils, surpris puis amusé par la dernière phrase. J'en profite pour m'éloigner, l'incitant à lâcher l'affaire et me suivre. Je le vois échanger quelques mots avec le vendeur. L'espace d'un instant, je redoute qu'il soit en train d'aller quand même au bout de sa démarche. Mais il pivote finalement. Ouf !

Le regarder revenir affole mon esprit. En dépit de… l'incident, notre attirance ne s'est pas évaporée. Mais qu'est-ce que je veux, moi ? Je ne peux m'empêcher de m'interroger sur ce qu'il se serait passé à La Péniche si j'avais laissé Tiger continuer… Bloquée, les lèvres écartelées, son sexe au fond de ma gorge…

Ça devrait me flanquer la frousse et me faire fuir. À vrai dire, ça a été mon premier réflexe : dire stop et me barrer. Pour de bon. Alors qu'est-ce que je fous ? Cela m'embrouille lorsque nous reprenons la route comme si de rien n'était. Je picore un peu. Il ne parle plus de cadeau démesuré. Il se contente de me réclamer des bouchées en conduisant, l'air de ne pas se préoccuper une seule seconde que je ruine l'intérieur de sa caisse luxueuse.

Bientôt, nous pénétrons dans le CBD au cœur de Sydney. Nous nous engouffrons dans le parking souterrain d'un gratte-ciel portant le logo TS Naval. Je me tourne vers Tiger.

– Vous fantasmiez de m'amener dans votre bureau ou vous voulez m'intimider, monsieur Sexton ? le charrié-je.

Il essaie de réprimer son amusement mais il ne réfute aucune de ces deux possibilités. Nous sortons. Il verrouille son bolide, me dévore du regard.

***

Tiger

Ma paume se pose sur la chute de reins d'Océane, je la guide vers l'ascenseur sans répondre à ses suppositions. Elle ne me fuit plus. Putain, elle a baissé la garde et ça ne m'aide pas à combattre cette envie croissante d'elle. Dès la fermeture des portes, ma bouche se colle à la sienne. Elle est appétissante, avec une saveur de frites en prime. On ne parlera plus. Je n'accorderai plus de temps à des bla-bla superflus. Je veux que nos corps s'emboîtent, afin que je puisse enfin jouir en elle. Libérer tout le plaisir que cette sublime créature m'a empêché de lâcher durant ces dernières heures.

Cet unique objectif m'anime quand nous atteignons le penthouse et accédons à mon appartement de fonction. Celui qui me sert lorsque j'ai trop de boulot et pas la possibilité de passer « à la maison ». Océane et moi titubons, je continue de l'embrasser. Le sac du restaurant lui échappe des mains, ses doigts s'enfoncent dans mes cheveux. Et ce signe de craquage me rassure, bordel. J'avais la trouille qu'elle ne veuille plus, qu'un truc se soit éteint après mon…

Avide, je pétris ses fesses, la love contre mon érection. Le canapé nous bloque dans notre progression. Très vite, je ne tiens plus, nous n'arriverons jamais dans la chambre à ce rythme. Je la retourne, bascule son buste sur le dossier du sofa.

– Putain, cette robe…

Fou de désir, je commence à retrousser le cuir sans lui ôter cette merveille. Juste pour me frayer un chemin… J'ouvre ma braguette, empoigne sa croupe d'une main et m'immisce en elle. Une fournaise humide, délicate et veloutée enveloppe mon membre raidi.

Arf, elle m'assassine !

J'attrape fermement ses hanches pour accélérer. Ses gémissements emplissent ma tour de contrôle, se réverbèrent en moi. Elle m'enserre, m'abrutit de plaisir.

Et l'apothéose me prend au dépourvu quand je ressens ses premiers spasmes autour de mon pénis. Je relâche enfin la pression dans une plainte gutturale. Son orgasme s'écoule sur nous deux et mon sperme en elle.

C'est tout ce qu'il me fallait, putain !

***

À sept heures moins le quart, mes yeux s'ouvrent. L'espace d'un instant, je tente de me repérer, de savoir où je suis et sous quel fuseau horaire.

Sydney, mon appart de TS Naval et cette croupe tiède et douce contre moi qui appartient à… Océane. Je l'ai épuisée, et je n'en éprouve aucune culpabilité. Bien au contraire… Elle bouge à peine lorsque je sors du lit. Le souvenir de la nuit dernière inonde mon esprit. Le canapé, la douche, le dessert chocolaté, le tapis… Ensuite, je l'ai transportée dans mon lit. Elle était HS. Un sourire fleurit sur mes lèvres en y repensant.

C'était une idée périlleuse de m'obliger à ne pas éjaculer en début de soirée, mademoiselle Rousseau. Je crois que tu ne recommenceras plus, vu mon déchaînement après…

Il me faudra au moins un litre de café aujourd'hui. Je pars prendre ma douche, renonce à raser ma barbe naissante. Après m'être habillé pour le travail, je reviens dans la chambre. J'observe longuement Océane, couchée sur le ventre. Ses longs cheveux emmêlés cachent partiellement son visage, son corps presque entièrement découvert est de travers avec la couette à moitié tombée par terre.

Je payerais cher pour m'offrir un tableau aussi splendide.

J'évite de la réveiller et choisis de lui griffonner un mot. Je passe quelques coups de fil la concernant, avant de gagner mon bureau. Pas de bouchon, pas de trajet, juste l'étage inférieur.

– Bonjour, monsieur Sexton, m'accueille Anaïs. Vous… vous avez de la visite. Elle a dit que vous…

– Ty ? Enfin ! la coupe Sophia.

Eh merde ! Je n'ai pas encore eu ma première dose de caféine. Je hoche la tête pour détendre Anaïs et lui demande de m'apporter un double expresso.

– Très bien, monsieur Sexton.

Sophia me précède dans mon bureau, manifestement à cran.

– Qu'est-ce que tu fais là ? lui dis-je une fois la porte refermée sur nous.

– Qu'est-ce que je fais là ? s'emporte ma chère et tendre pendant que j'appuie sur le bouton qui opacifie les parois vitrées. Il n'y a qu'à ton travail que je puisse être sûre de te débusquer. Je ne savais même pas si vous aviez quitté la ville ou le pays pour une escapade.

– Bah tu vois, je suis toujours là, répliqué-je avec calme.

– Il se passe quoi exactement, Ty ? Où est-elle ? Pourquoi aucun de vous deux n'a daigné répondre à mes appels ?

Je me campe au milieu de la pièce, fourre les mains dans mes poches tandis que mon épouse me fusille du regard.

– Réponds ! s'irrite-t-elle.

– Cette discussion n'a pas lieu d'être, Sophia. Pas dans un couple comme le nôtre, pas quand c'est toi qui m'as littéralement amené cette femme.

À ces mots, elle fonce vers le coin salon de mon bureau et réduit un vase en miettes sur la table basse. Génial, mes employés vont avoir droit à une scène.

– Si ! Parce qu'il y a quand même des limites, tu te souviens ? Et tu es en train de toutes les enfreindre les unes après les autres à vitesse grand V. Tu le fais exprès, n'est-ce pas ? Elle ne compte pas, c'est juste pour me faire mal, hein ?!

– Tu te fous de moi ? *Tu* as embauché Océane… Probablement en t'imaginant qu'elle ne représentait aucun risque pour toi. Contrairement à ce que tu as soutenu à Murphy, tu comptais te servir d'elle pour me faire fléchir, je me trompe ? Un troisième élément qui serait aussi proche de toi que de moi… Non, tu l'espérais sans doute *plus proche de toi* afin qu'elle soit facile à gérer.

– En effet, je l'ai embauchée. Alors où est-elle ? se braque Sophia sans admettre mon hypothèse. Tu es resté avec elle toute la nuit ? Ou tu lui as laissé des liasses sur la table de chevet d'une suite d'hôtel après t'être lassé d'elle ?

Ce qui de son point de vue devait être un « handicap » pour Océane – son inexpérience et sa simplicité – la terrifie désormais ? En tout cas, il n'est pas question de dresser à Sophia un rapport détaillé de ce que je fais ou ne fais pas avec « l'autre femme ».

– Peu importe, soutiens-je sans lui fournir le moindre éclaircissement. Elle rentrera dans la matinée. Maintenant, j'ai du boulot. Toi aussi, n'est-ce pas ? écourté-je posément.

– Non, je veux savoir… Qu'est-ce qu'elle a de plus, Ty ? C'est juste une petite blonde. Jolie, OK, mais trop différente de ce qui te…

De ce qui me quoi ? Me maintient dans la zone ténébreuse comme ce serait le cas avec des pros du sexe tarifé ?

Excédé, je frotte ma barbe pour modérer ce que je vais lui sortir. J'inspire, expire et lâche en me dirigeant vers la porte :

– Ça devient ridicule. On a terminé, Sophia.

– Non, on en est loin. Tu es peut-être inatteignable aux yeux de tous, mais n'oublie pas que moi, je connais ton point faible… Et Océane, le sait-elle ?

Mâchoires scellées, mon regard se durcit.

– Sors d'ici, ordonné-je.

Je n'aime pas le sourire qui s'affiche sur ses lèvres, néanmoins je refuse de ployer, de montrer un quelconque signe d'émotion.

– Bien sûr qu'elle l'ignore, se réjouit Sophia. Tu baises, tu ne te livres pas. Hein, Ty ?

Respire calmement et maîtrise-toi, Tiger…

– Parfait ! décrète-t-elle. Tu n'es pas maître de la situation, c'est toujours moi. Et je peux tout faire imploser si tu ne commences pas à te sevrer d'elle.

– Tu me menaces, Sophia ?

– Non, je t'avertis, mon cher mari. J'ai changé d'avis, j'ai eu tort d'inviter Océane à se joindre à notre couple. L'essai n'est pas concluant, elle doit s'envoler.

Mes paupières se plissent, mes poings se serrent. Une colère sourde grogne en moi que seule l'arrivée de mon assistante avec le café me permet de contenir. Anaïs et Sophia se croisent, l'une se décale en bafouillant des excuses, l'autre lève fièrement la tête et martèle le sol de ses *stilettos* en s'éloignant.

En effet, Sophia pourrait mettre en péril un tas de choses si elle disjonctait pour de bon…

Sa menace s'enracine dans mon crâne. Je prends sur moi. Même si j'ai subitement envie de fracasser quelque chose. Et de préserver Océane de tout ce merdier.

38

Océane

Je m'étire paresseusement. Punaise, les courbatures ! Tiger m'a pulvérisée ! Mon corps est en vrac. Merveilleusement comblé aussi. Est-ce mal de ressentir cette plénitude après une telle nuit de débauche ? Chaque parcelle de mon épiderme porte l'empreinte visible ou invisible de ses doigts, de ses lèvres, de sa langue, de sa peau consumant la mienne. Chaque petite douleur musculaire me rappelle sa fougue déferlant sur mon corps et au creux de moi.

Ma jambe part à sa recherche sous la couette. Il est peut-être crevé et profondément endormi ?

La place est vide à mes côtés. Où est-il ? Quelle heure est-il ? Suis-je obligée d'ouvrir les yeux ? Je suis tellement bien…

– Bonjour, retentit la voix rauque de Tiger.

– Pourquoi t'es pas dans le lit ? marmonné-je en m'étirant à nouveau. Pour me faire un loooong massage, par exemple…

Mes paupières se soulèvent pour le chercher. Toute son attention – brûlante – est focalisée sur moi, même s'il est habillé et un peu trop sérieux à mon goût. Mes joues recommencent à chauffer, je me redresse en dissimulant ma poitrine. Par pur réflexe de pudeur qui n'a plus de raison d'être. C'est un peu déstabilisant de me réveiller en tenue d'Ève dans les draps de Tiger, au sommet de son gratte-ciel et de le découvrir en costard cravate, en train de me contempler depuis je ne sais combien de temps. Il déborde de charisme, frais et dispos, trop sex…

Bordel, je vire nympho ?

Mes pensées coquines empourprent mes joues alors que lui ne se montre pas entreprenant comme il sait si bien l'être d'habitude. Je refoule la minuscule pointe de déception qui me titille. Le désir instantané entre nous semble fonctionner à sens unique. Désarçonnée par ce constat, je m'efforce de paraître désinvolte.

– Déjà prêt à aller bosser ? dis-je.

Les mains dans les poches, il ferme brièvement ses paupières, mordille sa lèvre inférieure. Je me crispe imperceptiblement. Il regarde sa montre.

– En fait, je reviens de mon bureau.

– Oh… il est quelle heure ?

– Onze heures cinq.

– Zut ! J'ai dormi trop longtemps. Est-ce que Sophia a…

Je ne termine pas ma phrase. La distance polie instaurée par Tiger m'affecte bien plus que la probabilité d'avoir loupé un ou deux SMS de sa femme.

– Où est mon téléphone ? murmuré-je.

Tiger s'avance et me tend l'objet.

– Un employé me l'a apporté, affirme-t-il, toujours aussi déroutant dans son attitude. Pour ce qui est de Sophia… Tu n'as plus de comptes à lui rendre.

J'écarquille les yeux.

– Pour… pourquoi ?

– Parce que je révoque ton contrat, tu n'es plus notre jeune fille au pair.

– Quoi ?

Dans l'incompréhension, je le dévisage sans pouvoir émettre un autre son, le cœur battant la chamade.

– Tu n'es plus sous contrat, Océane. Plus aucun engagement envers nous.

– Je ne comprends pas.

Cet ascenseur émotionnel inattendu assèche ma bouche. Une boule se forme dans mon ventre. Réaction minable et pourtant réelle ; je suis déboussolée, en proie à des regrets naissants. Est-ce mon ego qui en prend un coup ? Comme si je l'avais laissé m'utiliser et qu'il me jetait maintenant. Sans que j'aie rien vu venir. Au contraire, son ardeur d'hier soir m'a fait me sentir plus désirée que jamais.

Qu'est-ce qui a changé entre-temps ?

Mon assurance bat de l'aile, mes méninges buggent. Une sorte de tumulte se déclenche en moi. Tiger passe la main dans ses cheveux, ses traits se durcissent. Il gomme toute la fièvre qui a pu y ondoyer pour laisser place à une espèce d'indifférence insupportable.

– C'est juste fini, Océane, soutient-il.

Non. Non, ça ne peut pas survenir aussi brutalement.

Les signaux contradictoires m'embrouillent les neurones. Je répète :

– Fini ? Comme ça ?

– Oui. On s'est bien amusés, mais maintenant tu peux déchirer ton contrat et ne plus tenir compte de l'avenant. Tu n'habiteras plus chez nous non plus. Je peux t'offrir un appartement en compensation, Anaïs va contacter un agent immobilier.

Je reste scotchée un instant avant de bondir du lit, drapée dans la couette.

Je me rebelle malgré ma confusion.

– Stop ! Tu es sérieux, là ?

– Je me devais de te le dire en face, enchaîne Tiger, imperturbable, d'où mon retour dans cette chambre en milieu de journée.

– Waouh ! Donc tu peux oublier d'être un gentleman quand tu baises, m'étouffer durant une fellation, mais tu te dois de congédier avec classe ? ironisé-je.

La mention de son dérapage semble produire l'effet escompté ; il enfonce les doigts dans sa tignasse, prend quelques fractions de seconde pour encaisser. Seulement, ça ne me soulage pas, moi ! Non, je bouillonne. Ma colère balaie l'incompréhension face à ce rejet brutal et inexplicable. J'ai envie de le bousculer pour effacer ce putain de flegme qu'il affiche.

– Tu te fous de ma gueule, Tiger ? m'emporté-je en pressant le duvet autour de moi.

Fragilisée, bafouée, utilisée et balancée à la poubelle en un claquement de doigts. Bordel, ça ne peut pas m'arriver à moi ! Même pas par un milliardaire canon et libertin.

Je déteste ce choc qui me bousille de l'intérieur. Je me rappelle encore leur insistance, à Sophia et lui, les efforts qu'ils ont fournis pour m'attirer dans leur vie. Je me souviens des objections que ma raison me soufflait pour ne pas céder à leur offre indécente.

Et j'ai cédé. Je l'ai laissé me prendre pour une… Bordel de merde ! Je ne sais même pas !

– Alors c'est comme ça ? me braqué-je. Il n'y a plus de défi à relever ? Tu m'as eue et point final ? J'ai été un trophée pour un mec qui a besoin de gagner et à qui personne ne dit jamais non ?

– Écoute, Lily, je…

– Ne m'appelle plus ainsi ! Tu m'entends ? Fini les Lily, bourgeon et autres conneries ! Fini mon « statut » de passe-temps pour une épouse de riche arrogant qui s'emmerde dans sa cage dorée ! Ou de joujou dans votre couple libertin ! m'écrié-je en allant le braver de plus près.

Mon ton monte dans les aigus pour tenter de masquer les larmes qui menacent de terrasser ma voix. Je ne veux pas craquer devant lui, pas de cette manière-là. Je suis trop touchée dans mon amour-propre pour ça. Les mâchoires de roc, Tiger ne bouge pas d'un iota. Comme s'il était imperméable à ma fureur.

– Ne te mets pas dans cet état, m'intime-t-il sans se démonter.

Ce sang-froid m'achève. Ma gifle part toute seule, cuisante, enragée, incapable d'effacer le sentiment douloureux de trahison qui germe en moi.

Je recule, sonnée. Je ne comprends pas. Je ne reconnais ni la nana que je suis devenue à leur contact, ni celle qui souffre d'admettre qu'elle se doutait d'un coup pareil. Une part de moi savait que, un jour, tôt ou tard, cela tournerait court. Seulement, je n'avais pas prévu ce revirement le lendemain d'une nuit débridée en compagnie de Tiger. Quand il a passé des heures à m'enduire de chocolat pour me bouffer, à me prendre avec une fougue sans cesse réactivée, démultipliée. Comme s'il en voulait toujours plus de moi, et…

Mais oui, c'était ça !?

La Péniche, le relooking, la voiture de luxe, il s'agissait du bouquet final ! Une peine sournoise me transperce, s'ajoutant au tsunami qui me dévaste. Donc le pseudo « avenant » n'était autre qu'un leurre pour me mettre en confiance et me baiser dans tous les sens du terme ?

– Je n'en reviens pas ! éructé-je.

Il tente de me toucher. Je le feinte, piquée à vif, et je hurle :

– Ne m'approche plus ! Je n'en reviens pas d'être tombée si bas. C'est moi qui t'ai facilité la tâche. Je me suis donnée…

Ma gorge se noue à ces derniers mots. Je m'éloigne de lui. Un sanglot monte en moi, je flippe qu'il n'explose devant Tiger. Je ne lui ferai pas ce plaisir, je ravale mes larmes de défaite, le regarde longuement. La pauvre idiote en moi espère encore qu'il se défende, me contredise. Je n'ai droit qu'à son silence, maîtrisé, blessant.

Il n'en a rien à faire. Il n'en a rien à foutre de moi, en fait ! Le jeu ne l'éclate plus, tout simplement.

– Tu… commence-t-il.

Puis il s'interrompt, crispe ses mâchoires.

– Anaïs va t'apporter une tenue plus… convenable, me débite-t-il. Un chauffeur t'attend dans le parking souterrain. Ils restent tous à ta disposition si tu as besoin de…

– Tais-toi ! Putain, si c'est pour me sortir de telles banalités sans rien justifier, ferme-la !

Tiger Sexton est trop puissant pour fournir des explications à une fille qu'il n'a plus envie de sauter. Putain, je n'ai jamais été autant humiliée depuis mon adolescence. Ça fait mal, trop mal !

Je tourne les talons, m'engouffre dans la salle de bains. Je ferme à clef et presse mes mains tremblantes sur ma poitrine. Qu'est-ce qui m'arrive, punaise ? Je frissonne de partout, je n'arrive plus à réfléchir.

***

Le temps s'écoule, je m'enracine dans le penthouse, tentant de garder des nerfs d'acier, de me retenir de revenir sur ma décision.

« Elle doit s'envoler… »

J'expire, reprends une longue inspiration. Je chope l'avenant. Par chance, Océane n'a pas eu le temps de le signer. Mon poing se serre sur les papiers. Je quitte cet endroit avant de commettre un faux pas et repars dans mon bureau. Je dois enfin choper les fils de pute que je traque et briser les carcans ! C'est le premier et plus gros obstacle…

Mon assistante est occupée à ramasser les débris de verre et affaires que j'ai envoyées valser un peu plus tôt après le départ de Sophia. Maintenant, je suis dans la maîtrise. Ne plus rien ressentir pour garder la tête froide. J'annonce :

– Annule tous mes rendez-vous, Anaïs. Je suis indisponible jusqu'à nouvel ordre.

– Je m'en charge, monsieur Sexton.

Elle s'empresse d'accéder à ma demande sans poser de questions. Je regagne ma voiture en conservant un calme apparent. Je démarre, mais l'odeur persistante de frites dans l'habitacle n'arrange rien.

La jolie Française en train d'en engloutir envahit mon esprit.

Ma respiration se dérègle, j'augmente la vitesse. Trop de choses encombrent mes pensées. Il faut trier, classifier et avancer. Toujours.

J'arrive dans ma propriété. Sophia n'est pas revenue. Tant mieux, je ne suis pas d'humeur. Et j'espère que le temps qu'Océane vienne récupérer ses affaires, je serai loin.

– Ty ? Océane ? Vous êtes rentrés tous les deux ? claironne Sophia dans les escaliers.

Eh merde !

J'attrape deux, trois trucs dont mon passeport. Ses pas se rapprochent. Elle appelle nos deux prénoms, sans succès. Une employée de maison semble lui répondre quelque chose. Elle se dirige maintenant dans ma direction. Je sors et l'intercepte sur le seuil de ma chambre.

– Ty, tu es là.

J'esquive sa main, encercle son poignet et lui réserve un regard perçant.

– Ça y est, ta petite crise est passée ?

– Ty, je voulais juste…

– C'est moi qui parle, maintenant, Sophia. Ne t'avise plus jamais de me menacer ainsi.

Mon visage se rapproche du sien, nos souffles se mêlent.

– Plus jamais, lui redis-je dans un murmure. Parce que j'agirai en conséquence, même si tu portes mon nom.

J'avance, la poussant à en faire de même, à reculons jusqu'à ce que son dos se plaque contre le mur et que mon corps, lui, fasse barrière.

– On s'est bien compris ? reprends-je.

Sophia tente de me tenir tête mais son regard se trouble. Elle se craquelle, ça se voit. Ce vernis de femme forte, pétrie d'assurance, ne fonctionne pas avec moi. Elle le sait, puisque cette couche de protection n'existe que grâce à moi. Il me suffit de gratter un peu la surface lisse pour retrouver ce qu'il y a en dessous : la fille parmi tant d'autres que je baisais dans des orgies.

Un objet sexuel, dévoué et sans volonté propre à une certaine époque…

C'est moi qui ai décidé de prendre soin d'elle, de l'extirper de cette existence-là, de tenir une putain de promesse… Dans mes yeux assombris, Sophia se rend compte à quel point je fais tout pour me contrôler à cet instant. Elle déglutit et finit par acquiescer.

– Je suis désolée d'en être arrivée là, Ty.

– Non, tu ne l'es pas. Tu as cherché à me manipuler pour obtenir ce que toi tu veux. Cela dit, c'est mon unique avertissement : ne retente plus jamais ce que tu as fait dans mon bureau ce matin.

– Je voulais… se plaint-elle, l'intonation basse. J'espérais te faire changer d'avis, raviver notre couple, te redonner envie de…

J'avais raison, et Murphy s'est magistralement planté ! Elle confirme enfin mon hypothèse.

Je la laisse poursuivre sans commenter.

– Je ne veux pas que… Ça me manque, Ty. C'était tellement mieux. Byrne, Annie, toi et moi… Tu me manques. On n'est plus en phase et je me sens seule, atrocement seule.

Je la libère abruptement, remets de la distance entre nous. Elle s'accroche à un pan de son passé complètement révolu.

– C'est toi que je veux. Et tu as promis, Ty, me rappelle-t-elle.

– Je n'ai pas oublié… Et crois-moi, je fais de mon mieux pour tenir cette putain de promesse. Je touche même au but.

– Comment ça ? Tu… tu parles d'Annie ? De Byrne ? Tu as découvert quelque chose ?

– Possible. Tu le sauras en temps et en heure, j'attends de mettre tous mes pions en place pour pouvoir agir. En attendant, on fait ce qu'on a toujours fait, toi et moi : chacun s'en tient aux attentes que l'autre avait quand on s'est mariés.

– Mais les attentes évoluent, Ty. Les tiennes sont allées dans un sens et les miennes dans un autre… Je veux qu'on recommence, qu'on…

– Arrête ! Bordel, arrête Sophia !

Je refuse de m'aventurer sur ce terrain miné aujourd'hui. Mais les années de thérapie de Sophia et tous les efforts investis dans ce fichu mariage me poussent à la jouer finement. Autant lui accorder au moins une victoire : si ça l'obnubile tant d'écarter celle par qui elle se sent menacée à présent, de vouloir que cette nouvelle *sœur* qu'elle a essayé de se faire s'envole, alors je dois sortir Océane du tableau. Urgemment. Je le lui annonce de la manière la plus détachée possible :

– J'ai mis un terme au contrat de la jeune fille au pair.

Surprise, Sophia bat des cils. Aujourd'hui, nous sommes coincés dans cette foutue promesse, et ce mariage. Cette liberté octroyée à l'autre, ce libertinage assumé ne suffiront jamais à l'occulter totalement.

Je tiendrai parole.

– Elle me faisait un peu penser à Annie… J'aurais aimé que ça marche.

Raide et mentalement épuisé, je complète :

– Mais tu n'y arrives pas.

– Non, admet Sophia. Quand est-ce que tu as congédié Océane ? Hier soir ? Aujourd'hui ? Je me suis inquiétée pour rien ?

– Peu importe. C'était voué à l'échec.

Du moins pour toi. Parce que moi, elle m'a fait du bien. Un putain de bien, cette nana…

Je m'abstiens de river son clou à Sophia en lui disant cela. Elle oscille déjà entre le soulagement de ne plus voir Océane obtenir de moi ce qu'elle-même trime à avoir depuis des années et la tristesse de perdre celle qui commençait à combler un autre vide en elle.

Tout concilier devient improbable, autant se rendre à l'évidence.

– Elle passera prendre ses affaires dans la journée. Je ne veux pas être là quand elle le fera, conclus-je. Il serait mieux que tu ne sois pas présente non plus, Sophia. Ne faisons pas plus de dégâts. Laisse-la juste sortir de notre vie, OK ?

– OK. Tu m'emmènes où, dans ce cas ? marchande-t-elle, pleine d'espoir.

Nulle part…

J'ai besoin d'une retraite en solitaire, de sortir d'ici, d'appeler mon pilote et décoller dans l'heure. Je dois faire le point, éviter de commettre une autre erreur. Et voir de mes yeux ce que mon staff de mercenaires m'a dégoté. Les rapports et coups de fil ne suffisent plus, je veux du concret, foutre mes mains dans le cambouis.

Mais il y a un hic. J'ai reçu le résultat des recherches entamées par mon équipe après les changements récents dans le comportement de Sophia et ma discussion avec Murphy l'autre soir. Depuis les deux derniers dérapages de Sophia, un expert informatique de TS Naval surveille ses faits et gestes. Téléphone, ordinateur… Car si nos gardes du corps n'ont rien vu venir, tout comme moi, c'est que le problème est tapi ailleurs. Dans la Toile, peut-être ? Tout porte à croire qu'une personne de son passé a réussi à reprendre contact avec elle, à mon insu. Une perspective dangereuse que je tente encore de jauger.

Qui ? Comment ? Dans quel but ? Et surtout, pourquoi maintenant ?

C'est comme si une bombe à retardement s'était simultanément enclenchée au moment où moi, je me rapproche des enfoirés traqués par mes mercenaires. L'arrivée d'Océane a juste aggravé cette faille sous-jacente. Ça devient un cocktail explosif.

Bref, laisser Sophia seule à présent serait une très mauvaise idée. Entre le mix médocs/alcool qu'elle a retenté, ses sautes d'humeur de tout à l'heure et le vocabulaire qu'elle a employé concernant Océane, je vois qu'elle est à nouveau fragile. Beaucoup trop instable et vulnérable.

Il ne faut pas que cela empire. Surtout pas maintenant, alors que je suis si proche du but. Je lui avoue à contrecœur :

– Je vais avancer mes rendez-vous en Europe.

Elle fait la moue, puis se détend un peu plus.

– L'Europe ! Oui, j'y trouverai de quoi m'occuper, s'extasie-t-elle. Ce sera peut-être l'occasion de passer voir l'exposition organisée par Lilas Hood, si tu as le temps de m'accompagner ?

Ce n'était clairement pas dans mon programme. J'ai d'autres priorités. Pas de mondanités. Pas d'obligation de me comporter en bon époux bien sous tous rapports devant la presse en enlaçant ma femme que je ne touche plus vraiment depuis une éternité.

Non. Ce dont j'avais envie, c'était d'une blondinette en particulier. J'aurais préféré l'avoir, elle, avec moi en Europe, comme prévu au départ. Me battre férocement, OK. Mais avoir mes accalmies avec Océane quand mes nerfs seraient mis à rude épreuve.

Mais il est crucial de garder Sophia à l'œil… Et de savoir si quelqu'un s'emploie à perturber son équilibre et ruiner des années de thérapie comme je commence à le soupçonner…

J'humecte mes lèvres et opine en silence. Sophia me remercie avec un petit sourire.

– Accorde-moi cinq minutes pour me préparer, s'emballe-t-elle. Je me dépêche.

J'en profite pour contacter le psy. Murphy sera de la partie, je vais avoir besoin de lui pour canaliser les actuelles et futures réactions de ma femme.

Quant à moi, il faudra que je sorte Océane de mon crâne maintenant. Si le dernier verrou devait sauter à la fin de ma guerre, ce serait trop violent pour elle…

IV

DEUXIÈME VERROU FRACASSÉ

Satanés débris ! Elle n'a pas sa place dans ces décombres. Ma cervelle le sait. D'autres parties de mon anatomie ne parviennent juste pas à respecter cette précaution. Que puis-je verrouiller maintenant ?

39

Océane

Garder la tête haute. Garder la tête haute, quoi qu'il m'en coûte.

Escortée par Anaïs, l'assistante de Tiger, je me répète ce nouveau leitmotiv encore et encore. Pour ne pas chavirer, ne pas me ridiculiser. J'entendrais presque ricaner la mère de Romain avec un « Bien fait pour toi, traînée ! C'est ton karma ! ». Non, personne n'a besoin de savoir que je viens de subir une deuxième humiliation cuisante après celle que cette dame m'a réservée quand j'avais 16 ans. Celle-ci me blesse d'une manière différente mais tout aussi insoutenable.

Seulement, je ne le montrerai pas. J'ai peut-être pleuré sous la douche, je patauge peut-être encore dans l'incompréhension et la douleur, mais je ne me donnerai pas en spectacle devant l'un des salariés dévoués de M. Sexton.

Je n'ai qu'une hâte : prendre tout ce qui est à moi, laisser tout ce que ce couple a payé pour moi, y compris les fringues de rechange que je porte, et m'en aller le plus loin possible d'eux. Après, je pourrai hurler, m'en vouloir et tirer les leçons de cette expérience foireuse.

Dans le parking souterrain, l'assistante m'adresse un sourire poli. Un chauffeur m'ouvre la portière arrière aux vitres teintées d'une Bentley de Tiger. Je ne prononce pas un mot. Ma gorge est trop nouée. Et puis m'efforcer de conserver des miettes de dignité requiert toutes mes forces.

Garder la tête haute. Ne pas craquer.

Hélas, une fois assise dans la voiture qui démarre, mes larmes coulent. De rage, de regret, de… chagrin aussi ?

Putain, qu'est-ce qui ne tourne pas rond chez moi ? Pourquoi ai-je accepté ça ?

Je ferme les paupières et me revois à Paris, le jour de mon départ pour l'Australie. Ce voyage dont je rêvais depuis tellement longtemps. Le luxe de ne plus trimballer mon passé, de m'affranchir du poids de mes erreurs d'adolescence.

« Tu as du bol de partir vers une contrée ensoleillée et exotique », me disait Myriam, l'une des rares parmi les éducateurs du foyer à m'avoir soutenue durant le procès et après. « Tout se passera à merveille, tu es quelqu'un de bien, Océane. Tu dois te pardonner à toi-même, cesser de te punir pour ce qui s'est passé. Tu as le droit au bonheur toi aussi, et de t'amuser, OK ? »

J'ai acquiescé sans en être convaincue. Puis petit à petit, durant le vol interminable, j'ai commencé à m'accrocher à ces paroles.

Myriam n'a cessé de me pousser à revivre pleinement, à profiter de ma jeunesse au lieu de ruminer mes faux pas. Voilà où cela m'a menée de me lâcher. Faut toujours que je fasse des choix désastreux, c'est affligeant !

J'ai encore tout loupé !

J'essuie rageusement mes larmes. Certains mots vous laissent autant, voire plus de séquelles que les coups. Romain est en fauteuil roulant suite à un tabassage des plus barbares, et moi je me démène avec le poids des propos tenus par sa mère et ma culpabilité. Ma propre maman serait sans doute déçue de mes choix. De tous mes choix. J'ai encore traîné avec les mauvaises personnes et commis des erreurs à la con pour me sentir… entourée, intégrée. Pour un peu d'affection, d'amitié, d'attentions… Ce besoin débile de compter pour une autre personne m'a trop souvent poussée à croire à l'impossible, et je fais n'importe quoi.

Comme à Paris.

Je renifle et regarde la circulation défiler à travers la vitre. À cause de mon rapprochement avec Tiger ces derniers temps, j'ai mal interprété les signaux. Je me voyais « meilleure » dans ses yeux, importante, désirable et digne de leur confiance, à Tiger et Sophia. La solitude de Sophia faisait écho en moi. Je connais ce sentiment de vide, avoir peu de gens à qui s'attacher sans craindre de les perdre.

Non ! Ressaisis-toi, bordel ! C'était trop beau et hors des clous pour durer. Et peut-être que tu as un karma pourri, après tout.

En fait, je m'en veux autant que j'en veux à ce couple obtus. Non, à Tiger en particulier. Pourtant personne ne m'a forcée – comme avant –, je me suis juste fait des illusions à la noix ! Toute seule !

J'essaie de sécher mes larmes et de faire semblant d'encaisser. Nous approchons de la propriété des Sexton. À l'arrivée, j'ai du mal à gérer mes appréhensions en montant chercher mes affaires. Et si je tombais sur l'un des deux ? Réussirai-je à ne pas flancher ? Heureusement, non, tout est silencieux. Même Peter est encore plus discret que d'habitude.

Est-ce qu'il sait que son boss a couché avec moi et ne supporte plus de me voir ? Est-ce qu'il a reçu des consignes pour me virer de là si je traînasse dans les parages ?

Bon sang, j'ai la sensation d'être redevenue une moins-que-rien. Rabaissée, rejetée après m'être trop investie.

– Bonjour, mademoiselle Océane, me salue Peter, toujours respectueux au moins. Si vous avez besoin d'aide ou de quoi que ce soit, je…

– Ça ira, Peter. Merci, réponds-je avec un sourire fané.

Je ravale mon amertume, tente de me blinder à nouveau. Comme à chaque étape de ma vie où cela a été nécessaire. Apprendre à me détacher encore une fois et à changer d'horizon. Dans la chambre, je trouve la force de passer un coup de fil à Louane. Je laisse un message sur son répondeur :

« Salut, ma poulette, c'est Océane. Je voulais juste te faire un petit coucou. Désolée d'avoir été un peu indisponible ces derniers temps… »

Parce que je me suis laissé impressionner et appâter par une existence de rêve. Mais c'était éphémère et sans une once de sincérité.

« On s'est bien amusés… », comme il l'a dit. Maintenant, je redescends sur terre, retour à la vie normale, avec des gens ordinaires et mes casseroles.

Non.

Je secoue la tête, m'autocensure et poursuis mon monologue sur la messagerie de Louane.

« Je… on pourra se voir bientôt si tu veux. Je n'ai plus de boulot et je suis un peu plus libre. À bientôt, miss. Bisous. »

Je raccroche avant que ma voix ne se fissure. Abattue, je commence à ramasser mes effets personnels. Je me change, pressée de me débarrasser du moindre élément provenant de ces gens. Par contre, j'ignore comment gommer les traces en moi, celles qui ne se voient pas. Et que Tiger a semées un peu partout sur ma peau. Sous ma peau.

J'aimerais ne plus rien ressentir. Ne plus avoir ce pincement au cœur quand je repense à son indifférence de tout à l'heure, alors que son odeur m'imprégnait encore.

Arrête-toi, bon sang ! Ne te fais pas souffrir, pas pour ça ! Il n'en vaut pas le coup.

Malheureusement, mon cerveau n'est pas en phase avec le reste de mon corps. La peine et l'humiliation sont trop fortes pour être muselées. Je m'empresse d'en finir avec mes bagages pour filer avant d'éclater en sanglots.

Plus jamais je ne permettrai qu'on me fasse un truc pareil !

***

Tiger

Océane… Est-ce qu'elle tient le choc ? Non, focus ! Je ne peux pas rétropédaler. Plus maintenant.

– Monsieur Sexton ! s'écrie tout à coup Anaïs, tout essoufflée.

J'écrase ma énième clope dans le cendrier que me propose le steward tandis que mon assistante me rattrape sur le Tarmac. Fumer pour contenir mes nerfs ne marche pas vraiment. Et Sophia m'attend dans le jet, pendue à son téléphone pour prévenir Lilas Hood de notre prochain séjour à Paris. Certes, il est nécessaire d'avoir Sophia avec moi, même si je n'ai aucune envie de me retrouver en huis clos avec elle. J'ai surtout besoin d'espace et de m'éloigner avant de commettre l'impair de trop avec Océane. Cette rupture abrupte me bouffe l'esprit. Tant d'autres choses s'entrechoquent dans mon crâne que je crains mes propres réactions maintenant.

Et pour ne rien arranger, l'appel d'Anaïs à la dernière minute retarde notre vol ! Celle-ci me rejoint en trottinant. Je fais signe au steward de nous laisser et éructe, avec impatience :

– Quelle était cette urgence ? Il y a eu un souci avec Océane ?

– Non, monsieur. Mlle Rousseau a été conduite à votre domicile, elle s'est montrée plutôt calme. Ce n'est pas à cause d'elle que j'ai tout fait pour vous rattraper avant votre départ.

L'espace d'un instant, j'ai envisagé que ma blondinette a… Putain, non, qu'ai-je espéré au juste ?

– OK. Il se passe quoi alors ? dis-je, agacé par la tournure de ce souhait insensé et par toutes les fausses notes qui rythment cette journée de merde.

– Le responsable de la sécurité de TS Naval m'a remis ceci pour vous, se justifie mon employée en me tendant des documents sous pli. Il dit avoir résolu le mystère : le service informatique aurait fait une découverte. Et vous deviez urgemment en être informé.

Sourcils froncés, je percute assez rapidement. L'unique truc sur le feu confié aux collaborateurs mentionnés par Anaïs et qui vaille la peine qu'on bouscule mon emploi du temps, c'est « le sujet Sophia ». Je voulais comprendre quel élément déclencheur a pu entrer en jeu. Pourquoi reparle-t-elle d'En-vol ? Comment a-t-elle pu, entre autres, se procurer les médocs qu'aucun de ses médecins ne lui a prescrits et pourquoi elle déraille de plus en plus ?

Donc, j'ai enfin des réponses à ce problème ?

Mes doigts se crispent sur l'enveloppe scellée.

– Bien. Merci, Anaïs… Et à propos d'Océane, si jamais elle…

Je coupe brutalement court à ce que j'allais formuler. Putain, je suis trop à cran et j'en deviens impulsif, ça frise l'imprudence !

– Oui, monsieur Sexton ? me demande Anaïs, tout ouïe.

– Non, rien. Laisse tomber, garde le cap en mon absence. Océane Rousseau ne fait plus partie du tableau.

– J'en prends note, monsieur. Comptez sur moi. Je vous souhaite un bon voyage, conclut Anaïs, gommant l'once de curiosité qui a brillé un bref instant dans ses prunelles.

Maintenant fermé, je récupère mon flegme apparent, hoche la tête et monte à bord.

Après le décollage, je décachette le pli. Au fur et à mesure que je prends connaissance de ce qui est consigné dans l'enveloppe, mes mâchoires se contractent :

Nous nous sommes penchés sur quelqu'un de l'entourage de Mme Sexton. Mike Woods, le gérant du restaurant The Sexton's de Sydney. Une inspection officieuse de son appartement nous a permis de constater que Mike Woods éprouve une admiration malsaine pour Le Jardin, vraisemblablement depuis un certain temps. Des coupures de presse concernant cet évènement s'accumulent chez lui, il collectionne de manière compulsive tout ce qui a été dit, écrit et publié à ce sujet…

Nom d'un chien, comment a-t-on pu passer à côté de ce « hobby » particulier au moment de l'embauche de ce type ? Mon regard contrarié croise celui, curieux, de Sophia de l'autre côté de l'avion.

– Tout va bien, Ty ? me questionne-t-elle.

– Oui, juste le boulot.

– D'accord, me répond-elle sans s'inquiéter davantage. Je trépigne d'impatience de flâner à Paris.

– Tant mieux.

Je la scrute un instant, perplexe. A-t-elle dévoilé des infos à son gérant, même sans le faire exprès ? Me retenant de lui mettre la puce à l'oreille à propos de la trouvaille de mes employés, je reporte mon attention sur ma lecture.

Ainsi, à la lumière de cette découverte, j'ai mis Henry, notre petit génie du service informatique, sur le coup. Henry a hacké l'ordinateur portable de Woods, cloné son téléphone portable et fouiné dans tout ce qu'il pouvait durant ces derniers jours. Il en ressort que Mike Woods, à force de traîner sur des forums de fans du Jardin dans le Dark Web, a fini par être contacté par un mystérieux internaute. Dès lors, les communications entre lui et cet individu se sont multipliées.

J'ignore s'il y a un lien, mais cela m'a paru suffisamment troublant pour vous en alerter.

Si l'on suit la chronologie, à la date où vous avez noté les premiers incidents, Mike Woods a reçu par mail un message énigmatique dans une langue inconnue à réciter devant votre épouse lorsqu'il est seul avec elle. D'après nos conclusions, il s'agirait d'une phrase codée. Elle est inscrite ci-après. Vous trouverez également en pièces jointes l'ensemble des données collectées par nos soins dans l'appartement et les appareils de Mike Woods.

Je me tiens à votre disposition pour tout renseignement complémentaire et bien entendu, nous continuons de ratisser dans l'optique où ces réponses ne vous satisfont pas. J'attends également vos instructions quant à ce que nous devons faire du gérant...

– Putain de merde !

Ma réaction spontanée fait tressauter mon épouse.

– Ty ? angoisse-t-elle cette fois-ci.

J'essaie de me ressaisir. J'humecte mes lèvres et la rassure posément :

– Tout va bien, t'occupe.

Mais non, tout ne va pas bien. Il se pourrait que les salopards que je traque aient retrouvé ma femme bien avant que mes mercenaires ne les aient localisés. D'une manière ou d'une autre, ce fait a un impact sur les changements opérés chez Sophia. Ils l'ont ciblée...

Presque fébrile, je dégaine mon PC pour aviser Terrence et le mettre en relation avec le talentueux informaticien de TS Naval qui a déniché cette faille. Qu'ils collaborent pour me dégoter le point commun entre ces deux affaires, l'enfoiré qui a réussi à tout ébranler en douce.

Bordel, Oméga était peut-être bien plus près que je ne le pensais ! Et lui aussi a un plan, de toute évidence. Mais l'opération Arès ne doit pas capoter, pas si près du but. Je vais faire un massacre !

***

Un... Deux... Trois... Quatre jours plus tard, Londres.

J'ai digéré les ultimes infos et classifié de nouveau mes priorités. En apparence, je suis à Londres pour boucler les nouvelles négociations des accords post-Brexit avec les partenaires commerciaux anglais de TS Naval.

Mais officieusement, j'en fais le dernier QG des opérations pour choper les dégénérés qui jouent avec mes nerfs et l'équilibre mental de Sophia. Tous ont désormais été localisés en France. J'attends ce moment depuis si longtemps qu'il n'y avait pas d'objectif plus vital que celui-ci à mes yeux. J'y suis presque. C'est à la fois excitant et rude pour les nerfs. Il y a tout ce que j'ai imaginé, ruminé, planifié, depuis des années ; mes promesses à moi-même et à Sophia. Et il y a les faits, les données recueillies et ce que je peux en faire maintenant.

Du concret. Et tant de choses réagissent dans ma boîte crânienne en sachant que j'ai le pouvoir d'entrer enfin en scène, d'agir. Durant mon jogging matinal au Regent's Park, j'attends l'homme de la situation. Terrence, le chef du groupe de mercenaires triés sur le volet et embauchés dès que j'ai pris les rênes de TS Naval. Juste après avoir touché mon héritage et pu débloquer les fonds nécessaires aux recherches. Aucun échec, aucune victoire parallèle, aucune distraction n'a altéré ce désir. Celui de trouver ces enfoirés et d'honorer mes promesses : les anéantir personnellement.

Discret et ponctuel, Terrence arrive à notre rendez-vous et me rejoint à petites foulées. Je retire mon casque audio en continuant de courir à ses côtés.

– Alors ? lui dis-je sans préambule.

– La police française a fait une descente dans La Confrérie. Ils ont écroué Oméga, qui se faisait appeler sir Alistair Sinclair sur ses papiers et dont le pseudonyme dans ce club était l'Ombre. Ils ont aussi coffré son employé de maison, ex « Enfant du Serpent ». Ainsi que le Bourreau, alias le Borgne maintenant. Pour enlèvement, séquestration, viols, actes de torture en bande organisée et suspects principaux dans la série d'agressions et de meurtres perpétrés en France.

Y compris celui de la chef étoilée Angèle Moisson[1] ? Ça, je l'ai lu dans la presse internationale il y a un moment… Mon souffle s'accélère. Putain, ce sont eux ?!

– C'est formel ? m'assuré-je, l'esprit en ébullition.

– Affirmatif, monsieur. Ils ont également Typhon et Échidna, des jumeaux, anciens « Enfant du Serpent » pour l'un et « Lys » pour l'autre. Entre autres, pour actes de cruautés et de nature sexuelle envers des animaux…

Ça en fait cinq de confirmés parmi eux. Cinq rescapés, dont deux que je tenais particulièrement à retrouver : Oméga et le Bourreau.

– L'identité du dénommé Aaron Denis est confirmée aussi, il s'agit de Byrne Hamilton.

Bordel de merde !

Je cesse de courir, sous le choc.

Il est vivant. Byrne est en vie et localisé !

– Byrne Hamilton ?

– Exact, monsieur.

Des images prennent mon crâne d'assaut. Ces foutues vidéos numérotées, tout comme chaque adepte l'était – marquage à l'appui –, comme

1. Personnage de la duologie *Plonge avec moi* d'Oly TL.

du bétail. Vidéos que j'ai regardées un nombre incalculable de fois. Les initiations, les cérémonies, les prières spéciales et prêches d'Alpha et Oméga. Le visage de ce grand métis, Byrne Hamilton, apparaît sur beaucoup d'entre elles. En pleine baise ou recueillement. Tout comme ceux d'autres gosses, ados, adultes…

– Et Annie Hamilton ?

– Pour l'heure, pas de trace, monsieur.

Nom de Dieu ! Mauvais signe ? Elle ne figure nulle part…

Mes poings se serrent. Mon informateur reste campé à mon niveau, factuel, calme, sans émotion. Je reprends lentement ma course en réfléchissant, Terrence m'emboîte le pas. J'essaie d'assimiler ce que tout cela implique. J'ai les cartes en main…

– Que souhaitent les autorités françaises au sujet des prisonniers ? Ont-elles découvert que ce sont des Australiens, et qu'ils sont recherchés ?

– Affirmatif, monsieur. Pas d'accord d'extradition négocié pour l'instant, selon nos sources, poursuit-il.

– OK, réponds-je en régulant ma respiration.

– Nous connaissons l'emplacement de chacune des cibles, maintenant. On frappe quand vous voulez, monsieur Sexton, me rappelle mon enquêteur.

D'accord… En réalité, il sait que peu m'importe que la France veuille garder et juger ces ordures pour ce qu'ils ont foutu sur leur territoire. Qu'ils les renvoient au bercail ou pas, ce que je veux ne se réglera pas dans un palais de justice.

Je serre plus fort les mâchoires, pétri de rage. Un bref coup d'œil en biais me permet de constater que mon mercenaire hésite à ajouter un renseignement supplémentaire. Je demande avec appréhension :

– Il y a autre chose, Terrence ? Un élément qui coince ?

– Un certain Samuel Durand a pu repérer un de nos gars et il… il voulait vous transmettre un message.

– Je t'écoute.

– Durant le coup de filet, il s'est intéressé de plus près à Byrne Hamilton.

– Pourquoi ?

– Il me semble que le frère de ce type était coincé dans La Confrérie avec Byrne. Ils étaient manifestement proches et s'entraidaient.

– Continue…

– Ce Samuel Durand veut éviter la taule à son frangin. Ils sont français. D'après lui, le gamin et Byrne sont des victimes qui ont joué aux justiciers pour venger certains membres et faire péter cette organisation qu'Oméga et le Bourreau avaient intégrée en France.

– Je vois…

– Et cela pourrait se retourner contre les deux, m'explique mon employé.

– Comment s'appelle son frère ?

– Morgan Sinclair.

Sinclair ? Comme le nom d'emprunt d'Oméga ? Pourquoi ? Qui était-il pour ce taré ? Un nouveau jouet de remplacement ou son égal dans le vice ?

– Je veux tout savoir de ce garçon avant de me prononcer. On verra si je l'aide ou s'il fait partie des ennemis à combattre.

– Bien reçu, monsieur. Vous aurez un rapport détaillé dans la journée.

– Parfait.

– OK. J'y retourne, monsieur. Nous attendons votre feu vert pour exécuter la mission finale, conclut mon interlocuteur. Le matériel est prêt.

– Nickel.

La seconde d'après, nos chemins se séparent. Terrence s'enfonce dans le parc, tandis que je rebrousse chemin. Fin du jogging. Il est temps d'aller peaufiner ma stratégie sous la douche.

Je les tiens, putain ! Je les tiens !

40

Tiger

En m'essuyant, je retourne à mon ordinateur pour le déverrouiller. Pas pour mater une autre vidéo ; ces preuves dérobées avant que la police ne déboule sur les lieux le soir fatidique me minent la conscience en permanence...

Sur mon ordi, mes yeux restent figés sur les photos du journal vieilli sorti le surlendemain du drame. Il y a plus d'une décennie maintenant. Je connais par cœur son contenu – comme les vidéos de leurs pratiques –, pourtant mes ressentis sont intacts à cette énième relecture du récit révélé au grand public :

« "Le Jardin" : Macabre découverte hier matin.

Une mystérieuse communauté semblait s'être bâtie à l'écart dans l'outback australien il y a plusieurs années. Discrets, en autarcie dans une très vaste ferme, en apparence inoffensifs, les membres se faisaient appeler "le peuple du Jardin".

Hélas, ce que nous avons pris pour un groupe d'espèces d'écolos rêveurs désirant s'éloigner des nuisances du monde moderne s'est avéré être l'une des sectes les plus opaques et inquiétantes que l'Australie ait connues depuis le démantèlement de "La Famille"[1].

En effet, l'infiltration de longue date de notre journaliste d'investigation Steve Kidman tendait à faire la lumière sur les adeptes et dérives sectaires de cette communauté. Par malheur, l'introduction de notre confrère parmi eux s'est terminée de manière horrifiante cette nuit.

Tout porte à croire que les dirigeants de ce culte nébuleux – ayant découvert que leur mode de fonctionnement et leurs pratiques étaient sur le point d'être révélés au grand jour – ont accéléré l'accomplissement de leur but.

Ainsi, hier, dans la matinée, c'est sur une scène glaçante que la police est arrivée : un suicide collectif et aucune trace d'éventuels rescapés de la secte.

1. La Famille est une secte qui a sévi en Australie à partir de 1964 pendant une vingtaine d'années. Elle a été fondée par Anne Hamilton-Byrne (dont le nom a servi d'inspiration pour certains prénoms évoqués dans ce roman : Annie Hamilton, Byrne Hamilton...).

"Le Jardin" a effectué son "Envol final" avec des dizaines d'hommes, de femmes, d'adolescents et d'enfants endormis à jamais après avoir bu leur dernier verre ensemble.

Le corps de notre journaliste a également été retrouvé dans des circonstances qu'il reste encore à élucider. Selon les premiers éléments, Steve Kidman aurait été torturé à mort : langue sectionnée, yeux chimiquement brûlés et autres atrocités innommables. »

Que s'est-il passé dans cette ferme ? Qui au sein de la communauté a perpétré ces sévices ? Tous les sectateurs sont-ils décédés durant le suicide en masse ? Saurons-nous prochainement toute la vérité sur le déroulement du dernier soir des membres ? Et de chaque journée vécue en ces lieux par les victimes retrouvées ?

Malheureusement, les notes de Steve Kidman demeurent introuvables. Mais l'enquête ne fait que commencer. »

Je referme abruptement mon PC et attrape mon téléphone. Une seule sonnerie, mon contact décroche. J'inspire, expire. On y est.

– Au moment où je quitterai officiellement l'Europe, dis-je, la nuque raide, je vous enverrai un simple « OK » par texto. Ce sera mon feu vert.

– Bien, monsieur. Nous nous tenons prêts.

Je raccroche, extrêmement crispé. Mais il faut avancer…

Je me prépare et sors honorer mes engagements professionnels du moment. La journée défile, entre le boulot et le suivi à distance des préparatifs de mes gars en France. Je reçois le rapport sur le fameux Morgan Sinclair. Lorsque je rejoindrai Sophia à Paris, j'en profiterai pour rencontrer le frère de ce jeune homme, voir ce que je peux en tirer. Et revoir Aaron, enfin, Byrne Hamilton…

Pour l'heure, ma femme est avec un couple d'amis, les Hood. Ce soir, cela fera quatre fichues nuits que je mets à profit ma solitude à Londres. J'attendrai que les mercenaires exfiltrent Oméga et le Bourreau, et que mes avocats s'occupent en simultané du transfèrement de Byrne pour l'Australie pour avoir une discussion à ce sujet avec ma femme. Et pour parler aussi de son gérant tordu, Mike Woods.

Tu te souviens de mes promesses, Sophia ? Eh bien, on a retrouvé ton « frère » et ceux qui ont tué le reste de ta communauté…

Ça a pris un temps fou, mais j'y suis parvenu.

Les psychanalyses interminables, les effets des antidépresseurs à foison et les efforts de longue haleine pour que Sophia ne soit plus endoctrinée risquent d'être à nouveau mis en péril dans les prochains jours. Sa petite crise de possessivité à propos d'Océane et les tentatives de reprise de contrôle d'Oméga sur son esprit à travers Mike Woods ne seront rien à côté de cette bombe à retardement.

Stop ! Mon cerveau est sous pression.

J'ai besoin d'un exutoire, là, maintenant. Pour me recentrer, me sentir moins oppressé, calmer mes nerfs. En temps normal, j'aurais réservé une ou plusieurs call-girls expérimentées entrant dans mes critères de sélection et baisé comme un forcené pour me défouler. Avec des pros, c'est facile. Je les saute et les oublie dans la foulée. Elles n'exigent pas mon respect, se contentent de ma thune. Elles ne me font pas rire, ne me défient pas. Et ne rendent pas Sophia jalouse…

Malheureusement, la jolie Frenchie aux cheveux blonds a déclassé les meilleures d'entre elles. Sa voix tremblotante lors de notre rupture revient me hanter. Le souvenir de son odeur, la douceur de sa peau, son corps tout entier, sa bouche, son air taquin…

Jamais une nana n'a eu cet effet quasi permanent sur mes pensées. Je n'aime pas ça…

Je me suis même surpris à repenser à elle au pire moment. En plein déjeuner d'affaires, j'ai perdu le fil de la discussion en voyant le serveur apporter des frites à la table d'à côté. Comme si, au fur et à mesure, la traque prenait de moins en moins de place dans ma tête parce qu'elle va bientôt s'achever. Et qu'Océane s'infiltrait en moi pour occuper tout cet espace vide. Mon manque d'elle me rappelle tout ce à quoi j'ai renoncé à partir du jour où j'ai promis de prendre soin de Sophia.

Elle me manque, bordel !

Enfermé dans ma suite d'hôtel après une journée chargée et une soirée à m'emmerder malgré les efforts fournis par mes hôtes londoniens pour me divertir, j'hésite à appeler mon ex-« jeune fille au pair ». Trop de données non conciliables tourbillonnent dans ma tête éreintée.

« Elle doit s'envoler… »

Je ne suis pas un homme pour elle, et il n'y avait rien à attendre de cette relation. Ce n'était que du sexe. Seul, je jette mon dévolu sur le Jacuzzi et une bouteille de scotch, avec « Baby Did a Bad Bad Thing » de Chris Isaak en fond sonore.

Quand mes yeux se ferment pour tenter de me détendre, ça revient me perforer. Cette fin trop rude dans le penthouse à Sydney.

Mais j'ai toujours envie de toi, petit bourgeon. De ton insolence, de tes yeux pétillants et de ta manière délicieusement spéciale de jouir dans mes bras.

M'abreuver d'elle comme je le prévoyais avant que Sophia ne me balance son ultimatum à la figure. Jusqu'à ce que je ne ressente plus ce besoin de la toucher, ce manque déstabilisant.

Soudain, mon téléphone sonne. Je me redresse et tends la main pour l'attraper. Bien sûr, ce n'est pas Océane. Je l'ai blessée dans son orgueil, je le sais. Jamais elle ne m'appellera et je pensais que ce serait plus simple ainsi. Je regarde le nom de Steen Hood sur mon écran. Je ne suis pas d'humeur à tenir une conversation civilisée. Et une impulsion me taraude bien plus.

***

Océane

Ça fait quoi ? Quatre jours ? Cinq ? Un siècle ? De toute manière, le temps me paraît tellement plus long et morne. Ma énième journée de solitude ressemble aux précédentes. Vivoter dans ce petit hôtel sans prétention ne m'aide pas. Même si je traîne avec Louane et sa bande dès que possible, il n'y a plus de place dans leur colocation pour que j'y vive. Et rentrer toute seule dans cette chambre impersonnelle fout immanquablement mon moral à zéro. Malgré tout le mal que je me donne pour essayer d'oublier – les cocktails, les discussions animées, les sorties en groupe –, rien n'y fait.

Je retombe toujours dans ce profond sentiment d'isolement. Confinée en moi-même, esseulée. Plus de Sophia et ces adorables moments de complicité avec elle. Qui semblaient si forts, si réels, si sincères.

Et plus de Tiger et ces heures à frémir dans ses bras. Intenses. Trop réelles, trop sincères sur le moment…

Il ne reste que la douleur et la colère. Contre moi, contre lui.

Est-ce que ça finira par s'estomper ? Je commence à en douter. Je devrais juste le détester au lieu de bloquer sur des souvenirs. C'est dur d'admettre qu'il me…

Non, il ne me manque pas ! Aucun des deux ne me manque. Lui, encore moins !

Il est sept heures du matin et je rentre seulement de soirée. Je me couche complètement vannée en espérant sombrer dans un sommeil de plomb. Pour faire taire ma matière grise qui s'acharne à remuer des instants encore frais dans ma tête. Mais dans le noir des rideaux tirés et ce lit froid, mes yeux demeurent grands ouverts. J'essaie de me retenir de prendre mon téléphone, je risque de faire un truc maso comme appeler Sophia ou fouiner sur le Net. Et de découvrir des images d'eux à des mondanités. De m'apercevoir que j'ai déjà une remplaçante.

Tiger bosse comme un malade, un robot. Il n'a pas de sentiment, pas de temps. Mais je connais ses appétits.

Arrête-toi tout de suite, Océane ! Putain, pourquoi tu te tortures ainsi ?

Non, je ne veux pas être la nana pathétique qui perd son temps à penser à cela et à espionner leur vie numérique. Et puis, maintenant, je suis la mieux placée pour savoir qu'avec ce couple, le plus croustillant se passe dans l'intimité. Leur image publique est gérée d'une main de fer, une communication verrouillée qui ne laisserait pas filtrer l'existence d'une nouvelle partenaire de baise. Ou « amie » de Mme Sexton. Évidemment. J'en ai bénéficié, moi aussi. Malgré tous les « incidents » que j'ai provoqués, rien n'est apparu sur Internet ou dans la presse.

Heureusement d'ailleurs. Parce que, en France, certaines langues de vipères comme Christine ou Victor auraient sauté sur l'occasion pour relayer mes dérives de petite traînée. Même à l'autre bout du monde. J'ai pris trop de risques et je me suis éclatée dans le mur.

Cette anxiété me pousse à vérifier sur le Web… Prétexte ? Masochisme irrépressible ? Ou lamentable faiblesse ? Je craque, je fouine. Rien de fâcheux n'apparaît sur moi. Absolument rien. D'abord un infime ouf de soulagement m'échappe. Puis de fil en aiguille, je peine à résister à une autre tentation. Sournoise, forte, destructrice. Je farfouille en mode stalker sur Sophia et Tiger. Même si je me déteste de céder à cette curiosité malsaine, je tape « Sexton » dans le moteur de recherche. Les actualités fusent. Un titre sort du lot et retient mon attention :

« Un vent glamour a soufflé sur Montmartre aujourd'hui. »

Je déglutis. Une photo l'accompagne, celle de deux femmes en train de sortir du Sacré-Cœur… Une rousse – Lilas Hood, épouse du cinéaste Steen Hood, selon l'article – et Sophia semblent complices au moment où un paparazzi a capturé cette image. Ça date de ce matin, heure locale. J'ai dix heures de décalage, mais l'évidence ressort : ils sont à Paris !

Punaise ! Ils ont effectué le fameux voyage où ils m'avaient incluse au départ. Sans moi…

Pourquoi ça me fait si mal ? Pourquoi je continue de me mettre au supplice ? Je fais défiler les pages… Mme Sexton et Mme Hood, photographiées encore et encore… Tiger n'est visible nulle part. Ce sont principalement ces deux femmes, heureuses de se retrouver dans la capitale française, qui inspirent la Toile. Entre les allusions à leurs époux, les bla-bla de journalistes sur chacune d'elles et autres décryptages de leurs looks d'icônes de mode, je ne vois plus que ça. Des influenceuses en profitent pour s'offrir des pièces quasi identiques aux leurs et les relayer auprès du public.

Qu'est-ce que j'ai à m'infliger cela ? Sophia vit sa vie. Elle a manifestement tourné très vite la page. Et son mari aussi.

J'ai la sensation inexplicable d'avoir également perdu une amie. Accablée, je m'arrête. Voilà la preuve que je n'étais pas indispensable. Je ne l'ai jamais été. Tiger et Sophia ne se torturent certainement pas à repenser à la touriste insignifiante qui les a distraits, ils se font leur kif en France. Je dois faire pareil : les rayer aussi. Me dégoter un nouveau job, un appart et me prouver que les Sexton ne comptent plus. Que je peux avancer sans…

Eh merde, mon mobile sonne !

Avec stupeur, je fixe le nom qui s'affiche sur l'écran. C'est pas vrai, c'est lui !

Je fais quoi ? Je le *ghoste* ? Je décroche ? Faut croire que mon envie de l'insulter et d'évacuer ma colère est plus forte puisque j'appuie sur la touche verte et lâche :

– Oublie ce numéro, supprime-le !

– Bonsoir, Océane. Et, non, je ne peux pas.

– Qu'est-ce que tu veux, Tiger ?

– Te revoir et m'excuser en face. Je sais que t'offrir des cadeaux ne fonctionnerait pas.

Non mais c'est une blague ? Il y a cinq jours – carrément une décennie en ressenti –, il m'a éjectée sans la moindre émotion et là, monsieur s'ennuie à nouveau ? Ou c'est juste pour tester encore son pouvoir d'attraction de collectionneur insensible sur moi ? Je m'énerve.

– Je n'en ai rien à carrer de tes excuses ! Le lien est rompu, si seulement il y a jamais eu de lien entre nous trois. Alors arrête, ne m'appelle plus ! Et tu as raison, je ne veux plus rien de toi.

Je l'entends respirer. Pas un mot durant ce qui paraît être une éternité. Il faut que je raccroche avant de le laisser me perturber davantage.

– Tu vois, j'ai craqué, me soutient-il. Même si nous ne sommes plus liés par contrat, il fallait que je te parle. Lily, je n'ai pas eu le choix, c'était une décision nécessaire dans une période plutôt délicate… Mais… j'ai terriblement envie de te revoir.

Merde, réagis ! Envoie-le balader !

J'ouvre la bouche et la referme sans pouvoir broncher. Qu'est-ce qu'il me fait, là ?

– Je te propose une alternative.

– Non, me braqué-je avec une fermeté pas très convaincante.

Cette faiblesse instantanée m'agace. Je ne suis pas sa « sweet Lily », son « petit bourgeon », je ne le serai plus !

– Rejoins-moi à Londres, pour en discuter. On ne va pas faire ça par téléphone. Anaïs s'occupera des formalités du voyage afin que…

– J'ai dit non, Tiger ! Maintenant, je vais raccrocher. Garde ta thune, ton jet, ces surnoms que tu me collais, ta femme, tes fleurs et tes idées tordues ! Tu obtiens toujours ce que tu convoites dans la vie, hein ? Eh bah, moi, tu ne m'auras plus !

– Océane, attends ! Laisse-moi te…

Trop tard, je coupe la communication, bien en rogne, et j'éteins mon portable. Je ne veux même pas savoir. Non mais je rêve ! Il croit vraiment qu'il va claquer des doigts comme ça et me foutre de nouveau dans son lit ? Que je n'ai pas d'amour-propre ?

Dès demain, tous les moyens seront bons pour lui faire mal d'une façon ou d'une autre et lui prouver que c'est terminé.

Parce que JE l'ai décidé ! À mon tour de te montrer l'effet d'un rejet douloureux, M. Sexton. Et si la douleur ne t'atteint jamais, dégommer ton ego le fera !

41

Océane

Je n'arrive plus à dormir. Même ça, Tiger l'a plombé. Une petite voix dans ma tête n'arrête pas de me dire :

Il est à Londres, pas à Paris avec Sophia. Et il t'a appelée…

Cette petite voix s'insinue pernicieusement en moi. Pourquoi est-il revenu à la charge ? Il kiffe de jouer au yo-yo avec mes émotions, comme avec des chiffres à la Bourse ? On n'est pas dans les finances, je ne suis pas un putain de chiffre et je ne le laisserai pas faire ! Je dois fermer les vannes… Il me faut une riposte de taille. Un truc qui le freine pour de bon. Mais quoi ?

Soudain, je sais ! Harry Carter. Le fils à papa, cet héritier que Tiger n'a jamais supporté de voir me rôder autour. J'ai toujours son numéro…

Non, mauvaise idée. Ou peut-être que si ? Pfffff ! Je dois me reposer.

Je referme mes paupières, espérant dompter la multitude de choses tumultueuses qui me démontent l'esprit. Je suis exténuée et beaucoup trop ébranlée par le coup de fil de Monsieur Control freak insensible. Mes poings se serrent sur les draps. Il faut que je dorme – si j'y parviens –, ensuite j'aviserai.

***

Je me réveille en milieu d'après-midi, toujours en vrac. Je devrais me dénicher des occupations pour ne plus endurer cette situation. Mais qu'est-ce que je veux exactement ? Me venger ?

Si oui, j'ai l'option Harry Carter.

Si non, j'ai toujours la bande de Louane pour faire la fête quand je veux et m'aider à oublier. Mettre un point final.

Dans l'immédiat, j'ai surtout besoin de bosser, de me sentir à nouveau utile et forte. Je ne le redeviendrai pas en m'enfermant dans une chambre d'hôtel. En dépensant l'argent des Sexton pour mes « services rendus ». Il va falloir revenir à la case départ : CV, lettres de motivation, démarchage, candidatures spontanées et entretiens si possible. Et cesser de penser à Tiger !

Ça, je peux le faire !

Après un long moment dans la salle de bains, je m'habille, me pomponne pour camoufler les traces laissées par mes craquages de ces derniers jours. Me voilà prête à faire un meilleur usage de ma liberté.

Je rejoins les potes à King's Cross, un quartier hype. Je suis décidée à remettre mon existence sur les rails. Louane m'accueille avec l'air d'avoir déjà un coup dans lc ncz. On sc claque la bise. Ça sent la cuite d'ici la fin de la nuit. Bar bondé, branché, ambiance festive et plusieurs boîtes de nuit à la ronde. C'est peut-être ce dont j'ai besoin pour remonter la pente ?

– Alors, ma belle, tu carbures à quoi, toi ? me demande Trevor, le mec de Louane, manifestement un peu pompette aussi.

– Euh… la même chose que ta chérie ?

– Un mojito fraise ! claironne-t-il. Bouge pas, *french girl*, je te l'amène.

Je me laisse porter, je papote et tente de m'enivrer de la joie ambiante. Ça ne fonctionne pas trop. Très vite, je me retrouve sur le trottoir à tirer des lattes et à trop cogiter. Le passé, le présent, mes choix merdiques, mon attirance pour un milliardaire casé qui m'a lourdée après « s'être bien amusé ».

Elle n'est pas géniale, ma vie ?

Garrett déboule pour me taxer une clope et dissiper les nuages noirs qui s'accumulent au-dessus de ma tête. Garrett, le mec qui vit en colocation avec Louane et les autres. L'étudiant en école de commerce, fan invétéré du grand Sexton pour ses prouesses dans les affaires et de Mme Sexton pour sa plastique de top model. En gros, je me retrouve avec un gars qui se rêve en futur Tiger.

Si seulement il savait ce que cela implique que d'être dans la peau du tigre…

Au fond, le sais-je moi-même ? OK, j'ai connu intimement Tiger. Il est sexuellement très ouvert, mais les autres aspects de son existence sont complexes, cadenassés ou à accès très limité. Et il est seul maître à bord pour prendre ou éjecter tout ce qu'il veut. Y compris moi.

Zut ! On arrête de remuer tout ça. Je refoule mes ondes négatives. Et je recommence à penser au numéro de Harry Carter, juste là dans mon portable, au cas où… Si jamais Tiger insiste, mais il n'insistera pas ; je n'étais qu'un moyen éphémère de prendre son pied. Entre deux conquêtes du monde, en homme puissant et invincible. Toujours plus riche, toujours plus inaccessible.

Je fume en silence avec Garrett, déprimée par cette conclusion. Autour de nous, les éclats de rire, l'écho de la musique provenant de l'intérieur et les bribes de conversation résonnent.

Peu à peu, je croise le regard d'un type. Un peu trop souvent à mon goût… Est-ce qu'on se connaît ?

Ça m'étonnerait, sa tête ne me dit rien. C'est peut-être un dragueur en chasse, et je ressemble à une proie esseulée. Mais rien ne me branche. Pour l'heure, je suis incapable de flirter ou de m'amuser pleinement. Je n'ai même plus de mantras enthousiastes pour me booster.

Derrière mes volutes de fumée, j'évite le lourdaud et contemple les environs. Concentrons-nous sur l'animation d'une belle nuit dans un cadre sublime. Pourtant, j'ai beau y mettre toute ma bonne volonté, cette effervescence ne m'atteint pas. Garrett, lui, reluque une fille qui sort téléphoner non loin. Je tourne encore la tête dans la direction opposée, en sentant le regard de l'autre mec.

Lâche l'affaire, toi ! Tu ne m'intéresses pas. Et ce n'est pas comme si j'étais une bombasse irrésistible. Tiger ne m'aurait pas envoyée valser si vite sinon…

Punaise, je recommence ! Dégoûtée, je m'en foutrais une baffe. Maintenant, c'est Garrett qui m'observe avec un petit sourire, comme s'il essayait de suivre le cours de mes pensées moroses.

– Au fait, quoi de neuf, Océane ? Tu te plais ici ? La France ne te manque pas trop ? me demande-t-il.

Ses questions sont simples, néanmoins, elles éveillent des réponses compliquées dans ma caboche. Non, je ne me sens pas si bien. Est-ce que je suis toujours aussi heureuse d'être en Australie ? Ai-je soudainement le mal du pays ? Malgré tout ce qui m'a poussée à le quitter ? Ne pas pouvoir papoter avec Myriam et les rares personnes à qui j'ai pu me fier quand j'en avais besoin me laisse triste.

Mais ce ne sont pas mes racines et la France qui me manquent ; ce sont celui et celle avec qui j'étais censée y retourner.

Parce que, avec eux, ç'aurait été différent, intense, fabuleux. Ils devenaient mon illusion de « famille » : elle, lui, moi. J'aurais redécouvert mon pays sous un angle plus féerique, dans leur cocon de luxe et de luxure, à l'abri, choyée.

L'espace d'un instant, j'imagine Sophia à Paris. Je me serais éclatée à l'entraîner dans des endroits non touristiques de Paname, à flâner avec elle hors de sa fastueuse zone de confort. Nous rigolions plutôt bien ensemble, non ? Comme des « sœurs » ? Des « amies » ? Le qualificatif n'avait pas de valeur. Ce qui en avait, c'était combien j'aimais lui montrer la vraie moi, sans barrière, pour mieux la découvrir aussi. Je redevenais légère, insouciante, libre, jeune. On aurait écumé des boîtes de nuit, entre filles, comme elle l'a fait avec moi ici. Et ensuite, je me serais laissée aller dans les bras de Tiger pour…

Eh merde, je fous quoi, là ?

Je secoue la tête et souffle. Je m'embrouille sévère, putain! Garrett m'adresse une moue moqueuse. Mince, je ne lui ai rien répondu?

– Quel enthousiasme! me taquine-t-il. Tu n'aimes plus Sydney? Il s'est passé quoi?

– Rien! me défends-je un peu trop vite. Je veux dire, j'adore toujours autant cette ville, j'ai juste... quelques soucis de boulot.

– Ce n'est rien, ça; des places de serveurs, on en retrouve toujours, m'encourage-t-il avant d'échanger une œillade avec la nana au téléphone qu'il recommence à suivre des yeux... Ça t'embête si je vais la...

– Tu rigoles? Vas-y, file! lui dis-je, comprenant qu'il veut pécho.

Garrett, tout excité, ne se fait pas prier. Je me retrouve à nouveau seule au milieu d'anonymes avec ma seconde clope. Le gars de tout à l'heure prend cela pour une ouverture. Feinter son regard ne l'empêche pas de venir m'accoster.

– Salut, me balance-t-il.

Punaise, je ne t'ai envoyé aucun signal de drague. Casse-toi!

– On s'est déjà vus, non? poursuit l'inconnu.

– Sans rire? Ça marche réellement, cette technique?

Déstabilisé par mon ton cassant, il se gratte la tempe. Puis il me sert un grand sourire.

– Pour ma défense, je suis gay. On a d'autres méthodes, s'amuse-t-il.

– Ouf, ça me convient. Même si vous m'avez un peu trop matée, pour un homo.

Son visage s'égaie.

– Votre accent français... Ce visage... Vous ressemblez à l'amie de Sophia Sexton, affirme-t-il. Et plutôt marrante, à ce que je constate.

Oh, non, pas ça. Un traqueur de scoops?

– Pardon? reprends-je, tendue.

– Le Velvet & Diamonds, ajoute-t-il comme si cela m'éclairait un peu plus.

Je me crispe en le dévisageant. C'est le nom du club où Tiger a débarqué avec son staff pour nous faire partir manu militari. Est-ce que ça s'est ébruité? Bordel, il y a peut-être eu des fuites? Vidéos? Photos qui m'ont échappé lorsque j'ai vérifié? Comment ce mec a pu me reconnaître? Et si c'était la raison qui a motivé Tiger à me virer après coup, pour maîtriser sa com et...

Mon esprit s'emballe malgré moi.

– Je... je ne vois pas du tout de quoi vous parlez, me méfié-je.

Le gars prend une mine de conspirateur et jette un coup d'œil aux alentours. Il se rapproche.

– Ne vous en faites pas, je sais... J'ai signé un accord de non-divulgation et reçu une belle incitation financière, me confie-t-il tout bas. Motus!

– Je… ne sais pas quoi dire. Vous devez faire erreur, excusez-moi, me défilé-je.

J'écrase ma cigarette dans un rare cendrier dédié – ce n'est pas toujours évident d'être fumeur ici, surtout dans les lieux publics – et je m'apprête à tourner les talons, m'enfuir dans le bar.

– Vous n'avez rien à craindre, mademoiselle. Je suis plutôt physionomiste, dans mon métier ça sert… me lance-t-il pour me stopper.

Et cela fonctionne. Il titille ma curiosité.

– On peut juste faire connaissance ?

– Pourquoi ? dis-je, intriguée mais pas rassurée en me retournant.

Ce n'est pas parce que mon contrat s'est brutalement terminé que je ne suis pas supposée me taire à jamais sur ce que j'ai partagé avec les Sexton. Même blessée, je ne trahirai pas ça. Primo, parce que je n'agis pas ainsi, ce serait petit et mesquin. Secundo, parce que les avocats de Tiger me broieraient certainement si je lâchais des infos compromettantes.

– Je suis le gérant du Velvet & Diamonds, m'explique le type. J'ai l'habitude de composer avec les services de presse, les agents et avocats de célébrités… Enfin, ce genre de choses. Désolé si je vous ai paru suspect.

– D'accord. Et alors ?

– Je n'ai pas fait exprès d'écouter aux portes, mais je crois vous avoir entendue dire que vous aviez des soucis de boulot.

– Cette conversation ne vous était pas destinée, de toute évidence, le rembarré-je.

– En effet, encore navré. Cependant, je saisis l'opportunité pour nouer un contact, si vous le voulez bien ? J'ai souvent besoin de personnel, nous pourrions voir si ça matche ?

Comme ça ? Genre, coïncidence des plus anodines ?

Absolument pas crédule, je fronce les sourcils, croise les bras.

– Donc vous étiez là par hasard et vous me proposez votre aide ? Pour un job ?

Nous nous fixons, ses prunelles s'illuminent. Il éclate de rire.

– Je vois pourquoi vous semblez si proche des… Enfin, vous savez qui. Vous êtes méfiante et capable d'envoyer paître un fouineur. Ça tombe bien, j'adore ça !

Il sort une carte de sa poche et me la tend.

– Il n'y a pas de piège, mademoiselle, je vous assure. Eh oui, parfois, je sors de mon petit royaume pour prospecter chez la concurrence, glaner des idées, etc. Votre visage me disait quelque chose… Si vous cherchez du travail, appelez-moi. Dans le cas contraire, j'ai été ravi de vous croiser.

– Ahan. Je ne peux quand même pas m'empêcher de me demander pourquoi vous feriez ça, dis-je sans prendre le bristol.

– Comment ça ?

– Admettons que ce soit fortuit… Pourquoi proposer du taf à une personne que vous n'avez vue que deux fois, dont vous ne connaissez même pas les compétences ?

Le coup du job tombé du ciel, on me l'a déjà fait, après tout.

– OK, je vais être honnête. Je flaire une sacrée aubaine, je saisis cette chance, admet-il. Bien sûr, j'ai mon circuit habituel de recrutement, mais là, tout de suite, je réalise un truc : vous êtes une amie de clients puissants, vous avoir dans mon équipe serait un plus. Un bon réseau, c'est important, non ?

– Moui, j'imagine.

– Je ne vous importunerai pas plus longtemps. S'il vous plaît, prenez ma carte. Si je n'ai aucune nouvelle de vous, ce n'est pas grave. Peut-être viendrez-vous en tant que cliente une autre fois ? conclut-il en glissant le petit carton dans ma main. Au plaisir, miss !

Il s'en va en me laissant dubitative. Je n'arrive pas à analyser, à savoir si tout cela était spontané. Comment ne pas douter ? Vais-je devoir marcher sur des œufs ici aussi, parce que j'ai eu la bêtise de fricoter avec un magnat des affaires incontournable en Australie ?

Putain, je suis un aimant à problèmes, ce n'est pas possible autrement ! En ruminant sur les coups du sort tordus et mon karma à la noix, je conserve les coordonnées du gars. Juste au cas où, bien que je ne compte rien en faire pour l'instant. Mes recherches d'emploi et interrogations peuvent attendre. Je décide de rejoindre mes potes et d'essayer de me vider la tête.

Ma liberté, j'en ferai ce que je veux.

Parce que je l'ai toujours, ce fichu droit de m'amuser ! De m'assumer en tant que femme. De vivre, d'être heureuse ! Et tu ne seras pas un frein, Tiger !

42

Tiger
Paris, le lendemain

Je reviens m'asseoir à table après avoir lu et répondu à un mail important et passé un coup de fil. Bientôt, ma troupe de terrain aura carte blanche pour exécuter mes ordres…

– Tout va bien, Ty ? s'inquiète encore Sophia.

Se doute-t-elle, pour Mike Woods ? Bordel, quand je pense que ce mec travaille auprès de ma femme depuis des années, tout en étant un admirateur fanatique d'Oméga ! Il a servi de pion à ce dernier pour… Pour quoi, en fait ? Réactiver un truc en Sophia, tel un agent dormant ? La téléguider ? La manipuler ? Pour parvenir à quelles fins ? Je me le demande toujours. Je n'ai pas encore trouvé comment évoquer ça avec Sophia. Je ne lui ai pas non plus révélé l'avancement des recherches que je mène ni l'imminence de ma frappe…

– Impeccable, répliqué-je sans m'étendre sur le sujet. Désolé de cette petite interruption. Le boulot…

Steen Hood, penché vers sa femme, remarque à peine mon retour parmi eux. Il l'embrasse comme s'il n'y avait rien de plus important autour. Cela fait un bail qu'ils sont mariés, me semble-t-il. Comment entretiennent-ils cette impression qu'ils donnent d'être constamment un couple en lune de miel ? Je soupçonne Sophia de rêvasser sur ce détail-là. Elle me jette un regard envieux, nostalgique.

Mais une bouche autre que la sienne m'obsède. Un visage encadré d'une crinière blonde…

« Tu obtiens toujours ce que tu convoites dans la vie, hein ? Eh bah, moi, tu ne m'auras plus ! »

Océane m'encombre les synapses et je déteste ça. Hier, après qu'elle m'a raccroché au nez, j'ai lutté pour contrer mes instincts primaires qui me criaient de sauter dans le jet et repartir à Sydney. Mais pour y foutre quoi ? Créer des complications inutiles ? Ma vie est déjà trop remplie, avec des filtres à maintenir en place.

Donc, j'ai fini par agir comme convenu en suivant ma raison, j'ai rejoint Sophia à Paris, accepté ce dîner et je m'efforce de canaliser le reste. Nous arrivons à la fin du repas, attablés près des grandes fenêtres de l'appartement des Hood. Je fixe le paysage du seizième arrondissement sous la lumière des lampadaires à travers la vitre.

Et si Océane avait été là ? Avec nous… À cet instant… Merde, verrouille ça !

Mes yeux reviennent vers l'intérieur, Steen se détache enfin des lèvres de sa rouquine. Les joues roses, Mme Hood passe la main dans ses cheveux.

– Euh… qu'est-ce que je disais déjà ? nous demande-t-elle. Ah, oui… Quelqu'un veut un digestif ?

– Avec plaisir, réponds-je.

J'échange un demi-sourire avec son mari avant d'ajouter :

– Mais peut-être devrions-nous vous laisser seuls ?

En s'empourprant un peu plus, notre hôtesse nous assure combien ils sont ravis de nous recevoir et qu'ils aimeraient que nous restions encore un peu. Steen se contente de la dévorer des yeux, sans la contredire. Munis de nos verres, nous nous installons dans le salon. Au bout d'un moment, les femmes discutent entre elles. Hood et moi nous retrouvons en aparté pour parler de nos connaissances communes, des actualités, de voyages…

– Nous avons besoin de prendre des vacances après le lancement de l'exposition de la fondation de Lilas, me confie-t-il. Et je crois que Sophia essaie d'appâter ma femme vers l'Australie.

Tiens donc. Prévisible. Sophia sait qu'à notre retour chez nous, elle va se sentir encore plus seule suite au départ d'Océane. Ce sera pire…

Le fait de me priver de la compagnie de notre ex-invitée la prive elle aussi de sa présence et de la complicité qu'elles partageaient au quotidien. Sur ce point, nous sommes tous les deux perdants. J'ai alerté le docteur Murphy, le psy va rempiler pour l'épauler dans ce virage…

Comme le couple Hood représente un idéal aux yeux de mon épouse, je ne veux pas qu'elle s'imagine qu'en les fréquentant plus souvent, leur bonheur conjugal déteindra sur nous.

Il n'y a aucune chance que notre union ressemble un jour à la leur, pour mille et une raisons…

Cependant, je ne me démonte pas.

– Je vois ça, rebondis-je aux propos de Steen en réfléchissant à une autre option.

La possibilité d'acquérir plus de liberté, de reprendre la main concernant mes envies… Tout en gardant Sophia occupée et sous bonne surveillance…

Je capte l'attention de ma compagne et lance :

– Pourquoi pas ? Vous êtes les bienvenus ! Sophia repartira bientôt à Sydney. Devancez-moi et profitez entre-temps de votre séjour. Je boucle mes autres rendez-vous en Europe et vous retrouverai ensuite sur place pour le reste du programme.

Steen et Lilas se concertent. Ma *chère et tendre*, prise de court par ma suggestion, tente de lire en moi. Impénétrable, je reporte mon attention sur nos amis. J'insiste :

– Nous en serions heureux. N'est-ce pas, Sophia ?

– Bi… bien sûr, confirme-t-elle.

– Oh, oui ! s'extasie Lilas. Qu'en penses-tu, Steen ?

– Si c'est ce que tu veux, je m'aligne, ma douce, lui dit-il. Merci pour l'invitation, Tiger.

Parfait !

J'ébauche un sourire. Peu importent les stratagèmes et la force de persuasion que cela nécessitera, je compte utiliser ce laps de temps pour me défaire de mon manque d'une certaine blondinette. J'ai les nerfs solides et jusque-là ni le poids des responsabilités, ni mes engagements et mon désir de vengeance ne m'ont fait fléchir.

Mais je n'arrive pas à gérer l'aimant charnel qu'est Océane.

J'ai envie, j'ai besoin de m'enfoncer encore en elle de tout mon saoul.

***

Aéroport Kingsford-Smith, Sydney
Trois jours plus tard

Sophia est en France avec les Hood.

Mon retour au bercail s'organise en toute discrétion. Il faut maîtriser le timing et protéger publiquement ma couverture quand les ordures du Jardin seront entre les mains expérimentées de mes gars. Les cibles sont verrouillées, elles ne m'échapperont plus…

Seules Shanna, mon as du trading, et Anaïs sont au courant de mon passage éclair à Sydney. La plupart des gens – y compris ma femme – me croient encore sur le vieux continent, quelque part entre Londres et Berlin.

À mon arrivée, je prends place dans la voiture de Shanna.

– Harry Carter est à l'agonie, m'annonce celle-ci dès que je referme la portière. Son OPA ratée n'est plus un secret dans la sphère financière, on dit qu'il est dos au mur et prêt à tout pour sauver les meubles.

Je l'avais presque oublié celui-là. Ce blanc-bec est tellement insignifiant sur mon échiquier actuel…

– Mouais, j'ai eu quelques échos, réponds-je avec à peine une pointe de satisfaction.

Shanna s'engage dans la circulation et me jette un regard en biais.

– J'aurais parié sur une plus grande jubilation de ta part, commente-t-elle. Mais apparemment non.

Elle n'a pas tort. Dans mes prévisions, je pensais savourer davantage ce moment. J'avais un vieux compte à régler avec la famille Carter. C'est différent aujourd'hui, certains objectifs me paraissent plus dérisoires maintenant… Néanmoins, je décroche un semblant de sourire à Shanna, tout en restant mutique.

– Et sinon, tu comptes m'expliquer pourquoi tu essaies de passer incognito ? m'interroge-t-elle.

– Non, pas vraiment… Mais je te remercie de me filer un petit coup de main pour moins attirer l'attention de la presse.

Les journalistes sont à l'affût, j'ai torpillé l'OPA de Carter – l'autre héritier de l'une des anciennes grandes fortunes du coin – et ils ne connaissent pas mes projets pour la suite. Je ne me suis pas encore exprimé publiquement depuis l'annonce fracassante et les effets de souffle survenus juste après l'implosion du business de la famille Carter. En principe, je suis toujours à l'étranger et injoignable. Mon service de communication attend mes instructions.

Sur le plan privé, j'ai autre chose sur le feu qui ne regarde que moi… Le Jardin et une femme en particulier. Ces deux perspectives sont, à ce jour, plus jouissives que mes acquisitions.

– Pas de souci, m'affirme Shanna avec un clin d'œil.

Elle est habituée à respecter les limites que j'instaure. Tout comme je respecte les siennes. Outre les compétences de l'autre et notre complémentarité professionnelle, nous nous estimons aussi pour cela. C'est probablement ce qui ressemble le plus à de l'amitié à mes yeux. Soudain, je me remémore les derniers mots échangés avec mon père sur l'amitié. L'importance de distinguer ce genre de personnes autour de soi. Ceux sur qui on sait que l'on peut compter en cas de besoin. Surtout dans ma position.

Lui avait quelques amis fidèles, dont ma mère. Elle comptait même plus que les autres ; c'était son amie précieuse, son épouse et la mère de son unique enfant. Dans son dernier discours père-fils, c'est ce qu'il m'a répété : « Un jour, ce sera à ton tour de gouverner le navire Sexton, mon garçon. Aime-le comme je l'ai aimé. Ce n'est qu'ainsi que tu le feras prospérer, le protégeras… Lorsque j'en ai hérité, cet empire est devenu ce qu'il y a de plus important au monde pour moi. Juste après ta mère et toi… Tu comprends ? Et un jour, j'espère qu'une jeune femme te fera ressentir cela à ton tour… J'aurais aimé être là pour voir cela… »

Je frictionne mon visage pour enfouir ces souvenirs qui resurgissent au mauvais moment.

Son cancer foudroyant ne lui en a pas laissé le temps. Bavarder d'homme à homme, comme il disait, c'était son truc. Moi, j'écoutais. Son affection passait aussi dans les regards fiers qu'il me réservait pour mes résultats scolaires, mes prouesses sportives… Et dans nos virées entre mecs au haras. Jusqu'à ce qu'il perde l'énergie de m'y amener.

Comment comprendre cela à 12 ans ? Encaisser la dégradation de l'état d'un homme que je considérais comme le plus fort au monde, alors que moi, rien ne réussissait à m'affaiblir depuis tout petit ?

Jamais rien n'était douloureux. Pas une brûlure. Pas un coup. Pas une fracture. Pas une lèvre fendillée pissant le sang au cours d'une baston. Je n'avais jamais mal, et putain, je voulais comprendre, je voulais ressentir ce qu'il ressentait pour me sentir en phase, accepter ce déclin. Mon père dépérissait, il s'éteignait à coups de chimio invasive. Ma mère était dévastée de chagrin.

Et moi, rien. Juste de la colère. Et l'impossibilité de digérer quelque chose que je ne pouvais pas m'expliquer à moi-même…

Depuis, j'ai appris d'autres aspects de la vie et des relations humaines. Mon père avait oublié de me parler de toutes ces manières dont on pouvait déchanter aussi… Il a omis de me dire que l'invincibilité ne dure qu'un temps et ne protège pas de tout.

Aujourd'hui, j'ai des gens fiables et solides comme Shanna à mes côtés. J'ai une épouse qui me connaît mieux que quiconque et vice versa. Mais faire aveuglément confiance, me laisser totalement aller avec quelqu'un comme mon père l'a fait avec ma mère est hors de question.

Et pourtant, sans crier gare, sans y être invités, des yeux verts embués, une crinière blonde encadrant un beau visage en état de choc reviennent foutre le bazar dans mon crâne.

Merde !

– Puisque je joue au taxi, je te dépose où ? me demande Shanna, m'extirpant de mon introspection.

– TS Naval, mon appart fera l'affaire.

Elle me sonde, intriguée, mais ravale ses questions.

– OK.

Durant le reste du trajet, on ne bavasse pas. Une fois que je suis seul dans ma tour de contrôle, une sensation suspecte me submerge.

Océane. Encore.

Même si le ménage a été minutieusement effectué à plusieurs reprises depuis ma nuit avec elle dans cet appartement, je la sens partout. Et ça commence à me déplaire foncièrement qu'elle fasse irruption dans mon crâne, dans mon intimité.

N'importe quand, n'importe où. Surtout ici.

Il faut que je la voie ! La fin doit se passer autrement pour que je puisse la sortir de ma tête. J'ai besoin de contrôler ce manque, comme je contrôle tout le reste. Mon service de sécurité en Australie n'a pas perdu la trace de la petite Frenchie. Ils m'ont transmis l'adresse des amis qu'elle fréquente ; celle de l'hôtel bas de gamme dans lequel elle a choisi d'habiter, probablement en attendant de pouvoir se loger ailleurs par ses propres moyens ; le numéro de sa chambre. Ses allées et venues ont été consignées. Et un tas d'autres détails.

Et tandis que la sécurité s'occupe de neutraliser la menace que représente Mike Woods pour Sophia et de régler définitivement sa fascination malsaine pour des monstres dont il ignore la laideur réelle, moi, une addiction mal étouffée me taraude. Comme je n'arrive pas à brimer cette envie obsédante de revoir Océane, alors je dois planifier différemment ce projet de reconquête.

Je suis en plein milieu d'un putain de séisme, mais je n'en ai pas fini avec toi, Mlle Rousseau.

43

Océane

C'est ma première fête sur la plage depuis mon arrivée en Australie. A priori, je devrais être surexcitée, avec mon Instax ou mon portable dégainé sur la fonction appareil photo pour immortaliser chaque instant. Mais je n'éprouve pas cette euphorie. Je ne parviens plus à ressentir cette insouciance...

Mélancolique, je retire mes sandales pour mieux marcher dans le sable en direction de l'attroupement joyeux autour du feu de camp. Il y a du monde, j'en connais très peu parmi eux. J'échange quelques sourires au passage avec les invités que je croise en cherchant Louane du regard. Heureusement, nous nous repérons vite et en même temps. Elle lève les bras en criant en français :

– Par ici, ma poulette !

On se claque la bise. Trevor, son copain, en fait de même en me fichant déjà un verre écolo en bambou dans la main.

– Cul sec ! m'intime-t-il, les yeux brillants.

– Bah dis donc ! Même pas un « Coucou, ça va ? » d'abord ?

– Nan ! On veut effacer cet air tristounet, m'incite gaiement Louane. Pas question que tu t'emmerdes ce soir, profite !

Je leur lance un regard amusé avant de renifler le cocktail alcoolisé. Normalement, l'alcool comme le tabac sont interdits sur les plages australiennes, non ? Tout le monde a l'air de s'en battre les reins à l'instant T. Aucune crainte des amendes ni d'un passage en cellule sous bonne escorte, ou que sais-je encore.

– Qu'est-ce que c'est, au juste ? demandé-je, incapable de céder entièrement à cette désinvolture ambiante.

En ce moment, je me fais l'effet d'une nana trop sérieuse, coincée, rabat-joie. Alors que je ne suis pas vraiment ainsi.

– Ce sont des cocktails tout ce qu'il y a de plus sain, m'explique Trevor. Mais libre à chacun de les agrémenter avec le petit plus trimballé dans certains sacs.

Liberté, contrebande et prise de risques donc…

– Vous en avez avalé combien, vous ?

– Quand on aime, on ne compte pas, se marre Louane. Fais-toi plaisir, ma belle, et j'espère que tu as un Bikini sous tes fringues.

Eh merde, j'ai zappé ! Mes pensées chaotiques m'ont fait totalement oublier d'enfiler un maillot de bain avant de me pointer à la *beach party*.

Je fais non de la tête. Louane lève théâtralement les yeux au ciel comme si j'étais un cas désespéré.

– OK, alors tu as deux options, poulette : soit tu me vires ce gilet, ton short et ton débardeur quand on prendra un bain de minuit, soit tu iras dans la mer avec, décide-t-elle.

Euh… je ne crois pas, non…

Je goûte une gorgée pour ne pas définitivement passer pour la coincée de service, chose que je ne suis pas en principe quand je suis heureuse. Louane porte aussi son verre à sa bouche.

– Zut, il est vide, se plaint-elle.

Elle minaude à Trevor d'aller nous procurer d'autres boissons. Je me résous à boire encore. Pas mauvais, leur truc, frais et fruité ; pourvu que cela me mette à moitié d'aussi bonne humeur qu'eux. Je ne serais pas contre un peu de légèreté.

– Cul sec, j't'ai dit ! me rappelle Louane, les joues bien roses.

– Hey ! fais-je mine de me révolter. Je ne suis pas Trevor, moi. Il n'y a que ton chéri qui se laisse mener à la baguette.

– Tu devrais essayer. Lui, il adore ça ! m'affirme cette petite dictatrice avec un clin d'œil.

Conquise, je descends mon breuvage d'une traite. Pour lui faire plaisir et pour me sentir en phase avec l'ambiance chaleureuse qui nous environne. Un immense feu de joie flamboie à quelques pas de nous. Certains dansent au son des guitares et tubes chantés à l'unisson par d'autres. Du Queen. C'est fantastique, je mesure ma chance de vivre une parenthèse pareille au bout du monde.

Même si mon séjour de rêve est moins parfait depuis que Tiger a… Merde, Océane !

Je ne veux plus penser à lui ! J'accompagne Louane et son chéri dans la prochaine tournée de cocktails, déterminée à reléguer le tigre aux oubliettes. Je vais boire et me mêler à la fête, rien d'autre.

Peu à peu, cela fonctionne. Je me détends assez pour massacrer les paroles de « Bohemian Rhapsody » en me tortillant. Même les œillades d'un mec au look de surfeur de carte postale ne me dérangent plus. Quand il se ramène pour danser avec moi, je joue le jeu. J'ingurgite des amuse-bouche, des verres pour lâcher un peu prise. J'essaie de kiffer.

Avec Louane, nous improvisons une chorégraphie puérile, bientôt d'autres nous imitent et ça part en sucette dans une espèce de flashmob spontané sous l'impulsion des nostalgiques de cette mode révolue. Puis s'ensuivent des improvisations de défis TikTok. Tout le monde s'éclate, d'autres tubes s'enchaînent, on scande le refrain de « Ur So F**king Cool » de Tones And I en acoustique et percussions de fortune. Beaucoup se délestent de leurs fringues, continuant en maillot de bain ou en sous-vêtements.

Zut, la baignade nocturne commence !

J'ai à peine le temps d'ôter mon gilet et mon téléphone de ma poche pour les déposer dans un coin avec mes sandales que Trevor me soulève et m'embarque dans la liesse générale. Je termine tout habillée à la flotte. Trevor me soutient qu'il faut se lâcher avant que les flics ne débarquent. Louane rigole. Ils sont presque tous pintés, heureux de savourer une immaturité assumée. C'est exactement ce qui me fait cruellement défaut ces jours-ci. Ça rigole, s'agite, pousse des cris de joie. Je me fais éclabousser, j'éclabousse à mon tour.

Certains jouent à des trucs idiots dans l'eau, d'autres en profitent pour peloter leur meuf, mec ou plan cul repéré dans le lot. Lorsque Louane et son amoureux se mettent à se bécoter, je décide de regagner le sable fin. Soudain, je ne sens plus que ça : ma solitude.

Mes vêtements dégoulinent, me collent à la peau. Je tortille mes cheveux pour enlever l'excédent d'eau. Dans les fringues qui jonchent la plage, je farfouille pour retrouver mes affaires. En ce moment, l'atmosphère est lourde à Sydney avec la canicule et les incendies qui calcinent de vastes espaces dans différentes villes. Mais ce soir, il fait un peu moins chaud et lourd que dans la journée. Même si la pluie tant plébiscitée se fait désirer, l'océan tiède reste rafraîchissant à souhait. Je déniche mon gilet, m'en sers pour me sécher sommairement.

– Tu ne vas pas nous fausser compagnie, beauté ? me hèle le tombeur de tout à l'heure.

Il se pointe en ajoutant :

– Je croyais qu'on avait une touche.

Il me paraît pas mal éméché. Dans le genre plan drague d'un soir, il aurait pu me convenir. Il est plutôt mignon. Mais voilà, aucun des gars ici présents ne me fait d'effet.

Je secoue la tête.

– Tu n'auras aucun mal à avoir d'autres touches, lui dis-je. Je vais rentrer, moi.

Il se rapproche quand même.

– C'est toi et ton petit parfum exotique qui m'intéressez aujourd'hui. Je suis sûr qu'on pourrait…

Il se penche, caresse ma joue. Une part de moi voudrait abattre mes réticences, me pousser à flirter pour me prouver je ne sais quoi. Mais lorsque sa bouche se pose sur la mienne, je ne ressens pas une once de désir, pas la moindre envie de m'amuser avec lui.

Ni lui ni un autre. Car il y a cette infime part de moi qui éprouve des choses incontrôlables. Une blessure et une colère passionnelle contre un riche et arrogant beau gosse sûrement fourré entre les jambes d'une splendide femme à Paris.

La défaite ! Tu te fais du mal toute seule.

– Non, refusé-je en me dérobant à l'étreinte du surfeur.

– Argh, t'es rude, râle-t-il sans trop me prendre au sérieux. Pourquoi es-tu si dure, bébé ? J'te plais pas ?

Il retente de me toucher. Je tiens bon, ma confusion émotionnelle et mon besoin d'aller mieux se dissipent en un éclair. Je regrette de l'avoir un chouia encouragé, là, je ne veux plus flirter, ni aucun contact physique avec lui.

– Écoute, je… je n'ai pas la tête à ça. Quelqu'un m'a récemment… blessée, c'est encore trop frais, tenté-je de me justifier.

– Je vois… Bah tu peux toujours te servir de moi pour sortir ce pauvre type de ta tête, me propose mon dragueur en se montrant à nouveau entreprenant.

– Non, je…

Il est subitement tiré en arrière.

– Elle a dit non ! Et le pauvre type te conseille de dégager illico, ordonne une voix.

Électrochoc ! Sidération !

J'ai un coup de chaud. Le nouveau venu porte une casquette qui plonge le haut de son visage dans la pénombre, mais son allure ne m'est pas inconnue. Sa tessiture rocailleuse non plus.

Tiger ?!

– Merde… soufflé-je, estomaquée. Comment… Que… Qu'est-ce que tu fiches ici ?

L'autre gars bat lâchement en retraite en titubant dans le sable. Et en râlant :

– Pas cool, mec.

Je voudrais presque le supplier de revenir maintenant. Pour ne pas être seule avec Tiger Sexton planté devant moi. Avec ses prunelles assombries en train de me dévisager. D'où sort-il ? Il n'était pas censé être en Europe pour plusieurs jours encore, selon les médias ? Depuis quand sont-ils rentrés ? Comment m'a-t-il retrouvée à cet endroit précis ?

Lui ne me fournit aucune explication. Il me fixe avec intensité jusqu'à ce que je réalise que mes habits trempés dévoilent un peu trop mes courbes. Mes joues s'enflamment, de colère ou de dépit envers moi-même. Je ne sais plus.

– Que fais-tu là ? reprends-je, en croisant mes bras sur ma poitrine pour masquer mes tétons et retrouver un ersatz d'assurance.

– Si c'est ainsi que tu comptes m'oublier, place la barre plus haut que ça, élude-t-il en désignant la direction vers laquelle le surfeur s'est barré.

Son arrogance me pique au vif. Je décroise les bras, m'avance et lui assène une gifle.

– De quel droit ?! m'écrié-je. Tu te prends pour qui à débouler comme ça et te mêler de ma vie privée ?

– Ta vie privée me concerne, Lily, soutient-il.

Il encaisse ma claque comme si elle ne l'avait pas atteint alors que ma paume me brûle. Suis-je bête, il ne sent que dalle ! Je me retiens de lui en coller une deuxième, même si cela me démange grave.

– Sûrement pas ! me braqué-je. Casse-toi !

– Tu viendras avec moi ? résiste-t-il sans sortir de ses gonds.

– Même pas en rêve ! Va-t'en ou je hurle et je fais savoir à une foule de jeunes bourrés que Tiger Sexton est sur la plage avec nous, le menacé-je. Tu seras grillé en moins de deux.

Il serre les mâchoires, me défie silencieusement.

– Essaie un peu pour voir ? m'incite-t-il au bout de quelques secondes.

– Ah ouais ? Tu crois que je bluffe ? le mets-je en garde. Dégage, Tiger !

Il n'amorce pas le moindre mouvement. J'inspire une grosse bouffée d'air et ouvre la bouche pour meugler :

– LES GARS ? TIG…

Soudain, ses mains m'attrapent, me fracassent contre son corps. L'une glisse dans mes cheveux, saisit ma nuque. L'autre serre ma hanche. Sa bouche fond sur la mienne. Impitoyable, déterminée, avide. Il étouffe mes mots, aspire mon souffle.

Alerte rouge. Je ne veux plus, je ne veux plus ouvrir la boîte de Pandore…

44

Tiger

En débarquant à cette soirée sur la plage, je n'avais pas prévu de déraper ainsi, pourtant je n'arrive plus à m'arrêter. Le sel de mer et le goût d'Océane s'infiltrent dans ma bouche. Je sais qu'elle est furieuse, elle me griffe. Mais au lieu de mettre un terme à mon baiser, je l'approfondis. Sa colère, son tempérament de feu décuplent ma fougue…

Qu'est-ce que je fous ?

Pourquoi je ne parviens pas à cesser de l'embrasser ? Elle barbotait dans le Pacifique avec une bande de petits cons en état d'ébriété, nom de Dieu ! Savoir que l'un d'entre eux bavait encore pour elle, prêt à passer outre son refus il y a quelques secondes, me rend dingue. Son microshort en jean et son débardeur humide et transparent aggravent la situation.

De son côté, Océane me livre une bataille passionnée, que je compte gagner ! Je redouble d'ardeur.

Bon sang, ça m'a manqué ! Cette bouche, ce corps, cette odeur.

Ça ne dure pas aussi longtemps que je le voudrais, elle réussit à se libérer de mon étreinte. Essoufflée, excitante à se damner, et furax. Son regard se braque sur moi telle une arme. Ses lèvres roses boursouflées m'attirent encore et m'empêchent de faire redémarrer mon cerveau.

– Espèce de mufle ! me balance-t-elle.

– Ravi de te revoir aussi, petit bourgeon.

– Quand vas-tu arrêter de me donner des surnoms à la con ? Et de croire qu'il suffit que tu veuilles quelque chose pour que j'obéisse ?

– J'arrêterai quand tu m'auras aidé à ne plus ressentir cette avidité pour toi.

– Tu débloques ou quoi ? Moi, je ne te cours pas après. J'ai juste eu la bêtise de céder à tes avances et ce n'est plus d'actualité maintenant.

– Vraiment ? Parce que je le sens toujours, ce truc entre nous, même à distance, même après avoir mis fin à ton contrat. Les étincelles crépitent encore. Ce feeling est là, avec la même intensité, explosant tous les records.

– Non, tu te goures.

– Tant que j'aurai ce genre d'érection rien qu'en te voyant, j'en doute. J'ai failli y renoncer pour Sophia et un paquet de raisons, mais le fait est que…

Je lui indique ma braguette. Son attention y dévie. Puis elle réalise son erreur et replante ses billes vertes dans les miennes en rougissant. J'ébauche un sourire.

– Tu me fais ce truc, Océane. Pas Sophia, pas une autre. Toi.

– Stop, murmure-t-elle en essayant de masquer son trouble.

– Tu veux vérifier ?

– S'il te plaît, va-t'en. Je ne veux plus jouer à ça, Tiger.

– Ce n'est pas un jeu. Et je… me rends compte que je t'ai blessée. Je t'ai repoussée pour prouver – et me prouver – que j'avais le contrôle.

D'abord décontenancée, Océane est à court de répliques cinglantes. Elle déglutit, recroise ses bras. Ce n'est peut-être pas le moment de lui avouer que ses seins me font quand même triper ? Non, elle le lit dans mes pupilles et s'agace de déchiffrer clairement mon désir. D'y être sensible en dépit de son orgueil.

– Je vois… Donc, tu veux « me récupérer » pour te prouver la même chose ? Renforcer ton pouvoir sur tout et tous ceux qui gravitent autour de toi ? s'offusque-t-elle. Sauf que voilà, je ne ressens plus rien, Tiger.

Je secoue la tête, mon sourire s'élargit. J'avance, Océane recule, déconcertée.

– Rien ?

– *Nada*. Tu ne m'attires plus, persiste-t-elle. Ce n'était que du sexe. La seule qui a le pouvoir sur mon corps, c'est moi. Toi, c'est fini !

– Quelle délicieuse petite menteuse. Donc, si je te touche encore, ça ne te fera ni chaud ni froid ?

– Ne t'avise même pas, Tiger, m'intime-t-elle en me fuyant un peu plus.

– Que crains-tu ? De ressentir exactement les mêmes sensations que la dernière fois qu'on a baisé ? Tu n'y repenses plus, Lily ? dis-je d'un ton taquin.

– Pas du tout. C'est terminé, soutient-elle.

– Je te croirai si tu relèves le défi.

– Lequel ?

– Si tu restes de glace et me démontres que tu n'es plus réceptive, tu ne me reverras plus. Je t'en donne ma parole.

Elle hésite. Je réduis la distance entre nous, elle en instaure une nouvelle en faisant non de la tête. Moins sûre d'elle, un brin paniquée. Je tente de l'amadouer, de la rassurer, de négocier le virage…

– Mais tu as raison : tu as le pouvoir, ma douce rebelle. Sur tes choix, et aussi sur mon pénis depuis un petit moment.

– Tiger…

– OK, j'ai voulu couper court à tout ça. À tort… Mon couple a de vilains petits secrets qui me rendent moins libre que toi, à cet instant. Mais, oui, j'aime avoir le contrôle sur certaines zones secrètes de toi, Océane. Et être le seul à en avoir les clefs.

Je l'enveloppe d'un regard de convoitise. Voilà où j'en suis. Passer de l'absence totale d'attirance sexuelle pour Sophia aux plaisirs fugaces achetés à des femmes que j'oubliais après chaque éjaculation, à ce désir qui ne s'éteint pas, ne cesse jamais de croître. Pour cette nana qui me tient tête, qui dévore des frites dans ma bagnole et m'asperge de plaisir pendant l'orgasme.

– Non… proteste Océane.

J'avance, elle flippe. Sans doute effrayée par ses propres réactions… et par l'envie vorace qu'elle m'inspire.

– Non. Ne t'approche pas, Tiger.

– Parce que ce serait dur de continuer à te mentir ?

– Je refuse de rentrer à nouveau dans ce délire, c'est tout.

– Et moi, je refuse d'ignorer ce fichu brasier qui couve encore entre nous.

Elle vire au rouge pivoine. Ses pupilles se dilatent, même si elle s'efforce d'ériger une barrière de fortune entre nous. Elle m'en veut, précisément car je l'attire toujours. Je me trompe ? Mon rejet l'a affectée parce qu'elle non plus ne maîtrise pas ce feu en nous, en elle.

Je le sais, je le vois. Et ça me fait bander.

– Il… commence Océane, avant de se racler la gorge. Il ne se passera plus rien entre nous, s'entête-t-elle.

– Très convaincant, la charrié-je. J'adore les défis, le plaisir est moins grisant quand on ne se bat pas pour obtenir ce qu'on veut, n'est-ce pas ? Je n'aime pas les victoires faciles, je n'aime pas le conventionnel ; toi non plus, Océane.

– Non, tais-toi, Tiger ! J'ai comme une impression de déjà-vu, se raffermit-elle. Cette fois-ci, c'est définitif.

Je marque une pause, puis acquiesce.

– Très bien. Je ne te forcerai jamais, sweetness. Ça aussi, je te l'ai déjà dit. Je t'accorde le temps de te persuader toi-même à propos de ce « plus rien ». Moi, je n'y crois pas. Sinon, tu aurais peut-être laissé l'autre idiot t'embrasser tout à l'heure, ou même plus.

– Je n'ai pas à me justifier. Je ne compte pas revenir en arrière, désormais j'avance. Sans toi, sans Sophia. Dégage !

Avec un air buté, elle me brave fièrement. Je détaille sa silhouette, je caresse des yeux ses bras, ses cuisses, sa crinière mouillée.

– Fiche-moi la paix, Tiger, m'ordonne-t-elle, plus ébranlée qu'elle ne voudrait me le montrer. Trouve-toi un autre passe-temps !

– Bien, conclus-je. Je ne serai pas loin quand tu ne pourras plus te cramponner à tes mensonges.

Elle bat des cils, tente de se ressaisir.

– Je t'interdis de réapparaître ou de me surveiller, se révolte-t-elle.

– Une interdiction ? Désolé, je fixe et suis mes propres règles. Tant que j'aurai la certitude de m'enfoncer bientôt en toi et de te contempler en train de frémir sous moi, tu me reverras, Océane.

Elle plaque ses paumes sur son visage et souffle longuement, ne sachant plus comment me contrer.

– Dans ce cas, se ressaisit-elle, je vais prendre un malin plaisir à me taper le prochain mec qui me tentera assez pour te remplacer. Parce que, tu vois, Tiger Sexton n'est pas irremplaçable.

Je hoche la tête.

– C'est ce qu'on verra, mon bourgeon. Je relève le challenge.

Plus l'objectif est haut, dur à atteindre, plus il me motive. L'échec n'est pas une option. Jamais. Je tourne les talons. Océane crie un « Putain ! » excédé dans mon dos. Je savoure cette manifestation de sa colère, car cela me prouve que je l'ai perturbée.

Alors, j'occupe ton esprit autant que tu peuples le mien…

***

Océane

– Il me… Aaaargh ! m'écrié-je.

Je regarde Tiger s'éloigner, ma respiration est en vrille.

Que vient-il de se produire, punaise ?

J'en tremble. Complètement dégrisée, je dévisage à nouveau le chemin par lequel il est parti. Il disparaît dans la nuit, comme il est apparu. En me laissant en proie à une multitude d'émotions ambiguës.

Qu'est-ce qu'il veut à la fin ? Me rendre dingue, complètement irrationnelle ?

Sur cette plage bondée, on aurait pu se faire mitrailler de photos par un tas de Smartphones. Être exposés sur des comptes Insta et Snapchat à foison. Partout ! J'effleure mes lèvres qu'il a sauvagement dévorées.

Quelle conne ! Je n'aurais pas dû le laisser m'embrasser et se rendre compte que je…

… chavire facilement quand il me regarde ou m'effleure ? Il me fait encore de l'effet. Trop d'effet. Et une image volée aurait pu immortaliser cette défaite. Moi en pauvre midinette placardée sur le tableau de chasse d'un milliardaire marié. Il n'en a peut-être rien à foutre. Mais Sophia, qu'en penserait-elle ? Ce n'est pas que mon image qui en prendrait un sacré coup.

Mes méninges clignotent dans tous les recoins. Putain, il m'a embrassée ! Et j'ai été incapable de résister farouchement.

– Aaaargh ! m'emporté-je encore contre moi-même.

– Oh ! tressaute quelqu'un de passage non loin. Ça va, miss ?

– Ça va super, merci, maugréé-je en ramassant mes affaires.

Ma raison voulait rejeter Tiger, j'aurais dû le faire avec plus de conviction. Cet homme a entamé une partie vicieuse avec moi, je ne serai plus son jouet. Je ne veux pas finir paumée et sans volonté à cause d'un homme pareil. À force, je vais perdre toute estime pour l'Océane qui palpite quoi que Tiger fasse.

À moi d'agir, pour ne plus me sentir impuissante face à ce qu'il veut ou ne veut pas, et quand il le décide.

Ah, mais oui ! J'ai un atout considérable dans le jeu moi aussi, pour me barricader et me défendre. Déterminée, j'entre dans le répertoire de mon téléphone. Je cherche la lettre H et trouve le prénom qui m'intéresse. J'appuie sur la touche d'appel.

Fini le yo-yo avec moi, Tiger. Je ne baisserai plus la tête pour subir les aléas de la vie. Je prends le plein pouvoir et j'assume MES choix !

Le téléphone sonne, le destinataire de l'appel tarde à décrocher.

– Allô ? entends-je enfin au bout du fil.

Ne te dégonfle pas, ne te dégonfle pas...

– Salut, Harry, dis-je. C'est Océane, la Française, tu te rappelles ?

Il ne réagit pas. Zut ! Son silence est mauvais signe. Ce gars ne se souvient probablement même plus de moi.

– Océane ? répète-t-il. Quelle surprise ! Bien sûr que je me rappelle de toi... La copine blonde sexy de Sophia Sexton.

Mouais, ça ne commence pas trop mal en fin de compte. Enfin... sa voix me paraît quand même... bizarre. Il est bourré ? Incertaine, je lui demande :

– Euh... oui. Quoi de neuf, Harry ?

Il émet un rire déroutant, instantané.

– À ton avis, ma jolie ? Laisse-moi deviner : Sexton t'envoie pour s'assurer que j'agonise ?

– Hein ?

Pourquoi ramène-t-on tout à Tiger ?

Je commence à douter de mon plan, je ne saisis pas de quoi Harry me parle. Il rigole encore. Maintenant, je suis presque sûre de l'interrompre en pleine picole. Ou pire ?

– Pourquoi tu dis ça, Harry ?

– Tu es pote avec la femme de cette ordure et il s'est montré très protecteur chaque fois qu'il m'a vu avec toi. Donc…

– Je… n'ai plus trop de contact avec eux… bafouillé-je, perturbée par la rancœur que je sens suinter de ses mots.

Certes, Tiger ne le supporte pas et cela semble réciproque. Différends professionnels ? Rivalité ? Autre chose ? L'esclandre au Velvet & Diamonds lui est probablement resté en travers de la gorge. Mais d'un autre côté, cette animosité entre eux me serait utile pour remettre ce control freak à sa place. N'est-ce pas ?

Tiger m'a mise au défi de placer la barre plus haut. Eh bah, il sera servi !

Qu'il fasse ce qu'il veut de Sophia. La rejeter, la reprendre, la couvrir de cadeaux et d'indifférence. Elle kiffe ça, sinon elle ne serait pas toujours aussi accro à lui. Pas moi !

– Sûr ? grogne Harry.

– Oui, Tiger n'a rien à voir avec cet appel. Il ne me dicte pas ma conduite, me ressaisis-je. Mais manifestement, je tombe mal ?

Mon plan de secours semble hésiter, je me gratte la tête en m'interrogeant sur ce qu'il s'imagine. A priori, il me croit juste « amie avec Sophia » donc il n'a aucun moyen de connaître mes motivations ou mes liens passés avec celui qu'il ne peut pas saquer.

– Non, c'est cool, réplique-t-il. C'est juste que… je ne pensais pas que tu me rappellerais.

– Je me disais qu'on… était libres de se revoir si on en avait envie, pas vrai ?

– Carrément. Ça peut s'arranger, dit-il d'une voix radoucie et… un chouia pâteuse. On dîne ensemble… demain ? Disons vingt heures trente ?

– Pourquoi pas ?

– Top ! s'emballe-t-il. Envoie-moi ton adresse, je passerai te chercher.

– Ça marche. Bonne soirée, Harry.

Je raccroche et pousse un « Yes ! » victorieux. J'ai décroché *the* rencard ! Quasi sans effort.

OK, les choses vont plus vite que prévu, mais je vais gérer. Fini de tergiverser. L'apparition de Tiger ce soir et ma réaction lamentable ne se reproduiront plus. Je vais lui ôter toutes ses illusions de me refaire tomber dans ses bras.

Quitte à me montrer publiquement avec un gosse de riche qui pourrait avoir les mêmes défauts ?

À moi de faire en sorte de mener la danse. Forte de cette décision, je suis mon intuition et tape « Harry Carter » dans mon moteur de recherche. Histoire d'être mieux préparée cette fois-ci.

En une, je tombe sur :

« Tiger Sexton et son empire financier, TS Naval, ont encore frappé ! L'héritier de Carter Industries est en très mauvaise posture. »

Eh merde ! Voilà pourquoi Harry semblait bizarre.

Tiger l'a baisé lui aussi. D'une autre manière.

La presse financière, le cours des actions et leurs fluctuations n'ont jamais été ma tasse de thé. Je découvre maintenant que la Bourse de Sydney est en effervescence suite à une série d'actions stratégiques menées par le tigre des finances… contre Harry Carter.

Et je vais dîner avec ce gars sûrement plus aigri que je ne le pensais ? Purée, qu'ai-je fait ?

45

Tiger
TS Naval, Sydney, appartement de Tiger
Trois heures du matin

Marre de m'abreuver de boulot pour ne penser à rien d'autre !

Après une séance intensive de sport, après avoir traité tout ce qu'il fallait, je suis à nouveau au point zéro. Ce moment où j'ai besoin de distraction pour bloquer la foule de fantômes dans ma tête. Ils… ils ne disparaissent jamais, j'ai juste réussi à garder en permanence ces images sous contrôle. Je les extirpe quand j'ai besoin de plus de niaque, de rage, de fureur de vaincre.

Avoir l'objectif final dans un coin de ma tête. Toujours.

Mais c'est grave si Océane prend de plus en plus de place là-dedans. Plus elle me résiste, plus elle attise une autre soif de victoire en moi. Alors que théoriquement cela devrait tirer ma sonnette d'alarme. Me faire freiner au lieu de compter sur sa capitulation. Sa peau, ses lèvres, ses gémissements, sa jouissance…

Merde ! Il y a un autre moyen de te relaxer si l'option baise est désactivée. Retourne dans ta « boîte ». Ça fait longtemps…

OK. La boîte. J'éteins mon ordinateur et me lève. J'ôte ma montre, la dépose, commence à me déshabiller, à virer l'intégralité de mes fringues. Les images me reviennent. Immaculées, fleuries, elles essaient de semer le chaos. Océane, Sophia, les victimes…

Je dois maîtriser ça, putain !

Je m'efforce de penser à Sophia. Elle m'a envoyé des messages, les Hood et elle prennent le jet dans deux jours pour venir à Sydney. Ce temps, j'en ai besoin pour foutre de l'ordre. Remettre les filtres là où ils doivent être. Dans ma tête, dans mes fantasmes. Car ce sera le top départ de la dernière action en France. Puisque des extraditions ont été négociées entre-temps entre nos deux pays, mon équipe doit agir avant…

Oméga, le Bourreau, le retour de Byrne, la suite…

Mes neurones ne trouvent plus de repos. Surexcités, fous de trac, ils tournent à plein régime, passent d'une urgence à une autre. Sous la douche d'avant immersion, les yeux fermés, j'essaie de calmer cette tempête. L'image d'Océane sur la plage dans ses habits mouillés resurgit. Si je pouvais au moins assouvir ce désir-là, je trimerais moins à trier le reste. La baiser. Ne plus permettre à cette confusion de s'installer. Ne plus être hanté par ma promesse et tout ce qui m'y a mené… Nous épuiser d'orgasmes, Océane et moi, pour retrouver la maîtrise de la situation.

Mais je n'ai que ma bonne vieille option bis, ce soir.

Je sors de la douche, chope une serviette et me dirige vers la pièce dont la porte est close. Je positionne mon œil face au scanner pour la déverrouiller. Un bip résonne. Le battant se referme derrière moi. Les lumières s'allument. L'espace réservé à mes *check-in* médicaux se trouve ici. Toutefois, ce n'est pas ce qui m'intéresse. Je vais de ce côté uniquement quand je finis par accepter que mon toubib m'ausculte pour vérifier que je ne traîne pas une fracture, une blessure grave ou autre connerie sans en avoir été alerté par un quelconque stimulus de douleur…

Je suis censé me plier à ce protocole très régulièrement. Enfant, on m'y obligeait toutes les semaines. Maintenant, je suis seul à décider.

De ça, de tout… Même si cela devient lassant.

Je balance ma serviette sur un fauteuil. Puisque je ne peux pas me servir du sexe, j'ouvre l'outil de relaxation : ma boîte. Un caisson de privation sensorielle. Muni de mes bouchons d'oreilles, je programme la durée du cycle. J'enjambe le rebord du bac. Le liquide tiède sur mes pieds éveille des sensations familières. À une époque, il n'y avait que cela pour m'apaiser durant une heure ou deux.

Entrer en flottaison… Me mettre au sommet de tout pour reprendre la maîtrise sur moi-même.

Je m'allonge dans l'eau, la boîte se referme sur mon corps flottant, mes paupières retombent.

Le calme. Le néant. Plus de son. Plus de nuisances visuelles. Plus de contact. Je suis isolé du monde. Mes sens s'annihilent, se mettent sur pause. Je cherche une espèce de paix intérieure, essayant de me détendre complètement et d'atteindre la phase thêta : ma préférée. Cette longue parenthèse durant laquelle j'ai le plein pouvoir sur mon cerveau, mes pensées, mes souvenirs, ma concentration. La quête du bien-être absolu. De plus en plus relax, je laisse les images s'infiltrer dans mon crâne, je les laisse venir.

Bribes de vidéos… Des filles offertes… Orgie… Rites sexuels… Un infini de perversions…

Je ne vois pas le temps passer, l'horloge n'a plus d'importance. Je flotte, me déconnecte, me débarrasse de tous les poids. Une éternité plus tard, un bip discret m'indique l'ouverture du caisson de privation sensorielle. Je sens à nouveau l'air sur ma peau humide et le contraste de température. Je reste allongé un instant dans le liquide salé, l'esprit alerte.

Je me dirige vers la salle de bains pour me doucher à nouveau et enlever le sel sur ma peau. Je balance la serviette à travers la pièce, au passage.

Le passé a défilé dans mon crâne, tout s'est de nouveau agencé à sa place. Par ordre de priorité. Aujourd'hui…

Aujourd'hui, je veux amener Océane à baisser sa garde. Qu'elle redevienne mon sas de décompression, la bulle de normalité dans mon jardin secret matrimonial. Cette blondinette, si indépendante, canon et têtue, a été mon havre de paix en temps de guerre et de compromis pesants.

Aujourd'hui, plus que jamais, je veux retourner dans ce havre.

***

Océane

Sortir avec Harry Carter ? J'ai grave déconné, punaise !

J'espère que le silence radio du côté de Tiger est bon signe, au moins. Il ne m'a pas harcelée de messages ni d'appels, il n'a pas déboulé ici. Ce qui me stresse, c'est qu'il n'est pas du genre à lâcher l'affaire sur une défaite.

Mais dîner avec un adversaire qu'il a terrassé n'était peut-être pas une si brillante idée. Je tourne en rond dans ma chambre, en analysant la situation pour la énième fois.

Que faire ? Annuler ?

Harry Carter a été humilié en public. Il est forcément plus en rogne contre Tiger. Bien plus que je ne le suis ? Profite-t-il de mon initiative pour se venger d'une quelconque manière en sortant avec moi ?

Non ! Non ? Si ? Purée, réfléchis, Océane !

Je continue mes cent pas. Si ça se trouve, Harry était trop pinté et il aura tout oublié de cet appel après avoir fini de cuver. Oui, il y a des chances qu'il ne s'en souvienne plus à l'heure qu'il est. Et puis, pourquoi m'utiliserait-il pour atteindre Tiger si je ne suis qu'une « amie de Sophia » qui n'a plus de contact avec le couple Sexton ? Dans cette logique, ce serait juste un banal dîner pour se remonter le moral. Enfin, j'espère.

Arf, je ne sais plus quoi supposer !

Le souvenir du baiser de Tiger et sa certitude inébranlable de me remettre dans son lit piquent à nouveau mon amour-propre. Je pousse un soupir, me laisse tomber dans mon matelas. Ne ferais-je pas mieux de vivre ma vie, loin des connexions sociales et professionnelles des Sexton ? Au lieu de compliquer davantage mon existence déjà bien pourrie.

Justement, c'est ce que je m'efforçais de faire jusqu'à hier soir sur la plage.

J'ai été expulsée de leur monde, j'étais sur le point de tourner la page. Malheureusement, rien ne me garantit que Tiger ne continuera pas à agir comme ça lui plaît. Tout comme rien ne me garantit que je ne partirai pas au quart de tour s'il recommence.

J'écris et efface une fois de plus le texto que je rédige à l'attention de Harry pour annuler.

Décliner l'invitation ou aller au bout, en mesurant les nouveaux enjeux ?

Tout à coup, le sort décide à ma place. Mon portable me signale la réception d'un message.

[Je veux ton adresse, belle Parisienne.
Hâte de te retrouver ce soir.]

Eh merde, il se rappelle très bien et il est au taquet ! Je commence à lui écrire une réponse. Puis une autre la remplace, une troisième, et une quatrième, bien différente. J'inspire, m'autopersuade et me lance enfin en notant l'adresse de mon hôtel avec un « À ce soir, Harry », désinvolte en apparence.

Les dés sont jetés. Tiger a peut-être le monde à ses pieds et de « vilains petits secrets de couple », comme il l'a dit, mais je gagnerai cette dernière manche pour le refouler. Et clamer ma liberté ! Décidée, je me mets Icona Pop et Charli XCX à fond sur le titre « I Love It ». En scandant *« I don't care, I love it ! »*, je commence à passer en revue ma garde-robe pour dénicher la tenue idéale pour ce dîner.

***

20 h 40. La réception ne m'a toujours pas informée de l'arrivée de mon rencard. Il n'est pas ponctuel. Tout le monde n'est pas un psychorigide de l'horloge comme Ti…

Merde ! Pourquoi je repense sans arrêt à quelqu'un que je veux fuir ? On cesse ça tout de suite !

Je descends de ma chambre avec dix minutes de retard pour attendre dans le minuscule salon de la réception de mon hôtel. Je ne sais pas si Harry est juste à la bourre ou s'il va me poser un lapin. À vingt heures quarante-cinq, mon doute s'amplifie. Il a peut-être cogité et regretté son invitation ? Et s'il ne m'avait pas crue et s'imagine toujours que je suis au service de Tiger pour l'approcher? Le besoin pressant de discipliner mes nerfs et mes pensées m'incite à sortir fumer sur le trottoir.

Il fait lourd. On dirait qu'il va pleuvoir après des semaines de ravages causés par les incendies à divers endroits du pays. Toute la population espère cette pluie, moi je regarde le ciel et me sens aussi morose. Ma conscience me turlupine…

Latte après *latte*, je me rends à l'évidence. Non, ce ne serait pas juste envers Carter de le mêler à ça. En prime, je n'ai aucune envie de passer la soirée avec lui. Je dégaine mon portable pour l'appeler et faire marche arrière. Il décroche à la première sonnerie.

– Ma Frenchie! s'enthousiasme-t-il. Désolé du retard, je suis en train de me garer.

Mince!

– Où ça?

– Audi grise… Moi, je te vois.

Je regarde autour, embarrassée. Soudain, je me fige. Oui, Harry est là. Et comme dans un remake flippant de ma propre vie, j'aperçois quelqu'un d'autre que je n'attendais pas.

Tiger Sexton. Putain de karma, Océane!

Un souvenir violent me foudroie. Deux hommes que je « fréquente » qui se retrouvent soudain au même endroit. Le guet-apens, les coups de Victor et de ses potes pleuvant sur Romain. Mes cris d'effroi. L'effet de surprise. Ma trouille. Mon rendez-vous avec mon petit copain qui tourne au règlement de compte et moi, pétrifiée, perdant le contrôle de la situation… Tout remonte à la surface et s'amalgame avec le présent. L'éternel recommencement…

Bien sûr, ce n'est pas totalement pareil. Là, nous ne sommes pas en France. Je ne suis plus une ado de 16 ans, et ces deux hommes ne sont pas des petites frappes d'un quartier populaire. Mais même dans la cour des grands, avec un décor de cinéma et le temps qui se gâte, les résultats se ressemblent.

L'un des mecs me convoite, l'autre le déteste et à cause de moi, leurs chemins vont de nouveau se croiser… Ici et maintenant…

À peine trois véhicules les séparent. Ils finiront par se découvrir l'un l'autre dans quelques secondes. Mon cœur palpite, mes mains deviennent moites. Il faut que l'un des deux parte immédiatement et Tiger n'obéira pas.

Je le sais. Il n'y a pas plus indocile que lui.

– Euh… Harry, me mets-je à bredouiller au téléphone, mes yeux pris au piège par ceux du tigre adossé contre une voiture en face de l'hôtel.

Comme si lui se tenait ici depuis un moment, se demandant s'il allait entrer dans l'établissement ou pas. Il m'attendait ? Savait-il que Harry venait me voir ? Mes synapses ralentissent.

– Je… reprends-je. Je ne me sens pas très bien. J'aimerais… reporter notre dîner.

– Tu as l'air en forme pourtant, doute Harry. Il y a un souci ? Attends, j'arrive, tu me diras ça.

Il raccroche sans attendre ma réponse. Tiger me fixe toujours ; il détecte ma panique, je crois. Il me scrute, me dévore des yeux. Puis sa tête finit par se tourner dans la même direction que moi lorsque mon rencard sort de son Audi et verrouille ses portières.

Mon Dieu, pas de clash, je vous en supplie…

Harry Carter blêmit tandis que le regard de Tiger se durcit.

– Sexton ?! s'écrie le premier. Le salaud est de retour !

Tiger s'avance vers moi.

– Qu'est-ce qu'il fiche là ? me demande-t-il, le ton dangereusement calme.

– Donc j'avais raison, tu m'as piégé, grogne Harry. Ton appel, c'était pour que Sexton vienne fanfaronner !

Tiger plisse le front. Dans la maîtrise. Plus l'autre crache son venin, plus le tigre me fixe tel un prédateur s'avançant lentement sur son territoire. Ses yeux bleus devenus froids me disent :

« Tu l'as invité ? Tu t'apprêtais à sortir avec ce petit con après m'avoir dit non ? »

– Ah, non, le connard a décidé de m'ignorer, s'enflamme toujours Carter. Regarde-moi, Sexton !

Oh, merde, il lui fonce dedans ! Le poing de mon « prétendant » du jour se fracasse sur le coin des mâchoires de Tiger, toujours trop posé. Un cri m'échappe. Pas parce que j'ai peur qu'il blesse mon ex-amant, mais plutôt pour l'inverse.

Je me rappelle que l'un des deux ne sait pas ce que c'est que d'avoir mal, et je suis certaine qu'il cognera bien plus fort s'il riposte. Harry, inconscient et aveuglé par sa rage, réitère. La paume de Tiger bloque sa main. Il serre les mâchoires, l'œil menaçant. Je hurle en français :

– Tiger, s'il te plaît ! Ne fais pas ça !

Ses iris s'affolent sur moi.

– Elle est quoi exactement ? le cherche encore son adversaire qui n'est pas de taille. Votre petite boniche ?

C'est le mot de trop. Tiger ramasse son col, sombre de colère, et il le neutralise dans son agitation ridicule. Puis il demande à Carter avec un sang-froid de dingue :

– Excuse-toi.

– Quoi ? vocifère mon rencard.

– Tu. Présentes. Tes. Excuses. À. Océane, répète lentement Tiger en anglais.

– Tu te fous de moi, Sexton ? C'est toi qui… Aaaah ! gémit subitement Harry.

La poigne de Tiger comprime son cou. Et c'est à ce moment que je sens les premières gouttes de pluie s'écraser sur nous.

– Excuse-toi, Carter. Maintenant ou je saccagerai bien plus que ton héritage, persiste Tiger, imperturbable.

Leur duel visuel me file des frissons. L'autre vire à l'écarlate, les cervicales dans un étau face au visage intimidant qui le surplombe. Harry flanche très vite, il me crache un pardon en toussant. Tiger le relâche, hoche la tête et lui ordonne :

– Bien. Tire-toi !

Il ne prête pas attention aux grossièretés et menaces que Carter recommence à éructer. Maintenant, l'œil du tigre se braque sur moi avec plus d'intensité. Pendant que le déluge accueille le départ en trombe de l'Audi de Harry.

Tiger se rapproche, retire sa veste, la pose sur mes épaules. Mes cheveux dégoulinent maintenant, et je n'arrive pas à m'empêcher de trembler sous l'effet du contrecoup. J'ai eu peur que ça dégénère, j'ai eu tellement peur. Tel un boomerang, la scène avec Romain percute violemment mon esprit affolé…

Écroulé par terre… Les bruits sourds des godasses sur son corps… Sa colonne vertébrale qui pète sous la violence redoublée… Les sons rauques d'agonie qui sortent de sa bouche… Et moi, transie, en train de pleurer, de hurler et de vivre le cauchemar en direct.

– VICTOR, NOOOON ! Arrêtez, s'il vous plaît !

Ici et maintenant, Océane. Ici et maintenant. Cesse de trembler, ressaisis-toi.

Je n'y parviens pas, je reste comme figée dans un entre-deux. La lueur dangereuse dans le regard de Victor, son rictus de haine. Les coups, encore et encore. Il est incontrôlable et moi, impuissante. Embrouillamini, je n'arrive plus à me raccrocher à rien…

– Romain ? À l'aaaaaiiide ! Aidez-moi !

Les grandes mains de Tiger se ramènent sur mes épaules. Il les presse, me reconnecte au présent, à lui.

– Hey ? Tu es trempée, viens, me propose-t-il.

Je ne sais pas pourquoi… Un truc dans sa voix ? Dans son regard ? La pression qui retombe ? Soudain, je craque, je suis secouée de sanglots inopinés. Tiger, pris au dépourvu, jure dans sa barbe et m'enlace.

– Je suis désolé. Ne pleure pas, ma douce, s'il te plaît.

Des mots sortent, hachés, ma bouche appuyée contre son torse :

– Tu… tu ne l'as pas cogné… Même si tu l'as… Et je suis… là, à frissonner sous… la flotte. Je suis… ridicule.

– Non, tu ne l'es pas, me murmure Tiger.

Il me décolle légèrement pour soulever mon menton vers son visage. Lui aussi est mouillé, odieusement sexy. Ses cils perlent d'eau, son regard profond me trouble. Il n'y a plus de colère, plus d'arrogance, plus de… rejet.

Sa bouche… Non…

– Merci, dis-je dans un chuchotement.

– Pourquoi ? hésite-t-il.

– De… Tu aurais pu être encore plus violent, plus brutal, tu t'es contrôlé. Est-ce parce que je te l'ai demandé ?

Ses prunelles vont de mes yeux à ma bouche, puis vice versa. Il me liquéfie malgré moi et sous l'averse déchaînée.

– Pour une fois avec ce bouffon, je m'en suis tenu à un point de mon code d'honneur : ne pas frapper un homme à terre. Du moins pas avec mes poings. Mais oui, dans ce cas précis, je me suis retenu principalement pour toi, admet-il. Tu étais terrifiée.

Ses mots me font perdre encore plus les pédales. Il essuie vainement mes larmes. Lorsqu'il se penche encore, je ne le repousse pas. Aucune partie de moi ne souhaite le rejeter, n'en a l'énergie.

– Autorise-moi à t'embrasser… me supplie-t-il.

Mes lèvres s'entrouvrent. Il sent bon, il a l'odeur de la plus délicieuse des bêtises. Virile, capiteuse, inoubliable. Nos souffles se mélangent, sa langue envoûte la mienne. Un baiser obscène, vorace, incendiaire sous une douche céleste. Je me livre, il me prend. Sans concession.

– Ça ne va pas me suffire, ça, me confesse Tiger contre ma bouche. Je veux te sentir jouir pour moi.

Il m'embrasse à nouveau, me permettant de jauger son niveau d'excitation, largement à la hauteur de la mienne. Il parvient à effacer peu à peu les réminiscences horribles qui avaient afflué en moi jusqu'à devenir trop précises, trop réelles. Dans les prunelles de Tiger, Victor s'évapore enfin, cette violence inouïe aussi…

– Dis quelque chose, Lily… *Please*.

– D'abord… tu me dois des excuses, toi aussi.

Un sourire irrésistible étire ses lèvres, ses pupilles dilatées me dévisagent.

– Je te présente mes plus plates excuses, mademoiselle Rousseau. Désolé de t'avoir fait mal. Tu me manques trop, et j'ai atrocement envie de toi, il faut que tu me pardonnes.

Stupéfaite, je n'arrive pas à croire qu'il accède à ma demande. Comme ça, maintenant, à sa manière. Mais putain, Tiger Sexton vient de s'excuser !

46

Tiger

– Waouh, souffle Océane.

Je me demande si elle est touchée par ce que je viens de dire, émue, satisfaite ou amusée. Elle reste hésitante, visiblement encore bouleversée par l'altercation avec Carter.

Je la love contre moi, elle ne se braque pas.

On est sur la bonne voie ?

Une évidence m'apparaît : je viens d'avoir la preuve que l'agression à laquelle elle a assisté plus jeune l'a traumatisée. Elle n'est pas coupable, mais elle est marquée à vie.

Ses stigmates bien cachés derrière son tempérament volcanique, je les vois avec le recul. Océane était pâle et paniquée. Ses jolies lèvres roses ne tremblent plus, mais ses yeux de biche embués ont du mal à évacuer la peur irrationnelle qui la secouait il y a quelques instants.

Je connaissais un peu l'Océane qui fait la forte, la fière, la plupart du temps. Découvrir l'ado de 16 ans épouvantée en elle, qui m'a imploré de ne pas rendre de coup à Harry, a balayé ma colère et génère maintenant en moi une drôle de sensation.

L'envie de la rassurer ? Le besoin de la protéger ?

Je lui redemande doucement :

– Tu me pardonnes ?

Elle me fixe toujours, presque paumée, puis elle défait mon étreinte et recule.

Merde, son petit air orgueilleux et déterminé rapplique.

– Qu'est-ce que tu fais, Océane ?

Sans un mot, elle continue de s'éloigner lentement. Mes certitudes sont en train de vaciller, de prendre l'eau sous la pluie battante. En me scrutant, Océane contourne mon véhicule. Elle me fuit, m'échappe.

– Déverrouille, m'intime-t-elle soudain.

Surpris, dérouté, je bugge.

– Quoi ?

– Déverrouille ton bolide, Tiger. Tu viens de flinguer mon rendez-vous, m'accuse-t-elle, devenant espiègle. Tu vas devoir me nourrir et me tenir compagnie à la place de Harry.

Damn ! Qu'est-ce qui implose en moi, là ? Du soulagement ? Juste un regain de désir ?

– Y suis-je obligé ? fais-je mine de protester, presque imperturbable à l'extérieur.

– Oh, oui, me confirme-t-elle. Ce n'était pas prévu, mais bravo, tu accèdes au statut de… remplaçant. Un plan de secours, un bouche-trou… Enfin, tu vois ?

– Outch ! Très rude pour mon ego, ça, mademoiselle Rousseau.

– Je sais.

Ses joues rosissent, j'ouvre ma voiture, on s'y engouffre, humides de la tête aux pieds. De quoi ruiner le cuir des sièges. Comme si j'en avais quelque chose à cirer. Elle vient avec moi ! C'est tout ce qui impacte sur moi. Dans l'habitacle, je m'incline vers elle, irrésistiblement happé par elle.

Mais elle me stoppe.

– Tututut ! Je ne t'ai jamais dit que je te pardonnais ou que tu avais droit à ça, se rebelle ma passagère en désignant son corps. Mes consignes sont : me nourrir et me tenir compagnie. Rien d'autre.

Putain, elle me fait quoi, là ?

Incrédule, mon sourire s'élargit.

– On se prépare à ramer, Monsieur Sex, me prévient-elle avant de boucler sa ceinture de sécurité.

– Tu me mets à l'épreuve ?

– Possible, admet-elle avec assurance. Sors les pagaies pour mériter mon pardon et n'espère pas trop pour… le reste.

J'éclate de rire, elle me défie avec malice.

– OK, délicieuse Lily. C'est noté.

Je démarre, taraudé par le besoin de m'enfermer avec elle. Quel que soit ce qu'elle prévoit…

Durant le trajet, la tension sexuelle est difficile à gérer. Sentir la reine de mes fantasmes si près et hors d'accès attise le feu. Le moindre de ses mouvements, chaque effluve de son parfum et chacune de ses respirations devient une étincelle de désir susceptible de m'enflammer. En conduisant, je suis sans cesse tenté de la toucher. Prendre sur moi pour ne pas frôler son genou, sa cuisse dévoilés par sa robe, ne pas attraper sa nuque pour dévorer ses soupirs, tout cela me rend fou de seconde en seconde. La pression monte, elle feint l'innocence, elle en est encore plus attirante. J'ébauche un sourire en coin, car je suis sûr qu'elle sent la température grimper inexorablement.

Tes pensées sont-elles aussi brûlantes que les miennes ?

Enfin le parking souterrain de TS Naval ! Je me gare, nous sortons sans trop parler. Garder mes distances se complique lorsque nous prenons l'ascenseur privé pour regagner mon penthouse. Ce lieu où l'intensité de nos orgasmes se réverbère encore dans chaque coin et recoin… Ses gémissements, ses cris, sa jouissance y ont laissé une empreinte indélébile, tel un fantôme érotique conçu pour me hanter et ne jamais disparaître.

Seulement, ce soir, elle est là, dans cet espace clos, et ma verge n'arrive pas à se mettre au repos. Nos regards se croisent de nouveau, ultime étincelle, et tout s'embrase. J'appuie sur le bouton d'arrêt d'urgence, bloque l'ascenseur et capture Océane. Nos lèvres se percutent, se forcent, cèdent, s'aimantent. Sa langue contre la mienne, ses courbes sous mes doigts…

– OK, je rends les armes, je te veux ! lui dis-je dans un grognement affamé.

Océane émet une plainte enivrante qui se perd dans ma gorge. Je plaque son dos contre une paroi et tout en l'embrassant, je caresse sa poitrine. Ma main dérive de plus en plus bas, s'égare sur sa cuisse lisse. Sa petite robe se retrousse sur mon passage, bientôt je sens la douceur de sa lingerie fine. Océane gémit, je continue de la dévorer. J'effleure son intimité à travers le tissu. Cette humidité-là n'est pas due à l'orage qui gronde dehors. Putain, non. Celle-ci me rend dingue, me donne la preuve qu'elle a envie de moi. J'en durcis davantage en frôlant son pubis, ses lèvres secrètes, par-dessus la légère barrière de dentelle qui les recouvre. Ses petits bruits se meurent au fond de mon être. Sa cuisse s'enroule sur moi, rendant sa féminité voilée plus affolante sous mon index qui glisse le long de sa fente. La petite culotte trempée se colle à sa peau, son bourgeon pulse sous la pulpe de mon doigt.

Notre baiser s'approfondit, dévie vers son cou, le creux de ses seins, puis remonte. Assoiffé. Magnétique. Pendant que je joue avec le fruit défendu avec mon autre main. Océane se cambre, empoigne ma braguette, malaxe mon érection.

Moment critique, pétage de plombs imminent.

Je râle en l'incitant à ouvrir mon jean.

– Je veux te sentir.

Ses douces paumes se posent sur mes pectoraux et elle me repousse délicatement.

– Nan… Tu ne me sentiras pas, mon tigre, décide-t-elle en tentant de réinstaurer de la distance entre nous.

« Son » tigre ?

Je plisse le front, décontenancé, frustré, à un rien de disjoncter et incapable de déterminer ce que ce petit mot possessif produit sur moi. Je lui souffle :

– On en a envie tous les deux, n'est-ce pas ?

– Me nourrir et me tenir compagnie, tu te rappelles ? contre-attaque-t-elle. Merci pour l'amuse-bouche, mais j'ai toujours faim et c'est à moi de décider de mon repas. Toi, pas touche !

Argh ! Je commence à comprendre : elle va me foutre à l'agonie.

***

Océane

La tête que fait Tiger me ravit au plus haut point ! Je lui souris, profite de son trouble pour me faufiler sur le côté et j'appuie sur le bouton qui a stoppé l'ascenseur.

Pas de septième ciel pour toi, le tigre ! Montons dans ton antre 2.0 maintenant.

Il encaisse avec classe, un sourire aux lèvres. Torride, frustré, en pleine érection, mais il retrouve l'élégance et le charisme d'un gentleman racé. Malgré sa tignasse et ses fringues décontractées et détrempées, c'est injuste comme il en impose. La veste qu'il m'avait prêtée s'est échouée sur le sol quand il a fondu sur moi telle une proie. Aucun de nous deux ne s'en soucie, je savoure ma mini vengeance.

Est-ce que je suis rancunière ? Sur ce coup-là, et avec lui, carrément !

Certes, je me suis lamentablement ramollie à son contact, et les phéromones ont éteint mes neurones. Néanmoins, lui, il va pagayer sévère ! D'autant plus que cet endroit me rafraîchit la mémoire sur tout ce qu'on y a fait et sur la manière dont cela s'est terminé.

Mon amour-propre vient de trouver un moyen plus jouissif de rendre à ce canon accro au contrôle la monnaie de sa pièce.

Tu dois juste tenir bon quand il te bouffe ainsi du regard. Ça va être chaud…

– Bien, me murmure-t-il, pour lui ou pour moi.

Il n'ajoute rien d'autre, moi non plus. Je trépigne, j'ai chaud, mais j'ai la tête haute en mode *Super Girl* ! « Affriolante et déter », comme diraient mes copains de la coloc.

Une fois à l'intérieur du penthouse, j'ôte mes escarpins. Absolument tout autour de moi me renvoie à un passé pas si lointain, à nos échanges passionnés de fluides, et à ce pour quoi je ne devrais plus le laisser m'atteindre. Sa volte-face était trop douloureuse et son come-back m'émeut un peu plus qu'il ne le devrait.

Est-ce une dernière danse, comme dans la chanson de Kyo ? Avant de m'effacer complètement ? J'ai bien peur que oui, soyons réalistes. À moi de faire en sorte de marquer son esprit, ce sera ma revanche ; ou suis-je en train de me leurrer ?

Je ne sais plus…

– Un verre ? me propose Tiger.

– Du champagne.

– Une préférence de marque ?

J'imagine qu'il possède des magnums en série ultralimitée du top cinq mondial. Je m'en fous, moi. Tant que ce n'est pas mauvais, rien à foutre du nom écrit dessus.

– Je n'y connais rien, n'importe quelles bulles, avoué-je spontanément. Pourvu qu'elles soient bonnes.

Ma franchise l'amuse.

– Bonnes… Je vais voir ça. Mets-toi à l'aise.

– C'est déjà le cas, répliqué-je.

Ses iris se dardent sur moi. Je passe la main dans mon dos pour défaire ma fermeture à glissière. Il me mange des yeux en marchant à reculons, jusqu'à ce qu'il disparaisse de ma vue. Ma robe s'ouvre par-derrière, mais je n'ose pas encore aller au bout de mon défi. Je m'interroge sur mes motivations. Pourquoi cet homme qui m'a mise dans tous mes états et que je m'étais convaincue de devoir éviter m'absorbe à nouveau dans sa matrice ?

Qu'est-ce que je veux ?

– Tu désires commencer par quoi ? me demande justement Tiger, de retour dans son salon.

Une bouteille dans une main, un peignoir blanc dans l'autre et une serviette autour de son cou. Pas sûre de moi, je cille sans répondre.

– J'ouvre d'abord la Veuve Clicquot ou je te laisse te sécher ? reformule-t-il.

Je me ressaisis, tente de me la jouer sensuelle et maîtresse de l'arène. Je répète en me dénudant une épaule :

– Me sécher ? Nan, j'aime bien être mouillée.

Il hausse un sourcil, accuse le choc, humecte ses lèvres. Je peux voir son goût du défi s'éveiller à cette lueur prédatrice au fond de ses prunelles. La partie commence…

Il laisse choir le peignoir, part déposer le champagne sur une console, y saisit une télécommande. Une musique s'enclenche, du classique. Je crois que c'est le « Duo des fleurs », l'un des rares morceaux de ce genre que je connaisse un peu.

– J'aime bien être mouillé aussi… me titille Tiger.

Les notes épurées s'élèvent, s'entremêlent à ses mots, sources de frisson.

Mes joues s'échauffent.

– On parle bien de pluie, hein ?

– À ton avis ? me susurre-t-il.

Il me voit défaillir et il semble adorer ça. Il faut que je reprenne mes moyens. Je me remets à me dévêtir et joue à l'ingénue en minaudant :

– On va dire que oui.

Tiger, incendiaire et absolument pas dupe, presse sur une autre touche, faisant naître une lumière feutrée à l'extérieur. Il balance sa serviette, ouvre sans hâte sa braguette avec un demi-sourire.

– Tant mieux, allons nous mouiller ensemble, petit bourgeon, concède-t-il en désignant du menton sa terrasse.

Quoi ?

Oh, merde, il entame son effeuillage et me coupe définitivement l'herbe sous le pied. Très vite, nous nous retrouvons à égalité, en sous-vêtements. Tiger profite de ce retournement pour récupérer la bouteille de champagne et commencer à l'ouvrir. Les voix des chanteuses lyriques, la mélodie du « Duo des fleurs » rendent le tableau vivant sous mes yeux, plus fascinant que je ne voudrais l'admettre. Tiger, en boxer anthracite, muscles, tatouages et érection affichés sans une once de pudeur, fait péter le bouchon du magnum. Il me réserve une mimique moqueuse, sexy à mort, lorsqu'il me brandit les bulles pétillantes.

– Tu apportes ça dehors ? m'intime-t-il. Je vais nous chercher des coupes.

Purée, il est en train d'asseoir encore son pouvoir sur toi. Réagis !

Mes hormones entrent en effervescence malgré moi, je suis presque partante pour zapper mes ressentiments. Tiger me refait craquer. Durant des secondes, je m'efforce de reprendre le contrôle en notant la manière indécente dont il m'enveloppe du regard.

Oui, il me veut. Donc mon corps sera mon instrument de vengeance !

J'avance, chope le champagne. Nos doigts se frôlent, ce qui dilate davantage ses pupilles. Je suis près, très près de ses mains, de ses abdos et pectoraux sculptés.

– Pas besoin de coupe, soufflé-je avant de basculer la tête et avaler une longue gorgée au goulot.

Je dégrafe mon soutif et tourne les talons, direction l'extérieur de son appartement avec ma boisson.

Et toc, Monsieur Sex ! C'est l'arroseur arrosé. Je reprends la main.

47

Océane

Je sens la concupiscence de Tiger s'immiscer dans mes pores, tandis que je sors. Les gratte-ciel de Sydney sous la pluie et les éclairages nocturnes m'accueillent. Il se dégage quelque chose d'unique à cet instant précis. Une atmosphère aquatique, poétique, magique. De la musique classique en fond sonore. Une vue à couper le souffle du sommet de la tour TS Naval, sans vis-à-vis. De l'espace, des transats et autres aménagements, de la verdure, et enfin la chaleur suffocante des derniers jours adoucie…

Tiger me rejoint. Il est juste…

– Te revoilà trempée, flirte-t-il.

Il s'arrange pour me redonner l'impression de parler d'autre chose, pas de pluie. Je caresse le goulot du bout de l'index.

– Toi aussi.

Moi, je ne porte que mon tanga et mon soutien-gorge ouvert dans mon dos. Lui est toujours en boxer, les cheveux plaqués par l'averse dont les gouttes dégoulinent sur son corps. Je rebois un coup, peut-être pour puiser dans cet excellent champagne le cran de poursuivre mon petit manège. Puis j'éjecte mon soutif. La douche céleste se déverse sur moi, colle ma crinière sur mes épaules, perle sur mes tétons roses et durcis, dévale mes courbes, se perd dans mes plis…

Et Tiger, en face, n'en perd pas une miette. Silencieux, trop silencieux.

J'avale une rasade d'alcool pétillant. Ma tête tourne légèrement, zut, je vais finir saoule si je ne fais pas gaffe. Je n'ai rien mangé. Ou alors c'est ce qu'il est en train de se produire qui me grise. La transgression, les codes brouillés et cet étalon pété de thune désarmé devant ma nudité.

Je rends la bouteille à Tiger. Sans me quitter des yeux, sa langue glisse sur le goulot. Comme si seul mon goût à moi pouvait l'enivrer. Il fixe mes lèvres, je les humecte. Oui, il veut m'embrasser, mais je me sauve vers un transat. Progressivement, je reprends conscience de mon pouvoir érotique sur lui. Son regard me rend fiévreuse, audacieuse et folle de désir. J'introduis mes pouces entre ma peau et ma petite culotte, et roule sensuellement celle-ci vers le bas. Je me penche, m'en débarrasse, les iris de Tiger capturés par les miens.

Mon souffle se saccade, le sien se bloque. Il y a un truc magnétique, violent dans ses pupilles qui me dévaste intérieurement. Jamais un homme ne m'a désirée ainsi. Personne. La réciproque est vraie et effrayante : cette attirance fulgurante qu'il m'inspire est unique et j'ai peur qu'après lui, je sois encore plus amochée, fragilisée et…

Carpe diem, Océane. Profite juste de ce moment.

Je déglutis, il m'observe. L'orage commence à se calmer un peu. Contrairement à ce qui grogne en moi, en nous. Quel était mon plan improvisé, déjà ?

Ah, oui. Faire languir Tiger. Non, lui filer une trique mémorable à la hauteur de la désillusion qu'il a occasionnée quand il m'a jetée.

En tenue d'Ève, j'enjambe le transat et m'y installe, semi-assise. Les gouttes d'eau couvrent ma peau exposée. Heureusement, le temps estival permet de savourer cette folie des sens sans grelotter de froid. Juste parfait, parfait pour ce que je m'apprête à oser.

Je chauffe délibérément Tiger en suçant mon index. Obnubilé, il saisit une chaise et s'assoit en face, tel un spectateur admirant un show privé sans avoir le droit d'y participer.

Je mordille mon doigt, ébauche un sourire coquin et le nargue :

– Tout va bien, monsieur Sexton ?

– On ne peut mieux, me répond-il, la voix rauque. Je vous en prie, continuez, mademoiselle Rousseau…

Son attention se cristallise sur moi, il exsude un désir brut. Même s'il se retient de me sauter dessus. Même s'il parvient encore à se conduire en gentleman en dépit des circonstances… Je devine ce qu'il meurt d'envie de me faire, et mes gestes fleurissent là où ses yeux me brûlent. Faisant ce qu'il a sans doute en tête, mes doigts s'aventurent suavement sur mon épiderme humide, et sous ses yeux. Il ne pleut presque plus, juste une douce bruine tombe à présent. Provocatrice, je demande tout bas :

– Ça t'a manqué, Tiger ? Ça te manque ?

Je vois ses muscles se contracter, ses prunelles s'assombrir. Mes caresses lentes serpentent dans mon cou, descendent, jouent avec la courbe de mes seins. Les pointes s'érigent, la convoitise brimée de Tiger m'électrise de seconde en seconde et me guide. Plus je cherche à l'émoustiller, plus je m'alanguis et succombe à cette coulée de lave entre nous. Je commence à ahaner en triturant mes tétons. Tiger étouffe un son guttural, son entrejambe bombé sous son boxer.

– Qu'est-ce que tu avais dit déjà ? poursuis-je entre deux gémissements.

Qu'on s'est bien amusés ? Tu t'amuses maintenant, de savoir que je suis libre et hors de ta portée ?

En minaudant, mes paumes englobent ma poitrine lourde. Je plaque mes dômes l'un contre l'autre. Captivé, Tiger empoigne la protubérance qui trahit son état.

– Je n'ai pas besoin de toi pour prendre du plaisir, soutiens-je lascivement en massant mes seins.

– Je sais… réagit-il, avec une intonation basse, sexy à mort.

L'une de mes mains glisse sur mon ventre, mon bas-ventre. Mes cuisses s'écartent, Tiger inspire brusquement.

– Je peux faire ce que je veux avec qui je veux… Harry, un autre… une autre ou toute seule… Sans toi. Et tu n'as aucune prise là-dessus.

J'effleure mon pubis, il souffle et fourrage dans ses tifs mouillés. Mes doigts s'infiltrent dans mes plis, il les fixe. Sa respiration déraille complètement. J'intensifie mes cambrures et les bruits érotiques que j'émets en commençant à me masturber. La pulpe de mon index titille mon bourgeon, puis disparaît dans ma moiteur tiède. Je geins, me tortille, mon regard rivé à celui de Tiger. J'affirme, en commençant un délicat va-et-vient en moi :

– Je ne t'appartiens pas, monsieur Sexton. Tu m'entends ? Je ne t'appartiens pas.

Ses mâchoires se serrent, mes cuisses, idem, l'espace d'un instant, pour dompter la félicité qui enfle dans mon aine. Je les rouvre, afin d'être sûre de le torturer avec cette vue du fruit défendu. Qu'il me regarde en train de mouiller, de pulser. Mon autre main pétrit mes seins, mes lèvres entrouvertes soupirent. Gourmande, j'ajoute un doigt, puis un autre, et commence à perdre les pédales face à cet observateur suintant de testostérone.

Le tonnerre gronde, des éclairs strient le ciel noir. Les éléments sont à nouveau aussi déchaînés que mes sens. J'accélère, un juron échappe à Tiger. Ça me shoote, me désinhibe davantage. Mes attouchements me procurent un plaisir décuplé quand je constate l'effet que cela produit sur lui. Je vois combien respecter la distance que j'impose le met au supplice. J'adore cette lueur sauvage dans ses prunelles qui sublime sa frustration de mâle suprême. Et je gémis :

– Punaise, c'est trop bon.

Il jure à nouveau, dans sa langue natale. Ses pupilles m'électrisent, sa virilité attise le feu au creux de moi. Je vais plus vite, impudique, aussi avide de jouissance que de revanche. Je me sens femme, belle, désirée et… puissante !

Tiger se raidit, tandis que je deviens plus souple, plus féline et affamée.

Mes caresses intimes et son regard m'emportent loin. Mes paupières papillonnent. Je crois que l'orage se ravive aussi. Je sens de grosses gouttes s'écraser sur mon corps. Ma tête tombe à la renverse, je m'arc-boute, pressentant l'orgasme. Comme si la pluie et les yeux magnétiques de Tiger sur moi me faisaient toucher les cimes.

Plus vite, plus fort, plus indécente, yeux fermés, je vais et viens en moi. Même paupières closes, je perçois sa présence à lui. Et soudain, sous la pluie qui reprend à verse, j'implose en ahanant.

J'entends le « putain ! » de Tiger qui renforce mon bien-être, confère une saveur particulière à ma victoire. Putain d'orgasme !

Et je l'ai eu, lui !

***

Tiger

Sous les jets glacés de ma douche, je me demande ce qui est pire. Savoir qu'Océane est dans l'autre salle de bains, nue, seule, affriolante ? Ou ne plus réussir à effacer ce foutu orgasme aquatique qu'elle a savouré en solo sur la terrasse ?

Je pensais pouvoir encaisser avec amusement. J'ai l'habitude du *edging*, à condition de mener la danse moi-même. Là, c'était…

Nom de Dieu !

Le jeu ne m'amuse plus tant que ça, elle m'a achevé. Elle s'est levée, m'a adressé un clin d'œil avant de lâcher avec insolence : « Ne bouge pas, je vais me laver et me sécher maintenant. T'inquiète, je connais les lieux. »

Je n'ai pas répliqué, je n'ai plus aucune envie de parler, je veux plutôt la…

Arf !

Lorsque mon pénis retrouve un volume normal, je ferme les robinets. Je sors et me frictionne avec une serviette en essayant d'anticiper la suite. Est-ce qu'elle va rester après ça ou vouloir rentrer à son hôtel ?

Et moi, jusque quand pourrai-je prendre sur moi ?

Je passe dans mon dressing pour me rhabiller et j'emporte une chemise blanche avec moi, pour Océane. Ses vêtements sont inutilisables pour l'instant. Cette pensée me rappelle ce corps de liane dénudé, baigné de pluie. Putain, je n'oublierai pas ça de sitôt !

– Je meurs de faim, m'accueille la voix de mon invitée dès que j'arrive dans le séjour.

Emmitouflée dans un peignoir, les cheveux lâchés et sommairement séchés, elle paraît plus jeune encore. Plus de maquillage, les pommettes roses, les yeux sertis de malice. Elle m'offre un mélange irrésistible de candeur et de volupté. Et l'extension de ma virilité s'éveille bêtement, échappant à mon contrôle une fois de plus. Je préfère bifurquer vers la cuisine ouverte. Surtout ne pas l'approcher de trop près ou mon peu de flegme partira en fumée.

– Que veux-tu manger ? réponds-je. Je nous fais livrer, à moins que quelque chose dans le réfrigérateur te convienne. Anaïs s'est chargée de me réapprovisionner.

– Tant que ce n'est pas à base de Vegemite, ça devrait aller, plaisante-t-elle.

Je réprime un sourire. Donc son palais délicat de Frenchie a du mal avec notre pâte à tartiner nationale. J'ignore encore le contenu exact du frigo et des placards, mon assistante commande en fonction de mes goûts. Océane déboule au moment où je vérifie ce qu'il y a parmi les divers plats cuisinés livrés.

– Hum… hésite-t-elle, en s'arrêtant à mes côtés.

Comme inconsciente de ce qu'elle me fait subir, elle pose l'index sur ses lèvres et fronce les paupières en scrutant la nourriture. Ce même index qui était sur elle, en elle il y a à peine un battement de cils.

Ne craque pas.

Je me racle la gorge et propose après inspection de mes provisions :

– Un autre truc local : steak de kangourou ? Tu as déjà essayé ?

Ses superbes yeux dévient sur moi, étonnés.

– Du kangourou ? Oh, non, ils sont trop mignons !

– Les veaux aussi, ça ne vous empêche pas d'en faire des blanquettes.

Elle me tire la langue. Mon bas-ventre s'emballe.

Putain, ne flanche pas, Tiger, reste sur la bouffe.

– Bon, je te laisse choisir, dis-je en me décalant.

Ou je risque de la dévorer, elle, sur le comptoir de la cuisine. Elle lit les étiquettes mises par le chef étoilé qui a concocté les plats, opte pour les tagliatelles fraîches au duo de truffes. Je pars dans le cellier chercher un vin en fonction. De retour dans la cuisine, je marque une pause en découvrant Océane à l'aise. Elle a mis le plat à réchauffer et farfouille afin de dénicher selon toute vraisemblance de quoi mettre la table.

Bon sang, qu'est-ce que je fous ? On est loin de la baise sans complications…

Quelques petites minutes après, nous nous asseyons côte à côte sur les tabourets, devant nos assiettes. Je descends mon verre de vin, elle sirote le sien, puis commence à engloutir ses pâtes en poussant des « hummm » d'extase. Elle le fait exprès ? C'est de plus en plus dur. Je suis de plus en plus dur.

– Un délice, commente Océane en se tournant vers moi.

Elle avale, se lèche les commissures des lèvres. Une trace de sauce au coin gauche m'hypnotise.

Ne la touche pas, ne la tou… Eh merde, au diable le code d'honneur !

Je l'attrape et m'empare de sa bouche au goût de truffe. Son cri de surprise affole mes papilles, déconnecte mon cerveau, renforce mon érection.

– Repousse-moi, Océane. Si tu ne le fais pas dans deux secondes chrono, je jure de te baiser.

48

Tiger

La dilatation des pupilles d'Océane s'accompagne de ce petit air effronté et satisfait.

– Contre-proposition : moi, je te donne deux secondes chrono pour me redire pardon, susurre-t-elle.

– Ce n'est plus un jeu. Je suis sérieux.

– Moi aussi, insiste-t-elle en me rejetant doucement.

Elle descend du tabouret, belle, défiante dans son peignoir immaculé.

– Excuse-toi, Tiger et promets de ne plus jamais me traiter comme une moins-que-rien.

Nos regards se soudent, se sondent. Non, elle non plus ne joue plus, elle me montre combien je l'ai blessée. Et avec son passé, je m'en aperçois mieux aujourd'hui.

J'enfonce les doigts dans mes cheveux. Un souvenir fulgurant dans ma tête ponctue ses mots. Mon poing se serre involontairement. Le sempiternel warning clignote dans mon crâne trop peuplé. Je recule, m'éloigne d'Océane. Entraîné brutalement des années en arrière, au soir de la découverte des vestiges du Jardin…

Ma propre voix résonne dans ma mémoire.

– Hey ? Regarde-moi, Ève… Regarde-moi ! Voilà. Tu vas venir avec moi. Tout de suite ! OK ?

– Avec toi ? Pour toujours ? Tu me le jures ?

Une autre m'a déjà extorqué des promesses dans un contexte différent…

Un moment de flottement s'écoule entre Océane et moi. Je la vois se rembrunir et me rends compte trop tard que mon silence l'a plongée dans des interprétations.

– J'ai compris, conclut-elle. Uniquement du cul, tu voulais ta dose et point à la ligne.

Je ne sais pas quoi dire. En théorie, oui, je ne pensais qu'à cela. À nos corps emboîtés, nos fluides mélangés. Cette baise sensationnelle avec elle comme seule distraction, seul refuge. Bon sang, j'ai bousculé mon emploi du temps rien que pour ça !

– Je vais rentrer, déclame l'objet de ce bordel dans ma tête.

– Quoi ? Non, tes vêtements sont inutilisables, et je veux que tu restes.

– On s'en fout de mes fringues, je prendrai un Uber en peignoir. Limitons la casse, je crois que même une fille comme moi vaut mieux que ça.

Eh merde !

– Attends, Océane. Une fille comme toi ?

Vu qu'elle ne développe pas, j'insiste :

– Ne te dénigre pas ainsi. C'est de ma faute… Je regrette si c'est l'impression que tu as eue quand j'ai mis fin à…

– À quoi, Tiger ? Nos parties de jambes en l'air pour oublier « les vilains petits secrets » de Sophia ? Je suis le jouet sexuel qui te fait triper au gré de tes humeurs, voilà comment je me sens à l'instant T. Il ne faut surtout pas que j'aspire à autre chose, à quelque chose qui ne se paie pas !

Ça dégénère.

– Qu'est-ce que tu avais prévu ? me lance-t-elle, d'un ton accusateur. Laisse-moi deviner : débarquer un soir où tu t'ennuyais pour me sauter une dernière fois avant de tirer un trait ?

Elle me balance son laïus en s'écartant de mon chemin pour s'enfuir. Mon esprit s'embrouille entre ce que je voulais avant, et ce que je veux maintenant. Il y avait une foule d'occupations qui remplissaient mon existence : le business, mon héritage, le poids des responsabilités, mon épouse, la traque…

Et cette blondinette s'est pointée, vulnérable derrière son côté jovial et impertinent. Elle est là, attirante, en colère au milieu de ce capharnaüm de devoirs, de paraître et de contrôle auxquels je suis habitué. Avec elle, un nouvel objectif déboulonne ceux qui foisonnaient auparavant. Je ne devrais pas. Mais je ne supporte pas non plus qu'elle s'éclipse ou qu'un autre ait ce qu'elle m'avait octroyé. Je ne peux pas la…

Argh !

– C'est faux, me défends-je, à court d'arguments.

– Te fatigue pas. Je me casse.

– Putain, je te dis que tu as tort ! m'écrié-je.

Mon haussement de ton la freine. Mon sang-froid s'érode. Son armure s'effrite aussi.

– Je me suis excusé, Océane. Je peux le répéter un million de fois si tu veux. Tu as ma parole, je…

– Laisse tomber, Tiger, soupire-t-elle. Remarque, même avec Sophia, tu ne donnes que ce que tu as envie de donner : du fric. Et tu prends bien plus. Ça, ça a toujours été clair… Tu n'as pas à me promettre quoi que ce soit, je n'ai même pas à être là. Encore.

Elle se rue sur ses affaires, s'empresse de partir sans prendre la peine de les enfiler. Je la retiens de justesse à l'entrée.

– Arrête, se plaint-elle tout bas.

– Non, dis-moi ce que tu veux. Ce que tu veux vraiment. Est-ce seulement la promesse de mieux te traiter à l'avenir ?

Son dos se colle au mur, et moi à elle.

– Nous n'avons pas d'avenir, tu le sais. Et je ne veux plus rien.

Je détache la cordelette de son peignoir, ma bouche à un millimètre de la sienne. Je la respire.

– Tout le monde veut quelque chose, Océane Je m'y suis mal pris pour te le donner, c'est tout.

– Pas du tout, conteste-t-elle alors que j'écarte paresseusement les pans du tissu-éponge. Ne fais pas ça, ne me touche pas.

Je m'agenouille, en effleurant sa peau de haut en bas uniquement avec mon souffle. Millimètre après millimètre, je marchande :

– Si je te donnais ce que tu veux, maintenant ? Tu n'as qu'à me le dire. Que veux-tu, Océane ? Pourquoi es-tu venue ?

Mes lèvres se rapprochent de son bas-ventre, mais je ne la touche pas. Pas contre son gré, bien que ses prunelles m'indiquent que son corps n'est pas sur le même diapason que ses mots.

– Tiger…

– Dis-le.

– Quoi ?

– Dis-moi que tu ne veux plus de moi et j'arrête tout.

– Non…

– Non ?

– Ne… n'arrête pas, murmure-t-elle.

Putain !

Je sème un baiser sous son nombril, elle en frémit. Un second, en dessous. Un troisième plus bas.

– Je…

Un quatrième baiser traîne à la lisière de son pubis.

– … suis…

Mes lèvres vont sur sa toison.

– … désolé…

Mon souffle parcourt sa fente.

– Vraiment désolé, ma douce, et je…

Mes mains s'incrustent fermement sur ses hanches.

– … je te jure de ne plus te…

Mon regard fourrage dans le sien.

– … refaire si mal.

Je penche la tête, lèche le pli à la jonction de sa cuisse veloutée.

– Tu as ma…

De la pointe de ma langue, je pars à la rencontre de son bourgeon.

– … tu as ma parole d'honneur, Océane.

Un truc chancelle dans ses magnifiques prunelles. Impossible de garder longtemps mon attention sur ses yeux. Ses pétales me harponnent, j'y retourne, alléché. Je soulève sa jambe, la mets sur mon épaule et la maintiens d'une main en empoignant une de ses fesses. Mon nez coulisse au centre d'elle, ma bouche s'y égare.

– C'est toi qui prends ce que tu veux prendre à présent, lui dis-je.

– Punaise, geint-elle quand je taquine l'intérieur de sa corolle.

– On est d'accord ?

Je n'entends que sa nuque qui se plaque contre le mur et la longue inspiration qu'elle prend.

– Je suis l'objet. Utilise-moi, Océane.

Ma supplique se perd au creux d'elle, ma langue aussi. Son peignoir ouvert forme un rideau blanc qui pend de chaque côté. Elle ne me stoppe pas, plus d'obstacle. Elle tremble, elle mouille. Je la mange, la suce, la lape, la cajole. Suavement, longuement, je me délecte d'elle, de ses soupirs.

– Tiger…

– Tu sens comme je suis désolé ?

Je m'infiltre au fond d'elle, la pousse dans ses retranchements. Avec minutie. Sa saveur se répand, m'ouvre l'appétit. Mes doigts s'ajoutent à ce tango langoureux, son bassin bouge lascivement, me rejoignant, rythmant mes assauts.

– Putain ! Oh, putain… Oh, putain… Oh, putain… psalmodie Océane, le timbre faible, entêtant.

Elle m'excite. Mon plaisir emprunte une dimension inexplorée, me propulse au bord de la folie. Ma bouche vénère son sexe humide. Le mien se raidit, la réclame. Ses lèvres intimes palpitent contre mes lèvres affamées, ma langue s'active dans sa chair délicate. Elle geint :

– Je vais… Oh, la vache !

Je souris. En temps normal, j'aurais ralenti le tempo. Pour lui faire connaître un supplice identique à celui qu'elle me fait endurer. Mais je suis sur le point de disjoncter. J'égraine des « désolé, ma douce », j'accélère, m'applique, l'affole.

Et elle m'asperge de sa transe en criant mon prénom.

Une reine. Ma reine.

Je me redresse en la soutenant. Elle a l'air *stone*, comme les Lys de la vidéo…

– Tu veux autre chose, joli bourgeon ?

– Toi, je te veux toi, murmure-t-elle.

Bon sang, oui !

Je la hisse sur moi, l'emporte vers le canapé. Je m'assois avec elle toujours enroulée autour de moi et l'embrasse fougueusement. Ses bras se croisent sur ma nuque, ses doigts finissent dans mes cheveux. Ce baiser-là est aussi sulfureux qu'un volcan en éruption. Fusion de lave sur ma peau, électricité dans mes terminaisons nerveuses. J'en pète une Durit, je passe les mains entre nous pour défaire ma braguette. Océane m'aide. Fébriles, avec une impatience de désespérés, nos corps s'imbriquent l'un dans l'autre. Je grogne une insanité, bloque ses reins, avec mon érection rivée en elle. Cuisses contre cuisses, son buste voluptueux écrasé contre mon torse, nos regards s'aimantent.

Elle me désarçonne, mentalement. Elle ondule sur moi en me fixant, essaie de se relever.

– Non… Prends ton temps, sweetness. Baise-moi lentement, lui dis-je.

J'agrippe son fessier, la monte sans hâte. Petit à petit, nos pupilles dilatées rivées sur l'autre, je la redescends. Elle expire lorsqu'elle atteint à nouveau ma garde. On ne se précipite plus, elle ralentit, m'absorbe en elle. Puis millième par millième, elle repart vers le haut. Je pétris ses hanches, ne la quitte pas des yeux. Elle inspire, moi aussi. Son retour sur moi me vide les poumons.

– Comme ça ? me demande-t-elle.

On inspire, puis expire ensemble.

– Tu es parfaite, lui réponds-je. Magistrale.

Elle se tortille, m'étreint au creux d'elle, ses parois m'enserrent. Elle glisse encore vers le haut. Je sens ses seins balancer souplement, sa crinière me caresser. Elle revient, je plane. J'ai envie de sa bouche, mais m'en priver pour mieux la contempler me confère un autre plaisir. Comme si nous entrions en osmose.

Plus rien n'existe.

Plus de guerre. Plus d'entraves. Plus d'armure. Plus besoin de filtres, ici, maintenant, avec elle.

Je lévite, je déguste chaque aller, chaque retour, chaque danse charnelle avec son écrin qui se referme sur mon pénis. Jusqu'à voir trouble, à la voir, elle, en kaléidoscope ; de superbes fragments d'une amazone qui me chevauche au ralenti. Son orgasme précède d'un battement de cœur le mien. Un putain de tsunami me fracasse dans un rouleau où je prends un pied phénoménal.

Premier flot d'endorphines… Je peine à garder les paupières ouvertes.

Deuxième flot… Océane bascule la tête en arrière en inspirant à fond, sa poitrine offerte.

Troisième flot… Mes doigts s'encastrent dans sa chair, l'agrippent de toutes mes forces.

Quatrième, sa jouissance m'asperge… Le black-out ! Puissant. Mortel. Dévastateur. Transcendant.

V

AU CŒUR DES NOIRS SECRETS…

Certains secrets plus que d'autres sont faits pour rester enfouis, enfermés, barricadés à jamais.

Personne ne doit les découvrir. Surtout pas elle…

49

Océane

Je sais que Tiger m'a portée jusque dans son lit. Je sais qu'il m'a enfin délestée totalement du peignoir. Je sais que j'ai marmonné que j'ai ruiné son canapé et qu'il a malaxé plus fort mes fesses en me disant que je méritais qu'il se mette en colère lui aussi. Et il m'a couverte de baisers. Il m'a mordillée, embrassée, parcelle de peau après parcelle de peau ; j'étais déjà au summum de la liquéfaction.

Je ne sais pas comment il s'est retrouvé en érection au bout de nouveaux préliminaires. Mais je sais que cette fois-ci, c'est lui qui m'a foutue à quatre pattes au milieu de son *king size*. Et il m'a baisée. Sans concession.

Avec une passion, une férocité à tout faire osciller autour de nous. Je me revois encore en train d'empoigner les draps, de mordiller ma lippe pour ne pas hurler. Je sens encore l'empreinte de ses mains qui pétrissaient sauvagement mon postérieur tout en me laminant. Je pourrais presque encore entendre le bruit de nos corps qui entraient en collision. Fiévreux, pris d'une folie fougueuse.

J'ai implosé de plaisir. Il a grogné de plaisir. Puis il m'a chuchoté, d'une voix rocailleuse : « Tu as ruiné mon lit aussi, tu ne peux vraiment pas t'en empêcher, vilaine. »

Entre rire et fatigue, je me suis écroulée dans les bras de Morphée – et ceux de Tiger – très peu de temps après.

Je m'étire, tâtonne pour chercher ses membres durs et envoûtants. L'un des quatre, ou le cinquième peut-être ? Punaise, ça y est ! Il m'a rendue aussi insatiable que lui.

– Tiger ?

Personne. Je roule sur le côté. Il est quatre heures du matin. La lumière de l'aube nimbe la pièce d'une teinte feutrée par la baie vitrée qui donne aussi sur une partie de la spacieuse terrasse d'où une vue splendide de Sydney s'étend à l'infini. Bon sang, j'avais oublié combien cet homme pue le fric ! En plus du sexe.

J'essaie de ne pas laisser ce vieux pressentiment d'abandon m'envahir une fois de plus. Il a promis, il m'a suppliée…

Je m'enroule dans la couette trop grande qui s'étale telle une traîne quand je commence à m'avancer vers le seuil de la chambre. Je pars à la recherche du tigre qui domine cette tour d'ivoire. L'occasion de constater une fois de plus tout l'espace dont il dispose…

Ne se sent-on pas plus seul avec autant de pièces, de mètres carrés ? J'avance dans la semi-pénombre. Je finis par le découvrir, de dos. Rhabillé. Enfin, sa tignasse post-baise est toujours décoiffée et sa chemise semble complètement déboutonnée.

– La ligne est sécurisée. Expose-moi le topo, entends-je.

Il est toujours là, il bosse. Décidément, il est accro à ça aussi : le boulot. Je suis sur le point de rebrousser chemin pour ne pas le déranger quand un truc taquine ma curiosité.

– Nous allons récupérer le colis… Une source officieuse nous a confirmé la date et l'heure précise du transfèrement. Tout est opé.

Un transfèrement ? Cela concerne les prisonniers, non ?

– Bien, se réjouit Tiger. Mes avocats s'occupent officiellement du cas de Byrne.

Ce nom… Le fameux astérisque dans mon contrat.

– Pour les autres *paquets*, faites ce qu'il faut. Ils doivent cracher le morceau, coûte que coûte.

Mon esprit se fige, pour ensuite se remettre à tourner à cent à l'heure afin de tenter de décortiquer ce que je viens d'entendre. C'est moi ou cet échange prend une tournure de discussion de baron de la mafia ?

– Bien reçu, monsieur. Vu les spécimens, ce sera sale, mais on les fera causer.

Je frissonne, un second pressentiment désagréable surgit dans mon bide. Est-ce que Tiger trempe dans des affaires glauques ?

– Parfait, approuve-t-il. Oméga détient forcément les tableaux, il était féru d'art et se prenait pour un putain d'aristocrate. Je veux savoir ce qu'il projetait aussi à travers Mike Woods.

Attends, le gars du restaurant de Sophia ? Il se passe quoi, là ?

– Vous le saurez, je vous appellerai dès qu'on lui aura tout soutiré, promet son correspondant.

– Non, Terrence. Je veux y assister en live, le voir souffrir, ne lésinez pas sur les moyens.

Ça devient limpide, je baise avec un gangster.

– Comptez sur nous, monsieur. Je m'en charge personnellement. Les gars s'occuperont de l'autre. Ils vont morfler.

Oh, non ! Va-t'en, Océane !

Mais je reste pétrifiée, entre curiosité malsaine et choc. À vouloir espionner la suite.

– Des préférences sur la manière de les cuisiner ?

Mon sang se glace. Tiger ricane.

– Vous avez le dossier, réplique-t-il. Ils doivent déguster. Que ce soit long, impitoyable. Allez-y à fond, vous avez carte blanche. Je veux du sang, de la sueur, des larmes jusqu'à leur dernier souffle.

– Reçu cinq sur cinq. Rendez-vous au live, monsieur.

– Bien.

Je n'arrive plus à bouger. Je crois que je tremble. Ma bouche s'assèche. Mon cœur cogne d'affolement dans ma poitrine. Mes mains deviennent moites. Malheureusement, cet état m'empêche de réagir à temps. Tiger se retourne et distingue ma silhouette statufiée derrière lui.

– *Fuck* ! s'alarme-t-il. Tu es réveillée. Tu es là depuis quand ?

Assez pour m'être crue chez Pablo Escobar.

– Mais qui es-tu, putain ? me révolté-je sur-le-champ sans pouvoir donner le change. C'était… c'était quoi ça ? Des hommes de main, le genre à accomplir le sale boulot pour toi ?

Mutique, il plonge les doigts dans ses tifs, mâchoires crispées.

– Punaise, j'aurais dû me douter qu'autant de thunes et de pouvoir si jeune, c'est forcément suspect. Même en supposant que tu aies reçu un gros héritage. Tu trempes dans quoi ?

Il est aussi raide que moi il y a quelques instants. Sous tension.

– Réponds-moi, Tiger. J'ai… l'impression que le peu que je croyais savoir sur toi vient de voler en éclats.

Rien. Le silence. J'entre dans une sorte d'hystérie subite et crie :

– RÉPONDS-MOI !

– OK. Je… Calme-toi.

Me calmer ? Purée, je ne sais même pas si je suis en sécurité à présent !

Et s'il décidait que je devais disparaître parce que j'en sais trop ? C'est plus fort que moi, des tas de flashs flippants inondent mon esprit en ébullition. Les faits divers : cette jeune fille au pair tuée à Londres par un couple de Français en 2018… Ensuite, le fameux Kelly, dont la petite amie tient les Sexton responsables de sa « disparition »… Il y a aussi les deux noms inconnus marqués dans mon contrat et auréolés de mystère. Et c'est quoi ce truc avec Mike Woods, le gérant du resto de Sophia ? Il va bientôt avoir des soucis ? Ces amas s'additionnent à la froideur de Tiger et de son interlocuteur. L'angle où je me tenais ne m'a pas permis de le voir, ni d'être vue, mais il avait tout d'une espèce de tueur à gages, rigide, détaché et efficace. Tout s'amalgame dans ma tête.

Tiger s'approche, j'ai un sursaut viscéral. Je commence à l'éviter à reculons.

– Océane…

– Ne me touche pas !

Il se stoppe net, passe les paumes sur son visage. Ensuite, il me fixe. Sombre. Extrêmement sérieux.

– Bien. Alors écoute. Cette conversation était strictement confidentielle.

– Tu es en train de me rappeler que j'ai signé un foutu accord pour la fermer ?

– Peut-être, assume-t-il posément. Et aussi de te reprocher d'avoir épié une réunion très privée.

Je déglutis. Je ne suis pas bien, mon estomac se noue.

– Possible, admets-je. Mais le fait est que j'ai entendu et que… nous n'allons pas faire comme si de rien n'était.

Ses mâchoires se contractent de plus belle. Galère, dans quoi je me suis fourrée ?

– Assieds-toi, m'ordonne Tiger.

– Quoi ?

– Viens t'asseoir. Ça va être long et tu risques d'en avoir besoin pour encaisser ce que je vais te dire.

Mon Dieu ! Mes jambes flageolent. Je marche en mode escargot sous weed et me laisse lourdement choir sur l'accoudoir de l'un des canapés du salon.

– Vas-y, l'incité-je à lâcher sa bombe.

Silence, réflexion, re-silence. Il plante ses iris dans les miens.

– Il y a quelques années – avant notre mariage –, j'ai tiré Sophia d'une secte. Une secte sexuelle nommée Le Jardin.

Extinction des feux dans mon crâne. Je cligne des yeux, les écarquille et recommence. Brutalement, toutes les lumières de mes neurones se mettent à clignoter en même temps, même ceux dont j'ignorais l'existence jusqu'ici.

– Je… D'accord, bredouillé-je.

– La secte était tenue par deux hommes, des frères jumeaux qui se faisaient appeler Alpha et Oméga. Le début et la fin. La genèse et l'apocalypse.

J'ai froid, un froid venu de nulle part, à m'en faire grelotter de l'intérieur. Je n'arrive plus à rien faire, ni réfléchir, ni gérer les violentes palpitations qui dévastent ma poitrine. Sonnée, tout ouïe, je régule tant bien que mal ma respiration.

– La famille de Sophia est morte dans un suicide collectif au sein de ce culte obscur. Elle-même aurait pu y rester aussi.

L'effroi grandit, m'étrangle d'émotion. « Enfance et adolescence particulières », avait vaguement évoqué Tiger un jour. Je m'en souviens. Mon souffle se coupe, ma poitrine se comprime.

Mon Dieu, quelle horreur !

– C'est… c'est pour ça qu'elle voyait des psys et prenait des médocs, déduis-je d'une voix tremblotante… Cette espèce d'incantation qu'elle récitait dans une langue bizarre le jour où elle a mélangé ses cachets avec de l'alcool vient de là ?

– Oui, confirme son mari. La secte avait développé sa propre langue pour accentuer le sentiment d'appartenance à leur communauté et isoler son peuple du reste de la population.

Punaise ! Plein de choses se bousculent et s'imbriquent dans mes méninges. Le mode de vie atypique dans le couple Sexton, les libertés sexuelles qu'ils prennent. Est-ce pour elle que Tiger s'y est plié au début ou préférait-il déjà cette non-exclusivité ? Ne pas avoir la corde au cou, ne pas perdre totalement sa liberté, cela l'arrangeait-il ? Il l'a sauvée, l'a gardée tout en se tapant d'autres partenaires avec son consentement. Si Sophia était trop abîmée mentalement pour vivre dans les normes de notre société, cela l'arrangeait peut-être elle aussi ?

Une histoire en dehors des conventions sociales…

Une autre question me vient ensuite : Sophia a-t-elle éveillé l'instinct chevaleresque du gosse de riche qui cherchait un sens à sa propre existence ? En tout cas, leurs besoins sexuels concordaient probablement. Pour la première fois, je crois que j'entraperçois enfin en Tiger le mari. Un époux bouillonnant d'une colère sourde, pernicieuse dans ses iris assombris, prêt à venger sa femme ?

Mon cœur se gonfle, mais j'ignore de quoi. Pour ne pas m'appesantir là-dessus, je me concentre sur le récit. Je demande :

– Comment Sophia a échappé à ce massacre ? Tu l'as extirpée de leurs griffes à temps ?

– Pas vraiment… Elle se baignait seule dans une rivière aux environs de la ferme qui abritait les disciples du Jardin. Elle me l'a raconté plus tard. Cette petite transgression lui a sauvé la vie. Lorsqu'elle a rejoint le groupe, ils étaient tous morts. Enfin presque, certains membres manquaient à l'appel.

– Donc il y a des rescapés ?

Tiger acquiesce, mais cela n'atténue pas la monstruosité que cela a dû être.

– Sophia... Quelque part, dans son malheur, elle a eu de la chance, déduis-je à nouveau d'une voix fluette. Enfin, c'est facile à dire. J'imagine qu'après avoir été conditionnée durant toute son existence à servir un Maître, à n'exister qu'à travers lui et sa communauté, elle n'était plus rien, juste vide, désorientée, seule, et cassée en mille morceaux. Sans lui, et hors de cette espèce de cocon épais, elle n'existait plus. Suis-je loin du compte ?

Tiger opine au bout de longues secondes.

– C'est un peu ça en effet. Plus de repères, trop de peurs. Déconnectée de tout, y compris de qui elle était…

Terrible. Mon cœur se serre.

– C'est dans ce contexte que vous vous êtes rencontrés ? Quand ? Comment ?

– Avant le suicide collectif. Par hasard… Je me suis aventuré trop loin en faisant de l'équitation à la rivière où elle allait en escapade, hors de leur ferme. Elle… était surprise de rencontrer une personne de « l'extérieur ». J'y suis repassé les jours d'après, on a… commencé à se fréquenter en cachette. Bref, j'ai appris des choses sur leur fonctionnement. Et j'avais prévu de sauver tout le monde, du moins les enfants et ados. Ce n'était pas leur choix, mais ceux des adultes... Mais il fallait du temps et trouver un moyen de les convaincre…

Je presse les pans de la couette volumineuse. Mes épaules nues se couvrent de chair de poule en saisissant que des gosses sont sans doute décédés avec leurs parents dans ce bourbier.

Mon Dieu, pas les enfants.

– Ceux… ceux qui, bégayé-je. Ceux qui s'en sont tirés en dehors de Sophia. Dis-moi que c'étaient les petits.

Tiger pince l'arête de son nez, secoue la tête. Une vague d'horreur s'abat sur moi.

– Non, les survivants sont principalement les pires individus qui avaient fondé ou adhéré à ce culte. Ils s'en sont tirés car ils avaient d'autres motifs.

J'en ai des palpitations.

– Quelles sortes de motifs ? couiné-je presque.

– Diverses perversions, manipulations sur les mineurs, les ados et autres séances rituelles. J'ai récupéré des vidéos qu'ils conservaient… Je te les montrerai si tu…

– Non ! m'affolé-je, écœurée. Je ne souhaite pas regarder de telles abominations.

Il hoche lentement la tête avec l'air de quelqu'un qui semble être hanté par lesdites images. Des frissons me parcourent.

– Une poignée d'entre eux s'adonnait aussi à des pratiques sadiques, poursuit Tiger. Ils qualifiaient cela de châtiments mérités pour tel ou tel écart. Le gourou, Alpha, pensait avoir un pouvoir pseudo-divin sur ses adeptes, il avait délégué la partie punitions à son jumeau et au bras droit de celui-ci. L'un torturait, meurtrissait. L'autre, voyeur et manipulateur, décidait qui méritait ces traitements et prenait plaisir à y assister.

Je plaque une main sur ma bouche, le cœur au bord des lèvres. Je ne sais plus ce qui prévaut : ma nausée, la douleur de la compassion pour les victimes ou la terreur qui me saisissent simultanément ? Comment peut-on se retrouver sous la coupe de pareils illuminés, si tordus ? Comment termine-t-on conditionné ainsi jusqu'au point de non-retour ? Jusqu'à y entraîner ses propres gamins ?

Pauvre Sophia. Tu m'étonnes qu'elle peine à tourner rond après avoir été élevée là-dedans…

50

Océane

L'atmosphère dans le penthouse s'alourdit. Atterrée, je tente de résumer tout ce que je viens d'apprendre coup sur coup.

– Donc les têtes pensantes de cette secte ont souillé mentalement et physiquement durant des années les adeptes et leurs gosses, puis ils les ont incités à se donner la mort ?

– Oui. Les victimes croyaient en ces conneries d'« Envol final ». Pour elles, ce n'était qu'une douce étape pour accéder à un monde meilleur, l'étape supérieure et finale de leur quête spirituelle.

– C'est fou d'adhérer à un truc pareil ! m'exclamé-je.

Fou et terrible. Pour en arriver là, c'est qu'ils ne parvenaient même plus à réfléchir et à raisonner par eux-mêmes. Ils n'avaient plus pied avec la réalité. J'essaie de comprendre en récapitulant :

– Et ensuite. Ces gourous… Alpha, Oméga et leurs complices se sont enfuis, si j'ai bien saisi ?

– Oméga, oui, confirme Tiger. Alpha, celui identifié à titre posthume par les autorités australiennes comme étant l'unique chef, a ingéré du cyanure de potassium avec ses disciples. Son esprit malade adhérait aux prêches mystiques dont il abreuvait « le peuple du Jardin ». Il est parti avec eux. En revanche, Oméga avait les idées claires. Intelligent et fin marionnettiste, lui s'est tenu en retrait, a simulé, a tiré les ficelles pour se volatiliser avec ce qui l'intéressait après le décès des membres. Notamment avec son acolyte préféré, un borgne avide de la souffrance des autres. C'était ce dernier le Bourreau de la secte, l'Ange du Châtiment.

– Putain !

– Tu l'as dit.

Tiger recommence à tourner en rond, tel un fauve rongeant son frein. Il se retranche dans un mutisme pesant. Ébranlée, j'ai du mal à digérer toutes ces infos, à refouler des mises en scène que mon cerveau tente d'imaginer. Tiger rouvre le clapet de son ordinateur, tape des codes, sélectionne un dossier. Les icônes indiquent des fichiers vidéo numérotés, interminables.

Oh, putain, il y en a tellement !

Crispée, je m'interroge sur leur contenu. Tiger se retourne, enfouit encore une main dans sa tignasse avec nervosité en me regardant.

– Pour en revenir à ce que tu as entendu, tout à l'heure… commence-t-il. J'ai embauché des hommes de terrain quand j'avais environ 18 ans pour les traquer, me déverse-t-il après hésitation. Ce sont des mercenaires surentraînés, des guerriers du côté obscur qui effectuent des extractions, des règlements de compte. Ils récupèrent des personnes kidnappées, des objets de valeur volés, etc. Tu vois le genre ?

Oui, je vois… Enfin, je crois…

Je résume. Donc, Tiger mène une vendetta personnelle contre des criminels en cavale et ce, depuis des années. À l'insu de la police et du monde entier, il traque ces psychopathes en sous-marin pour leur faire payer leurs exactions.

Punaise ! Cela révèle quand même un aspect effrayant de sa personnalité : il est du genre à se faire justice lui-même, à se venger carrément. Sans pitié.

Je frémis. Parce qu'à sa place, je ne sais pas si j'aurais souhaité que ces monstres souffrent à leur tour. Aurais-je voulu qu'ils crèvent ou me serais-je contentée d'espérer que la police les chope un jour ?

C'est confus dans ma tête. Et je ne suis pas à sa place.

Il n'y a pas de notice fournie après un trauma, j'en sais quelque chose. Nous ne réagissons pas de manière standard face à l'insupportable. Je m'en doute… Certains s'en remettent à la justice, essaient de se reconstruire dans la résilience. Et une poignée de gens ne trouvent pas de répit tant qu'ils ne se sont pas vengés, qu'ils n'ont pas rendu coup pour coup cette souffrance et blessé profondément les coupables.

Ça, je connais personnellement, car j'ai été dans le mauvais camp, celui des coupables, des monstres impardonnables. Du moins, j'incarne cela aux yeux d'une maman qui voulait – et veut probablement encore – me détruire par vengeance. Christine, la mère de Romain, nourrit à mon égard la même détermination haineuse dont Tiger fait preuve. Elle m'a fait mal, elle m'a traînée dans la boue. Elle me foutrait dans un fauteuil roulant si elle le pouvait. Ou pire. Cela m'a souvent angoissée à Paris, à en rester bloquée devant les passages piétons, en me demandant si elle ne serait pas capable de me foncer dessus avec sa bagnole un de ces quatre…

Alors, là, face à quelqu'un qui veut châtier des gens responsables d'atrocités sur enfants et adultes, mon premier réflexe est de penser que la vengeance aussi est destructrice. À double tranchant. Plus Christine s'acharnait sur moi, plus elle devenait cruelle elle-même, inhumaine.

Comment soumettre mon point de vue à Tiger ? Nous n'avons pas les mêmes vécus…

Je me lance quand même, tentant de nuancer à cause de ma propre expérience :

– Tiger… Si tu vas au bout, cette mission risque de te laisser des stigmates. Bien sûr, je ne défends pas ces ordures. Les faits sont macabres, ineffaçables. Rien que de penser qu'il y avait aussi des enfants, j'en ai la chair de poule… Mais leur rendre la pareille te pèsera sur la conscience, cela te rongera. Tu auras basculé dans l'atrocité toi aussi, tu comprends ?

Ses iris s'arrêtent sur moi, froids, sans quartier.

– Essaies-tu de comparer ce qui t'est arrivé en France avec les abominations dont ces dégénérés sont coupables ? De comparer les séquelles sur ton ex avec le nombre de victimes innocentes que le Bourreau et Oméga ont semées derrière eux ? Putain, dis-moi que je me trompe !

Notre confrontation visuelle me fout mal à l'aise. Tiger s'assombrit. La mine ténébreuse, il frictionne sa barbe naissante. Je laisse tomber, me relève, émue, désireuse de prendre du recul. Je marche vers la chambre. Mes jambes manquent de stabilité, mon rythme cardiaque est bizarre.

En fait, je ne le connais pas vraiment, cet homme. Jusqu'à ce soir, j'ignorais qu'il pouvait aller aussi loin. Sans état d'âme.

Donc il peut anéantir quelqu'un par vengeance. Même s'il a de bonnes raisons de haïr ces malades, ce n'est pas rien de payer un commando de mercenaires pour les massacrer à leur tour. Pourquoi ne pas juste les livrer à la police ?

Non. Je ne sais pas, je ne sais plus, ça me trouble…

– Océane ?

Je m'arrête, pivote, nous nous étudions à nouveau mutuellement. Entrevoir cette part implacable en lui me remue intérieurement, je n'y peux rien. Son front se plisse, il me paraît si solennel, si… loin de celui avec qui j'ai ri et vibré.

– Tout est planifié, mûrement réfléchi, déclare-t-il. Je ne te demande pas de valider ou pas.

– Non, je sais…

– Cela n'est même pas censé te concerner, enchaîne-t-il. Il s'agit de Sophia, de l'enfer qu'elle a traversé et de mon devoir de réparer cela pour elle, ainsi que pour tous ces gens, tous ces enfants. Je rêve de choper ces fumiers depuis un bail. Hors de question que mes impôts sur la fortune et autres donations servent à les entretenir dans le système carcéral. Ils ne méritent pas de se la couler douce, même derrière des barreaux, pas ces individus-là ! Crois-moi là-dessus toi aussi. Quant au poids éventuel sur ma conscience après, j'assumerai. Je dormirai même mieux.

Merde alors… il ne lâchera rien.

J'ai beau en être sonnée, une part de moi est de surcroît heurtée, vexée par ma mise à l'écart. « Cela n'est même pas censé te concerner. Il s'agit de Sophia… » Ces phrases résonnent douloureusement en moi. Comme si mon avis n'avait pas d'intérêt dans les choses importantes.

– OK, dis-je dans un murmure. Après tout, moi je ne suis là que pour le fun et pour une durée déterminée. Je n'aurais pas dû écouter aux portes.

La dureté de ses traits, le bleu acier de ses yeux appuient mes propos. Un calme insoutenable enveloppe la pièce et pèse sur mes épaules.

– On est d'accord, tranche enfin Tiger. Je compte sur ta discrétion.

– Tu me prends pour qui ? m'indigné-je. Accord de confidentialité ou pas, je ne dévoilerai votre vie privée à quiconque. Encore moins avec une histoire de fond aussi affreuse.

Il effectue quelques pas dans ma direction. Je ne bats plus en retraite. Il sort une main de sa poche, effleure mes cheveux, replace une mèche derrière mon oreille, et argumente :

– Je mesure la gravité de ce que j'entreprends, mais comme dit l'adage : aux grands maux, les grands remèdes. Ce mal-là ne se combat qu'avec un mal à la hauteur de ce qu'ils ont infligé. Il faut que tu voies ce qu'ils ont fait, m'enjoint-il. Pour que tu me comprennes, tu dois savoir de quoi ils sont coupables, ce qu'ils sont capables de faire.

Je pousse un soupir et reviens sur mes pas. Car j'ai probablement besoin de justifier ses choix dans ma tête. Qu'ils me conviennent ou pas. Et ça m'émeut qu'il insiste pour partager ce poids avec moi, maintenant. Certes, il n'en aurait pas eu l'intention si je n'avais pas surpris sa téléconférence, mais ça nous fait plus de secrets partagés.

Mon envie d'être conciliante, d'être là pour lui est plus forte, en dépit de mon malaise. Je ne sais pas. Je m'assois néanmoins à la place qu'il occupait durant sa conversation. Tiger choisit une vidéo sur son PC, lance le lecteur multimédia.

– Regarde ça, chuchote-t-il.

Une grande tente blanche apparaît à l'écran.

Des enfants par dizaines sont debout, habillés d'une tunique identique.

Un mal-être me prend aux tripes. Ce n'est plus un simple récit, je les vois, ces bouts de chou qui n'ont jamais pu grandir. Mon souffle s'emballe.

Ils sont docilement alignés, hagards, d'âges différents, impossible de déterminer lesquels sont des garçons ou des filles. Leurs petites bouilles encadrées de chevelures longues portent une expression similaire. Est-ce de la résignation ? De la peur ?

Non, ils sont vides…

Je ne perçois pas cette malice, cette joie candide propre aux enfants ordinaires. Ceux-ci sont presque éthérés.

Mes yeux larmoyants se lèvent vers Tiger et je murmure comme s'ils pouvaient m'entendre :

– Ils sont si calmes, si maigres.

– Ils sont affamés, drogués, lâche-t-il.

Une larme s'échappe sur ma joue.

– Mais pourquoi ?

– Parce qu'à chaque étape, les gourous de la secte avaient une méthode pour mater les disciples, les rendre obéissants. Pour les enfants, c'était essentiellement avec le manque. Le manque de nourriture, le manque d'amour, d'affection, de contact avec leurs géniteurs. Ils disaient que cela permettait aux « Enfants du Serpent » de se sentir liés les uns aux autres et de reconnaître qu'ils sont tous la progéniture d'Alpha.

– C'est tellement tordu, marmonné-je avec rage.

La colère s'ajoute à ma peine. Alors que je n'ai visionné que quelques secondes du film. Mon attention retourne sur l'écran lorsque j'entends ce truc… L'incantation que Sophia a baragouinée quand elle était déchirée.

Tous en chœur, les gamins récitent dans une langue inconnue une sorte de poème.

Mes duvets se hérissent, j'en ai froid dans le dos. Puis ils poursuivent en anglais :

– « *Je suis une Fleur du Mâle qui fleurit pour Le Jardin.*

Je suis un Enfant du Serpent qui se bat pour Le Jardin.

J'obéis aux Guides.

Je respecte les Dogmes.

Je jure de m'éloigner de "l'autre", cette "graine impure" qui pousse à l'extérieur.

Car je suis spécial.e. Je suis pur.e dans ma foi.

Je sers avec bonheur et dévouement les Élus de notre temple.

J'attends passionnément le jour de l'Ascension, celui de notre Envol final.

Je ne vis que pour cela.

Je fleuris, je m'investis, je me donne pour ce Privilège ultime.

Pour les miens, ma véritable Famille, pour Alpha et Oméga.

À chaque instant. À l'écart des graines impures. »

Ma respiration se bloque dans ma poitrine. Je regarde Tiger, il a les mâchoires serrées, l'œil sombre. Combien de fois a-t-il scruté ces horreurs en se jurant de rendre justice à sa manière ? Est-ce qu'il a craqué et pleuré parfois en les regardant, en sachant que c'est trop tard, que ces petits anges hagards n'existent plus, ne peuvent plus être sauvés ?

Il n'en parle pas, il se penche à mes côtés, enclenche une seconde vidéo.

Cette fois-ci, ils sont plus grands. Préados ? Ados ? Difficiles à dire. La tunique informe est devenue maintenant une espèce de sari sur les filles… On peut distinguer leurs poitrines plus ou moins naissantes. Les garçons portent désormais un pantalon. Tous sont en blanc, tous ont toujours les cheveux longs et cet air primitif, un je-ne-sais-quoi d'un autre temps. C'est étrange, oppressant. J'ignore à quoi m'attendre.

Bientôt, il y a du mouvement. Quelqu'un passe parmi eux, un adulte.

– Lui, c'est le gourou officiel, la genèse, Alpha, m'informe la voix altérée de Tiger.

Je hoche la tête, happée, en dévisageant l'inconnu. C'est bête à dire, mais il n'a pas l'air d'un monstre. C'est même ça le piège : il a tout d'un homme en apparence bienveillant. Un brun charismatique, séduisant. Un regard qui subjugue. Un type qu'on aurait facilement envie d'écouter, de suivre, d'idolâtrer dans certaines circonstances…

Le dénommé Alpha s'arrête devant l'un d'eux, caresse sa joue avec un sourire « paternaliste ». Sachant qui il est, ce qu'il a accompli dans cette communauté, ce contact me met d'autant plus mal à l'aise.

– Qu'est-ce qu'il fait ? angoissé-je, lorsque la main d'Alpha frôle la bouche du jeune garçon, s'y attarde.

– Attends, tu vas voir, répond Tiger.

Le gourou marmonne un truc inintelligible à l'adolescent, ce qui incite celui-ci à le laisser tenir sa lèvre inférieure. Il la baisse, mon sang se glace. Merde, un mot est marqué dedans ! Un tatouage ?

– C'est son « nom de baptême du Jardin », m'explique Tiger. Chacun en a reçu un à ses 13 ans. Gravé à l'intérieur de sa lèvre inférieure par le Bourreau.

– Le borgne sadique ? demandé-je en rassemblant les données dans ma tête emplie de questions.

– Oui.

– Sophia en a un elle aussi ?

Il acquiesce, nos regards se perdent l'un dans l'autre.

– Ils avaient plein de rituels de ce type, tous se terminant par un marquage et/ou une orgie sexuelle.

– Non. Je… je ne veux pas, je ne peux pas voir ça, l'imploré-je en me redressant.

C'est trop. Trop dur. Trop sordide. Et si affreux d'en être une spectatrice impuissante. Tiger n'insiste pas. Il éteint son ordi, puis ses bras m'enveloppent, son corps se colle contre mon dos.

– Oméga et le Bourreau ont continué en France, avec de nouveaux procédés mais toujours cette même perversité, me confie-t-il tout près de l'oreille. De jeunes Français se sont retrouvés pris au piège dans un club opaque, qu'ils appelaient La Confrérie. Ces enfoirés sont passés sous les radars en Australie et en Europe pendant trop longtemps, ils ont pris des vies humaines, ils en ont bafoué d'autres. Ceux qui survivent parmi leurs victimes gardent des séquelles de leurs traumatismes, Sophia compris. Qui se bat pour ces victimes, pour ces gosses fauchés dans leur enfance ? Qui fait tout pour que ces fils de pute paient ?

Toi… me dis-je tout bas. Toi, tu te bats sans faiblir depuis des années. Pour eux. Pour ta femme.

Je n'ai pas à juger ça. De quel droit le ferais-je ? J'absorbe ce plaidoyer sans objecter, dépassée par tout ceci. Je n'ose plus lui suggérer de laisser tomber. Les émotions sillonnent mes entrailles, de l'empathie à la douleur, la colère contre le sort, contre ces monstres. Je me sens mal, je pivote contre Tiger. Ses prunelles ne me quittent plus.

Putain, qu'il est beau ! Avec ce truc profond dans ses yeux fixés sur moi. La quintessence du mâle.

Je me craquelle…

– Merci de… d'avoir partagé ces archives et confidences avec moi, Tiger, lui dis-je. Je sais qu'avoir surpris ta conversation t'a forcé la main. Tu ne m'en aurais sans doute pas parlé sinon. Mais merci. Cela te tient à cœur et je respecte cela… Je… je te promets de ne pas trahir ta confiance.

– Merci à toi… me souffle-t-il au bout d'un moment. Sache que je ne me crois pas au-dessus des lois, c'est juste un combat nécessaire, une conjoncture exceptionnelle.

Il s'arrête, s'attendant à ce que je conteste. J'humecte mes lèvres en gardant le silence.

– Je n'ai pas l'habitude de discuter de ce genre de dossier, reprend Tiger. Pas avec une personne qui n'est pas expressément à mon service pour accomplir les tâches qui vont avec.

– Sophia, elle, elle sait ?

– Non. La traque a duré des années. Je ne voulais pas la chambouler sans raison, d'autant plus que sa thérapie s'est déroulée en dents de scie… Il y a eu pas mal de doutes, de rechutes. Et j'ai découvert que si elle a recommencé à flancher récemment, c'est parce qu'un concours de circonstances hasardeuses a fait qu'Oméga a à nouveau eu accès à Sophia.

Interloquée, je déglutis et demande :

– Comment ça ?

– Un employé du Sexton's, Mike Woods, a noué des relations obtuses via le Darknet avec d'autres admirateurs du Jardin. Et évidemment, Oméga surveillait ce genre de forums pour nourrir son ego. Il a dû faire le lien et a contacté Woods pour le charger de… de manipuler à distance Sophia. La refaire tomber sous influence.

– Oh, bordel ! Tu… tu le sais depuis quand ?

– Quelques jours. Je sentais qu'un truc clochait, que Sophia régressait bizarrement. On a neutralisé la menace…

Il ne s'étend pas sur le comment. Je ne suis pas sûre de vouloir le savoir, alors Tiger poursuit.

– Maintenant que j'ai toutes les cartes en main, je ne souhaite pas perdre la maîtrise de la situation si près du but.

Je souffle un oui troublé, avant d'ajouter :

– Je comprends… Alors Mike Woods savait pour Sophia lorsqu'il s'est fait embaucher comme gérant ?

– Non, personne ne savait, j'avais effacé toute trace de Sophia dans les preuves collectées sur Le Jardin, il y a des années. Et mon équipe n'avait rien trouvé de suspect sur ce type lors de leurs recherches sur lui avant son recrutement. De toute évidence, il s'est passionné pour ces pervers bien après, et Oméga, lui, est assez tordu et intelligent pour avoir décelé une aubaine de taille quand il a su où Woods travaillait.

– Bon sang ! Et ça l'a mené jusqu'à Sophia, une rescapée amochée. Quand je pense que j'ai rencontré ce Mike Woods au Sexton's ! Deux fois !

J'en frémis en me souvenant de sa posture rigide et de son regard qui m'a mise à cran. Maintenant, avec le recul, je réalise que ce mec avait quelque chose d'indéfinissable, de louche. Comment peut-on idolâtrer des monstres qui ont tué autant de gens et aller s'exciter là-dessus sur Internet ? Ça me dépasse et me glace d'effroi !

Tiger s'incline, je tangue émotionnellement, égarée dans ses prunelles. Au-delà de ce séisme, j'ai l'impression de ressentir plus de profondeur, d'intensité dans ce qu'on vit à deux. Lui et moi partageons plus que du sexe désormais. Je crois que j'aime ça.

Est-ce que je me leurre ?

– Qu'est-ce qu'on fait ? me questionne-t-il, sans aller plus loin. Tu as envie de t'enfuir en courant maintenant ?

– Non…

Tiger me fixe encore. Me donnant la sensation de ne plus être juste « une amie particulière » de leur couple, un banal partenaire sexuel. À moins que je ne prenne mes illusions trop au sérieux. Je me perds en lui. Mais lui ne parle plus, il m'observe. Et lorsqu'il capture mes lèvres, je me ramollis sous ses caresses, sous ce baiser possessif, impérieux.

Scellons-nous un contrat tacite ?

La couette tombe, ses doigts courent sur ma peau, déjà marquée par sa fougue. Il ne l'a peut-être pas voulu ainsi au départ, mais j'ai pénétré plus loin dans son jardin secret. Malgré lui, malgré Sophia, malgré moi…

51

Tiger

Lorsque Océane se rendort, mon insomnie persiste et signe. Je suis sous pression, trop focus sur l'objectif final et trop imprégné de cette nana pour demeurer allongé tranquillement.

Je quitte le lit et la chambre. Je me prépare, griffonne un mot pour ma blondinette. Je récupère le nécessaire et sors.

L'aéroport, le jet…

Il est encore tôt quand j'attache ma ceinture pour le décollage. L'entracte est terminé, il est temps de remonter sur la scène et de préserver les apparences. Qu'on nous voie ensemble, Sophia et moi, insoupçonnables, avec nos invités, rentrer officiellement en Australie. Pendant que nous savourerons quelques jours de détente à quatre avec les Hood, l'opération Arès sera lancée en France.

Les nerfs en pelote, je tripote mon portable et finis par envoyer un texto à Sophia. Mon épouse me croit toujours en Europe, en train de travailler, comme très souvent.

Repenser à Océane fait germer l'envie de lui textoter un message à elle aussi.

[Ne te sauve pas, sweetness.
J'ai encore envie de te faire
des tas de trucs…]

Je cherche l'émoji pêche pour compléter ma phrase, en souvenir de ses petites provocations du début. Mes lèvres s'incurvent. Elle est sûrement en train de dormir, sensuelle et épuisée.

Au milieu du vol, mes paupières se fatiguent également. Dans un état transitoire, entre le sommeil et mes cogitations, la Sophia d'avant hante mon esprit. Je revis ce jour maudit dans l'outback australien.

– Le Guide devait tous nous emmener pour notre voyage ultime. Pourquoi sont-ils partis sans moi ? Ils ne voulaient plus de moi ? Ils m'ont abandonnée ?

– Non. Maintenant, tu es libre, tu comprends ? soutiens-je. Vous repoussiez les « autres ». Je suis un « autre » moi aussi, mais je serai là pour toi.

Elle s'égare dans mes yeux…

– Libre ? C'est dans le Jardin céleste que je serai libre. Avec Alpha, Oméga, Byrne, Annie : ma Famille. Loin des graines impures.

– Bon sang, réveille-toi ! C'est fini ! Tu m'entends ? C'est terminé ! Et ça va grouiller de flics d'un moment à l'autre.

Je serre ses bras, tentant de ravaler mon propre bazar émotionnel. Ce sentiment d'échec. Je fouille dans ses iris hagards. Son désarroi s'étend à l'infini. J'intériorise, m'efforce de réfléchir à une solution d'urgence.

– Allez, viens.

– Pour aller où ? m'interroge-t-elle.

Bonne question…

– Chez moi, affirmé-je machinalement.

Elle ne veut pas de mon aide, elle répète tout bas des incantations. Espérant encore être exaucée.

– J'ai loupé l'Envol parce que je ne le méritais pas ? J'ai désobéi en allant me baigner sans permission, déduit-elle avec souffrance. Je n'ai pas été à la hauteur de ma foi.

Son regard se décroche du mien, s'arrête à nouveau sur les images horrifiques qui se resteront à jamais gravées dans son crâne. Le mien aussi. Quoi qu'on fasse, elles s'incrusteront.

– Tu as eu de la chance d'y avoir échappé, soutiens-je. Ton bain solitaire t'a sauvée.

Elle me dévisage, faible, incrédule.

– Non, pas sauvée. Ils sont tous partis, ce sont eux qui sont sauvés.

– Ils ne sont pas sauvés, bordel, ils sont morts ! Et je suis là, moi, assuré-je pour capter à nouveau son attention.

– Toi ? divague-t-elle. Tu viens de chez les « autres ». C'est ici, chez moi.

– Moi, je ne te lâcherai pas. Je vais t'aider, d'accord ?

Elle a froid, de ce genre de froid qui n'a rien à voir avec la météo. Bien que ses cheveux soient mouillés, son corps frêle grelotte à cause de l'abomination qu'elle vit en live. Et la terreur de cette vie à l'extérieur, l'inconnu total pour elle.

– Hey ? Regarde-moi, Ève… Regarde-moi ! Voilà.

Ses prunelles s'arrêtent sur moi, vides.

– Tu vas venir avec moi. Tout de suite ! OK ?

– Avec toi ? Pour toujours ?

Je ne peux pas promettre un truc pareil. Elle est perdue, désorientée, terrorisée par la suite. Par l'extérieur, et ceux qu'elle appelle les « graines impures ». Je n'ai aucune idée de ce que je vais faire d'elle, mais je sais ce que je ne veux pas…

C'est cette raison qui me motive à lui tendre la main.

– Jure-le d'abord, s'obstine-t-elle. Tu ne m'abandonneras pas ?

– Je serai là pour toi.

– Tu ne m'abandonneras jamais ? Promis ?

Ça commence à urger. Pour gagner du temps et débarrasser le plancher avant qu'il ne soit trop tard, je consens à lui donner un gage de bonne foi. Je lui murmure :

– Promis.

– Et si tu ne tenais pas ta promesse ? s'entête-t-elle encore, incapable de bouger.

– Je la tiendrai. Fais-moi confiance.

– Je ne sais pas…

– Promis, je t'ai dit.

Nos iris ne se quittent plus. Ses doigts finissent par s'agripper désespérément aux miens. Je ne peux pas mesurer son niveau de souffrance, de déception. Le séisme émotionnel qui la bouleverse diffère de mes ressentis.

Si seulement j'avais déboulé à temps… Si seulement j'avais pu empêcher ce désastre… Si seulement elle n'avait pas…

– On doit partir. Viens avec moi, s'il te plaît.

– D'accord. Parce que tu as promis…

Putain ! Je fourrage dans mes cheveux et fixe les nuages. Deux jours après, cette hécatombe tournait en boucle à la radio, à la télé, partout.

« Une secte pire que La Famille sévissait à nouveau sur nos terres. »

« Pourquoi l'Australie ne s'en est pas douté à temps ? »

« Qui aurait pu faire quoi pour éviter cela ? »

« Quelles seraient les suites judiciaires si jamais quelqu'un pouvait encore être tenu pour responsable ? »

Les interrogations ont fusé, ont fait les unes, défrayé les chroniques. Mais il subsistait autant de zones d'ombre que de réponses trouvées.

L'arrivée des forces de l'ordre sur les terres du Jardin. La découverte des corps, toute une communauté décimée… Des victimes ont été dénombrées, parfois reliées à titre posthume à des personnes disparues depuis longtemps. Certaines ont été rattachées à un passé qu'elles ont laissé loin derrière elles, à une famille qui n'avait plus de nouvelles d'elles. D'autres – plus jeunes, trop jeunes – ont été identifiées par filiation, avec l'ADN.

Et moi, j'ai recueilli Ève Hamilton, qui s'est muée en Sophia Sexton, mon épouse au passé reconfiguré par mes soins. Ma protégée, car je craignais que les rescapés introuvables à l'époque ne reviennent un jour pour l'embringuer avec eux. Elle était trop malléable, avait l'esprit fragile, ils auraient pu la téléguider à distance, lui faire faire n'importe quoi…

Et à juste titre, quand je vois ce qui a failli avoir lieu dernièrement si nous n'avions pas démasqué à temps Mike Woods.

Ça semble sans fin, bordel !

***

Océane

Je bois mon smoothie sur la terrasse, la tête dans les nuages. Un bien-être étrange m'étreint à la relecture du mot que Tiger m'a laissé sur la table de chevet. Écriture distinguée, masculine. Et allusions coquines à peines voilées.

Mon bourgeon,
J'ai encore ton goût en arrière-bouche.
Ton odeur imprègne toujours mes pores.
Hélas, je dois retourner en France pour rejoindre Sophia et des amis. Nous serons à Sydney dans soixante-douze heures.
Et je serai en toi dans soixante-douze heures et quelques minutes.
Je t'enverrai un SMS avec des indications au moment propice.
Le penthouse est à toi, tu en fais ce que tu veux.
Des baisers… tout en bas… Tu localises l'endroit ?
TS

Émoustillée, je picore dans les assortiments divers de mon brunch copieux livré par Anaïs, aussi efficace que discrète. Je suis seule dans la tour d'ivoire et je ne réalise toujours pas quelle tournure notre « relation » a prise. Ma découverte malencontreuse, les confidences, les vidéos, les détails sur le passé de Sophia…

Merde ! Penser à Sophia me fait dégringoler de mon petit nuage l'instant d'après. Elle et sa précieuse règle sur la compersion.

« C'est une sorte de plaisir qu'on éprouve à partager son partenaire sans ressentir de jalousie, un pilier dans les couples libres. La compersion et la confiance. Tant que les limites sont respectées, tout va bien. » « Tu me promets de t'éclipser de la vie de Ty… ? » m'avait-elle spécifié.

Cela me paraît compromis à présent. Est-ce que je la trahis en fréquentant son mari dans son dos, alors que je ne « bosse » plus pour eux ? Cette nuit, les limites sont devenues floues pour moi. Par moments, j'ai eu l'impression que Tiger me regardait, me touchait comme si la planète Terre s'était dépeuplée de toute autre présence féminine. Notre fusion au lit avait une saveur époustouflante.

Résultat, son dernier texto avec un émoji fruité à connotation sexuelle me fait glousser comme une collégienne. Pourtant, je ne le devrais pas. Pas avec un homme expérimenté, assumant des responsabilités écrasantes et doté d'une vie privée aussi compliquée…

Tiger est trop différent des mecs que j'ai connus ou avec qui je pourrais sortir. Et je ne peux m'empêcher de me demander qui je suis pour lui aujourd'hui après ces révélations ?

Au mieux une sex friend, un grade au-dessus de la simple partenaire sexuelle comme il en a l'habitude. Au pire, je reste un plan cul lambda qui le fait encore bander et qu'il remplacera facilement dès qu'il sera lassé.

Zut ! L'exaltation finit en spleen en trois secondes chrono.

Je n'ai plus faim. La culpabilité envers Sophia et l'incertitude vis-à-vis de mon duo improbable avec Tiger démolissent mon humeur.

Un duo avec Tiger ? Putain, qu'est-ce que je raconte !

Je cours à la douche, soudain pressée d'enlever toute trace de cette nuit. Autant que possible. Après toutes mes tentatives pour lui tourner le dos, une frousse monstrueuse m'envahit de lui avoir donné bien plus ce coup-ci. Et d'avoir adoré qu'il se livre autant.

Tu es dans la merde, Océane !

52

Tiger
Velvet & Diamonds, Sydney
Soixante-douze heures plus tard

Les journées et nuits d'attente, les efforts pour mettre ma couverture, mon alibi en place en cas de pépin m'ont mentalement exténué. Nous en sommes au bout du compteur. La machine est lancée…

Je joue le jeu de la décompression avec Steen et Lilas Hood. Sophia a choisi le lieu : le Velvet. J'aurais préféré un autre club. Celui-là porte désormais la fragrance mémorable d'une femme qui squatte mon esprit durant les accalmies.

Ça a encore dérapé au penthouse la dernière fois. D'une manière différente. Océane en a trop découvert…

Mais putain, elle me manque. Malheureusement, je dois faire profil bas. Pour l'heure, les esclandres sont à proscrire entre mon épouse et moi. Je suis déjà au centre des actualités du continent avec mon communiqué de presse à propos de l'OPA avortée de Carter Industries. Mes prévisions concordent avec les conséquences en temps réel du coup préparé avec Shanna, tout marche à merveille à ce sujet. Prochaine étape, faire main basse sur cette boîte et adieu Carter…

C'est beaucoup moins simple pour l'extraction de précision militaire qui a ciblé le fourgon de transports de détenus australiens, en France ce matin, heure locale. L'opération Arès est lancée et c'est idiot, mais je ne peux en parler qu'avec Océane.

Bordel, c'est quoi, ce besoin ?

– On vous laisse entre mecs, déclame Lilas Hood. Je vais me déhancher avec Sophia.

Steen, son mari, lève son verre et lui dit un truc en langue des signes. On a tendance à oublier son handicap, Lilas se fond si facilement dans la masse des entendants.

– À tout', Ty ! me lance Sophia, ravie d'avoir une pote de dance floor.

Je réponds d'un clin d'œil. Hood en profite pour amorcer une discussion sur l'organisation criminelle de déviants sexuels démantelée en France.

La Confrérie. Évidemment, cela se répand comme une traînée de poudre, tout le monde en parle. Vu le métier de mon ami, ses films documentés au détail près, et sachant le poids qu'il a dans la sphère des médias, je me doute qu'il doit avoir son réseau. Des sources fiables qui lui divulguent des renseignements cruciaux.

Mais que sait-il au juste ? Je veux dire, de plus que le public. Je tâte le terrain sans livrer le fond de mes pensées. Le volume de la musique nous contraint à incliner la tête l'un vers l'autre pour couvrir la sono de la discothèque.

– Il paraît qu'ils ont relié cette Confrérie aux agressions telles que celle de la chef étoilée française, Angèle Moisson, me dit Steen.

– En effet, oui… Sophia et moi avons souvent mangé dans son établissement. Comment se fait-il qu'elle ait été ciblée ?

– Je me le suis demandé aussi, me répond Steen. Le responsable, selon les expertises médico-légales en France, serait un Australien. Son pseudonyme dans ce club était le Borgne. Le sceau utilisé pour les marquages proviendrait de sa collection personnelle et porterait manifestement ses empreintes. Ainsi que le couteau utilisé pour les mutilations.

Le Borgne, alias le Bourreau. Je ne suis pas surpris…

Cet animal n'a pas pu s'empêcher de s'adonner à ses vices de prédilection en France, comme il le faisait au Jardin. Un plaisir obscur pulse en moi en sachant que mon équipe s'occupe de sa gueule éborgnée. Œil pour œil, sadisme pour sadisme. Cette fois-ci, ce demeuré se marrera beaucoup moins… J'en souris intérieurement et bois une rasade de scotch.

– J'espère qu'il sera bientôt broyé par le système judiciaire, fais-je mine de me réjouir avec modération avant de dévier la conversation vers un terrain neutre.

Hood enveloppe sa femme du regard. Celle-ci se trémousse, agite sa crinière rousse, rit et chante avec Sophia.

Quant à moi, je m'ennuie d'elle. Océane n'a répondu ni à mon message précédent, ni à celui de ce début de soirée où je lui ai indiqué le lieu et l'heure de notre arrivée. Je ne fantasme que sur ça : qu'elle me fasse signe sur mon téléphone.

Mais rien. Je me redresse, brandis mon mobile.

– Un coup de fil urgent, je reviens, dis-je.

– Pas de souci. J'ai des choses à revoir par mail avec mon assistant entretemps. Et je garde un œil sur nos femmes, plaisante-t-il.

– Nickel.

Dehors, j'appelle Océane. Une sonnerie, deux… trois…

– Allô ?

Son timbre suave retentit, j'expire.

– Tu me *ghostes*, mon bourgeon ?

– Non… Enfin, je ne sais pas trop, hésite-t-elle. Comment ça va ?

– En manque de toi, je n'arrive pas à me concentrer, avoué-je.

Elle est trop silencieuse. Quelque chose est différent.

– En même temps, en plein night-club, difficile de se concentrer sur autre chose que sur des silhouettes affriolantes qui se tortillent rien que pour attirer ton attention, non ? réplique-t-elle enfin.

– Il n'y en a aucune. C'est complètement fade et vide là-dedans. Tu n'y es pas.

– Baratineur, me raille-t-elle.

– Non, juste affamé de toi. Je veux te voir.

– Tiger… Ça me gêne de débouler en catimini pour me jeter dans tes bras, il y a Sophia.

Réfléchis…

– Elle ne saura pas. J'aurais agi en transparence si la conjoncture actuelle n'était pas spéciale, comme tu le sais, plaidé-je. On attend que cela se tasse d'ici quarante-huit heures ou plus et je te fais revenir à la maison. Je parlerai à Sophia.

– Je ne sais pas trop, doute-t-elle.

Merde !

J'appuie sur mes paupières.

– Tu sais ce qui est le plus horrible ? murmure Océane. Tu fais de moi une très vilaine fille… Je deviens carrément une nana nulle sur les bords, qui mate ton fessier sexy dans ce jean au lieu de foutre le camp…

Je me fige. Me tourne.

– T'es où ?

Rempli d'espoir, tous mes sens se mettent en alerte. Je fouille les environs.

– Je ne devrais pas, on ne devrait plus, me dit-elle d'une voix presque triste.

– J'ai envie de te voir, j'ai besoin de te voir.

– Tiger…

Je sens les failles dans cet unique mot qu'elle prononce. Mon prénom enveloppé d'un « Mon cerveau me dicte d'arrêter ». Le mien aussi, mais, putain, je n'arrive pas à lui obéir !

– Peut-être que si j'ajoutais le mot magique ? ne puis-je m'empêcher de négocier, même si ma raison essaie de me souffler aussi le contraire. *Please*, Océane… S'il te plaît.

Je suis le rythme de sa respiration troublée, comme suspendu dans le néant, attendant qu'elle me tende la main.

– J'hésite à descendre de mon Uber, confesse Océane, malgré elle, je pense.

– Quel véhicule ? Dis-moi juste où tu es.

– La Ford verte, à l'angle de la rue.

Je pousse un soupir. Cela ne signifie pas qu'elle sortira de la voiture, mais bêtement je le prends comme un cadeau. Oui, c'est con, pourtant j'examine les lieux. Une vitre se baisse, la chevelure blonde d'Océane se matérialise, encadrant son visage pétillant de malice. Nos regards s'accrochent…

– Viens, rien que pour… papoter, négocié-je. Tu n'auras même pas à entrer dans la boîte de nuit.

Elle tergiverse encore. Je botte en touche, pour ne pas la brusquer davantage.

– Tu as vraiment envie de discuter, Tiger ?

– Je ne ferai rien que tu ne veux pas.

Le temps s'étire, son silence me stresse. Elle va refuser. Au bout d'une éternité, la portière s'ouvre, elle sort.

Nom de Dieu, oui !

Mes yeux la caressent de loin. S'attardent sur ses jambes nues exposées par la petite jupe soyeuse qui virevolte quand elle commence à marcher. Et remontent enfin se planter dans ses prunelles. Je franchis la mini distance qui nous sépare, lui tends la main.

Nos doigts s'entrecroisent, je m'électrise instantanément. Ce truc impalpable qu'elle déclenche en moi ne s'amenuise pas, ça continue d'enfler. Jaillissement de phéromones et extinction de neurones. Stupide ? Oui, mais j'en bande. Depuis mon enterrement de vie de garçon, je n'ai pas été aussi relax, désinvolte, avide. Je vérifie à l'arrache l'entrée du club, et me mets à courir en tirant Océane derrière moi. D'abord surprise, elle finit par rire en me suivant. Je redeviens presque un gosse. Non, un ado shooté aux hormones, prêt à tout pour se taper un rail de cette nana.

– Tu ne vas pas me faire faire un semi-marathon en talons, râle-t-elle en riant.

Nous arrivons très vite dans le parking privé du Velvet où sont garés deux de mes bolides. Un prêté à mes convives et un pris par Sophia et moi pour sortir. Je déverrouille la Maserati noire et lance les clés à Océane.

– Grimpe.

– Quoi ? Tu me laisses le volant ?

– Tu as ton permis, non ?

– Oui, mais… Punaise, je n'ai jamais conduit un bolide pareil.

Je passe côté passager et conclus :

– Raison de plus. Ras-le-cul de devoir toujours tout maîtriser, soyons dingues pour une fois ! Allez, monte, je te guiderai.

Stupéfaite, elle semble ne pas y croire durant plusieurs secondes.

– T'es devenu fou !

– Peut-être.

Océane s'installe, excitée par cette perspective, sublime avec ses joues roses. Ses yeux verts se rivent sur moi, sertis d'émotions qui se bousculent. Les miens la dévorent. Je lui débite des consignes de pilotage. Ses iris brillent, ses dents mordillent sa lèvre. Elle cède, fait vrombir les chevaux du moteur.

– Yes ! Tirons-nous d'ici, sublime pilote !

– Youhou ! s'émerveille Océane dans un afflux d'adrénaline.

Au début, elle se montre extrêmement prudente. Craintive. Le trajet se déroule comme si elle était dans une caisse d'auto-école, s'appliquant à ne pas décevoir l'instructeur. Je n'interviens pas, je lâche le contrôle. Graduellement, l'ivresse de la vitesse s'empare d'elle.

– Oh, purée ! s'excite-t-elle, rouge de plaisir. J'ai l'impression de flotter sur le bitume, c'est dément !

J'éclate de rire.

– Tu vois qu'il te faut une voiture. T'aimes ça.

– Non, je n'ai pas dit ça, proteste-t-elle, néanmoins grisée par les effets de mon engin.

– Si.

– Oh, que non !

– Je ne t'écoute plus ! réponds-je en poussant le son de la musique qui était en sourdine. Ce soir, je te signale que je lâche les rênes.

Le remix de « Habits » de Tove Lo envahit l'habitacle. Océane me lance un coup d'œil malicieux.

– Cool, j'aime bien être ta boss.

Je me poile avec elle avant d'ajouter nonchalamment :

– Alors, jolie boss, juste pour info : la commande est déjà passée chez le concessionnaire.

Ses yeux s'orientent encore sur moi, écarquillés.

– Dis-moi que c'est une blague.

– Regarde la route, ma douce... Je risque de me faire très mal à la queue si on a un accident maintenant.

Son attention se perd sur mon entrejambe, elle vire au rouge pivoine. Ses pupilles déjà dilatées par l'adrénaline aggravent mon état.

– T'es pas sérieux ?

– Je le suis à fond pour les deux. Pour ta Bugatti, tu peux changer de marque, de gamme et de couleur si ça te chante. Je n'ai pas fixé de plafond. Et pour mon érection, je ne te touche que si tu le veux.

– Putain, Tiger !

– La route !

Je me marre car mon timing est parfait pour annoncer l'achat de mon cadeau. Océane s'oblige à ne pas céder à son instinct : me défier. Elle appuie sur le champignon, slalome entre les véhicules au son des « *oh-oh, oh-oh… Stay high all the time…* »

Je ne sais pas où elle m'emmène, je m'en tape royalement. Je crois qu'elle l'ignore elle-même. Entre la conduite d'un bolide et la nouvelle qu'elle est désormais propriétaire du modèle de son choix, je crois l'avoir chamboulée. Nous sortons de la ville, je me fiche de la distance parcourue et du temps que Sophia mettra à se rendre compte que je ne reviens pas.

Lâcher-prise total ! C'est mon sas de décompression. Et ça m'éclate de voir Océane dans cet état d'euphorie. Elle freine en contrebas. Essoufflée, magnifique.

– Tu m'as acheté une putain de caisse de luxe alors que j'avais décliné ton offre ?! s'emballe-t-elle, tournée vers moi.

Je commence à ouvrir la portière pour descendre.

– C'est cette conversation-là que tu veux tenir, maintenant ? me moqué-je. Ça ne t'a pas excitée d'avoir eu autant de puissance technologique et mécanique entre tes petites mains ? Moi, si.

Elle sort à son tour, réétudie mon membre rigidifié dans mon jean, en bug au milieu de ses protestations.

– Je… je ne veux pas de ta…

– Ma quoi ? Ma queue ? Dis-le ! Dis-moi que là-dessous, ton corps ne réagit pas comme le mien.

Je pointe sa petite jupe du menton en la défiant.

– Tu es excitée, je sais détecter ça.

– Non, pas du tout.

– Jolie menteuse. Tes yeux me crient le contraire.

– Ah oui ?

– Certain.

Elle se tait, je souris.

– Si tu en es si sûr, tu n'as qu'à venir vérifier, me brave-t-elle soudain.

Son revirement me déstabilise.

– Tu m'autorises à…

– Manifestement, tu te fiches de mon accord, non ? me cherche-t-elle.

Je fronce les sourcils et infirme :

– Ce n'est pas pareil. Pour t'offrir des cadeaux, je peux m'entêter, mais ton corps est strictement à toi et je ne passerai jamais outre ton consentement.

Sa mine défiante se radoucit. Elle s'approche, une lueur plus joueuse s'allume dans ses billes vertes.

– En réalité, tu n'avais pas simplement envie de discuter, je me trompe ? m'accuse-t-elle, un demi-sourire aux lèvres.

– Si… OK, non.

– Tu es un cas désespéré, me charrie-t-elle. Tu me ferais presque pitié.

– Sans rire ?

Le plus grisant, c'est qu'elle me laisse la choper. Elle continue de me chercher.

– Et si on parlait de cette voiture dont je ne veux pas ? minaude-t-elle. Qu'est-ce qui compte le plus ? Me l'offrir ou avoir le droit de me toucher ?

– L'option deux, sans hésitation, murmuré-je contre sa bouche.

– Parfait. Tu vois qu'on se comprend, monsieur Sexton. *Je* décide de ce qu'il me faut ou non.

– Et que te faut-il, là, tout de suite ?

Au lieu de me répondre, elle effleure mon torse. J'essaie de ne pas craquer avant son feu vert. Lorsqu'elle m'embrasse, mon self-control bat de l'aile. Ses doigts glissent dans mes cheveux, sur ma nuque. Le baiser m'étourdit, s'approfondit. Eh merde, je la veux !

Je déplace Océane vers le flanc de la voiture et y bascule son buste. Sans résistance. Je crois d'ailleurs qu'elle kiffe de me sentir fou de son corps. En un temps record, je rabats sa jupe, décale son sous-vêtement sans me donner la peine de l'ôter et m'encastre en elle par-derrière.

– Oh, oui ! pulse-t-elle sous mon coup de boutoir féroce.

– Putain, tu es trempée !

– T'es sûr ? s'obstine cette petite calamité. Vérifie encore.

On se décale vers le capot, j'aplatis le haut de son anatomie contre la surface plane de la voiture d'une paume, soulève sa croupe à la rencontre de mon pénis pour la creuser plus fort. Frénétique, vigoureux, je la pilonne. Elle ahane, gémit.

– On fait moins la maligne, ma douce ? Tu en veux plus ?

– Ouiiii, encore ! Tu me… Putain, tu…

La suite se dissout dans un charabia de soupirs et d'exclamations. Je la secoue de pénétrations amples et brutales, cramponné à ses fesses que je pétris. Mes cuisses tapent l'arrière des siennes. Les plaintes haletées d'Océane s'entremêlent à mes commentaires lubriques décrivant précisément le pied que c'est d'être en elle.

L'apothéose nous ravage. Humide, sensas' comme toujours avec elle. Fulgurante !

53

Océane

Je suis morte ! Ma joue collée à la carrosserie de la voiture, Tiger encore calé en moi dans mon verso, en pleine nature, la volupté m'assaille de toutes parts. C'est comme la fin d'un marathon charnel trépidant, le plaisir déferle avec une violence inouïe.

– Tu peux tenir debout ? me demande la voix virile, un chouia à bout de souffle, de Tiger.

– Je n'ai plus de jambes.

Il se marre, se retire… Ma jupe est toujours rabattue sur ma taille, mon amant remet ma lingerie, qu'il avait juste décalée, en place. Il peut l'enlever, on l'a flinguée. Au lieu de cela, je sens ses lèvres et ses doigts cajoler mes fesses à travers le coton léger bordé de dentelle. L'air tiède du soir sur l'étoffe imbibée et nos fluides – non, la rosée, comme l'appelle Tiger – longent la face interne de mes cuisses.

– Ne bouge pas, m'intime-t-il.

Il semble être parti dans la bagnole et revient rapidement. Je crois qu'il s'agenouille, me déleste délicatement de ma culotte et m'essuie avec des mouchoirs. Lorsque je me redresse enfin, je suis séchée et nue sous ma jupe – sûrement toute froissée – qu'il replace. Lui me dévisage sans prononcer un mot. Nous demeurons ainsi durant je ne sais combien de temps, face à face.

Mon Dieu, je sombre. Ce mec est une incitation à la bêtise.

J'ai conscience d'avoir encore une fois dépassé les bornes avec lui. Telle une alcoolique qui se convainc d'en être à son dernier verre, mais incapable de lâcher la bouteille. Et Tiger, c'est de l'alcool à cent degrés, le paroxysme de l'ivresse qui consume tout sur son passage. Son parfum capiteux, les traits de son visage avec cette barbe naissante et son regard magnétique m'émeuvent plus que je ne le devrais.

J'ai essayé de m'arracher à tout ça, et j'y reviens toujours.

– Ça va ? m'interroge-t-il en plongeant ses doigts dans mes cheveux décoiffés.

Que répondre ? Je préfère éluder :

– On devrait y retourner et moi rentrer à l'hôtel. Ta femme va te chercher.

– Je sais.

Qu'est-ce qu'on est en train de faire, Tiger ?

Ça, je n'arrive pas à l'émettre à voix haute. Néanmoins, cette question tourne en boucle dans ma tête. Oui, il est dans un couple libre et ils ont chacun le droit d'aller voir ailleurs. Cependant, même si on ne peut pas parler véritablement de tromperie extraconjugale classique, puisque c'est consenti entre eux, Sophia approuverait-elle l'effet que son homme me fait maintenant ? Les choses que je ne partage qu'avec lui ?

Et lui... Putain, pourquoi ne me laisse-t-il pas tenter de l'oublier ? Ça ne m'aide pas qu'il revienne à la charge et me prouve qu'il sait m'affaiblir.

– Tu ne m'as pas dit si ça allait, s'appesantit Tiger.

– Je... Oui, réponds-je sous l'intensité de son examen visuel.

Il joue avec l'une de mes mèches de cheveux, puis prend mon visage en coupe. Je chuchote :

– Et toi ? Comment tu vas ?

Mutique un long moment, il finit par pousser un soupir.

– C'est compliqué, réplique-t-il.

– Mais encore ?

Il semble en pleine introspection, ou alors en quête de ce qu'il peut ou veut me dire. Submergée, je suis suspendue à ses lèvres, en attente de je ne sais quoi. C'est idiot, mais je me sens hyper sensible d'un coup.

Vulnérable.

– Finalement, ce n'est qu'avec toi que je peux parler de ce que j'ai fomenté en France, confesse-t-il.

Ce n'est pas ce à quoi je m'attendais. En fait... À quoi m'attendais-je au juste ?

Je hoche la tête, enfonce mes mains dans ses poches arrière. Nos corps se rapprochent encore.

– Je t'ai un peu acculé à ce sujet, mais je suis... honorée d'être dans la confidence, Tiger. Je... je présume que dans ta position, tu dois souvent prendre des décisions difficiles et en assumer seul les conséquences.

– En effet.

Un point crucial clignote soudain : il n'a peut-être jamais eu de confident. Il est seul au sommet, à diriger un navire énorme à 29 ans et à faire face à des responsabilités et des choix qui n'impactent pas que lui. Un homme de pouvoir, en fin de compte aussi esseulé que son épouse, mais d'une tout autre manière.

– Lourde est la tête qui porte la couronne, comme on dit, commenté-je.

Il acquiesce en me souriant.

– Non, je ne suis pas un putain de prince de conte de fées. Je ne l'ai été ni pour Sophia, ni pour quiconque. Mais on m'a transmis des valeurs chevaleresques d'un autre temps… Comme « savoir être impitoyable avec l'ennemi qui le mérite », semble-t-il paraphraser.

– C'est ton père que tu cites ? Il t'a élevé ainsi, avec une sorte de code d'honneur ?

– Il voulait que je sache prendre mes responsabilités dans n'importe quelle situation. Ne jamais me défiler. Agir quand cela est nécessaire.

– Il… C'était sûrement le genre d'homme qu'on respecte et craint. Tu lui ressembles.

Une espèce de voile assombrit son regard. Ses mâchoires se scellent durement. Il se mure à nouveau dans le silence. Touchée de savoir qu'en lui se cache néanmoins le garçon qui veut rendre son père fier, je m'enquiers :

– Et tes gars ont réussi à… exécuter tes ordres ? Ces monstres, vous les avez eus ?

– C'est en cours… J'avais besoin de relâcher la pression. D'ici demain, ils en auront terminé.

J'opine sans broncher. Ils vont les torturer, ça, je l'ai bien compris. J'ai un frisson en supposant qu'ils vont probablement les éliminer ensuite. Il y avait une telle froideur quand Tiger a donné ses directives.

Qu'est-ce qu'on ressent après ça ?

J'ai farfouillé sur la Toile, lu quelques vieux articles sur le sujet. Des faits glaçants, une enquête policière au point mort depuis une éternité. Sans doute un sentiment d'injustice ancré en des dizaines de personnes liées aux nombreuses victimes. Mais, bien évidemment, les Sexton ne sont mentionnés nulle part, Tiger a bel et bien effacé les traces du passé de sa femme. Et il a décidé de combattre pour elle, en chevalier ténébreux déterminé, pour une vengeance impitoyable.

Et il a réussi là aussi…

Pourtant, il ne me paraît ni heureux, ni fier de lui. Juste sombre, à l'image d'un général de guerre après l'exécution des ennemis qu'il ciblait. Je ne sais pas trop quoi en déduire.

– Je… je comprends que tu aies eu besoin de décompresser, le soutiens-je quand même. Est-ce que… Sophia sait enfin que tu as… vengé sa famille ? Cela ne les ramènera pas, mais ça pourrait peut-être l'apaiser un peu ?

– Non. Je ne lui ai encore rien révélé. J'attends les dernières infos que mon équipe doit soutirer à Oméga, pour savoir ce que sont devenus certains membres portés disparus. Comme Annie, la grande sœur de Sophia.

Ébahie, je cille. Le voile se lève pour moi sur l'autre prénom mystérieux.

– Oh… donc, elle n'était pas dans le suicide collectif elle non plus ?

– Non. Tout comme Byrne, leur frère.

Tiger me relâche, recule et bascule sa tête en arrière pour fixer le ciel obscur. Moi, je me débats dans mes interrogations. Réalisant que Sophia survit en se demandant ce qu'il est advenu d'une partie de ses proches. Non, en fait, elle agit comme si elle rêvait de les voir débarquer un jour. Sinon, elle n'aurait pas mis étrangement leurs noms dans mon contrat, comme si sa famille était incomplète et qu'ils allaient lui revenir un jour pour former un tout avec son mari et elle.

Merde alors, c'est ça ! Son ancienne vie, cette secte, elle les porte toujours en elle. Et peut-être que le gourou qui s'est servi à distance de Mike Woods a réussi à réactiver tout cela !

– Vous savez quelque chose à propos du frère de Sophia ? dis-je en me souvenant de la conversation que j'ai surprise au penthouse.

– Il est en vie. Il était à Paris pendant tout ce temps, débite Tiger.

Punaise, ça, c'est dingue ! Enfin une bonne nouvelle.

– Sophia sera folle de joie de l'apprendre, noté-je.

– Possible. J'ai des réserves, j'ignore encore dans quel état psychique il est. Sophia est bien assez fragile, malgré des progrès notables et la façade qu'on a construite au cours des années. Je dois bien négocier ce virage, pour ne pas précipiter ou biaiser les effets de leurs retrouvailles.

– Je vois.

Scoop bouleversant : Tiger Sexton n'est pas insensible. Son analyse de la situation me paraît même subtile, il tient compte des émotions de sa femme, il la protège encore et toujours. Même si Sophia souffre de l'aspect platonique de leur relation qui la frustre, combien d'hommes feraient ce qu'il a mis en place pour elle ? Combien en viendraient à de tels déploiements de moyens, de compétences ? Combien consacreraient autant de temps et de détermination pour qu'enfin ceux qui lui ont fait du mal soient punis ?

Je reviens me lover contre Tiger, il m'étreint. Irrévocablement, nos bouches se joignent pour un baiser qui me fout sens dessus dessous. Je ne suis plus sûre de rien. Tiger part m'ouvrir cette fois-ci la portière côté passager.

– Il faut qu'on y aille, susurre-t-il.

– Oui…

– Je te dépose à ton hôtel ?

– Non, rejoins Sophia au club, tu peux m'y laisser. Je reprendrai un Uber.

J'ai besoin d'être seule pour gamberger sérieusement. Mes ressentis ne sont plus limpides du tout, plus ça va et plus j'y vois trouble. J'encours beaucoup trop le risque de m'attacher au mauvais mec. Déjà pris, et par une femme que j'apprécie autant que j'éprouve de la compassion pour elle. Pourtant, en dépit de tout cela, je balise à fond à me demander quand cet homme marié va m'éjecter pour de bon.

Ne devrais-je pas le devancer ? Pour moins souffrir ? Et ne pas faire souffrir inutilement son épouse ?

Nos regards s'aimantent, le sien sur moi est énigmatique…

– Va retrouver Sophia, lui dis-je en tentant vainement de me préserver de cette douleur qui croît dans mon bide.

Je me referme comme une huître, tel un réflexe de survie face à une future douleur que je ne peux ni éviter ni encaisser.

***

Tiger

Océane n'a pas tort, c'était risqué, impulsif et viscéral aussi. Je voulais être avec elle, nulle part ailleurs et avec personne d'autre. Et bon sang, cela nous complique l'existence ! La sienne par-dessus tout.

– OK, j'appelle mon chauffeur, il viendra avec une autre voiture. Il prendra le relais à partir du club pour te conduire où tu le souhaites.

– Non, ça ira, refuse-t-elle. Merci.

Elle refout de la distance entre nous. Probablement pour ne pas accaparer davantage mon temps, à cause de Sophia. Ou parce qu'elle commence à juger notre situation à tous les trois sous un angle plus sérieux et elle préfère prendre du recul ? Tout arrêter ?

Dans ce cas, facilite-lui la tâche. Laisse-la s'éloigner. Pour son bien…

Je le sais, mais une espèce de malaise se propage en moi. Cette tension est peut-être due au fait qu'elle est la seule avec qui j'ai partagé certaines choses de ma vie. En temps normal, j'agis, je planifie, j'avance et je reste seul maître à bord.

Parce que certains secrets le demeurent pour d'excellents motifs…

Alors oui, on a déconné, j'ai déconné. Je jette un regard en biais à Océane. Elle m'a soutiré des confessions involontaires et ce laisser-aller me travaille aussi. C'est de la folie, putain ! Et c'est complètement irresponsable de ma part. J'ai dérogé à la règle d'or : garder un contrôle absolu sur tout, y compris les partenaires de baise de mon couple.

Là, j'ai franchi combien de limites avec cette femme ?

Il ne faut pas que cette sortie de route me pète à la figure. Cela rend les kilomètres du retour nettement moins fun. Ma raison revient au galop, pointant du doigt la nécessité de reprendre immédiatement les rênes.

Je tourne et retourne les alternatives dans ma tête en roulant. Notre arrivée coupe court au dilemme : Sophia campe pile à l'emplacement où j'étais dans le parking souterrain quasi désert. Elle est plantée au milieu des bagnoles, à cet endroit, depuis je ne sais quand. Et à vue de nez après plusieurs verres, mais clairement moins enjouée qu'en début de soirée. Ses yeux s'arrondissent en découvrant Océane.

On y est. Toute action a une conséquence. Ça va péter.

54

Océane

Merde, Sophia est là !

C'était précisément ce que je souhaitais éviter ce soir, dans mon état de confusion actuel. Ne pas causer plus de dégâts, c'est foutu. Tiger se gare, mâchoires scellées. Quant à moi, la panique me gagne.

– Respire, m'intime-t-il dans l'habitacle. Laisse-moi gérer.

Il ouvre et sort, je l'imite, moins sûre de moi que lui.

– Tu m'expliques, Ty ? attaque direct sa femme.

Je remarque son mascara qui a coulé, ses yeux bouffis et une forte odeur d'alcool. Elle est dans un état pitoyable. Pourtant, c'est moi qui me sens merdique, car en partie fautive de ce désastre. Je crois… je crois que je suis en train de tomber accro à son mec, comme elle. Putain, c'est un milliard de fois plus moche de me l'avouer à moi-même ! Perturbant, tétanisant, difficile à assumer. Alors que dire de Sophia ? Il faut qu'on stoppe ce carnage affectif.

– Tiger, je… commencé-je sans savoir comment faire ça en douceur.

– OK, je vais t'expliquer, Sophia, me coupe-t-il. J'ai recontacté Océane. Nous sommes allés faire un tour.

Aplomb à toute épreuve. Il dresse un résumé censuré sans ciller. Je suis loin d'égaler son flegme légendaire. Mal à l'aise, je regarde Sophia en me maudissant d'avoir craqué après la fin officielle de mon engagement envers eux.

– Un tour ? répète l'intéressée. C'est une manière politiquement correcte d'admettre que tu l'as baisée, Ty ?

– Sophia, écoute…

– Toi, tu te tais, Océane ! Je parle à mon mari, s'irrite-t-elle en me coupant. À toi, Ty. Il n'y a qu'à la mater. Vous puez le sexe ! Ça dure depuis quand ? Combien de « tours » tu as faits avec elle après l'avoir soi-disant congédiée ?

Tiger pince les lèvres sans rien rétorquer. Je suis au summum de l'embarras. Dans un schéma conventionnel, je suis « l'autre femme », « la maîtresse » chopée en flag avec le mari adultère. S'il y avait jamais eu un aspect conventionnel entre nous trois. Mais tout est bien plus trouble et atypique.

Leur couple l'est. À leur contact, avec eux, je suis sortie des sentiers battus, du droit chemin que j'essayais de regagner après Romain.

Et tu as adoré ça, n'est-ce pas ?

Ma conscience me flagelle, trop tardivement. Non, elle est juste plus véhémente à cette seconde. Je me suis aventurée trop loin, trop intensément jusqu'à m'embourber. Leur couple, cet entre-deux, est un gouffre qui m'a aspirée. Sans fond, impossible d'en sortir sans douleur.

– Combien !? hurle Sophia. Bien sûr, il ne dira rien, c'est ça le truc ! Très bien, alors à toi de me répondre, éructe-t-elle en se tournant vers moi.

Au secours ! Les parois de l'étau se resserrent, me broient. Mes yeux dans ceux de Sophia, le puits vertigineux se referme. Je ne veux pas la blesser, je ne l'ai jamais voulu. Mais je l'ai fait, putain, oui, je l'ai fait. La fameuse compersion ne tient plus.

– Je… soufflé-je en m'évertuant d'y insuffler autant de sincérité que je le peux. J'étais en colère contre Tiger, à cause de la façon dont il m'a fichue à la porte du jour au lendemain. Je… je ne comprenais pas pourquoi il…

– Et c'est là que les circonstances t'ont amenée à me prendre pour une pauvre alcoolo sous médocs, m'interrompt-elle. Tu lui as pardonné et tu t'es déshabillée pour le consoler ?

– Non, Sophia. Je sais que ce que tu as vécu n'est pas anodin. C'est surtout toi que j'ai envie de consoler. Avec Tiger, ce n'est pas ça, c'est…

Je jette un regard vers celui-ci et constate sa crispation. La bourde ! Je suis en train d'évoquer les confidences qu'il m'a faites sur le passé de Sophia ! Des choses que je ne suis pas supposée savoir. Sa femme tique. Forcément. Et moi, je suffoque. Inéluctablement.

Après l'avoir trahie, elle, je le trahis, lui. Plantage total !

– J'y crois pas, elle est au courant ? s'indigne Sophia sans que je puisse me rattraper. Non seulement tu as encore envie de la sauter, elle, mais en plus, tu t'ouvres à elle ?

– Assez ! statue Tiger. On en parlera en privé.

– Non, discutons-en maintenant ! insiste Sophia. Nous sommes impliqués tous les trois, pas vrai ? Qu'est-ce que tu lui as dit, Ty ? Tututut, toi, tu restes ! m'apostrophe-t-elle alors que j'amorçais quelques pas à reculons en cherchant mon portable.

Certaine d'empirer les choses par ma présence, j'aurais préféré les laisser entre eux. M'échapper du gouffre. Trop tard ! Désormais, on sombre à trois, pris au piège de nos choix, dans ce « trouple » sur le point de se désagréger. Quelle part de responsabilité attribuer à qui ? À quoi bon ? De toute façon, c'était utopique de croire que cela se passerait sans accrocs. Revoir Tiger n'a rien arrangé.

Lui et moi, on a…

On l'a écartée. J'ai repoussé les avances de Sophia, je suis même sortie de sa vie. Tandis que Tiger continuait de la délaisser sur le plan charnel lui aussi. Elle est la seule à avoir perdu au change.

T'en es sûre ? Sûre de la vraie perdante ?

– Qu'est-ce que tu lui as raconté, Ty ? répète Sophia.

Tiger serre les dents, enfonce les mains dans ses poches. Elle pivote pour me sonder, moi. Circonspecte, je me ratatine. Je fais quoi, punaise ? Mon regard angoissé oscille entre l'un et l'autre.

– De quoi t'a-t-il parlé, Océane ? Du Jardin ?

– Stop, Sophia, la somme son époux qui fourrage dans sa tignasse. Nous sommes dans un lieu public, quelqu'un peut nous entendre ou nous filmer à tout moment.

– Je m'en fiche ! se rebelle l'intéressée. Pourquoi je me tairais si toi, tu fais des confidences sur l'oreiller ?

Il tente de l'approcher, elle l'esquive. La tension monte d'un cran.

– C'est cela, hein ? Réponds-moi, Océane !

– Je… Oui, bredouillé-je.

– Génial ! s'exclame la métisse avec ironie, sans aucune joie. Tout ? Il t'a tout révélé ?

– Tu ne me laisses pas le choix, déclare Tiger.

Il perd son calme, fonce sur elle pour la saisir. Sophia se débat, se défile et se met à ricaner étrangement.

– T'es nerveux, Ty ? note-t-elle.

Il rebondit vers elle, la chope ce coup-ci. Tout va si vite. Sophia, plus sarcastique, le raille pendant qu'il s'efforce de l'entraîner vers sa Maserati.

– Ça suffit ! tonne-t-il.

– Elle ne sait pas, persifle Sophia. T'es nerveux parce qu'elle ne sait pas.

– Quoi ? Je ne sais pas quoi ?

– On rentre, bordel ! Et tu la fermes ! s'enflamme son mec.

Intrigant… Pourquoi a-t-il l'air de vouloir l'empêcher de poursuivre ? Uniquement parce qu'un témoin ou une caméra pourraient nous épier, ou pour moi ? Un mauvais pressentiment me noue l'estomac. Tiger réussit à parquer son épouse qui rit jaune dans la voiture, à la place que j'occupais il n'y a pas si longtemps.

– Il ne t'a pas parlé de la Reine des Fleurs…

– Tais-toi, nom de Dieu ! se met-il hors de lui.

Je me statufie. Jamais je n'ai vu ce control freak avec l'œil aussi troublé, menaçant.

– Je ne suis pas la seule à avoir expérimenté ce passé si honteux pour monsieur, me crache Sophia, contente d'asséner une baffe que Tiger ne peut contrer. Eh oui, sa très chère mère est aussi dans le lot, ma belle.

– SOPHIA ! vocifère-t-il en regagnant à la hâte le côté conducteur.

C'est quoi, ce délire ?

– Quoi ?

– Courtney Sexton avait rejoint Le Jardin, fanfaronne sa femme. Avec son beau petit garçon de 12 ans. Il y a grandi !

OH, BORDEL DE MERDE !

Mes mâchoires se décrochent, des palpitations surréalistes me remuent les entrailles. Incrédule, je fixe Tiger, afin de puiser dans ses billes bleues un démenti. Cela ne vient pas. Non, il me perfore de son silence.

– Attends, ce n'est pas tout, développe Sophia. La Reine des Fleurs était au lycée avec Alpha et Oméga.

– Sophia, menace Tiger, les dents serrées, ses iris insondables braqués sur moi.

– Non, allons-y, Ty. Elle est notre confidente maintenant, non ? Donc elle mérite de tout savoir. Comme, par exemple, que tu n'es pas le fils biologique de Nick Sexton, mais celui d'Alpha. Le Jardin est une famille, on y entre par le sang.

Je crois que mon pouls s'arrête. Tiger ferme ses paupières. Je vois sa pomme d'Adam monter et descendre, son souffle se dérégler. Ça ne peut pas être pire, je suis en train de m'asphyxier, enterrée vivante dans leur véritable jardin secret.

– Non… murmuré-je. Tiger, dis quelque chose.

Il ne me répond pas. Il est comme englouti dans un voile noir qui se déroule, l'enroule, me le rend soudain méconnaissable, différent, étranger. Ses yeux rouverts restent figés droit devant lui, ils ne clignent pas, plus rien en lui ne bouge.

Pourquoi je tremble comme ça, moi ?

– Oups, ça fait déjà trop pour toi, ma chérie ? se moque Sophia. Il ne faut pas que j'ajoute qu'on est demi-frère et sœur et qu'on baisait tous ensemble sous l'œil d'Oméga qui adorait mater ça ? Mais combien de secrets lui as-tu réellement révélés, Ty ? Un seul ?

– Tiger ? Tiger, regarde-moi ! me mets-je à paniquer.

– Il ne le fera pas, commente Sophia avec sarcasme. Il ne le fera plus, parce que maintenant, tu liras en lui sa véritable nature. Tu n'as été qu'un Lys de substitution. Un palimpseste de ce qu'Annie, moi et des tas d'autres filles ont été pour lui.

Lys.

Une traduction tardive émerge dans ma tête saturée.

Lys. Lily en anglais.

Ce n'était pas pour Lilia, mon deuxième prénom, ou une lubie pour m'agacer. Cela avait un autre sens depuis le début. Tout comme « petit bourgeon »… C'était le vocabulaire de la secte ?

Putain, je vais m'effondrer.

– Ah, enfin ! jubile Sophia, satisfaite de ma pâleur. Tu saisis tout maintenant ? Faux petit Lys de passage, pas marquée, ni initiée. Tu n'étais qu'une piètre copie parce que le pouvoir qu'il avait là-bas, il ne le retrouvera jamais dans cette vie-là. Même s'il fait tout pour effacer de la surface de la Terre cette partie de son vécu, il a ça en lui… Tu as baisé avec l'imposteur, Océane. Moi, je suis marié avec le vrai, lié à moi à jamais. Par le sang, le sperme, et par…

La fin se perd dans le crissement des pneus et le vrombissement du moteur. Sur les chapeaux de roue, Tiger sort de son état figé. Il embarque sa femme sous mon regard éberlué.

Choquée, bouche bée, la gorge sèche, je vois le véhicule sortir, m'abandonnant au cœur du néant du sous-sol.

Bordel, c'est son passé à lui aussi !

Le tatouage sur l'aine de Tiger… Son motif ressemble au lys symbole de royauté, de noblesse et des chevaliers d'une autre époque. C'était sous mes yeux.

Il porte une marque distinctive et je suis passée à côté ! Mais quelle conne !

55

Tiger

Putain ! Je n'arrive plus à desserrer mes doigts agrippés au volant. Je fonce sur le bitume, imprimant sur l'asphalte la fureur dans mes veines.

– Tu as vu sa jolie frimousse choquée ? s'amuse Sophia. Elle te prenait pour un saint. Un gars presque « normal » coincé avec une nana au passé boueux.

– LA FERME, ÈVE !

Sa bouche s'arrondit avec ses yeux. Le silence retombe. Ses paupières se ferment furtivement avant de se braquer sur mon profil lorsque je me force à me concentrer sur la route.

– Ça faisait longtemps que tu ne m'avais pas appelée ainsi, minaude-t-elle dans la langue du Jardin, radoucie. Mon nom de Lys, je suis ta Fleur du Jardin à jamais, Arès.

– Arrête ! ordonné-je d'une voix anormalement basse, quasi chuchotante. Ravale ces conneries. Ne. Prononce. Plus. Jamais. Ce. Putain. De. Nom !

– Pourtant, tu es Arès, un Élu du Jardin, l'invincible parmi les Enfants du Serpent, le favori de nos Guides, le fils d'Alpha et de la Reine des…

– Je te jure que si tu ponds encore un seul mot, je…

La suite de ma menace flotte dans l'atmosphère irrespirable. Ma respiration s'emballe, mon pouls pique un sprint, les jointures de mes doigts blanchissent autour du volant.

– À jamais Arès et Ève. C'est en nous, et il n'y a plus que nous.

Putain, tais-toi ! Qu'elle se taise, bordel !

– Ce sont tes sœurs, Arès, récite-t-elle dans la langue du Jardin. Tu es aussi leur Prince, elles sont toutes à toi…

Ce passage dérangeant réveille les incitations incessantes dont on m'a abreuvé là-bas. Oui, j'ai nié, résisté, tenté de me cramponner aux repères de mes onze premières années. Ceux où je croyais connaître mon véritable père. Ceux où une morale et d'autres valeurs m'avaient été inculquées. Ceux où l'inceste était mal. Ceux où ma mère ne s'offrait pas à d'autres hommes et ne laissait pas de sales types me pousser à baiser avec des tas de jeunes filles aussi égarées que moi…

Et le LSD avec ses lumières psychédéliques pour nous maintenir dans une pseudo-dimension mystique. Ils ont brisé mon mental de préado. À ce moment charnière où j'étais censé me construire, me découvrir, grandir après la mort de Nick Sexton. Ils ont brouillé mes certitudes, les ont gommées, pour soi-disant me faire renaître.

Et ils m'ont rebaptisé selon leurs rites…

– Nous sommes Ève et Arès, continue Sophia dans un langage qui se réverbère tels les échos d'une vérité insoutenable.

La ferme ! Mais je ne sais plus à qui je demande de la boucler. Sophia ou mon crâne ?

« – *Ce ne sont pas mes sœurs !*

– Si, Arès. Et tu l'as senti au fond de toi… Ce que tu viens de faire avec Annie et Ève exprime pleinement cet amour filial, cette attirance du sang. Tu les as aimées de la manière la plus charnelle qui soit. Tu es des nôtres, Arès, Enfant du Serpent. « Tiger » n'était qu'une illusion morte avec ton faux père, une invention de ta mère pour sauver ce mariage qui n'existe plus en cachant son aventure.

– Noooon !

– Tout le monde le sait ici, Arès. Et nous t'attendions tous, tous les Lys attendaient leur frère, égaré chez les graines impures… Ta mère s'en repent aujourd'hui et elle se dévoue…

– NON ! Je veux rentrer chez moi, maman se trompe, elle ment ! Je suis Tiger Sexton, fils de Nick et Courtney Sexton.

– Illusions… C'est ici, chez toi. Tu es dans ta véritable Famille. Dis-lui, ma Reine.

– C'est vrai, mon chéri, Le Jardin est notre maison. Tu as porté le nom d'un autre, mais Alpha est ton géniteur. »

AAAAAAAAARGH !

Ça ne veut plus se verrouiller. Plus de filtre. Le souvenir ineffaçable de la joie qui brillait dans l'œil valide du Bourreau me vrille les synapses.

Bloqué, attaché, paumé, forcé à les écouter. Encore et encore.

Ce fumier a adoré sentir que je me craquelais. Le speech répétitif d'Alpha et d'Oméga, corroboré par ma propre mère, m'atteignait là où les brûlures de sadique, les coups de ceinture, les sacs sur la tête et divers châtiments corporels n'avaient pas réussi à m'affaiblir. Ce taré de Borgne voyait enfin qu'une certaine forme de douleur pouvait me perforer, il mesurait l'impact et la force des mots dans ma tête.

– Il ne tient qu'à toi qu'on l'assume, qu'on redevienne…

– BOUCLE-LA, SOPHIA !

Les verrous sautent de partout. Tout fuse, me submerge. La barrière entre le passé et le présent se fracasse. Je revis sans le vouloir des choses enfouies sous des couches et des couches de censure. Durant une éternité, j'ai pensé qu'en détruisant les preuves – matérielles et humaines –, je gommerais à la longue mes stigmates d'enfant et d'ado de secte.

Mais putain, je bande toujours en matant certaines images sur les autres membres ! Toujours déréglé, obsédé par ce que j'y ai fait moi-même avec le temps…

Arès…

Je perds le contrôle sur ma cervelle pour la deuxième fois de ma vie ! Les souvenirs deviennent irrépressibles. Ma vitesse augmente, augmente, rugit, s'emballe. Dans l'espoir vain de retrouver mon assurance et mon sang-froid, de couvrir le reste, d'effacer le fantôme de ma mère. Malheureusement, celle-ci, en Reine des Fleurs, continue de me sourire, languide dans les bras d'Alpha. Et cet illuminé la dénude sous le regard vicieux de son jumeau voyeur : Oméga. J'ai envie de vomir.

Je secoue la tête, presse mes paupières pour annihiler cette vision. En les rouvrant, je découvre trop tard le motard surgi de nulle part, et tourne brusquement pour l'éviter.

La caisse *drifte* ; impossible de ralentir ou de l'arrêter. Les cris terrifiés de Sophia emplissent l'habitacle. Perte définitive de contrôle. Fracas effroyable ! Arès, Arès, Arès, Arès.

Extinction des lumières…

***

Océane

Naze, j'allume la télé en rentrant. Pour meubler ce silence intenable. Pour fuir l'insomnie. Pour encaisser la claque magistrale que j'ai prise. Combien de temps s'est-il écoulé ? J'ai erré, téléphoné à Louane. Et terminé dans une bouteille de vodka avec un bar et toute la bande.

Non, dans un bar avec une bouteille et…

OK, je suis peut-être un peu pintée. Mais hélas toujours pas assez. L'envie subite de vomir me fait me sentir encore plus minable. Je cours aux toilettes, tombe à genoux. Des minutes plus tard, je me rince la bouche, m'asperge le visage d'eau froide. Je reviens dans la chambre en me tenant le bide.

Chouette idée d'avoir accepté le verre que Louane m'a tendu en me voyant arriver, blanche comme un linge. Ouais, c'était vraiment une idée de génie de me jeter sur l'alcool pour anéantir mon cerveau. Ça n'a pas marché. Je m'écroule sur le lit. La scène dans le parking assaille mon esprit vaseux. Inlassablement, toujours aussi choquante et violente. Comment ai-je pu…

« Flash info : L'armateur et homme d'affaires, Tiger Sexton et son épouse Sophia viennent d'avoir un terrible accident. »

Mon cœur s'agite. Je me redresse trop vite, mal dans mon corps, mais en train de dessoûler à vitesse grand V. Je m'empare de la télécommande et augmente le volume.

« Ils étaient au volant de l'un des bolides du milliardaire – une Maserati – et sortaient, semble-t-il, d'une soirée entre amis avec le producteur de cinéma Steen Hood et la femme de ce dernier.

Nous n'avons pas plus de détails pour l'instant. Nous vous tiendrons informés au fil des données distillées au compte-gouttes par le service de communication de TS Naval. »

Oh, mon Dieu !

Je bondis hors du pieu, glacée, frissonnante. J'attrape mon téléphone et appelle sur celui de Tiger.

« Sexton. Je suis indisponible, merci de me laisser un message ou de contacter Anaïs. »

Merde !

Je retente et retombe sur son répondeur. Fébrile, j'essaie sur celui de Sophia. Messagerie, idem. Une peur panique sans précédent me secoue. Anaïs, l'assistante personnelle… J'ai son numéro ? Putain, je tremble trop. Je la retrouve, je ne respire plus en écoutant les sonneries. Au bout d'une éternité, celle-ci décroche. Mes poumons se saturent d'air.

– Anaïs, c'est Océane. Est-ce qu'ils vont bien ? enchaîné-je sans préambule. Je n'arrive pas à les joindre.

– Bonsoir, mademoiselle Rousseau. Je ne peux vous…

– Non ! m'écrié-je au bord de l'hystérie. Ne me sortez pas le genre de couplet que vous servez à la presse frétillante. Je veux savoir où ils sont. Dites-moi qu'ils n'ont rien !

– Mademoiselle, je n'ai pas le droit de divulguer les données médicales ou privées de…

– Putain, vous le faites exprès ? Il en penserait quoi, Tiger ? Passez-le-moi !

– C'est impossible, j'en suis navrée.

Elle s'excuse et me raccroche au nez. Non, ce n'est pas vrai ! Les images du lieu de l'accident vu d'un hélico passent en boucle sur l'écran TV. Effroyables. La Maserati est écrabouillée, quasi en accordéon contre le garde-corps de l'autoroute. On ne peut pas sortir indemnes d'une scène d'horreur pareille.

Sont-ils…

Un sanglot me déchire la poitrine. Je me rue sur mes affaires et quitte précipitamment la chambre d'hôtel. Dehors, je hèle un taxi, lui indique l'adresse de la résidence sydnéenne des Sexton. Peter me parlera, lui, il n'aura pas le choix, je ne lâcherai rien !

– Euh… je crains que le périmètre ne soit bouclé autour de cette zone, mademoiselle. Tous les journalistes du pays, d'ailleurs, probablement la police en renfort et le service de sécurité de Tiger Sexton sont sur le pied de guerre.

La chasse macabre au scoop. Bien sûr !

– Tant pis, on y va quand même. Conduisez-moi le plus près possible.

– C'est vous qui voyez, abdique le chauffeur.

Je me souviens avoir enregistré le numéro de leur fixe quand j'ai pris mes fonctions chez eux. Croisant les doigts pour qu'on ne me filtre pas avec d'éventuels appels massifs de curieux, je presse sur le bouton vert.

Une sonnerie. Respire, Océane. Deux sonneries…

– Propriété de M. et Mme Sexton, bonsoir, m'accueille la voix posée et guindée de Peter. À qui ai-je l'honneur ?

Purée, je n'ai jamais été aussi ravie d'entendre leur majordome. Peut-être que seuls très peu d'intimes ont ce numéro privé de la maison des Sexton s'il a décroché dans un tel contexte.

– Peter, c'est moi, Océane. J'arrive, il faut qu'on me laisse passer, lui annoncé-je, l'intonation chevrotante.

– Mademoiselle Océane ?

– Oui. Permettez-moi d'entrer, s'il vous plaît.

Il marque une pause. Je souffle encore une supplique.

– Très bien, mademoiselle. Je vais mettre l'équipe de sécurité au courant. Veuillez me rappeler cinq minutes avant votre arrivée pour gérer au mieux votre passage au niveau des barrières.

– Merci !

Ballottée d'une émotion à une autre, je compte les secondes, je ronge mon frein, j'angoisse, je sombre dans le pessimisme. Ça dure des plombes, car en approchant du domaine, un bouchon hallucinant nous bloque. Des caméras, des téléphones, des appareils photo et une marée humaine d'inconnus à l'affût, surexcités, trépignent. Les chaînes nationales, celles du câble, des reporters étrangers aussi.

C'est démentiel ! Je me rends encore mieux compte qu'une catastrophe s'est produite. Selon les commentaires intempestifs du taximan, la situation est plus ou moins similaire devant le siège de TS Naval et deux, trois hôpitaux privés les plus cotés du pays. Juste au cas où le couple Sexton aurait été admis dans l'un d'entre eux. Apparemment, lors de l'évacuation des victimes, le staff de Tiger a brouillé les pistes, la population ignore l'essentiel. Personne n'en sait plus…

« Les victimes. » Ce mot me heurte dans les boyaux. Inimaginable il y a à peine quelques heures. Il m'embrassait, il se collait contre moi, me faisait dégorger de plaisir. Et Sophia…

Mon Dieu, Sophia !

De nouvelles larmes me montent aux yeux. C'est trop brutal, imprévisible, insensé. Et cette douleur dans ma poitrine pulse trop fort, bien que je ne comprenne pas comment elle peut me dévaster avec une telle violence. Je suis morte de peur. Je me fraie un chemin tant bien que mal, après avoir quitté le taxi. Et rappelle Peter afin de lui indiquer ma position.

Dans un état quasi second, je suis « repêchée » dans la masse par des types avec des oreillettes et des gueules de militaire en treillis noir. Ils semblent avoir mon visage placardé dans leur crâne, vu le peu de temps qu'ils mettent à me débusquer.

– Océane Rousseau ?

– Oui.

– Suivez-nous, m'ordonne l'un d'eux.

Parcours chaotique, on me bouscule, on s'agite. Des micros se tendent, on cherche à découvrir mon identité. Pourquoi ai-je le droit de passer ? Ont-ils survécu à l'accident ? Comment vont-ils ? Pourquoi ce silence radio ?

Les questions fusent, des flashs m'aveuglent. Je suis dans un piteux état. Enfin le bout du périple, je suis dans le vestibule. Je tombe dans les bras de Peter et chiale sans pouvoir m'expliquer ce chamboulement en moi.

– Venez, mademoiselle. Il faut vous asseoir, décide le majordome.

Je lui emboîte le pas, groggy.

Ont-ils survécu ? Cette question-là, émise dehors, absorbe les miettes de force qu'il m'a fallu pour atteindre la maison. Plus d'énergie, juste transie, le cœur affolé, l'esprit tétanisé.

– J'ai encore échoué. J'avais promis à M. Sexton senior de veiller sur son fils, murmure Peter, ému. J'ai vu M. Tiger naître, grandir jusqu'à la mort du paternel… J'ai juré. J'ai juré, mais madame était inconsolable… Ensuite, elle s'est mise à changer… Et un soir, elle est partie avec le petit… J'ai promis à son père de veiller sur eux, mais j'ai échoué et là je voyais bien que quelque chose couvait à nouveau. J'ai encore failli à mon devoir, j'ai…

Il réalise sans doute que le chagrin et l'inquiétude ont un peu trop délié sa langue. Il s'autocensure, se réprimande in petto et n'en révèle pas davantage. Ses propos interrompus corroborent la bombe lâchée dans le parking.

Moi qui ne m'étais focalisée que sur les preuves apparentes du traumatisme de Sophia. Mais Tiger ?

Avec le deuil, le vide, la douleur, sa maman était fragile. Mauvais moment pour des retrouvailles avec les jumeaux maléfiques Alpha et Oméga. Et timing parfait pour eux. Ils ont su quelle ficelle tirer pour exploiter ses failles. C'est ce que fait ce genre de manipulateurs, non ? Repérer les personnes crédules, vulnérables, malheureuses, etc. Et les pigeonner. Là, le travail était mâché pour eux, ils la connaissaient d'avant. Pire, l'un d'eux avait déjà été son amant dans sa jeunesse.

L'image du gamin que Tiger a été me hante. Celle d'un petit garçon qui venait de perdre son « père », l'homme qui l'avait élevé. L'image du Tiger surpuissant, invincible se fissure dans ma caboche. Sophia n'allait pas bien, mais lui non plus. Je ne peux pas le perdre ainsi, après une avalanche de secrets révélés au cours d'une dispute à trois. Je ne peux pas perdre non plus Sophia sans l'avoir suppliée de me pardonner.

Non, je ne peux pas.

– Vous avez des nouvelles, Peter ? chuchoté-je. Personne n'a voulu me renseigner.

– Non, nous sommes dans l'ignorance totale, mademoiselle. Je connais seulement le nom de la clinique où les secours les ont conduits en hélicoptère. Depuis, plus rien.

Il flanche, s'excuse et sort de la pièce pour se retrancher je ne sais où. Seule dans le salon, je me recroqueville. À son retour, je vais prendre l'adresse de la clinique et faire du forcing pour que l'on me laisse accéder à eux.

J'irai au culot. Tout sauf ce flou atroce.

56

Peter
Propriété des Sexton
Brumes du passé...

– Peter, j'entends ce que vous me dites. Mais je ne peux pas aider Ève sans M. Sexton. De ce que je comprends, ils ont été sous emprise mentale, l'un comme l'autre, durant de longues années.

– Je sais, docteur Murphy... Lui aussi est brisé en profondeur, même s'il ne veut pas l'admettre.

– Il ne peut pas juste jouer au sauveur avec elle et prétendre qu'il sait s'en sortir tout seul, lui-même. Essayez de le convaincre... C'est un battant et ils sont encore jeunes, chacun a besoin d'une thérapie.

– Je vais lui en reparler.

Un bruit survient. Suivi d'un silence gêné. M. Sexton est rentré, par surprise.

– Ce n'est pas nécessaire, Peter, je vous ai entendus comploter, s'agace-t-il.

– Monsieur, je...

– Plus personne ne me fera asseoir et blablater sur ce que je ressens ou dois ressentir. J'ai eu ma dose pendant cinq putains d'années ! Et je me suis tiré de cet endroit par mes propres moyens !

– Ce n'est pas ce que vous croyez, monsieur. Le docteur Murphy m'a été conseillé par votre médecin traitant, il est tenu au secret professionnel et il a les compétences pour...

– Putain, Peter ! Je vais bien. Si je vous ai laissé vous remettre à mon service à mon retour ici, ce n'est pas pour que vous trafiquiez des trucs dans mon dos. Je n'avais juste plus personne de fiable vers qui me tourner pour me remettre...

– Je sais, monsieur Sexton. Vous pourrez toujours vous fier à moi. J'ai promis à monsieur votre père sur son lit de mort de veiller sur vous et votre...

– Stop ! On ne parle pas d'elle ! Jamais, Peter !

Nouveau silence. Je me ratatine. Le raclement de gorge du thérapeute résonne.

– Si je peux me permettre, monsieur Sexton, votre majordome a raison, il…

– Vous n'avez rien à faire ici, vous ! Je l'ai sauvée, j'ai sauvé Ève. C'est à moi de la réparer maintenant.

– Même si vous êtes abîmé vous-même ?

– Moi, je vais bien !

– OK… Je comprends votre méfiance. C'est tout à fait normal après un tel vécu et la position sociale des Sexton. Mais vous êtes un héritier dont le come-back après une mystérieuse et longue absence avec sa mère ne passe pas inaperçu… De plus, vous avez accueilli chez vous une jeune fille brisée qui vient de tenter de se suicider. Elle le retentera vu son état de fragilité psychologique. Votre médecin de confiance est un ami. Lui et votre majordome ont tous deux estimé que la situation était beaucoup trop grave et complexe pour vous qui êtes aussi un rescapé, une victime. Vous devez…

– SORTEZ ! Putain, sortez de cette baraque, monsieur le psy ! Je n'ai jamais été une victime et je vais gérer sans vous ! Dégagez de chez moi !

***

Peter
De nos jours

– Peter ? m'appelle ma collègue. Mon Dieu, vous pleurez, vous avez eu des nouvelles de la clinique ?

– Non, Mary. J'étais submergé par le passé, la culpabilité… Je dois y aller. Ne prévenez pas Mlle Océane. Il faut que… Je ne peux pas laisser ce gamin tout seul, encore une fois. Je ne me le pardonnerais jamais s'il ne s'en sortait pas. Couvrez-moi, le temps de m'éclipser.

– D'accord.

***

Océane

Environ cinq minutes plus tard, ne voyant pas Peter revenir, je pars à sa recherche.

– Il est allé se rafraîchir, m'indique Mary, la cuisinière.

– OK, merci.

Je patiente, en fouillant sur Internet d'éventuels scoops sur Tiger et Sophia. Toujours rien de neuf, mais des supputations alarmistes à foison. Je crois devenir folle, je tourne en rond. Au bout d'un moment, mes tours s'étendent aux innombrables salles de bains de la baraque pour dénicher celle où le majordome s'est enfermé. Je pénètre même pour la première fois dans les quartiers des domestiques, au rez-de-chaussée. Pas de trace de Peter. Ni dans les ailes droite et gauche de l'étage. Je m'attarde dans la chambre de Tiger, assaillie de mélancolie. Je me ressaisis et me carapate avant de craquer. Dehors, on entend l'agitation de la fourmilière journalistique derrière les murs hauts et le portail verrouillé. Même si les reporters sont maintenus à distance, on sait qu'ils sont là, à l'affût. Je préfère ne pas trop traîner et terminer sur des photos volées. Ils en ont déjà pris quand je suis entrée, sans me connaître...

L'immense espace vert extérieur est vide aussi. Toujours pas de Peter. J'erre aux abords de la piscine, la tête emplie de souvenirs avec Sophia. Je repense à mon premier jour ici, et à tant d'autres choses...

Tu n'es pas de leur famille, personne ne te dira rien si tu ne remets pas la main sur leur majordome.

Je poursuis mes recherches infructueuses. Serait-il possible que le plus fidèle employé de Tiger m'ait faussé compagnie ? Pour aller où, à l'hôpital ?

J'insiste auprès des autres domestiques afin qu'on m'aide à le retrouver.

– Désolé, mademoiselle. Peter est parti urgemment, me confirme enfin l'un d'eux.

Il s'est réellement tiré comme un voleur !

– Où ça ?

Est-ce à la demande de quelqu'un ? Si oui, de qui ? Pour me tenir à l'écart, comme l'a fait Anaïs ? Bon sang, je psychote !

Je me heurte à leur mutisme lorsque j'essaie d'obtenir des éclaircissements. Y a-t-il eu des nouvelles fraîches ayant motivé le départ précipité et en catimini de Peter ? Les autres n'en savent-ils vraiment rien ou ont-ils peur de perdre leur job s'ils parlent sans permission explicite ?

Je ne vais pas rester barricadée dans une maison sans ses propriétaires. Mais je ne sais plus où aller, ni que faire. Paumée et folle d'inquiétude, je rappelle Anaïs, en vain. J'arrache le téléphone de la cuisinière pour composer le numéro personnel de Peter. Il ne répond plus, à elle non plus. Dans cette prison dorée, je n'ai que les infos toujours succinctes de la télé et les extrapolations flippantes des torchons sur le Web. Ils déblatèrent sur les pires scénarios possibles.

Que faire si tu ne sais même pas où ils sont et s'ils sont encore... en vie ?

***

Océane
Sydney, un, deux, trois... sept jours plus tard

Septième jour. Je suis au bord de la démence.

Emplie d'angoisse, je suis toujours forcée de suivre la situation de loin, isolée, écartée de l'univers désormais verrouillé des Sexton. Faire le tri entre les faux scoops tapageurs et les informations officielles trop succinctes. Il n'y a pas eu d'annonce de décès, c'est déjà ça…

Dans mon nouveau train-train morose, les jours se suivent et se ressemblent. Les unes des infos, idem. Pourtant, je prête pour la énième fois l'oreille lorsque le journal démarre :

« Nous venons de l'apprendre. Le P.-D.G. de TS Naval, Tiger Sexton, est sorti de la clinique Sainte-Anne, tôt vendredi matin. Son épouse et lui ont été victimes d'un accident de la route…

Sophia Sexton serait toujours dans l'unité de soins intensifs de l'établissement privé, avec les meilleurs spécialistes à son chevet. Tiger Sexton, quant à lui, est retourné dans sa tour du CBD. Il s'est immédiatement remis aux commandes afin de stopper l'effervescence et les spéculations que son état de santé a suscitées dans la Bourse de Sydney et dans le monde des affaires, d'une manière générale.

En effet, Sexton a fixé une conférence de presse pour… »

Mon Dieu, il va bien ?!

Je me fige, alors que l'autoradio du combi Volkswagen continue de tourner. Nous roulons avec Louane, son mec et Garrett. Ce dernier, aussi obnubilé que moi par les moindres bribes d'infos sur les Sexton, a changé de station, troquant un instant la musique entraînante que nous écoutions contre les infos.

À la base, je n'étais pas d'humeur à partir en balade avec eux pour le week-end. Mais miss Louane ne m'a pas laissé le choix. Me voilà en *roadtrip* à travers les sublimes et vastes étendues australiennes, incapable de savourer les kilomètres de plage, de verdure et l'ambiance joyeuse de la bande. Intérieurement, je suis désemparée, mon esprit demeure l'otage d'un monde qui n'est pas le mien, avec un couple que je ne connais pas aussi bien que je le croyais…

Qu'en est-il de Sophia ? Punaise, pourquoi je n'arrive pas à passer à autre chose ?

– Je le savais ! s'emballe Garrett. Ce gars est invincible, il s'en tire toujours.

– Arrête de *fangirler* et remets-nous de la musique ! râle Louane, assise près de moi.

Son petit ami, en copilote, devance Garrett et obéit à sa chérie avec le sourire. Moi, je bugge. Il s'en est sorti… Et Sophia, comment va-t-elle ? Bon sang, je deviens fébrile malgré moi, pendant que Louane recommence à chantonner sur du Rihanna.

Les Sexton et moi avons une foule de choses en suspens.

Va-t-il m'appeler ? Et s'il avait des séquelles, une amnésie et m'avait oubliée ? Et si… Serais-je trop pathétique si je prenais l'initiative de lui téléphoner ?

Peut-être qu'il est trop occupé à redresser la barre de son empire. Ou qu'il a juste décidé de me zapper pour de bon. Tout est parti en couille bien avant leur accident.

« Faux petit Lys de passage, pas marquée, ni initiée. »

Et ils sont frère et sœur !!!

Bordel, cette donnée que je me suis efforcée de refouler le plus loin possible refait surface en apprenant que l'un des deux est tiré d'affaire. Ils sont frère et sœur… Maintenant, je me sens à nouveau mal. Tout a basculé si brutalement.

– Hey, tu es toute pâlotte, s'inquiète Louane. Tu as le mal des transports ? On s'arrête un peu ?

– Je… Non. Enfin, oui. Une petite pause pipi, si vous voulez bien ?

– Ça marche ! approuve Garrett derrière le volant.

Dès que le van s'immobilise, je me carapate et tente de gérer le tumulte en moi, à l'air libre. En sept jours interminables, je me suis focalisée sur leur état en refrénant les effets de la bombe qui m'a dévastée avant leur accident. Je m'en faisais pour eux, il n'y avait plus que cela qui comptait. Qu'ils soient sauvés. L'état de Sophia est-il aussi critique que le supputent les médias ? Même avec cette nouvelle info, comment savoir si Tiger ne fait pas semblant d'aller bien, malgré de possibles blessures graves ? J'ai envisagé tant d'alternatives. Sa mort, leur mort à tous les deux… Ou d'irréversibles séquelles… J'en ai perdu le sommeil.

Et cela avait éclipsé mes questions, mon choc à propos de cette communauté et toutes les autres ombres et horreurs au tableau.

Ils sortent d'une secte et ils sont frère et sœur.

Putain, cette insupportable vérité résonne dans ma tête maintenant. Je m'allume une clope, constate le tremblement de mes doigts. Tiger est en vie et sa femme – sa sœur – est sûrement mal en point.

Tout est fini. Il ne peut rien rester après ça.

Je n'ai pas ma place là-dedans. Il faut que je me sèvre, que j'avance, que je… Merde, mon téléphone sonne !

Je lis son prénom de félin sur mon écran. Quand on pense au loup, enfin au tigre… Mais je panique, hyperventile, hésite à décrocher. Une part de moi a espéré si fort cet appel durant ces sept derniers jours. Malgré tout… Les sonneries sont insistantes, les autres me regardent, je finis par m'éloigner du groupe pour répondre.

– Oui ?

– Océane ?

Un juron en anglais, sa voix rauque, son souffle, les boum-boum dans ma poitrine comprimée…

– Tu… Comment vas-tu ? m'interroge-t-il.

Comment je vais ? Putain, tout s'est disloqué en moi, dans ma tête, dans mon cœur, sous mes pieds. J'inspire, expire avant de répliquer :

– J'en sais rien.

Le trouble s'installe des deux côtés. Il est trop silencieux.

– J'ai des nouvelles de toi via la presse, comme tout le monde, murmuré-je enfin, tandis qu'une colère passée au second plan rejaillit en moi. Après tout, je ne méritais pas d'être tenue informée, n'est-ce pas ?

– Je… je suis désolé que mon staff ait suivi mes directives de discrétion en cas de pépin. J'avais pris ces dispositions bien avant de te connaître. Ils ont juste suivi ces vieilles consignes à la lettre.

– « Connaître », c'est bien ça, le mot. Je ne te connais pas, Tiger. Si ta… si Sophia n'avait pas pété les plombs, il en serait ainsi jusqu'au bout.

Il se tait. Nos respirations s'entremêlent.

– On repart, miss ? m'apostrophe Garrett.

– C'était qui ça ? s'intéresse tout de suite Tiger.

Je fais signe à mes covoitureurs de m'accorder encore quelques secondes. Et je souffle au téléphone :

– Ça ne te regarde pas. Dis-moi juste comment tu te portes vraiment et où en est Sophia.

– Elle est sortie du coma artificiel, son pronostic vital n'est plus engagé, mais elle est grièvement blessée. Moi, je… je suis sorti contre avis médical, j'avais trop de choses sur le feu.

Bien sûr ! Le monde ne peut pas tourner rond sans lui, hein ?

– Il faut qu'on se voie, me dit-il, l'intonation implorante.

– Je suis prise ce week-end, rétorqué-je, submergée de sensations incompréhensibles. Je te ferai signe quand j'en aurai le temps et l'envie… Si je les ai un jour.

– S'il te plaît… petit bourgeon.

J'en ai des frissons, car désormais je sais à quoi cela fait référence…

– Je… je ne suis pas un bourgeon, ni un Lys, Tiger. Je ne peux pas être quelque chose dont j'ignore tout. Comme l'a dit Sophia, je ne suis pas comme vous.

– Putain ! s'emporte-t-il.

Même si sa voix est trop feutrée comme s'il avait éloigné le téléphone de sa bouche pour jurer.

– C'est justement pour cela que tu n'étais pas censée apprendre ça… Pour qu'on ait une chance de vivre un truc plus « normal », dit-il.

Sauf qu'à chaque fois que tu me regardais, que tu me désirais, me touchais, j'étais un Lys pour toi. Et moi, j'ignorais que ta femme est aussi ta… bordel de merde !

– Et c'est quoi la normalité pour toi, Tiger ? Il n'y a rien de normal dans ta vie.

Il se tait pendant trop longtemps ce coup-ci ; je me demande si je dois raccrocher. J'essaie de rester digne, entre ma colère et ma confusion émotionnelle vis-à-vis de tout cela.

– Il faut qu'on se revoie, insiste-t-il. Je t'en supplie. Tu me poseras tout ce que tu veux comme questions et j'y répondrai.

Vraiment ? Ou cherche-t-il juste à t'appâter encore dans une matrice perverse ?

– J'en sais rien… Je dois y aller, me défilé-je avant de raccrocher.

Afin qu'il n'ait pas le temps d'argumenter, de m'embrouiller les neurones et les hormones. J'ai besoin d'y voir clair, de me reprendre en main.

Impossible de me détendre en remontant dans le combi. C'est râpé, je ne vais plus penser qu'à cela durant tout le week-end ! Je le sais, je le sens et je déplore cette faiblesse…

57

Tiger

Tu la dégoûtes. Tu l'effraies. Tu l'as perdue…

Je quitte le bloc opératoire vide dans lequel je m'étais isolé pour appeler Océane. J'étais revenu pour voir Sophia, mais pas que… On y a fait admettre Byrne dès son arrivée en Australie, selon les instructions que j'avais données à mes avocats avant l'accident.

Byrne Hamilton a reçu des soins – manifestement, il y a eu des violences policières même si tous les protagonistes le nient, y compris lui-même – et il va ensuite être hospitalisé à l'étage réservé à la psychiatrie. Pour la durée nécessaire. Dr Murphy est sur le coup, depuis le temps c'est un habitué des « anomalies » dans mon entourage…

Et en moi…

Je devais mettre fin à mon statut de patient. Pas besoin d'être infantilisé et gavé de médicaments, je me suis toujours braqué contre ça après Le Jardin. Avant, plus petit, c'était déjà chiant de devoir voir trop souvent un toubib. Avec tout ce que j'ai traversé ensuite, c'est encore pire. Je n'aime pas être scruté au microscope. Que ce soit dans ma tête ou sur mon corps.

Là, ce ne sont que des traumas physiques, quelques côtes fêlées, des ecchymoses visibles qui ont inquiété l'équipe soignante, mais par chance je n'ai pas d'hémorragie interne, de fractures graves ni de séquelles cérébrales. Enfin, a priori, vu que je ne ressens que dalle !

Mais, putain, ma mémoire, elle, est intacte. Trop de merdes, trop d'urgences à régler pour rester sagement dans un pieu, entouré d'infirmières et de médecins versant dans l'excès de zèle.

Devant la porte de la chambre de Byrne, je marque une pause. À mon réveil sur un lit d'hôpital, mes priorités incluaient Océane. Et elle vient de m'envoyer balader.

Ce qui est compréhensible. Pour moi, il est juste affreusement tard pour être raisonnable !

Tout ceci a pris une direction imprévue, ce dévoilement nécessite des explications, une remise au point. Ça me bouffe l'esprit qu'elle me perçoive autrement aujourd'hui. La porte s'ouvre avant que je ne me décide à entrer. Je me retrouve nez à nez avec les yeux gris de Byrne.

– Salut, je voulais justement te voir, me lance-t-il. J'allais t'appeler, ajoute-t-il en brandissant ma carte avec mon numéro professionnel inscrit dessus.

Anaïs la lui a donnée quand j'étais encore abruti de morphine. Tout comme elle a géré d'autres urgences, comme maintenir l'accès verrouillé à toute personne extérieure à ma sphère privée.

Et elle a dû estimer qu'Océane faisait partie du lot à éloigner. Alors que j'aurais peut-être préféré l'avoir avec nous… Arf, je ne sais plus. Je sais juste que je dois rattraper certaines conneries. D'autres ne sont plus rattrapables. Je réplique :

– Cool, je suis là pour toi.

Nous pénétrons ensemble dans sa chambre. Spacieuse avec tout le confort possible. Je le regarde longuement, en proie à mes derniers souvenirs avec lui, au sein du Jardin. Nous avons grandi ensemble, fait de la plongée ensemble, j'avais certains privilèges de ce type après avoir été adoubé… Nous avons vécu les orgies ensemble, les prières à la con, les entraînements d'Enfants du Serpent aussi…

Troublé, je referme derrière nous et lui demande :

– Comment tu vas ?

– Mal… Pour certaines choses que j'ai faites à Paris, à Loup, un pote. Et à Maureen, la femme que j'aimais, murmure Byrne. Mais je crois que je suis heureux aussi d'être de retour, de savoir qu'Ève et toi avez survécu. Je l'ignorais jusqu'à ce que le frère de Loup me le dise durant ma détention en France.

– Mes gars l'ont chargé de te transmettre cette info. Tu te doutes que j'aurais tout fait pour t'extirper de là.

– M'extirper comme toi tu t'es barré du Jardin, un jour ? me balance-t-il avec ressentiment. Je ne savais plus qui tu étais, Arès. Ni qui tu étais devenu, ni même si le Bourreau ne t'avait pas retrouvé et découpé en morceaux pour trahison envers ta Famille.

Je fourrage dans mes cheveux, mâchoires crispées. Bordel, l'irruption de ce passé puant ne va plus s'arrêter !

– J'étais allé mobiliser les moyens nécessaires pour tirer ma mère et tous les gamins – toi y compris – de ce merdier mystique, dis-je.

J'ai beau me justifier, je n'ai jamais cessé de m'en vouloir d'être revenu trop tard. Le souvenir des cadavres amoncelés déraille ma respiration. Ma mère y était, étendue avec eux, collée contre Alpha.

Elle s'est suicidée avec eux.

Cette secte avait pris toute la place en elle. Plus de raison, plus de capacité à réfléchir par elle-même, plus de chagrin lié à son veuvage. Que de l'obéissance insensée et irrationnelle, un bien-être anormal auprès d'eux, une dévotion totale. Même moi, je ne comptais plus autant que ces enfoirés de gourous. J'ai essayé de la faire réagir, de rallumer ses neurones régulièrement shootés au LSD et aux prêches à la noix. Pour qu'elle se sauve avec moi.

Mais rien. Elle ne rêvait que de baise collective et d'Envol final.

Si moi, j'ai su résister, puis me suis ressaisi après avoir sombré avec elle et tous les autres, ma mère, elle, n'a pas lutté. Elle a lâché prise. Son libre arbitre n'existait plus ; elle était déchargée de tout, soumise aux volontés d'un tiers qui pensait à sa place et lui dictait comment vivre…

Byrne me dévisage, aussi sombre que mes pensées. Un souvenir s'enracine dans mon crâne.

Celui du jour où j'ai balancé mon hypothèse sur leur véritable génitrice au Jardin. Remettant en cause une prière que l'on m'obligeait à réciter. C'était au tout début… J'avais encore la force et l'envie de me rebeller. Je m'entends réfuter avec véhémence : « N'importe quoi, Alpha ne crée personne avec la bénédiction du Serpent sacré ! Vous avez vos vrais parents ici ! Regardez Byrne, par exemple. Lui, Annie et Ève sont métis. Leur maman, c'est forcément la seule Noire qu'il y a ici. Et moi, je connais ma mère et mon vrai père ! Courtney et Nick Sexton ! »

Tant de certitudes bousculées pour chacun de nous, de cases déplacées, tronquées, emmêlées ensuite. J'ai ainsi écopé de ma première « prière de repentance » forcée. Ils m'ont enfermé avec Oméga et le Bourreau, livré à toutes les idées perverses de torture qu'ils avaient concoctées pour me « ramener sur le droit chemin ».

Mon corps, lui, n'a pas de mémoire de la douleur. Par contre, mon esprit, qui a fini par flancher… pendant un long moment, lui, s'en souviendra pour toujours.

Je serre les dents, inspire pour remettre de l'ordre dans ma matière grise saturée.

– Tu nous as lâchés, m'assène encore Byrne.

– Je ne vous ai pas abandonnés, soutiens-je. Tu étais ma famille, tu l'es toujours.

– N'utilise plus ce mot, putain ! s'enflamme-t-il. Les gens comme nous ne connaissent rien à la véritable notion de famille !

Pas faux… Tout le monde baisait avec tout le monde ou presque, ou assistait aux rites d'initiation des plus jeunes. La plupart ne connaissaient pas leur filiation réelle. L'inceste, les liens sacrés, les tabous, les interdits de la société réelle n'existaient pas dans la ferme. Ils se sont acharnés à déconstruire, pour reprogrammer l'éducation que j'avais reçue avant, durant les onze premières années de ma vie. Le bien, le mal, ce que je croyais savoir. N'hésitant pas à me droguer à mon insu, comme tous les adeptes de la secte. Afin d'être plus réceptif aux « expériences sensorielles et divines ».

Du haut de mes 12 ans, à peine pubère, j'ai fini par m'envoyer en l'air sur commande. Je suis devenu un soldat de la cause, un étalon, un accro au sexe non censuré et à plein d'autres saloperies. Pendant trop longtemps. Ma mère n'a jamais eu le sursaut de lucidité que j'espérais, alors l'espoir est mort, mon cerveau est devenu de plus en plus malléable…

– Je veux voir Ève. Il n'y a plus qu'elle ? Tu as retrouvé Annie ou elle est… morte avec tous les parents ?

Je serre les dents, réfléchissant à toute allure à la meilleure manière possible d'annoncer ce que mes mercenaires ont appris après de longues heures de torture sur le Bourreau et Oméga.

– Il n'y a plus qu'Ève… Elle s'appelle Sophia aujourd'hui, confirmé-je. Je… je croyais que tu savais pour Annie. Elle n'était pas avec vous durant ton évasion de la secte avec l'autre partie des anciens chefs ?

Je l'ai pensé durant des années. Que toutes les personnes que je n'ai pas vues parmi les morts étaient toujours sous la coupe du jumeau maléfique et son borgne d'acolyte. Passant sous les radars et toujours aussi pourris.

– Non, dit Byrne. Nous étions partagés en petits groupes. Dans mon convoi, il y avait juste le Bourreau et les jumeaux Caïn et Azûrâ. J'étais persuadé que nous étions les seuls survivants. Plus tard…

Ouais, ces deux-là, on a retrouvé leurs traces. Avec leurs nouvelles identités françaises et les pseudonymes de Typhon et Échidna dans cette saleté de Confrérie obtuse où ils ont échoué. Byrne – qui était Aaron dans cet autre cercle dégueulasse – cesse de parler un instant. Il frictionne son visage tuméfié par endroits et grimace. Ce qui soulève à nouveau une question qui me taraude.

S'est-il bagarré avant son arrestation en France ou l'ont-ils tabassé en cellule pour lui soutirer des renseignements ? Je dois en avoir le cœur net. Savoir comment me couvrir au cas où… et comment attaquer les flics concernés le cas échéant. S'il y a eu des brutalités policières, qu'ils aient obtenu des infos ou pas sur Le Jardin, mes avocats anéantiront les policiers en cause et invalideront toutes les données recueillies.

– Plus tard ? insisté-je, à cran pour connaître la suite.

– Plus tard, j'ai recroisé Oméga. Et j'ai compris qu'il était le cerveau de cette fuite. Il avait contribué à fonder une nouvelle organisation dans un château de débauche. J'étais encore piégé dans une vie qu'on avait décidée pour moi.

– Ouais, La Confrérie. Mes équipes en ont identifié les fondateurs. Le Bourreau et Oméga se sont de toute évidence fait des amis, tous aussi pervers qu'eux, en Europe.

– Exactement. C'étaient désormais le Borgne et l'Ombre, plus puissants que jamais et bien entourés.

– Ça, c'est terminé maintenant. Chacun d'eux a très précisément ce qu'il mérite, crois-moi.

– Mouais…

Nous sommes au moins d'accord sur quelque chose, non ? Byrne se rassoit, trop mal en point. Nous avons de sales têtes tous les deux, mais je reste debout, raide d'appréhension. Il faut que je lui dise. À Sophia, idem, lorsqu'elle pourra encaisser.

– Byrne, Annie ne s'en est pas tirée. Elle était en vie après l'Envol, Oméga l'a prise avec lui en s'échappant. Elle et la petite fille qu'elle avait mise au monde au Jardin.

– Non ?

Il se redresse.

– Ils les avaient gardées avec lui ? Elles étaient en France, elles aussi ?

– Oui, j'en ai eu la confirmation.

– Et que… que leur est-il arrivé ?

– Elles ont vécu avec lui, là-bas, cachées dans un manoir. Comme des marionnettes humaines pour distraire Oméga. Et d'après ce que mes enquêteurs ont appris, lui et le Bourreau les ont tuées quand Annie a voulu partir avec son enfant. Leurs corps ont été exhumés par la police française.

Byrne pousse un hurlement et fonce abattre son poing contre le mur. La douleur tord ses traits.

– Bordel, on aurait dû les saigner comme des porcs, ces deux fils de pute ! enrage-t-il. Le Borgne était piégé, il était fait comme un rat avec les mutilations sur les cibles en Europe. On le tenait !

Je tique, mais je n'interromps pas Byrne. Une lueur quasi démente brille au fond de ses prunelles, nourrie par trop de traumas, trop d'horreurs, trop de culpabilité et de rage endurés tout au long de sa vie. Cela semble avoir démoli des parts de lumière en lui. Inéluctablement. N'en sommes-nous pas tous là, à peu de chose près ? Lui, Sophia, moi.

– J'imagine, dis-je pour ponctuer les propos de Byrne.

– Ce bâtard savait qu'il risquait de tomber, je suis certain qu'il avait réalisé que tôt ou tard dans l'enquête en France, les soupçons convergeraient sur lui et son passif de Bourreau du Jardin avec les actes de barbarie et les sceaux apposés sur ces gens… Au lieu de flipper d'être acculé, ça l'a excité et incité à les tuer un par un. Cette surenchère le galvanisait. Et puis tout a capoté…

Mes mâchoires se crispent. J'ai peur d'avoir saisi l'indicible…

– Quel gâchis, putain ! s'emporte mon « beau-frère ». Loup, sa meuf, Maureen, tant d'autres ont trinqué à Paris par leur faute. Le cyclope et l'autre sans-cœur méritent le pire, la taule est une fin trop douce pour eux.

– Ne t'inquiète pas pour ça… affirmé-je avec prudence.

– Non, je n'arrive pas à m'y faire, mec. Comment accepter qu'ils soient juste dans des cellules à bander encore grâce aux souvenirs du mal qu'ils ont distillé dans l'existence de tant de personnes ?

– Je te comprends…

Je ne supporte pas une sanction aussi « humaine » pour eux, moi non plus. J'hésite avant d'ajouter :

– En fait… à l'heure qu'il est, ils ne pourront plus jamais faire de mal à qui que ce soit. Tu as ma parole, Byrne.

Nos regards s'accrochent, chargés d'une haine commune. Mon frère de secte lit en moi les non-dits. C'est terminé, la boucle est bouclée, ces monstres n'existeront plus. J'en ai eu la preuve en live, tout comme j'ai les vidéos des atrocités que nous avons tous subies par leur faute.

– T'es sûr ? me demande-t-il, assombri.

– Tu me connais.

Il retombe, le cul sur son lit, à bout de forces et murmure avec une espèce de soulagement :

– Putain. Alors, c'est fini…

Je presse mes paupières, serre les dents. Inutile de disserter sur les détails, il a compris. Et il digère la nouvelle, souffle, se frotte la tignasse. Au bout de longues respirations chaotiques, ses nerfs se relâchent.

– Ça y est, Maureen, ça y est, répète-t-il tout bas comme pour lui-même.

C'est la femme qu'il a aimée et perdue dans La Confrérie. Une blessure manifestement restée ouverte…

– Il faut qu'on informe Khà Gai, reprend Byrne.

– Qui ça ?

– Marjorie Dumont, à Paris. Pour Loup, pour elle et d'autres… elle aura besoin de savoir que ces enculés ne représentent plus une menace.

J'en prends note intérieurement et opine en silence. Le nom de cette demoiselle est apparu dans le dossier sur le dénommé Morgan Sinclair, alias Loup. Elle est également citée dans la liste des témoins assistés de la justice française… Ce n'est donc pas une banale fille de La Confrérie. Je verrai, peut-être vais-je la contacter plus tard…

Je n'en dis pas plus. Byrne et moi nous fixons.

– Tu l'as épousée ? me prend-il au dépourvu au bout d'un long moment. Ève s'appelle dorénavant Sophia Sexton, donc t'es avec elle ?

– Oui.

– Pourquoi ?

– Comment ça pourquoi ? me mets-je sur la défensive.

– Mec, Ève ne t'intéressait pas plus qu'un autre Lys du Jardin. Ne me sors pas une connerie du style vous êtes tombés fous amoureux. Toi, tu n'es pas capable de ressentir ce genre de sentiment.

Bien sûr. À ses yeux, je demeure Arès. L'invincible, l'insensible. Celui qui baise à tour de bras, qui peut être cogné au sang sans broncher et rendre les coups avec une fureur qu'on ne peut arrêter et que rien n'atteint, surtout pas les émotions. Je suis donc toujours ce gars dont j'ai effacé la moindre trace de passage dans cette secte, ce gars à qui j'ai imposé un filtre social pour le réadapter au monde extérieur.

Redevenir la « graine impure » que j'étais au début, à ma naissance. Un Sexton avec un pedigree à préserver. Et pourtant, personne ne peut tout effacer. Surtout pas ça…

– Je l'ai épousée pour mieux la protéger, Byrne. Et peut-être me suis-je protégé également, admets-je. Du moins, j'en étais convaincu à l'époque. Nous n'étions pas comme les autres, comme les gens normaux. J'étais tiraillé entre deux mondes, deux réalités. Ève était encore plus paumée que moi, figée dans un mirage. Redémarrer sa vie à partir de zéro, après les bases reçues dans Le Jardin, était insurmontable pour elle. Moi, je me sentais capable de tout surmonter et je me devais de lui apprendre les normes de la société réelle, lui offrir une existence officielle, stable et à l'abri. Mais aussi une nationalité, un acte de naissance…

Tout ce dont les enfants nés dans la secte ont été privés et qu'ils n'ont jamais connu. Leurs parents sous emprise en ont fait des offrandes aux guides, ils étaient la « propriété » d'Alpha et d'Oméga. Ils appartenaient au Jardin comme Lys ou Enfants du Serpent, dévoués, obéissants, marqués et ne figuraient nulle part ailleurs. Une armée de petits pantins, devenus des fantômes à l'instar de leurs géniteurs. Sans existence légale auprès des services d'État civil. Contrairement à moi. Officiellement, j'étais toujours perçu, connu et reconnu comme « Tiger Sexton ».

– Je vois, me répond Byrne. Maintenant, elle *existe* vraiment.

Lui et moi connaissons la valeur de ce simple verbe.

– Oui… Après Le Jardin, ton parcours dans l'Hexagone, tu as également besoin de t'approprier ta vie. De choisir sous quelle identité tu veux exister pleinement. Je promets de t'y aider, je suis là pour toi, lui promets-je.

– M'aider comment ? Tu comptes m'épouser moi aussi ? me rétorque-t-il du tac au tac.

Contre toute attente, nous finissons par éclater de rire tous les deux.

– Ne le prends pas personnellement, lui réponds-je, mais je décline ton offre. Les pénis, ça n'a jamais été mon truc.

Il se fend la poire.

– Oh, ouais, je m'en souviens ! Tous ces Lys gémissant dans tes bras sous la tente rituelle. Ce dégénéré d'Oméga en avait la trique.

Je sais, putain. Je sais…

58

Océane

Désœuvrée et à nouveau seule dans ma chambre d'hôtel, en ce début de semaine, je donne la clef de ma chambre à la réceptionniste et réponds poliment à son « Bonne journée, mademoiselle ! ».

Bonne, elle ne le sera pas. Je suis trop larguée pour cela.

Je recommence néanmoins ma tournée de distribution de CV. Même si la somme indécente virée sur mon compte par les Sexton me met à l'abri du besoin. Et même si je pourrais passer le reste de mon séjour à glandouiller, lézarder sur les plages, sillonner l'Australie et écumer les bars et discothèques, il me faut un semblant d'équilibre.

M'occuper l'esprit et travailler sont devenus des impératifs.

« L'oisiveté est la mère de tous les vices », comme ma mère aimait le dire. Je redouble donc de motivation dans l'espoir de me dégoter un job. Pour ne pas succomber encore au vice suprême :

Tiger Sexton.

Je ne veux pas le rappeler. Je panique rien qu'à l'idée de le revoir, car j'ignore quelle réaction débile je pourrais avoir en sa présence. J'ai peur que cette fichue alchimie entre nous ne me foute une fois de plus dans de sales draps. Au propre comme au figuré.

Et puis, il y a Sophia. Il y a toujours eu Sophia. Il y aura toujours Sophia.

Je n'ai plus à m'empêtrer dans des complications pour pimenter mon existence. La simplicité, ça me va très bien. N'est-ce pas ?

À moitié déterminée, je poursuis mes candidatures spontanées, croise les doigts quand on me pond gentiment qu'on me recontactera peut-être. Dans l'après-midi, je traîne encore, sans aucune envie de retourner à l'hôtel. Tiger risquerait de s'y pointer…

Sans trop savoir ce que je fiche, je termine devant le Velvet & Diamonds avec la carte du propriétaire entre les doigts. Celui-ci m'avait proposé un taf, non ? Au pire des cas, si je ne trouve rien d'autre, je pourrais…

Bon sang, non !

Ce serait un moyen infaillible pour revoir les Sexton, non ? Quoique d'ici à ce qu'ils veuillent et puissent y remettre les pieds après la convalescence de Sophia, j'aurai probablement quitté ce pays. Ça se tente…

J'entre dans le club, sans être complètement fixée sur ce que je désire.

***

Tiger

Je sors d'un rendez-vous professionnel, le dernier que je devais honorer en urgence pour prouver que j'ai efficacement repris les rênes. Oncle James kiffait trop d'essayer de contrôler mon conseil d'administration en mon absence.

Ce n'est pas pour rien qu'il avait été évincé. Cet homme est incompétent, accro au pouvoir et borné. Évidemment, une fois de plus, il a été dégoûté de me voir revenir, pile avant ma majorité. Ce fils que son frère voulait pour unique héritier à la tête du patrimoine des Sexton. Même si j'ai gagné et tout récupéré, la rancune est tenace. Je ne pourrai jamais respecter cette pourriture !

Fais le vide, fais le vide. Respire.

Je freine devant TS Naval. Je n'ai pas envie de rentrer. Le penthouse, c'est Océane. La propriété de Sydney aussi. Je la sens partout. J'ai beau ressentir également de la culpabilité, vu l'état de Sophia, je ne parviens pas à me sortir du crâne cette blondinette.

Je tergiverse un moment, puis reprends mon téléphone. Ça sonne dans le vide.

Décroche. Bon sang, décroche…

– Tiger, je t'ai dit de me laisser le temps de… commence-t-elle d'une voix lasse.

– De digérer ? De me détester encore plus ? D'être écœurée de moi ? De me fuir ?

– Quand bien même je ferai tout cela, j'en ai le droit après ce qui s'est passé, non ?

– Je ne te contredis pas, Océane. Je veux juste que tu m'accordes quelques minutes. Nous méritons bien cela ?

– *Nous* ? répète-t-elle, incrédule.

– Oui, *nous*, toi et moi.

Son silence me désarçonne. Je préférerais presque qu'elle me saute à la gorge, qu'elle m'insulte.

– Il n'y a pas de toi et moi. Vous êtes indissociables, Sophia et toi. Même pour moi. Et elle… elle avait raison, nos chemins doivent se séparer. C'est à elle que tu as des comptes à rendre, pas à moi.

J'encaisse mal cette vérité.

– Très bien.

C'est moi qui raccroche. Je ne me suis jamais senti aussi seul. Ma tête tourne, les vertiges que j'ai par moments depuis ma sortie de la clinique rappliquent. Plus forts. Avec des bouffées de chaleur. Soit cette conversation m'ébranle de manière inhabituelle, soit un truc cloche sur le plan médical. Je ne peux pas m'écrouler maintenant, pourtant je vois trouble, m'affaiblis…

***

Océane
Sydney, dix jours plus tard

C'est fini. Tout est terminé.

Plus de Tiger, plus de Sophia. En tout cas, plus pour moi. Mais ça fait un mal de chien, c'est pire qu'une rupture « traditionnelle ». C'est douloureusement singulier, suffocant, car ces deux-là ont compté pour moi. Intensément et d'une manière différente, ils ont comblé chacun un manque en moi. J'en ai peut-être fait de même pour eux ?

C'est ça, berce-toi d'illusions, ma grande.

Trop dur de continuer d'avancer sans regarder en arrière. Encore une fois, parce que mes choix ont été un fiasco. Alors je m'accroche à ce énième mantra d'automotivation : oui, c'est fini, tout est terminé.

J'ai pris le poste qu'on m'a offert au Velvet & Diamonds, serveuse dans la partie restaurant. Travailler de nuit a un côté positif : au matin, je suis tellement épuisée que je dors comme une masse toute la journée. Et le soir, c'est reparti, sans répit, pour cogiter le moins possible.

Je vais y arriver, franchir ce cap.

J'en doute en ajustant mon uniforme, chemise blanche, petite jupe noire et escarpins assortis. Sexy, mais pas si pratique quand on piétine toute la soirée entre les cuisines et la salle. Je regagne justement la salle pour m'occuper des clients que l'hôtesse a installés à l'une des tables qui me sont attribuées. Un drôle de pressentiment me tenaille en m'approchant de l'homme dont je ne vois que le dos et la nuque. Une femme que je ne connais pas est assise en face de lui… Puis, cette sensation instinctive se confirme lorsque je m'arrête à leur niveau.

Oh. Merde !

– B… bonsoir madame… monsieur. Bienvenue au Velvet, je suis Océane, dis-je en m'emmêlant les pinceaux, les doigts crispés sur les deux cartes du restaurant que je tiens.

Mon regard soudain vissé à celui de Tiger, sans préparation mentale, complètement prise au dépourvu. La dame me répond. Mais lui ne bouge pas d'un iota, ses yeux magnétiques me fixent sans une once de surprise.

Il savait que je bossais là. Il est venu exprès.

– Je… vous laisse consulter la carte. Désirez-vous boire quelque chose en attendant ?

– Shanna, tu peux faire une pause clope à l'extérieur, s'il te plaît ? ordonne posément Tiger sans détourner ses iris. Et prends ton temps.

Intriguée, l'autre nous dévisage à tour de rôle. Elle ébauche un sourire en se levant.

– Bonne idée ! J'avais en effet très envie de me remettre subitement à fumer, le charrie-t-elle… Au fait, je suis enchantée de vous rencontrer, Océane, me lance-t-elle.

Elle chope son sac et ses clefs de voiture, selon toute vraisemblance, et s'en va, en me laissant bouche bée.

– Assieds-toi, m'intime calmement Tiger.

Je jette un coup d'œil angoissé à gauche et à droite. Je constate avec stupéfaction que l'établissement est anormalement vide. Comme s'il… avait été privatisé à la dernière minute pour qu'il n'y ait aucun témoin de cet instant.

– Qu'est-ce que tu… fais là ? bredouillé-je.

– Je suis venu manger, ironise-t-il. Et peut-être discuter si tu me le permets.

Je me fige, catastrophée intérieurement.

– On… on n'a plus rien à se dire. C'est terminé, Tiger.

– Je ne crois pas, non. Si tu préfères, je ferai les questions/réponses tout seul. Ensuite, je m'en irai.

Je déglutis, secoue la tête.

– Tu veux juste parler ? douté-je. C'est marrant, une fois de plus, j'ai cette sensation de déjà-vu. On est dans un cercle vicieux.

– Je suis sérieux.

– Tu l'es toujours, Tiger. Un dictateur tordu et sérieux.

Il encaisse, mordille sa lèvre puis soudain, de l'index et du pouce, il la baisse. Cette lèvre. Un trait noir, épais y est gravé. Je cille.

Le tatouage dans la bouche. Le marquage qu'ils administraient dans la secte à la puberté. Mon cœur manque un battement, comme si une part de moi souhaitait encore qu'il me jure que Sophia avait tout inventé, qu'elle débloquait, divaguait à cause de la jalousie.

Mais non, c'est vraiment là. Sûrement sous ce trait, un nom effacé. Un pan de son passé tu à jamais. Un frisson sillonne mon échine.

– Il était écrit « Arès », confesse-t-il. Écoute, on n'aura pas assez d'une nuit pour te dire tout ce que je veux et dois t'expliquer.

– Arès… répété-je, interloquée, émue.

Il se crispe en l'entendant.

– Cela fait de moi la plus immense des impostures. Quand on lève le voile, qu'on déverrouille tout, je ne suis personne. Et parfois je m'y perds, dans ce vide glacial, fait de ratures et de fantômes.

Sa franchise est poignante en livrant cette confession brutale.

– J'ai du respect pour toi, Océane, comme j'en ai pour peu de gens, argumente-t-il. Voilà pourquoi je tiens à avoir cette conversation avec toi. En lieu neutre.

J'humecte mes lèvres, car son attention y dévie. Comme pour me signifier que ce choix d'endroit est plus judicieux pour tous les deux. Ailleurs, on aurait encore dérapé. Ce machin entre nous électrise trop facilement l'air et me file la chair de poule sous son regard bleuté.

– Je t'en prie, assieds-toi, répète-t-il.

– OK.

Au lieu de servir, je m'installe telle une cliente de ce resto huppé. Enfin, une cliente paumée. Tiger attend de passer commande auprès d'un second serveur que l'on nous envoie. Du scotch pour lui…

Il va me falloir un alcool fort aussi ?

– De la vodka, dis-je, la voix affaiblie.

Les secondes s'écoulent, me soudant à ses prunelles. Nous ne nous frôlons pas, néanmoins mes duvets se hérissent et mon souffle se désorganise. Tout se bouscule en moi : les interrogations, les reproches, les incertitudes. Et ce besoin stupide qui me pousse à adorer cette manière qu'il a de me contempler comme la huitième merveille du monde.

Je jette mon dévolu sur mon verre dès qu'il est rempli et garde la bouteille pour me donner une contenance. Je respire un coup et lui demande :

– Combien de temps es-tu resté dans cette secte, Tiger ?

– Cinq ans. Je venais d'avoir 12 ans quand ma mère y a trouvé refuge pour fuir son chagrin après le décès de mon… père. De Nick Sexton. Et j'en avais 17 quand je suis revenu à peu près à la raison. Du moins, j'ai eu un ersatz de libre arbitre qui s'est réveillé un jour, alors j'ai essayé de réparer les dégâts.

J'absorbe ses paroles. Toute son adolescence s'est déroulée dans un environnement privé de liberté, avec lavage de cerveau et déviances. Probablement beaucoup de ses premières fois aussi. Premiers baisers, premiers émois…

Non, ce n'est pas un homme ordinaire. Son épouse non plus.

– Sophia y a passé combien de temps, elle ?

– Elle n'a pas de date de naissance exacte. Environ dix-huit ans, je dirais… Elle y est née et n'a quitté Le Jardin qu'à la fin, comme je te l'ai déjà dit. Je l'ai forcée à me suivre, elle était en état de choc et perdue… Plus que moi.

– Tu l'aimais ? Je veux dire, vous étiez déjà en couple dans le… Jardin ?

– Non. La notion de couple n'existait pas, chacun avait des partenaires multiples. Et parfois, les guides faisaient et défaisaient les relations pour mieux manipuler toute la troupe.

– Leur notion de fraternité était très louche aussi, d'après ce que j'ai compris. Votre mariage rime à quoi alors, Tiger ? C'est ta sœur ?

– On me l'a fait gober durant un moment. J'en ai douté, je savais d'où je venais… Par la suite, mon cerveau était tellement esquinté que j'y ai cru. Je me suis senti comme un énième fils d'Alpha, comme on le mettait dans le crâne de chaque enfant de la secte. Plus tard… Peter a réussi à subtiliser pour moi et me fournir l'ADN de mon oncle, James Sexton. Peter a bossé pour lui lorsque ma mère est partie avec moi… Bref, je voulais en avoir le cœur net lorsque j'ai commencé ma thérapie vers mes 19 ans.

– Et ?

– Ça n'a pas matché. Sophia est… C'est vraiment ma demi-sœur, test ADN à l'appui.

– Putain !

Il étudie ma réaction, lui-même blême, raide mais toujours bourré d'un charisme déstabilisant.

– Il n'y a eu rien de charnel entre elle et moi depuis. Mais j'apprends toujours à me percevoir comme un Sexton. Pas un Hamilton. Parce que j'ai compris grâce à Peter que Nick Sexton, mon… père sur mes papiers, connaissait la vérité. Notamment à cause de mon analgésie congénitale, il m'avait fait subir des batteries d'examens quand j'étais gamin. Il avait découvert entre autres la relation adultère de ma mère. J'avais été conçu avec un autre. Ce qui induit que ma… mère revoyait par intermittence Alpha, son petit ami de jeunesse, quand son couple vacillait. J'étais trop petit et m'imaginais que tout était parfait dans leur mariage. J'étais loin du compte, mais Nick le savait.

– Et qu'est-ce qu'il a fait ?

– Il a cru y avoir sa part de responsabilité, il travaillait d'arrache-pied pour sortir l'entreprise familiale du gouffre. Estimant qu'il était trop souvent absent, la douleur de la tromperie s'est diluée dans ses remords… Sa femme a mis fin à sa liaison, du moins je crois. Et Nick m'a aimé. Cet homme m'a vraiment aimé comme si j'étais de lui. Au point de faire jurer à Peter de toujours prendre soin de nous et de garder ce secret. À ses yeux, j'étais et devais rester un

Sexton, son fils. Parce qu'il était fou de sa femme, il a fini par occulter cet écart… Je n'ai jamais eu à douter de son amour paternel.

Tiger descend son verre, s'en ressert un second. Moi je tripote le mien, la gorge nouée.

– Ça devait être un homme merveilleux.

– Un modèle pour moi. Surtout après… quand il m'a fallu m'accrocher à quelque chose pour ne pas sombrer. J'avais beau être mal dans ma peau, je devais honorer sa mémoire, laver son nom de tout ce qui l'a entaché. Je devais être à la hauteur de ses attentes à mon sujet, me montrer meilleur que… ma mère.

– Alors Sophia s'inscrit dans ce même contexte ? Était-elle uniquement un vilain secret devenu un devoir ? Une manière de soulager ta conscience ? Pour ne pas avoir pu sauver ta mère et tout le monde ?

Il reste mutique un long moment. Sa tête se hoche lentement.

– Quand j'ai épousé Sophia, j'étais trop jeune, j'avais trop d'horreurs dans le crâne, notamment la culpabilité de n'avoir rien pu faire pour ma mère, admet-il. Sophia ne connaissait que moi, elle s'est accrochée à moi, elle était terrifiée et égarée.

J'imagine bien…

– Elle était sous ma responsabilité, affirme Tiger. De mon côté, je m'efforçais de retrouver ma place dans la vie que j'aurais eue, dans des conditions normales, s'il n'y avait pas eu cette coupure nette, ces années volées par la secte. Enfin, dans un premier temps, avant d'être fixé à ce sujet. J'étais obsédé par le besoin de récupérer mon héritage. Pas par cupidité, mais pour Nick Sexton, le seul vrai père que j'ai eu. Après avoir su, je voulais encore plus être le fils qu'il méritait d'avoir.

Parce que cet homme t'a transmis sa noblesse d'esprit. Non, Tiger Sexton n'est pas un imposteur, il est la trace indélébile laissée ici-bas par ce Nick Sexton.

Cela vaut parfois plus que les gènes que l'on n'a pas choisis ou le sang qui coule dans nos veines. Sans oser émettre mon opinion, je sais que j'aurais aimé rencontrer ce père-là, lui dire que tout ce qu'il y a de positif chez Tiger vient de lui…

Mes yeux sont humides. Tiger les fixe sans savoir quoi faire, désarmé et si… brisé en réalité. Même s'il a tout colmaté et s'est constitué un blindage à toute épreuve. Ses blessures, ses souffrances sont là, certes complexes, profondes, mais si bien cachées que cela l'a rendu inatteignable…

– Comment tu t'y es pris ? dis-je après avoir bu une gorgée de vodka.

– Je me suis acharné. J'ai appris en accéléré tout ce qu'il fallait pour reprendre les rênes qui me revenaient de droit – selon la volonté de mon père – à la tête de son entreprise.

– Ça n'a pas dû être simple.

Il opine amèrement.

– Outre ma conscience qui me disait que je n'étais pas légitime, mes culpabilités et autres conséquences directes liées à la secte… je devais aussi jongler avec oncle James. Celui-ci s'est opposé à ma prise de pouvoir sous prétexte que je devais être majeur, avoir étudié et décroché les diplômes universitaires indispensables, etc. J'avais la trouille qu'il finisse par découvrir que je n'étais pas l'enfant biologique de son frère. J'avais une peur irrationnelle de l'échec, et surtout de décevoir mon père.

Durant un moment, il peine à parler. Je vois le tumulte dans ses yeux, toutes ces choses qui le tiraillent… Même des années après. Et cette frousse n'a probablement jamais disparu. Je m'enquiers, la poitrine comprimée :

– Il ne l'a jamais su ?

– Non… En soi, cela ne poserait pas de problème dans la succession puisque mon père a pris toutes les dispositions. Mais il y avait un autre obstacle à l'époque : une clause archaïque imposée dans la lignée Sexton. Je devais avoir une vie stable, être marié pour prendre la suite.

– Merde ! Psychologiquement, tu n'étais pas en état de… Enfin, j'imagine que ton rapport aux femmes était complètement dénaturé.

– Ça l'est peut-être toujours un peu aujourd'hui… Jusqu'à toi…

Mon cœur fait un bond. Je ne sais pas quoi répondre à cela. Tiger semble presque flippé de l'avoir dit. Il se hâte d'enchaîner :

– Son frère avait eu le respect et l'admiration qui faisaient défaut à James. Mon père le surpassait en tout. Alors James a reporté ses rancœurs sur moi, l'extension de Nick à ses yeux. S'il avait eu ne serait-ce qu'un doute…

– Il t'aurait sans doute humilié sur la place publique en déballant tout ; par ricochet, le nom et la mémoire de ton père en seraient souillés, comprends-je.

C'est cela, l'enjeu. Une bataille noble d'un côté contre de la rancune et de la cupidité de l'autre.

– Ainsi, James cherchant à me discréditer pour me déshériter s'est engouffré dans une autre brèche à laquelle je ne m'attendais pas : il a essayé en dernier recours de me faire passer pour quelqu'un de déséquilibré, incapable de gérer à cause de mon passé. C'est à ce moment-là que j'ai compris.

– Compris quoi ?

– Qu'il savait pour Le Jardin. Il était le seul à connaître la vérité sur la disparition de ma mère et moi. Ou plutôt notre soi-disant retrait de la vie mondaine, version officielle.

Je le regarde reboire une gorgée. La mine assombrie, il rive ses billes bleues à mon regard interrogateur et bouleversé.

– Je… je ne suis pas sûre de tout saisir, Tiger.

Il pince l'arête de son nez puis lâche :

– Quand j'ai été enrôlé avec ma mère, j'ai d'abord pensé que personne ne viendrait à notre secours car tout le monde ignorait où nous étions. Nous avions quitté la civilisation en catimini… J'ai plusieurs fois tenté de m'enfuir pour prévenir quelqu'un. Peter ou mon oncle, ce qu'il restait de mes repères. En fait, je n'ai jamais pu aller bien loin, durant des années. On me rattrapait, on me punissait…

Le Bourreau. J'en ai la chair de poule et tant d'amertume.

– Aucun sauveur ne s'est pointé, continue Tiger. J'ai compris après ma fuite réussie à mes 17 ans que James Sexton avait laissé ma mère se faire embrigader par Alpha sans lever le petit doigt ni essayer de la tirer vers le haut. Il l'a vue sombrer… Ça l'arrangeait que l'on disparaisse du paysage. Sa cupidité passait avant son humanité, avant son neveu encombrant pour ses ambitions.

– Oh, mon Dieu !

– Ce connard, même en n'ayant jamais appris que je n'étais pas le fils biologique de son frère, ne nous a pas cherchés et ne comptait pas sur notre retour. Peter a su – bien tard, hélas – qu'ils avaient conclu un deal. James a refilé du liquide à ma mère pour récupérer ses parts, et nous exproprier. Cet argent et les tableaux Frida Kahlo que mon père avait offerts de son vivant à son épouse ont atterri entre les mains d'Oméga en France ensuite. « La Reine des Fleurs » en avait fait don au Jardin.

Tiger se lève, soudain incapable de rester assis. Il fait les cent pas. Je reste vissée à ma chaise, profondément retournée. Lui semble en vouloir de manière viscérale à sa mère aussi.

Entre elle et son salaud d'oncle, je réalise combien le sort était contre lui. Et cette secte et tout ce qui s'y est passé ont rivé le clou.

Et je vois un combattant stoïque toujours debout, puissant, après tout ça.

59

Tiger

Je tourne en rond dans le restaurant, criblé de souvenirs. Je m'évertue à refermer les portes, mais il n'y a plus de verrous. Pas avec elle. Je n'arrive pas à me refermer, à l'empêcher de voir plus profondément en moi. Le regard d'Océane, ses émotions bien réelles m'atteignent dans mes tripes.

Ce fameux soir maudit, bordel, je ne parviens pas à en stopper les images mentales non plus…

Dans l'outback australien. Il y a onze ans… Sous la tente principale, l'immense symbole dessiné à la craie par terre. L'emblème du Jardin, cette saloperie de reptile ! Des offrandes, couronnes de verdure, pétales de fleurs tapissent le chemin jusqu'au cercle. Des coupes sont tombées, elles jonchent le sol çà et là dans un parfum d'apocalypse…

Je suis groggy, ça ne peut pas être réel. Ils… ? Sont-ils tous… ? Non, pas elle, pas elle, pas elle, pas…

Ma respiration se bloque. Ma rétine refuse d'imprimer ce à quoi je fais face. Même les enfants sont inanimés dans un silence polaire.

J'arrive trop tard ?

Loin devant, on dirait Alpha, autodésigné « guide suprême ». Putain, lui aussi… ainsi que d'autres membres… sont étendus là.

Mon cœur fait une embardée. Où est-elle ?!?

« Maman ? » Je n'arrive plus à prononcer ce mot depuis si longtemps… Où es-tu, maman ?

Je débarque après l'hécatombe. L'effroi me gèle les os. La culpabilité aussi. J'aurais dû m'activer davantage pour les tirer de là, j'aurais dû venir plus tôt, même si je n'avais pas de plan…

Leur fichu Envol final ! Le maigre espoir qui se frayait un petit sentier dans mon esprit en état de choc s'étiole à chaque battement de cœur.

A-t-elle freiné à temps ?

Oui, c'est encore possible. J'espère que tu as pris la bonne décision… Pour une fois…

Je me remets à chercher, hébété, incapable de compter correctement.

J'ai du mal à me fier au résultat : est-ce qu'il en manque ? Je crois qu'ils n'y sont pas tous. Qui est absent ? Pour quelles raisons ? Où sont ceux que je n'aperçois pas ?

Horrifié de devoir vérifier les visages pour être sûr, je suffoque. La vue des mômes figés en position fœtale me file la chair de poule. Ça tambourine dans ma poitrine. Mes mains moites soulèvent des cheveux pour tenter d'en identifier, je prie tout ce que je peux pour qu'elle soit ailleurs. S'il y a un dieu qui m'écoute, faites qu'elle soit loin d'ici, saine et sauve.

Revenue à elle, moins conne !

Prière ridicule, mais je m'agrippe à ce que je peux devant cet enfer. Les amas d'enveloppes corporelles. Plus de vie. Des lèvres bleutées, des peaux froides, des teints blafards. Je tombe sur mes genoux près d'un corps, et j'hyperventile.

Je la reconnais…

Ma mère, leur Reine… Putain, tu l'as bu toi aussi. Je la secoue, puis la serre contre moi de toutes mes forces.

Pourquoi ? Pourquoi ? Pourquoi n'as-tu pas compris que tu t'enlisais ?

– Nooooon ! Pas sans moi ! Nooooon ! crie une voix féminine.

Fissurant le calme morbide des lieux et me sortant brutalement de mon état second.

Réagis, Tiger. Réagis, tu dois réagir.

Je ne peux pas lâcher le corps sans vie que je serre toujours. Mais l'hystérie de la nana derrière m'oblige à me retourner vers elle.

Les sortir de là, les sortir de là… C'est ce que je projetais.

– Est-ce qu'ils sont tous partis ? me demande-t-elle en sanglotant.

Elle aussi cherche des yeux sans pouvoir les fixer sur quiconque. Regarder l'horreur en face est insoutenable pour la plupart des humains normalement constitués. Moi, je suis déjà détraqué à la base. Ça doit être pire pour elle, j'imagine.

– Je suis Ève, un Lys dévoué du Jardin. Ils ne peuvent pas s'en aller sans moi, pas sans moi, répète-t-elle.

Je me relève, sonné. Mon corps et mon cerveau s'efforcent de se remettre tant bien que mal en route. Pas que j'en aie la force, mais celle devant moi est mille fois plus sonnée de voir sa réalité se disloquer.

Ève, un Lys dévoué du Jardin, je me souviens d'elle. Il faut la tirer de là, elle. Et ses camarades, s'il en reste encore…

– Hey, soufflé-je. Il y a d'autres survivants ?

Hagarde, elle ne réagit pas. Elle me paraît irréelle, tout comme le reste. C'est insensé, innommable. Dehors, le monde continue de tourner « normalement » dans le reste du pays, pendant qu'une foule de gens viennent de s'éteindre ensemble dans cet endroit de merde isolé de tout !

– Au Jardin céleste… pas sans moi, pas sans moi… marmonne Ève.

– Hey, redis-je quand mes cordes vocales parviennent à émettre un nouveau son. Est-ce qu'il n'y a plus que toi ?

– Tous se sont envolés… Tous sauf moi. C'était tous ensemble. Tous ensemble.

D'accord. J'essaie de refaire le calcul, selon les données que j'avais récoltées en amont… Je regarde à nouveau le corps inanimé que je tenais il y a quelques secondes. Je serre les poings, en dirigeant mon attention sur la fille.

– Alors, tu as eu de la chance, toi. T'étais où ?

– Au Jardin céleste, pas sans moi, pas sans moi…

– Regarde-moi, lui intimé-je pour tenter de l'extirper de son monologue. Tu es en vie, putain ! Toutes ces âmes égarées ne peuvent plus en dire autant. Ma… mère non plus…

Les yeux d'Ève ont une lueur démente, toutes lumières éteintes en elle, juste cette lueur de croyance inébranlable. Nous sommes tous deux choqués, mais pas pour la même raison. J'ai accouru ici pour en sauver un max, elle, elle voulait « s'envoler » avec les siens. Finalement, chacun de nous a échoué…

– Pas sans moi, pas sans moi, pas sans moi… s'acharne-t-elle à ressasser.

Je la secoue. Elle récite tout bas une prière dans « la langue du Jardin ».

J'essaie de lui expliquer la situation de manière rationnelle. Malheureusement, la raison est bannie de cet endroit. Comment lui en vouloir ?

– On n'a plus beaucoup de temps, lui dis-je. Tu dois déguerpir, viens avec moi. Aide-moi à la porter.

Je repars vers le corps froid et ramolli sur un tapis de pétales. Et j'ai l'impression de parler dans le vide. Au fond, je ne sais plus ce que je fous. Mais je ne vais pas m'enraciner ici. Trop de morts, de questions, d'ondes négatives suffocantes…

Et je dois la sortir d'ici.

Peter m'attend loin à l'écart, dans une Bentley de papa. Pour m'épauler. Même si nous sommes arrivés trop tard. Beaucoup trop tard. Je dois me secouer !

– Ève ! Viens avec moi, reprends-je en revenant pour presser les

épaules de la seule rescapée présente. La police va sûrement venir, il n'y a plus que toi à sauver.

– Non, « les autres » ne me sauveront pas, me murmure-t-elle. Je respecte les Dogmes. Je m'éloigne de « l'autre », de la « graine impure » qui pousse à l'extérieur, recommence-t-elle à réciter avec ferveur. Tu es devenu un autre, Arès, va-t'en !

– Personne ne te veut de mal, moi non plus. Je veux t'aider. Et les policiers doivent faire leur travail, même s'ils vont se pointer trop tard.

– Non… Les Enfants du Serpent ne les laisseront pas profaner nos terres, s'obstine-t-elle dans un chuchotement.

– Il n'y a plus personne avec toi, Ève. Laisse-moi t'aider, je n'ai pas pu le faire avec…

Ma voix s'étrangle un instant.

– Plus personne ne « protégera » ce lieu de merde ! ajouté-je à bout de nerfs.

– Blasphème ! Tu es impur ! J'ai la foi. Le Serpent protège ses petits… Le Guide devait nous emmener tous pour notre voyage ultime. Mais ils ne voulaient plus de moi. Ils m'ont abandonnée. Pourquoi sont-ils partis sans moi ?

– Bordel ! Maintenant, tu es libre, tu comprends ? soutiens-je. Moi, je serai là pour toi.

60

Océane

Tiger a l'air ailleurs. Tourmenté. Torturé par les ténèbres en lui. Comme s'il hurlait en silence, saignait de l'intérieur. Sa respiration est anarchique, hachée. Il n'arrête pas de marcher, de s'agripper les cheveux.

– Tiger ? C'est trop pour toi ? On arrête de remuer tout ça si tu…

– Non ! Je…

Il me dévisage, presque paumé.

– J'en étais où ? me demande sa voix fissurée.

– Euh… tu parlais de James Sexton.

– Ouais… Pour la faire courte, je devais lui clouer le bec, être à la hauteur à tous les niveaux.

Bref, il a subi trop de pression après avoir traversé un enfer. Surtout à l'âge qu'il avait quand il s'est enfui de cette communauté. En plus, il y a eu le final, la mort de tant de gens qu'il avait côtoyés…

Et au lieu de le soutenir, son enfoiré d'oncle était prêt à l'enfoncer davantage pour son héritage !

– Cet homme est dégueulasse ! dis-je, outrée.

Tiger ébauche un demi-sourire blasé. Comme pour me prouver que cela ne l'atteint plus, qu'il l'a transcendé.

– Des millions et d'autres biens de valeur étaient en jeu, ce n'est jamais propre dans ces circonstances, philosophe-t-il.

Non, l'argent n'est pas censé être plus important que les valeurs, le sens moral, les liens du sang entre deux frères. Parce qu'il s'agissait du fils de son frère, nom d'un chien !

– Comment tu as fait ? soufflé-je.

– J'ai essayé de garder un mental d'acier. L'insensibilité innée, ça aide, affirme-t-il avec sarcasme. Mon analgésie congénitale m'a peut-être été utile… Aucune douleur, je n'avais que ma haine et ma détermination. Je suis devenu autodidacte, j'ai appris sur le tas pour assimiler l'essentiel à une vitesse folle, à en frôler le surmenage. Je devais convaincre les personnes importantes dans la boîte. J'ai bossé comme un dingue. Ensuite, quelques fidèles collaborateurs de mon père étaient encore là pour m'épauler en cas de besoin. Une partie d'échecs en interne. Après ma majorité, j'ai évincé James qui dilapidait tout à tour de bras, à coups de mauvaise gestion… Il avait bazardé entre autres une partie de notre patrimoine à Carter Industries.

Donc cette répulsion pour Harry Carter découle aussi de cela. La famille de celui-ci a profité de la mauvaise passe des Sexton.

– Évidemment, il m'a fallu tout reprendre plus tard aux Carter.

Ce qui n'a pas dû être simple non plus… Et moi qui croyais, en rencontrant le couple Sexton, que Tiger se l'était sans doute coulé douce dans les meilleures écoles privées et universités les plus prisées. Que tout avait été facile pour le riche héritier qu'il est ; je me suis tellement trompée.

Incapable de parler, j'avale encore une lampée.

– Et… Peter a toujours été là comme une passerelle entre ce que j'aurais pu être et ce que je suis devenu par la force des choses, poursuit Tiger. Il s'est spontanément remis à mon service. Il avait beaucoup de respect et d'admiration pour le paternel. J'avais Bindi et Anat aussi, au haras. C'étaient des repères, des espèces de phare qui m'ont fait garder le cap…

– Heureusement… Parce que toi tu naviguais en eaux troubles, et tu devais en plus être un roc pour Sophia.

Un enchaînement de devoirs et de responsabilités. De buts à atteindre et de rigueur pour rattraper le temps « perdu » dans la secte. Putain, je comprends mieux. Cette manie du contrôle, ce besoin de tout maîtriser. Il n'a pas eu le choix.

Il n'y a pas eu de place pour la légèreté ou même… l'amour ? Je veux dire, Sophia et lui se sont peut-être aimés dans ce tumulte ? Perturbés par tant de chamboulements…

Un pincement au cœur m'empêche de le demander. Leur lien a beau être malsain, douloureux, ça a résisté à tout, surtout au pire.

– Sophia ? percute Tiger sans que je le formule. J'étais persuadé de devoir la protéger, nous avions besoin l'un de l'autre, je crois… Vous autres, vous ne pouvez qu'imaginer… Nous, nous gardons des traces réelles en nous. De toutes ces perversions, des orgies, des baises *no limit*, des morts… Putain, oui, de tous ces morts ! Je me disais que personne ne pouvait me comprendre et m'accompagner mieux qu'elle dans notre combat pour nous approprier de nouveau nos vies. Et vice versa.

Une question stressante, obsédante, indispensable continue de me laminer de l'intérieur. Tiger s'est enfin arrêté de marcher. Les démons du passé cèdent la place à ses doutes. Toute son attention se braque sur moi. Il s'est mis à nu, il n'en est pas moins désarmant. C'est même pire, mon cœur frissonne de peur lorsque j'ose enfin demander :

– Que ressens-tu pour elle, Tiger ? Quels sentiments as-tu pour Sophia aujourd'hui ?

***

Tiger

Mes sentiments…

Je ne suis même pas sûr de savoir précisément comment les identifier, les définir. Et pourtant, j'en ai perdu du temps en thérapie, dans mon caisson de privation sensorielle, dans des femmes, trop de femmes… Incapable de trouver les mots justes, je reste muet face à la seule à qui je viens de déverser tout ça.

Le regard triste d'Océane m'atteint bien plus qu'aucun autre ne l'a fait auparavant. Elle reboit un coup, puis fixe le fond de son verre. Je me rassois. Je crois qu'elle m'esquive, ma main s'avance vers la sienne et la saisit par-dessus la table. Lorsqu'elle relève la tête, je constate que ses cils perlent de larmes.

– Je… je comprends, me dit-elle en retirant ses doigts. Ce que Sophia et toi avez traversé ensemble est particulier, exceptionnel… Vous avez vécu dans deux mondes, connu deux réalités ensemble. Même si maintenant, vous savez qu'il y avait un inceste… vous ne vous êtes pas séparés. Ça, j'avoue que ça me dépasse. Je ne suis pas de taille… Mais j'espère sincèrement qu'elle se rétablira vite et bien. Moi je… je dois reprendre mon service.

Eh merde ! Une terreur sans nom commence à grogner en moi. J'en ai trop dit. Et à la lumière de la morale, des normes sociales qui n'ont jamais été raturées pour Océane, je sais de quoi un homme comme moi a l'air.

Trop débauché, trop perverti, trop différent, trop démoli…

Je le sais, mais bordel, tout en moi refuse de la laisser s'échapper. M'échapper.

– Je… commence-t-elle. Je te remercie d'être venu m'expliquer tout cela. Il faut que j'y aille.

Océane se redresse. Je débite sans réfléchir :

– Attends !

– Tiger, ne complique pas davantage la situation.

– Est-ce que voir rouge quand un autre tente d'obtenir d'une femme ce que j'aimerais être le seul à avoir correspond à un sentiment ? Est-ce que penser à elle, même à des moments sérieux, improbables signifie quelque chose ?

Est-ce que me rendre compte qu'elle me manque à en suffoquer, qu'elle me hante plus que n'importe quel fantôme des enfers que j'ai traversés compte ?

Elle retient son souffle, je la sens au bord des larmes, et mes angoisses pètent les scores ! Frénétique, j'ajoute :

– Et adorer la faire rire, la faire rougir, la faire mouiller, la faire jouir ? Est-ce de cela qu'on parle, ma douce ?

Est-ce qu'elle me voit désemparé ? En perte de maîtrise ?

– Dis-moi, dis-moi si ce que je viens de dire ressemble à des sentiments, Océane. Je t'en supplie.

– Je… je suppose que oui, susurre-t-elle.

– Alors non, ce n'est pas ce que j'éprouve pour Sophia. Je n'ai jamais ressenti cela pour elle, sinon je n'aurais pas fait ça…

Elle cille, en me voyant pousser lentement vers elle une enveloppe kraft.

– Qu'est-ce que c'est ?

– À toi de le découvrir…

Elle soulève le bord, ses doigts tremblent. Mon trac s'intensifie lorsqu'elle en extrait les documents et commence à lire la première page.

Ses beaux yeux s'arrondissent, presque catastrophés. Ils se figent sur moi.

– Tu… tu… hésite-t-elle. Merde alors, est-ce que…

– Les papiers du divorce, enfin signés par Sophia.

– Oh, putain ! vacille-t-elle.

Elle retombe sur sa chaise, blême de stupeur.

– Je… je ne comprends pas.

Je prends une longue inspiration.

– Ce n'est pas la première fois que j'ai souhaité mettre fin à notre mariage. Quand j'ai estimé qu'elle était capable de voler de ses propres ailes, il y a eu des essais… non concluants. Rien n'a jamais été simple entre nous, elle vivait mal mon rejet après le test ADN… Ça a créé plus de confusion, déclenché une dépression, une rechute… J'ai eu droit à plusieurs chantages au suicide et des tentatives de sa part. On était comme coincés dans une boîte malsaine dont on avait perdu la clef.

Océane me sonde, je soutiens son regard. Trop d'émotions y fusent, à en avoir le vertige.

– Pourquoi maintenant ? murmure-t-elle. Pourquoi cède-t-elle cette fois-ci ? Est-ce… ma faute ?

– Non, l'accident. Nous avons frôlé la mort ensemble. Ça a causé un déclic, je crois que cela l'a fait réfléchir autant que moi sur nos choix, nos erreurs et toutes ces chaînes dont nous n'avons pas vraiment réussi à nous défaire…

– Mais justement, elle est aussi affaiblie par l'accident, souligne Océane. Est-ce le moment idéal pour la quitter vu cette fragilité chevillée à son esprit ? Et si elle flanchait encore ? s'inquiète Océane.

Ce côté protecteur qu'elle adopte envers Sophia… Putain, saisit-elle que ça aussi ça la rend unique à mes yeux ? N'importe quelle autre femme passée dans mon lit, dans notre couple, aurait juste tenté de tourner cela en sa faveur. Et Océane, elle, s'en fait pour Sophia.

– Je crois qu'elle est enfin prête à lâcher prise… Je ne l'abandonne pas, je clarifie seulement la situation avec des limites plus nettes. Mais je serai toujours là pour elle, elle le sait.

Océane, livide, humecte ses lèvres, tripote son col de chemise.

– Peut-être… hésite-t-elle. Mais après le temps que j'ai passé avec Sophia… j'ai vu combien elle est vulnérable, combien elle t'a dans la peau quoi qu'elle fasse… Toi, tu as bouclé ce chapitre, à ta manière. Seulement je ne peux m'empêcher de douter, de culpabiliser, de flipper pour elle.

– Sophia est entre de bonnes mains, avec des spécialistes. Et son frère – pas que le sien… – a été retrouvé. Je ferai ce qu'il faut… mais j'ai besoin de toi. J'ai longtemps combattu seul, je n'ai jamais eu la frousse d'avancer. Jusqu'à cet instant… Je suis terrifié par le premier pas que je vais devoir faire sans toi si tu me rejettes. Terrifié par toutes ces secondes, toutes ces putains de journées qui s'écouleront sans toi.

Les lèvres d'Océane s'entrouvrent, se referment, ses beaux yeux s'emplissent de larmes. Sa peur, ses peurs, je les lis dans ses prunelles. Je crois y percevoir autre chose aussi… Je m'y perds…

– Je ne veux pas avancer sans toi, plus rien n'aura de sens sans toi, dis-je, la voix éraillée. Parce que je hais l'homme que je suis, celui que j'ai été obligé d'être jusqu'à ce que je te rencontre.

Elle n'amorce plus le moindre mouvement durant un temps fou. Ses prunelles déroutées fouillent en moi, ses joues deviennent humides. Ma respiration part en vrille quand elle commence à reculer.

Non ! Putain, non !

– Laisse-moi réfléchir, Tiger. Ça fait… ça fait beaucoup d'un coup.

Elle prend quasiment la fuite. Je m'efforce de respecter sa volonté, son besoin de recul, d'espace. Quoi qu'il m'en coûte, et le temps qu'il faudra, même si pour la première fois de mon existence, j'ai vraiment envie de courir après une femme. Après cette femme-là.

61

Océane

C'est trop, beaucoup trop. Trop lourd. Trop complexe. Trop sérieux. Trop tout !

Ma confusion pète les scores. Ma culpabilité aussi. Au bout d'une atroce nuit d'insomnie, je suis en mode flippe totale après tout ça. Ne pas pouvoir en parler devient intenable, parce que perso je ne gère plus rien, je ne sais plus quoi faire. Au petit matin, sur un coup de tête, j'appelle Louane.

– Ma poulette ? Tout va bien ? s'inquiète la voix ensommeillée de ma copine en décrochant.

Au bord de l'implosion, je lui débite un discours décousu.

– Attends, respire et recommence. Je ne comprends rien, me reprend-elle.

J'inspire en essayant de foutre de l'ordre dans ma tête en surchauffe.

– Désolée de te réveiller. Je… je crois que je vais m'en aller, ma chérie, lui redis-je. Je rentre à Paris. Tu as été tellement gentille avec moi que je voulais te prévenir et te dire merci, ne pas partir comme une voleuse.

– Quoi ? s'étonne Louane. Si vite ? Il s'est passé quoi ? T'étais là pour un an et t'en as même pas fait la moitié.

– Je… C'est compliqué. Beaucoup trop compliqué.

Merde, je chancelle, ma voix déraille. Une boule se forme dans ma gorge. Malheureusement, je suis dans l'incapacité de partager avec mon amie ce qui m'arrive. J'ai fui une vie qui partait en vrille chez moi pour prendre un nouveau départ. Et me voilà empêtrée dans quelque chose de plus chaotique encore.

Tiger a divorcé. Putain, il a divorcé et mon cœur s'emballe à chaque fois que j'imagine ce que Sophia pourrait faire maintenant !

Cette femme est plus fragile que jamais, possiblement suicidaire. Et moi je suis perturbée par leur passé incestueux, de plus je ne supporterais pas d'être à l'origine d'une seconde vie qui se brise. Surtout pas après tout ce qui a eu lieu en France.

J'expire, inspire à nouveau et m'accroche à cette résolution.

– Mon taxi sera bientôt là, dis-je à Louane. J'espère que nous resterons en contact, ma poulette. Tu as été une amie formidable.

Je raccroche avant d'éclater en sanglots durant des adieux interminables. Ou de peur d'en dire plus qu'il ne faut. Je dois garder les secrets de Tiger et de Sophia. Je leur dois bien cela. Et j'ai mal, si mal de devoir renoncer, d'écouter ma raison pour une fois. Mais il n'y a pas trente-six mille issues.

Romain pèse lourdement sur ma conscience. Et Sophia s'y ajoute. Deux dommages collatéraux qui me hantent et me laissent un goût amer.

Ça a beaucoup trop déraillé, on ne peut pas construire un hypothétique bonheur sur le malheur des autres. Je m'en sens définitivement incapable. Je boucle mes valises, et très vite je fonce à l'aéroport de Sydney pour prendre un aller simple pour la France. Je n'arrête pas de vérifier les alentours, affolée à l'idée que quelqu'un vienne m'empêcher de monter à bord. Tiger, ses sbires, Louane. Mais personne n'apparaît. Preuve que plus rien ne me retient ici.

Une fois dans l'avion, avant d'éteindre mon portable, j'envoie un mail à Myriam, histoire d'avoir un point de chute et ne pas sombrer toute seule à Paris…

Et vingt-quatre heures plus tard, me revoilà chez moi. Dans un environnement que j'espère moins oppressant, plus simple. Et depuis, les jours défilent…

***

– Tu as une mine si triste, je peux faire quelque chose ? me demande Myriam au lendemain du dixième jour.

Je m'efforce de sourire en attrapant mon sac.

– Tu en fais déjà énormément, Myriam. Merci pour tout.

– Tu ne vas pas me remercier indéfiniment, ma puce. Ça me fait plaisir de t'héberger. Tu restes aussi longtemps que t'en as besoin. En plus, mes filles t'adorent.

– C'est réciproque, dis-je la gorge nouée.

Heureusement que ces deux gamines sont là pour égayer l'atmosphère. Devant elles, j'essaie toujours de donner le change. Quand je joue avec elles, je peux ravaler mes larmes, tenter de refouler mes idées noires, mon manque… Mais ça reste dur. J'ignore comment je parviens encore à me lever chaque matin.

– Tu sors ? me demande Myriam.

– Oui…

J'hésite, puis brandis mon portable pour confesser :

– Romain m'a répondu. À moins que ce ne soit sa mère qui se fait passer pour lui. On a rendez-vous. J'ai besoin de lui parler, ma culpabilité ne s'allégera jamais si je ne peux pas m'expliquer avec lui et m'excuser.

Myriam cille. Elle est au courant de tout le mal que Christine, la mère de Romain, a distillé dans ma vie ici en France. Jusqu'à en faire un enfer.

– Je ne suis pas certaine que ce soit une bonne idée d'y aller seule, doute-t-elle. Cette femme a une haine irrationnelle contre toi.

– Je suis une grande fille, je saurai me débrouiller, ne t'en fais pas.

Myriam serre les lèvres et hoche la tête. Nous avons eu de longues discussions nocturnes, elle et moi, depuis mon retour. J'en suis venue à la conclusion que j'ai peur d'avancer car le passé me lamine trop : je dois mettre de l'ordre. Commencer à apprendre – ne serait-ce qu'un peu – à me pardonner à moi-même. Les regrets me bouffent l'existence. Myriam le sait, elle semble respecter mon choix même si ses craintes vis-à-vis de Christine sont justifiées. Les années qui se sont succédé depuis le tabassage barbare de Romain n'y changent rien. Et puis, Victor est maintenant dans la nature. En liberté surveillée. C'est pour cela que j'ai préféré vivre momentanément chez une amie au lieu de me terrer dans une chambre d'hôtel. Pour être moins isolée, me sentir moins exposée…

Pourtant, la peur s'immisce dans mon crâne dès que je sors. La peur des représailles, de la rancune d'une maman et d'un ex-taulard qui m'en veut de l'avoir dénoncé.

Mais j'assume. Je dois faire face à mes erreurs et à leurs conséquences. Quelles qu'elles soient. Réparer ce que je peux.

Dans le bus, je rumine tout cela. Je ne cesse de regarder autour de moi, avec l'impression de marcher dans le vide, sans filet. Les vibrations de mon téléphone me font tressaillir. Une bouille d'une autre vie apparaît sur l'écran, une vie que je me contrains à oublier, en vain. C'est Louane. Je décroche en descendant à mon arrêt.

– Salut, ma poulette, claironne-t-elle, l'intonation si enjouée. T'es bien dans ta grisaille ? Parce que moi, tu me manques trop !

– Ma poulette, si tu savais comme tu me manques aussi !

L'Australie tout entière me manque, en fait. Certaines personnes qui y vivent en particulier. Un aveu que je bride, avec des yeux à nouveau larmoyants. Purée, je suis devenue une vraie fontaine de larmes !

– Alors, dis-moi, continue Louane. Tu ne m'aurais pas caché un truc hyper important par hasard ?

Je me fige au milieu du trottoir, apeurée, et je souffle d'une voix fluette dans le téléphone :

– Comment ça ?

– Eh bien, une bagnole luxueuse a traîné durant quelques jours devant notre coloc. Garrett atteste qu'il s'agit d'une voiture de l'écurie Sexton, il a reconnu la plaque personnalisée.

Je déglutis. Oh, putain, non !

– Océane ? insiste Louane. T'es toujours là ?

– Oui… Je… je t'écoute.

– Autre indice, m'assène-t-elle : j'ai aperçu sur des photos de presse du gala du vieux James Sexton une superbe blonde ultrasophistiquée qui te ressemble drôlement…

Louane laisse ses mots s'incruster dans ma tête en panique, pendant plusieurs secondes.

C'est foutu, elle sait. Combien de gens ont vu les mêmes preuves et tiré leurs propres conclusions ?

Comme je ne réussis toujours pas à prononcer la moindre réfutation, ma copine rive le clou :

– C'est juste dément, mais une question m'obsède maintenant. Ton départ précipité aurait-il un rapport avec les sulfureux Sexton ?

Acculée, je ferme mes paupières. Aucun bobard ne me vient. Mon cœur bat trop vite. Je finis par admettre à demi-mot :

– Je suis désolée, Louane. J'ai… j'ai signé un accord de confidentialité… Je… Ce n'est pas pour te tenir à l'écart, je ne peux juste pas…

– Oh, *my God* ! s'écrie-t-elle au bout du fil.

Silencieuse, je tremble en attendant son verdict.

– Géant ! s'exclame encore Louane. Je comprends maintenant… Enfin, je crois.

– Mais tu…

– Ne te bile pas, je ne t'en veux pas. Et motus et bouche cousue, promis.

Mon amie s'extasie un bon moment en émettant des suppositions que je ne confirme pas vraiment. Mais que je n'infirme pas non plus. De toute manière, ma relation avec les Sexton est en train de devenir un secret de Polichinelle en Australie. Combien de temps avant que mon identité ne soit découverte et exposée ?

Que fera Tiger ?

Cette pensée me heurte en plein cœur, longtemps après ma conversation avec Louane. Je me sens encore plus paumée lorsque je sonne chez Romain, la boule au ventre.

C'est sa mère qui m'ouvre. Je dois assimiler trop d'émotions d'un coup. La découverte de Louane et le fait de me retrouver en face de l'une des personnes – peut-être celle – qui me détestent le plus au monde.

– Bonjour, Christine, dis-je, les mains moites, le stress chevillé au corps.

– C'est Océane ? entends-je résonner de l'intérieur de la maison.

La voix de Romain. Elle me remue instantanément, porteuse de souvenirs douloureux et doux-amers, mais aussi d'une tendresse qu'on m'a empêchée d'exprimer après le drame.

Sa mère me toise, puis se décale pour me permettre d'entrer. Son animosité à mon égard n'a pas disparu, elle est juste moins explosive qu'avant. Enfin, je crois…

– Oui, c'est elle, dit Christine en m'observant toujours.

Mal à l'aise, je n'ose pas avancer plus loin. Attendant un signe, un je-ne-sais-quoi de sa part qui ne vient pas. Elle se contente de me conduire auprès de son fils, immobilisé dans un lit médicalisé.

Je découvre enfin le garçon de mes 16 ans, celui de mon premier baiser, de ma première fois tout court. Il est maintenant si frêle, si abîmé. Les larmes me montent aux yeux. Mais Romain me sourit.

– T'es toujours aussi mignonne, affirme-t-il. Et bien plus bronzée que moi.

Entre rires et pleurs, je me rue vers lui pour lui faire un câlin.

– Toi, tu es toujours aussi baratineur et beau gosse, lui réponds-je.

– Je sais, je crois que mon infirmière à domicile craque sévèrement pour moi.

Et soudain, en dépit du cadre, de son état, de la tension entre sa génitrice et moi, je retrouve mon Romain. Il rigole, je ne perçois pas le moindre reproche dans ses yeux embués. Juste de l'émotion. J'opine, émue aussi.

– En vrai, maman ne te déteste plus, me murmure-t-il comme mon oreille est tout près. Elle est juste trop têtue pour l'admettre devant toi. Je te connais, Océane. Je sais que tu n'y étais pour rien. Cet enfoiré de Victor et sa bande sont les seuls responsables. La seule chose qui me reste en travers de la gorge, c'est qu'il ait été libéré.

Sans m'y attendre, j'entends alors Christine débiter dans l'embrasure de la porte :

– Océane, je… Il m'a fallu du temps. Notre avocat, les enquêteurs et… d'autres personnes m'ont amenée à enterrer mes rancœurs. Nous devons tous aller de l'avant maintenant. Ton témoignage a eu du poids. Je… je te remercie pour cela… Et pour tout le reste…

Choquée, je me retourne pour la regarder. Je m'étais trompée, ce n'est pas de l'animosité qu'elle affiche à mon égard, c'est de la souffrance, le désarroi d'une mère qui a vu l'existence de son fils unique basculer à jamais. Perméable à cette douleur partagée, je ne suis néanmoins pas certaine de saisir ce « tout le reste », mais je n'en suis pas moins touchée. Un lourd, sombre et terrible chapitre de ma vie trouve enfin son dénouement. Ça, ça a tellement plus de valeur. Je hoche la tête, presse les doigts froids de Romain en répondant.

– Merci à vous de me dire ça, Christine. Quoi qu'il en soit, je vous jure que toute ma vie, je m'en voudrai quand même. Si je pouvais revenir en arrière et éviter…

– Ne te torture plus avec ça, Océane. J'suis sincère, m'interrompt Romain.

Je me remets à pleurer. J'éprouve une étrange et ambivalente sensation de soulagement et de peine.

Il faut tourner la page maintenant. Y parviendrai-je ?

62

Océane
Bayonne, France, vingt-deux mois plus tard

Il pleut des cordes.

Le son du « Duo des fleurs ». Moi sous la pluie, allongée, nue, sur le transat. Tiger trempé, en boxer, me dévorant des yeux…

Je secoue la tête, mais demeure statique devant la vitre à regarder tomber les gouttes. Je ne sais toujours pas trop où j'en suis. J'essaie juste de donner un sens à mes errances. Ne plus passer ma vie à me vautrer, et me relever pour fuir. Comme il y a presque deux ans.

Bien que Romain et sa mère m'aient pardonné, un garçon a fini lourdement handicapé à cause de moi. Je n'ai pas pu prévoir et éviter ce qui est arrivé à Romain. En revanche, avec Sophia, je pouvais prendre de meilleures décisions. Même si je devais en souffrir. Et je l'ai fait.

J'essaie encore de me convaincre que j'ai bien fait de partir. Il n'y a qu'avec Louane que j'ai gardé le contact. Cette amitié à distance survit plutôt bien. Il me fallait du recul. Énormément de recul. Quitter l'Australie plus tôt et revenir au bercail n'a pas été facile. Ça ne l'est toujours pas, aujourd'hui. Le vide, le manque sont trop suffocants…

Et puis je vois Tiger partout, littéralement. Dans la presse, sur la Toile, dans ma tête, dans mes rêves, il est partout. OK, le voir en couverture des magazines avec cette gueule à enflammer les culottes ne m'aide pas. Malgré lui – car je sais à quel point il déteste qu'on parle de lui pour autre chose que son travail –, il est devenu le divorcé le plus fascinant de la sphère people.

Divorcé… Un petit mot qui ravage mes pensées, fait tanguer mes maigres certitudes.

Tiger est trop sexy. Trop puissant. Trop mystérieux. Trop magnétique pour ne pas susciter le voyeurisme. Étrangement, j'ai été épargnée. Y est-il pour quelque chose ? Pas de paparazzi à mes trousses, pas de déclarations avérées à mon sujet. Je suis restée une « amie » aperçue quelques fois avec Sophia. Mais lui, tout le monde veut savoir s'il est vraiment seul. On cherche encore à déterminer avec qui il disparaît quand on ne le voit plus en public. Avec qui il mange. Avec qui il baise.

Par « on », je n'entends pas seulement les médias, le Web, le public. Moi aussi, je crève d'envie de le savoir, même si c'est également la plus grosse trouille dans mes tréfonds. Puisque ce scoop-là serait la preuve qu'il a tourné la page lui aussi. Et cela me prouverait que s'il n'a pas insisté, ne m'a pas couru après, c'est parce que ma décision était l'unique issue.

Pour Sophia…

Et n'ayant rien vu de négatif passer sur elle, surtout pas d'annonce de décès, je me dis qu'elle va peut-être bien. Ou du moins, cela signifie qu'elle n'a pas pris le comprimé de trop…

« Nous devons tous aller de l'avant », soutenait la maman de Romain. Alors tout est bien qui finit bien ?

– À quoi tu penses ? m'interrompt dans mes pensées ma collègue, Gaëlle.

Que même les jours pluvieux étaient plus beaux, plus euphorisants à Sydney…

– À rien… Je crois que j'aime juste la pluie, dis-je.

– T'es chelou ! charrie-t-elle en se marrant. En même temps, avec ton prénom, tu ne peux qu'aimer l'eau…

– Les filles, ça commence ! nous interpelle l'adjointe au maire avant que je ne lui réponde qu'elle dit n'importe quoi.

Gaëlle et moi nous hâtons en riant vers la salle de réunion. Nous sommes les deux étudiantes qui bossent à mi-temps au service dédié à l'éducation et à la jeunesse. Un petit boulot plus valorisant sur mon CV car j'ai repris le droit. Ce rêve-là, je peux l'atteindre et travailler un jour pour redresser les mineurs qui partent à la dérive. Aider des enfants, comme certaines personnes en or l'ont fait pour moi. Pour qu'il y ait moins de mecs comme Victor et ses potes, moins de jeunes à la vie fauchée comme Romain… Et peut-être rendre ma mère fière de là-haut.

J'aurais au moins réussi ça…

– Oh, mes aïeux, bombe sexuelle en vue, jure Gaëlle tout bas dès que nous poussons la porte. Té-ma le beau gosse de ouf !

Heureusement qu'elle l'a chuchoté, parce que les battements de mon cœur qui s'accélèrent brutalement font peut-être un boucan monstrueux. Je n'entends plus que cela, mes pulsations affolées. J'avale ma salive, statufiée. Gaëlle me tire par la main pour aller m'asseoir.

Ses yeux…

Les prunelles intenses de Tiger s'arrêtent immédiatement sur moi. Elles me prennent en otage. Mon corps se couvre entièrement de chair de poule et mon cerveau rend l'âme. Mort subite de mes neurones.

Il… C'est bien lui ? Qu'est-ce qu'il fout là ?

– Lol, tu as buggé ou quoi ? se moque Gaëlle en se penchant sur mon oreille.

Je réalise que j'ai en effet avancé en mode automatique. Assise avec le reste de l'équipe municipale, j'ai l'impression de ne plus avoir prise sur mon corps, sur mon esprit.

Tiger Sexton est dans la salle. Putain, je n'arrive pas à intégrer cette claque !

– Bien, dit madame le maire. Bonjour tout le monde. Je vous ai convoqués à cette réunion extraordinaire afin de vous annoncer d'une part la fin largement anticipée de la collecte de fonds…

Quoi ?

– À ce propos, je remercie chaleureusement les deux jeunes femmes qui se sont activement investies à nos côtés pour cette collecte, j'ai nommé Gaëlle Legay et Océane Rousseau.

Son regard à lui ne me lâche pas. Pas une fraction de seconde. Et ce qui est affreux, c'est que je rougis, craignant d'être soudain comme un livre ouvert. Justement, Gaëlle à mes côtés passe de la boute-en-train qui adore me taquiner à la pote intriguée par ce manège à sensations.

– T'es plus rouge que mes miches après un coup de soleil, me murmure-t-elle. C'est qui, ce mec ? Il te mate comme s'il n'y avait que toi ici.

Les autres applaudissent, tous nous regardent, Gaëlle et moi. Si elle, elle donne le change, moi pas. Je tremble. L'incompréhension, le choc et un tas d'émotions inqualifiables me secouent.

– Il est célèbre, non ? murmure encore ma pote. Sa gueule de BG me dit quelque chose.

– D'autre part, ajoute madame le maire, et ces deux informations sont liées, notre très généreux donateur souhaitait rencontrer l'équipe. Alors permettez-moi de vous présenter M. Tiger Sexton, P-D.G. de TS Naval. Comme vous le savez, nous avions lancé cette collecte afin de financer un projet ambitieux entrepris par des jeunes issus de nos quartiers difficiles et M. Sexton…

– Ah, ben oui, le tigre d'Australie ! Putain, j'y crois pas ! s'emballe Gaëlle. Hey ? insiste-t-elle face à mon silence durant le discours. C'est indécent comme il te fixe.

– C'est… Non, je…

Je patauge. Tiger, dont le nom est mentionné pour la deuxième fois, passe la main dans ses cheveux et accorde enfin un regard à Mme Caloni, la maire. J'essaie de me ressaisir. Peine perdue, le son de sa voix s'élève. Cet accent anglophone craquant, dans un français impeccable, et sa tessiture rauque nous enveloppent. Son charisme fait le reste.

– Merci, madame Caloni, dit-il. Bonjour, mesdemoiselles, mesdames, messieurs. Merci pour votre accueil. Je suis ravi de participer à un tel projet, cela faisait un moment que je cherchais…

Ses iris bloquent à nouveau sur moi. Qu'est-ce qu'il fout ? Et puis zut, il fait une fournaise dans cette fichue pièce ! Je… je dois sortir prendre l'air.

– Je cherchais une… reprend Tiger en me mettant au supplice. Une cause digne de ce nom…

Je me lève, me précipite dehors. Ma chaise tombe. L'attention générale, les « Est-ce que ça va ? » et autres réactions ne m'empêchent pas de me ruer vers la porte. Je ne me sens pas bien, c'est quoi cette tachycardie de merde ?

À l'extérieur, j'inspire une grosse bouffée d'air. Et je suis trempée en moins de deux secondes. Bon sang, j'avais oublié qu'il pleuvait !

– Décidément, tu aimes vraiment être mouillée, retentit sa voix derrière moi.

Je me retourne, jette un regard inquiet aux fenêtres. Gaëlle est scotchée à la vitre, elle n'est pas la seule…

– Moi aussi, en fait, poursuit Tiger… Avec toi.

Je déglutis, les émotions s'entrechoquent au creux de moi, vivaces, dingues. Il faut que je sache.

– Pourquoi tu es là ?

– Pour ta collecte…

Bien sûr…

– Il a fallu que l'unique trace que mon staff ait trouvée de toi sur la Toile soit une photo sur le site de la mairie de Bayonne.

Aux côtés de plusieurs autres jeunes… Mon nom complet n'a même pas été mentionné dans l'article dont il parle. Il y avait juste les prénoms de chacun. Ça lui a suffi. Enfin, le connaissant, je doute sévèrement qu'il ait jamais perdu ma trace…

– Je vois, dis-je dans un souffle.

– Tu vas encore me fuir et te cacher plus loin ? s'enquiert Tiger en se rapprochant.

Tout mon corps se tend, ma respiration se dérègle. J'essaie de me justifier :

– Je ne me cachais pas… J'ai juste évité les zones à risques : Sydney – non, toute l'Australie – et la région parisienne aussi à cause de Victor. J'ai choisi un nouvel endroit pour un nouveau départ.

– Le plus loin possible de moi, conclut-il.

Il se rapproche davantage, nous sommes trop près.

– Alors que je te l'avais dit, Océane. Je t'avais dit que ma vie sans toi me terrifiait.

– Je… je devais partir.
– Sans m'avertir ? Pendant que j'attendais que tu « réfléchisses » ? commence-t-il en haussant le ton. Putain, tu sais combien de fois j'ai dû me retenir de sauter dans le jet ?! Combien de fois tu… j'ai failli craquer ? Ça m'a coûté de te laisser ton espace, je me suis efforcé de respecter ta décision, te laisser le temps de… de réfléchir. Et toi, bordel, toi, tu t'es sauvée !
Il ne cache plus sa fureur. Ses gestes sont nerveux, son regard intense. Non, désespérément intense. Ce détail me bouleverse.
Je lui ai manqué. Il a flippé de m'avoir perdue.
– Je ne me suis pas… Je suis désolée, Tiger.
Ses mains viennent me tenir par les épaules, ses prunelles fouillent en moi. Et la pluie, les témoins de cette scène, tout cesse d'exister à ce contact. Je suis happée par lui, happée par ce qu'il m'exprime par tous ses pores. Dévastée par ce manque de lui que rien n'a comblé.
– Je suis si monstrueux, ma douce ? m'implore-t-il presque. Mes secrets, mon passé, l'homme que je suis sont si répugnants que tu ne supportais plus l'idée de me revoir ?
Je me fissure. C'est ce qu'il a cru ?
Répugnants ? Non. Ce n'est pas exactement ce que j'éprouve. Le qualificatif juste serait plutôt « profondément perturbants ». Découvrir la réalité des liens alambiqués, dévoyés, tordus entre Sophia et lui ne me laisse pas indemne. C'est clair. Mais par-dessus tout, reconnaître que mon attirance et mes sentiments pour Tiger ne se sont malgré tout pas éteints me travaille aussi.
Ça a résisté aux révélations, à la distance, à ma raison…
Certes, leur passé n'est pas anodin, leurs stigmates non plus. Loin de là ! Sophia et lui ont été victimes et coupables des perversions dans lesquelles des adultes immondes les ont entraînés quand ils étaient gosses. Marqués à jamais par tout ça. Néanmoins, l'homme que je connais ne se résume pas qu'à ce volet sordide de son existence. Il est plus que ça à mes yeux, parce qu'il s'en est sorti plus combatif, plus fort, plus déterminé face à ses responsabilités. Et, putain, je le trouve toujours aussi séduisant, charismatique, impressionnant.
Alors je ne peux que le contredire dans un soupir :
– Non… je ne ressens pas de dégoût, Tiger. Vous m'avez chamboulée, c'est vrai. Et ç'aurait été trop dur de te dire au revoir en face. Je ne voulais pas être responsable d'une rechute de Sophia, mais je savais aussi que si… si je te revoyais, c'était moi qui allais rechuter pour toi.
– Je t'en ai peut-être trop demandé. Pour quelqu'un de normal, je sais

de quoi on a l'air. Voilà pourquoi, égoïstement, j'ai souhaité au début de ton contrat que tu sois une fille capable de ce dont la mère de ton ex t'accusait. Ainsi, je pouvais me raccrocher à l'idée que toi non plus tu n'étais pas lisse, que nous n'entachions pas ta pureté. Je tentais de me dédouaner, en quelque sorte. Puis j'ai réalisé que tu étais innocente, mais je… Bordel, tu étais déjà beaucoup trop ancrée en moi !

Merde alors ! Avec tant de retard, je commence à décrypter la réaction qu'il a eue au haras après notre première fois… Je lui en ai voulu d'avoir subitement instauré de la distance entre nous, alors qu'il était surtout torturé par sa conscience.

– J'ai fait mes propres choix, Tiger. Tu n'en es pas responsable.

– Possible… hésite-t-il. Mais je n'ai qu'une parole, Océane. J'ai juré de ne pas abandonner Sophia, je t'ai dit qu'elle était entre d'excellentes mains, j'y ai veillé. Tu aurais pu me faire confiance là-dessus, comme je t'ai fait confiance quand tu m'as demandé du temps pour y voir clair.

Dans le silence qui s'ensuit, sous le déluge, nous nous fixons. Les gouttes de pluie perlent sur ses cils. Ce n'est peut-être pas de la souffrance, mais ce que je lis en lui ressemble éperdument à ce vide, à cette douleur qui me perforent depuis mon retour en France.

– Je te demande pardon, Tiger. Je crois que… j'ai eu peur de cette passion, de cette putain d'alchimie comme tu le disais, me reprends-je, l'intonation fragile. Tout me forçait à te rayer pour de bon, mais j'en restais incapable. J'ai eu peur de là où ça nous entraînait, envers et contre tout.

Ses paumes migrent doucement vers mon visage, ses lèvres sont à un rien des miennes.

– Crois-moi, j'ai essayé aussi de te laisser t'éloigner. La vérité implacable est que tu es tout ce que je désire au monde. Je fais et ferai toujours en sorte que tu n'aies plus rien à craindre.

Je frémis à cette déclaration.

– Je suis prêt à me battre pour toi, pour nous. Prêt à tout affronter pour être avec toi, à prendre soin de toi, tu ne l'as toujours pas compris ?

Tout à coup, une question s'introduit parmi les sentiments chaotiques que je peine à maîtriser. Tel un début de soupçon, je me rappelle ses autres engagements lorsque nous couchions ensemble : « Si tu as besoin d'un allié puissant en France… »

Mais oui !

– Tiger, est-ce que tu… es intervenu d'une quelconque manière quand je suis revenue à Paris ?

Ses paupières se plissent, il attend que je développe.

– Quand tu dis faire en sorte que je n'aie plus rien à craindre, il ne s'agit pas que de Sophia, n'est-ce pas ?

Il ne nie pas. Soudain, la vérité me frappe de plein fouet !

– Qu'as-tu fait exactement concernant Victor et Romain ?

Ses yeux se troublent, il semble réfléchir, chercher ses mots pour ne probablement pas me braquer.

– Je me suis arrangé pour que le dénommé Victor retourne au frais à temps pour un plus long séjour, avant de t'atteindre. Ce p'tit con était sérieux, il comptait se venger.

– Merde. Quand ça ?

– À peu près au moment où j'ai compris que tu étais revenue au bercail. Je l'ai fait surveiller… Il s'est procuré une arme au black… La bonne nouvelle, c'est qu'il n'est pas près de briser une autre vie.

Le contrecoup me scie, bloque ma respiration. J'étais inconsciente, Victor m'aurait donc… Oh, putain !

– Et… et pour Romain ? Sa mère m'a sorti un remerciement assez énigmatique. Sur le moment, je n'y voyais pas clair mais…

– Mais ? se défile Tiger en me sondant.

– Là aussi, tu es intervenu à mon insu, hein ? Elle ne m'a pas pardonnée si facilement et par miracle.

Il hésite, finit par opiner calmement.

– Je me devais d'améliorer le confort de vie de ce garçon et de soulager au mieux sa mère. J'ai… aussi eu une conversation avec cette dernière à ton sujet. Ne m'en veux pas, j'avais besoin de sécuriser Paris pour toi. Si c'était ton choix de rester en France, alors je souhaitais que rien ni personne ne gâche ce nouveau départ. Je… Tu n'étais pas supposée apprendre un jour ce que j'ai pu faire en coulisses.

Étourdie, abasourdie, je n'émets plus un son au cours des secondes qui suivent. Il a veillé sur moi. De toutes les façons possibles, sans jamais venir directement me perturber. Sans me forcer la main pour que je lui revienne. Personne n'a jamais accompli autant de choses pour s'assurer de mon bien-être.

– Tu es en colère ? me questionne Tiger, déboussolé par mon silence.

– Non, je suis… Putain, je…

Je flanche. Tendu, il tente de comprendre ce qui me fout dans cet état. Je lui explique, la voix enrouée :

– Tu étais là pour moi, même quand moi, je t'ai laissé en plan.

– Ce n'est rien. Tu mérites d'être heureuse et en sécurité.

– Bon sang…

Du pouce, il essuie un sillon sur mon visage : mélange de pluie et de larmes. Nos bouches se rapprochent, se frôlent, nos souffles s'entremêlent.

– Tu préfères toujours rester ici ? Viens avec moi, me supplie-t-il.

– Tiger, je…

– Reviens en Australie. Cela fait quasiment deux ans, Océane, une éternité et chaque jour a été un supplice. Tu verras par toi-même que Sophia va bien et que tu n'as plus à ressentir ce conflit de loyauté. Parce que ce truc entre toi et moi n'est pas près de mourir, il est plus fort à chaque souffle que je prends. Il me pousse à me soucier de toi où que tu sois. Mais oui, ce serait encore mieux si tu revenais avec moi.

Cette fois-ci, mes lèvres s'entrouvrent. Mon corps se presse contre le sien. Je veux lutter, seulement je me sens esseulée, paumée, et trop mal sans lui. Le revoir, savoir tout ce dont il est capable pour moi m'affaiblit en dépit de tout.

– Je ne sais pas, Tiger.

– Je t'en supplie. Je… je n'arrive pas à t'oublier. Brisons nos chaînes, on en est capables ensemble : toi et moi.

Briser nos chaînes… C'est exactement ça. Mais ça me paraît plus facile à dire qu'à faire.

– Si jamais… si jamais il y a le moindre risque que Sophia en pâtisse, je ne pourrai pas vivre ainsi, lui soutiens-je. Je ne ferai plus souffrir personne, même involontairement.

– Celui qui souffre, c'est moi. Putain, je ne sais pas comment te l'expliquer mais quand il s'agit de toi, je ne suis pas insensible, Océane. Tu me fais crever à petit feu depuis trop longtemps maintenant. J'en peux plus. Reviens, *please*.

J'essaie de cogiter, je me perds dans ses beaux yeux tourmentés, ma raison agonise. Il me sonde, se livre, me bouleverse. Puis, soudain, son baiser me prend au dépourvu, m'étourdit, fait flageoler mes jambes. Tiger m'exprime plus qu'un désir violent, inextinguible, c'est une véritable tempête de sentiments qui nous colle l'un à autre. Fous, torturés par cette séparation trop brutale, trop longue, bravant les éléments autour de nous.

Dois-je céder ? Dois-je prendre ce risque-là ?

63

Tiger
Sydney, six jours plus tard

« Le tigre n'est plus sur le marché, il a trouvé sa tigresse… en France ! »

Cette une me refait sourire quand j'y pense. Les craintes de ma blondinette en la découvrant m'amusent beaucoup moins. Elle n'a pas l'esprit tranquille par rapport à Sophia, et je peux le comprendre. Une photo volée de mauvaise qualité de mes retrouvailles avec Océane à Bayonne a très vite circulé. Largement relayée jusque chez moi… Chez nous. Parce que je ne compte plus la laisser s'évaporer dans la nature. Encore moins quand je la vois se pavaner en lingerie fine et minuscule robe blanche, sexy à me faire péter les plombs.

Je sais que rien n'est gagné. Cette torride alchimie nous dépasse, nous pousse inexorablement l'un vers l'autre. Cependant, elle doute toujours. Elle peut encore s'en aller à tout moment et anéantir à nouveau mon existence.

Alors, là, tout de suite, je savoure l'instant. Je comble ce trou béant qu'elle a laissé en moi lorsqu'elle a disparu de ma vie. Océane, fière de m'avoir ligoté les poignets aux barreaux du lit, me surplombe. Un délicieux sourire aux lèvres, elle joue avec sa crinière blonde lâchée, sur laquelle trône un couvre-chef de déguisement d'infirmière. Elle a tout d'un fantasme vivant, brûlant. Sa mini robe dévoile ses jambes nues, monte en moulant son buste et finit dans un décolleté à me cramer les neurones. Lorsqu'elle se tourne et se penche, son sublime arrière-train renforce mon érection. On devine la découpe échancrée de sa lingerie sur ses fesses et ça ne me donne qu'une envie, y planter mes dents pour la mordiller.

– Alors comme ça, tu as mal depuis presque deux ans, P'tit Chou ? C'est vrai ce mensonge ? me titille-t-elle.

Une lueur brûlante dans le regard, elle sillonne ma nudité. Celle d'un homme qui ne lui cache plus rien. À poil dans le lit, les poignets entravés. Je me suis attaché moi-même d'un côté et j'ai laissé « l'infirmière » Océane bloquer l'autre, curieux de voir ce qu'elle compte faire de ces trente minutes de pouvoir. Pardon… d'auscultation.

Je souris à mon tour, car j'ai une idée bien précise de ce que moi, je ferai de mes trente minutes suivantes…

– Ouep… Très mal. Je peux te montrer où, si tu me détaches.

– Nan, t'es un patient trop turbulent. Je trouverai toute seule.

Son examen visuel, malicieux, de mon corps me fait crever de chaud.

– Pas sûr… Promis, je serai obéissant.

– Bien sûr… Pourquoi ce sourire insolent ? On se sent toujours super puissant, P'tit Chou ? me défie-t-elle.

– Approche… Viens m'ausculter de plus près.

– Chut. Ce n'est pas toi qui donnes les ordres, se rebelle-t-elle.

Elle grimpe dans le lit, m'enjambe. À défaut de mes doigts, mes yeux glissent sur elle. De la pointe des escarpins qu'elle garde aux pieds à ses cuisses, son bassin, son bas-ventre si proche du mien…

– Je viens parce que j'en ai envie et je vais faire ce que je veux de toi, me prévient-elle. Et prouver que tu n'as mal nulle part.

– Sauf peut-être là ? lui dis-je en dirigeant mon regard vers mon érection.

Elle la frôle, je pousse un soupir. Elle recommence en feignant l'innocence.

– Comment vais-je pouvoir soigner ça ?

Elle se penche, son ventre effleure lascivement ma verge, sa bouche descend sur mes pectoraux.

– Mon diagnostic : tu n'as pas mal. Tu es juste frustré, très frustré, P'tit Chou.

Elle me caresse, je gémis et sa langue, bordel ! Elle s'amuse avec mon sexe tendu, enflamme mon épiderme. Ma maladie, c'est de trop aimer sentir sa peau, sentir son odeur, la sentir tout court. Et je commence à disjoncter tout doucement. Mes poings serrés, je pousse une protestation gutturale.

Ne me guéris pas, rends-moi plus accro !

– Chut… m'intime encore Océane. Ou je te promets de ne pas mettre fin à cet état très… intéressant.

– T'es la plus sadique des infirmières.

– Et toi, tu n'es pas un patient comme un autre, Monsieur l'Insensible.

Elle me pince de toutes ses forces, peine perdue. Puis sa bouche se pose à nouveau sur moi pour me mordre. Mon excitation s'amplifie. Aucune douleur, en effet, mais je prends mon pied quand elle entame des succions dans mon cou, me mordille et remonte.

Le baiser dont je me languis arrive enfin. Je ne peux pas la bloquer pour la dévorer, alors elle en profite. S'amusant à fuir et à revenir me butiner les lèvres. Elle étire ma lèvre inférieure, coulisse ses ongles sur mon visage.

– Je vais te réserver un traitement de choc. Tu es à ma merci, me chuchote-t-elle.

– OK, ma tigresse. Je suis à ta merci, admets-je, la voix trop rauque de ferveur.

Cette reddition me vaut un baiser. Époustouflant, électrisant, calcinant, mais trop court.

Putain ! Reviens…

Non, elle se tortille sur moi. Elle sait que je m'embrase, qu'elle me tue à petit feu. Sa bouche repart me torturer de plus en plus au sud. Elle seule sait me faire mal, à sa manière. Mon aine se contracte, ma queue durcie palpite, je serre plus fort mes poings en tirant sur les liens.

Je veux ta bouche, Océane. Je veux tes lèvres…

– Je vais prendre ton pouls, décrète-t-elle, coquine.

Elle lèche les contours de mon sexe, me subjugue, je deviens fou. Je bouge pour lui signifier mon impatience. Elle me taquine, remonte sans toucher à ma queue. Ses cheveux me caressent, son nez me hume. Elle m'embrasse encore. Longuement. Nous perdons notre souffle, il s'emballe, déraille. Nos langues s'animent, ma température monte crescendo. Cette fièvre, elle en est l'unique responsable. Au point culminant, je n'en peux plus de la désirer si férocement. Je grogne contre sa bouche :

– Il s'enlève comment, ce truc sous ta robe ?

– Par l'entrejambe, me susurre Océane… Dommage que tu n'aies aucun contrôle, tu ne peux pas me déshabiller.

Elle sourit, m'offre ses lèvres, pour mieux s'emparer des miennes. Sa fente humide s'appuie contre moi tandis qu'elle remue suavement.

Résiste. Résiste. Résiste…

Putain, je n'en suis plus capable ! Véloce, méthodique, je profite de notre prochain baiser pour défaire le nœud qui retenait le poignet que j'ai attaché moi-même. Elle ne s'en doutait pas, mais cette astuce est mon plan B pour ne jamais être totalement immobilisé…

Impossible de perdre complètement la maîtrise de mon environnement. Océane le réalise lorsque ma main soudainement libre se faufile entre nous et tire sur les fermetures à pression de son body.

– Tricheur, m'accuse-t-elle alors que j'effleure son pubis dévoilé.

– Tu vas me punir ?

Au lieu de me répondre, elle ondoie sur moi, plaque ses paumes sur mon torse et me pousse sur le dos.

– Donc c'est la punition que tu cherches ? C'est cela, ton remède ?

Elle soulève son bassin, frotte sa moiteur assassine contre mon pénis.

– Oui…

– Quelle torture thérapeutique espères-tu, Tiger ? Ça ? miaule-t-elle en s'empalant lentement sur moi.

– Argh, *fuck*, oui !

Elle me prend jusqu'à la garde, reste assise, sublime, insoumise. Ses bras se tendent, ses mains s'abattent sur mon torse. Son intimité m'enserre. Elle danse doucement, m'arrache un soupir.

– Tu sais que je ne vais pas t'autoriser à jouir, hein ? me défie-t-elle, envoûtante.

– Argh, tu me tues !

– T'es mon patient VIP, ce n'est que le début. Premier traitement : tu vas me faire jouir. Juste moi, pas toi.

– Tout ce que tu veux…

Elle s'incline, colle ses seins, chope ma bouche. Ma main libre repart tâtonner dans les draps à la recherche de ce que j'ai lâché pour me détacher. Océane se retire, puis m'enveloppe à nouveau en elle. Son cocon de douceur glisse encore et encore sur ma verge. Son buste se redresse, ses paupières se ferment, sa tête bascule en arrière. Elle me chevauche de plus en plus vite, ses parois humides m'enivrent. Je ne me contiens plus, ça sort :

– Épouse-moi.

Elle s'arrête net, essoufflée. Ses yeux s'ouvrent et se braquent sur moi.

– Qu'est-ce que tu…

Je répète :

– Épouse-moi.

Je tends mon poing fermé, mes doigts se déplient devant elle. La respiration irrégulière, je reformule :

– Océane Lilia Rousseau, je voudrais être officiellement à ta merci. Être le seul à te voir ainsi, belle à couper le souffle, le seul à bénéficier de tes soins particuliers et le seul à t'offrir des orgasmes. Veux-tu m'épouser ?

Pendant d'interminables secondes, je guette sa réaction. Mon pénis pulse en elle, mon cœur cogne trop fort et tout mon être se met en suspens, accroché à ses lèvres.

– Océane ?

– Oui.

– Tu…

– OUI ! Putain, oui, je le veux !

Elle se baisse, notre fusion devient totale, passionnelle. Elle pleure, elle rit. Notre baiser a le goût salé de ses larmes, et mon envie d'elle ne peut plus être brimée. Je défais le second lien autour de mon poignet pour me délivrer complètement. Prompt, assoiffé, je la bascule sur le lit, la pénètre brutalement. Ses jambes s'enroulent dans mon dos.

– Maintenant, je suis libre de m'envoyer en l'air avec la future Mme Océane Sexton.

Je ne lui laisse pas le temps d'objecter, je me jette sur elle, avale ses soupirs en accélérant. Elle geint, se cambre, s'offre, implose de manière magistrale. Tout en liquide.

Bordel, je me rends.

***

Océane

Combien de fois ai-je flotté ? J'ai perdu la notion du temps. Tiger et moi sommes trempés de fluides, à bout de souffle, écroulés dans les draps. Durant ce répit, les répliques de mon plaisir me font encore vibrer.

– On a une heure de retard, m'indique Tiger en roulant sur le côté pour attraper son téléphone.

Je pousse un mélange de soupir et de râle paresseux.

– Nannnn, je n'ai plus la force de me lever, mon tigre.

Il se marre, revient me pincer une fesse.

– Sophia nous attend, on a déjà repoussé, me rappelle-t-il. Mais si tu n'as plus envie d'y aller, je peux annuler.

– Non…

Je me redresse. Mon corps en vrac est gorgé d'endorphines. Tiger me dévore encore du regard, puis ses yeux traînent sur le diamant à mon annulaire.

– Je vais me préparer.

– Tu es sûre ?

– Oui.

Je sors du lit, Tiger commence à envoyer un texto. Sûrement pour s'excuser de notre retard. Je me dirige sous la douche, laisse le flot tiède ruisseler sur moi. Les yeux fermés, j'essaie de reprendre mes esprits.

Je suis fiancée. Folle amoureuse. Et nous allons dîner chez l'ex-femme de mon mec.

Même si nous en avons beaucoup discuté, Tiger et moi, et bien que je sois en partie l'instigatrice de ces prochaines retrouvailles avec Sophia avec qui j'ai besoin de clarifier la situation, un trac sournois gonfle dans mon bide. Cela fait quelques jours que je vis enfermée avec mon tigre dans le penthouse. À baiser, parler, manger, baiser de nouveau, dormir, recommencer et savourer notre bulle. Je vais devoir affronter l'extérieur de la bulle aussi, maintenant, revoir Sophia. Il est temps…

Tiger me rejoint sous l'eau. Ses muscles se lovent contre mon dos et la courbe de mes fesses.

– Ça va être dur de remettre le nez dehors, me susurre-t-il tandis que ses doigts deviennent entreprenants. Vraiment dur… répète-t-il.

Je vois ce qu'il veut dire. Je le sens, surtout. Putain, il carbure à quoi ? Je me laisse aller contre lui.

– Tu es tendue, note-t-il. Je vais m'occuper de toi. Laisse-moi être ton infirmier particulier, maintenant.

Il saisit le gel douche, m'en asperge. Et très vite, ses doigts patinent sur ma peau. Ils me malaxent, me massent, soupèsent mes seins.

– On va être encore plus à la bourre si tu… Oh, misère…

Mes tétons réagissent, des frissons naissent, sa bouche se promène dans mon cou. Il prend son temps. Le lavage vire à la torture sensorielle sous les jets. Lorsqu'il me soulève et cale mon dos dans l'angle, je me sens liquéfiée, fiévreuse. Tiger passe une main entre nous, enfonce son sexe en moi.

– Putain, qu'est-ce qui m'arrive avec toi ? se plaint-il, frémissant de désir.

– Je n'en sais rien… Mais je crois qu'il m'arrive la même chose.

Il m'embrasse, érotise chaque parcelle de mon corps.

– Je te veux tout le temps, je te veux beaucoup trop, Océane, me confesse-t-il contre ma bouche.

La seconde d'après, il me possède, avec lenteur mais avec une telle vigueur. Chaque coup de reins me fait perdre la raison. Sa rigidité m'emplit, me tue. Prise de tremblements, je m'accroche à lui.

– Je t'aime, lui confié-je au bord de la jouissance.

Ma voix est quasi sanglotante, parce que ce que j'éprouve, ce qu'il me fait ressentir, est juste démentiel. Beaucoup trop intense. Il rive son regard au mien, j'y lis le « moi aussi » en plus violent. Pas besoin de mots. Il me fait tomber dans un gouffre sans fond. Pendant que je me désagrège dans ses bras, Tiger me souffle au creux de l'oreille :

– À ta merci… Entièrement et à chaque seconde.

Mon Dieu, je succombe.

64

Océane

Avec un retard monstrueux, nous arrivons enfin chez Sophia. Une immense et sublime demeure aux allures plus féminines que la propriété qu'elle partageait avec Tiger. Ça lui ressemble bien plus, sans touche masculine, cela est visible dès l'extérieur. À l'intérieur, idem, j'imagine. Une profusion de fleurs, d'arbustes à la coupe arrondie, des murs aux coloris plus pastel…

C'est bel et bien chez Sophia. Rien qu'à elle.

Jusque-là, Tiger s'est employé à me relaxer… Et si toute l'appréhension de revoir son ex s'était envolée dans ses bras, tout me revient tel un boomerang.

– Ça va ? s'inquiète-t-il alors que je recommence à stresser au moment de descendre de la voiture.

– Oui…

– Rien ne t'y oblige, nous pouvons redémarrer.

– Non, je veux voir comment elle va et je pense qu'elle et moi avons des choses à nous dire. Ça ne marchera pas si nous maintenons le flou.

Il me regarde à travers nos lunettes de soleil, hoche la tête.

– Au moindre doute, si tu as envie de partir, on lève le camp. OK ?

– Ça se passera bien, dis-je.

Autant pour le rassurer que pour me rassurer moi-même. Et puis, je ne peux pas l'éviter indéfiniment, elle fait partie de notre vie…

C'est un grand métis aux yeux clairs qui nous ouvre. Manifestement d'humeur joyeuse, il prend immédiatement Tiger dans ses bras.

– Merci pour le cadeau, c'est pile ce qu'il me fallait, mec.

– Tu m'en vois ravi, lui répond Tiger en lui tapant dans le dos.

Ils se lâchent, personne ne m'explique. Tiger repasse son bras autour de ma taille, je me sens un peu gauche. L'autre darde son attention sur moi, un petit air curieux sur les traits.

– C'est elle ? demande-t-il.

– Oui…

Puis, se tournant vers moi, Tiger ajoute :

– Byr… Aaron, je te présente Océane. Ma douce, voici Aaron.

Le fameux frère… des deux. Je présume qu'il a choisi de s'appeler définitivement Aaron. Mes discussions intimes avec Tiger m'ont entre autres appris que les enfants nés dans la secte n'avaient pas d'existence légale. Ils n'ont pas été déclarés à l'État civil, des noms leur étaient attribués par Alpha au cours de leur premier rite comme Enfants du Jardin, puis gravés sur la face interne de leur lèvre inférieure à leur treizième printemps. Et tous étaient des Hamilton, comme Alpha et Oméga…

D'une certaine manière, Tiger a eu la chance de reprendre son identité après sa sortie, contrairement aux autres. C'étaient juste des espèces de fantômes qui avaient été dépossédés de leur propre vie, étrangers à tout. Sophia, Byrne…

Enfin, Aaron me sonde en me souriant.

– Ravi de te rencontrer, m'accueille-t-il en français.

– Moi aussi, Aaron.

– J'ai pas mal entendu parler de toi, je comprends tout maintenant… commente-t-il, la mine malicieuse.

Une question de circonstance fleurit dans ma tête : en bien ou en mal ? Avant que je ne puisse la poser, Tiger le rembarre, un demi-sourire aux lèvres :

– Tout ? Je ne crois pas, non.

Les deux semblent savoir tellement de choses l'un sur l'autre que leur échange de regards n'a rien d'anodin. Puis Aaron rigole et lui lance :

– Détends-toi, mec.

– Je suis on ne peut plus détendu, affirme Tiger dont les doigts restent possessifs sur ma taille. Au fait, où est Sophia ?

– En train d'apprendre à changer une couche, rétorque Aaron.

Mes yeux s'écarquillent. Ai-je loupé un wagon ? Mes iris recherchent ceux de mon homme, puis reviennent sur le frère.

– Pardon ? dis-je dans un souffle.

– Ouh là, elle panique, ta chérie, s'amuse Aaron.

Merde, je dois être blanche comme un linge ! Tiger percute et s'empresse de m'expliquer :

– J'ai invité un couple d'amis d'Aaron à passer quelques jours de vacances avec lui. Je pense qu'on parle de leur fils.

C'était donc ça le « cadeau » pour lequel il le remerciait ?

– Oh… je vois.

Un petit sourire satisfait orne les lèvres de Tiger.

– Qu'étais-tu allée t'imaginer ? se moque-t-il tout bas, en se penchant sur mon oreille.

– Rien du tout, me défends-je, même s'il paraît évident que j'ai flippé une fraction de seconde.
– Bien sûr…
Aaron se marre et nous convie à nous diriger vers le salon.
– Mouais… Vous avez un sens de l'humour bien chelou, tous les deux.

***

Tiger

Océane me tire la langue dans le dos d'Aaron. Je réprime un petit rire. J'ai adoré sa tête quand elle a cru qu'on lui annonçait que Sophia avait eu un bébé.
Marjorie, l'amie française d'Aaron, nous rejoint la première. Nous nous sommes déjà rencontrés quand je me suis occupé de la suite de l'opération Arès. Puisque j'avais énormément de temps à tuer pendant vingt-deux mois et qu'il m'est arrivé un soir de péter les plombs et d'atterrir à l'improviste à Paris avec le besoin viscéral d'aller retrouver Océane, j'ai essayé de donner un sens à ce coup de folie. Me refréner et donner une autre utilité à ce voyage…
Morgan et Marjorie faisaient partie des dommages collatéraux de la fuite d'Oméga et du Bourreau. J'ai donc décidé de les contacter. Naturellement, les plaies du passé tissent des liens entre eux et nous. Tous des survivants, chacun à sa manière…
– Enchantée, Océane, poursuit Marjorie en lui faisant la bise. T'inquiète, tu vas voir débouler l'objet de toutes les attentions dans…
Au moment où elle dit cela, un minuscule bonhomme – tout fier de lui – cavale vers nous avec son petit body ouvert entre les jambes.
– Octave, reviens, on n'a pas fini ! l'appelle son père qui rapplique derrière lui, suivi de Sophia, hilare.
Amusés par la scène, nous regardons Marjorie intercepter le garnement et le couvrir de bisous. Aaron taquine Morgan sur son autorité parentale. Et Sophia nous découvre.
– Oh, Ty, tu es là ! s'écrie-t-elle.
Elle hésite, je désamorce sa gêne, me penche et l'embrasse sur la joue. Océane se redresse, Sophia pivote vers elle. L'espace d'un instant, il n'y a plus que ça. Ce malaise. Les deux se fixent, émues, embarrassées. Je me crispe. Nous avons traversé une longue phase transitoire pour en arriver là. J'ai fait tout mon possible afin de gérer l'après. Faire en sorte que Sophia soit bien entourée sur le plan thérapeutique et affectif. Aaron s'est installé avec elle, ainsi que Mary et une bonne partie de mon personnel.

Et j'apprends à être à son écoute, à être là pour elle, sans ambiguïté malsaine. Jusque-là, je crois que cela a marché. Mais maintenant, j'ai subitement une once de doute.

C'est Océane qui s'avance vers Sophia. Timide et sincère, ses yeux rivés aux siens.

– Salut… Tu as l'air en forme, lui dit-elle. Merci pour l'invitation.

Sophia effectue les pas suivants et tombe dans ses bras.

– Mais de rien, répond-elle. Je ne me rendais pas compte à quel point tu m'avais manqué.

– Tu m'as manqué aussi.

Je reprends mon souffle. Putain, en fait, Océane n'était pas la seule à être rongée par le trac !

Les présentations s'enchaînent, les conversations repartent. Aaron sert à boire. Lorsqu'Océane enroule ses doigts autour de son verre et s'assoit à mes côtés, je note un détail crucial : elle a retiré son solitaire. Cette délicatesse en dit long… Elle a dû estimer que le moment était mal choisi pour annoncer nos fiançailles, je me range de son côté. Chaque chose en son temps, tant qu'elle est à moi et ne compte plus s'enfuir. Je sais que cela va en grande partie dépendre de Sophia. J'angoisse de savoir que je risque de perdre Océane si elle pressent être une source de rechute pour Sophia. C'est d'ailleurs la condition qu'elle a posée en revenant à Sydney avec moi. Nos regards se croisent. Non, rien n'est gagné à cent pour cent.

Ne pas trop la toucher, ni l'embrasser…

OK, Sophia, maintenant, sait que nous sommes ensemble, mais même si c'est grâce à elle qu'Océane est entrée dans ma vie, c'est aussi grâce à Océane que tous nos verrous ont sauté. Sur le Jardin. Et sur des secrets qui nous gangrenaient, dont il faut se guérir à présent…

– Il est si craquant, complimente ma Frenchie en suivant le petit Octave des yeux.

Celui-ci, débordant d'énergie, se faufile d'entre les bras de Sophia pour rejoindre son papa qui l'intercepte et le lève en l'air pour le chatouiller sur le ventre avec des bisous bruyants. Le gosse rit aux éclats et gigote joyeusement. Marjorie les observe tendrement.

Tout à coup, un sentiment étrange m'envahit.

Mon regard se tourne vers le visage d'Aaron et de Sophia. L'expression que j'y entrevois fugacement me renvoie à une sensation différente, mais que je saisis en plein cœur : eux n'ont jamais connu cela. L'amour réel et pur d'un parent. Au Jardin, le sevrage d'affection commençait dès la naissance avec les bébés, c'est là que débutait le conditionnement, l'emprise…

Mais moi, cet amour-là, je l'ai reçu d'un homme dont je ne porte aucun gène. Un homme que je rêve de rendre fier, parce que je suis fier de porter son nom et d'en augmenter jour après jour la puissance. Son sang ne coule pas dans mes veines, cependant ses valeurs sont gravées en moi en dépit de tout ce qui aurait pu les effacer…

Cette pensée me ramène à Océane. Ma blondinette réussit à voler un bisou à Octave qui s'enfuit aussitôt, content d'avoir trouvé comment détacher son body en tirant sur les pressions.

– Je lâche l'affaire, déclare le papa à sa copine. À toi de jouer, Jo.

Océane s'extasie, j'en profite pour m'incliner vers son oreille.

– Tu nous vois faire pareil ?

Ses prunelles s'accrochent aux miennes, rayonnantes et interrogatives.

– Tu veux des enfants ? me chuchote-t-elle.

– Je veux tout avec toi.

Nous restons un instant les yeux dans les yeux, mesurant la portée de ces mots. C'est vrai, je suis complètement novice en véritable relation de couple, j'ai été l'esclave des apparences durant la quasi-totalité de ma vie. Puis cette femme m'a filé des électrochocs et pris le contrôle de mon palpitant.

Elle hoche doucement la tête.

– Oui… Peut-être… Mais je voudrais d'abord terminer mes études, m'inscrire au barreau de Sydney et…

– Et ?

– Et trouver une version plus édulcorée de la manière dont tu m'as demandée en mariage… Qui puisse être racontée à… notre futur bébé.

L'évoquer dissémine en elle une émotion communicative. Océane m'adresse un clin d'œil coquin qui se veut discret. Mon rire, lui, l'est beaucoup moins. Moi, j'ai déjà trop de schémas en tête impliquant la conception de ce gosse. J'essaie de bien me tenir, compte tenu de l'endroit, des autres invités et de Sophia.

– Tu en auras une seconde, version gentleman, lui promets-je, en reprenant un air sérieux de façade. Plus facile à raconter et attestant de mon amour… Même si la première restera ma préférée.

Océane rosit. Elle sait ce que je ressens pour elle, même si je dis plus facilement « Je suis à ta merci » que « Je t'aime ». Mais j'apprends à le faire pour elle.

Pour en revenir à notre version censurée de ma demande en mariage, cacher la vérité n'est pas nouveau pour moi. Seulement, cela n'a jamais été pour le plaisir… J'ai souvent – non, toujours – eu la sensation de jouer des rôles d'imposteur, sans être à ma place nulle part.

Sauf avec elle. Sauf en elle.

À une certaine époque, après les Lys, je suis tombé dans diverses errances sexuelles. Des séances à outrance avec des call-girls et des Dominas, en quête de punitions extrêmes pour tout ce qui me hante au quotidien, ces morts, ces échecs, ces orgies. J'ai peut-être voulu réitérer ce que j'ai subi entre les mains du Bourreau, ces « châtiments » que je crois encore mériter… Ou étais-je en quête désespérée d'automédication pour repousser les limites… Peut-être inconsciemment, pour ressentir quelque chose, comme l'a supposé le docteur Murphy ? Je cherchais cette part « humaine » en moi, celle qui me rattacherait à Nick Sexton, me ferait me sentir enfin entier, normal, digne de lui. J'ai souhaité ressentir la douleur dans ma chair, ne serait-ce qu'une fois. Et rien n'a fonctionné.

J'aurais pu y sombrer à nouveau lorsqu'Océane m'a quitté. Mais j'ai saisi une chose importante : je n'avais plus besoin de ça. Tout ce dont j'ai avidement besoin, c'est d'elle.

Avec Océane, je vis. Quelque chose de vrai, où l'intense remplace le malsain. Où je peux projeter de cultiver avec elle nos propres secrets. Incandescents, sublimes, humides, torrides, de précieux secrets sans honte, sans culpabilité ni carcans comme j'y étais habitué, mais jalousement dissimulés dans un écrin. Elle a raison, nous ferons attention à l'équilibre de Sophia. Mais je vais dresser farouchement de nouveaux verrous derrière lesquels je suis fier d'être accro à Océane. Uniquement elle.

Pas besoin de l'ébruiter pour l'instant, de le partager avec qui que ce soit d'autre. Je veux vivre ces instants en huis clos avec ma future Mme Sexton. Toute à moi et moi à sa merci.

Dans notre zone sous haute protection, NOTRE jardin secret, je reste désarmé pour elle. Et je mesure ma chance de vivre ce truc intense, unique et époustouflant. Alors qu'on m'enferme avec elle, confiné en elle, et qu'on jette la clef !

Parce que, putain, je suis à sa merci. Irrémédiablement.

FIN

PETIT MOT DE M. SEXTON

Vous avez pénétré dans notre jardin secret, découvert des choses…
Merci de garder cet accès verrouillé.
Nous comptons sur vous
pour éviter d'éventuelles fuites et révélations
dans les extraits, commentaires et avis.
Vous connaissez désormais les enjeux…

TS

REMERCIEMENTS

Les mots. Quelles petites choses fabuleuses, n'est-ce pas ?

Ils sont dotés d'un tel pouvoir, ont un tel impact. Comme pour Océane, nous avons souvent tendance à être plus affectés lorsqu'ils véhiculent des ondes négatives, se muent en *bashing*. Plus cela est gratuit et violent, plus l'intention de la personne qui les emploie est de nuire ; plus ces mots blessent, laissent des traces. Mais ils nous forgent le caractère aussi, si l'on continue d'avancer malgré tout.

A contrario, les mots ont aussi cette faculté magique de devenir un baume au cœur. De faire un bien fou, voire de combler les vides, chasser l'ennui ou juste aider à s'évader l'espace d'un instant. Et ainsi partir en voyage à travers des écrits, se donner même des frissons parfois. Voilà ce qui me passionne ! Créer ou savourer des montagnes russes émotionnelles à travers la lecture et l'écriture, presque à l'infini.

Les mots ne nous permettent-ils pas de nous ouvrir aux autres, au monde et aux mondes imaginaires multiples ? Ils étirent le champ des possibles, alors j'aime jouer avec eux, donner vie à des personnages, les faire vibrer, trébucher, douter, souffrir pour mieux les relever ensuite…

Car à mon humble avis, notre plus grande liberté est que chacun est capable de faire des mots ce qu'il désire. De choisir de faire sciemment mal à son prochain avec des paroles, ou de le soutenir. De chercher à écorcher, dénigrer, ou de réconforter. De répandre des émotions plus positives, tenter de sublimer un quotidien déjà si complexe, ne serait-ce qu'avec des petits riens.

Oui, un simple mot peut être une arme ou contenir tant de bienveillance, de rêves, de gratitude, d'affection.

Alors, dans ces dernières pages, je choisis de les utiliser pour vous dire combien je vous aime. Et surtout, MERCI !

Merci du fond du cœur d'être là, vous, lectrices (et lecteurs peut-être).

Merci à mes « Olygirls » chéries (ce n'est pas moi qui ai trouvé le nom, hein ;)). Ce roman, le nôtre, vous est dédié, avec toute ma tendresse. J'ai pris tant de plaisir à écrire et à partager cette histoire avec vous pour pimenter nos vendredis soir sur Facebook, il y a plus d'un an maintenant. Tiger, Océane et Sophia ont rythmé nos échanges, égayé mes week-ends avec vous. Merci pour les fous rires, les sourires, les blagues, les commentaires et chacune de vos petites attentions. Merci de continuer à faire vivre mon modeste groupe privé et ma petite plume. Je vous en suis infiniment reconnaissante.

Mary, Gaëlle, Nadège, Françoise Drély, Katell, Chris Doe, Nathalie, Soizic, Miel Pops, Rebelle, Sureyya, Jen Nie Mahé, Éloïse, Jocelyne, Akane, Cindy, Marie-José, Laetitia, Claire, Sarah et tant d'autres. Je m'excuse de ne pas pouvoir citer tous les prénoms ou pseudonymes. Je ne veux vexer personne ; vous avez toutes élu domicile dans mon cœur, soyez-en assurées.

Merci à mes fidèles et adorables amies. Ma Myriam chérie, Laure, Justine, Aurora, Virginie. Vous qui êtes présentes en coulisse dans les bons et les mauvais moments, avec toujours le mot juste, la même sincérité. Même quand je fais ma louve solitaire au fond de ma grotte, je mesure ma chance de vous connaître :).

Merci à mon chéri, ma famille et ma belle-famille de distiller autant de joie, d'amour et de soutien dans mon existence.

Une pensée émue pour ma sœur, qui a traversé une période compliquée au moment de l'écriture de ce roman. J'ai saigné avec toi, et je le referai mille fois s'il le faut. Maintenant, nous allons panser toutes ces vilaines blessures en tandem. Parce que « ce qui ne nous tue pas… » Et je ne te le dirai jamais assez : je t'aime.

Merci aux Crazy sur Facebook (une tonne de love), aux chroniqueuses, Instagrameuses (mention spéciale pour Madame Lecture et Pauline Bookaddict, vous m'avez touchée en plein cœur). Merci à chaque lectrice (de celles qui découvrent ma plume à celles qui sont là depuis peu ou plus longtemps). J'espère vous retrouver…

Et enfin, et non le moindre, un immense MERCI aux éditions Addictives pour leur bel accueil. Merci aux auteures – à Milyi – qui m'ont spontanément souhaité la bienvenue (une adorable attention). Un grand merci à Maud : ce fut un bonheur de travailler et de discuter des personnages avec vous. Je remercie également toute l'équipe et espère que cette aventure que nous entamons sera sensationnelle !

À très vite, chères lectrices, pour vibrer, barouder ensemble à travers de nouveaux personnages et émotions, de nouvelles contrées, de nouveaux mots. Passionnément. Encore et toujours.

LOVE,

Oly

Autrice : Oly TL

Edisource – Éditions Addictives
100, rue Petit, 75019 Paris
Imprimé par FINIDR – Lipova cp. 1965 – 73 701 Cesky Tesin,
République tchèque
Dépôt légal : mars 2023 – Achevé d'imprimer : février 2023
ISBN : 978-2-37126-554-7
Réf. contrat : ZOCE_001